Thomas Plischke
Die Zombies

PIPER

Zu diesem Buch

Lily Young ist Doktorandin in Oxford und befasst sich mit dem Mythos der lebenden Toten. Als sie den mysteriösen Victor kennenlernt, ist es um sie geschehen. Sie begleitet ihn zu einer Party und wird dort von einem als Zombie verkleideten Schauspieler gebissen. Doch als der Hunger nach lebendigem Fleisch einsetzt, muss Lily sich fragen, ob Zombies wirklich nur ein Märchen sind. Ihren besten Freund Gottlieb erreicht währenddessen die Nachricht vom Tod seines Vaters. Er reist nach Deutschland und erfährt, dass er von nun an das Familiengeschäft leiten wird. Seit vielen Jahren ist die Geschichte der Familie mit dem Mythos der Zombies eng verknüpft: Sie jagen und zerstören die Untoten zum Schutz der Lebenden. Während eines Jagdausflugs reist Gottlieb nach Schottland, in das kleine Dorf Manger. Und dort trifft er nicht nur auf eine ganze Gemeinde, die Zombies huldigt, sondern auch auf die völlig veränderte Lily …

Thomas Plischke, 1975 in Ludwigshafen am Rhein geboren, absolvierte in Mannheim eine Ausbildung zum Verlagskaufmann. Danach studierte er Amerikanistik, Anglistik und Medienkultur in Hamburg. Dort ist er als Dozent tätig und arbeitet außerdem als Übersetzer, Lektor und Autor. »Die Zombies« ist neben »Kalte Krieger« und dem erfolgreichen Zyklus um die »Zerrissenen Reiche« sein neuer, actionreicher Roman.
Weiteres zum Autor: www.im-plischke.de

Thomas Plischke

DIE ZOMBIES

ROMAN

Piper München Zürich

Entdecke die Welt der Piper Fantasy:

Piper-Fantasy.de

Von Thomas Plischke liegen bei Piper vor:
Die Zwerge von Amboss. Die Zerrissenen Reiche 1
Die Ordenskrieger von Goldberg. Die Zerrissenen Reiche 2
Kalte Krieger
Die Zombies

Originalausgabe
1. Auflage April 2010
2. Auflage April 2010

»Die Zombies« wurde entwickelt von Ole Johan Christiansen & Thomas Plischke
Umschlagkonzeption: semper smile, München
Umschlaggestaltung: Guter Punkt, München | www.guter-punkt.de
Umschlagabbildung: Sylwia Makris | www.sylwiamakris.com
Autorenfoto: Isa Scharfenberg
Satz: Satz für Satz. Barbara Reischmann, Leutkirch im Allgäu
Papier: Munken Print von Arctic Paper Munkedals AB, Schweden
Druck und Bindung: CPI – Clausen & Bosse, Leck
Printed in Germany ISBN 978-3-492-26746-5

Infektion

10.09.2009, 22:37

Lily hatte schrecklichen Hunger. Sie hockte in einer Lücke zwischen zwei Mülltonnen und kaute auf einer Strähne ihres Haars, die ihr quer über die Wange ins Gesicht gefallen war. Sie hatte nur die Zunge aus dem Mundwinkel strecken müssen, um sie zwischen ihre Kiefer zu ziehen. Sie schmeckte nach nichts.

Ihr Blick blieb starr auf die andere Straßenseite gerichtet, auf das runde, blau-rot-weiße Schild und auf die Treppe, die hinunter in die U-Bahn-Station führte. Unter die Erde, und Lily konnte sich des beklemmenden Gefühls nicht erwehren, dass sie genau dort hingehörte.

Das Scheinwerferlicht der vorbeifahrenden Autos reichte nicht weit genug in den Spalt hinein, um mehr als nur die Spitzen ihrer flachen Puma-Sneaker für einen winzigen Moment aus der Dunkelheit zu holen. Dann erhoben sofort die Schatten erneut Anspruch auf ihre Beute.

Ihr hätte heiß sein sollen, denn der Sommer hatte sich noch lange nicht geschlagen gegeben. Die Hitze des vergangenen Tages staute sich zwischen den Häusern der Stadt, und in den Blumenkübeln unter den Laternenmasten wucherte wildes, buntes Leben. Aber Lily war nicht heiß. Ihre Finger wanderten suchend über den Stoff ihres T-Shirts zu der Stelle an ihrer Schulter, wo unter Schorf verborgen der letzte Rest Wärme in ihr pochte. Es war ein zorniges Glimmen gegen die teilnahmslose Kühle, die von ihr Besitz ergriffen hatte, und zugleich der Ursprung der Veränderung in ihr.

Zu dieser Verwandlung gehörte auch, dass Dinge, die noch vor Kurzem Ekel oder Angst in ihr ausgelöst hätten, langsam und schleichend in einem völlig anderen Licht erschienen. Der Geruch aus den Mülltonnen etwa. Unter dem Gestank all dessen, was da in Plastiktüten verpackt vor sich hin faulte und gärte, lockte ein süßer, schwerer Duft. Er stammte nicht von dem Saft, der aus überreifem Obst hervorquoll, um sich am Boden der Tonne mit kalter Asche zu einer breiigen Masse zu vermengen, oder von den schmutzigen Windeln, die neben Babypisse mittlerweile auch schales Bier oder halbsaure Milch in sich aufgesogen hatten. Der betörende Duft stammte aus einer anderen Quelle, und nur das Mahlen ihrer Zähne auf ihrem Haar hielt sie davon ab, ihr auf den Grund zu gehen.

Das Rascheln und Knistern, das ab und an aus der Tonne zu hören war, bewies Lily, dass einige andere Geschöpfe weniger zögerlich waren als sie und beschlossen hatten, sich die kleinen, pelzigen Bäuche mit dieser Köstlichkeit vollzustopfen. Was war es genau? Fasriges Hühnchen? Zartes Rind? Ein dumpfer Neid auf die Ratten ließ Lily die Faust ballen, und ihr Magen – oder war es ihre Kehle? – gab ein hungriges Knurren von sich. Sie hätte nicht sagen können, ob ihr Hunger nun auf das abzielte, was die Ratten fraßen, oder auf die Ratten selbst. Wie würde es sich wohl anfühlen, wenn sie die Zähne in so ein zuckendes Bündel schlug und ihr heißes Blut in den Mund schoss? Würde es schwer sein, dem Vieh einen Fetzen Fleisch aus dem Rücken zu reißen, damit sie ihn hinunterschlucken konnte? Und würde er die Leere in ihr füllen können? So, wie es die Taube getan hatte?

Scheiße, sie wollte nicht mehr an die Ratten denken. Und nicht mehr an ihren Hunger. Am liebsten hätte sie gar nichts mehr gedacht, wie wenn sie sich nach einer Nachtschicht am PC einfach auf ihr Bett fallen ließ und die Augen schloss, um darauf zu warten, dass der Schlaf sie endlich in die Arme nahm. Doch sie ahnte, dass es falsch gewesen wäre, nichts mehr zu denken. Dann hätte sie den Kampf endgültig verloren, dann würde er sie finden und mitnehmen. Wenn Lily ihm entkommen wollte, musste sie denken.

Schlimm genug, dass er sie bis nach London verfolgt hatte. Bis ins Haus ihrer Eltern. Er war schuld an dem, was mit Victor passiert war.

Wenn es eines gab, über das Lily noch froh war, dann war es die Dunkelheit in ihrem notdürftigen Versteck. So konnte sie

Victors Blut nicht sehen, das an ihren Händen klebte und auf ihrem T-Shirt bereits getrocknet war. Victor … Er hatte sich so furchtbar gewehrt, als sie ihn gepackt hatte. Sie hatte ihn nur ruhigstellen wollen. Ihr war keine andere Wahl geblieben. Es hatte sein müssen, und es war schnell vorbei gewesen. Oder war das bloß eine Lüge, die sie sich einredete, um nicht völlig den Verstand zu verlieren? Vielleicht. Vielleicht auch nicht. Eine gute Wissenschaftlerin zog niemals vorschnelle Schlüsse.

Doch was sollte sie von den Schnitten an ihren Armen halten, wo die Scherben, die aus dem Rahmen des eingeworfenen Fensters geragt hatten, ihr wie Messer durch Haut und Muskeln bis auf den Knochen gefahren waren, als sie sich durch die enge Öffnung nach draußen gewunden hatte? Sie bluteten nicht. Es waren nur Risse, in die sie ihre Finger schieben konnte, ohne dabei den leisesten Hauch von Schmerz zu spüren. Die logischste Folgerung, die sich aus diesen Beobachtungen ableitete, war gleichzeitig die unlogischste.

Sie war tot.

Vorausgesetzt, sie war nicht in einem Albtraum gefangen, dessen Ereignisse sich zumindest dem Empfinden nach über mehrere Tage erstreckten. Nein, bisher hatte noch jeder von Lilys Albträumen an Schrecken eingebüßt, sobald ihr bewusst geworden war, dass sie träumte. Dieser nicht.

Sie war tot.

Sie drückte ihren Zeigefinger knapp unter ihr Handgelenk. Nichts, nicht einmal ein schwaches Zucken.

Sie presste zwei Finger gegen ihren Hals. Nichts.

Sie legte die gesamte Hand flach zwischen ihre Brüste. Wieder nichts.

Sie war tot.

Oder sie verstieg sich aufgrund ihrer jüngsten Erfahrungen in die Wahnvorstellung, sie wäre nicht mehr am Leben, und ihre ganze Psyche setzte aus irgendeinem bescheuerten Grund alles daran, diese grausige Illusion aufrechtzuerhalten, weshalb sie sich auf keinen einzigen ihrer Sinneseindrücke verlassen konnte.

Das war keine so schlechte Theorie. Sie erklärte, weshalb niemand Notiz von ihr genommen hatte, als sie blutüberströmt vom Haus ihrer Eltern bis hierher gewankt war. Es war ja nicht so, als wäre um diese Uhrzeit und bei diesem ausgezeichneten Wetter niemand mehr in Notting Hill unterwegs. Andererseits hatte sich Lily dicht an den Häuserwänden gehalten und sich auf ihrem Weg immer dann, wenn ihr ein Passant zu nahe kam, halb abgewendet, um das Blut auf ihren Klamotten zu verstecken. Außerdem war sie nicht weiß. Bei einer weißen jungen Frau, die in Lilys Zustand durch die Gegend lief, hätte bestimmt schon irgendjemand einen Krankenwagen oder zumindest die Bullen gerufen. Dafür war Lilys Haut entschieden zu dunkel, weil sie nun einmal mehr nach ihrem Vater kam. Die Chancen, dass sich diejenigen, denen das Blut an ihr doch aufgefallen war, etwas wie »Wahrscheinlich hat ihr Freund ihr nur die Fresse poliert« oder »Da mische ich mich nicht ein. Das sollen die Neger besser unter sich ausmachen« gedacht hatten, standen leider sehr, sehr gut. Die angebliche Weltoffenheit Londons reichte manchmal nicht sehr weit. Vor allem dann, wenn Blut im Spiel war.

Lily löste ihren Blick vom U-Bahn-Schild und betrachtete das giftgrüne Neonkreuz im Schaufenster einer Apotheke, die direkt hinter der Treppe zur Notting Hill Gate Station lag. Womöglich wäre es schlau von ihr gewesen, nach einem Krankenhaus zu suchen. In einer Notaufnahme hätte man ihr Problem schon erkannt – völlig egal, ob sie sich nun tatsächlich schwere Verletzungen zugezogen oder nur nicht mehr alle Tassen im Schrank hatte. Ihr kam ein neuer Gedanke, der ein bisschen tröstlicher war als der, eine Vollmeise zu haben: Sie litt eventuell unter einem schweren Schock, weil sie einen Unfall gehabt hatte, und zu diesem Schock gehörte eben, dass sie ihren Puls nicht mehr fühlte und ihr Herz nicht mehr schlagen spürte.

Sie war nicht tot. Tote hatten keinen Hunger, interessierten sich einen Scheiß für sonderbare Schnittwunden, stellten keine Theorien über ihre Verfassung an, saßen nicht auf dem Boden gegenüber einer U-Bahn-Station und kauten auf ihrem Haar herum. Und sie machten sich keine Gedanken über Verfolger, weil Tote ihre Ruhe vor dem ganzen lästigen Kram hatten, der die Lebenden umtrieb.

Aber warum brachte sie es dann nicht fertig, eine Entscheidung zu treffen? Es war doch so einfach: Sie würde aufstehen, die Straße überqueren, die Treppe hinuntergehen, sich ein Ticket ziehen, durch das Drehgitter treten und auf die nächste Bahn warten. Wie ein ganz normaler Mensch.

Sie hatte bereits die Hand ausgestreckt, um sich am Rand einer der Mülltonnen in die Höhe zu ziehen, als die Schwingtüren des Kinos an der Ecke aufgestoßen wurden und sich eine Welle plappernder, lachender Menschen auf den Gehsteig ergoss. Der Anblick löste in Lily eine so heftige Regung aus, dass sie stöhnend in sich zusammensackte. Ein Teil davon war ein plötzliches Anschwellen ihres Hungers, der nun nicht mehr nur quälend an ihr nagte, sondern wie eine Bestie mit einem gewaltigen Maul voller Reißzähne über ihr Innerstes herfiel – wahllos, gierig und unersättlich. Aber da waren auch Zorn und Neid. Weil diese Idioten genau in jenem Moment aufgetaucht waren, als sie sich gerade entschlossen hatte, endlich etwas zu tun, anstatt hier nur dämlich herumzuhocken. Und ihr blödes Lachen war laut, viel zu laut. Es musste aufhören. Sofort.

Sie hatten es nicht verdient, so glücklich zu sein. Niemand hatte das. Nicht, wenn Lily nicht glücklich sein konnte. Nicht, wenn der Tod so nah war wie ein unachtsamer Fahrer, der wegen einer in den Fußraum gefallenen brennenden Kippe das Steuer verriss und durch die Menge raste. Wie ein brüchiges Stück Beton hoch droben an einer Fassade, das sich im falschen Augenblick löste, um einem den Schädel zu zerschmettern. Wie eine hauchdünne Ader im Kopf, deren Existenz einem bestenfalls komplett unbedeutend erschien – wenn man überhaupt etwas von ihr ahnte –, bis zu jener Sekunde, in der sie platzte. Diese Leute hatten keinen blassen Schimmer, wie froh sie sein konnten, noch am Leben zu sein.

Hilflos grub sie die Finger in die groben Maschen der albernen Stricktasche auf ihrem Schoß, in der die kläglichen Überreste ihres bisherigen, geordneten Daseins versammelt waren, die ihr noch blieben. Professor Boyle hatte sich immer über diese Tasche hervorragend amüsieren können, da sie seiner Meinung nach so gar nicht zu Lily passte. Was wusste der schon? Er hatte ihr auch nicht helfen können, mit all seinen schönen Worten, dem beruhigenden Schulterklopfen und dem Gefasel von einer »völlig üblichen Reaktion in der entscheidenden Phase eines ambitionierten Projekts«.

Sie lockerte die Kordel, die die Tasche verschlossen hielt, steckte beide Hände in die Öffnung und wühlte sich durch den Inhalt. Das, wonach sie suchte, war wohl ganz nach unten gerutscht, zu den gebrauchten Taschentüchern, den Lutschbonbons, den zerknitterten Flyern.

Nein, Boyle konnte ihr nicht helfen, und der Mann, nach dem sie sich nun sehnte, wie sie sich überrascht eingestand, war weit weg und bei einer anderen Frau. Er war bisher immer für sie da gewesen, obwohl sie ihm schon vor Ewigkeiten gesagt hatte, das mit ihnen hätte weniger Zukunft als ein Schneeball in der Hölle. Der, der ihr das Haar aus dem Gesicht gehalten hatte, als sie nach einer brutalen Sauftour zwei Stunden am Stück gekotzt hatte. Der, über dessen Namen sie sich auch nach Jahren noch bepieseln konnte, sobald sie richtig einen im Tee hatte. Der, der mit ihr auf die Beerdigung von Grampy Jules gegangen war und sie zum Weinen gebracht hatte.

Lily verlor die Geduld, drehte die Tasche um und kippte sie aus. Sie tastete den kleinen Haufen ab und grunzte zufrieden, als sie unter ihren Fingerspitzen dünne Plastikkabel und kühles Metall ertastete. Der iPod. Höchstwahrscheinlich war es eine vergebliche Hoffnung, auf die sie baute, aber sie wollte etwas finden, woran sie ihr altes Ich, das sich mehr und mehr zersetzte, verankern konnte. Selbst wenn es nur die Stimme eines Menschen war, den sie geliebt hatte. Selbst wenn dieser Mensch von ihr fortgerissen worden war, weil das Schicksal weder Rücksicht kannte noch Gefangene machte.

Er war tot.

Mit viel Mühe fummelte Lily die winzigen Ohrhörer an ihren Platz. Das Leuchten des Displays brannte ihr grell in den Augen. Sie klickte sich durch das Menü in das Verzeichnis, in dem Grampy Jules' warmes, weiches Raunen für die Ewigkeit bewahrt war.

Trugen die Worte eines Toten tatsächlich genügend Leben in sich, damit sie an sich selbst festhalten konnte?

Vielleicht. Vielleicht auch nicht …

26.08.2009, 10:28

»Asche zu Asche, Staub zu Staub.«

Mit ernster Miene stieß der Priester die kleine Schaufel in den Haufen frischer Erde. Die Krumen prasselten auf das Holz des Sarges, ein Trommelwirbel der Vergänglichkeit. Wenn Grampy Jules nur geschlafen hätte, wäre er von diesem Klopfen sicher aufgewacht.

Die Hitze, die Grampy zum Verhängnis geworden war, hielt London nach wie vor fest im Griff. Die Sonne knallte unerbittlich vom Himmel, und wo Lilys schwarze Bluse auf ihrer Haut auflag, fühlte sich der Stoff so heiß an, dass es beinahe wehtat. Sie hätte besser einen Hut tragen sollen wie Ma und Veronica, aber Lily fand, dass sie mit Hut scheiße aussah. Und sie wollte auf gar keinen Fall scheiße aussehen, wenn sie sich von Grampy verabschiedete.

»Der Schal ist zu bunt«, hatte ihre Schwester sie gerügt. Diesen tadelnden Tonfall setzte sie wahrscheinlich auch ein, wenn sie bei einem Kunden anrief, um ihm mitzuteilen, dass er mit der Rückzahlung der Kreditraten gefährlich in Verzug war. Lily hatte Veronicas Kommentar ignoriert. Sie hatte keine Lust, mit ihrer Schwester über Kleinigkeiten zu streiten, nachdem ihr Leben eine so einschneidende Veränderung erfahren hatte. Es hätte sich auch nicht gelohnt, Veronica zu erklären, weshalb sie sich für den bunten Schal entschieden hatte. Veronica liebte Regeln, und ihre Reaktion wäre genauso kritisch ausgefallen, wenn Lily sich eine tote Katze um den Hals gehängt hätte. So etwas tat man einfach nicht.

Was man hingegen tat, war eine feste Reihenfolge einzuhalten, in der die Familie an den Rand der Grube trat, in die Grampys Sarg hinuntergelassen worden war und in der er nun angeblich bis zum Jüngsten Tag mit Nana Lizzy vereint sein würde. Ungeachtet dieser tröstlichen Behauptung war Lily völlig klar, wo sich Nana Lizzys sterbliche Überreste im Augenblick tatsächlich befanden – irgendwo in dem Hügel mit Aushub, der aus Gründen der Pietät mit Bahnen aus Kunststoffrasen abgedeckt war.

Sie fragte sich, für welches Publikum ihre Familie diese Scharade aufführte. Für Grampy? Der hätte darüber bloß gelacht, und außerdem zweifelte Lily stark daran, dass er in seinem jetzigen Zustand überhaupt etwas davon hatte. Für den Priester? Den kannten sie doch kaum. Für die Handvoll Nachbarn und ehemaliger Kollegen, die den Weg zum Friedhof gefunden hatten? Nein, die Antwort war, dass sie es für sich selbst taten, um sich in der trügerischen Sicherheit wiegen zu können, dass Grampys Tod nicht ihr gesamtes Leben, sondern lediglich ihre Gefühle in ein heilloses Chaos aus Trauer, Wut und Verzweiflung gestürzt hatte.

Als sie ihren Vater beobachtete, wie er entschlossen nach vorne trat, die Hände faltete, kurz nickte und dann mit mechanischen Bewegungen zur Schaufel griff, wurde Lily schlagartig bewusst, wie wenig sich er und Grampy in den letzten Jahren noch zu sagen gehabt hatten. Sie suchte nach einem Anzeichen einer tieferen Regung in Dads schmalem Gesicht. Nach einem Zucken der Mundwinkel unter dem sauber gestutzten Bart, nach einem raschen Blinzeln, nach einem leichten Blähen seiner breiten Nasenlöcher, weil ihm der nächste Atemzug schwerer fiel als sonst. Vergeblich. Dad zog lediglich in geübter Manier seinen Anzug straff – so, wie er es wohl auch tat, wenn er nach einer anstrengenden Sitzung aus dem Sessel aufstand. Dann ging er ein paar Schritte in den Schatten, den die ausladenden Äste einer Platane spendeten.

Die Person, der Lily noch am ehesten zugetraut hätte, dass sie in Tränen ausbrach, war ihre Ma. Mit gesenktem Kopf, als müsste sie darauf achten, wohin sie ihre Füße setzte, schlurfte Ma zum Grab ihres Schwiegervaters. Sie sagte etwas, aber es war zu leise, als dass Lily hätte verstehen können, welche Worte diese tapfere, unscheinbare Frau fand, um auszudrücken, was in ihr vorging. Es war nicht zu übersehen, dass Ma auf der Fahrt hierher geweint hatte, denn zwischen einem ihrer Augenwinkel und ihrer Nasenspitze prangte ein großer Fleck aus zerlaufenem Mascara. Erschrocken stellte Lily fest, wie sehr Ma in den letzten Monaten gealtert war, obwohl sie so hartnäckig versuchte, der Zeit mit Yoga, Kraftsteinen und Homöopathie ein Schnippchen zu schlagen. Lily schluckte, weil ihr Geist sie zwang, sich einen Moment lang vorzustellen, wie sie eines Tages, der unaufhaltsam näher rückte, an einem anderen Grab stehen würde, um ihre Mutter auf die Reise ins große Ungewisse zu schicken.

Zum Glück lenkte sie Veronica von diesem tristen Gedanken ab. Ihre große Schwester überraschte sie mit einem lauten, zitternden »Mach's gut, Grampy«. Mit derart viel Emotion hätte Lily nicht mal im Traum gerechnet. Bei einem wandelnden Eisblock, wie Veronica einer war, ging diese Äußerung geradezu als intensiver Gefühlsausbruch durch.

Dann war Lily auch schon selbst an der Reihe. Sie rief sich das Versprechen in Erinnerung, das sie Grampy gegeben hatte, biss die Zähne zusammen und schaute hinunter in das offene Grab. Ma hatte einen schönen, sechseckigen Sarg aus weißem Holz mit schlichten Messinggriffen ausgesucht. Trotzdem oder gerade deshalb war es nicht unbedingt leicht, das Versprechen zu halten. Warum mühte man sich überhaupt damit ab, schöne Särge auszusuchen, wo der Tod doch so etwas Hässliches war?

Lily holte tief Luft. »Siehst du, Grampy? Ich habe den Schal an, den du mir geschenkt hast. Du hattest recht. Er steht mir gut. Es tut mir leid, was ich zu dir gesagt habe.« Sie hauchte einen Kuss auf die zarte Blüte der Lilie in ihrer Hand, ging so weit in die Knie, wie es ihr eng anliegender Rock zuließ, und warf die Blume sacht ins Grab hinab. Sie war zufrieden. Ein Teil von ihr würde mit ihm ins Dunkel gehen.

Sie räumte ihren Platz für den nächsten Trauergast und steuerte auf die Platane zu, wo sich der Rest ihrer Familie versammelt hatte.

Gottlieb fing sie auf halbem Weg ab. »Alles okay?«

Sie nickte und musterte ihn nachdenklich. Er sollte öfter schwarze Anzüge tragen, weil dann nicht weiter auffiel, dass sein Oberkörper ein wenig zu gedrungen wirkte. Man achtete auch eher auf sein Gesicht – auf die lange, schmale Nase, auf das kecke Kinn mit dem tiefen Grübchen und auf die wachen, braunen Augen. Seine ebenmäßigen Züge hätten sich auf einer Büste aus dem 19. Jahrhundert ausgezeichnet gemacht – ebenso wie sein Name auf der Plakette darunter. Sie musste lächeln, als sie bestimmt schon zum tausendsten Mal darüber nachdachte, welche Eltern ihrem Sohn so einen Namen antun konnten. Für Lily blieben die Deutschen ein merkwürdiges Völkchen, obwohl Gottlieb ihr gegenüber mehrfach beteuert hatte, dass sein Name selbst bei ihm daheim alles andere als voll im Trend lag. »Danke, dass du mitgekommen bist.«

»Ehrensache. Niemand will allein zu einer Beerdigung gehen«, sagte er.

»Und danke, dass du meine bucklige Verwandtschaft erträgst.«

»Du kennst meine nicht.«

»So schlimm?«

»Schlimmer.«

Als sie in den Schatten des Baumes kamen, stellte Lily fest, dass ihre Familie bereits wieder ihrer gemeinsamen Lieblingsbeschäftigung nachging: Man lag sich in den Haaren.

Ma zeigte auf ihre Armbanduhr und nörgelte: »Es ist aber doch besser, wenn ich noch mal zu Hause vorbeifahre. Ich mache mir Sorgen um Victor.«

»Ich habe ja gleich gesagt, dass wir ihn mitnehmen sollen.« Das war typisch Veronica. Wenn sie sich bei irgendetwas nicht von Anfang an durchsetzen konnte, wurde sie später nicht müde, bei jeder passenden Gelegenheit zu betonen, wie schrecklich doof es von den anderen Beteiligten gewesen war, an ihrer unermesslichen Weisheit zu zweifeln. Wie eine CD mit einem Hänger. »Ich habe es vorhin schon gesagt, oder?«

»Das hätte nur unnötigen Ärger gegeben«, grollte Dad. »Garantiert. Mein Vater konnte ihn sowieso nie leiden.«

»Ach?«, machte Ma. »Jetzt ist es auf einmal wichtig, was dein Vater wollte?«

»Bitte wärmt doch die Nummer nicht wieder auf«, stöhnte Veronica. »Grampy ist noch nicht mal richtig unter der Erde.«

»Genau darum geht es aber«, beharrte Ma und schlug mit ihrem Hut nach einem aufdringlichen Insekt. »Darum, wie er sich eigentlich beerdigen lassen wollte.«

»Martha, jetzt lass es endlich gut sein«, schnarrte Dad. »Es gibt genug Sachen, die genau so gelaufen sind, wie er es haben wollte. Es gab weder eine Trauerandacht noch eine Grabrede von mir, und er liegt bei seiner Frau. Alles nachvollziehbare Wünsche. Aber ich mache nicht jeden Firlefanz mit, den er sich ausgedacht hat. Mir reicht es schon, wie der Bestatter mich angesehen hat, als ich zu ihm gesagt habe, dass man meinem Vater diesen dämlichen Beutel um den Hals auf gar keinen Fall abschneiden darf. Wie einen Irren nämlich!« Er schob ein Straffen seines Anzugs ein. »Weißt du, was er mich gefragt hat?« Er sprach in einem arroganten Näseln weiter. »Hatten Sie auf dem Formular nicht angekreuzt, der Verstorbene wäre Anglikaner?«

Lily hatte zwar selbst als Kind nie explizit nachgefragt, was in Grampys Beutel war, aber ihr Studium wäre wohl umsonst gewesen, wenn sie mittlerweile nicht zumindest eine gewisse Vorstellung vom Inhalt gehabt hätte. Mit großer Wahrscheinlichkeit handelte es sich um eine Mischung aus getrockneten Kräutern und Beeren, Steinchen, Tierknöchelchen und Haarsträhnen oder Fingernägeln, die in einem mit komplizierten Knoten sorgsam verschnürten Lederbeutel von der Größe und der Form einer Walnuss um Grampys Hals gebaumelt hatte. Lily hätte ihrem Dad auch verraten können, dass Grampy seinen »Wanga« aus Trinidad mitgebracht hatte. Oder dass der Wanga ihrer Vermutung nach von Grampy regelmäßig mit Öl oder Fett eingerieben wurde, um ihn geschmeidig zu halten und seine angebliche Zauberwirkung zu bewahren. Aber wozu? Dad tat derlei Dinge als peinlichen Hokuspokus ab, als wäre das, woran viele Menschen auf der Insel, auf der die Wiege seines Vaters gestanden hatte, nun einmal glaubten, ein persönlicher Angriff auf ihn und seine Angepasstheit an die Gepflogenheiten in England. Lily erinnerte sich noch sehr gut daran, wie er komplett ausgerastet war, als sie versucht hatte, ihm einen ihrer Standpunkte in Sachen Religion darzulegen – um genau zu sein, den, dass es für sie keinen erkennbaren qualitativen Unterschied gab, ob man als Mensch an das Wirken von Ahnengeistern oder die Auferstehung Christi glaubte, weil beides wissenschaftlich nicht zu belegen war. Sie war gar nicht mehr dazu gekommen, ihm zu erläutern, dass sie damit keinerlei Werturteil über Religion an sich verband. Das hatte er mit einem Faustschlag auf den Tisch und dem gebrüllten Verweis vereitelt, Nana Lizzy würde im Grab rotieren, weil ihre Enkelin zur Atheistin mutiert wäre. Kurze Zeit später hatte Lily sich von Ma darüber aufklären lassen, dass Dad ein wenig gereizt war, weil sie ihm mit ihrem Entschluss, ganz oben auf der Eso-Welle mitzureiten, auf die Nerven ging.

Und auf die Nerven gehen konnte Ma ihm nach wie vor hervorragend. »Hier geht es nicht um dich und wofür du dich so alles schämst, mein Lieber. Hier geht es um die Wünsche eines Toten.«

Auch auf die Gefahr hin, Öl ins Feuer zu gießen, fragte Lily: »Was hatte Grampy denn für Wünsche, die sich nicht erfüllen ließen?«

»Solche, bei denen ich entweder wie ein Idiot, ein Perverser oder das Mitglied einer bekloppten Sekte dagestanden hätte, wenn ich sie einem anständigen Bestatter eröffnet hätte«, antwortete Dad mürrisch. »Deshalb habe ich ja auch mein Maul gehalten.«

»Für etwas mehr Genauigkeit wäre ich dir sehr verbunden«, gab Lily zurück.

»Na super …« Veronica warf einen verschämten Blick in Gottliebs Richtung und strich sich mit den Fingerspitzen fahrig über die zu millimeterdünnen Strichen gezupften Augenbrauen. »Führ uns nur ordentlich vor, Lily. Vielen herzlichen Dank.«

»Gut, wenn du es unbedingt wissen willst …« Dad sprach mit gesenkter Stimme, um nicht die Aufmerksamkeit der ganzen Trauergemeinde auf sich zu ziehen, doch dafür schlich sich eine schneidende Schärfe in seine Worte. »Mein Vater wollte, dass wir ihm die Arme vor der Brust kreuzen und dann eine Platte aus Stein oder Metall darauf legen. Und so abwegig das klingen mag, war das noch harmlos im Vergleich mit der anderen Sache. Er hat darum gebeten, dass man ihm die Achillessehnen durchtrennt. Als ob er in nächster Zeit nicht ohnehin auf längere Spaziergänge verzichten müsste.«

»Harold!«, protestierte Ma halblaut.

»Nein, ganz im Ernst. So einen Firlefanz kann man doch nicht ernst nehmen, oder?« Er schaute über Lilys Schulter hinweg zu Gottlieb, und mit einem Mal wirkte das verstockte Gehabe ihrer Schwester auf Lily nicht mehr ganz so affig. Es kam selten etwas Gutes dabei heraus, wenn Dad die Stirn in tiefe Falten legte und die Lippen schürzte, als hätte er einen fiesen Geschmack im Mund. »Sie sehen recht vernünftig aus, junger Mann. Verraten Sie mir, ob Sie diesen Humbug mitgemacht hätten.«

»Ich denke nicht, dass es mir zusteht, mich in Ihre Familienangelegenheiten einzumischen, Mister Young«, versuchte Gottlieb es mit einem Grad an Diplomatie, für den ihm Lily aufrichtig dankbar war.

Bedauerlicherweise ließ Dad nicht locker. »Na hören Sie mal, mein Bester. Wenn meine Tochter Sie zu einer Beerdigung mitbringt, sind sie beide für Lilys Verhältnisse doch schon so gut wie verlobt. Da ist es nur fair, wenn mein zukünftiger Schwiegersohn sich zu unseren Diskussionen äußern darf.«

Lily drehte sich halb zu Gottlieb um. Sie kannte ihn gut genug, um in seinem Gesicht lesen zu können wie in einem Buch. Was da stand, lautete ungefähr: »Warum pisst du alter Penner mir so ans Bein und deiner Tochter gleich mit?« Was er sagte, war: »Wenn Sie mich so direkt fragen, muss ich Sie leider doppelt enttäuschen. Erstens bin ich weit davon entfernt, Ihr Schwiegersohn zu werden. Zweitens halte ich es nicht für Firlefanz, die Wünsche eines Toten zu achten. Ganz im Gegenteil: Es ist ein Zeichen von Respekt.«

Am liebsten hätte Lily Gottlieb umarmt und ihm einen dicken, feuchten Schmatz auf die Wange gedrückt. Sein Name mochte noch so uncool sein; er selbst war es nicht. Und wenn sein mittelschwerer Akzent, bei dem sich dem Zuhörer so mancher Konsonant am Ende eines Wortes kantig und abgehackt in die Ohren bohrte, einen Vorteil hatte, dann den, dass Gottlieb in Situationen wie dieser besonders bestimmt und geradlinig wirkte.

Dad wählte eine Strategie, die in mehr als einem Konferenzsaal in der City sicher absolut gefürchtet war: Er strafte Gottliebs Kommentar mit völliger Missachtung. Anstatt auf den unverhohlenen Vorwurf einzugehen, stauchte er Ma zusammen: »Wolltest du nicht los und nach Victor sehen?«

Lily zupfte Gottlieb am Ärmel und raunte: »Komm! Wir verschwinden.«

Sie stapfte unbeirrt von Mas besorgten Rufen quer durch die Gräberreihen auf den nächsten Kiesweg zu. Sie brauchte jetzt Abstand. Von dem blöden Gezanke der Menschen, die ihr das Schicksal als nächste Verwandte zugewiesen hatte. Von den ausstehenden Beileidsbekundungen irgendwelcher alten Leute mit runzligen Gesichtern und zahnlosen Mündern und ihrem »Lily? Mein Gott, bist du groß geworden!«. Von den geschult mitfühlenden Blicken des Priesters mit seinem albernen Beffchen.

Sie konzentrierte sich einen Moment ganz auf das Knirschen des Kieses unter ihren Sohlen und auf das Zwitschern der Vögel in den Büschen am Wegesrand. Erstaunlich, wie viel Leben es an einem Ort gab, der doch eigentlich für den Tod reserviert war. Überhaupt konnte sie sehr gut verstehen, weshalb der Kensal Green Cemetery als einer der schönsten Friedhöfe Londons galt. Wären die Grabsteine und die Grüfte nicht gewesen, hätte man sich mit Leichtigkeit einreden können, in einer wunderbar romantischen Parkanlage unterwegs zu sein. Selbst die steinernen Zeugnisse der Vergänglichkeit des Menschen hatten bestimmt ihren Reiz, wenn man nicht gerade hier war, um am eigenen Leib zu erfahren, dass diese Vergänglichkeit auch vor den Menschen nicht haltmachte, die man liebte. So jedoch wisperte jede Engelsstatue Lily mit verwitterten Lippen zu, dass sie Grampy für immer verloren hatte. Auf jeder Inschrift auf jedem

Block aus Marmor oder Granit – ganz gleich, ob er nun in der Sonne glänzte oder von Moos überwuchert war – glaubte sie, seinen Namen zu lesen. Jedes einzelne Kreuz, das aus dem Grün der schweigenden Erde wuchs, warf einen tiefen Schatten auf ihr Herz.

»Bist du so gefasst, wie du tust, oder spielst du das bloß?«, brach Gottlieb nach einigen Minuten das Schweigen.

»Was denkst du denn?«

»Ich denke, du hast heute Morgen deine dickste emotionale Rüstung angelegt, weil du nicht vor deinen Eltern und deiner Schwester zeigen wolltest, wie es wirklich in dir aussieht.«

»Du kennst mich zu gut«, sagte Lily. »Das müssen wir dringend abstellen.« Sie seufzte. »Aber das ist nur die halbe Wahrheit. Ich habe Grampy ein Versprechen gegeben, das ich gern halten möchte.«

»Und das wäre?«

Mann, konnte er neugierig sein! Er hatte nie kapiert, dass diese unumschränkte Offenheit, die er einforderte, einer der Hauptgründe war, weshalb sie es nie geschafft hatten, mehr als gute Freunde abzugeben. Okay, gute Freunde, die ab und zu miteinander im Bett landeten, wenn sie in der Stimmung für das war, wofür irgendein Idiot mal den Begriff »eine unverbindliche Nummer« geprägt hatte. Es wurde nämlich mit jedem Mal, wenn es passierte, komplizierter, die Grenzen zwischen ihnen neu zu ziehen. Sie wurde den Verdacht nicht los, dass Gottlieb eine Art Zermürbungstaktik fuhr und darauf hoffte, dass die Mauern schon bröckeln würden, falls er nur oft genug aus vollen Rohren auf sie schoss. Sie hatte mittlerweile beschlossen, einfach abzuwarten, ob er nicht doch noch irgendwann das richtige Kaliber fand. Manchmal war er bereits gefährlich nahe dran.

»Grampy hat häufiger mal darüber geredet, wie er sich seinen Tod und seine Beerdigung vorstellt. Veronica und ich mussten ihm versprechen, dass wir nicht weinen. Er hasste es, wenn wir traurig waren, und die Idee, dass wir es seinetwegen sein könnten, war für ihn unerträglich. Jede Träne wäre zu viel, hat er gesagt, weil er sie uns nicht mehr wegwischen kann.« Verdammt, es tat gut, mit ihm darüber zu reden. Er war schließlich auch der Einzige, mit dem sie es konnte. Von Dad und Veronica hatte sie ungefähr so viel Anteilnahme zu erwarten wie von einer Parkuhr, während Ma definitiv nur darauf wartete, sie mit irgendeinem Quatsch à la »Im Universum geht keine Energie je verloren« und »Jedes Ende ist auch ein Anfang« zuzutexten.

»Hm.« Gottlieb räusperte sich. »Dein Versprechen in allen Ehren, aber ich weiß, dass du die Königin der scheibchenweisen Eröffnungen bist. Wenn Ihre Majestät also die Güte hätten, wäre ich als Ihr untertänigster Diener gern bereit, mir die nächste Portion auftischen zu lassen.«

Er kannte sie tatsächlich viel zu gut. »Als ich ihn das letzte Mal gesehen habe …«, fing sie an und hatte unvermittelt das Gefühl, dass ihr der bunte Schal um den Hals die Luft abschnürte. Sie lockerte den Knoten ein bisschen, ohne dass es etwas nutzte, und setzte schließlich zu einem neuen Anlauf an. »Grampy und ich haben uns gestritten, als wir uns zum letzten Mal gesehen haben. So richtig mit Anschreien und Dingen, die man nur sagt, weil man seinen Standpunkt nicht vernünftig durchsetzen kann und dem anderen deshalb etwas vor den Latz ballert, von dem man genau weiß, dass es ihn verletzt.«

»Autsch. Wie heftig wurde es denn?«

Lily zuckte mit den Schultern. »Wie heftig findest du: ›Du bist ein verkalkter alter Sack, der sich nicht mal mehr allein die Stützstrümpfe anziehen kann‹?«

Gottlieb sog laut Luft durch die Zähne, als hätte er sich an einer heißen Herdplatte verbrannt. »Auf einer Skala von eins bis zehn ist das eine solide acht, würde ich sagen.«

»Ich wünschte, ich hätte das zurücknehmen können, aber ich hatte keine Gelegenheit mehr dazu. Diese verdammte Hitze. Er hat bestimmt den ganzen Tag nichts getrunken.«

»Dein Großvater hat sicher gewusst, dass du das nicht so gemeint hast. Alte Leute sind Kummer gewohnt. Worum ging es bei diesem Streit überhaupt?«

»Worum wohl? Um meine Arbeit natürlich.« Sie schüttelte

den Kopf. »Das, worüber sich meine ganze Sippschaft so herrlich aufregen kann. Man könnte glatt meinen, ich ginge auf den Strich oder so.«

»Du musst zugeben, dass du ein eher ungewöhnliches Thema beackerst«, sagte er vorsichtig. »Niemand denkt gern über den Tod nach, und auch wenn du nur versuchst, Mythen über lebende Tote aus verschiedenen Kulturen zusammenzutragen, zwingst du jeden, dem du davon berichtest, genau das zu tun: über den Tod nachzudenken. Dass da keine Begeisterungsstürme aufkommen, sobald du nicht mit anderen Anthropologen darüber redest, ist dir doch hoffentlich von Anfang an klar gewesen.«

»Ehrlich gesagt, habe ich mir mehr Sorgen darüber gemacht, wie das in Uni-Kreisen wirkt«, räumte sie ein. »Ob ich mich damit zu einem wandelnden Klischee mache: ›Junge, talentierte Forscherin mit Vorfahren aus der Karibik schreibt über Zombies. Ob sie vielleicht lesbisch ist und gleich noch was über Geschlechterrollen mit hineinbastelt?‹ So was in der Art.« Lily merkte, dass sie schneller ging, weil ihr Körper die Anspannung dringend loswerden wollte. »Womit ich nicht gerechnet hätte, ist, dass mein eigener Großvater mir plötzlich in die Sache reinredet. Erst lässt er sich von mir zahm interviewen, und im nächsten Moment will er mich dazu drängen, meine Arbeit abzubrechen. Ich wüsste nicht, in welcher Gefahr ich schwebe. Dass ich blind für die Wahrheit wäre, weil ich nur in den Schubladen denke, die mein Vater mit seiner strengen Erziehung für mich gezimmert hat. Dass die Schatten, in denen ich herumstochere, hungrig sind. Ich hielt ihn für völlig neben der Spur, aber da hatte ich ja noch keine Ahnung, wie viele andere Leute mir noch begegnen würden, die mir irgendwelche Schauermärchen erzählen wollen. Jedenfalls tut es mir jetzt unendlich leid, dass ich damals derart ausgerastet bin. Ich glaube, er hatte nur ernsthaft Angst um mich.«

»Darf ich dir einen Tipp geben?«

»Immer.«

Er blieb vor einer Bank stehen, zog ein Taschentuch aus der

Hose, spuckte darauf und säuberte das Holz der Lehne von einem großen Fleck Vogelschiss. »Es ehrt dich ungemein, dass du das Versprechen halten willst. Absolut. Aber du tust dir damit keinen Gefallen. Du kannst das, was du im Moment empfindest, zu einem kleinen Klumpen zusammenpressen, den du irgendwo in dir verstaust, wo du glaubst, du würdest nie mehr über ihn stolpern. Doch damit würdest du dich nur selbst anlügen, denn eines schönen Tages – genau in dem Augenblick, in dem du es am wenigsten brauchen kannst – wird es trotzdem passieren. Du wirst darüber stolpern und dich gewaltig auf die Fresse legen. Und dann wird es sich noch viel schlimmer anfühlen als jetzt, weil deine Trauer, dein Zorn und deine Enttäuschung genügend Zeit hatten, um ordentlich zu gären. Glaub mir. Bei mir war das damals nicht anders.«

»Damals?« Sie sah ihm zu, wie er das Taschentuch in den nächsten Mülleimer beförderte, um sich danach auf der Bank niederzulassen. Mit ausgestreckten Beinen, die Arme links und rechts auf die Lehne gelegt. »Wann damals?«

»Nach dem Tod meiner Mutter.«

»Oh.« Lily setzte sich neben ihn. Dieses Thema hatten sie in all ihren Gesprächen bisher weitgehend ausgeklammert. Komisch, wie viele winzige Details an unnützem Wissen man über jemanden sammelte und sich deshalb einbildete, einen tieferen Einblick in sein Leben zu haben. Sie wusste, wie Gottlieb seinen Kaffee trank: zwei Stück Zucker, keine Milch. Welche Geräusche er machte, wenn sie seinen Schwanz im Mund hatte: eine Art grollendes Brummen, das in einen echt niedlichen Laut – halb wie ein Ächzen, halb wie ein unterdrücktes Lachen – überging, sobald es ihm kam. Was sein Lieblingsbuch war: *Bekenntnisse des Hochstaplers Felix Krull*. Aber sie wusste nicht, wie er damit umgegangen war, Halbwaise zu werden. Ganz schön ernüchternd.

»An dem Morgen, an dem mein Vater mich in sein Arbeitszimmer holte, um mir mitzuteilen, dass meine Mutter nicht mehr nach Hause kommen würde, war ich acht, fast neun.« Gottliebs Blick schien in eine viel weitere Ferne zu blicken als nur zu dem Kanal an der Südseite des Friedhofs mit seinem braungrünen Wasser, das sich träge dahinwälzte. »Er saß hinter seinem Schreibtisch – einem unglaublich wuchtigen Ding, das mindestens eine Tonne wog und bei dem die Füße zu Adlerklauen gedrechselt waren –, und ich musste davor stehen bleiben. Es roch nach Cognac und Zigarren, und er hatte die Vorhänge zugezogen. Mir müssen die Tränen in die Augen gestiegen sein, denn er beugte sich nach vorn und sagte: ›Es gibt keinen Grund zum Weinen. Deine Mutter hatte einen guten Tod. Freu dich darüber, denn das ist ein Privileg, das nicht jeder genießt.‹ Anschließend hat er sich nachgeschenkt und mich hinausgewunken.«

»Ich dachte, deine Mutter hätte einen Unfall gehabt.«

»Hatte sie auch.« Er kniff kurz die Augen zusammen. »Ich durfte sie nicht mal mehr sehen, und bei der Beerdigung war ihr Sarg geschlossen.«

Bislang hatte Lily ihren Dad für einen ziemlich schlechten Vater gehalten, doch gegen Gottliebs Erzeuger konnte er offenbar nicht anstinken. »Er hat verlangt, du sollst dich freuen, dass deine Mutter bei einem Unfall zu Tode gekommen ist?«

Gottlieb nickte.

»Was für ein Scheißkerl!«, entfuhr es Lily.

»Da kann ich dir nicht wirklich widersprechen«, gestand Gottlieb. »Aber ich hätte mir als Kind nichts Schlimmeres vorstellen können, als meinen Vater zu enttäuschen. Du kennst das doch. Er ist die Art von Mann, der seine hohen Ansprüche an andere als Selbstverständlichkeit verkauft. Die Art, bei der man hinterher blöderweise nur an die eigenen Fehler denkt, wenn man ihn enttäuscht hat oder auch nur vermutet, ihn enttäuscht zu haben. Doch das ist gar nicht der Punkt, auf den ich hinauswill. Was ich eigentlich loswerden wollte, ist, dass ich es damals so gemacht habe, wie du es gerade tust. Ich habe mir den dicksten Panzer übergestreift, damit meine Gefühle nur noch eine Richtung hatten, in die sie sich fressen konnten. In mich hinein. Und eine Weile dachte ich, das würde gutgehen, und ich war sogar stolz darauf, dass mir bei der Beerdigung die Freunde meiner Eltern über den Kopf strichen und mir sagten, was für ein tapferer kleiner Soldat ich bin.«

Lily fiel ein, dass sie noch nie ein Kinderfoto von Gottlieb gesehen hatte. Ob sein Blond früher heller gewesen war als jetzt? Und wie lange er wohl schon die pennygroße Narbe neben seinem Ohr hatte? Schon als tapferer kleiner Soldat, oder hatte er sie sich erst viel später eingehandelt? »Das mit dem In-sich-hinein-Fressen ist nicht gutgegangen, nehme ich an.«

»Kein Stück.« Er schaute sie an. »Und mir wurde die Rechnung zum denkbar ungünstigsten Zeitpunkt serviert. Bei meiner nächsten Geburtstagsfeier. Selbstverständlich waren da nur die Kinder der richtigen Eltern eingeladen, und Spaß stand bei dieser Veranstaltung nicht im Vordergrund. Eher die Absicht, allen zu zeigen, wie gut unsere Familie die Tragödie verwunden hatte. Daraus wurde nichts. Ich habe es versaut. Es war ein kleines Päckchen unter vielen, aber als ich es aufriss und hineinsah, brachen in mir alle Dämme. Der Panzer war geknackt.«

»Wieso?« Sie hätte seine Hand genommen, wenn sie nicht mit einem Mal das Gefühl gehabt hätte, als rührte sich etwas in ihr, das sie bereits bezwungen geglaubt hatte. »Was war in dem Päckchen?«

»Eine Taucheruhr. Ich hatte sie bei einem Ausflug in die Stadt in einem Schaufenster entdeckt. Als ich meine Mutter anbettelte, sie müsse mir die sofort kaufen, hat sie mich damit vertröstet, dass sie sie mir zum Geburtstag schenken würde.«

Lily lief ein kalter Schauer über den Rücken.

»Ich war nicht mehr zu beruhigen, bin in mein Zimmer gerannt und habe mich eingeschlossen. Die Party war gelaufen. Zur großen Enttäuschung meines Vaters.« Er seufzte und stand auf. »Deshalb ist es besser, sich seiner Trauer zu stellen, solange die Wunde noch frisch ist. Trauer lässt sich nicht austricksen, und nichts ist schlimmer, als wenn eine Wunde aufreißt, obwohl man so sicher war, sie gut vernäht zu haben. Wein lieber jetzt als später, Lily. Tu es für dich. Begeh nicht den gleichen Fehler wie ich. Ich war acht, als ich ihn gemacht habe. Was wäre deine Ausrede?«

Damit ließ er sie auf der Bank sitzen und ging schnellen Schritts davon. Lily wandte rasch den Kopf zur Seite, weil sie ihm nicht nachschauen wollte, denn sonst hätte alles noch so krampfhafte Schlucken nichts genützt, um den Kampf gegen das in ihrer Kehle aufsteigende Schluchzen zu gewinnen. Ihr Blick blieb an einem Relief hängen, das die Wand der nächsten Gruft zierte. Mit wehender Kutte fuhr darauf der Grimme Schnitter reiche Ernte ein. Sie hätte schwören können, dass sie in seinen leeren Augenhöhlen ein listiges Funkeln erkannte. Er trug sein breites Grinsen zu Recht. Am Ende entkam kein Hals seiner Sense, ganz egal, wie sehr man auch versuchte, den Kopf einzuziehen. So war das nun mal. Daran ließ sich nicht das Geringste ändern. Das machte es aber auch nicht weniger trostlos.

Sie zog ihren Schal aus und vergrub das Gesicht darin. Hatte sich irgendwo zwischen den bunten Fäden ein Duft verfangen, der Lily verriet, wer dieses Stück Stoff für sie gekauft hatte? Die penetrante Mentholnote von Grampys Altherren-Aftershave vielleicht? Lily wäre selbst mit der beißenden Schärfe des schrecklichen Ziegencurrys, das er sich mindestens zweimal die Woche gekocht hatte, zufrieden gewesen. Doch da war nichts – nichts außer dem Geruch ihres eigenen Parfums. Nichts. Sie streckte die Waffen und schluchzte in den Schal. Erst leise und verschämt, dann mit jedem verzweifelten Luftholen lauter.

Die Tränen spülten Erinnerungen an den Streit mit ihm hoch. Wie hatte sie nur so egoistisch sein können? Er hatte sich Sorgen um sie gemacht, und sie hatte dieses Zeichen von Zuneigung als Vorwurf umgedeutet. Dabei war er nur dem gefolgt, woran er fest glaubte. Sie wusste, warum er gewollt hatte, dass man seiner Leiche die Sehnen an den Fersen durchtrennte. Gut möglich, dass es komplett idiotisch war, so etwas zu verlangen, aber dieser Wunsch war ein Teil seines Glaubens und damit ein Teil von ihm. Wenn ihr ihre Eltern vorher davon erzählt hätten, hätte sie alles darangesetzt, seinen Wunsch zu erfüllen. Nötigenfalls hätte sie es selbst gemacht.

Er hatte es verdient. Dafür, dass sie sich als Kind hinter seinen Beinen verstecken durfte, wenn am letzten Wochenende im

August die kostümierten Teilnehmer des Notting Hill Carnival lärmend durch die Straßen des Viertels zogen und eine besonders schrille Maskierung ihr Angst einjagte. Dafür, dass er ihr mit einer blödsinnigen Geschichte über ein Häschen und seinen Bau beigebracht hatte, wie man einen ordentlichen Schlaufenknoten in seine Schnürsenkel zauberte. Für die zwanzig Pfund, die er ihr mit sechzehn zugesteckt hatte, damit sie sich das Kleid kaufen konnte, das sie in einem Laden in der Portobello Road gesehen und das Dad in seiner Spießigkeit für viel zu aufreizend befunden hatte. Dafür und für noch viel mehr.

Gottlieb hatte recht: Es wäre ein Fehler gewesen, nicht um diesen wunderbaren, widersprüchlichen Menschen zu weinen, solange die Erinnerungen daran, wie er zu Lebzeiten gewesen war, noch nicht verblasst waren.

»Mein herzlichstes Beileid«, sagte eine laute Stimme.

Lily wischte sich mit dem Schal über die Augen und blickte auf. Wer war das? Und wie lange stand er schon da, locker an eine Ziersäule am Eingang der Gruft mit dem verstörenden Relief gelehnt? Ihre erste Vermutung war die, dass es sich bei dem Mann um einen der Ex-Kollegen von Grampy handeln könnte, doch sie verwarf diese These umgehend wieder. Busfahrer trugen üblicherweise weder moderne Gehröcke mit knielangen Schößen, für die sie ein oder zwei Monatsgehälter auf den Tisch legen mussten, noch kaffeebraune Halbschuhe, die wahrscheinlich das Doppelte kosteten.

Lily zog die Nase hoch, überprüfte den Sitz der breiten Plastikhaarklammer, mit der sie ihre Locken zu einem Pferdeschwanz gebändigt hatte, und sagte: »Vielen Dank. Machen Sie so was öfter?«

Er runzelte die hohe Stirn. »Was?«

»Eine Frau ansprechen, die sie auf dem Friedhof heulen sehen.«

»Nur in absoluten Ausnahmefällen.« Das schiefe Lächeln, das er ihr schenkte, war für Lily ebenso schwer einzuordnen wie sein Alter. Die dreißig hatte er, den Fältchen um seine Augen herum nach zu urteilen, wohl schon hinter sich, doch darüber, wie viele Jahre das her war, konnte sie nur mutmaßen. Zehn? Zwanzig? Fünfundzwanzig? »Darf ich Ihnen ein Kompliment machen?«

Wenn das eine Anmache werden sollte, war es die schrägste, der sie bisher zum Opfer gefallen war. Ihre Neugier war trotzdem geweckt. »Tun Sie sich keinen Zwang an.«

»Die Art, wie Sie eben geweint haben, hat mich sehr beeindruckt«, sagte er.

Okay, er hatte sie also schon länger beobachtet, was nicht gerade auf ein überdurchschnittlich ausgeprägtes Verständnis für die Intimsphäre anderer hinwies. »So?«

»In der Tat.« Er rieb sich mit zwei langen, schmalen Fingern über das glatt rasierte Kinn. »Es war ein ehrliches, ein aufrichtiges Weinen. Das findet man selbst hier nur selten. Und es hatte etwas Trotziges, etwas Zorniges, das mich tief berührt hat.«

Da sie nicht wusste, was sie darauf sagen sollte, musterte Lily den Mann bloß stumm. Was sollte das? Was wollte er von ihr? Allzu gefährlich sah er nicht aus. Er war ungefähr einen halben Kopf größer als sie, und der Schnitt des Gehrocks betonte seine schlanke Figur. Seine Haut war in Anbetracht der Jahreszeit und des seit mehreren Wochen herrschenden sonnigen Wetters recht blass. Wenn man daraus und aus seiner Kleidung auf seinen Beruf schließen konnte, dann ging er einem hochdotierten Bürojob nach. Konnte es sein, dass er in der Nähe arbeitete und nur für einen unschuldigen Spaziergang auf den Friedhof gekommen war?

»Sie haben allen Grund, zornig zu sein«, fuhr er fort und zeigte auf das Relief. »Der Tod ist eine einzige Ungerechtigkeit, und Ungerechtigkeiten begegnet man am besten mit Zorn. Zorn ist der Antrieb hinter jedem Wandel und ein Zeichen eines starken Willens. Doch weil die meisten Menschen sich vor Veränderungen fürchten, erzieht man uns unseren Zorn ab, und unseren Willen gleich mit.« Er stieß sich von der Wand der Gruft ab und machte einen Schritt auf Lily zu. »Sie sind auf einer Beerdigung gewesen, nicht wahr?«

Was für eine bescheuerte Frage! Sie nickte.

»Und ich bin überzeugt, es hat dabei Dinge gegeben, die Sie zornig gemacht haben, oder?«

Das stimmte zwar, doch Lily war nicht bereit, diesem Wildfremden ihr Innerstes preiszugeben und ihr schlechtes Gewissen über den Streit mit Grampy auszudiskutieren. Einmal am Tag war genug. »Ich wüsste nicht, was Sie das angeht.«

»Der Tod geht uns alle an«, konterte er unbeirrt. »Falls ich Ihnen zu nahe getreten sein sollte, möchte ich mich dafür in aller Form entschuldigen. Das stand nie in meiner Absicht. Ich wollte Ihnen lediglich meine Anteilnahme ausdrücken, mehr nicht.«

Obwohl sich nun eine Möglichkeit bot, aus diesem sonderbaren Gespräch auszusteigen, hakte Lily nach. »Das ist nett von Ihnen, aber zugegebenermaßen etwas ungewöhnlich. Immerhin kennen wir uns nicht.«

»Was sich ändern könnte«, antwortete er, überbrückte die kurze Distanz zu ihr und streckte die Hand aus. »Victor Cunningham.«

Lily folgte reflexartig den Geboten der Höflichkeit und schüttelte ihm die Hand, die angenehm kühl war. Ihren Namen behielt sie dennoch für sich. Sie konnte immer noch nicht ganz ausschließen, dass sie gerade angebaggert wurde, und sie wollte Cunningham keine falschen Hoffnungen machen. Auch wenn er strahlend blaue Augen hatte, hinter denen definitiv ein reger Geist wohnte, und sein schwarzes Haar von einem schwachen rötlichen Schimmer durchzogen war, der Lily sofort an warmes Kerzenlicht denken ließ. Noch dazu roch er gut – nach frisch geschlagenem Holz, beinahe wie ein guter Whisky.

»Stört es Sie, wenn ich esse?«, fragte er.

»Nein.« Er hatte eine Überraschung nach der anderen parat. Ein Lächeln stahl sich auf ihre Lippen, das breiter wurde, als sie beobachtete, wie er tatsächlich in die Innentasche seines Gehrocks griff. Was für ein abstruser Ort, um darin ein Sandwich durch die Gegend zu tragen. Denn was konnte es anderes sein, was er da in festes Wachspapier eingeschlagen hervorholte?

Als er das Papier vorsichtig auffaltete, stellte sie fest, dass es mehrere dünne Scheiben Fleisch waren. Anscheinend gut abgehangenes Rind – der Rand braun wie Rinde, innen von einem satten Rot. Geschickt rollte Cunningham die oberste Scheibe zusammen und steckte sie sich ganz in den Mund.

»Kein Brot dazu?«, wollte Lily wissen.

Er bedeutete ihr mit einer knappen Geste, dass sie sich mit einer Antwort gedulden musste, bis er gründlich gekaut und hinuntergeschluckt hatte. »In der Not schmeckt das Fleisch auch ohne Brot«, sagte er, als es so weit war. »Möchten Sie einmal kosten?«

»Nein danke.« Lily schlug die Beine übereinander. »Ich bin Vegetarierin.«

»Aus Überzeugung?« Die nächste Scheibe wurde flugs aufgerollt.

»Wegen einer faulen Lehrerin.«

»Das klingt höchst interessant.«

»Ist es nicht.«

»Das würde ich gerne selbst entscheiden.«

»Na gut, aber ich habe Sie gewarnt.« Mit vor der Brust verschränkten Armen fing Lily an, die Anekdote über ihren Karrierestart als Fleischverweigerin zum Besten zu geben. »Als ich dreizehn war, sind wir mit der Schule auf einen Versuchsbauernhof gefahren. Man hat uns durch die Schweineställe geführt, in denen es richtig duster war. Ich habe mir gedacht: ›O Gott, ich will nicht daran schuld sein, dass diese armen Tiere nie die Sonne sehen. Lieber verzichte ich auf Fleisch.‹ Und ab dem Tag habe ich über zehn Jahre keinen Bissen Fleisch mehr gegessen.«

»Wo kommt da die faule Lehrerin ins Spiel?«, unterbrach sie Cunningham.

»Die blöde Kuh hätte erwähnen sollen, dass die Schweine, die wir Menschen uns im Lauf der Zeit hingezüchtet haben, sowieso keine Sonne mögen. Sie kippen um, wenn sie keinen Schatten finden. Die Schweine auf dem Versuchsbauernhof hat es also wahrscheinlich kein bisschen gejuckt, dass sie im Dunkeln gehalten wurden.« Sie zuckte mit den Schultern. »Und bis mir das ein Biobauer aus dem Fernsehen erklärt hatte, hatte ich einfach den Geschmack an Fleisch verloren. Ich kriege es schlicht und ergreifend nicht mehr runter. Was soll's? Zu viel Fleisch ist eh ungesund.«

»Das Leben ist ungesund«, brummte Cunningham und wandte sich bereits der letzten Scheibe zu, als ihn ein Rascheln in den Büschen hinter der Bank stutzen ließ. »Schauen Sie mal. Wir haben Besuch.«

»Bitte?«

»Da. Die Krähe.«

Kaum hatte Cunningham angefangen, von dem Vogel zu reden, hüpfte dieser mit wippenden Schwanzfedern aus dem Strauchwerk hervor. Die Krähe legte den Kopf schief und öffnete halb den Schnabel, als wollte sie zu einem Krächzen ansetzen, um es sich dann doch anders zu überlegen. Sie spreizte ihre Flügel und hopste Cunningham direkt vor die Schuhspitzen.

»Ja, du weißt, was gut ist«, lobte er das aufdringliche Vieh. Er riss einen Fetzen von seiner letzten Scheibe Fleisch ab und warf ihn der Krähe zu. Sie fing den leckeren Happen aus der Luft und schlang ihn gierig hinunter. »Sehen Sie, das ist ehrlich. Fressen und gefressen werden. Nicht so ein Unfug wie ›Asche zu Asche, Staub zu Staub‹. Es ist die reinste Verschwendung, dass wir unsere Toten in der Erde vergraben. Wären wir ehrlich zu uns selbst, würden wir uns in den Kreislauf einordnen, dem wir entsprungen sind. Leben erhält Leben. Das ist die einzige Wahrheit im gesamten Universum.«

Cunningham faltete das Wachspapier zusammen, steckte es ein und deutete eine Verbeugung an. »Auf Wiedersehen. Es war ausgesprochen nett, mit Ihnen zu plaudern.«

Lily war zu perplex über diesen jähen Aufbruch, als dass sie Cunninghams Abschiedsgruß hätte erwidern können. Sie sah ihm nach, wie er den Weg hinunterging, bis er auf einen Seitenpfad abbog und hinter einer Reihe von Grüften verschwand. »Ich bin ein Magnet für Spinner«, seufzte sie und beschloss nachzusehen, wo Gottlieb abgeblieben war.

Transkription IV
Datum des Interviews: 06.03.2008
Interviewer: Lily Young (LY)
Interviewpartner: Jules Young (JY)

[Generelle Anmerkungen: JY bietet aufgrund seiner Lebensgeschichte eine interessante Perspektive hinsichtlich des Forschungsgegenstands. Seine Sozialisation erfolgte in einem kulturellen Kontext, in dem lebende Tote bis zu einem gewissen Grad nicht zwingend als Figuren aus Mythen und Legenden, sondern vielmehr als real existent erachtet werden (wenn auch in einem geringeren Umfang als in anderen Teilen der Karibik). Darüber hinaus ist es spannend zu beobachten, inwiefern die Ansichten des Befragten durch seine Erfahrungen als Immigrant in ein soziokulturelles Umfeld, in dem lebende Tote in der Regel lediglich als Element der Populärkultur wahrgenommen werden, einer Veränderung unterzogen wurden.

Das Verwandtschaftsverhältnis zum Befragten bedarf unter Umständen einer späteren Problematisierung; es sei jedoch angemerkt, dass ein solches Verhältnis im Zusammenhang mit Phänomenen der sozialen Erwünschtheit von preisgegebenen Informationen m. E. tendenziell eher als Vorteil verstanden werden kann.]

LY: Du hast mir gegenüber mehrfach Andeutungen gemacht, dass du Legenden über wandelnde Tote kennst, die man sich in deiner Heimat erzählt. Darüber würde ich heute gern sprechen.
JY: Es sind keine Legenden. Das ist das falsche Wort.
LY: Welches Wort wäre denn richtig?
JY: Geschichten. Ich kenne Geschichten. Wenn man Legenden sagt, klingt das so, als wären die Geschichten nicht wahr. Nach etwas, das nie passiert ist. Aber es ist passiert. Es ist wichtig, dass man diesen Unterschied macht. Die Jumbies haben es leichter, uns zu quälen, wenn wir uns nicht eingestehen, dass es sie gibt.

[Anmerkung: »Jumbie« ist der im trinidadschen Volksglauben verbreitete Begriff für böse Geister, deren schädlicher Einfluss sich direkt

auf Menschen auswirkt; die Nähe zu »nzumbi« aus dem in Angola gesprochenen Kimbundu liegt auf der Hand, das mit seiner Bedeutung »Geist eines Toten« als eine der möglichen etymologischen Wurzeln für das bereits gegen Ende des 19. Jahrhunderts in den englischen Sprachschatz eingegangene »Zombie« erachtet wird. Auffällig ist hier die Verschiebung von einem Geist ohne körperliche Substanz hin zum auf magischem Wege wiederbelebten Körper eines Toten, dem im Zuge seiner Erweckung sowohl das Sprachvermögen als auch der freie Wille geraubt wurde.]

LY: Okay. Du gehst also davon aus, dass lebende Tote tatsächlich existieren und sie nicht in das Reich von Mythen und Legenden fallen.

JY: Nein, ich gehe nicht nur davon aus. Ich weiß es.

LY: Weil es zu deinen festesten Glaubensvorstellungen gehört, vermute ich.

JY: Du hörst mir nicht zu. Ich habe dich gewarnt, als du mich gefragt hast, ob du mir über diese Dinge ein paar Fragen stellen kannst. Weißt du noch? Ich habe gesagt, dass dir die Antworten vielleicht nicht gefallen. Das ist so eine Antwort. Ich weiß, dass nicht alle Toten immer tot bleiben.

LY: Woher nimmst du diese Gewissheit?

JY: Weil ich einen Toten gesehen habe, der nicht ruhen durfte.

LY: Wann war das?

JY: Als ich noch ein Kind war.

LY: Erzähl mir davon.

JY: Sicher?

LY: Deshalb bin ich heute hier. Wenn ich meine Arbeit gründlich machen will, muss ich mir solche Geschichten anhören.

JY: Wie du willst. Es war in einer Zeit, als die Insel noch anders war. Oh, die ersten breiten Straßen, auf denen die schweren Laster zu den Plantagen und zu den Zuckerfabriken rollen konnten, waren schon gebaut. Auch die ersten Bohrtürme hämmerten und stampften an manchen Orten Tag und Nacht, um dem Boden seine Schätze zu entreißen. Doch der Krieg war noch nicht ausgebrochen, und keiner von uns konnte ahnen, wie viel Bedeutung die Generäle unserem kleinen Stück Land bald beimessen würden. Dass sie Tausende

Leute schicken würden, um die Häfen auszubauen und zu befestigen, Bunker in die Strände zu graben und den Wald zu roden, um Platz für ihre Lager zu machen. Alles für einen Krieg, der eine halbe Welt entfernt tobte, in Ländern, von denen wir nicht einmal die Namen kannten. Danach war nichts mehr wie vorher. Ich ging damals noch in die Schule. *[JY ist 1926 geboren, was nahelegt, dass die im Folgenden von ihm geschilderten Ereignisse Mitte bis Ende der Dreißiger Jahre stattgefunden haben.]*

LY: In welche Klasse?

JY: Unsere Schule war viel zu klein für mehrere Klassen. Es war ja eine Dorfschule, und meine Eltern konnten es sich nicht leisten, mich nach Port-of-Spain auf eine bessere zu schicken. Wir hatten nur eine einzige Lehrerin. Mrs. Yorke. Sie war groß und fett, mit riesigen Brüsten, die kaum in ihr Kleid passten. Alle hatten Angst vor ihr und ihrem Rohrstock. Der Rohrstock war aber nicht das Schlimmste an ihr.

LY: Was dann?

JY: Die Art, wie sie einen ausgelacht hat, wenn man mal etwas nicht wusste. Sie hat ständig gelacht. Am meisten darüber, wie wir geredet haben. So, als ob uns eine Krabbe in die Zunge gezwickt hätte, damit wir kein gutes Englisch mehr sprechen können, weil unsere Zungen so schwer und geschwollen waren. Das waren ihre Worte. Eines Tages hatte ich die Nase voll davon, wie sie uns ständig das Gefühl gab, wir wären dumm und sie wäre so furchtbar schlau.

LY: Verständlicherweise.

JY: Ich habe mich in der Pause, während die anderen unter ihrer Aufsicht vor der Schule herumtollten, zurück ins Klassenzimmer geschlichen und ein Bild von ihr an die Tafel gemalt. Kein sehr nettes, um ehrlich zu sein. Sie war darauf noch um einiges massiger als in echt. Ihren Hintern habe ich mit einem halben Dutzend Krabben verziert. Die petzten ihren Speck so fest zusammen, dass Mrs. Yorke auf dem Bild ihren Mund weit aufgerissen hatte. Neben mein kleines Kunstwerk habe ich geschrieben: »Lieber in die Zunge als in den Arsch gekneift«.

LY: Gekneift?

JY: Ja, »gekneift« stand da. Das ist gleich noch wichtig. Mrs. Yorke fand das Bild überhaupt nicht lustig. Im Gegensatz zu meinen Klassenkameraden. Den meisten jedenfalls. Die hielten sich die Bäuche vor Lachen, und das war gut, weil es jetzt einmal umgekehrt war. Jetzt waren wir mit Lachen dran, nicht Mrs. Yorke. Sie stampfte vor lauter Wut auf den Boden und schlug mit dem Rohrstock aufs Pult, dass es nur so knallte. Dabei hat sie gerufen: »Wer war das? Ich will sofort wissen, wer das war!« Zehn-, zwölfmal. Und dann ist es passiert. Wilbur, der eine Reihe hinter mir saß, verpetzte mich.

LY: Warum?

JY: Hm?

LY: Warum hat er dich verpetzt?

JY: Na, weil er eine feige Kröte und noch dazu der schrecklichste Streber war, den du dir vorstellen kannst. »Lassen Sie mich doch die Tafel wischen, Mrs. Yorke!« »Nehmen Sie mich dran, Mrs. Yorke, ich weiß die richtige Antwort bestimmt!« »Können wir nicht noch ein Gedicht auswendig lernen, Mrs. Yorke?« So war Wilbur. »Sehen Sie mal, Mrs. Yorke, Jules hat Kreide am Po!« Da war ich natürlich dran. Ich musste nach vorne kommen, sie hat mich übers Knie gelegt und angekündigt, sie würde mir die Kreide schon aus dem Hosenboden klopfen. Als sie damit fertig war und mir der Arsch schon gehörig brannte – es fühlte sich an, als wäre da nur noch rohes Fleisch –, sagte sie: »Es heißt gekniffen und nicht gekneift. Für den Fehler hast du dir gleich noch zwanzig Schläge verdient.«

LY: Aua.

JY: Das kannst du laut sagen. Hinterher war sie ganz verschwitzt, und ihr Dutt war aufgegangen. Die nassen Strähnen hingen ihr ins Gesicht wie schwarzer Tang. So viel Schmackes hatte sie in ihre Schläge gelegt. Doch ich habe nicht geweint, nein. Nein, den Gefallen wollte ich ihr nicht tun. Weißt du, woran ich gedacht habe, während der Rohrstock pfiff und pfiff?

LY: Ich bin gespannt.

JY: Daran, wie ich es Wilbur, diesem Verräter, heimzahlen konnte. Er musste dafür büßen, dass er mich verpetzt hatte, und für mich kam nur eine Strafe infrage.

LY: Eine Abreibung nach der Schule?

JY: Nein.

LY: Sondern?

JY: Der Tod. Wilbur sollte sterben. Schau nicht so entsetzt. Ich bin ja auch nicht stolz darauf. Aber ich war noch ein Kind, und ich war zornig und verletzt. Zorniger, als ich jemals zuvor gewesen war. Ich habe alles nur noch wie durch einen roten Schleier gesehen, als wäre mir eine Ader im Auge geplatzt. Mein Entschluss stand fest: Wilbur würde sterben.

LY: Du wolltest ihn also wirklich umbringen.

JY: Nicht ganz. Ich wollte dafür sorgen, dass er stirbt. Das ist nicht das Gleiche.

LY: Darüber ließe sich streiten.

JY: Jetzt hörst du dich beinahe an wie deine Großmutter. Egal. Ich habe nichts davon, mich mit Vorwürfen zu quälen. Was geschehen ist, ist geschehen. Ich wusste von jemandem, der mir helfen konnte, Rache an Wilbur zu üben. Die Erwachsenen fingen an zu flüstern, wenn sie von diesem Mann redeten, aber ich hatte schon immer scharfe Ohren. Er wohnte tief im Wald, droben in den Bergen. Wo genau seine Hütte stand, war mir nicht bekannt. Trotzdem war ich mir sicher, dass ich sie finden würde. Es hieß, man könne sie nicht verfehlen, wenn man nach ihm suchte.

LY: Hatte dieser Mann auch einen Namen?

JY: Ja und nein. Keinen Namen wie meinen oder deinen, aber eine ganze Reihe von Titeln. Der Katzenfresser. Der dunkle Bruder des fauligen Winds. Das Pockengesicht. Der Obeah-Mann. *[Obeah ist eine der vielen synkretistischen Ausprägungen von Praktiken und Lebensvorgängen, die in der Karibik verbreitet sind und in denen westafrikanisches Brauchtum mit christlichen Inhalten verschmolzen ist; häufig werden die unter diesem Begriff zusammengefassten Praktiken aus naturreligiöser Sicht in die Nähe sogenannter »schwarzer Magie« gerückt.]*

LY: Und du hattest keine Angst, zu ihm zu gehen?

JY: Natürlich. Jeder hatte Angst, wenn er zu ihm ging. Aber mein Zorn war größer als meine Furcht. Noch am Tag von Wilburs Verrat bin ich in der Dämmerung losgezogen. Mitten in den Wald hinein. Jeder, der meint, es wäre hier in England unheimlich, durch einen Wald zu gehen, wenn die Dämmerung einsetzt, der war noch nie in einem Wald bei mir zu Hause unterwegs. Wenn einen das Gebrüll der Affen nicht einschüchtert und man sich die Ohren deswegen zuhält, hört man manchmal ein ganz hohes, leises Pfeifen, und dann weiß man, dass irgendwo um einen herum im Halbdunkel die Fledermäuse ausgeflogen sind. Der Großteil hat es auf Früchte abgesehen oder auf Motten, aber manche haben Durst nach Blut. Man muss auf der Hut sein, vor allem vor den Dingen, die man weder hört noch sieht. In jedem Bach, durch den man watet, könnte ein Kaiman lauern, der nur darauf wartet, seine kräftigen Kiefer zupacken zu lassen. Und nachts gehen die Lanzenottern auf die Jagd. Sie sind sehr reizbar. Ein falscher Schritt in ihre Richtung kann dich das Leben kosten, denn ihr Gift wirkt schneller, als du laufen kannst.

LY: Hast du den Obeah-Mann gefunden?

JY: Es wurde dunkel, und ich sah kaum noch die Hand vor Augen. Fast hatte ich die Hoffnung schon aufgegeben, und ich glaubte, ich hätte mich vielleicht doch verirrt, als ich vor mir den Schein einer Fackel sah. Ich ging auf das Licht zu und stand mit einem Mal vor einer Hütte. Soweit ich es erkennen konnte, war der Platz davor sauber gerodet, und die Hütte selbst entsprach auch so gar nicht meinen Erwartungen. Von außen sah sie nicht viel anders aus als die, in der ich mit meinen Eltern und meinen Geschwistern lebte. Nur dass über der Türöffnung etwas hing, das mich verdächtig an den blanken Schädel eines Ziegenbocks erinnerte, über dessen Hörner rostige Ketten und Girlanden aus Blumen gestreift waren. Kann sein, dass ich mich getäuscht habe, denn es gab ja kein anderes Licht als das der flackernden Fackel, die neben dem Eingang im Boden steckte. Mir blieb allerdings nicht die Zeit, mir lange darüber Gedanken zu machen.

LY: Wieso?

JY: Weil mein Herz, das eben noch wie wild gepocht hatte, einen Schlag aussetzte, als eine dunkle, kräftige Stimme nach mir rief: »Jules! Worauf wartest du? Komm doch herein!«

LY: Der Obeah-Mann kannte deinen Namen.

JY: O ja.

LY: Woher?

JY: Die Geister, die auf dem fauligen Wind reiten, sind geschwätzig, wenn sie jemanden finden, der ihre Sprache spricht.

LY: Was hast du dann gemacht?
JY: Was habe ich wohl gemacht? Ich bin der Aufforderung gefolgt und über die Schwelle getreten. Das, was sich mir von meiner Zeit in der Hütte am deutlichsten ins Gedächtnis gebrannt hat, ist der Geruch. Süß und in der Nase kitzelnd wie von verschimmeltem Obst, und darunter ein Hauch von dem Gestank, der dich anspringt, wenn du einen Fisch ausnimmst, der zu lange in der Sonne gelegen hat. Ich dachte, der Geruch steckte in dem feinen Rauch, der von einer kleinen Feuerstelle aufstieg, und hinter der verglimmenden Glut saß der Obeah-Mann. Er rührte mit einem Stock, der so lang war wie mein Arm, in einer flachen Schale mit gezackten Rändern. Ich ahnte, welche Farbe dieser Stock und die Schale hatten. Das bleiche Gelb von Knochen, die aus einem alten Grab gestohlen worden waren. Um nicht darüber nachdenken zu müssen, woher die Knochen stammten – und weil ich es nicht wagte, ihn anzusehen –, schaute ich mich in der Hütte um. Meine Augen gewöhnten sich rasch an das Halbdunkel, und ich sah Dinge, deren Zweck nur die begreifen, die in beide Welten blicken. Ein klobiges Funkgerät, dessen Gehäuse aufgebrochen war, um sein Inneres – die Röhren, die Kabel, einfach alles – zu entnehmen und den frei gewordenen Platz mit dem Pelz eines toten Tiers zu füllen. Von der Decke baumelten zwei gehäutete Affen mit winzigen, gesprenkelten Eiern in den Augenhöhlen und Schlangenhäuten, die sich um ihre nackten Arme und Beine wanden. In einer Ecke kauerte ein ausgestopfter Hund mit einem Stück Brot in seinem für immer geöffneten Maul vor einer vage menschenähnlichen Figur, die aus Knollen und Wurzeln geformt war und einen mit Muscheln verzierten, spitzen Hut auf ihrem Kopf trug. *[Die kultischen Gegenstände, die JY beschreibt, sind ein exemplarisches Beispiel für die nach wie vor sehr lebendige Tendenz synkretistischer Glaubensvorstellungen, symbolträchtige Elemente aus unterschiedlichen Kulturen miteinander zu verbinden und einen gemeinsamen Bedeutungshintergrund für sie zu schaffen.]*
LY: Wie lange hast du da so gestanden?
JY: Ich kann nicht sagen, ob es Minuten oder Stunden waren. Zeit spielte in diesem Augenblick keine Rolle. Der Obeah-Mann begann mir Fragen zu stellen. Warum ich zu ihm gekommen sei. Auf wen

sich der Zorn richtete, den er in mir spürte. Ob meine Eltern von meinem Besuch bei ihm Bescheid wüssten. Er spielte mit mir. Wie eine Spinne, die in ihrem Versteck sitzen bleibt, obwohl ihr Opfer bereits in den Fäden ihres Netzes zappelt. Denn er kannte jede einzelne Antwort auf diese Fragen schon. Jedes Mal, wenn ich etwas sagte, lächelte er zufrieden, und ein wenig von der Asche, mit der er sich sein vernarbtes Gesicht eingerieben hatte, schwebte in kleinen Flocken zu Boden. Sie waren so weiß wie seine Pupillen.

LY: Seine Pupillen waren weiß?

JY: So weiß wie Milch.

LY: Könnte es sein, dass er den grauen Star hatte?

JY: Wie hätte er mich dann sehen können? Und ich war mir sicher, dass er mich sah. Nein. Es war mehr. Er hat in mich hineingesehen. Ich hätte ihm nicht von dem Streich mit Mrs. Yorke und Wilburs Verrat erzählen müssen. Ich denke aber, er wollte alles aus meinem Mund hören. Schließlich hat er mich gefragt, ob ich wüsste, was der Tod sei. Ich habe genickt – ganz ernst, wie man es als Kind tut, wenn man völlig davon überzeugt ist, dass man etwas wirklich weiß –, und er hat mich ausgelacht. Schrill und laut. Dann hat er sich nach hinten gebeugt und mit seinem Stab den schweren Vorhang beiseitegezogen, den ich bis dahin für die Rückwand der Hütte gehalten hatte. Da habe ich begriffen, dass ich doch nicht wusste, was der Tod ist.

LY: Was war hinter dem Vorhang?

JY: Ein Mann. Jung und mit den breiten Schultern eines Arbeiters, der jeden Tag Säcke mit Kakaobohnen wuchtet. Mir knickten die Knie ein und ich fiel auf den Hintern, als ich ihn sah. Er hatte fleckige Shorts und ein Hemd an, das nur noch aus lose zusammenhängenden Fetzen bestand und unter dem sich kräftige Muskeln spannten. Und sein Gesicht. Sein Gesicht war das furchtbarste. Wo der Hund vor der Figur aus Wurzeln und Knollen sein Maul für immer geöffnet hatte, war der Mund dieses Mannes für immer verschlossen. Zugenäht mit Fäden halb so dick wie mein kleiner Finger, die ihm kreuz und quer über und durch die Lippen gezogen worden waren. Auch wenn ihm der Mund verschlossen war, mahlte der Mann mit den Kiefern – hin und her, hin und her, als würde er auf etwas Zähem kauen, das sich nicht schlucken ließ. Das war schrecklich, aber noch lange nicht so grässlich wie seine Augen. Weit aufgerissen, und sie kamen mir viel, viel zu groß vor. Die Glut der Feuerstelle spiegelte sich rot darin. Sonst wohnte kein Leben mehr in ihnen.

LY: Du willst mir sagen, dass dieser Mann tot war?

JY: Ja und nein. Seine Seele war fort – das hoffe ich wenigstens –, aber sein Fleisch war noch da.

LY: Was ist dann passiert?

JY: Der Obeah-Mann winkte mich zu sich. Und ich ging zu ihm. Er verriet mir, wer der andere Mann gewesen war. Ein Plantagenarbeiter, wie ich es vermutet hatte. Er hatte seine Frau zornig gemacht, weil er sich nachts in den Armen anderer Frauen vergnügte. Seine Frau war zum Obeah-Mann gekommen und bat ihn, ihr zu helfen und den Ehebrecher zu bestrafen. Das erzählte er mir, und dann griff der Obeah-Mann plötzlich nach den Hosen des Ehebrechers, zog sie herunter und zeigte auf eine Stelle am Oberschenkel. Innen, ganz nah am Sack. Dort fehlte ein Stück Fleisch, und die blasse Narbe wäre tief genug gewesen, dass ich meine kleine Kinderfaust ganz hätte hineinstecken können. Der Obeah-Mann befahl mir, mit den Fingern über die Ränder der Narbe zu fahren, und ich gehorchte ihm. Während meine Finger über die winzigen Berge und Täler tasteten, wo dem Ehebrecher das Fleisch herausgerissen worden war, fragte mich der Obeah-Mann ein zweites Mal, ob ich wüsste, was der Tod sei.

LY: Was hast du ihm geantwortet?

JY: Ich war dumm genug, um wieder zu nicken. Sein Lachen fiel noch lauter, noch schriller aus, und einen Moment dachte ich, mein Schädel würde platzen, weil er genau den richtigen Ton getroffen hatte – wie bei diesen dicken Frauen aus der Oper, die Gläser zersingen können. Er stieß mich mit seinem Stab an und sagte: »Bring mir diesen Krug dort drüben!« Er meinte ein Gefäß aus Ton, das ein bisschen was von einer bauchigen Blumenvase hatte. Die Öffnung war mit einem Stück festem Leder verschlossen, das über das Loch gespannt war wie das Fell bei einer Trommel. Das Ding war schwer. Ich konnte es nicht anheben, sondern musste es über den Boden zu ihm schleifen. Während er die Knoten in den Schnüren aufmachte, die das Leder an seinem Platz hielten, sagte er: »Das, was hinter mir steht, ist nicht der Tod. Nur der Schatten des Todes. Der echte Tod ist hier drin.« Er nahm eine Packung Streichhölzer aus der Hose, zündete eines an und nahm behutsam das Stück Leder vom Tuch.

[An dieser Stelle schwieg JY mehrere Minuten und war erst nach mehrmaligem Drängen bereit, das Ende seiner Geschichte zu offenbaren.]

Ich hatte nicht viel Zeit zu erkennen, was in dem Krug war, weil das Streichholz so schnell abbrannte. Und ich bin bis heute dankbar dafür. Es hätte Honig sein können oder der zähe, klare Schleim von Froschlaich. So oder so war es die wahre Quelle dieses Gestanks, den ich nie vergessen habe. Mitten in dieser Masse schwamm etwas. Ich kann nicht sagen, ob es der Kopf eines Mannes oder einer Frau war, denn er hatte keine Haare und es ging alles viel zu schnell. Der Kopf trieb mit dem Gesicht nach oben. Mit geschlossenen Augen. Doch der Mund. Der Mund ging auf und zu, auf und zu. Wie bei einem Fisch. Ich taumelte erschrocken zurück, und das Streichholz ging aus. »Das ist der Tod, Jules«, sagte der Obeah-Mann. »Und ich bin sein Geliebter.« Ich wirbelte zu ihm herum. Er hatte sein Hemd gelüftet und zeigte mir lächelnd seinen Bauch. Er war voller Narben wie die am Bein des Ehebrechers.

LY: Sollen wir einen Moment Pause machen?

JY: Nein, nein. Jetzt kommt nicht mehr viel. Ich bin losgerannt. Aus der Hütte. In den Wald. Ich hätte geschrien, wenn ich nicht das Gefühl gehabt hätte, als würde mir der Hals zugedrückt. Irgendwie habe ich es nach Hause geschafft, völlig erschöpft und mit blutigen Kratzern am ganzen Körper. Am nächsten Morgen wurde ich wach, weil mein Bett nass war. Ich hatte es vollgepisst, und ich wollte auf keinen Fall, dass meine Eltern es mitbekommen. Also kletterte ich aus dem Fenster und lief zum Brunnen, um das Laken auszuwaschen. Es war noch früh, doch das ganze Dorf war schon auf den Beinen. Sie suchten nach jemandem.

LY: Nach dir?

JY: Nach Wilbur. Er war fort. Zwei Tage später haben sie ihn gefunden. Die Erwachsenen haben uns erzählt, es müssten wilde Hunde gewesen sein, die im Wald über ihn hergefallen sind. Ich habe das nie geglaubt. Verstehst du jetzt, warum ich nicht möchte, dass du dich weiter mit Dingen beschäftigst, die mit dem Tod zu tun haben? Die Schatten, in denen du herumstocherst, sind immer hungrig.

LY: Du brauchst dir um mich keine Sorgen zu machen.

JY: Doch.

LY: Weshalb?

JY: Weil du meine Geschichte nicht glaubst.

LY: Ich glaube, dass du mir erzählt hast, wie es damals für dich gewesen ist. *[Für sämtliche Schilderungen von JY lassen sich Erklärungen finden, die die Erlebnisse aus der Perspektive eines Kulturfremden entmystifizieren: Das im karibischen Raum tradierte Zombiephänomen wurde in zufriedenstellendem Maße als ein Zusammenspiel von medizinischen Vorgängen (der Verabreichung eines Nervengifts an das Opfer), psychologischen Prozessen (eine Traumatisierung des durch das Nervengift gelähmten Opfers im Zuge seines Lebendigbegrabenwerdens) sowie soziokulturellen Regeln (die Ächtung des Opfers in Form einer Akzeptanz seines angeblich untoten Zustands durch andere Personen) erklärt.]*

07.09.2009, 14:26

»Du hast den Beruf verfehlt«, sagte Gottlieb. »Du hättest Chirurgin werden sollen.«

»Falsch.« Vorsichtig wühlte Lily mit der Gabel ein weiteres runzliges Kügelchen aus ihrem Reis und beförderte es zu seinen Artgenossen an den Tellerrand. »Ich hätte daran denken sollen, mein Biryani ohne Rosinen zu bestellen.« Es war zum Heulen: Eine einzige Zutat verdarb ihr sämtlichen Spaß am Essen, tötete ihren Appetit und machte selbst die Sonnenblumenkerne und die Mandeln nur noch halb so lecker. Sie hasste Rosinen. Allein der Name war eine einzige Beschönigung. Mumifizierte Trauben wäre ihrer Meinung nach eine ehrlichere Bezeichnung gewesen. »Aber vielleicht hast du ja doch recht. Wenn ich Chirurgin wäre, könnte ich das hier einfach zurückgehen lassen und eine rosinenfreie Portion nachordern.«

Sie legte die Gabel weg, lehnte sich in ihrem Stuhl zurück und schaute sich um. Das *Aziz* lag direkt hinter einem Krankenhaus, und sie schätzte, dass mindestens die Hälfte der Gäste, die um die schlichten Tische herumsaßen, dort ihr Geld verdienten und ihre Mittagspause hier verbrachten. Das medizinische Personal war leicht zu erkennen. Man musste nur auf die Schuhe achten. Wer in jeder Schicht endlose Strecken auf lang gestreckten Korridoren wanderte, trug etwas Bequemes an den Füßen und scherte sich herzlich wenig um modische Bedenken. Lily hätte sich lieber erschossen, statt in Clogs oder weißen Halbschuhen mit robusten Gummisohlen aus dem Haus zu gehen, aber sie war ja auch kein Arzt. Nicht einmal eine Krankenschwester, und ganz egal, wie gering deren traditionell schäbiges Gehalt ausfiel, konnte es nur mehr sein als der frustrierende Betrag, der einmal im Monat auf Lilys Konto einging. Hätte Ma ihr nicht ab und an eine größere Summe zugeschossen – natürlich aus den Erträgen dieser beknackten Seminare und Kurse, die sie gab, und selbstverständlich ohne

Dads Wissen –, wäre Lilys Projekt schon lange einen kläglichen Tod gestorben.

»Haben deine Eltern eigentlich noch etwas über mich gesagt?«, erkundigte sich Gottlieb, während er mit einem Stück Fladenbrot die Soßenreste auf seinem Teller aufwischte.

»Nein. Außer dass Ma aufgefallen ist, was für ein guter Esser du bist. Das findet sie super.«

»Und dein Vater?«

Sie angelte einen verirrten Krümel aus dem Ausschnitt ihres Ringeltops und sagte spitz: »Du hast den Beruf verfehlt. Du hättest Chirurg werden sollen. Oder Banker. Als Soziologiestudent rangierst du in seiner Welt nämlich knapp – ganz, ganz knapp – über den armen Kerlen, die mit diesen Wägelchen durch die Straßen patrouillieren, um Hundekacke aufzusaugen.«

Gottlieb kaute hastig und schluckte das soßengetränkte Brot hinunter. »Hat er das gesagt?« Überraschenderweise klang er tatsächlich getroffen.

»Nein. Aber ich weiß, in welchen Kategorien mein Dad denkt.« Es war an der Zeit, den armen Tropf wieder aufzurichten. »Komm, noch ist es nicht zu spät, um dein Studienfach zu wechseln. Du könntest umsatteln. So groß wären die Veränderungen auch wieder nicht.« Sie tippte auf sein Handy, das neben seinem Cola-Glas auf dem Tisch lag. »Das hier hast du sowieso ständig dabei. Du müsstest es nur gegen einen Pager tauschen, den du schmuck am Gürtel tragen kannst. Doktor Berger wird dringend im OP gebraucht.«

Sie grinste ihn an, doch das mit dem Aufheitern hatte höchstens mittelgut funktioniert. Warum machte er immer noch so ein betretenes Gesicht? Es war keineswegs gelogen, dass er sein Handy stets griffbereit hatte. Sie kannte niemanden, der sich derart um den Zustand eines Akkus sorgen konnte wie Gottlieb. Sie erinnerte sich sehr gut daran, dass sie einmal auf dem Weg zu einer Party in London auf halber Strecke noch einmal umgekehrt und zurück nach Oxford gefahren waren, weil Gottlieb eingefallen war, dass er das Ladekabel daheim vergessen hatte. Vor Ewigkeiten – lange bevor sie das erste Mal im Bett gelandet waren – hatte er ihr doch mal erzählt, warum er in dieser Sache so einen Tanz veranstaltete. Irgendwas mit seiner… O Scheiße, sie war die unsensibelste Person auf dem gesamten Planeten. »Gibt es Neues von deiner Stiefmutter?«

»Hm?« Jetzt guckte er sie mit einem Mal an, als hätte sie ihn gefragt, ob er mal eben die zentralen Thesen Max Webers auf Schwedisch für sie zusammenfassen könnte.

»Wie geht es ihr im Moment?« Sie durchforstete ihr Gedächtnis. Gottliebs Stiefmutter war krank. Doch was war das noch mal genau gewesen? Bei ihr war nur hängen geblieben, dass es die Sorte Krankheit war, an deren Ende keine glückliche Genesung wartete, wenn nicht ein Ereignis eintrat, das gläubigere Menschen als Wunder bezeichnet hätten. Eigentlich war er schuld, dass es ihr nicht einfiel, denn er hatte es ihr gegenüber nie wieder erwähnt.

»Oh, das meinst du.« Er nahm seine Serviette, tupfte sich die Lippen ab, knüllte das Papier zusammen und warf es auf seinen Teller. »An ihrem Zustand hat sich nichts geändert. Ich muss allerdings gestehen, dass mein letzter Anruf bei ihr schon eine Weile her ist.«

»Dann können wir beide ja einen Club aufmachen für Leute, die sich nicht bei ihren Eltern melden.« Ob es ihr gelingen würde, das heikle Thema zu umschiffen, indem sie einfach damit anfing, über ihr eigenes Befinden zu plaudern? Vielleicht. Vielleicht auch nicht. »Weißt du, warum ich es nicht schaffe, die Nummer meiner Eltern zu wählen? Weil sie dann anfangen davon zu erzählen, wie der Straßenkarneval dieses Jahr im Viertel so war.«

»Was wäre daran so schlimm?«

Das Umschiffen klappte anscheinend! »So lange ich denken kann, bin ich mit Grampy zum Umzug gegangen. Ich bin nach der Beerdigung absichtlich nur noch eine Nacht geblieben, sonst hätten Ma oder Veronica mich am Ende überredet, noch ein paar Tage dranzuhängen und mit ihnen auf den Karneval zu gehen. Doch das wäre nicht dasselbe gewesen. Absolut nicht.« Die Erwähnung Grampys und des Umzugs riefen Erinnerungen in ihr wach: an die Gruppen von Stelzenläufern, die die Stangen, dank derer sie sich in Riesen mit überlangen Beinen verwandelten, unter wallenden Stoffbahnen versteckten. An die gewaltigen Schmetterlingsflügel, die anderen Feiernden aus dem Rücken wuchsen und denen man manchmal zutraute, dass sie es ihren Trägern erlaubten, bei richtigem Wind tatsächlich als Feen durch die Lüfte zu schweben. An das helle, schwingende Klimpern der Rhythmen, die die Trommler wie durch Zauberei dem starren Stahl ihrer vor den Bauch geschnallten Instrumente entlockten. An das schrille Trillern der Pfeifen, in die viele tanzende Mädchen hineinbliesen, um bei ihrem Hopsen, Stampfen und Springen nicht aus dem Takt zu geraten und den gesamten Zug ins Stocken zu bringen. An den erdigen, kräftigen Geruch, wenn sich Schweiß mit Schminke mischte. Und doch waren all diese Eindrücke verglichen mit einem besonderen Bild, das sich weiter und weiter in den Vordergrund von Lilys Denken schob, gedämpft und blass: eine Gruppe von Menschen – Männer, Frauen, Kinder, Alte, Junge, Dicke, Dürre –, die sich von Kopf bis Fuß mit hellem Schlamm eingerieben hatten und im gleißenden Sonnenlicht die Straße hinunterschlurften. Wie Tote, die sich weigerten, in ihren feuchten Gräbern zu ruhen, weil sie das ausgelassene Treiben ihrer Hinterbliebenen unweigerlich anlockte. »Es hat noch einen anderen Vorteil, dass ich so früh gefahren bin. Ich kann mich in die Arbeit stürzen, um mich von Grampys Tod abzulenken.«

»Und funktioniert das?«, wollte Gottlieb wissen.

»Besser, als mir lieb ist«, seufzte Lily. »Aber ich werde das Gefühl nicht los, dass ich mich verrannt habe. Ich ersaufe förmlich in Quellenmaterial. Ohne Quatsch. Wenn ich was über Draugr lese –«

»Draugr?«

»Skandinavische Untote. Und nein, die habe ich mir nicht ausgedacht. Wenn ich was über Draugr lese, bekomme ich das Gefühl, ich kenne mich in nordischer Mythologie noch lange nicht gut genug aus, um das entsprechende Kapitel in Angriff zu nehmen. Also lese ich was über nordische Mythologie, und dann fällt mir auf, dass es da noch einen neuen Artikel über ›die gesellschaftliche Funktion von Mythen als sinnstiftende Erzählungen im Allgemeinen‹ gibt, auf den ich noch keinen Blick geworfen habe. Also lese ich den.« Sie begann, das Netz aus Verweisen und Querbezügen, in dem sie sich gefangen fühlte, mit dem Finger auf der Tischplatte nachzuzeichnen. »In dem Artikel wird in einem Nebensatz eine philippinische Legende über Geister erwähnt, die das Fleisch von Lebenden fressen. Und was mache ich dumme Kuh?«

»Du recherchierst erst mal intensiv in Sachen philippinische Folklore?«, mutmaßte Gottlieb.

»Bingo! Und es nimmt einfach kein Ende.«

»Muss es aber.« Er griff quer über den Tisch und drückte kurz Lilys Hand. »Du kommst nicht darum herum, irgendwann Grenzen zu ziehen. Sonst wirst du bloß verrückt. Das Thema, das du dir ausgesucht hast, ist so umfangreich und so vielschichtig, dass du es einfach nicht komplett behandeln kannst. Es sei denn, du schaffst es, die Prüfungskommission noch ein paar Jahrzehnte zu vertrösten, bis du dein fertiges Werk in achtzehn Bänden vorlegst.«

»Sehr witzig ...« Leider war weder seine leise Kritik an ihrem Vorgehen ungerechtfertigt noch sein Tipp, das Profil ihrer These zu schärfen. Daher fasste sie auch sofort den Entschluss, ihm zu verschweigen, was sie nach dem Treffen mit ihm für heute noch so geplant hatte. Außerdem stand ein weiterer Punkt auf ihrem Ausheulprogramm. »Unter Umständen würde ich mir gar keinen so großen Kopf um die Arbeit machen, wenn ich das nötige Kleingeld für ein paar Reisen übrig hätte. Es kommt mir nämlich so vor, als hätte ich echte Defizite, was meine Recherchen vor Ort angeht. Ich kann doch wohl kaum etwas Glaubwürdiges über den Wiedergängerglauben in Rumänien schreiben, wenn ich nie dort war.«

»Und ich kann mir schlecht dein Gejammer anhören, ohne dir zum hundertsten Mal anzubieten, dir finanziell auszuhelfen«, sagte Gottlieb.

»Du weißt, wie ich darüber denke.« Sie machte sich wieder

auf Rosinensuche, um seinem Blick auszuweichen. »Es ist schön für dich, dass Geld in deinem Leben keine Rolle spielt, weil dir dein Vater so viel Knete so tief in den Hintern schiebt, dass du Kleingeld hustest. Aber ich will nichts geschenkt, und geliehen haben will ich erst recht nichts, denn ich habe keinen Bock, bei einem guten Freund in der Kreide zu stehen«, ließ sie ihn wissen und fügte in Gedanken hinzu: »Noch dazu habe ich ein Problem damit, mich von jemandem abhängig zu machen – und vor allem dann, wenn dieser Jemand in mir eventuell mehr sieht als ich in ihm.«

Ehe Gottlieb sich beleidigt über ihre neuerliche Absage zeigen konnte, summte sein Handy und kroch, von Vibrationen getrieben, ein Stück auf sie zu – wie ein bizarres Insekt aus Plastik. Das Summen war noch nicht verstummt, da hatte Gottlieb das Handy bereits gepackt und aufgeklappt. Seine Augen zuckten hin und her, als er die schmalen Zeilen der SMS las. Er hatte ohnehin einen blassen Teint, doch nun konnte Lily dabei zusehen, wie Gottlieb das Blut aus den Wangen wich, bis seine Haut fast die Farbe von Hüttenkäse angenommen hatte.

»Schlechte Neuigkeiten?«

Er klappte das Handy zu und stopfte es in den abgewetzten Rucksack, den er auf dem Stuhl neben sich abgestellt hatte. »Ich muss gehen.«

»Was ist los?«, fragte sie baff und schaute tatenlos zu, wie er aufsprang und den Rucksack aufsetzte.

»Ich muss nach Hause.«

»Jetzt gleich?«

Er schob die Hand in die linke Vordertasche seiner Jeans und förderte einen zerknitterten Geldschein zutage. »Ja, jetzt gleich.«

Ihre Gabel landete im kalten Reis auf ihrem Teller, als sie sich zu ihrem Strickbeutel hinunterbeugte. »Ist es was Ernstes? Soll ich mitkommen?«

»Ich meine, nach Hause nach Deutschland.«

Und schon spürte sie das trockene, warme Papier des Geldscheins an ihren Fingern, und Gottlieb hatte sie mit sanftem

Druck auf die Schultern wieder in eine aufrechte Haltung gezwungen. Eine Ahnung machte sich als saures Brennen in ihrem Magen bemerkbar. »Es ist deine Stiefmutter, oder?«

Er rang sich ein Lächeln ab, das wohl beruhigend auf sie wirken sollte, diesen Effekt allerdings meilenweit verfehlte, weil Gottlieb dabei viel mehr von seinen Zähnen zeigte als sonst. »Nein, das ist es nicht. Ich erzähl dir alles, sobald ich wieder da bin.« Er tippte auf das Ziffernblatt seiner Armbanduhr. »Mit etwas Glück kriege ich noch den nächsten Bus zum Bahnhof.«

Sie unternahm einen zweiten Versuch aufzustehen, weil sie ihn zum Abschied gerne wenigstens flüchtig umarmt hätte, aber er kam ihr zuvor, indem er ihr einen hastigen Kuss auf die Backe verpasste. Danach steuerte er auf den Ausgang zu und bedeutete dem rundlichen Mann hinter dem Tresen mit einigen schnellen Gesten, dass Lily für ihn mitbezahlen würde.

Nach einem raschen Blick auf den Geldschein rief sie Gottlieb nach: »Ein Fünfziger? Das ist viel zu viel!«

Mit der Hand am Türgriff rief er zurück: »Behalt den Rest!«

»Wann bist du wieder da?«

»So schnell ich kann«, glaubte Lily zu verstehen, denn Gottliebs Worte gingen im Straßenlärm, der aus der mittlerweile geöffneten Tür ins *Aziz* drang, dem Gemurmel der anderen Gäste und dem blechernen pakistanischen Pop aus billigen Lautsprechern unter.

Von einem Mann derart sitzen gelassen zu werden, zählte zu den selteneren Erfahrungen in Lilys Leben. Was konnte in Deutschland Dringendes vorgefallen sein, das nichts mit der Krankheit von Gottliebs Stiefmutter zu tun hatte und trotzdem ausreichte, um ihn zu einem überhasteten Aufbruch zu verleiten? Warum hatte dieser Arsch, dessen Mitteilungsbedürfnis zu anderen Gelegenheiten gefährlich nahe an die Grenze des Vollquasselns heranreichte, plötzlich nicht mal die winzig kleinste Erklärung für sein Verhalten übrig? Wenn er ihr nicht geholfen hätte, Grampys Tod besser zu verdauen, wäre sie auf ihn glatt sauer genug gewesen, um seine Nummer aus dem Speicher ihres Handys zu löschen …

Sie stocherte noch einen kurzen Moment in ihrem Biryani herum und aß sogar zwei Gabeln davon. Immerhin war sie jetzt – wenn auch nachträglich – eingeladen, und bei all den komplizierten Gedankengängen für ihre Arbeit, die einen Großteil ihrer geistigen Aufmerksamkeit einforderten, vergaß sie manchmal nebensächlichere Dinge. Essen zum Beispiel. Ihr guter Vorsatz, die auf Volldampf laufende Maschine in ihrem Schädel mit Brennstoff für die nächste Nachtschicht zu versorgen, wurde schon bei der zweiten Gabelladung Reis zunichte gemacht. Beim Kauen zerbiss sie eine übersehene Rosine, und der süße Schleim, der aus der runzligen Schale gepresst wurde, um ihr über die Zunge zu glitschen, löste prompt einen Würgereiz aus. Höchst undamenhaft spuckte sie den Brei in ihre Serviette, stand auf, packte ihre Sachen zusammen und ging zum Tresen, um die Rechnung zu begleichen. Sie ließ dem Wirt ein überzogenes Trinkgeld angedeihen, um gleich einen Teil von Gottliebs unerwartetem Geschenk wieder unter die Leute zu bringen.

Draußen erwarteten Lily träge Hitze, das Schmatzen von Autoreifen auf heißem Asphalt und die knallbunten Fassaden der Cowley Road, wo sich Sprayer teils mit Genehmigung der Hausbesitzer, teils ohne deren Einverständnis mit ihren Graffitis verewigt hatten. Kaum einer der Pubs, Fresstempel, Bioläden und Asiashops, die sich hier aneinanderreihten, war von dieser künstlerischen Zuwendung verschont geblieben. Lily mochte die schrille, subversive Ader dieses Oxforder Viertels, das seine Vielfalt einmal im Jahr mit einem Straßenkarneval feierte, der zwar beileibe nicht mit dem Spektakel in Notting Hill mithalten konnte, aber alles in allem ein brauchbarer Ersatz war. Sie gab sich gerne diesem Wirbel aus Farben und Formen, lachenden Gesichtern und wunderbar geschmacklosen Kostümierungen hin. Wenn sie nicht – wie in diesem Jahr – in ihrer Bude hockte und über eine möglichst klare Gliederung für *Kapitel 5: Untote als Grenzgänger zwischen den Daseinsebenen* brütete.

Gottlieb hatte sie trotz anfänglichen Sträubens dann doch noch zur Cowley Road geschleift. Gottlieb, dessen stichhaltigstes Argument »Du musst mitkommen, wenn du verhindern willst, dass dein Hintern endgültig mit dem Stuhl verwächst« gewesen war. Gottlieb, mit dem sie an dem Abend noch sturzbesoffen gegen halb drei in der Kiste gelandet war. Gottlieb, der – der da drüben an der nächsten Ecke stand und in die Seitenstraße hinunterspähte, als würde er ungeduldig auf jemanden warten.

Doch, das war er! Den versifften Rucksack hätte sie unter Tausenden wiedererkannt, und so doll ließ nur ein einziger Kerl, den Lily kannte, die Schultern nach vorne sacken. Für einen Augenblick war in Lily nichts als eine schwindelerregende Verblüffung, die jedoch nach nur wenigen Wimpernschlägen von einem Ärger verdrängt wurde, der rasend um sich griff. Was bildete dieser Idiot sich ein? Eben noch einen auf »extrem eilig« machen und sich jetzt keine hundert Meter von dem Restaurant, in dem er sie zurückgelassen hatte, die Beine in den Bauch stehen! Sie lief so schnell los, wie es ihr luftiges Schuhwerk gestattete. Warum hatte sie auch diese elenden Sandaletten anziehen müssen? Um Haaresbreite wäre sie gegen einen Zwillingskinderwagen gestolpert, den eine Frau im gelben Sari schwungvoll aus dem Eingang einer Bäckerei schob. Lily fing sich an einem Laternenpfosten ab, strafte die junge Mutter mit einem finsteren Blick und nahm ihr eigentliches Ziel wieder ins Visier.

Gerade noch rechtzeitig, um zu beobachten, wie ein schwarzes Auto an der Ecke hielt – ein BMW oder ein Mercedes, aber auf jeden Fall eines dieser protzigen deutschen Klimakiller-Fabrikate. Gottlieb öffnete die Beifahrertür, warf seinen Rucksack über den Sitz hinweg auf die Rückbank und stieg ein. Lilys »He! Halt!« fiel mit dem energischen Zuschlagen der Tür zusammen.

Ohne den Blinker zu setzen, lenkte der Fahrer den Wagen nach links in die Cowley Road und gab Gas. Wie praktisch! Sie würden direkt an Lily vorbeikommen. Sie wedelte mit den Armen und unterdrückte den Impuls, sich auf die Straße zu stellen, um das Auto aufzuhalten. »Gottlieb!«, legte sie ihren gesamten Zorn in einen Schrei.

Der Wagen rauschte heran. Gottliebs Kopf ruckte keinen Millimeter in ihre Richtung. Dennoch weckte ihr Gehampel am Rand des Gehsteigs die Aufmerksamkeit eines der Insassen. Eine Frau auf der Rückbank mit kurzem, rotem Haar und einer verspiegelten Sonnenbrille zeigte Lily den Mittelfinger, während der Wagen an ihr vorbeizog.

Was sollte das denn? Wer war diese Frau? Es gab nur einen, der ihr eine Antwort geben konnte. Lily zückte ihr Handy. Zum Glück hatte sie Gottliebs Nummer auf eine der Kurzwahltasten gelegt. Es tutete zweimal. Dann war er dran.

»Hat das Geld doch nicht gereicht?«

Er wollte also den Unschuldigen spielen, aber nicht mit ihr! »Spar dir das! Warum habe ich dich eben in ein Auto steigen sehen?«

»Was? Lily, ich sitze im Bus zum Bahnhof.«

War das zu glauben? Die erste Lüge gleich mit der zweiten zu untermauern, das war echt unverschämt. »Erzähl das deiner Oma. Ich habe dich doch –«

»Hör mal, Lily!«, fiel er ihr ins Wort. »Ich kann mich gerade nicht mit dir streiten. Wir klären das, sobald ich wieder da bin, ja?«

»Gottlieb? Hallo? Gottlieb?«

Er hatte aufgelegt. So leicht würde sie sich nicht abspeisen lassen. Da war was im Busch, und wenn sie ihr Instinkt nicht trog, hatte es mit der Schnalle zu tun, die ihr den Stinkefinger gezeigt hatte. Lily biss die Zähne zusammen und wählte noch mal Gottliebs Nummer. Es tutete. Einmal. Zweimal. Dreimal. Dann kam: »Hi, hier ist Gottlieb Berger. Ich bin zurzeit nicht zu erreichen. Hinterlassen Sie mir bitte eine Nachricht, und ich rufe Sie –«

Er hatte sie weggedrückt! Was für ein Arschloch! Nein, falsch. Was für ein Riesenarschloch!

Vor Wut bebend stapfte Lily die Cowley Road hinunter, bis sie einen Coffeeshop fand, wo sie über einem Moccachino verschiedenste Konzepte entwickelte, wie sie sich an Gottlieb am besten für seine dreiste Aktion rächen konnte. Nachdem sie sich ausgiebig ausgemalt hatte, wie sie ihm eine scheuerte, ihm das Knie in die Weichteile rammte, bei allen gemeinsamen Bekannten seine heimliche Faszination für das erste Spice-Girls-Album verpetzte oder in seinem Namen einen höllisch schlechten Artikel beim British Journal of Sociology einreichte, dämmerte ihr ein frustrierender Umstand: Er war ihr im Grunde keine Rechenschaft schuldig. Sie waren Freunde mit ein paar Sonderregelungen in Sachen Sex. Auf ihr Betreiben hin. So war das. Sie hatte ihre Chance bei ihm gehabt – nein, sie hatte ungefähr eine Million Chancen ausgelassen, das lose Anbandeln stramm zu ziehen –, und wenn er sich nach ihrem ewigen Hinhalten jetzt nach Alternativen umsah, war das nicht die unvorhersehbarste Entwicklung. Sie hätte ihm zwar ein bisschen mehr Stil zugetraut, aber Männer waren nun einmal feige Schweine, und wenn man nicht aufpasste, steckten sie ihren Rüssel in alles, was sich bewegte und ihre Neugier weckte. Sie entschied, dass sie genau das tun würde, was sie immer tat, wenn sie ihren Verstand davon abhalten wollte, sich in eine Tatsache zu verbeißen, an der sie nichts ändern konnte: Sie würde sich in die Arbeit stürzen.

Transkription VII
Datum des Interviews: 20.05.2008
Interviewer: Lily Young (LY)
Interviewpartner: Doktor Naguib Rifaat (NR)

[Generelle Anmerkungen: Aufgrund seiner kontrovers diskutierten Theorien zur Entstehungsgeschichte altägyptischer Glaubensvorstellungen in der Prädynastik zählt NR zu den umstrittensten Ägyptologen, die die Universität Kairo in den letzten Jahrzehnten hervorgebracht hat. Nichtsdestoweniger schöpft er aus einem reichen Fundus an Wissen über die ältesten erhaltenen Ansichten einer frühen menschlichen Kultur, was die Themenkomplexe Tod und Jenseits anbelangt. Das Gespräch fand auf Wunsch von NR in Raum 64 des British Museum in London statt, wo unter anderem jene unter dem Namen »Ginger« bekannt gewordene Mumie ausgestellt wird, bei der es sich um den ältesten mumifizierten Leichnam handelt, der bislang bei archäologischen Ausgrabungen in Ägypten gefunden wurde (»Ginger« starb Schätzungen zufolge um 3300 v. u. Z.). Ob der Körper des Toten vor der Bestattung absichtlich einem Mumifizierungsprozess unterzogen wurde oder sein Zustand auf natürliche äußere Einflüsse zurückzuführen ist, bleibt in der Fachwelt jedoch auch mehr als einhundert Jahre nach dem eigentlichen Fund weiterhin umstritten.]

LY: Es freut mich sehr, dass Sie bei all dem Tagungsstress trotzdem die Zeit gefunden haben, mir ein paar Fragen zu beantworten, Doktor Rifaat.
NR: Ich bitte Sie, Miss Young, das ist doch eine Selbstverständlichkeit, dass ich meine Erkenntnisse auch über die Fachgebietsgrenzen hinweg teile. Die Freude ist ganz meinerseits. Man erhält nicht oft die Gelegenheit, sich an einem so passenden Ort wie diesem darüber auszutauschen, was den Tod so interessant macht. Selbst wenn das Sterben, das man bestaunt, schon Jahrtausende zurückliegt und auf einem anderen Kontinent stattfand.
LY: Ich befürchte, ich stehe gerade auf dem Schlauch.

NR: Sehen Sie sich um, Miss Young. In diesen ehrwürdigen Hallen befinden sich Aberdutzende von Mumien und Sarkophagen, die dem Boden meiner Heimat entrissen wurden, damit Ihre Leute sich im Angesicht des Todes einem wohligen Gruseln hingeben können.
LY: Das wohlige Gruseln, das Sie vermuten, macht meiner Meinung nach nur einen kleinen Teil der Anziehungskraft dieser Exponate aus. Ich brauche Ihnen nicht zu erzählen, dass es kaum eine Kultur gegeben hat, die in ihrem gesamten Wesen so deutlich auf ein mögliches Leben nach dem Tod ausgerichtet war. Aus dieser Fixierung auf das Jenseits erwächst eine große Faszination.
NR: Mag sein. Ich erkenne nur nicht, wie diese Faszination den Raub unseres Erbes rechtfertigt. Die Europäer sind wie die Aasfresser über Ägypten hergefallen und haben alles fortgeschafft, was nicht niet- und nagelfest war. Allein in den Archiven dieses Museums lagern vierzehn Millionen Objekte, die aus meiner Heimat gestohlen wurden.
LY: Das war vor der Zeit, in der entsprechende Gesetze erlassen wurden, um Ihr kulturelles Erbe zu schützen.
NR: Ja, Gesetze, die von unserer Regierung gemacht und immer weiter verschärft werden mussten, weil die Gier nach unseren Schätzen im Rest der Welt nicht zu versiegen scheint.
LY: Hören Sie, ich möchte mich nicht mit Ihnen streiten. Weder Sie noch ich haben Einfluss auf den internationalen Antiquitätenmarkt.
NR: Sie haben völlig recht. Entschuldigen Sie bitte meinen kleinen Aussetzer. Manchmal vergesse ich, dass es anscheinend Dinge gibt, an denen niemand etwas ändern kann. Meine Vorfahren glaubten offenbar etwas anderes. *[An dieser Stelle wandte sich NR dem mumifizierten Leichnam zu.]* Sie sprachen davon, wie sehr die alten Ägypter ihr Leben an der Aussicht auf ein Jenseits orientierten. Wir stehen vor dem besten Beweis, dass diese Orientierung quasi ein absoluter Grundbaustein ihrer Gesellschaft war, wenn Sie so wollen. Vor mehr als fünftausend Jahren hat man diesen Mann auf seine Wiederauferstehung vorbereitet. *[NR gehört nachweislich zu jener Gruppe von Experten, die von einer absichtlich herbeigeführten Mumifizierung des Leichnams ausgehen.]* Das ist das wahrhaft Faszinierende – die völlige Überzeugung, nein, die Gewissheit, dass der Tod in letzter Kon-

sequenz nur ein Zustand von begrenzter Dauer ist. Ein Zustand, der durch entsprechende kultische Handlungen überwunden werden kann.
LY: Was an sich aber doch noch keinen Unterschied zu anderen Religionen darstellt. Religionen ohne Jenseitsbezug existieren nicht. Eine ihrer Funktionen besteht darin, dem Menschen die Angst vor der eigenen Endlichkeit zu nehmen.
NR: Sehr richtig. Was wir Anhänger der Moderne jedoch häufig vergessen, ist der Umstand, dass wir eine Wiedererweckung unseres Selbst an etwas Feinstoffliches, etwas rein Metaphysisches wie die Seele ketten. Warum? Weil sich der Gedanke einer tatsächlichen körperlichen Wiederauferstehung nicht mit unserem naturwissenschaftlichen Denken in Einklang bringen lässt. Vormoderne Gesellschaften erlegten sich solche Schranken nicht auf.
LY: Es wundert mich, dass Sie das Konzept einer Seele so negativ gefärbt sehen. Soweit ich weiß, hatten die Ägypter ein äußerst komplexes Seelenmodell mit einer Vielzahl verschiedener Komponenten.
NR: Selbstverständlich hatten sie das. Lassen Sie mich auf eine grobe Vereinfachung zurückgreifen, um Ihnen meinen Standpunkt darzulegen: Für mich sind die spirituellen Bestandteile der ägyptischen Seele zweitrangig, da sie alle an einen gemeinsamen Anker geknüpft sind – den körperlich fassbaren Leib, der nicht vergehen darf. Uns fällt es heutzutage schwer, den Körper als Element der Seele zu denken, doch wenn wir das nicht tun, können wir die Menschen, die diesen Mann hier vor uns vor unendlich langer Zeit auf die Ewigkeit vorbereitet haben, nur schlecht verstehen.
LY: Wie stehen Sie dann zu der Theorie, wonach die Komplexität des altägyptischen Seelenmodells sich dadurch erklären lässt, dass sich in ihm Einflüsse aus unterschiedlichen Epochen und Vorläuferkulturen vermengen?
NR: Ich wäre ein schrecklicher Ignorant, wenn ich davon ausgehen würde, dass sich eine Religion im Lauf der Zeit nicht verändert. Immerhin sprechen wir hier über Jahrtausende. Andererseits bin ich der Auffassung, die am weitesten zurückreichende Wurzel der altägyptischen Religion ausgemacht zu haben. Und das ist nun einmal die Überzeugung, dass der Tod nicht nur auf einer spirituellen Ebene,

sondern auch körperlich überdauert werden kann. Mehr noch: Ich begreife die späteren Verästelungen nicht als eine von gesellschaftlichen Fortschritten ausgelöste Verfeinerung. Ganz und gar nicht. Mehr als eine Verwässerung einer grundlegenden Wahrheit ... Sie sehen skeptisch aus.

LY: Sie widersprechen da eben 99 % Ihrer Kollegen.

NR: Das stört mich nicht im Geringsten. Die Belege für meine Theorie sind vorhanden, wenn man bereit ist, die Augen offen zu halten. Nehmen Sie doch nur Osiris.

LY: Den Gott der Unterwelt und Richter über die Toten?

NR: Das waren einige seiner Hauptaufgaben, ja. *[Wie vielen Göttern des Alten Ägyptens werden Osiris zu unterschiedlichen Zeitpunkten seiner Verehrung teils voneinander abweichende Zuständigkeitsbereiche zugesprochen; neben den genannten gehörten hierzu Fruchtbarkeit, Wiedergeburt, die Nilfluten, pflanzliches Leben und noch einige andere. Insofern erlaubt sich NR auch bei den folgenden Aussagen eine weitere grobe Vereinfachung, die alles andere als unproblematisch ist – ganz zu schweigen davon, dass die Inschriften mit den frühesten Erwähnungen dieser Gottheit rund 800 Jahre jünger sind als die Mumie namens »Ginger«, die in den Argumentationen NRs eine zentrale Rolle einnimmt.]* Osiris ist gleichzeitig sowohl ein lebendiger als auch ein toter Gott. Sie kennen sicherlich den entsprechenden Mythos?

LY: Er wurde von seinem Bruder getötet und zerstückelt. Daraufhin suchte seine Gattin Isis die Leichenteile, fügte sie zusammen und erweckte sie mit Hilfe eines Zaubers zu neuem Leben. Oder liege ich falsch?

NR: Zumindest schenkte Isis ihm ausreichend Leben, um einen Sohn mit ihm zeugen zu können. Erst anschließend nahm Osiris seinen Platz in der Nachwelt ein. Als Geschöpf, das zwischen den Lebenden und den Toten steht. Daher auch die vielen Darstellungen, auf denen sein Oberkörper noch das fruchtbare Grün des Lebens zeigt, während sein Unterkörper und die Beine bereits einbalsamiert sind. Er ist tot, aber dennoch wandelt er und spricht er. Und er braucht Nahrung, die ihm als Opfer gereicht wird. Das alles klingt nicht nach einem Dasein, das sich scharf von einer echten Form des Lebens trennen lässt. Daher verstehe ich Osiris als Verkörperung der festen Überzeugung, dass der physische Tod für meine frühesten Vorfahren keine solche Endgültigkeit besaß, wie wir ihm heute beimessen. Insofern haben Sie hier etwas vor sich, Miss Young, nach dem Sie wahrscheinlich suchen, falls ich die Stoßrichtung Ihrer Arbeit richtig verstanden habe: eine uralte Legende aus einer uralten Kultur, in deren Zentrum ein Untoter steht.

LY: Damit ich etwas damit anfangen kann, müsste man die Spur dieser Legende durch die Dynastien verfolgen können. Untod müsste als Thema immer wieder in altägyptischen Erzählungen auftauchen.

NR: Das tut er auch. Überall. Im Pfortenbuch, in den Sargtexten, im Buch der Höhlen. In beinahe allen überlieferten Schriften, die sich mit dem Sterben und der Frage, was den Mensch danach erwartet, auseinandersetzen. Vergessen Sie beispielsweise nicht den eigentlichen Titel des berühmten Totenbuchs.

LY: Sie meinen »Vom Heraustreten ins Tageslicht«?

NR: Sehr schön. Wie ich sehe, haben Sie sich gut auf dieses Gespräch vorbereitet.

LY: Ich sitze schon ein Weilchen an meiner Arbeit.

NR: Und es hat sich wohl gelohnt. Wie dem auch sei. Zurück zum Totenbuch. Ich gehe jedenfalls davon aus, dass die darin enthaltenen Zaubersprüche, die den Verstorbenen befähigen sollen, zwischen dem Diesseits und dem Jenseits zu pendeln, die ältesten Textpassagen sind. Wohlgemerkt drehen sich diese Abschnitte nicht um irgendeine Form von geisterhafter Erscheinung. Sie handeln von einer Rückkehr in einer stofflichen Gestalt. Sie würden das vermutlich einen Untoten nennen, Miss Young.

LY: Vermutlich.

NR: Höre ich da ein gewisses Zögern?

LY: Ich beschäftige mich hauptsächlich mit solchen Mythen über Untote, in denen diese Kreaturen von den Lebenden als bedrohlich angesehen werden. Diesen Aspekt einer Gefahr, die die Wiedergänger darstellen, kann ich hier nicht erkennen.

NR: Eine Bedrohung? Ein Herfallen über die Lebenden, um Rache zu nehmen oder sie in Stücke zu reißen, um ihr Fleisch zu fressen? So etwas?

LY: Als extremster Auswuchs der Furcht vor einer möglichen Rückkehr der Toten, ja. Das ist eine sehr alte Angst. Womöglich eine Urangst.

NR: Meine Vorfahren kannten diese Furcht. Allerdings wussten sie sehr gut mit ihr umzugehen. Man musste die Toten nur ausreichend besänftigen, indem man ihren Hunger stillte, bevor die Gefahr bestand, dass er zu groß wurde. Mit Bier und Brot. Und mit Fleisch, das man ihnen opferte. Viele meiner Kollegen sind zu feige, um über den Kannibalismus zu sprechen, den man vielerorts in Ägypten in den Inschriften zwischen den Zeilen herauslesen kann. Ich bin da mutiger. Es nutzt nichts, eine Wahrheit zu verschweigen, nur weil sie einen erschreckt.

LY: Kannibalismus?

NR: Kannibalismus. Zwar stark ritualisiert, aber durchaus noch als solcher zu erkennen. In den Pyramidentexten aus der Spätphase der Fünften Dynastie findet man die Geschichte des Pharao Unas. Ihm wird nach seinem Tod eine unermessliche Macht nachgesagt. Eine Macht, die er durch den Verzehr seiner Feinde erhält. Dabei ist er nicht zimperlich, und die Schriften bedienen sich einer sehr detaillierten, bildhaften Sprache. Unas frisst Männer, Frauen und Kinder. Seine Diener schächten seine Opfer für ihn und reichen ihm deren Schenkel als Speise. Es werden Rückenwirbel geknackt und Knochen eingekocht, Lungen herausgerissen und Herzen verschlungen. *[NR bezieht sich hier auf den sogenannten »Kannibalenspruch« aus der Unas-Pyramide in Sakkara, das erste altägyptische Bauwerk, in dessen inneren Kammern Beschwörungen und Zauberformeln die Wände zieren.]* Sie sollten diese Texte unbedingt einmal studieren, Miss Young. Ich rate Ihnen jedoch dringend, es nicht vor dem Einschlafen zu tun. Man träumt davon sehr schlecht.

LY: Ich habe einen gesunden Schlaf.

NR: Gut für Sie. Wollen Sie noch mehr hören?

LY: Nur zu. Meine Zeit mit Ihnen ist kostbar.

NR: Wie Sie möchten. Kehren wir kurz zu Osiris zurück. Wir wissen aus den Aufzeichnungen Plutarchs, dem die Ehre zuteilwurde, die Zeremonien der Osiris-Priester zu beobachten, dass zu den Feiertagen dieses Gottes besonderes Brot gebacken wurde. Es hatte die

Form der Körperteile des zerstückelten Gottes und wurde von den Gläubigen feierlich verzehrt. Beinahe wie bei einem christlichen Abendmahl. Eine Wiederauferstehung durch ein Gegessenwerden. Zu den Zutaten dieses Brotes gehörten – wenig überraschend – Wasser und Mehl, doch über eine Ingredienz schweigt sich Plutarch aus. Sie wurde in einem Ritual gewonnen, das er als »das Schneiden des Holzes« bezeichnet. Üblicherweise nimmt man deshalb an, die geheimnisvolle Zutat wäre ein rotes Baumharz gewesen.

LY: Sie teilen diese Meinung nicht?

NR: Nein. Ich halte die Beimengung von Blut als sinnbildlichen Träger der göttlichen Lebenskraft für wesentlich wahrscheinlicher. Es sei denn, es wurde wirklich Harz verwendet, was ich dann allerdings als Teil des von mir bereits erwähnten Verwässerungsprozesses beurteilen würde. *[NR zeigte erneut auf »Ginger«.]* Zu den Zeiten, in denen dieser Mann lebte, war jedenfalls noch Blut im Einsatz. Da bin ich mir sicher. Hundertprozentig.

LY: Wie können Sie da so sicher sein?

NR: Weil wir es bei dieser Mumie mit einer Hervorbringung einer reinen, unverfälschten Lehre zu tun haben. Alles, was danach kam – die pech- oder harzgetränkten Bandagen, die Entnahme der inneren Organe und ihre Verwahrung in Tonkrügen, das Entfernen des Gehirns und seine anschließende Rückgabe in den Leichnam als zu einem Brei gerührte Masse –, all das waren keine Weiterentwicklungen. Es waren Verirrungen. *[Dies ist die Hypothese, für die NR von ausgemachten Koryphäen auf dem Gebiet der Ägyptologie vielfach angefeindet wurde und wird, da sie in krassem Widerspruch zu allen bisher gewonnenen Erkenntnissen über die Entwicklung der Mumifizierungspraxis in Altägypten steht.]* Der Körper dieses Mannes ist auch ohne all diese ausgedehnten Rituale perfekt erhalten. Ungeachtet meiner Auslegung der späteren Praktiken können wir aus den Schilderungen, die uns über diese kultischen Handlungen vorliegen, Erstaunliches über die frühesten Formen der Mumifizierung ableiten. Fällt Ihnen etwas an der Stellung der Hände und Arme bei dieser Mumie auf?

LY: Die Arme sind angewinkelt, weil der Leichnam vor der Beisetzung in eine Fötushaltung gebracht wurde.

NR: Und die Hände?
LY: Sie sind zum Mund geführt.
NR: So ist es. Einer der ersten Schritte bei der Durchführung des Mundöffnungsrituals aus späteren Tagen war der, die Lippen des Toten mit dem kleinen Finger der linken Hand zu berühren. Ich vermute, dass man in der Urform des Rituals dem Toten die eigenen Finger zwischen die Zähne gelegt hat, um den Mund geöffnet zu halten. Immerhin müssen die Toten weiterhin essen können.
LY: Ich habe gelesen, dass das Mundöffnungsritual zuerst an Götterstatuen durchgeführt wurde, um sie zu beseelen, und dass man erst danach irgendwann dazu überging, das gleiche Ritual auf Leichname anzuwenden.
NR: Tun Sie bitte einen Moment so, als hätten Sie das nicht gelesen. Was halten Sie unter diesen Umständen – aus Ihrer ganz persönlichen Sicht – für nachvollziehbarer, Miss Young? Dass man den Weg wählt, erst etwas, das nie gelebt hat – einem behauenen Stück Fels –, Leben einhauchen zu wollen, um danach denselben Vorgang auf etwas zu übertragen, von dessen blühendem Leben man bis vor Kurzem noch Zeuge gewesen ist? Oder geht man in die umgekehrte Richtung und unternimmt zunächst den Versuch, einer Person, deren Leben gerade zu Ende gegangen ist, neue Kraft zu spenden, um den Tod zu überwinden, bevor man sich dann an den Fels wagt? Bedarf Stein einer besonderen Behandlung, um der Ewigkeit die Stirn zu bieten?
LY: Ein guter Punkt. Aber heißt es nicht, die Ägypter wären von einem animistischen Weltbild ausgegangen, in dem alles um sie herum belebt ist? Könnte dann nicht auch ein Stein aus ihrer Sicht der Dinge eine Seele besessen haben?
NR: Schauen Sie sich diese Mumie noch einmal an, Miss Young. Ist sie ein Stein?
LY: Nein, natürlich nicht.
NR: Ich will Ihnen verraten, was den Reiz an ihr ausmacht. Den Reiz, den Sie eine Faszination und den ich ein Gruseln genannt habe. Ganz egal, welches Wort wir wählen, um die Empfindung auszudrücken, die dieser Anblick in uns auslöst, bleibt der Ursprung derselbe. Es ist das Leben. Wir sehen das Leben in dieser Mumie. Das Leben im

Tod. Niemand kann sich dagegen wehren. Es weckt ein furchtbares Unbehagen.

LY: Das ist eine bloße Vermutung. Um sie zu stützen, bräuchte man Umfragen unter Besuchern.

NR: Und Sie würden bei einer solchen Erhebung auf ehrliche Antworten hoffen? Auf Erklärungen, weshalb man an Mumien immer wieder geradezu unglaubliche Frevel begangen hat, die jede Achtung vor dem Tod vermissen lassen, sobald dieses Unbehagen in blinde Vernichtungswut umschlägt? Dass man Mumien zu Pulver gemahlen hat, um sie Kranken als Medizin zu verabreichen? Dass sie als billiger Brennstoff benutzt wurden, um Lokomotiven anzutreiben? Dass einige der Rosensträucher, an deren duftenden Blüten sich Ihre Könige und Königinnen erfreuten, mit den zerhäckselten Leibern von Toten aus meinem Land gedüngt wurden? Dass zu der Farbpalette vieler Ihrer Maler das kräftige Mumienbraun gehörte, das ein Eigenleben zu besitzen schien und die anderen Farben beeinflusste, mit denen es auf der Leinwand in Berührung kam?

LY: Doktor Rifaat, ich habe schon zu Beginn versucht, Ihnen deutlich zu machen, dass ich mich nicht für die Verfehlungen der britischen Kolonialpolitik im neunzehnten Jahrhundert verantwortlich fühlen kann.

NR: Dann können Sie nur darauf bauen, dass meine Vorfahren sich geirrt haben und wir nicht nach unserem Tod auch für die Verfehlungen unserer Ahnen zur Rechenschaft gezogen werden.

[An diesem Punkt wurde das Gespräch in beiderseitigem Einverständnis abgebrochen.]

07.09.2009, 15:34

Der Buchladen, von dem Lily sich einen weiteren Baustein für den ohnehin schon viel zu hohen Stapel ungelesener Bücher auf ihrem Schreibtisch holen wollte, war in der High Street für Studenten strategisch günstig positioniert. Ein Stückchen links die Straße hinunter erstrahlte der helle Kalkstein der Fassade des Queen's College im grellen Sonnenschein. In der anderen Richtung ragte der große Glockenturm des Magdalen College trutzig in den wolkenlosen Himmel. Direkt gegenüber von *Watford's Books Old and New* lauerten schließlich die Examination Schools, in denen die Studenten der Universität mit ihren Abschlussprüfungen gequält wurden. Lilys allererstem Besuch in dem kleinen Laden war ein banger Blick zu jenen heiligen Hallen vorangegangen, von denen sie wusste, dass man sie dort irgendwann – in einer alles andere als fernen Zukunft – auf die akademische Waagschale legen würde. Sie konnte sich lebhaft vorstellen, dass sie nicht die Einzige war, die sich auf ähnliche Weise genötigt gesehen hatte, rasch ein schlaues Buch zu erwerben, um wenigstens den Eindruck zu gewinnen, dass man etwas dafür tat, sich das nötige Hirngewicht anzufuttern.

Nachdem Lily sich die iPod-Hörer aus den Ohren gezupft hatte und Pete Dohertys Nörgeln über das Zusammenfallen von Tod und Ruhm verstummt war, öffnete sie schwungvoll die Tür. Dafür, dass er einen Teil seines Lebensunterhalts durch die Ängste anderer Leute finanzierte, war Mortimer Watford äußerlich ein bemerkenswert harmloses Geschöpf. Er blinzelte Lily hinter seiner Hornbrille mit monsterbreiten Schildpattbügeln an, die durch eine Kapriole der Mode mit einem Mal wieder voll im Trend lag. Und das, obwohl Mortimer das Prachtstück bestimmt schon vor einigen Jahrzehnten erworben hatte. Ein »Guten Tag, die Dame!« kroch ihm krächzend über die schmalen Lippen. »Was kann ich heute für Sie tun?«

»Ich wollte eine Bestellung abholen.« Sie fischte in ihrem

Beutel nach der Karte, die sie nach dem Frühstück im Briefkasten gefunden hatte. Lily schätzte sehr, wie sich Mortimer der ständigen Beschleunigung der Welt verweigerte. Er war ein Relikt – ein lebendes Fossil im mausgrauen Tweedjackett, komplett mit Lederaufnähern an den Ellbogen. Sich auszumalen, wie er eine Mail schrieb, um einen Kunden über den Eingang einer Bestellung in Kenntnis zu setzen, wäre so gewesen, als dächte man darüber nach, wie ein Elefant wohl beim Stricken aussah. Man musste den alten Knaben einfach mögen.

Ihre Finger berührten sich, als Lily Mortimer die Karte über den Tresen reichte. Mortimers Haut fühlte sich an wie Papier, als hätte er durch einen rational nicht erklärbaren, schleichenden Prozess eine der Eigenschaften des Materials angenommen, von dem er tagtäglich in rauen Mengen umringt war.

»Dann schauen wir mal nach«, sagte Mortimer und wandte sich zu einem Fach in Augenhöhe um. Lily war froh, dass er nicht auf eine der Leitern steigen musste, auf die er gelegentlich hinaufkraxelte, um in Griffreichweite der obersten Ablagen zu gelangen. Er hätte abstürzen können.

»So, da ist es.« Er händigte Lily ein in braunes Leinen gebundenes Büchlein aus und tippte eifrig auf die Tasten eines schwarzen Monstrums von Registrierkasse.

Was für ein durch und durch bekloppter Tag! Lily brauchte die vergilbten Seiten des Buches nicht aufzuschlagen, um festzustellen, dass es nicht das war, was sie vor anderthalb Wochen bestellt hatte.

»Ich bekomme dafür –« Mortimer brach ab, weil ihr die Enttäuschung anscheinend allzu deutlich ins Gesicht geschrieben stand. Besorgt fragte er: »Stimmt etwas nicht?«

»Das ist das falsche Buch«, sagte Lily. Es war nicht so, dass sie grundsätzlich keinerlei Interesse daran hatte. Im Gegenteil. Doch leider brauchte sie die Geschichtensammlung, mit der sie gerechnet hatte, viel dringender. Außerdem hatte sie Jonas Lies *Weird Tales from Northern Seas*, das sie nun in Händen hielt, schon vor einiger Zeit gelesen, als sie sich mit den Sagen und Legenden über die Draugr beschäftigt hatte. »Wenn ich es nicht schon zu Hause hätte, Mister Watford, hätte ich es vielleicht trotzdem genommen. Aber so …«

Er seufzte schwer, und als die Luft aus seinen Lungen gewichen war, wirkte er noch ein ganzes Stück dünner und schwächlicher als sonst. »Das haben Sie nicht bei mir bestellt, oder?«

»Nein. Das gibt es im Netz. Ich habe es mir als PDF runtergeladen.«

Mortimer schob die Kassenlade zu. »Ich verstehe.«

Er senkte den Blick, als hätte Lily ihm gegenüber soeben ein furchtbares Geständnis abgelegt – dass sie ab und an ins Kino ging, anstatt daheim ein gutes Buch zu lesen, oder dass sie heimlich mit einem anderen durch die Laken tollte, obwohl sie doch durch ein Eheversprechen an ihn gebunden war. Dabei hatte er nun wirklich keinen Grund, gekränkt zu sein. Immerhin gab sie beim Buchkauf in der Regel ihm anstelle der Blackwell's-Filiale in der Broad Street den Vorzug, wo man von außen zwar den Charme vergangener Zeiten zu wahren versuchte, aber drinnen der seelenlosen Anonymität Platz gemacht hatte, wie sie für die meisten großen Ladenketten typisch war.

»Ich bedaure die Verwechslung zutiefst. Ein Versehen dieser Art ist unentschuldbar, wenngleich wir alle nicht davor gefeit sind.« Lily glaubte, in Mortimers Stimme trotz aller wortgewandten Höflichkeit eine mühsam im Zaum gehaltene Aggression zu spüren, als fühlte er sich durch sie in die Ecke getrieben und müsste sich mit Klauen und Zähnen gegen einen tödlichen Vorwurf verteidigen. »Wären Sie so freundlich, meinem Gedächtnis auf die Sprünge zu helfen, was Ihre Bestellung anbelangt?«

»Ich wollte eigentlich *Windigo, and Other Tales of the Ojibway.*« Lily plante, eine der Transkriptionen für den Anhang ihrer Arbeit mit klugen Anmerkungen zu versehen, was ihr ohne entsprechende Unterfütterung unmöglich war.

Mortimer setzte die Brille ab und kaute nachdenklich auf einem der Bügel herum, und Lily nahm erstaunt zur Kenntnis, dass seine Augen auch einem Maulwurf gut zu Gesicht gestanden hätten, sobald sie nicht mehr durch geschliffene Linsen vergrößert wurden. »Natürlich. Ich habe da einen Verdacht, wie mir dieses Missgeschick unterlaufen konnte. Seien Sie unbesorgt. Mit etwas Glück ist es rasch behoben.«

Die Brille wanderte zurück an ihren angestammten Platz, und Mortimer ging brummend die Kärtchen in einem Karteikasten neben der Kasse durch. »Ah, da ist er. Wenn Sie mich einen Moment entschuldigen würden.«

Mortimer zauberte etwas aus der Innentasche seines Jacketts, das Lily noch um einiges mehr verblüffte als die Verwandlung seiner Augen beim Auf- und Absetzen der Brille: ein Handy. Und es handelte sich auch nicht um einen pfundschweren Vertreter einer halb vergessenen Generation von Mobiltelefonen, sondern um ein schniekes Gerät von anmutig ecken- und kantenfreiem Design. Waren Blackwell's am Ende nicht die Einzigen, die eine Fassade aufrechterhielten?

Da Mortimer in ein Hinterzimmer verschwand und die Tür leise schloss, bekam Lily nicht viel von dem Gespräch mit, das der kauzige Buchhändler führte.

»Fortuna ist uns hold«, erklärte Mortimer zufrieden, als er wieder hinter dem Tresen stand. »Der Kunde ist noch in der Nähe und gleich wieder hier.«

»Welcher Kunde?«

»Der, dem ich Ihr Buch vorhin aus Versehen mitgegeben habe.«

Was für ein Trottel musste das denn sein, der nicht merkte, dass er mit dem falschen Buch aus dem Laden spazierte? »Ach so.«

»Darf ich Ihnen die Wartezeit mit einer Tasse Tee verkürzen?«

Er durfte. Zwar schwappte Lily noch der Moccachino von eben im Magen herum, doch so flehentlich, wie Mortimer sie ansah, wäre es zu grausam gewesen, seine Wiedergutmachung zu sabotieren. Er besorgte aus dem Hinterzimmer einen Klappstuhl, räumte die Ecke eines Tischs frei, den er als Präsentationsfläche für Neuerscheinungen nutzte, und nötigte sie, Platz zu nehmen. Mit dem verwechselten Büchlein auf dem Schoß ließ Lily sich den angebotenen Tee servieren und harrte dem Eintreffen der Person, mit der Mortimer telefoniert hatte. Redlich darum bemüht, ihr den Aufenthalt so angenehm wie möglich zu machen, hakte Mortimer die üblichen Small-Talk-Themen ab.

Wie kam sie mit ihrer Arbeit voran?

Zufriedenstellend. Sie brauchte ihm ja nicht auf die Nase zu binden, dass es derzeit nur stockend lief.

Wie ist das Befinden der werten Familie?

Unverändert. Lily wollte weder über Grampys Tod reden noch darlegen, dass bei ihrer Sippschaft Nickligkeiten und unausgesprochene Vorhaltungen an der Tagesordnung waren.

Machte ihr die Hitze auch so zu schaffen?

Natürlich. Es bestand keine Veranlassung, ihn darauf hinzuweisen, wie wenig förderlich es bei diesen Temperaturen war, sich in einem stickigen, engen Laden zu verschanzen.

Wie besorgt war sie über die wirtschaftliche Lage der Nation?

Immens. Obwohl sie ehrlich gesagt über ihre persönliche wirtschaftliche Lage noch wesentlich besorgter war.

Unterbrochen wurde dieses nette Geplauder stets dann, wenn die Klingel über der Tür schellte und Kundschaft hereinkam. Ein junger Mann mit hippem Pullunder und dichtem Fransenpony. Eine ältere Dame, deren gesamte Erscheinung – unauffälliges Kostüm, dezente Brosche, flache Schuhe, tadellose Aussprache – förmlich »Lehrstuhlinhaberin für etwas Langweiliges wie Pädagogik oder Politologie« schrie. Ein zu gleichen Teilen unbeholfenes und verwirrtes Mädchen, das Mortimer nach den besten Einführungswerken für englische Literatur fragte. Ein Kerl vom Typ »rundlicher Teddybär«, der geschlagene zehn Minuten über sein Lieblingsbuch – ausgerechnet *Ulysses* von James Joyce – referierte. Doch keiner von ihnen war der erhoffte Buchverwechsler. Das »gleich«, von dem Mortimer gesprochen hatte, zog sich zusehends in die Länge.

Als angenehm empfand Lily den trägen Tanz der Staubkörner in dem gleißenden Streifen Sonnenlicht, der durch das

Schaufenster in den Laden fiel. Den beruhigenden Duft des Tees, der sich mit dem charakteristischen Geruch vermischte, den die Aberhunderte von gebrauchten Büchern verströmten – nach Papier, aber vielleicht auch nach den Hinterlassenschaften früherer Leser. Nach dem Schweiß an ihren Fingerspitzen, der beim atemlosen Überfliegen einer spannenden Szene entstand. Nach dem Salz von Tränen, die von ihnen über einer anrührenden Stelle vergossen worden waren. Und nach den winzigen Blutstropfen, die geflossen waren, wenn sie sich beim unachtsamen Umblättern einer Seite einen feinen Schnitt in die Haut beigebracht hatten.

Es klingelte erneut. Lily schaute zur Tür und erstarrte. Sie kannte den Mann, der da stand und dessen langer Schatten bis zu ihren Knien heranreichte. Die tiefen Fältchen um die Augen. Der Rotstich in seinem dunklen Haar. Sie war ihm schon einmal flüchtig begegnet. Erst vor Kurzem. Aber wo? Hatte er da auch eine schwarze Aktentasche mit blitzblank polierten Silberschließen unter dem Arm getragen?

Mortimer wuselte hinter dem Tresen hervor, um dem Neuankömmling die Hand zu schütteln. »Ich bin Ihnen sehr dankbar, dass Sie sich die Mühe gemacht haben.«

»Keine Ursache.«

Lily stand auf. Beim Klang seiner Stimme, die dem leichten Auf und Ab einer einfachen Melodie zu folgen schien und bei der das R verhalten rollte, machte es bei Lily *klick*. Sie hatte ihn auf dem Friedhof nach Grampys Beerdigung getroffen. Wie hieß er noch mal?

»Miss Young, das ist Mister Cunningham, der –«

»Wir sind uns bereits bekannt«, ging Cunningham lächelnd dazwischen, bevor Mortimer die förmliche Vorstellung zu Ende bringen konnte.

»Ist das so?«

Lily nickte. »Die Welt ist eben doch ein Dorf.«

»Mit bezaubernden Bewohnern.« Cunningham stellte die Aktentasche ab und reichte Lily die Hand, die trotz der Tatsache, dass draußen die Luft über dem Asphalt der Straße flimmerte, trocken und kühl war. Das war also der Trottel, der nicht merkte, dass er mit einem falschen Buch aus dem Laden spazierte!

Cunningham wandte sich mit einem Lächeln an Mortimer. »Mister Watford, Sie haben sicherlich Besseres zu tun, als die kleine Transaktion zu überwachen, die hier ansteht. Das wird uns auch ohne Ihre Unterstützung gelingen. Wir wollen Sie nicht von Ihrer Arbeit abhalten.«

»Ich werde in der Zwischenzeit die Quittungen schreiben«, sagte Mortimer und verzog sich in Richtung Kasse.

»Ausgezeichnet.« Cunningham bückte sich zu seiner Tasche hinunter, doch auf halber Strecke hielt er inne und richtete sich wieder auf. »Und wenn Sie bitte so freundlich wären, auch das Buch für Miss Young auf meine Rechnung zu setzen, ja?«

»Das ist wirklich nicht nötig.« Stückchen für Stückchen gab Lilys Gedächtnis die Erinnerungen an ihr erstes Aufeinandertreffen preis. Täuschte sie sich, oder hatte sie damals nicht auch schon mit erheblichen Schwierigkeiten bei der Einschätzung zu kämpfen, ob er sie anbaggern wollte oder nicht?

»Ich bestehe darauf, für Ihr Buch zu zahlen«, sagte er, wobei das freundliche Lächeln auf seinem Gesicht von einem ernsten Stirnrunzeln ersetzt wurde. »Immerhin hat meine Unachtsamkeit Ihnen Unannehmlichkeiten bereitet.«

»Alles halb so schlimm. Ich hatte eine bequeme Sitzgelegenheit, etwas zu trinken und nette Unterhaltung.«

»Keine Ausflüchte.« Er suchte Blickkontakt zu Mortimer. »Beide Bücher kommen auf meine Rechnung.«

»Danke schön!«, seufzte Lily. Wenn er unbedingt sein Geld loswerden wollte, bitte. Wieder ein paar Pfund mehr, die auf ihrem Konto blieben.

»Nichts zu danken.« Seine Miene hellte sich auf. »Wer hätte gedacht, dass wir uns so schnell wiedersehen?«

»Ich jedenfalls nicht. Obwohl ich zugeben muss, dass es mir hier besser gefällt als auf dem Friedhof.«

»Sehen Sie sich um.« Er ging an ihr vorbei, stellte sich mitten in den Laden und breitete die Arme aus. »Wir sind auf einem Friedhof, wenn Sie so wollen. Hier sind die Gedanken der Toten zur Ruhe gebettet.« Er näherte sich einem der Regale, um langsam, fast zärtlich über die Buchrücken zu streichen. »Das sind die Grabsteine, Grüfte, Urnen und Mausoleen.«

»So, so. Und welche Rolle spiele ich für Sie in diesem Bild?«, meldete sich Mortimer zu Wort, der etwas ratlos diverse Prospekte und Flyer auf dem Tresen hin und her schichtete.

»Sie, Mister Watford? Sie sind der fleißige Friedhofsgärtner, der das Unkraut jätet, die Anlage in Schuss hält und nur für ausgewählte Aasfresser die Tore öffnet.«

Nachdem er mittlerweile schon zum dritten Mal denselben Stapel suchend angehoben hatte, stellte Mortimer seine rätselhaften Bemühungen ein. »Der fleißige Friedhofsgärtner entschwindet für einen Augenblick in seinen Geräteschuppen, um nach einem neuen Quittungsblock – oh, Verzeihung, dem Wetzstein für die Heckenschere zu suchen.«

Mit interessiertem Blick verfolgte Cunningham Mortimers Rückzug ins Hinterzimmer. Dann sagte er zu Lily: »Ich habe also etwas in meinem Besitz, das Ihnen gehört.«

»Na ja, ich hoffe es. Ansonsten ist mein Buch endgültig verschollen.«

Cunningham kehrte gemessenen Schritts zu seiner Aktentasche zurück. Als er an Lily vorbeiging, wehte ihr ein Hauch von jener Whiskynote in die Nase, die ihr auch auf dem Friedhof aufgefallen war. Wenn sie von der Qualität von Cunninghams Klamotten ausging, musste es irgendein teures Parfum sein, mit dem er sich einsprühte. Die Investition lohnte sich: Er roch zum Reinbeißen.

Die Schließen an der Tasche schnappten auf, und Cunningham holte etwas daraus hervor, das in schlichtes, rotes Geschenkpapier eingeschlagen war, auf dem eine Schleife aus Goldband klebte. Lily stutzte. Wie hatte Mortimer es nur fertiggebracht, die beiden Bücher nicht nur zu vertauschen, sondern das eine zusätzlich noch – wahrscheinlich auf ausdrücklichen Wunsch Cunninghams – als Präsent zu verpacken? Es erklärte zumindest, warum Cunningham selbst nichts aufgefallen war. Er war wohl doch kein Trottel. Gut zu wissen. Er roch nämlich sogar so gut, dass man nicht nur in ihn reinbeißen wollte, sondern ihn am liebsten gleich ganz aufgefressen hätte.

»Wollen Sie es aufmachen?«, fragte Cunningham mit einem verschmitzten Grinsen. »Ich bin mir ziemlich sicher, Ihren Geschmack getroffen zu haben.«

»Kunststück. Klar, ich packe es gern aus und lasse mich überraschen.« Sie nahm das Päckchen und zeigte auf das Büchlein mit den Lie-Geschichten, das sie auf dem Tisch mit den Neuerscheinungen deponiert hatte. »Dann ist das wohl Ihres. Ausgezeichnete Wahl übrigens. Für wen ist es denn?«

»Für einen Freund mit Skandinavien-Faible.« Er trat hinter sie und schaute ihr über die Schulter dabei zu, wie sie ihr Geschenk – denn im Grunde war es das tatsächlich, weil Cunningham ja dafür zahlte – kurz in Augenschein nahm, bevor sie das Papier zerfetzte. »Ah, noch mehr alte Mythen. Von Indianern, richtig?«

»Richtig.« Sie verzieh ihm großmütig den politisch unkorrekten Begriff für die Urheber der Erzählungen, die in dem schmalen, gerade einmal bleistiftdicken Bändchen gesammelt waren.

»Verzeihen Sie mir meine Neugier, aber weshalb beschäftigt sich ein junger Mensch in der Blüte seines Lebens, der seine gesamte Zukunft noch vor sich hat, mit dem Vergangenen?«

Sie drehte sich zu ihm um. Diese oder eine täuschend ähnliche Frage hatte sie schon von den unterschiedlichsten Leuten zu den unterschiedlichsten Anlässen und aus den unterschiedlichsten Gründen gehört. Dementsprechend fiel ihre Antwort aus – womöglich etwas zu ruppig im Tonfall, aber da musste Cunningham jetzt durch. »Erstens, weil es mir Spaß macht. Eigentlich sollte das als Rechtfertigung reichen, doch ich will mal nicht so sein. Zweitens nämlich sind wir alle das Produkt von Vorangegangenem. Keine Kultur ohne Tradition. Und ich fühle mich wohler dabei, die Kultur zu verstehen, die mich hervorgebracht und geformt hat. Wohler, als wenn ich mich nur von ihren Strömen treiben ließe. Ich konzentriere mich dabei auf die Ansichten, die Menschen im Lauf der Jahrtausende über den Tod und das Jenseits entwickelt haben. Genauer gesagt, setze ich mich mit Mythen und Legenden auseinander, in denen Tote sich aus ihren Gräbern erheben, um die Lebenden heimzusuchen. Und glauben Sie mir bitte, Mr. Cunningham, das Thema meiner Arbeit ist beileibe nicht das exotischste, das man unter Anthropologen findet.«

»Spannend«, sagte Cunningham. »Sehr spannend. Sie müssen mir Ihre Arbeit unbedingt zu lesen geben, sobald Sie damit fertig sind. Wann darf ich mit dieser erhellenden Lektüre rechnen?«

Der Moment, sich Klarheit über Cunninghams Absichten zu verschaffen, war gekommen. »Interessieren Sie sich ernsthaft dafür, oder wollen Sie mir nur schmeicheln?«

»Schließt das eine das andere aus?« Ein Lächeln enthüllte lange, weiße Zähne. »Im Ernst: Mein Interesse ist ehrlich, und es kommt nicht von ungefähr. Es gab eine Zeit, da habe ich sogar den Versuch unternommen, mir so viel Wissen über den Tod anzueignen wie nur irgend möglich.«

Vielleicht wäre es klüger gewesen, die Motivation für seinen Wissensdurst zu erfragen, aber Lily trieb ein anderes Rätsel um. »Wie lange ist das her?«

Er hob einen warnenden Zeigefinger. »Ich ahne, worauf Sie hinauswollen. Wie alt schätzen Sie mich denn?«

Ertappt! Egal. Cunningham hatte nunmehr drei Pluspunkte bei ihr gesammelt, die die bizarren Umstände ihres ersten Aufeinandertreffens auszugleichen begannen: seinen hervorragenden Parfumgeschmack, seine gepflegten Zähne und jetzt als Letztes einen unumstößlichen Beweis für seine gute Menschenkenntnis. »Ich würde sagen, Sie sind etwa Mitte dreißig.«

Er nickte anerkennend. »Wenn man bedenkt, dass wir uns kaum kennen, ist das gar kein schlechter Tipp, Miss Young.«

Trotz dieser sauberen Parade von ihm hatte Lily eine Idee, wie sie ihn dazu bringen konnte, seine Deckung zu öffnen. »Sagen Sie doch bitte Lily zu mir.« Sie wartete einen Wimpernschlag, ehe sie ihre kleine Spitze setzte. »Sonst komme ich mir so alt vor. Wie Mitte dreißig.«

»Das können wir selbstverständlich nicht erlauben. Lily …«

Er schloss einen Moment die Augen, als würde er sich ihren Namen auf der Zunge zergehen lassen. »Dann bin ich wohl ab jetzt Victor für Sie.«

Sie musste an den Victor denken, der sich bestimmt wahnsinnig darüber freuen würde, wenn sie ihn das nächste Mal daheim in Notting Hill besuchte. Die Aussicht darauf spiegelte sich offenbar deutlich auf Lilys Gesicht wider, denn ihr Gegenüber fragte sofort: »Warum schmunzeln Sie?«

Sie winkte ab. »Oh, ich kenne da noch einen anderen Victor.«

Cunningham beugte sich ein Stück näher an sie heran und sagte leise: »Das kann schon sein. Aber ich gehe jede Wette ein, dass Sie keinen Victor kennen, der auch nur ansatzweise so ist wie ich.«

Okay, das war absolut unmissverständlich. Oder? »Flirten Sie mit mir?«

»Wie könnte ich das nicht?« Er machte einen Schritt nach hinten, um sie von Kopf bis Fuß und wieder zurück zu mustern – ein Vorgang, der Lily ein sanftes Kribbeln bescherte, das von ihrem Nacken bis zwischen ihre Beine wanderte, als würde er nur mit Blicken eine Spur aus feinem Sand auf ihre nackte Haut rieseln lassen. »Sie sind jung, klug, hübsch, gewitzt … Muss ich noch weitermachen?«

»Warum nicht? Ich halte es für Quatsch, dass man aufhören soll, wenn es gerade am schönsten ist.«

Bedauerlicherweise sah er das anders, falls sie das Schürzen seiner Lippen richtig deutete. »Und trotzdem … sind Sie nicht so unbeschwert, wie Sie es verdient hätten. Es … liegt ein Schatten auf Ihnen. Sie machen sich über irgendetwas viel zu viele Sorgen.«

Für gewöhnlich wäre Lily vor einem Mann zurückgeschreckt, der ihr Innenleben so zutreffend und mühelos las wie den Inhalt eines der Bücher in den Regalen um sie herum. Nicht aber vor ihm. Sie suchte nach einem möglichen Grund, weshalb es bei ihm anders war? Waren es seine in nüchterner Offenheit vorgetragenen Komplimente? War es die absolute Selbstsicherheit, mit der er auftrat? Dieses Gefühl, jemandem gegenüberzustehen, der seinen Platz in der Welt gefunden hatte und ihn sich durch nichts und niemanden mehr nehmen lassen würde? Was immer es war – sie hatte nicht vor, sich ihm völlig ohne Gegenwehr zu ergeben. »Ich habe nicht die beste Laune, das ist wahr. Mein … ein Bekannter hat mich enttäuscht, weil …« Nein, dieses Geheimnis würde sie für sich behalten. »Heute war einfach nicht mein Tag.«

»Dabei sollte jeder Tag Ihr Tag sein, wenn es in der Welt gerecht zuginge.« Er verkürzte die Distanz zwischen ihnen auf kaum mehr als eine Handbreit und flüsterte ihr ins Ohr: »Von den Nächten ganz zu schweigen.«

Während Lily noch damit beschäftigt war, seine letzten Worte einzuordnen, wandte er sich halb von ihr ab, steckte die Hände in die Hosentaschen und hielt den Kopf schief, wie man es manchmal tat, wenn man eine schwierige Entscheidung zu fällen hatte. »Ich kann Ihnen etwas zeigen. Etwas, das mit Ihrer Arbeit zu tun hat und von dem Sie wahrscheinlich noch nie etwas gehört haben. Ganz in der Nähe. Es könnte Ihnen vielleicht einige Ihrer Sorgen nehmen.«

»Was soll das sein?«, fragte Lily mit trockenem Mund.

Er tippte mit der Fußspitze gegen einen der Geschenkpapierfetzen, die beim Auspacken des vertauschten Buchs auf dem Boden gelandet waren. »Wollen Sie sich wirklich gleich die nächste Überraschung verderben?«

Transkription IX
Datum des Interviews: 17.06.2008
Interviewer: Lily Young (LY)
Interviewpartner: Carter Auginaush (CA)

[Generelle Anmerkungen: Anlässlich eines von der Universität Toronto ausgerichteten Symposiums mit dem Titel Vom Tanz der Geister, Menschen und Dinge: Das Zusammenspiel von Performativität, Materialität und Spiritualität in nordamerikanischen Schöpfungsmythen *eröffnete sich die Gelegenheit zu einem Gespräch mit CA; CA ist als Berater an einem ambitionierten Projekt der kanadischen Regierung beteiligt, dessen Ziel es ist, die Mythen und Legenden der indigenen Völker Kanadas als wesentliches Element ihrer kulturellen Identität für nachfolgende Generationen zu bewahren. Hierzu zählt unter anderem die Überführung der alten Erzählungen in zeitgemäße Darstellungsformen wie beispielsweise Comics, die für die überwiegend durch den Einfluss der westlichen Populärkultur geprägten Rezipienten leichter zugänglich sind als die ursprünglichen Darstellungsformen.*

Das Gespräch mit CA ist aus zweierlei Gründen aufschlussreich: Zum einen belegt es, wie bis heute bei vielen indigenen Völkern aufrüttelnde Ereignisse unter Zuhilfenahme von Erklärungsmodellen eingeordnet werden, die den jeweils vor Ort verbreiteten Mythologien entlehnt sind; zum anderen wird daran deutlich, wie eng in vielen Kulturen das Kannibalismustabu mit dem Motiv des Untods verbunden ist.]

CA: Schwer zu sagen, wie viel Sie am Ende mit meiner Geschichte anfangen können, Miss Young.
LY: Um Ihnen darauf eine brauchbare Antwort zu geben, müsste ich sie zunächst einmal hören.
CA: Stimmt. Also schön. Ich werde mir Mühe geben, sie genau so zu erzählen, wie ich sie gehört habe.

Diese Geschichte ist wahr. Sie beginnt in Cobalt, einer Stadt, die nur entstehen konnte, weil der Boden dort einen Schatz birgt: Silber. Nur deshalb kamen die Weißen an einen Ort, der für sie das Ende der

Welt war. Sie durchwühlten die Erde, bauten ihre Häuser und ihre Minen, stauten die Flüsse und fällten die Bäume. Doch eines Tages waren sie nicht mehr mit dem zufrieden, was sie sich nahmen. Sie wollten neue Orte wie Cobalt. Also machte sich eine kleine Gruppe von ihnen – gerade mal drei Männer – auf, um nach diesen Orten zu suchen. Die anderen verabschiedeten sie voller Hoffnung, denn falls die Losgeschickten Erfolg bei ihrer Suche hatten, würden sie alle ihren Nutzen daraus ziehen. Der Mensch, den man Makwa nannte, weil er stark und mächtig war, lachte, als er sie davonziehen sah. Denn er hörte das Singen eines Sturms in seinen Knochen, aber die Weißen waren taub dafür. Es steckte ihnen zu viel Silber in den Ohren. *[Zur Erläuterung: »Mensch« bezieht sich in dieser Verwendung lediglich auf einen Angehörigen des Ojibwa-Volkes; »Makwa« wiederum ist ein sprechender Name, der »Bär« bedeutet.]*
LY: Hätte Makwa die Weißen nicht warnen können? *[Diese Frage folgte auf eine Pause und einen auffordernden Blick von CA; das Geschichtenerzählen wird von den Ojibwa als partizipatorischer Prozess verstanden, zu dem das Publikum maßgeblich beiträgt.]*
CA: Makwa hätte sie warnen können, aber hätten sie auf ihn gehört?
LY: Nein.
CA: Nein. So ließ er sie gehen und wartete auf den Sturm. Sieben Tage und sieben Nächte wehten die Böen. Sieben Tage und sieben Nächte rollte der Donner und zuckten die Blitze. Sieben Tage und sieben Nächte weinte der Himmel gefrorene Tränen. Bis alles Land und alle Seen unter Eis und Schnee verborgen lagen. Da kamen drei neue Weiße, die um das Leben ihrer drei alten Freunde fürchteten, zu Makwa.

»Hilf uns, unsere Freunde zu suchen«, verlangten sie von ihm.

»Warum ich?«, fragte Makwa.

»Du kennst die Täler und die Felsen«, antworteten sie.

»Damit bin ich nicht allein«, entgegnete Makwa und fragte: »Warum ich?‹

»Keine Spur entgeht deinem scharfen Auge«, antworteten sie.

»Damit bin ich nicht allein«, entgegnete Makwa und fragte: »Warum ich?«

»Deine Axt spaltet Stämme mit einem Hieb«‹, antworteten sie.

»Damit bin ich nicht allein«, entgegnete Makwa und fragte: »Warum ich?«

Da endlich begriffen sie und sagten: »Weil wir dich bitten.«

LY: Sie hätten ihn von Anfang an nur zu bitten brauchen?

CA: Makwa war ein guter Mensch, und gute Menschen sind stolz. Doch der Stolz eines guten Menschen ist nie groß genug, als dass er sich einer flehentlichen Bitte verweigern könnte. Also begleitete Makwa die Weißen auf der Suche nach ihren Freunden. Weil er die Täler und die Felsen kannte und weil keine Spur seinem scharfen Auge entging, dauerte es nicht lange, bis er den Ort fand, an dem die Losgeschickten vom Sturm überrascht worden waren.

LY: Waren sie tot?

CA: Niemand wusste es. Makwa entdeckte nur die Reste einer alten Feuerstelle und leere Konservendosen. Doch selbst die Weißen erkannten, was das für ihre Freunde bedeutete.

LY: Was?

CA: Anstatt abzuwarten, bis der Sturm sich gelegt hatte, wollten sie umkehren und in die Stadt zurück. Da sie dort jedoch nie angekommen waren, blieb nur eine Erklärung.

LY: Welche?

CA: Sie waren in die falsche Richtung gegangen. Selbst ein Mensch wie Makwa hätte sich leicht dermaßen täuschen können, wenn der Wind in seinen Ohren geschrien und ihm fliegendes Eis wie tausend Nadeln ins Gesicht gestochen hätte. Und die Losgeschickten waren keine Menschen wie Makwa gewesen. Also ging die Suche weiter.

LY: Woher wusste Makwa, in welche Richtung er zu gehen hatte, um die Losgeschickten zu finden?

CA: Makwa hatte einen schrecklichen Verdacht. Schon hinter dem nächsten See, über den das Eis eine Brücke geschlagen hatte, begann das Land, wo die Bäume von Blut und Tod wisperten. Das Land, das selbst die Geister mieden. Das Land, in dem der dunkle Hunger wohnt. Dorthin hatten sich die Losgeschickten verirrt, denn dieses Land konnte jeden zu sich holen, der sich zu nahe an es heranwagte.

LY: Moment. War unter diesen Umständen nicht auch der gesamte Suchtrupp in Gefahr?

CA: O ja. Makwa sagte zu denen, die ihn um Hilfe gebeten hatten: »Wir sollten umkehren. Eure Freunde sind tot.« Doch die Weißen antworteten ihm: »Wir gehen weiter.« Und weil sie ihn um Hilfe gebeten hatten und weil Makwa ein guter Mensch war, durfte er sie nicht allein ziehen lassen. Also überquerten sie den See und betraten das verdorbene Land. Doch selbst die Weißen spürten, dass dieser Ort Finger hatte, die nach ihnen griffen. Finger mit scharfen Klauen.

»Was ist das Stechen in unseren Augen?«, fragten sie voller Angst.

»Es ist die Blindheit, von der man zu niemandem spricht«, entgegnete ihnen Makwa. »Die Blindheit, die die Schatten in die Welt holt.«

»Was ist das Ziehen in unseren Lenden?« fragten sie voller Angst.

»Es ist die Lust, von der man zu niemandem spricht«, entgegnete ihnen Makwa. »Die Lust, die in den Schatten haust.«

»Was ist das Grollen in unseren Mägen?«, fragten sie voller Angst.

»Es ist der Hunger, von dem man zu niemandem spricht«, entgegnete ihnen Makwa. »Der Hunger, der aus den Schatten drängt.«

Doch Makwa wusste, dass die Weißen ihn nicht verstanden.

LY: Wieso verstanden sie ihn nicht?

CA: Weil sie der Blindheit, der Lust und dem Hunger bereits verfallen waren, bevor sie auch nur einen Fuß auf das verdorbene Land setzten. Denn wie alle Weißen trugen sie einen Krumen dieses Landes schon in ihren Herzen. Und darin wartete eine Saat darauf, endlich aufzugehen. So kamen sie an eine Stelle, wo die Losgeschickten vieles von sich geworfen hatten: die Dinge, mit denen sie in der Erde scharrten; die Dinge, die sie in den Boden bohrten; die Dinge, in denen sie die Splitter der Welt aufbewahrten. Doch dazwischen lag noch anderes im Schnee verstreut.

LY: Was?

CA: Hier ein blanker Knochen, der einmal in einem Bein gewesen war. Dort das Messer, das Blut gekostet hatte. Hier der Ast, auf den Fleisch gespießt worden war. Dort die tote Asche, auf der ein Feuer getanzt hatte. Makwa sagte zu denen, die ihn um Hilfe gebeten hatten: »Wir sollten umkehren. Eure Freunde sind tot.« Doch die Weißen antworteten ihm: »Wir gehen weiter.«

[Spätestens nach diesem Abschnitt ist kaum zu leugnen, dass die Erzählung von CA als eine neuere Variante der alten Mythen um den Wendigo (auch Windigo oder Wiindigoo genannt) aufzufassen ist – einen Geist, der von all jenen Besitz ergreifen kann, die das Kannibalismustabu gebrochen und Menschenfleisch verzehrt haben.]

LY: Die Losgeschickten haben nach nur einer Woche angefangen, sich vor Hunger gegenseitig aufzuessen?

CA: Der Hunger, den das verdorbene Land weckt, ist kein gewöhnlicher Hunger. Es ist ein Hunger, der sich in einem windet und nagt wie die Larve eines Käfers, wenn sie sich durch die Rinde eines Baumes frisst. Sein Mund schließt sich nie, und er hat keinen Magen, den man füllen könnte. Er endet dort, wo er beginnt.

LY: Wie geht die Geschichte weiter?

CA: Sie kamen an eine zweite Stelle, an der die Losgeschickten dem Drängen in ihnen nachgegeben hatten. Wo der Schnee rot war und über der die Raben kreisten, ohne es zu wagen, auf ihren Schwingen hinab zu den Resten des Mahls zu gleiten. Wo ein Schädel aufgebrochen war, um das, was darin ist, zu essen. Wo die Bäume von finsterem Übel schrien, anstatt nur davon zu wispern. Keine Spur führte mehr von dort fort, und die Weißen stimmten ein lautes Wehklagen an, als sie die Kleidung ihres letzten Freundes fanden. Zerfetzt und achtlos weggeworfen. Makwa sagte zu denen, die ihn um Hilfe gebeten hatten: »Wir sollten umkehren. Eure Freunde sind tot.« Doch die Weißen antworteten ihm: »Wir bleiben, denn wir müssen erfahren, was mit dem letzten geschehen ist.«

LY: Und haben sie es erfahren?

CA: Ja, sie haben es erfahren. Aus einer Schneewehe erhob sich einer ihrer Freunde, der nicht mehr ihr Freund war. Aber die Weißen litten unter der Blindheit des verdorbenen Landes. Sie näherten sich dem, was mit gierigem Maul unter dem Schnee hervorkroch.

Makwa rief: »Fürchtet es!«

Sie antworteten: »Nein!«

Makwa rief: »Hasst es!«

Sie antworteten: »Nein!«

Makwa rief: »Tötet es!«

Sie antworteten: »Nein!«

Und so kam der Hunger, der in ihnen und um sie war, nun auch über sie und schlug seine Zähne in ihr Fleisch. Die Weißen rangen ihren Freund, der nicht mehr ihr Freund war, am Ende nieder. Es nutzte ihnen nichts. Makwa wusste, was zu tun war.

LY: Was?

CA: Er prüfte sich, ob er unter der Blindheit litt. Doch er war nicht blind.

Er prüfte sich, ob er der Lust verfiel. Doch er war nicht lüstern.

Er prüfte sich, ob er dem Hunger nachgab. Doch er war nicht hungrig.

Sehend, ruhig und satt bereitete er dem Hunger der Weißen ein Ende. Denn Makwa war ein guter Mensch, ein starker Mensch, und seine Axt spaltete Stämme mit einem Hieb.

LY: Makwa hat alle Weißen umgebracht?

CA: Er konnte nicht zulassen, dass sie den dunklen Hunger über die Grenzen des verdorbenen Landes hinaustragen.

LY: Ist das das Ende der Geschichte?

CA: Makwa verbrannte die Leichen der Weißen und sang ein Lied der Reinigung, obwohl ihn kein Geist hören konnte, weil die Geister das verdorbene Land ja mieden. Dann ging er zurück zum See und hackte ein Loch ins Eis. Er stieg hinein, damit das Wasser alles fortwaschen konnte, was er vom verdorbenen Land an sich und in sich hatte. Er hatte alles richtig gemacht, denn der Hunger hatte seine Zähne nicht in sein Fleisch schlagen können. Doch er erkannte, dass er der Stadt fernbleiben musste, weil die anderen Weißen fragen würden, weshalb all ihre Freunde verschwunden waren. Deshalb versteckte er sich unter den Menschen, bis die Weißen ihre Freunde vergessen hatten.

Und? Können Sie mit meiner Geschichte etwas anfangen, Miss Young?

LY: Absolut. *[Obwohl eine Klassifikation der vom Wendigo Besessenen als lebende Tote nicht ohne erhebliche Einschränkungen vorgenommen werden kann, birgt die Erzählung von CA dennoch einige entscheidende Elemente, die in Verbindung mit Mythen über Untote recht häufig vorzufinden sind; hierzu zählt unter anderem die weitverbreitete Vorstellung, dass die Rückkehr von den Toten als Form der*

Bestrafung für einen zu Lebzeiten erfolgten groben Bruch mit geltenden Verhaltenskonventionen innerhalb der betreffenden Kultur beurteilt wird.] Eine wichtige Frage hätte ich allerdings noch, Mister Auginaush.

CA: Nur zu.

LY: Wann haben Sie die Geschichte zum ersten Mal gehört?

CA: Das müsste Anfang oder Mitte der Siebziger gewesen sein. Ich weiß das Jahr nicht mehr genau, aber ich weiß noch sehr gut, von wem ich sie habe.

LY: Von wem?

CA: Von meinem Onkel Makwa.

08.09.2009, 19:09

»Bist du eigentlich komplett von der Rolle?«, fragte Hannah mit weit aufgerissenen Augen, und einen Augenblick hatte Lily die Befürchtung, ihre Mitbewohnerin könnte sich über den Couchtisch beugen und ihr eine schallende Ohrfeige verpassen. »Du kennst diesen Typen doch kaum. Willst du nach der Psychonummer auf dem Friedhof wirklich mit ihm ausgehen? Der Kerl ist ein Freak.«

Um Zeit zu gewinnen, schob Lily zwei Finger unter ihren Handtuchturban. Wie praktisch: Ihre Haare waren fast trocken. »Ich habe keine Zeit für sinnlose Diskussionen.« Sie stand auf und tappte barfüßig ins Bad.

Der Stecker des Föns war noch nicht in der Steckdose, da hatte Hannah bereits die Verfolgung aufgenommen. »Hallo? Red ich mit mir selbst, oder was? Noch mal: Der Kerl ist ein Freak. Wer quatscht bitte schön eine heulende Frau auf dem Friedhof an? Moment! Ich hab's. Ist ja auch nur die Hundert-Pfund-Frage zum Warmwerden. Ich nehme Antwort A: ein Freak.«

Lily hoffte, das Heulen des Föns würde Hannah verscheuchen, doch da war sie schief gewickelt. Das dürre Biest quäkte ihr unverschämt direkt ins Ohr. »Hast du denn gar nichts zu deiner Verteidigung vorzubringen?«

Doch, hatte sie. Einen Schubs mit dem Hintern, der Hannah zurück in den engen Flur beförderte, und ein giftiges: »Du hast ihn nicht gesehen. Sonst würdest du nicht so einen Kack erzählen.«

Es funktionierte! Hannah trat den Rückzug an, und Lily konnte sich wieder ablenkungsfrei darum kümmern, ihre Locken in Form zu bringen. Völlig unverständlich war ihr der Aufwand, den Hannah betrieb, nicht. Trotzdem: Wenn sie Hannah ein Bild von Victor hätte zeigen können, wären die Bedenken der Nervensäge bestimmt verflogen. Leider hatte sie selbst bei einer ausgedehnten Google-Suche kein Foto von ihm gefunden – von einem Hinweis darauf, wie Victor seine teuren Klamotten finanzierte, ganz zu schweigen. Sie konnte sich nicht vorstellen, dass er der Victor Cunningham war, nach dem eine Firma für Sicherheitsbekleidung benannt worden war und der die meisten Treffer geliefert hatte. Das passte nicht, oder? Andererseits hatte er gesagt, es hätte eine Zeit in seinem Leben gegeben, in der er sich intensiv mit dem Tod auseinandergesetzt hatte. Insofern würde das mit der Sicherheitskleidung schon irgendwie Sinn ergeben. Aber das wäre verdammt noch mal viel zu langweilig …

Es stellte sich rasch heraus, dass Hannah noch lange nicht die Waffen gestreckt hatte. Sie hatte sich in Lilys Zimmer auf dem Bett hinter einem Kissen verschanzt und feuerte prompt ihre nächste Salve ab, gegenüber der sich Lily nur in Slip und Bustier nackt und hilflos fühlte. »Nur zu deiner Information: Selbst wenn er aussehen würde wie Johnny Depp höchstpersönlich, wäre ich skeptisch. Ich weiß nicht, ob es schon bis zu euch Anthropologen durchgedrungen ist. Wir Kunsthistoriker jedenfalls sind der festen Auffassung, dass Oberfläche nicht alles ist. Komm schon, so doof bist nicht mal du. Als ob man jemandem ansehen könnte, ob er noch alle Nadeln an der Tanne hat. Nimm doch nur zum Beispiel dich.«

»Wieso mich?«

»Na ja, du hast auf mich bis jetzt auch immer einen eher vernünftigen Eindruck gemacht.«

»Sehr witzig.« Lily öffnete ihren Kleiderschrank. Frustriert über die zur Verfügung stehende Auswahl, die ihr mit einem Mal absolut kümmerlich erschien, beschloss sie, in Richtung ihrer Kontrahentin auszuteilen, um Dampf abzulassen. »Darf man sich heutzutage schon Kunsthistorikerin nennen, bevor man einen Abschluss in der Tasche hat?«

Hannah produzierte einen langen Lippenfurz. »Ganz unterste Schublade, Madame. Wenn mich das kratzen sollte, musst du dir ein paar längere Krallen suchen. Ich kann damit leben, dass wir nicht alle solche Genies sein können wie du.«

Okay, das war mies gewesen. Besser, Lily tat so, als wäre das nicht passiert. »Welches von den beiden soll ich nehmen? Das?« Sie hielt erst ein knielanges Sommerkleid aus dünnem Leinen mit großen, stilisierten Blüten darauf und anschließend – »Oder das?« – ihr kleines Schwarzes prüfend vor sich. Lily lebte lange genug mit Hannah auf 40 Quadratmetern zusammen, um zu wissen, wie gut es bei ihr ankam, wenn sie sie in Stilfragen zurate zog.

»Welche Botschaft willst du aussenden? ›Patentes Mädchen, das auch im Garten fest mit anpackt‹? Oder ›Frau von Welt, die nicht ohne entsprechende Aufwendungen zu haben ist‹?«

»Ich wähle Tor Zwei«, sagte Lily, hängte das Sommerkleid zurück und nahm Abstand von der gehässigen Idee, sich bei Hannah zu erkundigen, welche Botschaft sie eigentlich mit ihrer neuesten Macke – sich tagtäglich von oben bis unten und Ton in Ton in ein dunkles Lila zu werfen – aussenden wollte. Irgendetwas zwischen ›Ich bin Ultrafeministin der alten Schule‹ und ›Pflück mich, ich bin ein Veilchen‹ wäre Lilys Vermutung gewesen.

»Aha, also die aufgebrezelte Variante«, stellte Hannah im überzeugten Tonfall der erfahrenen Fachfrau fest. »Gibt es dafür einen bestimmten Grund?«

Augen zu und durch. »Victor hat gesagt, ich solle am besten ein Kleid anziehen, weil-«

»Ich fasse es nicht.« Hannahs breites Pfannkuchengesicht verzog sich in belustigtem Entsetzen. Dann verschwand es hinter dem eilig angehobenen Kissen, ehe aus der schützenden Deckung heraus ein zweites, dumpfes »Ich fasse es nicht …« tönte.

»Weil ich darin bestimmt umwerfend aussehe.«

»O Gott, ist das billig!«, stöhnte Hannah.

Zugegeben, das hörte sich jetzt nach einem schrecklich schleimigen Kompliment an. Doch wenn Hannah dabei gewesen wäre, als Victor es gesagt hatte, würde sie das nicht denken. »Und wenn dir ein Gilles, Jacques, Maurice oder so, der Frankreich nur von der Landkarte kennt, einen Haufen Müll von wegen ›Ich habe endlich meine Muse gefunden‹ im Ohr ablädt, um dich ins Bett zu kriegen, ist das nicht billig?«

»Er hieß Laurent, war Belgier, und er hat mich gebeten, für ihn Akt zu stehen«, gab Hannah zurück. »Und er hat mich nicht zwischen Grabsteinen und Kreuzen angebaggert.«

»Na, dann ist es natürlich nicht billig«, murmelte Lily, während sie in ihr Kleid schlüpfte. Sie drehte Hannah den Rücken zu, die den Wink verstand und artig den Reißverschluss hochzog. Aus Furcht, Hannah könnte ihr absichtlich ein Stück Haut zwischen den Plastikzähnchen einklemmen, traute sich Lily erst danach, ihre Theorie für den wahren Grund von Hannahs Zickenterror auf den Prüfstand zu stellen. »Ist es denkbar, dass du eventuell nur dermaßen auf Victor rumhackst, weil der Neid der Besitzlosen aus dir spricht?«

Lily duckte sich. Das kräftig geschleuderte Kissen verfehlte sie und prallte gegen die Schranktür.

»Das ist also das Niveau, auf dem diese Auseinandersetzung stattfindet?«, keifte Hannah. »Gut. Kannst du haben. Ich will dir mal husten, warum du dich darauf einlässt, dich mit diesem Freak abzugeben.«

»Da bin ich aber mal gespannt.«

»Das ist die reinste Egopflege.« Hannah verschränkte umständlich die Arme vor der flachen Brust. »Weil du bei Gottlieb nur noch auf der Auswechselbank sitzt. So sieht's nämlich aus und nicht anders.«

»Werd bitte nicht albern.« Mist! Lily hätte die Klappe halten sollen. Es ging nie gut aus, wenn sie sich bei Hannah ausheulte.

»Ich und albern? Niemals.« Flugs entwirrte Hannah die Arme wieder. »Sagt dir das vielleicht was?«

Lily starrte wortlos auf den gereckten Mittelfinger und horchte in sich hinein. Lag Hannah richtig? Hatte Victor nur bei ihr landen können, weil sie über Gottliebs Lügen und diese rothaarige Schnalle, die bei ihm im Wagen gesessen hatte, so massiv in Wallung geraten war? Vielleicht. Vielleicht auch nicht.

»Wie läuft das überhaupt?«, wollte Hannah wissen, nachdem

sie den Stinkefinger wieder eingefahren hatte. »Kommt dein neuer Trainer hier vorbei, oder wird das ein Auswärtsspiel?«

»Sowohl als auch«, antwortete Lily. »Er holt mich ab, und dann gehen wir wohin.«

»Aha.« Hannahs Stirnrunzeln blieb unter den violetten Fransen ihres asymmetrisch geschnittenen Ponys beinahe unsichtbar. »Du hast dem Freak unsere Adresse gegeben.«

Hatte sie? Lily versuchte, sich zu erinnern, wie das Gespräch im Buchladen genau abgelaufen war. Victor hatte ihr das vertauschte Buch geschenkt, ein bisschen mit ihr geflirtet und dann sein Angebot unterbreitet, ihr etwas zu zeigen, was mit ihrer Arbeit in Verbindung stand und das sie noch nie gesehen hatte. Nach ihrer Einwilligung hatte er ihr das Kompliment mit dem Kleid gemacht und angekündigt, sie heute Abend abzuholen. Danach war er ohne ein weiteres Wort gegangen …

»Oh, oh«, machte Hannah. »Dein Gesicht wird gerade lang und länger. Lass mich raten: Er hat deine Adresse gar nicht.«

»Stimmt.«

Hannah verdrehte die Augen. »Lily Young, was soll ich bloß mit dir machen? Ein Gutes hat das allerdings.« Sie lächelte triumphierend. »Am Ende hat der Freak dich nur verarscht und kommt gar nicht, Schätzchen.«

»Er kommt. Todsicher.« Zu spät. Trotz aller Zuversicht, die sie ausstrahlen wollte, spürte Lily auf einmal eine unangenehme Leere in der Magengegend und begriff, weshalb die Leute so oft von nagenden Zweifeln redeten.

»Mal angenommen, er taucht tatsächlich auf –«

»Er wird auftauchen.«

»Woher hat er dann die Adresse?«

Unsichtbare Hände zogen ruckartig an den Holzdielen unter Lilys Füßen, und sie setzte sich vorsichtig neben Hannah aufs Bett. Als die weiche Matratze unter ihrem Hintern nachgab, hatte sie einen rettenden Einfall. Natürlich. Es war alles ganz logisch. »Von Watford. Vom Buchhändler. Der weiß ja, wo ich wohne. Ein Anruf bei dem genügt.«

»Kann sein. Oder er stalkt dich«, sagte Hannah düster. »Mindestens schon seit der Beerdigung.«

»Du bist verrückt.« Mühsam und kopfschüttelnd stemmte sich Lily wieder in die Höhe. »Total verrückt.«

Sie ließ die paranoide Pflaume hocken, wo sie war, und ging zurück ins Bad. Es standen schwierige Entscheidungen an, denn es war Make-up-Zeit.

Sie grub in dem Körbchen mit ihrem Schminkkram herum, und als sie dabei auf den Lidschatten stieß, den Hannah ihr nach ihrer blauen Phase vermacht hatte, hatte Lily gegen einen mittelschweren Anflug von schlechtem Gewissen zu kämpfen. Hannah sorgte sich nur um sie. Deshalb veranstaltete sie auch einen Aufstand wie die Direktorin einer Mädchenschule, die eine ihrer Elevinnen beim Anbandeln mit dem Hausmeister erwischt hatte. »Wie wär's mit einem Kompromiss?«, rief sie durch den Türspalt.

»Ich bin zu Verhandlungen bereit.«

»Ich lasse die ganze Zeit mein Handy an, falls du einen Kontrollanruf für nötig erachtest. Und du guckst aus dem Fenster, sobald Victor hier aufkreuzt, und merkst dir sein Nummernschild.«

Stampfende Schritte näherten sich, zogen aber am Bad vorbei. »Wunderbar. Supereinfälle, echt. Damit finden die Bullen wenigstens hinterher deine Leiche, wenn er dich in seinem Keller filetiert hat.« Auf ein Türenknallen folgte ein Moment gnädiger Stille, der von den wummernden Bässen eines frickeligen Elektrotracks in tausend Stücke zerlegt wurde. Dann verstummte der Höllenlärm urplötzlich, und Lily hörte die Tür zu Hannahs Zimmer wieder aufgehen. »Und noch was: Ich komme nicht zu deiner Beerdigung. Ich hasse Schwarz.« Das Türenknallen, Wummern, Musikverstummen und Türöffnen wiederholte sich. »Hör auf zu grinsen! Du weißt, wie ich das meine.«

Die Versöhnung spielte sich nach einem gewohnten Muster ab: Sie begann mit einer leisen Provokation von Hannah. In der Viertelstunde, in der Lily sich zu Ende bemalte, rauchte Hannah zwei Kippen in der Küche, ohne das Fenster zu öffnen.

Sanft darauf angesprochen, verwies sie auf die Tauben, die in der Dachrinne nisteten, und ihren Ekel vor der möglichen Invasion von Parasiten aller Art, die jederzeit von den Luftratten ausgehen konnte. Im Gegenzug für ihren Verstoß gegen die WG-Regeln bot sie an, einen Kaffee aufzusetzen, und obwohl Lilys Herz auch ohne Koffeinzufuhr schon klopfte wie ein Specht auf Speed, sagte sie nicht Nein. Obwohl die letzte Milch im Kühlschrank in ihrem Beutel zu einem einzigen sauren Klumpen geronnen war. Und obwohl Hannah es nicht für nötig hielt, ihr zu sagen, dass sie Victor in ihrem Aufzug definitiv rumkriegen würde, falls sie es darauf anlegen sollte.

Beim Kaffee wurde der Streit endgültig beigelegt, indem er in eine Wette überführt wurde, bei der es darum ging, ob Lily nur auf einen miesen Trick von Victor reingefallen war oder ob er tatsächlich noch aufkreuzen würde. Der Einsatz war hoch: zwei Wochen Spüldienst.

Lilys Zuversicht wurde belohnt. Auf ein energisches Klingeln hin schnappte sie sich ihre Handtasche – nicht den bunten Strickbeutel, Gott bewahre, sondern ein dezentes Ding im Postkartenformat – und wedelte damit in Richtung des Geschirrberges, für dessen Abtragen jetzt Hannah verantwortlich war. »Viel Vergnügen!«

»Ebenso«, grummelte Hannah und bezog Stellung am Fenster.

Lily setzte ein strahlendes Lächeln auf und eilte zur Wohnungstür. Der Mann, dem sie öffnete, musste den Kopf einziehen, um nicht an die niedrige Decke des Treppenhauses zu stoßen. Sein viel zu kleiner, kahler Schädel war auf einen Stiernacken aufgepfropft, der in unfassbar breite Schultern auslief. Der dunkle Anzug tat sein Übriges, den Hünen noch massiger erscheinen zu lassen, als er ohnehin schon war.

»Miss Young?«

Lily nickte.

»Mister Cunningham wartet unten im Wagen auf Sie.«

Victor hatte einen Chauffeur! Sie fühlte sich schlagartig so, als hätte sie sich nicht in ihr bestes Kleid geschmissen, sondern sich nur einen Lumpen umgehängt, der sogar in jedem Oxfam-Shop aussortiert worden und in die Mülltonne gewandert wäre. Das Gefühl wurde noch schlimmer, als sie vors Haus trat. Die Limousine, die der rollende Arbeitsplatz des glatzköpfigen Riesen war, wirkte neben den anderen Wagen, die hier parkten, ungefähr so deplatziert wie ein Kaltblüter auf dem Ponyhof.

Selbstverständlich wurde ihr die Tür aufgehalten, und natürlich hatten Exemplare irgendeiner besonders edlen Tierart ihr Leben ausgehaucht, um das Leder für die Sitzbezüge zu liefern. Genervt registrierte Lily, wie ihre Nippel sofort steif wurden, weil es im Innern des Wagens unerwartet kühl war. Zumindest war es für ihr Selbstwertgefühl leichter, dem Temperaturwechsel und nicht dem Anblick von Victor die Schuld für diese verräterische Reaktion ihres Körpers zu geben.

Er wartete mit einer Begrüßung, bis er ihr geholfen hatte, sich gegenüber von ihm in die Polster sinken zu lassen. »Guten Abend, Lily. Sie sehen noch bezaubernder aus, als ich es mir zu erträumen gestattet habe.«

»Ist das nicht ein bisschen übertrieben?«

Lily meinte das Gesamtpaket – den Fahrer, die Limousine, Victors Smoking –, aber er bezog ihre Äußerung nur auf sein Kompliment. »Sie haben noch nicht erlebt, wenn ich übertreibe.«

Schnurrend setzte sich die Protzkarosse in Bewegung. Lily sah sich nach einem Gurt um, konnte jedoch keinen entdecken. Hatten Limousinen wie die hier überhaupt Gurte? Dad hätte die Antwort gekannt, weil einige seiner besten Kunden ihn bestimmt schon häufiger in so einem Prunkbau mit Rädern durch die Gegend kutschiert hatten. Doch Dad war nicht da. Nur Victor.

»Ist alles in Ordnung? Sie sehen ein wenig beunruhigt aus.«

»Wieso sollte ich beunruhigt sein? Ich mache so was schließlich jeden Abend. Mich zu jemandem ins Auto setzen, den ich kaum kenne und der mich Gott weiß wohin bringt.« Hannah wäre stolz auf sie gewesen. »Völlig normal, das Ganze. Ich müsste nur um zwölf zu Hause sein, weil ich morgen früh rausmuss. Frühstück mit der Queen, Sie verstehen?«

»Absolut.« Er zeigte ihr seine gepflegten Zähne und nickte zu der Scheibe, die verhinderte, dass man sich im Fahrgastraum vom Chauffeur belauscht vorkam. »Es könnte allerdings knapp werden. Wir können nur darauf bauen, dass Walt bereit ist, das eine oder andere Gesetz zu brechen, um es rechtzeitig aus London zurück zu schaffen.«

»Aus London?«

In gespielter Überraschung legte Victor eine Hand an sein Einstecktuch. »Hoppla. Da habe ich Ihnen doch glatt etwas verraten, was ich lieber noch ein Weilchen für mich behalten hätte. Wie kann ich das nur wiedergutmachen? Oh, ich weiß es.« Er öffnete eine Klappe in der Verkleidung der Seitentür, hinter der ein erstaunlich geräumiges Kühlfach verborgen lag – geräumig genug für einen Sektkübel, über dessen Rand der korkengekrönte Hals einer Champagnerflasche ragte. Aus einem anderen Fach förderte er ein langstieliges Glas zutage, das selbst im gedämpften Licht so funkelte, wie es nur fein geschliffener Kristall schaffte. »Nehmen Sie einen Schluck?«

»Warum nicht?«

Geschickt ließ Victor den Korken ploppen und schenkte ihr ein. Lily hätte nicht sagen können, was aufregender war: das Prickeln der Bläschen an ihren Lippen oder der Blick, mit dem er sie dabei musterte, wie sie behutsam am Champagner nippte. »Trinken Sie nichts?«

»Keinen Alkohol, nein.« Er zuckte mit den Schultern. »Ich mag den Geruch nicht.«

Das war seltsam, wenn man bedachte, dass das schwere Aroma des Parfums, das Lily bereits bei ihren ersten Begegnungen mit ihm aufgefallen war, in der Luft lag. Womöglich war ihm als Abstinenzler nicht bewusst, dass es die holzige Note eines guten Whiskys verströmte. Niedlich …

Die Vorräte im Kühlfach waren noch nicht erschöpft: Victor zog ein kleines Tablett mit Kanapees daraus hervor – runde Blätterteigbettchen, auf denen fingerdick eine Masse aufgeschichtet war, die verdächtig nach rohem Gehackten aussah.

»Lust auf ein Häppchen?«

»Ich bin Vegetarierin«, erinnerte sie ihn.

»Oh, richtig.« Er hob mit Daumen und Zeigefinger eines der Kanapees an und betrachtete es von allen Seiten, als wäre es die größte Köstlichkeit, die ihm je untergekommen war. Sein Kinn sank nach unten, und die Spitze seiner Zunge huschte in einem Bogen von einem Eckzahn zum anderen, bevor das Teil in seinem Mund verschwand. Er kaute lange und genüsslich mit geschlossenen Lidern, wobei er die Beine ausstreckte und tief in seinem Sitz zusammensank. Nach dem Schlucken schlug er die Augen wieder auf, straffte die Schultern und warf Lily einen Blick zu, wie sie ihn vielleicht von einem Kind mit der Hand in der Dose mit den verbotenen Keksen erwartet hätte. »Schade. Sehr schade, dass Sie auf Fleisch verzichten. Sie wissen nicht, was Ihnen entgeht.«

Sie hob ihr Glas und leerte es in einem Zug. »Dito«, verkündete sie danach grinsend.

Als die Limousine auf der M40 an Feldern vorbei, auf denen der Weizen der Hitze wegen traurig die Ähren hängen ließ, London entgegenglitt, entspann sich eine lockere Unterhaltung, in deren Verlauf Lily alles daransetzte, mehr über das Rätsel namens Victor Cunningham in Erfahrung zu bringen. Er zeigte sich einigermaßen auskunftsbereit, obwohl seine Offenheit an die Bedingung geknüpft schien, dass auch Lily mehr von sich preisgab.

Nach einer guten halben Stunde hatte sie ihm einiges über sich verraten, das sie jedem früheren Verehrer – Gottlieb beispielsweise – erst nach ein paar Wochen anvertraut hatte: Dass sie ihre Schwester Veronica für eine aufgeblasene Pute hielt, die aus unerfindlichen Gründen auch noch stolz darauf war, zu jener Kaste von besonders intensiv geschulten Extremmaterialisten zu gehören, die der Welt die schwerste Wirtschaftskrise seit achtzig Jahren beschert hatten. Wie sie nicht zu ihrem letzten Klassentreffen gegangen war, weil sie keine Lust hatte herauszufinden, wie viele ihrer ehemaligen besten Freundinnen sich inzwischen schon fortgepflanzt hatten und nur noch über Babys, Windeln und Zahnen reden konnten. Dass sie in schwachen Momenten manchmal hoffte, an dem Reinkarnationsgefasel, das ihre Mutter unentwegt von sich gab, könnte doch etwas dran sein, weil das tröstlicher war, als davon ausgehen zu müssen, der Tod wäre das allerletzte Ende der ultimativen Fahnenstange. Sie musste dringend diese Sektflöte loswerden, bevor sie sich mit champagnergelöster Zunge noch um Kopf und Kragen quasselte.

Das, was sie Victor aus der Nase hatte ziehen können, war aus ihrer Warte wesentlich erhellender: Er war vor Urzeiten aus einem Kaff in Schottland in die große Stadt gezogen, was seinen Restdialekt mit dem rollenden R erklärte. Wenn sie ihn richtig verstanden hatte, hing seine Umsiedlung mit einer verschollenen Erbtante zusammen, die ihn in ihrem Testament so reichlich bedacht hatte, dass er sich den lieben langen Tag die Eier dabei schaukeln konnte, wie er sein Vermögen gewinnbringend umschichtete, anstatt einem anständigen oder auch nur überhaupt irgendeinem echten Beruf nachzugehen. Und der Glückspilz war nach eigenen Angaben ein hoffnungsloser Romantiker, der an die eine, die große, die wahre Liebe glaubte.

Lilys Befürchtung, auf wundersame Weise in einen abgeschmackten Liebesschmöker von Barbara Cartland hineingezogen worden zu sein, verflog binnen Sekundenbruchteilen, als sie am Ziel ihrer Fahrt angelangten. Die Heldinnen solcher Machwerke wurden nicht von ihren Traumprinzen in Viertel entführt, in denen die Gullys mit vergammelten Plastiktüten, Hundescheiße und Zigarettenkippen verstopft waren, nur jede zweite Straßenlampe brannte und die hässlichen Betonklötze eines gehörig in die Hose gegangenen sozialen Wohnungsbauprojekts den Horizont verschandelten.

»Wir sind da«, sagte Victor und stieg aus. Lily folgte ihm verwirrt.

Walt hatte die Limousine vor einem Gebäude abgestellt, dessen Fassade fast vollständig von hohen Glasscheiben dominiert wurde, die von innen mit schwarzer Folie abgeklebt waren. Jeder Zentimeter des Klinkers, aus dem das Glas wuchs, war mit verschwurbelten Gangtags und noch kryptischeren Graffitisymbolen zugesprüht.

Während Walt zurückblieb, um den Wagen zu bewachen – was wahrscheinlich zwingend nötig war, wenn sie nicht per Anhalter die Heimreise antreten wollten –, schlenderte Victor um die Limousine herum und schob Lily mit einer sanften Berührung am Ellbogen auf die Stufen zu, die zum Eingang führten. Mit jedem Schritt wurde ein rhythmisches Pochen aus dem Innern der Bruchbude lauter.

»Das ist nicht Ihr Ernst, oder?«, zischte Lily. »Erst wollen Sie, dass ich mich rausputze, und dann bringen Sie mich ins übelste Ghetto?«

»Ich habe doch gesagt, dass es eine Überraschung wird.« Victor klopfte an eine der beiden Schwingtüren, die unter einem bröckeligen Vordach Einlass boten. Ein Mann, der von seinen Ausmaßen und seiner abhandengekommenen Haarpracht her Walts Halbbruder von irgendwo aus dem Mittleren Osten hätte sein können, zog eine der Türen auf, und das Pochen entpuppte sich als das Stampfen eines penetranten Beats, der von einem perversen DJ unter eine kitschige Easy-Listening-Version von *Sympathy for the Devil* gelegt worden war.

»Mister Cunningham«, sagte der Türsteher höflich.

»Hanif«, begrüßte ihn Victor.

Victor ging zielstrebig voran ins Halbdunkel, vorbei an einem verwaisten Kassenhäuschen und einem Drehkreuz, das man aus seiner Verankerung in der Wand gerissen hatte.

Lily rümpfte angewidert die Nase. Der Geruch, der ihr entgegenwehte, war nicht sehr stark, aber sie erkannte ihn trotzdem wieder. Sie hatte ihn schon immer gehasst.

Transkription XIII
Datum des Interviews: 26.09.08
Interviewer: Lily Young (LY)
Interviewpartner: Arne Garborg (AG)

[Generelle Anmerkungen: Der Kontakt mit AG kam auf ungewöhnlichem Weg zustande. Mein Forschungsvorhaben fand auf einer Internetseite zum Thema »Angebliche Sichtungen von Monstern und Ungeheuern« Erwähnung. Deren Betreiber wiederum saßen offenkundig der Fehleinschätzung auf, Ziel und Zweck meiner Arbeit bestünde darin, die Existenz von Untoten zu beweisen. Daraufhin erhielt ich einen Anruf von AG, der in der Absicht erfolgte, mich durch seinen vermeintlichen Augenzeugenbericht in meinen ebenso vermeintlichen Bestrebungen zu unterstützen. Er erklärte sich zu einer Aufzeichnung des Telefonats bereit, das ich an dieser Stelle anführe, um zu belegen, wie fest der Glaube an wandelnde Tote auch bei einigen Mitgliedern unserer nominell aufgeklärten, von einer naturwissenschaftlichen Weltanschauung durchdrungenen westlichen Gesellschaft verankert sein kann; obgleich der Bericht von AG verständlicherweise zu Spekulationen sowohl über seine Verlässlichkeit als auch bezüglich seiner psychischen Verfassung einlädt, lautet die interessante Frage letztlich wie folgt: Inwiefern trägt die recht verbreitete Darstellung von Untoten in Massenmedien wie Film, Fernsehen und Computerspiel zur Schaffung neuer Mythen-äquivalenter Erzählungen in unserer Zeit bei?]

LY: Könnten Sie sich bitte noch einmal vorstellen?

AG: Korporal der Heimwehr Arne Garborg, HV-17, Östliche Finnmark. Stationiert in Alta. *[Eine Überprüfung dieser Angaben durch eine Anfrage beim norwegischen Militär belegt, dass ein gewisser Arne Garborg tatsächlich als Teil einer Einheit der Heimwehr in Alta stationiert war – bis zu seiner unehrenhaften Entlassung im Jahr 1991.]*

LY: Vielen Dank. Wenn Sie jetzt vielleicht etwas ausführlicher von Ihren Erfahrungen berichten würden. Fangen Sie am besten mit dem Einsatzbefehl an.

AG: Der Einsatzbefehl kam am dreißigsten Juni gegen fünf Uhr. Die meisten von uns waren knurrig und angefressen, weil man schlechter schläft, wenn die Mitternachtssonne scheint. *[Alta liegt nördlich des Polarkreises.]* Immer noch besser, als wenn sie uns im Winter losgeschickt hätten, diesen Spinnern Bescheid zu stoßen.

LY: Wissen Sie, warum der Einsatzbefehl genau an diesem Tag erteilt wurde?

AG: Wollen Sie die offizielle oder die inoffizielle Antwort?

LY: Beide.

AG: Inoffiziell hatte es damit zu tun, dass wahrscheinlich irgendeiner von den Tannenbäumen auf die Idee gekommen ist, wie viel hübscher er mit ein bisschen mehr Lametta auf der Brust aussehen könnte. Offiziell war man in großer Sorge, die Wichser aus der Kommune könnten einen Anschlag planen.

LY: War diese Sorge berechtigt? Soweit ich weiß, gibt es in Norwegen keine militanten Ásatrú. *[»Ásatrú« stellt die gebräuchlichste Bezeichnung für verschiedene Varianten eines nordisch-germanischen Neoheidentums dar, die insbesondere in Skandinavien seit Beginn der 1980er Jahre im Wachstum begriffen sind; in Norwegen sind inzwischen mehrere dieser Gruppierungen von staatlicher Seite als offizielle Religionsgemeinschaften anerkannt.]*

AG: Das kommt ganz darauf an, was man unter militant versteht. Im Winter davor hatten irgendwelche Deppen ein paar Kirchen angezündet, und nun schrillten bei den Behörden deshalb die Alarmglocken. Dabei haben sich die Spinner halbwegs schlau angestellt. Nur eben nicht schlau genug. Irgendwann ist es aufgefallen, dass zu viele von ihnen sich um Sprengstoffbesitzkarten bemühten. Und dass ihre Schiefermine keine einzige Krone Umsatz machte. Logisch, weil es sie gar nicht gab. Was es jedoch sehr wohl gab, war der Riesenhaufen TNT, den sie sich in kleinen Häppchen haben liefern lassen. Man kann aber nicht behaupten, dass wir mit Kanonen auf Spatzen geschossen hätten. Beim Briefing hat Asbjørnsen gesagt –

LY: Asbjørnsen?

AG: Oberst Asbjørnsen, der Einsatzleiter. Er hat gesagt, es könnte sich hinterher keiner beschweren, die Hippies wären nicht gewarnt worden. Bevor man uns von der Kette gelassen hat, hat ihnen das

Innenministerium erst einmal einen netten Brief geschrieben, in dem man höflich nachgefragt hat, was denn mit der Mine los sei und wo der ganze Sprengstoff abgeblieben wäre. Supertaktik, das. Man stochert ja auch nicht lange in einem Wespennest herum und wartet, bis man gestochen wird, sondern fackelt das Ding gleich ab. So sehe ich das zumindest. Aber die Jungs aus dem Innenministerium laufen schon immer mit dem Kopf im Arsch durch die Gegend und wundern sich, warum es überall so dunkel ist.

LY: Wie haben die Ásatrú auf das Schreiben reagiert?

AG: Dafür, dass sie diese Nummer von wegen »Wir sind so wild und frei und die wahren Nachfahren der Wikinger« fahren, erstaunlich zivilisiert. Mit einem Brief von ihrem Chefansager. Ihrem Häuptling oder König oder was weiß ich. Dem sind alle Sicherungen durchgeknallt. Er schrieb was von einer langen Nacht und einer Finsternis unter den Felsen und von Liebe, die den Tod besiegt. Da hat man beim Ministerium angefangen, zwei und zwei zusammenzuzählen. Leider ist bei den Genies dabei fünf rausgekommen.

LY: Das müssten Sie etwas näher erklären.

AG: Geht schon los. Es stellte sich raus, dass die Bullen einen Spitzel in der Kommune hatten. So richtig alte Schule, mit Informationsweitergabe per Taschenlampe und Morsen an einen Partner, der in der Nähe in einem Biwak campierte. Ein echter Scheißjob. Egal. Der Spitzel hat jedenfalls gemeldet, dass dem Häuptling seine Hauptfrau abgekratzt ist und er deswegen so neben der Spur wäre. Das würde sich schon wieder geben. Er hat empfohlen, mit weiteren Maßnahmen noch abzuwarten, bis er herausfindet, wofür nun das Kack-TNT da ist. Also hat man gewartet.

LY: Was Ihrer Ansicht nach ein Fehler gewesen ist.

AG: Sich morgens aus Versehen einen blauen und einen grünen Socken anzuziehen, das ist ein Fehler. Abzuwarten, was ein Irrer mit Sprengstoff anstellt, ist kein Fehler, sondern ein sicheres Anzeichen, dass man nichts als Scheiße im Hirn hat. Unser Einsatz kam viel, viel zu spät. Die Bombe tickte nicht mehr. Sie war schon hochgegangen.

LY: Die Ásatrú hatten ihren Plan bereits umgesetzt.

AG: So sieht's aus. Man hat den Rumms bis in die Vororte von Alta gehört, und danach gab es keinen Kontakt mehr zu dem Spitzel oder seinem Partner. Das war der Moment, in dem wir von der Heimwehr ins Boot geholt wurden. Genauer gesagt, in den Heli.

LY: Wie lange hat der Flug gedauert?

AG: Zu lange. Wenn Alta der Arsch der Welt ist, dann lag diese Kommune verdammt nahe am dazugehörigen Loch. Und glauben Sie den Reiseführern, die von den landschaftlichen Reizen der Finnmark sprechen, lieber kein einziges Wort. Es sei denn, Sie stehen auf Gras, Felsen und Sträucher. Kann auch sein, dass es mir nur noch eintöniger vorgekommen ist, weil ich in einem Hubschrauber hockte. Sind Sie schon mal in einem Hubschrauber geflogen?

LY: Nein.

AG: Herzlichen Glückwunsch. Das Surren des Rotors geht einem mächtig auf den Geist. Mir wenigstens. Und wenn man damit rechnen muss, dass man sich jeden Augenblick eine Kugel in den Hintern einfängt, weil man einer Horde Aussteiger nicht rechtzeitig auf die Finger geklopft hat, steigt der Genervtheitsgrad ordentlich an. Das will ich Ihnen sagen. Und draußen war ja auch nichts Interessantes zu sehen. Wenn Veesas nicht so scharfe Augen gehabt hätte, wären wir glatt drübergeflogen, ohne es zu bemerken.

LY: Was zu bemerken?

AG: Den Ort, an dem die Explosion stattgefunden hat. Moe machte einen Schlenker, und plötzlich schwebten wir über diesem gewaltigen Loch mitten zwischen den Felsen. Da hätte man locker drei Busse drin parken können. Veesas hat gemeint, da wären welche von diesen Ritzzeichnungen im Stein, wie man sie auch viel näher an Alta überall findet. Ich habe die nicht erkennen können, aber Veesas – wie gesagt, er hatte echte Adleraugen. Spätestens da wurde jedem von uns klar, dass das kein Spaß werden würde. *[Die von AG hier erwähnten Ritzzeichnungen von Alta stammen aus dem 5. Jahrtausend v. u. Z. und werden in der Regel als Zeugnisse nicht näher bekannter Abkömmlinge der steinzeitlichen Komsa-Kultur eingeordnet; sie sind generell von großem kulturanthropologischem Interesse, da sie zahlreiche Jagdszenen auf Landsäugetiere schildern, während die Jagd auf Meeressäuger oder Fischfang als wahrscheinlich naheliegende Motive erstaunlicherweise kaum vertreten ist.]* Es kam noch schlimmer. Moe fing an zu fluchen, weil er im Nebel landen musste.

LY: Haben Sie eben nicht gesagt, die Landschaft hätte Sie gelangweilt. Wie konnten Sie die im Nebel überhaupt sehen?
AG: Weil dieser Nebel nur über der Kommune hing. Drumherum herrschte strahlendster Sonnenschein, aber über dem Lager selbst lag Nebel, der so dicht war, dass Moe Angst hatte, er könnte aus Versehen in ein Haus krachen. Sie müssen sich das mit dem Nebel vorstellen, als würden Sie in einem Glas Milch stehen. Es war feucht, kalt und alles weiß. Moe hatte derart die Hosen voll, dass er den Rotor laufen ließ. Kielland hat ihn deswegen noch aufgezogen. Ob es ihm helfen würde, wenn er seine Mutter anruft. Ein paar von uns haben gelacht. Ich nicht.
LY: Sie haben von Häusern gesprochen. Sind die Leute aus der Kommune nicht vor die Tür gekommen, als sie den Hubschrauber gehört haben?
AG: Nein. Da waren ein halbes Dutzend Hütten, aber keine Menschenseele. Nur der Nebel. Und dieses komische Geräusch, das man über den laufenden Rotoren kaum wahrgenommen hat.
LY: Was war das für ein Geräusch?
AG: Es klang wie ein Trommeln.
LY: Von den Ásatrú?
AG: Schön wär's gewesen, aber von denen dachte keiner mehr ans Trommeln.
LY: Was war es dann?
AG: Hufe. Hunderte von Hufen. Keine Ahnung, ob die Hippies sie mitgebracht haben, weil sie sich plötzlich auch noch für die echten Nachfahren der Lappen oder der Cowboys hielten. Vielleicht wurden sie auch nur von weiß der Himmel woher von dem angelockt, was die Hippies an den Steinen getrieben haben. Ich hab gedacht, ich spinne, als sie plötzlich im Nebel zwischen den Häusern herumrannten.
LY: Wer?
AG: Rentiere. Eine ganze Herde. Dabei war nicht mal Weihnachten und auch weit und breit kein Schlitten in Sicht. Die Viecher waren völlig durchgedreht. Auf unserem Weg zu den Hütten habe ich Sachen gesehen … Ein Weibchen zum Beispiel, das nach seinem Kalb keilte, und als sie das Kleine totgetreten hatte, hat die Mutter ange-

fangen, es zu fressen. Hat an den Ohren geknabbert, als wären es leckere Flechten auf einem Stein.

LY: Rentiere sind reine Pflanzenfresser.

AG: Ehrlich? Gut, dass Sie mir das sagen. Wäre mir sonst nicht aufgefallen. Das mit der Kuh, die ihr Kalb umbringt, war aber quasi noch das Normalste. Da waren andere, die sind wieder und wieder gegen die Hüttenwände gerannt. Nicht mit gesenktem Geweih, sondern ganz kerzengerade. Schnurstracks auf die Wand zu. Bamm. Dann haben sie sich umgedreht, Anlauf genommen und sind gleich noch mal gegen die Wand gebrettert. Bis sie sich irgendwann den Hals gebrochen oder den Schädel aufgeschlagen hatten. Die meisten rannten nur ziellos durch die Gegend. Mit Schaum vor dem Maul und Augen groß wie Untertassen. Und sie stanken alle. Wie saure Gurken oder wie Angstschweiß.

LY: Ich bin keine Biologin, aber vielleicht hat der Hubschrauber die Herde in Panik versetzt.

AG: Glauben Sie, was Sie wollen. Ich war dabei. Und es hatte nichts mit dem Heli zu tun.

LY: Sondern?

AG: Ich bin bestimmt kein intoleranter Mensch, wenn es um Religion und so geht. Aber diese Vollidioten … sie haben irgendetwas gemacht, was sie nie hätten tun dürfen. Wer zum Teufel betet, soll sich nicht wundern, wenn er einen holen kommt.

LY: Die Ásatrú beten nicht zum Teufel.

AG: So? Und was sollten die Statuen an den Hütteneingängen? Wen haben die sich neben die Tür gestellt?

LY: Nordische Götter vermutlich. Wodan, Donar, Frigg.

AG: Schade, dass wir Sie nicht in der Reserve hatten. Sie hätten uns alles erklären können, was? Wahrscheinlich hätten Sie es genauso gemacht wie Hamsun. Hätten sich hingestellt und gerufen, die Leute sollten rauskommen und sie könnten unbesorgt sein, weil wir nur mit ihnen reden wollen.

LY: Ich war noch nie in einer solchen Situation. Und ich bin ziemlich froh darüber.

AG: Hamsuns Geplärre hat jedenfalls nichts gebracht. Also hat er beschlossen, dass wir eine der Hütten unter die Lupe nehmen. Wir standen alle vor dieser verkackten Bude, als es richtig losging. Veesa hatte gerade die Tür eingetreten, und Kinck und Skram steckten ihre Köpfe rein, da hat es Kielland erwischt. Ein Kerl wie ein Schrank, aber er hatte keine Chance. Es war der Häuptling der Spinner, glaube ich. Kam einfach aus dem Nebel gesprungen und ist über Kielland hergefallen. Der hat geschrien wie am Spieß, doch wir wollten nicht schießen, weil wir ihn sonst hätten treffen können. Also habe ich versucht, den Typen von ihm runterzureißen. Es war zu spät. Er hatte sich in Kiellands Hals verbissen. Verbissen, verstehen Sie? Hamsun hat dann doch geschossen, und ich schwöre bei Gott, er hat den Flachwichser sauber erwischt. Da war ein Einschussloch auf seinem Rücken. Hat ihn nicht die Bohne interessiert. Und dann waren die anderen da.

LY: Die anderen?

AG: Uns kam es so vor, als würden sie einfach aus dem Boden wachsen. Auf allen Seiten. Man hatte uns gesagt, dort leben vielleicht fünfzig Leute. Kann gut sein. Aber wenn deinem Kameraden neben dir die Kehle aufgerissen wird, diese Scheißrentiere blöken und röhren wie verrückt und man mitten im Nebel steht, spielen Zahlen keine Rolle mehr. Ich habe sofort abgedrückt. Ich wusste, was die waren. Zombies.

LY: Woher wussten Sie das so genau?

AG: Weil von denen keiner mehr aussah, als ob er noch am Leben wäre. Da war eine Frau dabei, bei der war die Haut im ganzen Gesicht aufgeplatzt wie die Pelle bei einer Wurst, wenn man sie zu lange kocht. Andere waren verkohlt. Wie Briketts. Einem fehlte ein Arm, und die Stelle, wo der Arm hätte weitergehen müssen, endete in etwas, das im Grunde nur noch ein Knäuel aus Muskeln, Fett und Sehnen war. Wie Wolle aus Fleisch. Und sie haben keinen Laut von sich gegeben, sondern sind einfach auf uns zugerannt. Und normale Menschen fallen um, wenn man ihnen eine ordentliche Salve verpasst. Die nicht … die nicht … Wir hätten von Anfang an auf die Köpfe zielen sollen. Hätten wir vielleicht auch, wenn man uns nicht dazu gedrillt hätte, immer auf den Rumpf zu halten. Wegen der besseren Trefferquote. So hat es Skram auch noch erwischt. Wissen Sie, wovon ich manchmal bis heute noch träume?

LY: Wovon?

AG: Wie diese Freaks angefangen haben, Kielland und Skram in Stücke zu reißen. So, wie wir ein Brathähnchen auseinandernehmen würden. Erst den einen Schenkel, dann den anderen … Hamsun hat eine halbe Ewigkeit gebraucht, bis er geschnallt hat, dass wir das nicht gewinnen können. Dann gab er den Befehl zum Rückzug. Veesa ist über eine Axt oder eine Schaufel gestolpert. Kann auch ein Rechen gewesen sein. Es war allerdings alles andere als komisch. Er hatte sich noch nicht richtig langgemacht, da hing auch schon eines von den Dingern an ihm dran. Ich weiß nicht, was ich getan hätte, wenn er hinter und nicht vor mir gelaufen wäre. Vielleicht hätte ich ihn einfach liegen lassen. Ich wollte nur noch weg, nur noch zum Heli. Raus aus dieser Hölle. Aber er und das Ding lagen mir im Weg. Also bin ich stehen geblieben und hab dem Zombie ins Gesicht geschossen.
LY: Hat das etwas genützt?
AG: Klar. Es waren ja Zombies. Es war wie in den Filmen. Sobald man ihnen das Hirn rausgeblasen hat, sind sie endgültig tot.
LY: Wurden Sie bei der Flucht zum Hubschrauber verfolgt?
AG: Kann ich Ihnen nicht sagen. Ich wollte mich nicht mehr umdrehen. Ich war nur scheißfroh, dass Moe den Motor nicht abgestellt hatte. So richtig bei mir war ich erst wieder, als wir abgehoben hatten und Veesa mich vollsülzte. »Du bist ein Held, Mann, ein echter Held.« Minutenlang immer nur dieser eine Satz. Dabei habe ich mich kein bisschen wie ein Held gefühlt.
LY: Sie haben ihm das Leben gerettet. Das macht Sie in gewisser Hinsicht doch sehr wohl zu einem Helden.
AG: Helden schießen keinen kleinen Mädchen ins Gesicht.
LY: Wie bitte?
AG: Von den fünfzig Leuten, die in der Kommune gelebt haben, war die Hälfte Kinder.

[Trotz umfangreicher Nachforschungen, zu denen das Einschalten einer norwegischen Kollegin gehörte, war es mir nicht möglich, Hinweise auf einen Vorfall in der Nähe von Alta zu finden, wie ihn AG beschreibt; im infrage kommenden Zeitraum ereignete sich lediglich ein Unglück in einer der örtlichen Schieferminen, bei dem 48 Opfer zu beklagen waren.]

08.09.2009, 23:43

Das alte Schwimmbad musste schon seit Jahren geschlossen sein, aber der Chlorgeruch, der sich in den Fugen zwischen den Fliesen festgefressen hatte, war für Lily selbst jetzt noch ein echter Abturner, weil er jede Menge unschöner Erinnerungen weckte: zum Beispiel an den Schwimmkurs, zu dem Dad sie gemeinsam mit Veronica geschickt hatte, und an die dünne, von Krampfadern durchzogene Haut der absolut inkompetenten Kursleiterin mit ihrer dämlichen Blümchenbadekappe.

Falls Victor sich von seinem kleinen Ausflug mehr versprochen haben sollte, als ihr nur diese vollmundig angekündigte Sache zu zeigen, die sie wegen ihrer Arbeit interessieren könnte, war er auf dem Holzweg. Abgesehen davon, dass sie nicht verstand, was hier angeblich so interessant war: Ihre Phase, in denen sie sich in Clubs die Nächte um die Ohren schlug, hatte sie nun wirklich schon einige Jahre hinter sich. Nichtsdestotrotz wandte sie instinktiv und aus einer gewissen Langeweile ihr bewährtes Bewertungsraster für Etablissements dieser Art an, während sie darauf wartete, dass Victor mit flüssigem Nachschub von der Bar antrabte.

Punkt eins auf der Liste war die Location selbst. Das Schwimmbad rottete in einem der Viertel – Shoreditch? Newham? – vor sich hin, in denen die zuständigen Behörden zu der Überzeugung gelangt waren, dass man für die dort zusammengepferchten Mitbürger nicht auch noch vernünftige Angebote der Freizeitgestaltung finanzieren musste. Wo man ihnen doch schon erst vor wenigen Jahrzehnten so hübsche Wohnanlagen zur Verfügung gestellt hatte, in denen man erstklassig vor sich hin vegetieren konnte. Außerdem steckte man zurzeit lieber ordentlich Kohle in Bauprojekte, die man anlässlich der Olympiade 2012 vorzeigen konnte, und das Schwimmbad nach seiner Schließung abzureißen hätte am Ende noch bedeutet, dass man sich Gedanken zu machen hatte, wie man die dadurch entstehende Freifläche nutzen wollte. Folglich hatten wohl einige findige junge Leute – aller Wahrscheinlichkeit nach irgendwo von außerhalb – beschlossen, das sterbende Gebäude umzufunktionieren, um größere Partys zu veranstalten. So weit, so nachvollziehbar. Weshalb diese Profiteure des Zerfalls darauf verzichtet hatten, das Naheliegende zu tun und das gewaltige Becken in eine Tanzfläche zu verwandeln, war Lily ein Rätsel. Stattdessen war rings um die Vertiefung eine Brüstung aus mit dunklem Stoff abgehängten und auf Brusthöhe gestapelten Bierkästen errichtet worden. An einer der schmalen Seiten des Beckens hatte man eine Vorrichtung installiert, wie sie Lily nur aus Freibädern kannte und mit der man eine Plane aus festem Plastik abwickeln konnte, um das Wasser abzudecken. Hier sah die Plane allerdings nicht so aus, als läge sie auf einer Flüssigkeit auf. Wenn das flirrende Blitzen eines Stroboskops ihren Augen keinen Streich spielte, wurde die Plane von unten durch Querverstrebungen gestützt. Als hätte man das leere Becken durch Zwischenwände unterteilt, deren Kanten nun von unten gegen die Plane stießen. Merkwürdig und in jedem Fall verschenkter Platz. So blieb den Gästen keine andere Wahl, als sich eng um den Beckenrand zu drängen, was für eine erzwungene Engtanzatmosphäre sorgte, die durch die hier und da aufgestellten Sitzgruppen aus alten Sofas und Sesseln, die ebenfalls aus Bierkästen improvisierte Bar, die Boxen und das DJ-Pult nicht gerade besser wurde. Mehr als zwei von fünf Sternen konnte Lily dafür nicht vergeben.

Manchmal machte die Musik, Punkt zwei, alles wett, auch wenn der Laden an sich eher bescheiden war. Diesmal nicht. Der DJ – ein fetter Klops mit Glatze – hielt anscheinend nichts davon, sich auf eine bestimmte Richtung festzulegen. Ein Stück von den Smiths, in dem Morrissey mit überkandideltem Gejammere Fleischverzehr als Mord anprangerte, ging nahtlos in ein getragenes Unplugged-Geschrammel samt Akkordeon, Klavier und Cello über, wozu eine heisere Stimme etwas von blutsaugenden Moskitos sang. Typisch überdrehtes und pathosgeladenes Gejaule über eine bitte beim Schlachter abzuliefernde

Tochter, das vor zwanzig Jahren als solider Metal durchgegangen war, prallte hart auf einen extrafunkigen Remix von Michael Jacksons *Thriller*. Als hätte jemand mit einer sehr umfang- und abwechslungsreichen MP3-Sammlung sein iTunes auf Shuffle gestellt. Aufgrund der unfreiwilligen Komik, die sich aus der Abfolge der Tracks bisweilen ergab, drückte Lily ein Auge zu und verbuchte noch mal zwei von fünf Sternen.

Örtlichkeit und Mucke machten allerdings nicht den gesamten Spaß eines gelungenen Abends aus, und in einem Bereich wusste dieser komische Schuppen durchaus voll zu punkten: Die Jungs und Mädels hinter dem Tresen, Punkt drei, verstanden etwas von ihrem Handwerk. Victor hatte Lily bislang mit einem äußerst schmackhaften *Gravedigger* versorgt, der mit gerade so viel Kiwisaft gemischt war, dass die fruchtige Süße den harten Stoff angenehm kaschierte, und selbst das abstruse Gesöff namens *Bloody Aztec* aus Tequila, Sahne, Kaffee-Kakaolikör und irgendetwas Rotem, das er in der zweiten Runde für sie angeschleppt hatte, hatte sich munter wegschlürfen lassen. Das war ihr fünf von fünf Sternen wert.

Anders wären die Elemente, die Lily unter dem vierten Gesichtspunkt »Sonderausstattung und Kurioses« bewertete, auch nicht zu ertragen gewesen. Unter der Decke über dem Becken hing ein Karree aus Leinwänden, auf die Beamer allerlei Filmschnipsel projizierten: die rückwärts abgespielte Verwesung eines Hunde- oder Wolfswelpen, wodurch der unwirkliche Eindruck entstand, als flickten die emsig über den Kadaver wuselnden Maden und Larven das Tier aus Knochen und Fellresten wieder zusammen. Schwarzweißaufnahmen von einer dünnen Frau in einem wehenden Nachthemd, die durch ein Zuckerrohrfeld rannte. Ein als Schleife mit einem halben Dutzend Wiederholungen geschnittener Teil aus dem berühmten Zapruder-Video von der Ermordung JFKs, bei dem das Bild immer dann für einen Wimpernschlag einfror, wenn das Hirn des Präsidenten sich über das Heck des Cabrios verteilte. Ein sezierter Frosch mit aufgeschlitztem Bauch und Drähten in den Schenkeln, deren feuchtglänzende Muskeln eifrig zuckten. Ein Kaleidoskop der Widerwärtigkeiten, das ganz unverblümt auf Provokation und Schockeffekte setzte. Nun ja, der unbekannte Regisseur hatte sich viel Mühe gegeben, und Lily dankte ihm diese Mühe mit drei von fünf Sternen.

Blieb noch der letzte Punkt auf Lilys interner Liste: die Gäste, die es hierher verschlagen hatte. Das Publikum war bunt gemischt. Auf einer der Sitzgruppen fläzte sich eine große Clique perfekt gestylter Studenten, unter denen sich Hannah vermutlich pudelwohl gefühlt hätte. Mehrere Grüppchen von grobschlächtigen Lederjackenträgern, wie sie in jedem Pub direkt an der Theke gut aufgehoben gewesen wären, belagerten die besten Plätze in unmittelbarer Nähe der Bar. Sogar eine Handvoll blassgeschminkter Altgrufts, die sich betont gelangweilt gaben, hatte Lily in den dunkelsten Ecken schon erspäht, und sie hätte ihren rechten Arm darauf verwettet, dass die drei Lady s mit den Turmfrisuren und den Paillettenschlauchkleidern, die im Moment versuchten, dem DJ einen Musikwunsch zu übermitteln, daheim bestimmt im Stehen pinkelten. Alle – von den absoluten Normalos bis hin zu den ungewöhnlichsten Paradiesvögeln der Nacht – waren durch zwei Eigenschaften geeint: Erstens tanzte niemand. Ein flüchtiges Wippen mit dem Fuß oder ein kurzes Wackeln mit den Schultern blieb für sie die einzige Reaktion auf den Rhythmus der Musik, ganz egal, welches Stück gerade aus den Boxen wummerte. Und zweitens gingen viele ihrer Blicke ständig in dieselbe Richtung. Sie wanderten in einer Art ungeduldiger Regelmäßigkeit von der Absperrung um das abgedeckte Becken zu einer riesigen Wanduhr mit armlangen Leuchtzeigern über dem Eingang zur Schwimmhalle. Worauf warteten sie?

»Na? Gefällt es Ihnen?« Wie es Victor geschafft hatte, sich ungesehen an sie heranzupirschen, war für Lily ein ebenso großes Geheimnis wie die Quelle seiner unerschütterlichen Selbstsicherheit. Am Alkohol konnte es nicht liegen, denn er hatte sich an seine Abstinenzerklärung gehalten und keinen Tropfen angerührt. Was ihn natürlich nicht daran hinderte, dafür zu sorgen, dass sie nicht auf dem Trockenen saß. So wie jetzt.

»Was ist es diesmal?«, schrie sie gegen die Musik an und nippte an dem Cocktail, den ihr Victor beschafft hatte.

»Sechs Sorten Rum, drei Fruchtliköre und ein paar Säftchen zum Abrunden des Geschmacks.«

»Sie wollen mich abfüllen, oder?«

»Wäre das so schlimm?«

Sie drehte sich von ihm weg, damit er ihr Grinsen nicht sah.

»Sie haben mir noch nicht geantwortet«, hörte sie ihn direkt neben ihrem Ohr sagen und spürte seinen Anzugkragen über ihr nacktes Schulterblatt streifen.

»Schlimm geht anders. Schlimm wäre –«

»Das weiß ich schon. Ich meinte meine erste Frage. Ob es Ihnen gefällt …«

Okay. Er wollte es nicht anders. Sie machte ihre Drehung rückgängig und lugte ihn über den Rand ihres Glases an. »Wenn ich ganz ehrlich bin, erinnert mich diese Veranstaltung an einen Rave, auf den mich ein Junge aus der Schule mal mitgeschleift hat. Wir sind mit einem älteren Kumpel von ihm zwei Stunden im Auto aus London rausgefahren und an einer entweihten Kirche gelandet. Irgendein Spaßvogel hat draußen ein Kreuz aufgestellt, an dem eine Gummipuppe angebunden war. Mit einer Clownsperücke auf dem Kopf.«

»Gewagt, gewagt.«

»An mehr erinnere ich mich nicht. Nur noch an diese blöde Gummipuppe. Und von hier nehme ich leider wahrscheinlich auch nicht viel mehr mit als das Video da oben.«

Victor kniff die Augen zusammen. »Irre ich mich, oder weht da nicht nur ein Hauch, sondern ein ganzer Orkan Enttäuschung mit?«

»Ich hatte mir was anderes vorgestellt.«

»Was denn?«

Lily stöhnte innerlich auf. Eigentlich war sie alt genug, um zu wissen, dass man mit einer Floskel in solchen Situationen nicht weit kam. So unfair es gewesen wäre, Victor vorzutäuschen, sie würde sich prächtig amüsieren, so unhöflich war es auch, ihm derart auf die Zehen zu treten. »Ich bin mir sicher, Sie wollten mir wirklich eine Freude machen. Das finde ich auch unglaublich nett. Aber Clubs wie der hier … Das ist einfach nicht mein Ding, verstehen Sie? Zu eng, zu laut, die Leute kümmern sich einen Scheiß um das Rauchverbot …«

»Urteilen Sie nicht zu früh.« Sein Lächeln zeigte, dass er kein ernsthaftes Problem mit ihrer Kritik hatte. »Sie haben das Beste noch gar nicht gesehen.«

»Soll das wieder eine Überraschung werden?«

»Ich gebe Ihnen einen Tipp. Es hat mit Kunst zu tun.«

»Kunst?« Verdammt! Wenn sie das vorher gewusst hätte, hätte sie Hannah mitgebracht und als ihren Anstandswauwau ausgegeben.

»Es ist das, worauf das Publikum so sehnsüchtig wartet.«

Lag Lily krass daneben, und das war gar keine Party? Hatte Victor sie auf eine abgefahrene Vernissage geholt? »Wo sind die Bilder?« Ihr fielen die merkwürdigen Dellen in der Plastikplane über dem Becken ein. »Sind sie im Pool aufgestellt?«

Vince schüttelte den Kopf. »Es gibt keine Gemälde. Worauf wir uns freuen dürfen, ist eine interaktive Performance.«

»Wir werden aber nicht mit Schweineblut geduscht oder so?«

Lily brauchte einige Sekunden, um zu begreifen, warum ihre Stimme mit einem Mal so laut klang und wieso sie das verblüffte Raunen der Umstehenden hören konnte, die sie anstarrten, als wäre sie nackt.

Die Musik war aus.

Victor grinste. »Es geht los.« Er legte einen Arm um Lily und bugsierte sie sanft zu der Absperrung, der sich nun sämtliche Besucher rund um das Becken so zielstrebig näherten wie Eisenspäne, die zu einem Magneten gezogen wurden. Mit einem Klackern, Surren und Rattern, das in aufgeregtem Gemurmel beinahe vollständig unterging, erwachte die Maschine zum Auf- und Abrollen der Plane zum Leben. Zentimeter für Zentimeter gab sie preis, was unter ihr verborgen war. Aus dem wachsenden Spalt stießen grelle Lichtkegel bis unter die Decke der Schwimmhalle.

Zuerst dachte Lily noch, Victor könnte geflunkert haben,

und das Becken würde doch als Ausstellungsfläche für Gemälde verwendet, da sich Lilys ursprünglicher Verdacht von eingezogenen Zwischenwänden bestätigte. Auch die an ihren Rändern angebrachten Lampen, die nach dem bisherigen Halbdunkel um so kräftiger zu strahlen schienen, hätten zu einer Galerie gepasst. Erst nachdem die Plane zu einem Drittel aufgerollt war, wurde ihr klarer, welchem Zweck sie dienten. Das Becken war in Nachbildungen von Zimmern unterteilt, und sie hatte mehr und mehr das Gefühl, von oben auf die Schauräume eines Möbelhauses zu blicken – mit dem feinen Unterschied, dass man dort keine abgewetzten Teppiche mit bräunlichen Flecken, keine aufgeschlitzten Matratzen und auch keine rostigen Badewannen präsentiert bekam. Noch dazu folgte die Einrichtung der Zimmer keinem einheitlichen Stil, der sich einem bestimmten Diktat der Mode hätte zuordnen lassen. Stattdessen schien jedes von ihnen aus einer anderen Epoche zu stammen, als hätte ein wahnsinniger Innenarchitekt den Versuch unternommen, Raum und Zeit zu beugen. Im einen Zimmer war die Wand mit durchfallfarbenen Korkplatten aus den Siebzigern verschandelt, im nächsten beugte sich ein Nierentisch aus den Fünfzigern unter der Last einer vertrockneten Topfpflanze. Unter dem Bett in einem Raum, bei dem es sich unverkennbar um ein Schlafzimmer handelte, lugte ein bauchiger Nachttopf hervor, während in der Küche daneben eine Mikrowelle auf der Anrichte platziert war. Obwohl die einzelnen Bereiche geradezu liebevoll detailgetreu eingerichtet waren, brachen sie in einer Hinsicht mit der Illusion, Orte nachzustellen, die man auch draußen in der Welt hätte finden können. Lily hatte noch nie von einem Bad oder einem Kinderzimmer mit vier Türen gehört, aber hier verhielt es sich so, dass man jeden Raum zu jeder Seite verlassen konnte, die nicht unmittelbar an den Beckenrand grenzte.

Je weiter die Plane aufgewickelt wurde, desto mehr wuchs die Unruhe unter den Gästen der – wie hatte es Victor genannt? Interaktive Performance? »Können Sie mir bitte verraten, was das ist? Ein Puppenhaus für Perverse?«

»Die Bühne«, sagte Victor nüchtern. »Oder das Spielfeld,

wenn Sie so wollen. Eine Arena, in der das Leben gegen den Tod antritt. Deshalb habe ich Sie hierher gebracht.« Er deutete zum gegenüberliegenden Ende des Beckens. »In diesen beiden Kisten lauert der Tod.«

Die schmalen, aber ungewöhnlich lang gezogenen und hohen Kisten, von denen er redete, erinnerten Lily an die hölzernen Behälter, in die man in Dokumentationen über Zoos oder Naturschutzgebiete größere Tiere wie Antilopen oder Gnus hineinmanövrierte, wenn man die Viecher einigermaßen sicher über weitere Strecken transportieren wollte. Wo üblicherweise ein Brett entlang zweier Führungsschienen von oben vor die Öffnung geschoben wurde, war es bei diesen Kisten eine Scheibe aus transparentem Plastik, die den Ausgang verschloss. Nahe an ihrer Oberkante waren Schlitze ausgefräst, damit man die Scheibe bei Bedarf anheben konnte.

Bei den Insassen der Kisten handelte es sich jedoch nicht um Vierbeiner. Es waren zwei Menschen – ein Mann und eine Frau, soweit Lily es erkennen konnte –, die ihre Stirn wieder und wieder gegen das Plexiglas schlugen und mit zu Klauen gekrümmten Fingern an der durchsichtigen Barriere scharrten.

»Oh, sie haben die Kameras im Labyrinth schon angeschaltet.«

Victor lenkte Lilys Aufmerksamkeit auf die Videoleinwände, wo die geschmacklose Collage inzwischen durch Livebilder von den beiden Menschen aus den Kisten ersetzt worden war. Der Programmwechsel löste beim angespannten Publikum vereinzeltes Klatschen und Pfeifen aus. Nicht zu Unrecht, denn die Leistung der Schauspieler war durchaus beeindruckend, obwohl ihre Chancen auf einen Oscar angesichts ihrer Rollen eher schlecht standen. Die weibliche Hälfte des Pärchens schaffte es tatsächlich, ihre Augen vollkommen leer wirken zu lassen und dabei dem schiefen Mahlen ihres Unterkiefers etwas ungemein Bedrohliches zu verleihen – trotz des schweren Drahtmaulkorbs, dessen Lederriemen ihr tief in die Wangen schnitten. Bei dem dazugehörigen Herrn hatte es der für die Performance angeheuerte Maskenbildner für Lilys Geschmack ein bisschen übertrieben: Es hätte voll und ganz gereicht, seinen rundlichen, kahlen Schädel mit blauen und grünen Flecken zu verzieren. Die klaffende künstliche Wunde an seiner Schläfe – eine Schlucht aus zerfetztem, fleischigem Latex, an deren Grund es rötlichweiß schimmerte – war dann doch einen Tick zu übertrieben.

»Sie hätten mir ruhig verraten können, was das Thema dieser Nummer ist und dass ich lebensechte Zombies zu sehen bekomme«, beschwerte sich Lily. »Das hätte mir die Wartezeit verkürzt.«

»Und es hätte Ihnen den ersten Teil der Überraschung verdorben«, verteidigte sich Victor.

»Den ersten Teil?«

»Geduld ist eine Tugend.«

Lily wollte gerade zu einer bildreichen Erklärung ausholen, wohin er sich seine Tugenden stecken konnte, als die Musik wieder einsetzte. Der DJ blieb seiner nichtvorhandenen Linie treu und hatte sich für Klassik in Moll entschieden. Klagende Streicher und Bläser tasteten sich an ein schwermütiges Crescendo heran, in dem dumpfe Paukenschläge mit dem drängenden Gesang eines Chors wetteiferten, von dem Lily kein Wort verstand.

»Was für eine Sprache ist das?«

»Die Sprache, von der manche sagen, sie wäre im letzten Jahrhundert zur Lieblingssprache des Todes aufgestiegen. Deutsch.«

Wo war Gottlieb, wenn Lily ihn einmal wirklich gebraucht hätte? »Schade. Mein Deutsch reicht nicht mal, um ein Bier zu bestellen.«

»Warten Sie.« Victor hob die Hand und nickte im Takt der Musik. »Da ist die beste Stelle. ›Denn alles Fleisch, es ist wie Gras und alle Herrlichkeit des Menschen wie des Grases Blumen.‹ Großartig, nicht wahr?«

»Wenn Sie unter großartig das Gleiche verstehen, was ich unter deprimierend verstehe, dann ja.« Bei all den Schmeicheleien und Geschenken hatte Lily fast seine morbide Ader vergessen, die ihr bereits auf dem Friedhof zu denken gegeben hatte.

»Gleich wird es spannend.« Victor ging nicht weiter auf ihre Kritik ein.

Das, was die Spannung in Victor auslöste, war ein Scheinwerfer, dessen Licht pendelnd über die Köpfe der Menge glitt, um mal hier, mal da einen Moment zu verharren und schließlich doch weiterzuziehen. Diejenigen, auf denen das Licht kurz zum Ruhen kam, zeigten unterschiedliche Reaktionen. Ein Mitglied der Lederjackenfraktion wollte sich hinter seine Kumpel ducken, nur um von ihnen johlend und lachend unsanft wieder in die vorderste Reihe befördert zu werden. Für eine junge Frau, die breitbeinig auf einer Sessellehne hockte, war die besondere Beachtung durch die Veranstalter hingegen allem Anschein nach eher ein Grund zur Freude, denn sie reckte fröhlich die dünnen, neonreifbehängten Ärmchen in die Luft. Als alle Blicke für ein, zwei Sekunden auf einen Mittvierziger mit schütterem Haar und einem grauenhaften Polohemd gerichtet waren, ballte der Typ entschlossen die Fäuste wie vor einer unvermeidlichen Prügelei.

Jäh musste Lily gegen das Gleißen des Scheinwerfers anblinzeln. Kacke, sie sah bestimmt total angeschickert und überrumpelt aus. Sie wartete darauf, dass das Licht weiterwanderte und sie zurück in die gnädige Anonymität der Masse überstellte. Wer immer den Scheinwerfer bediente, ließ sich Zeit, sie zu erlösen. Erst als Victor ihr auf die Schulter klopfte und begeisterter Jubel aufbrandete, der laut genug war, um die Orchestermusik zu ersticken, ahnte sie, dass aus dem erhofften Untertauchen in der Menge nichts werden würde.

»Was hat das zu bedeuten?«, fragte sie Victor.

»Dass Sie der Star des Abends sind.«

»Mm-mm. Kommt nicht in die Tüte.« Kopfschüttelnd schob sie ihn von sich weg. »Dafür gibt es hier nicht genügend harten Alkohol, dass ich mich für irgendeinen Quatschkram hergebe. Außerdem bin ich eher ein Freund von der Sorte Kunst, bei der man sich als passiver Betrachter wohlfühlen kann. Nennen Sie mich ruhig altmodisch, aber ich finde, der Wert ästhetisch anspruchsvoller, gegenständlicher Landschaftsmalerei wird heutzutage maßlos unterschätzt.«

Dieses Argument zog bei Hannah meistens, wenn Lily keinen Bock hatte, sich mit ihr die Nacht auf irgendeiner Ausstellungseröffnung um die Ohren zu schlagen. Bei Victor zog es leider nicht.

Sein Grinsen war diesmal nicht unverschämt, sondern regelrecht spöttisch. »Sie haben doch nicht etwa Angst?«

»Nur die, mich lächerlich zu machen.«

»Die Leute wollen Sie sehen. Verderben Sie Ihnen nicht den Spaß. Und was sollte Ihnen schon passieren?«

»Das müssen Sie mir sagen. Es ist ja wohl nicht Ihr erstes Mal, was?«

»Ich versichere Ihnen, es wird Ihnen gefallen. Es wird aufregend.« Er setzte eine ernstere Miene auf, trat näher an sie heran und wand ihr das Cocktailglas aus der Hand. »Eine Frau wie Sie – offen, klug, attraktiv …« Sie ließ es sich gefallen, dass seine Fingerspitzen mit sanftem Druck ihren Oberarm hinabstreiften. »Eine Frau wie Sie braucht sich vor nichts zu fürchten. Erst recht nicht vor einem harmlosen Spiel, das Sie mit an Sicherheit grenzender Wahrscheinlichkeit gewinnen wird.«

Lily fasste nach seinen Fingern, unter deren Berührung sich die feinen Härchen auf ihrem Handrücken aufzurichten begannen. »Woher wissen Sie das so genau?«

»Weil Sie es verdient haben.« Er hob eine Augenbraue. »Und weil Sie eine ungemein schlechte Verliererin sind und daher alles daransetzen werden, als Siegerin aus der Arena zu gehen.«

Bingo. War sie so leicht zu durchschauen, oder besaß er eine so gute Menschenkenntnis, um zu verstehen, weshalb sie sich zierte, obwohl sie einander doch kaum kannten? »Niemand verliert gern.«

»Aber Sie hassen es. Und das finde ich äußerst reizend.«

Verdammt! Er flirtete schon wieder mit ihr. Es war eigentlich noch viel schlimmer: Er flirtete schon wieder mit ihr, und sie fand es auch noch gut. Gut genug, um sich seinetwegen auf Dummheiten einzulassen. »Können wir bei unserem nächsten Date vielleicht einfach nur nett Essen gehen?«

»Nur wenn Sie gewinnen.«

Die Leute um sie herum, die bereits zuvor aus dem Lichtkreis des Scheinwerfers herausgetreten waren, wichen noch deutlich weiter vor Lily und Victor zurück. Der Grund für diesen zusätzlichen Abstand wälzte sich unbeirrt auf sie zu, ohne dass der Mann auch nur einen einzigen Gast hätte zur Seite drücken müssen. Kein Wunder: Der pakistanische Türsteher erschien inmitten von Menschen, die im Schnitt alle mindestens einen Kopf kleiner als er und nicht einmal halb so breit waren, noch imposanter als vorhin am Eingang des Schwimmbads. Wie ein massiger Bulle, der sich in eine Herde Schafe verirrt hatte. Ungeachtet dessen neigte er höflich den Kopf, als er Lily ansprach.

»Sie kennen die Regeln, Miss?«

»Nein«, antwortete Victor für sie. »Ich werde Sie Miss Young auf dem Weg zur Leiter erklären, wenn es dir nichts ausmacht, Hanif. So viele sind es ja nun auch wieder nicht.«

»Wie Sie wünschen, Mister Cunningham.«

Mit Hanif als Eisbrecher, der eine Schneise hinter seinen Kleiderschrankschultern herzog, steuerten sie nun auf einen Punkt in der Beckenabsperrung zu, wo zwei Helfer des bisher noch unsichtbar gebliebenen Performance-Künstlers im Begriff waren, ein Loch in der Barriere aus Bierkisten zu schaffen.

»Sie betreten das Labyrinth über diese Leiter«, erklärte Victor. »Sobald Sie unten angekommen sind, werden die Kisten mit ihren Kontrahenten geöffnet, und das Spiel beginnt. Ihre Gegner –«

»Sagen Sie ruhig Zombies, denn das sollen die beiden doch wohl sein«, warf Lily ein.

»Meinethalben. Die Zombies tun das, was man ihnen gemeinhin als natürliche Verhaltensweise nachsagt. Sie suchen nach einem Lebenden, den sie packen und zerfleischen können.«

»Wie beruhigend.«

»Keine Sorge. Hier wird niemand zerfleischt werden. Daher auch die Maulkörbe. Sie haben das Spiel allerdings verloren, falls es einem oder beiden der Zombies gelingt, sie aufzuspüren und so zu umklammern, dass Sie bewegungsunfähig sind. Sie gelten dann als gefressen.«

»Und wann habe ich gewonnen? Läuft eine Zeit ab, die ich da unten drinbleiben muss? Sagen Sie mir bitte, dass ich mich nur fünf Minuten vor diesen Romero-Statisten zu verstecken brauche.«

»So einfach ist es nicht. Wo wäre da die Herausforderung? Vergessen Sie nicht, dass Sie ein Publikum bei Laune zu halten haben.«

Lily studierte flüchtig die Gesichter, die ihr auf ihrer kleinen Prozession von links und rechts entgegenblickten. In manchem Auge blitzte zu ihrem Erstaunen unverhohlener Neid auf, doch der Großteil der Gäste zeigte eine gelöste Vorfreude, wie man sie auch in einem Fußballstadion vor dem Anpfiff zu einer entscheidenden Partie hätte beobachten können. Es wurde gelacht und gescherzt, vereinzelt wurde sie durch ein »Gib alles!« oder ein »Kämpf!« angefeuert, und alle reckten die Hälse, damit ihnen nichts entging. Okay, der Wunsch nach Unterhaltung und die Befriedigung voyeuristischer Impulse standen für die Versammelten also eindeutig im Vordergrund und nicht die Kunst. Ob der Urheber des Spektakels enttäuscht darüber war? »Aber wie kann ich dann gewinnen?«

Sie passierten die Lücke in den Kisten, und Lily stützte sich am geschwungenen Metallholm der Leiter ab, über die man zu früheren Zeiten ins kühle Nass hinabgestiegen wäre.

»Ihnen ist vielleicht aufgefallen«, antwortete ihr Victor endlich, »dass nicht nur Maulkörbe im Spiel sind. Die Zombies tragen zusätzlich Elektrohalsbänder, wie sie bei der Ausbildung von Hunden Verwendung finden.«

Das war Lily bisher noch nicht aufgefallen, doch als sie jetzt zur Leinwand schaute und darauf achtete, glaubte sie das Halsband zumindest bei der Zombie-Frau zu entdecken, obwohl deren blondes, bis weit über die Schultern fallendes Haar auf verfilzt gebürstet war und deshalb Lilys Sicht behinderte. Wenn der Mann eines angelegt hatte, ging es in den Falten seines feisten Halses hoffnungslos unter.

»Am Halsband ist ein kleines Kästchen mit zwei Elektroden angebracht, über die man dem Träger einen Schock verabreichen kann, sobald man auf einen Sender drückt.«

»Autsch. Respekt. Die nehmen die Sache mit dem leidenden Künstler wohl noch sehr ernst.«

»Ach was. Wir reden hier ja nicht von einem Hochspannungsmast oder dem elektrischen Stuhl.« Victor winkte ab. »Sie gewinnen, falls sie es schaffen, den Sender zu finden, der irgendwo dort unten in einem der Räume versteckt ist. Insofern sollten Sie sich nicht zu viele Gedanken über die Stärke des Schocks machen. Eine andere Option, als den Knopf am Sender zu drücken, gibt es nämlich nicht, wenn Sie erfahren wollen, wie ich Sie kulinarisch beglücken kann. Alles klar?«

Lily nickte und setzte einen Fuß auf die Leiter.

»Na, dann viel Erfolg.«

09.09.2009, 00:05

Victor war ein Arsch. Eine kleine Andeutung auf das, was er mit ihr vorhatte, wäre für Lily womöglich Anlass genug gewesen, sich nicht ganz so die Kante zu geben, wie sie es in den letzten Stunden getan hatte, aber nein ... Jetzt stieß ihr vor Aufregung dauernd der Champagner auf, den er ihr in der Limousine eingeflößt hatte, und mit jeder weiteren Sprosse, die sie an der Leiter am Beckenrand hinunterkletterte, rebellierte ihr Magen heftiger. Das hätte ihr gerade noch gefehlt – sich vor Publikum und laufenden Kameras von oben bis unten vollzukotzen. Auf Wiedersehen bei YouTube! Sie biss die Zähne zusammen und ließ sich von der letzten Sprosse baumeln. Zum Glück spürte sie festen Boden unter ihren Schuhspitzen.

Unten angekommen, schlüpfte sie erst einmal aus den hochhackigen Knöchelbrechern. Lieber ruinierte sie sich die Strumpfhose, als dass ihr einer der Absätze abknickte. Sie warf die Teile achtlos in die nächste Ecke, was ihre Zuschauer mit einer Runde Applaus belohnten und der DJ mit einem krassen Musikwechsel kommentierte: Aus dem getragenen klassischen Stück wurde von einer Sekunde auf die andere ein funkiges Bassgeblubber wie aus dem übelsten Exploitation-Streifen.

Lilys Startpunkt im Labyrinth war die Nachempfindung eines Zimmers aus der Zeit um die Jahrhundertwende – nur ganz ohne Glanz und Gloria des Empires, sondern eher einer der Orte, wo die Unaussprechlichen zu Hause waren. Die Säufer, die Huren, die Tagelöhner. All jene, die den Bauch des nimmersatten Molochs namens London füllten, um dort langsam bei lebendigem Leib verdaut zu werden.

Lily begann ihre Suche nach dem Sender, mit dem sie dieser peinlichen Veranstaltung ein Ende bereiten konnte, in den Falten des zerwühlten Bettzeugs, das großflächig mit roter Farbe besudelt war und erbärmlich nach Schweiß stank. Sie schüttelte die Decke aus. Nichts.

Sie klappte den Deckel einer Kleidertruhe am Fuß des Bettes auf. Leer.

Blieb noch der gusseiserne Ofen. Sie tat den Ausstattern des Labyrinths nicht den Gefallen, in der kalten Asche herumzuwühlen, die sie im Innern entdeckte. Was hatte Victor gesagt? Die Leute erwarteten eine gute Show. Und eine gute Show lebte von ihrer Spannung. Also wäre es ausgesprochen dämlich von den Veranstaltern gewesen, den Sender gleich im ersten Zimmer zu verstecken.

Obwohl von oben ungeduldige Protestrufe ertönten, nahm sich Lily die Zeit, ein paarmal tief durchzuatmen. Zum einen, um ihren Magen zu beruhigen, zum anderen, um ihre Aufregung unter Kontrolle zu bringen. Als ihr Herz nicht mehr ganz so wild schlug, stellte sie sich stumm eine Frage: Wo hätte sie den Sender versteckt, wenn das ihre Aufgabe gewesen wäre? Logisch. Irgendwo möglichst nahe an den Zombiedarstellern am anderen Ende des Beckens. Sie musste sich auf das Spiel einlassen, wenn sie es gewinnen wollte. Sie musste tiefer ins Labyrinth.

Ein Hilfe suchender Blick nach oben verriet ihr, wie man dafür gesorgt hatte, dass auch die Gäste, die keinen der begehrten Plätze direkt an der Bierkistenbarriere ergattert hatten, den genauen Verlauf des Spiels beobachten konnten. Auf dem großen Leinwandviereck konnte sie sich selbst sehen, wie sie zur Decke hinaufschaute. Der Sender war demzufolge nicht das Einzige, was man in den Zimmern des Labyrinths versteckt hatte. Es gab offensichtlich auch Kameras. Während sie sich dabei ertappte, wie sie sich das Kleid über dem Hintern zurechtzupfte, wechselte das Bild auf den Leinwänden.

Das Zombiepärchen hatte seine Verwahrboxen verlassen und schlurfte – in einer klaren Hommage an seine Vorbilder aus dem Kino – mit nach vorn gestreckten Armen durch ein Kinderzimmer mit Stockbett und Dinosauriertapete. War das noch der gleiche Raum, in dem die Boxen standen? Mist, Lily konnte sich nicht daran erinnern. Sie hatte vorhin nicht einmal durchgezählt, in wie viele Räume das Becken insgesamt unterteilt worden war. Zehn? Fünfzehn?

Sie entschied sich für eine der drei Türen, die aus der Armenstube hinausführten, und fasste beherzt nach der Klinke. Ohne dass Lily die Klinke hinuntergedrückt hätte, schwang die Tür durch ihre Berührung ein Stückchen nach außen auf. Lily erstarrte. Waren die Zombies schon nebenan?

Sie wollte die Tür zuziehen und gab einen überraschten Laut von sich, weil das Schloss nicht einschnappte. Stattdessen hätte Lilys Nase um ein Haar unfreiwillige Bekanntschaft mit der Türkante gemacht. Schwingtüren! Die Veranstalter nahmen die Regeln des Zombiedaseins anscheinend echt ernst. Die beiden Schauspieler, gegen die Lily antrat, hatten lebende Tote zu geben, die zu beschränkt waren, um Türen zu öffnen. Da es allerdings ebenfalls keine gute Show geliefert hätte, wäre das Pärchen ausschließlich vor seinen Boxen herumgewankt, hatte man sich wohl dieses Kniffs mit den Schwingtüren, an denen die Schlösser und Griffe reine Zierde waren, bedient. Noch dazu Schwingtüren mit ausgezeichnet geölten Scharnieren, denn Lily hörte hinter sich nicht das leiseste Quietschen, als sie das nächste Zimmer betrat.

Sie tappte über grünes Linoleum vorbei an einem klapprigen Tisch hin zu einem recht modern wirkenden Gasherd. Eine der Kochstellen war von einem großen Topf besetzt. Lily ignorierte den Stiel eines Kochlöffels oder einer Schöpfkelle, der über den Topfrand vorlugte. Es würde sich nicht lohnen, die kalte Hacksuppe, aus der sie geronnene Fettaugen anglotzten, umzurühren. Der Sender, der die Halsbänder aktivierte, war bestimmt nicht wasserdicht.

Doch es konnte nicht schaden, einmal im Kühlschrank nachzusehen, in dem man locker eine Rinderhälfte hätte verstauen können. Erneut glotzten ihr Augen entgegen, aber diesmal waren sie aus Glas und steckten in einem erschreckend lebensechten Puppenkopf, der quer im obersten Fach verstaut war. Das widerliche Ding hatte sogar angedeutete Bartstoppeln, und aus dem offenen Mund tropfte eine zähe, schwarze Soße.

»Guten Appetit«, sagte Lily, und das Publikum lachte. Aha, Mikrofone hatte man also auch aufgestellt. Zu ihrer eigenen

Verblüffung erwachte die Rampensau in ihr, angestachelt durch die Eröffnung, sich den Gaffern mitteilen zu können. »Es ist wie beim Kaninchenbraten. Die Bäckchen sind das Beste.«

Sie machte den Kühlschrank zu und sah auf der Leinwand nach, was die Zombies im Moment trieben. Gerade wurde die blonde Frau gezeigt, wie sie erst umständlich über ein Sitzkissen stakte und anschließend auf eine Tür zusteuerte.

Lily hätte keine Anthropologin sein müssen, um die richtigen Schlüsse aus den Reaktionen des Publikums zu ziehen. Wie aus einer einzigen Kehle schwoll ein lang gezogener Vokal, der nicht ganz ein A und auch kein eindeutiges O war. Es war das Geräusch, das nahezu jede Ansammlung von Menschen kurz vor dem Eintritt eines atemberaubenden Ereignisses produzierte. Beispielsweise wenn das Fallbeil einer Guillotine niederging oder eine Achterbahn unmittelbar davorstand, in die Tiefe hinabzusausen.

Kein Zweifel: Lily wusste sofort, welches Zimmer hinter der Tür lag, auf die die Zombiefrau zuhielt. Nichts wie raus aus dieser Küche. Zum Glück hatte sie einen akustischen Kompass, an dem sie sich orientieren konnte, um der Schnalle nicht in die Arme zu laufen, denn die Menge signalisierte Lily durch ein enttäuschtes Verstummen, dass ihr aus der Richtung, die sie eingeschlagen hatte, keine Gefahr drohte. Praktisch.

Beim Huschen durch das nächste Zimmer erlaubte Lily es sich sogar, ihre schnellen Schritte dem Rhythmus der Musik anzupassen. Victor hatte nicht gelogen: Das hier – diese auf bekloppte Weise aufgemotzte Version von Räuber und Gendarm – machte tatsächlich Spaß.

Daran konnte auch das geschmacklose Orange nichts ändern, mit dem in diesem Raum die Stellwände gestrichen waren. In einer Ecke türmte sich unter einem Gary-Glitter-Poster ein Berg Matratzen, den Lily hastig abtrug. Wieder nichts.

Vielleicht war der Sender an das Stativ der Super-8-Kamera angebracht, deren Linse auf die Kuschelecke ausgerichtet war? Fehlanzeige.

Wie sah es mit dem Umzugskarton daneben aus? Verschlossen war er durch dieses angeblich so simple Ineinanderschieben der Deckellaschen, an dem Lily selbst bisher noch jedes Mal gescheitert war. Das Öffnen war dann doch um einiges leichter.

»Das ist nicht euer Ernst«, murmelte Lily. Die stolze Sammlung von Dildos in allen Formen und Farben, Handschellen mit und ohne schützendem Polster ums Metall, Liebeskugeln an Ketten unterschiedlichster Länge und anderem Spielzeug für Erwachsene war beeindruckend, verströmte allerdings das scharfe Aroma von mangelnder Hygiene nach Gebrauch. Anfassen kam nicht infrage, weshalb Lily den gesamten Karton auskippte, um zu überprüfen, ob der Sender unter dem Inhalt war. Sie entdeckte zwar ein schwarzes Plastikkästchen von der Größe einer Zigarettenschachtel, das auch einen Drehregler an der Seite hatte, doch weil aus ihm auch zwei dünne Kabel sprossen, die in einem verstellbaren Metallreif vom Grunddurchmesser einer mickrigen Banane endeten, sah sie von einer näheren Untersuchung ab. Sie war sicher nicht prüde, aber was zu weit ging, ging zu weit. Was musste in einem Kerl eigentlich vorgehen, damit er sich mit Strom –

Prompt wurde ihre morbide Faszination für den Elektrostimulator abgestraft, über der sie glatt vergessen hatte, nach den kollektiven Äußerungen der Zuschauer zu lauschen. Die Tür links von ihr wurde aufgestoßen. Einem Reflex folgend warf sie sich dagegen. Der dicke Zombiedarsteller war zu korpulent, als dass Lily ihn durch ihre Aktion hätte zu Fall bringen können. Sie reichte aber aus, um ihn ein wenig ins Straucheln zu bringen, und weil Lilys volles Gewicht immer noch gegen die Tür drückte, wurde sein Kopf unglücklich im Rahmen eingeklemmt. Lily glaubte, ein fieses Knirschen zu hören, und hüpfte entgeistert einen halben Meter nach hinten.

»Entschuldigung! Das war keine Absicht«, sagte sie rasch. »Ehrlich nicht!« Das hatten diese Armleuchter nun davon, dass sie ihr Spiel so realistisch anlegten. Wenn Lily nicht in Rolle gehandelt hätte, hätte sie dem Mops mit dem aufgeschminkten Loch im Schädel auch nicht wehgetan.

Ihre Sorge um das Genick ihres Unfallpartners erwies sich als unbegründet. Entweder er war hart im Nehmen oder ein echter Vollprofi. Jedenfalls blieb er der von ihm verkörperten Figur tadellos treu: Er versetzte der Tür einen neuen Stoß und wankte über die Schwelle, wobei er den Schädel locker hin und her rollen ließ, als wäre tatsächlich das eingetreten, was Lily im ersten Moment befürchtet hatte. Auch der Maulkorb des vermeintlichen Untoten war nach unten verrutscht, und mit jedem Pendeln des Kopfs löste er sich weiter vom Kiefer des Mannes. Trotzdem machte er nicht den Eindruck, als wollte er das Spiel abbrechen.

Lily sollte es recht sein, und das Publikum störte sich auch nicht weiter daran. Die Leute waren vielmehr völlig aus dem Häuschen über den unerwarteten Zwischenfall. Eine gute Show eben, und Lily war fest entschlossen, ihre Fans bei Laune zu halten. Sie war angetrunken und rannte auf der Flucht vor Schauspielern in Zombieaufmachung in einem alten Schwimmbad durch einen Irrgarten aus bizarren Kulissen. Na und? Der Fettsack, der ihr entgegentaperte, roch, als hätte er sich mit rohem Fleisch eingerieben und anschließend drei Stunden in die Sauna gesetzt. Na und? Sie hatte mit einer weniger schweißtreibenden Abendgestaltung gerechnet, und ganz ehrlich war ihr auch ein bisschen schlecht. Na und? Sie fühlte sich so lebendig wie seit Ewigkeiten nicht mehr.

Lachend ahmte sie den absonderlichen Gang des Zombies nach und wich rückwärts vor ihm zurück. Er war langsam, und genau darin lag ihre Chance. Sie täuschte einen Haken nach rechts an und flitzte links an ihm vorbei und durch die Tür, in der sie ihn eben eingeklemmt hatte.

Der Applaus, den sie sich für ihre Finte verdiente, war ohrenbetäubend, aber sie hatte ihre Lektion gelernt. Ohne Konzentration auf ihr Ziel war dieses Spiel nicht zu gewinnen. Wo war sie jetzt?

Dieser Raum war wesentlich kleiner als alle anderen, die sie bis dahin durchquert hatte. Die Enge wurde dadurch noch weiter betont, dass eine altmodische Badewanne, die auf rostigen

Füßen ruhte, und mehrere Stahlfässer nur sehr schmale Pfade zu den Türen freiließen. Auf den Fässern klebten gut sichtbar Warnhinweise. Obwohl Lily das Piktogramm mit den gekippten Reagenzgläsern, aus denen dicke Tropfen fielen, noch hinlänglich aus dem Chemieunterricht in der Schule vertraut war, stellte sie in diesem Augenblick etwas Interessantes fest: Der Finger, der die Auswirkungen von Säurekontakt drastisch vor Augen führte, sah ein wenig danach aus, als hätte ihn jemand zur Hälfte durchgebissen. Worauf man plötzlich so alles achtete, wenn einem ein Zombie auf den Fersen war …

Sie hastete zur Badewanne, die bis zum mit Haarbüscheln verstopften Überlauf mit einer klaren Flüssigkeit gefüllt war. Am Boden schimmerten vereinzelt Zähne und Knochen, doch Lily verspürte nicht das geringste Gruseln, denn inmitten der sterblichen Überreste eines armen Geschöpfs, die hier zu Dekozwecken entfremdet worden waren, lag das, wonach sie suchte. Eingeschweißt in eine Plastikhülle und kaum größer als ein Feuerzeug.

Der paranoideste Teil ihres Verstandes schrie ihr zu, dass das, was sie auf ihrer Haut wahrnahm, als ihr Arm in die Flüssigkeit eintauchte, der Beginn jener unvorstellbaren Schmerzen war, die sie erleiden würde, während die Säure ihr Fleisch auflöste. Aber es war bloß eiskaltes Wasser.

Die Menge feuerte sie unvermittelt in einer Mischung aus Panik und Begeisterung noch drängender an. Lilys Blick fuhr zur Leinwand, und einen Wimpernschlag lang packte sie die Angst, regungslos erstarren zu müssen. Der fette Zombie stand keine drei Schritte mehr hinter der Frau im schwarzen Kleid, die ihren Arm in die Badewanne versenkt hatte und scheinbar in aller Seelenruhe nach oben schaute. Er stand hinter ihr.

Endlich schlossen sich ihre Finger um den Sender. Wo war der Knopf? Da. Aus. Gewonnen!

Das Bild auf der Leinwand änderte sich nur in einem winzigen Detail: Der Zombie war näher an sie herangewankt.

Sie drückte den Knopf am Sender hektisch mehrere Male hintereinander, als würde sie nervös mit einem Kugelschreiber spielen. Ohne Effekt. Sie stemmte sich am Wannenrand in die Höhe, wirbelte zu dem Schauspieler herum und hielt ihm den Sender vors Gesicht.

»Du kannst aufhören!«, rief sie. »Ich habe gewonnen.«

Die Antwort war ein lautes, feuchtes Stöhnen, das selbst der Beifall des Publikums nicht vollends verschlingen konnte.

»Hallo?« Lily musste lachen. »Die Show ist vorbei.«

Sie war zu perplex, um seine Arme beiseitezuschlagen, als er sie um die Hüften packte und zu sich heranzog. Auf so kurze Distanz stank er noch bestialischer.

»Was soll das?«

Sie hörte jemanden aus dem vielstimmigen Chor um das Becken ihren Namen schreien.

Dann senkte der Zombie den Kopf. Die rauen Borsten auf seinem Schädel kratzten ihr über die Wange. Das Drahtgeflecht des verrutschten Maulkorbs drückte ihr erst gegen die Schulter und danach gegen die Brust. Was machte er da? Das brauchte sie sich nicht gefallen zu lassen. Sie rammte ihm das Knie in die Weichteile, aber der Typ war entweder Eunuch oder hatte die kleinsten Eier der Welt, denn ihre Gegenwehr blieb ohne verwertbares Ergebnis.

»Lass mich los, du Penner!«, zischte sie.

Wortlos grub er seine oberen Schneidezähne so weit in ihre Schulter, wie es ihm der Maulkorb erlaubte. Lily wurde stocksteif, und die Übelkeit, die sie mühsam niedergerungen hatte, kehrte voller Rachsucht zurück. Ihr Bauch mochte angemessen reagieren, doch ihr Hirn weigerte sich, das Geschehen zu akzeptieren. Der Schmerz in ihrer Schulter gehörte nicht zu ihr. Er gehörte jemand anderem. Vielleicht der Frau auf der Leinwand, aber nicht ihr.

Die Tür, durch die sie und der Zombie in das Zimmer gelangt waren, flog auf und wurde aus den Scharnieren gerissen.

Brüllten die Zuschauer auf einmal lautstark? Nein, sie waren mucksmäuschenstill. Es war ihr eigenes Blut, das ihr in den Ohren rauschte, und darunter, ganz leise, wisperte die Menge.

Blasse Hände mit langen Fingern packten das durchgedrehte,

fette Schwein im Nacken und zerrten es von ihr los. Seine Zähne lösten sich aus ihrem Fleisch.

Erst in diesem Augenblick akzeptierte sie den beißenden Schmerz als real. Die feuchte Wärme, die ihr zwischen den Brüsten hinunterrann. Den süßen Duft ihres Lebens, das aus ihr quoll. Ihr Retter drehte dem Monster einen Arm auf den Rücken, und sie rutschte seitlich aus der Umklammerung heraus. Sie fand Halt an einem der Fässer, während der Mann im dunklen Anzug ihren Angreifer durch die Türöffnung schleuderte, um ihm sofort nachzusetzen.

Sie wollte nicht, dass er fortging, doch sie fühlte sich zu schwach, um ihm zu folgen. Ihr Blut tobte und kreischte. Sie drehte den Kopf und betrachtete die Wunde auf ihrer Schulter. Sechs tiefe Grübchen, zu einem Halbrund aufgereiht. Ein Lächeln aus Blut.

Hatte sie das Spiel gewonnen?

Vielleicht.

Vielleicht auch nicht …

Transkription III
Datum des Interviews: 16.01.2008
Interviewer: Lily Young (LY)
Interviewpartner: Doktor Margaret Freeman (MF)

[Generelle Anmerkungen: MF, die mit ihrem 2002 veröffentlichten Werk Das Jenseitsjoch: Spiritualität als Werkzeug des Machterhalts *einiges Aufsehen erregte, hat sich bereit erklärt, ihre in einem kurzen Gespräch mit mir getroffenen Aussagen zu den Themenkomplexen Religion und Sterblichkeit für die Zwecke der vorliegenden Arbeit zu verwenden. In Würdigung der von ihr erhaltenen Impulse und um den Originalwortlaut ihrer Ausführungen nicht unabsichtlich zu verfälschen, habe ich mit ihrer Zustimmung beschlossen, das betreffende Gespräch meinen Lesern im Folgenden in transkribierter Form zur Verfügung zu stellen.]*

MF: Wissen Sie, was ich an Ihrem Ansatz so spannend finde?
LY: Dass er so exotisch ist?
MF: Nein. Dass er eine der Kernfragen der menschlichen Existenz berührt. Ich meine damit nicht die Spekulationen, was nach unserem Dahinscheiden mit uns geschieht, zu denen wir alle neigen, oder unsere intimen Befürchtungen, wir könnten durch unser Handeln die verärgern, die uns vorangegangen sind. Oh, lassen Sie sich durch mein Buch nicht täuschen. Auch ich fange an zu pfeifen und zu summen, wenn ich in einen finsteren Keller hinabsteige, und ich habe auch noch nie nachts die Abkürzung über den Friedhof genommen. Ich halte es für gesunde Instinkte, sich im Dunkeln unwohl zu fühlen und sich nach Möglichkeit von Leichen fernzuhalten. Die Facette meines Wesens, die sich nicht einreden lässt, ich könnte sie kontrollieren, warnt mich vor den Raubtieren, die womöglich in den Schatten lauern, und vor der Gefahr, mir eine Krankheit einzufangen.
LY: Schön zu wissen, dass man auch als Vertreterin der biologischen Anthropologie nicht ganz vor Aberglauben gefeit ist.
MF: Ich bin auch nur ein Mensch. Aber zurück zu Ihrer Arbeit. Was

daran so vielversprechend ist, ist der Umstand, dass die Mythen und Legenden, denen Sie nachgehen wollen, in gewisser Hinsicht der Ausdruck eines Urwunsches sind. Korrigieren Sie mich bitte, wenn ich völligen Unsinn erzähle, aber ist es nicht so, dass der karibische Zombie durch einen Fluch entsteht?

LY: Doch, so ist es. Das Opfer wird mit einem Fluch belegt, der zu seinem Tod – oder Scheintod – und seiner anschließenden Erwe-ckung führt.

MF: Sehen Sie. Der Zombie entsteht nicht grundlos aus sich selbst heraus. Er wird gemacht. Für einige Menschen in der Karibik mag das eine selbstverständliche Beobachtung sein. Wir im Westen hingegen tun so, als hätten wir vergessen, dass auch wir einmal der Auffassung waren, unsere Wünsche könnten das Böse heraufbeschwören. Dass auch unsere negativen Absichten einen spürbaren Effekt in der Wirklichkeit verursachen. Bestenfalls glauben wir an das Eingreifen wohlmeinender Engel und haben darüber die Teufel und Dämonen vergessen, die angeblich auch nur darauf warten, uns zu Diensten zu sein.

LY: Ich bin Atheistin.

MF: Ich nicht. Ich wende mich in meinem Buch lediglich gegen eine organisierte Ausbeutung einer natürlichen Sehnsucht nach Spiritualität, um den Status quo von Unfreiheit und Ignoranz zu wahren. Es erstaunt mich bloß, dass viele unserer Mitmenschen einen Vorgang wie etwa das Gesundbeten nach wie vor prinzipiell im Bereich des Möglichen – wenn auch sehr Ungewöhnlichen – ansiedeln, während sie es gleichzeitig für ziemlich ausgeschlossen erachten, dass man eine Person auch genauso gut krankbeten könnte. Das ist ja letztlich nur eine Frage des Adressaten, an den ich meine Bitte richte. Vor der Aufklärung gab es diese merkwürdige Mentalität nicht, nur die eine Hälfte des Metaphysischen – nämlich die Gute – mit offenen Armen zu empfangen, um die andere einfach auszublenden, weil sie einem nicht so zusagte. Ich beurteile das als kindisch und naiv: Wenn man davon überzeugt ist, dass unser Wille dazu führen kann, dass wir die Welt um uns herum auf wundersame Weise beeinflussen, dann doch bitte schön auch in den Momenten, in denen unsere Ziele moralisch fragwürdig sind. Wie zum Beispiel, wenn ein Zombie gemacht wird.

LY: Das hört sich beinahe so an, als hätten Sie sich intensiver mit Magietheorien befasst.
MF: Sonst hätte ich mein Buch nicht schreiben können. Denken Sie an Luck: Keine der modernen Formulierungen, die den Unterschied zwischen Religion und Magie zu bestimmen suchen, ist voll befriedigend.
LY: Ich wollte genau dieses Argument nutzen, um eine meiner am Rande aufgeworfenen Thesen zu stützen.
MF: Welche denn?
LY: Wandelnde Tote werden seit jeher beinahe überall mit Krankheiten assoziiert. Das ist nicht weiter überraschend. Wie war das? Sogar Sie halten sich von Friedhöfen fern, weil Ihr Instinkt Sie vor möglichen Ansteckungsgefahren warnt. Früher war es allerdings so, dass diese Verbindung zwischen Krankheiten und lebenden Toten eher indirekt war. Sie mussten niemanden beißen, um ihn krank zu machen. Es reichte völlig aus, dass sie jemanden krank machen wollten.
MF: Interessant.
LY: In den heutigen Erzeugnissen unserer Kultur, die sich mit lebenden Toten befassen, sieht das inzwischen komplett anders aus. Der absolute Großteil der wandelnden Toten sind hochinfektiöse Krankheitsüberträger und geistlose Kannibalen, die nicht einmal mehr einen eigenen Willen besitzen. Ich bin der Meinung, das hängt mit Lucks Einschätzung zusammen: Religion und Magie sind schwierig voneinander zu trennen, weil sie beide etwas Unerklärliches für sich beanspruchen. Das Unerklärliche ist unbefriedigend, weil es den Hang des Menschen untergräbt, in allem, was um ihn herum geschieht, nach sinnstiftenden Mustern zu suchen. Daher muss eine Erklärung für Zombies geliefert werden, die auf den ersten Blick nachvollziehbar und glaubwürdig erscheint. Eine Krankheit, die sich zumindest oberflächlich an medizinischen Erkenntnissen orientiert.
MF: Nicht schlecht. Sie sind mir hoffentlich nicht böse, wenn ich Ihnen sage, dass das zu kurz greift.
LY: Nicht, wenn Sie mir erklären, warum.
MF: Weil Ihr Ansatz den Aspekt der Strafe außer Acht lässt. Warum sollte eine Seuche mit Zombies anders bewertet werden als jede

normale Seuche? Als Strafe, die eine höhere Instanz verhängt, weil wir nicht nach ihrer Pfeife getanzt haben? Sie wissen, dass wir uns nicht der Illusion hingeben müssen, als wäre das ein Phänomen des Mittelalters oder so. Wahrscheinlich sind Sie noch ein bisschen zu jung, um sich daran zu erinnern, welche Hysterie AIDS am Anfang auslöste und welche haarsträubenden Theorien die Runde machten. Sie finden noch immer eine ganze Menge Leute, die bis heute der Überzeugung anhängen, ein tödliches Virus nur für Schwule wäre Gottes deutlicher Fingerzeig, dass seine Einstellung zu den Sodomiten noch die alte ist.

LY: Dann wären die Darstellungen von Zombieseuchen Ihrer Meinung nach ein Ausdruck der Angst vor einem göttlichen Strafgericht?

MF: Gott spielt nicht in allen Glaubensvorstellungen mit. Ein Prinzip, das Fehlverhalten unter Strafe stellt, allerdings schon. Völlig egal, ob man es Sünde, Tabu, unheilsame Handlung oder sonst wie nennt. Welcher Religion man auch immer angehört: Eine Existenz als wandelnder Toter ist quasi die Höchststrafe, die man sich einhandeln kann.

LY: Weil einem die versprochene Belohnung in einer dem Leben folgenden Daseinsform auf ewig verwehrt bleibt.

MF: Ah, ich merke schon: Sie haben mein Buch gelesen. Keine Religion ohne Schuldprinzip und keine Religion ohne Jenseits im Sinne eines Ortes oder Zustands, der Erlösung verspricht. An oder in dem unsere Endlichkeit aufgehoben ist und wir von den Fesseln des Fleisches befreit werden. Die Gegenwart Gottes, das Nirwana, Dschanna, Moksha. Können Sie erahnen, wie furchtbar aussichtslos und sinnentleert da die Existenz als Untoter wirklich sein muss?

LY: Nein, ehrlich gesagt, kann ich das nicht. Wer könnte das schon? Untote sind schließlich nur Geschöpfe der menschlichen Vorstellungskraft.

MF: Zum Glück, Miss Young. Zum Glück für jeden Einzelnen von uns.

09.09.2009, 10:04

Gelb und glänzend rann der geschmolzene Käse wie Eiter vom Rand des Toasts. Lilys Magen grollte in einer ausweglosen Kombination aus Hunger und Übelkeit. Hannahs todsicheres Rezept gegen einen Kater in allen Ehren, aber diesen Fraß würde sie im Leben nicht anrühren. Die im Käse versunkene Essiggurke sah aus wie ein angefaulter Pimmel mit einem klaren Fall von Syphilis.

Hannah hockte in einem viel zu kurzen violetten Nachthemd auf der Fensterbank und aschte aus dem offenen Küchenfenster, wobei sie, ganz ihrem Hass auf die Tauben draußen folgend, auf eines der verlassenen Nester in der Dachrinne zielte. »Auch auf die Gefahr hin, dass ich mich als Klugscheißerin oute, aber der Satz, der jetzt gesagt werden muss, lautet: Ich hab es dir gleich gesagt. Du hast gegen die oberste Regel beim Balzen verstoßen: Finger weg von den Freaks. Keine Typen mit einem kryptischen Aufdruck auf dem T-Shirt, den du nicht raffst. Keine Affen mit Gesichtstattoos oder fehlenden Schneidezähnen. Keine Spinner mit alten Uniformjacken, die wollen, dass du sie Sarge, Cap oder Daddy nennst. Und keine geheimnisvollen Fremden, die auf heulende Weiber abfahren. Das hast du nun davon. Wir brauchen uns nicht zu wundern, dass das zu einem absoluten Horrortrip mutiert ist. Ich schnalle auch kein Stück, warum du den Arsch, der dich gebissen hat …« Sie raufte sich schnaubend ihr ohnehin vom Schlafen noch zerzaustes Haar. »Wie sich das schon anhört. Ich fasse es nicht, dass mir so was über die Lippen kommt. Okay, noch mal zum Mitschreiben. Ich schnalle auch kein Stück, warum du den Arsch, der dich gebissen hat, ums Verrecken nicht anzeigen willst. Und deinen Friedhofsromeo gleich mit.«

»Victor kann nichts dafür«, erwiderte Lily schwach. Warum hielt Hannah nicht einfach die Klappe? Erschlagen, wie sie war, kostete es Lily schon genug Kraft, nicht vom Stuhl zu rutschen.

Auf das laute, sinnlose Gequake, das ihr in den Ohren dröhnte, als wäre ihr Kopf eine Glocke, konnte sie ausgezeichnet verzichten. »Woher hätte Victor ahnen sollen, dass dieser Idiot so austickt? Das ist doch nicht seine Schuld gewesen. Wenn, dann ist es meine. Vielleicht ist der Penner so wütend geworden, weil ich ihm den Kopf in der Tür eingeklemmt habe.«

»Ach so. Jetzt fängst du an, die Schuld bei dir zu suchen. Respekt.« Hannah lachte schrill auf. »Soll ich mal beim Großen Bruder nachfragen, ob gerade eine Stelle im Ministerium für Wahrheit freigeworden ist?«

»Wie oft muss ich dir eigentlich noch sagen, dass Victor mich gerettet hat?« Lily ballte die Fäuste. Wenn diese blöde Kuh so weitermachte, konnte sie für nichts garantieren. Was wusste sie schon? Hannah drückte sich nur ihren fetten Hintern platt und schwafelte dummes Zeug, anstatt sie in Ruhe zu lassen. Wie immer. »Ohne ihn wäre das Ganze noch viel schlimmer ausgegangen.«

»Ohne ihn wäre das Ganze gar nicht ausgegangen, weil es nämlich gar nicht erst passiert wäre.« Die nächste Ascheladung wurde in Richtung Taubennest abgefeuert. »Er hat dich doch auf diese kranke Party geschleift, wo du die Halle Berry in dir entdeckt hast.«

»Man könnte meinen, ausgerechnet du müsstest ein besseres Verständnis für moderne Kunst haben«, gab Lily zurück.

»Kunst? Nach allem, was ich gehört habe, hat das mit Kunst ungefähr so viel zu tun wie dieser uninspirierte, pseudoprovokante Mist von Damien Hirst, der von der gesamten Welt abgefeiert wird. Jeder Depp kann ein paar Viecher in Formaldehyd einlegen, und jeder Schwachmat kann irgendwelche gruseligen Zimmer nachbauen, durch die als Zombies geschminkte Schauspieler dann jemanden durchhetzen, während der Rest des Publikums sich das Spektakel auf einer Leinwand reinzieht. Und komm mir nicht mit dem Argument, das würde eine total schlaue Aussage über die Verwischung der Grenzen zwischen Fakt und Fiktion in der Postmoderne treffen. Sonst hänge ich mich neben dir über die Schüssel und stecke mir den Finger in den Hals. Echt mal. Kunst. Am Arsch.« Sie schüttelte den Kopf. »Dieser Schnösel hat doch keine Ahnung, was Kunst ist. Das Einzige, wovon der eine Ahnung hat, ist, wie man ein erstes Date so richtig verkackt.« Hannah streckte ein Bein aus und zeigte mit dem Zeh auf den Tisch. »Dein Toast wird kalt.«

»Schade«, seufzte Lily. »Wenn du mit deinen Vorwürfen an Victor nicht dafür gesorgt hättest, dass mir jetzt noch schlechter ist, hätte ich vielleicht was davon gegessen. Du kennst ihn nicht mal. Auf der Fahrt zurück hat er sich tausendmal bei mir entschuldigt.«

»Aha.«

»Und das, obwohl es nicht seine Schuld gewesen ist.« Lily biss sich genervt auf die Unterlippe. »Deinetwegen höre ich mich an wie ein Papagei. Hör endlich auf, auf Victor rumzuhacken. Er hat den Fettsack ordentlich vermöbelt.« Das wusste Lily zwar nicht genau, weil ihre Erinnerung an die Minuten unmittelbar nach dem Biss eher schwammig war, doch das brauchte sie Hannah nicht auf die Nase zu binden. Woran sie sich jedoch sehr gut erinnerte, waren die Abschürfungen auf Victors Knöchel. Als wären sie mit einer Küchenreibe bearbeitet worden. Es musste schlimmer ausgesehen haben, als es wirklich war, denn die vielen kleinen Risse hatten überhaupt nicht geblutet. Komisch, Victor war der erste Mann, der sich für sie mit einem anderen Mann geschlagen hatte. Er war eben keine Labertasche wie Gottlieb. »Sogar meine Schuhe hat er mir besorgt.«

Hannah drückte ihre Kippe in der ausgedörrten Erde eines Blumentopfs aus, in dem eine Orchidee bereits vor einigen Wochen qualvoll eingegangen war. »Meinst du, er bekäme von mir einen Orden, weil er dich nicht barfuß zu Hause abliefert? Das, Schätzchen, ist doch wohl das Mindeste. Oder wie meine Oma zu sagen pflegte: Das Selbstverständliche verdient kein Lob. Und außerdem irrst du dich. Ich kenne ihn. Er ist wie alle Pappnasen mit zu viel Kohle. Ein Aufschneider. Ein Blender. Nur Oberfläche, keine Substanz. Fährt erst die Protznummer mit der Limo, um dir zu zeigen, was für ein Hengst er ist, und anschließend macht er einen auf Ghettostyle, damit du siehst, dass er trotz seiner Knete die Bodenhaftung nicht verloren hat und total locker unterwegs ist. Einer der ältesten Tricks, und du bist voll drauf reingefallen, Schätzchen.« Sie hüpfte von der Fensterbank. »Weißt du, was das Beschissenste an seinem miesen Auftritt ist?«

Lily bleckte die Zähne. Hannah musste langsam echt aufpassen.

»Dass er es nicht einmal für nötig hält, mit dir ins Krankenhaus zu fahren, nachdem du angeknabbert worden bist.« Sie zog am Saum ihres Nachthemds, bis sie den Stoff beinahe bis zur Mitte ihrer Schenkel gezerrt hatte. Als sie weiterredete, war ihre Stimme nur noch halb so laut und der ätzende Spott daraus verflogen. »Knurr mich nicht an, ja? Ich reg mich bloß deshalb so auf, weil mir eine Menge an dir liegt. Und nicht nur, weil du im Gegensatz zu deiner Vorgängerin hier die Miete pünktlich zahlst. Du bist meine beste Freundin, Lily Young. Die Einzige, die es länger als ein paar Monate mit mir ausgehalten hat. Ich habe quasi ein Recht darauf, mir Sorgen um dich zu machen.«

Ob nun absichtlich oder nicht: Hannah hatte das richtige Knöpfchen gedrückt und ein Ventil geöffnet, durch das Lilys aufgestauter Ärger zumindest in Teilen entweichen konnte. »Du darfst dir gern Sorgen um mich machen. Auch wenn sie übertrieben sind. Du tust glatt so, als wäre mir der ganze Arm abgerissen worden. Hätte Victor mich wegen eines Kratzers in der Notaufnahme abliefern sollen? Es ist nicht so, dass er sich nicht darum gekümmert hätte. Walt hat was draufgetan – so ein Jodzeug, das tierisch brennt – und dann ein Pflaster aus dem Verbandskasten drübergeklebt.«

»Wer ist Walt?«

»Victors Fahrer.«

Hannah verschränkte die Arme vor der Brust. »Ach, und ist der im Nebenberuf zusätzlich Arzt?«

»Nein.«

»Ich will das sofort sehen.« Hannahs Kinn zuckte in Richtung von Lilys Schulter vor. »Nicht, dass es was Ernstes ist.«

»Hatte ich nicht gerade was zum Thema übertriebene Sorgen gesagt?«

»Wenn es nichts Ernstes ist, kannst du es mir doch zeigen.«

»Falls es dich beruhigt, Mama …« Lily knöpfte ihr Pyjamaoberteil auf und machte die Schulter mit dem Pflaster frei. Als sie es löste, spürte sie, wie ein wenig Schorf am Mullpolster hängen blieb. Sie sog Luft durch die Zähne, doch das war nur ein antrainierter Reflex. Es tat nicht weh.

Die Haut um die Wunde schimmerte wegen der eingezogenen Jodtinktur rötlich und war straff gespannt, wodurch die verkrustete Mondsichel selbst noch erhabener und geschwollener wirkte. Ohne Narbe würde sie wohl nicht verheilen. Lily fuhr mit dem Finger darüber.

»Wie fühlt es sich an?«, fragte Hannah.

»Heiß«, antwortete Lily.

Hannah stellte sich hinter Lilys Stuhl, beugte sich über ihre Schulter und schnupperte.

»Was wird das denn?«

»Ich hab mal gelesen, eine Wunde fängt übel an zu stinken, wenn sie sich entzündet.«

»Das hätte ich aber gemerkt.« Lily drückte Hannahs Kopf zur Seite, roch kurz an der Wunde und zog ihren Pyjama zurecht. »Da stinkt nichts, Schwester. Das ist nur das Jod.«

»Das gefällt mir trotzdem nicht. Wir schauen jetzt gleich bei Doctor Jenner vorbei. Zieh dich an.«

»Ich glaube, das wird nicht nötig sein.«

Hannah nahm den Teller mit dem Toast vom Tisch und kippte ihre Katerarznei unzeremoniell in den Mülleimer unter der Spüle. »Keine Diskussionen.«

»Ich kann nicht zum Arzt gehen.«

»Wieso?«

»Ich treffe mich heute noch mit Boyle.« Bei dem Gedanken an ihren Doktorvater verkrampfte sich Lilys angeschlagener Magen zu einem sauren Klumpen. »Er will den neuesten Stand meiner Arbeit hören.«

»Wann hast du den Termin?«

»Um eins.«

»Na also. Das reicht doch dicke. Anziehen. Husch, husch!«

Da Lily ahnte, dass Hannah nicht lockerlassen würde, schleppte sie sich ins Bad. Nach einer Katzenwäsche, bei der sie auch das in der Nacht versäumte Abschminken nachholte, fühlte sie sich tatsächlich ein bisschen besser, obwohl das Zähneputzen ihr noch mal einen heftigen Würgereiz bescherte. Das Anziehen ihrer Jeans klappte erst im dritten Anlauf, weil sie bei den beiden ersten Versuchen ins Schwanken geriet und auf dem Bett sitzend abwarten musste, bis sich nicht mehr alles um sie drehte. Sie hatte anscheinend immer noch einen im Tee. Großartig.

Ihre Hoffnung, der Spaziergang zu Jenners Praxis würde ihrem Körper dabei helfen, den Restalkohol schneller abzubauen, war vergebens. Genau wie die, dass Hannah, die sich in eine Florence Nightingale in Veilchenblau verwandelt hatte und darauf bestand, dass sich Lily bei ihr einhakte, unterwegs ihre nervige Fragerei einstellen würde. Lily hatte erneut Rechenschaft über den Verlauf ihres Dates abzulegen, wobei sie das eine oder andere Detail tunlichst verschwieg. Beispielsweise dass sie noch immer keine Telefonnummer von Victor hatte, weswegen sie nicht wusste, wie ernst es ihm bei der Verabschiedung mit seinem »Ich verspreche Ihnen bei allem, was mir heilig ist, dass unser nächstes Treffen wesentlich angenehmer wird« gewesen war. Oder wie er sich mit einem merkwürdigen Zucken der Mundwinkel hastig abgewandt hatte, während Walt ihre Verletzung verarztete.

Überhaupt war es Lily alles andere als angenehm, ihre Privatangelegenheiten auf offener Straße auszudiskutieren. Zwar hielt die Hitze vor allem die älteren Semester des Viertels in ihren Behausungen, aber es kam Lily so vor, als wären ansonsten sämtliche Bewohner Cowleys auf den Beinen: unerschrockene, ausgemergelte Jogger in überteuertem Schuhwerk; Studentinnen, die ihre coolsten Sonnenbrillen spazieren führten; junge Familien mit wohlgenährtem Nachwuchs, der ungeachtet des Luxus, dass man ihn im bequemen Buggy durch die Gegend schob, immer irgendeinen Grund zum Quengeln fand; gelangweilte Ladenbesitzer, die rauchend vor ihren Schaufenstern standen und auf von der Krise unerschütterte Kundschaft warteten … Aber niemand, den es etwas anzugehen hatte, ob Victor nun versucht hatte, Lily unauffällig ins Dekolleté zu schielen oder nicht, oder ob Lily bei der Fahrt in der Limousine in einem günstigen Moment das Päckchen in seiner Hose begutachtet hatte. Hannah hatte ihr wirres Haar inzwischen mit einem Plastikreif – selbstverständlich in Violett – gebändigt, doch das galt leider nicht für ihr Mundwerk. Lily konnte sich des Eindrucks nicht erwehren, dass ihnen jeder einzelne Passant hinterherschaute. Nicht nur der schmerbäuchige Bauarbeiter mit dem nassen Taschentuch auf dem Kopf, den Hannah anranzte, er solle sich um seinen eigenen Scheiß kümmern, als er es wagte, ihnen »Gestern war's spät, was, Ladys?« nachzurufen.

Hannahs Dreistigkeit hatte allerdings auch ihre Vorteile. Durch eine den gutgläubigen Arzthelferinnen schamlos vorgetragene Lüge – »Hören Sie, das ist ein Notfall. Meine Freundin ist von einem Wahnsinnigen gebissen worden und hat furchtbare Schmerzen« – schaffte Hannah es am Ziel ihres unfreiwilligen Ausflugs, dass Lily direkt auf einer Liege in einem der Behandlungszimmer landete. Dort starrte sie an die Decke, atmete möglichst flach, weil sie den aufdringlichen Geruch nach Desinfektionsmitteln hasste, und zählte die Risse im Putz, bis der Doktor auftauchte.

Nach einer kurzen Begrüßung bat Jenner – ein großer Mann mit traurigem Dackelblick und schütterem Haar, aber einer sonoren, Ehrfurcht gebietenden Stimme – sie, ihm den Biss zu zeigen. Lily rollte den Ärmel ihres T-Shirts hoch und klemmte die entstehende Stoffwurst unter ihrem Kinn fest.

Jenner nahm auf einem lehnenlosen Drehstuhl Platz und zupfte ein Paar Einweghandschuhe aus einer Spenderbox, um sie in geübter Manier überzustreifen. »Wie alt ist die Wunde?« Seine hohe Stirn warf tiefe Falten. »Nach einem echten Notfall sieht mir das nicht aus.«

»Meine Freundin übertreibt gern. Das ist gestern Nacht passiert. Gegen zwölf.«

Er rollte näher an die Liege heran und tastete sachte über die straffe Haut rings um den Biss. »Tut das weh?«

»Nein.« Sein Tonfall gefiel Lily gar nicht. »Muss es genäht werden?«

»Nein, muss es nicht. Das würden wir nur machen, wenn die Wunde größer wäre. Die Infektionsgefahr bei Bissen steigt nämlich immens, wenn man die Wunde näht.« Er streckte den Arm aus und nahm ein Sprühfläschchen von einem Rollwagen. »Was wir allerdings machen müssen, ist die Wunde richtig säubern.«

Ein kühler Nebel rieselte auf Lilys Schulter, und einen Augenblick später begann Jenner, behutsam den Schorf von der Wunde zu schaben. Sein Blick wanderte von der Klinge seines Skalpells zu Lilys Gesicht und wieder zurück.

»Stimmt etwas nicht?«, wollte sie wissen.

»Sie liegen sehr still und atmen ganz normal. Ich dachte, Sie hätten Schmerzen.«

»Ein bisschen«, log sie. In Wahrheit spürte sie nichts. Wie beim Fingernägel- oder Haareschneiden. Daran änderte sich auch nichts, als die feucht glänzenden, kleinen Krater freigekratzt waren und Jenner mit einem Tupfer daran herumfuhrwerkte.

»Das ist eine ungewöhnliche Stelle für einen Biss«, erklärte er, während er ihr einen seltsamen Verband anlegte – ein dünnes Viereck aus Mull, das er nur entlang einer Seite festklebte. »Die meisten Leute, die von anderen Leuten gebissen werden, fangen sich die Verletzung an den Händen oder Armen ein.«

»Das war ein Unfall. Ist quasi im Eifer des Gefechts passiert«, sagte Lily.

»So?« Jenner räusperte sich. »Es steht mir nicht zu, darüber zu urteilen, was Sie in Ihrer Freizeit treiben, aber ich würde Ihnen in Zukunft zur Vorsicht raten.«

O Gott! Er hatte sie gründlich missverstanden. »Es ist nicht das, was Sie denken. Es war ein Spiel, und ich kannte den Kerl gar nicht.« Verdammt, das machte es in seinen Ohren gewiss nicht besser.

»Wozu ich Ihnen außerdem noch in jedem Fall raten würde, wären ein Aidstest und Tests auf Hepatitis«, fuhr Jenner fort. »Nur um auf Nummer sicher zu gehen. Ein menschlicher Mund ist alles andere als sauber, und wir sollten uns da auf keinerlei Risiken einlassen.«

Hannah war anscheinend nicht die Einzige mit einem gesteigerten Hang zur Dramatik. Obwohl … Es war ja nun nicht so, dass sie für den Zombieschauspieler die Hand ins Feuer hätte legen können, was dessen Partnerwahl anging. »Wenn Sie meinen, machen wir die Tests.«

Sie konnte sich zwar etwas Schöneres vorstellen, als sich Blut abnehmen zu lassen, aber was sein musste, musste sein. Lily nutzte die Zeit, in der Jenner die Spritze vorbereitete und ihr den Arm abband, um sich durch das stumme Aufsagen des kleinen Einmaleins mental gegen den Nadelstich zu wappnen. Ihr alter Trick, den sie von Grampy gelernt hatte, klappte heute derart ausgezeichnet, dass das Anzapfen der Ader in ihrer Ellenbeuge durch das Hitzegefühl in ihrer Schulter vollständig überlagert wurde.

Sie wollte ihr T-Shirt gerade wieder in Ordnung bringen, als Jenner meinte: »Es ist gut, wenn viel Luft an die Wunde kommt. Sie sollten ein paar Tage etwas Armfreies tragen. Bei dem Wetter ist das ja kein großes Problem, nicht wahr?«

Ja, genau. Am besten ging sie gleich splitterfasernackt zu ihrem Termin mit Professor Boyle. Der würde sich freuen … Trotzdem nickte sie artig. »Ich werde dran denken.«

Jenner kritzelte hastig etwas in ihre Patientenakte und tippte sich danach mit dem Stift gegen das Kinn. »Oh, beinahe hätte ich es vergessen. Wie lang ist Ihre letzte Tetanusimpfung her?«

»Ganz ehrlich?« Lily zuckte mit den Achseln. »Fragen Sie mich was Leichteres.«

»Gut. Sie haben nicht vor, in nächster Zeit zu verreisen?«

»Nein. Warum ist das wichtig?«

Jenner stand auf und öffnete einen Kühlschrank in der Zimmerecke. »Weil Sie sich draußen noch zwei Termine für die Nachimpfung geben lassen müssen.«

Zwei Minuten später hatte Lily die nächste Nadel im Arm, und trotz der Tatsache, dass ihr Jenner den Wirkstoff direkt in den Muskel spritzte, zahlte sich auch diesmal das Aufsagen des kleinen Einmaleins hervorragend aus. Alles, was sie neben dem prickelnden Brennen in ihrer Schulter spürte, war ein leichter Druck, als würde ihr jemand den Daumen ins Fleisch pressen, um zu überprüfen, ob an ihr auch genug dran war.

Danach schrieb Jenner eine Einnahmeanweisung auf eine Medikamentenpackung. »Hier. Das ist ein Antibiotikum, also nehmen Sie es bitte durch. Falls irgendwelche Nebenwirkungen einsetzen, kommen Sie gleich zu mir.«

»Nebenwirkungen?«

»Übelkeit.«

Super, ihr war jetzt schon schlecht.

»Durchfall.«

Hatte sie auch schon dank des Besäufnisses.

»Kopfschmerzen, Mattheit und Schwindel.«

Er beschrieb keine Nebenwirkungen, sondern eher ihren derzeitigen Zustand.

»Das können auch Reaktionen auf den Impfstoff sein. Und wenn Sie einen Hautausschlag bekommen sollten, meiden Sie direkte Sonneneinstrahlung.«

Das war wenigstens neu.

»Aber das ist alles nicht sehr wahrscheinlich. Sie sind jung und gesund. Und die anderen Tests – Aids und Hepatitis – sind nur eine reine Vorsichtsmaßnahme. Zerbrechen Sie sich deswegen nicht den Kopf. Bei einem so oberflächlichen Biss ist die Gefahr einer Ansteckung gering.«

»Ich versuch's.« So was brachten auch wirklich nur Ärzte fertig: einem erst Horrorszenarien von unheilbaren chronischen Krankheiten in den Kopf zu setzen und einen dann im selben Satz darum zu bitten, Ruhe zu bewahren.

Etwas, was hingegen nur Hannah fertigbrachte, war die beleidigte Leberwurst zu spielen, als Lily keine Lust hatte, sich nun auch noch hinsichtlich der Behandlung durch Doktor Jenner zu entblößen.

»Es ist alles in Ordnung. Ich bleibe dir noch eine Weile erhalten«, wehrte sie die Verhörversuche beharrlich ab.

Zum Glück trennten sich an der nächsten Bushaltestelle ihre Wege.

»Ich fahre direkt zu dem Termin mit Boyle«, erklärte Lily. »Wir sehen uns nachher. Danke für alles.«

Hannah schaffte es nicht, von dannen zu ziehen, ohne eine letzte Spitze zu setzen. »Ich hoffe, du revanchierst dich, falls ich mal so doof sein sollte, auf einen Freak reinzufallen, und mir deswegen einen Zombiebiss einhandle. Ach nee, Moment. So doof kann ich mich beim besten Willen nicht anstellen. Dafür bist du ja schon die Expertin.«

Lily sehnte die Zeit herbei, in der Hannahs Mundwerk für immer verstummen würde, und suchte im Schatten einer Hauswand Schutz vor der Sonne, bis der Bus anrollte.

Die stickige Luft im Bus war ein Gemisch aus Schweiß, versagendem Deo und Sonnencreme. Lily fand einen Platz am Fenster und begriff, noch bevor der Bus sich wieder in Bewegung gesetzt hatte, dass das Einsteigen ein Fehler gewesen war. Das Ruckeln und Schaukeln schmeckte ihrem Magen gar nicht, und bald kam auch noch eine tiefe Nervosität hinzu. Sie gab der Enge und der plötzlichen Nähe zu wildfremden Menschen die Schuld. Wie den beiden Mädchen, die die Köpfe zusammensteckten, um zu tuscheln und danach in unvermeidliches keckerndes Frettchengelächter auszubrechen. Dem breitschultrigen Neandertaler, der so tat, als tippe er eine SMS, obwohl er ständig unmissverständliche Blicke auf Lilys Beine warf. Der Schnalle, die an der nächsten Haltestelle zustieg und erst einige schnelle Schritte auf den freien Platz neben Lily zu machte, um sich dann doch noch naserümpfend umzuentscheiden und zwei Reihen weiterzugehen.

Kurz vor dem Punkt, an dem Oxford sein Gesicht veränderte und die alten Arbeitersiedlungen den noch älteren Herrschaftsbauten des Zentrums den Vorrang ließen, hatte Lily genug. Sie musste raus. Den Rest der Strecke würde sie zu Fuß in Angriff nehmen.

Auf der Magdalen Bridge legte sie eine Verschnaufpause ein, lehnte sich ans Brückengeländer und beobachtete die Enten, die zwischen den Dutzenden Stocherkähnen an den Piers ihre Kreise durch das trübe Braun des Cherwell zogen. Der Speichel, der sich in ihrem Mund sammelte, schmeckte bitter und ranzig. Beherzt spuckte sie ihn über die Brüstung. Eine Entenmutter führte ihre wie eine Perlenschnur aufgereihte Kükenschar zu der Stelle, wo der vermeintliche Leckerbissen gelandet war. Sie schnappte mit dem Schnabel nach dem weißen Schaum, schnatterte enttäuscht und paddelte mit beleidigt gerecktem Hals unter einen der Bögen der Brücke.

Lily ging weiter. Da sie sich auch nach Jahren noch in dem Irrgarten aus begrünten und gepflasterten Innenhöfen, überdachten Durchgängen und schmalen Pfaden hinter den prächtigen Fassaden der Colleges verirrte, folgte sie lieber der High Street. Manchmal genoss sie ihre Umwege sogar, weil sie oft genug durch eine Art konserviertes Quasi-Mittelalter führten und man sich angesichts der vielen Statuen, Springbrunnen, Türmchen und Hecken der Illusion hingeben konnte, sich an einem Ort aufzuhalten, der dem Zahn der Zeit erfolgreich getrotzt hatte und an dem Worte wie Globalisierung, Studienreform und Klimawandel unbekannt waren. Heute jedoch wäre ein Abtauchen in diese Wunschwelt fatal gewesen. Sie war ohnehin spät dran, und das forsche Tempo, das Lily sonst üblicherweise anschlug, war aufgrund ihrer Gesamtverfassung schlichtweg unmöglich. Wenn sie ehrlich zu sich selbst war, schlurfte sie mehr, als dass sie ging.

Noch dazu musste Lily feststellen, dass sie sich auf ihrem Kurs zum Balliol College auch noch häufiger ablenken ließ, als es für das Einhalten ihres Termins gut gewesen wäre. Nicht von der glänzenden Kuppel der Radcliffe Camera oder der wuchtigen Anmut des Eingangs zum Hauptgebäude des All Souls College, die mit jeder gotischen Kathedrale hätte mithalten können. Nein, es waren kleine, unscheinbare Dinge, die ihren Blick fesselten. Das Lebendige war es und nicht das Tote. Ein Eichhörnchen, das in einer Baumkrone umherwuselte und nach dem Lily mit einem freudigen Stöhnen die Hand ausstreckte, als könnte sie das quirlige Geschöpf damit einfangen, obwohl es in schwindelnden Höhen von Ast zu Ast sprang. Eine Krähe, die von einem Laternenpfosten herabstieß, um an den platt gefahrenen Resten eines weggeworfenen Kebabs im Rinnstein zu picken, nur eine Handbreit von den vorbeirauschenden Autos entfernt. Eine Hornisse so dick wie Lilys kleiner Finger, die über einem Mülleimer schwirrte und sich nicht entschließen konnte, welchen Teil des süßlich stinkenden Inhalts sie näher inspizieren wollte. Es fiel Lily höllisch schwer, sich von diesen Nichtigkeiten loszureißen. Im Fall der Hornisse wäre sie vielleicht noch viel, viel länger reglos neben dem Mülleimer verharrt, wäre sie nicht von einem vorbeieilenden Pärchen angerempelt worden. Die plötzliche Berührung entlockte ihrer Kehle ein heiseres Knurren, für das sie sich sofort schämte. Gut, dass es keiner bemerkte.

Um zum Speisesaal des Balliol zu gelangen, wo sie sich mit Boyle verabredet hatte, musste Lily schließlich doch einen Innenhof durchqueren. Das unebene Kopfsteinpflaster stellte sich als heikle Prüfung für ihren strapazierten Gleichgewichtssinn heraus, und die Grüppchen von Studenten, die im Schatten schmucker Lauben über allerlei Unfug debattierten – die Ungerechtigkeiten des Benotungssystems, die Inkompetenz des Premierministers in Finanzfragen, die Rolle der Frau in einer nach wie vor von Männern dominierten Gesellschaft –, kamen ihr heute noch lärmender und klugscheißerischer vor als sonst. Sie war heilfroh, dass sie nicht auch noch am College wohnte, denn dann würde sie am laufenden Band von solchen zwangsläufig im Nirgendwo endenden Diskussionen heimgesucht werden. Es war eigentlich ein kleines Wunder, dass sie es mit Hannah aushielt, denn die erging sich mit anderen Freunden des Öfteren in solchen Streitgesprächen.

Nachdem sie sich die Stufen zum Eingang des efeuüberwucherten Gebäudes hinaufgequält hatte, das dank seiner Wandpfeiler und Maßwerkfenster wie viele Bauten des Uni-Viertels an eine Kirche erinnerte, bog sie nach rechts zur Toilette ab. Die zwei Minuten fielen wirklich nicht mehr ins Gewicht, und sie wollte sich unbedingt noch einmal frischmachen, bevor sie Boyle unter die wässrigblauen Augen trat. Sie stellte sich vor ein Waschbecken und befühlte ihre Stirn. Heiß, aber trocken. Sie hob die Arme, um unter den Achseln nach peinlichen Flecken zu sehen, doch da waren keine. Gut. Sie wusch sich Hände und Gesicht, schüttelte ihre Locken aus und fummelte ihren T-Shirt-Ärmel so zurecht, dass der Verband darunter sich möglichst wenig durch den Stoff abzeichnete. Okay, keine weiteren Aufschubmanöver mehr.

Die Atmosphäre im Speisesaal war bizarr wie immer, weil sich die Collegeleitung einem Spagat zwischen der Wahrung des Altehrwürdigen und der Öffnung für das Neue verschrieben hatte. Von den Wänden blickten die verdientesten Geister, die in Balliol gewirkt oder ihre akademischen Weihen erhalten hatten, aus ihren gewaltigen Ölporträts auf die Besucher hinab. Streng und ernst, als wollten diese Unsterblichen die Versammelten für die niederen Bedürfnisse, die sie hier befriedigten, stumm tadeln. Oder als empfänden sie es als tiefstmögliche Kränkung, dass diejenigen, die heute an den langen Bänken Platz nahmen, nicht länger von eilfertigen Angestellten bedient wurden, sondern sich ihr Essen selbst holen mussten. Zugegebenermaßen wirkten Chrom und Glas des Ausgabetresens umso deplatzierter, weil die wuchtigen Tische noch immer sorgfältig gedeckt wurden – Besteck lag bereit, Gläser warteten darauf, gefüllt zu werden, weiße Kerzen ragten aus schweren Ständern, und an jedem Platz war eine Serviette kunstvoll zu einem Türmchen aus Stoff gefaltet. Da gerade Ferien waren, hielt sich der Andrang und damit auch der Geräuschpegel im Speisesaal, in dem jedes leise Klirren und Klappern von der hohen Decke dutzendfach zurückhallte, deutlich in Grenzen. Das war Lily nur recht, und sie hatte auch keine Probleme, Boyle zu erspähen.

Ihr Doktorvater war quasi die hagere Variante von Ron Perlman. Boyle hatte die gleichen dicken Wülste über den Augen, das gleiche massige Kinn und die gleichen fleischigen Lippen. Er wog nur eben höchstens halb so viel, und die längs gestreiften Hemden, von denen er geschätzte dreißig Modelle im Schrank hatte, ließen ihn sogar noch dünner wirken.

Er saß mit krummem Rücken über eine Seminararbeit gebeugt, in der es vor roten Korrekturanmerkungen nur so wimmelte. Typisch. Bei der Betreuung von Arbeiten folgte Boyle dem Mantra »Alles kann, nichts muss«, was dazu führte, dass die Unvorsichtigen und Gutgläubigen unter seinen Studenten, die der Auffassung waren, sie konnten bei ihm auch noch den letzten Mist abliefern und auf eine gute Note hoffen, ein böses Erwachen erlebten. Lily schätzte die Freiheiten, die Boyle ihr einräumte, doch sie war klug genug, sie nicht mit einer Erlaubnis zur Nachlässigkeit zu verwechseln.

»Ah, Lily.« Boyle setzte seine Lesebrille ab, stand auf und schüttelte ihr die Hand.

»Ich weiß, ich bin zu spät«, fing Lily mit einer Erklärung an, doch er klappte die Seminararbeit zu und winkte ab.

»Ich habe immer etwas zu tun.« Er rieb sich den Bauch. »Haben Sie auch so einen Hunger?«

Lily horchte in sich hinein. Ihr Magen hatte sich doch tatsächlich mittlerweile endgültig zwischen Hunger und Übelkeit entschieden. »Und wie.«

Sie folgte ihm zum Ausgabetresen, wo eine korpulente Dame Lily fragte, welches der angebotenen Gerichte sie wollte, und ihr danach eine Portion auf den Teller häufte, die Bände darüber sprach, was die gute Frau von Diäten hielt. Lily war ihr alles andere als böse, denn das Essen duftete einfach so köstlich, dass ihr das Wasser im Mund zusammenlief und sie am liebsten sofort – und nötigenfalls mit den Fingern – etwas davon gekostet hätte. Leider gehörte sich das nicht. Sie gab sich damit zufrieden, ihre Nase dicht über den Teller zu halten und den Duft in sich aufzusaugen.

Zurück am Tisch breitete sich Boyle seine Serviette über den Schoß, wünschte Lily einen guten Appetit und säbelte einen langen Streifen von seiner Lammkeule. »Nun erzählen Sie mal. Wie geht es Ihnen?«

Er musste mit einer Antwort warten, weil Lily schneller gewesen war als er und sich den ersten Bissen bereits zwischen die Lippen geschoben hatte. Wahnsinn. Warum aß sie eigentlich nicht öfter hier? Es stimmte alles: die Würze, die Konsistenz, die Temperatur. »Gerade eben geht es wieder aufwärts mit mir. Ansonsten schlage ich mich so durch. Ich befürchte, mir bekommt das Wetter nicht sonderlich.«

»Schade. Mir tut die Sonne gut.« Er zeigte mit der Gabel auf die Aktentasche, in der er die Seminararbeit hatte verschwinden lassen. »Ich bekomme nur viel zu wenig davon ab. Dafür habe ich zu Hause einen ganzen Berg Papier abzutragen, das man mir dreist als Beitrag zum wissenschaftlichen Erkenntnisgewinn unterjubelt. Apropos, was macht Ihre Arbeit? Ich hatte damit gerechnet, Sie schicken mir vor diesem Treffen noch eine mehr oder minder endgültige Gliederung. Da fahre ich also heute Morgen hoffnungsfroh meinen Rechner hoch und klicke das Postfach auf und sehe, dass ich nichts sehe. Nichts von Ihnen, meine ich. Nur vierzig andere Mails, aber keine, über die ich mich gefreut hätte.«

Lily hätte ihn über ihren Arztbesuch informieren können, um seine Enttäuschung abzufedern. Aber wozu? Es wäre erstens eine faule Ausrede gewesen, weil sie sich seit mehreren Wochen davor drückte, die erwähnte Gliederung in eine angemessene Form zu schlagen. Und zweitens schwelgte sie im Moment viel zu sehr in dem Genuss, den ihr das Kauen und Schlucken bereitete.

»Ich will Sie nicht unter Druck setzen«, sagte Boyle, als sähe er in ihrem gefräßigen Schweigen einen Vorwurf. »Aber wenn ich genauer wüsste, wie Sie Ihre Arbeit denn nun strukturieren wollen, fiele es mir wesentlich leichter, Ihnen unter die Arme zu greifen. Sie auf mögliche Fehlerquellen oder Unsauberkeiten hinzuweisen. Auf Ergänzungen, die ich für angebracht und sinnvoll hielte.«

Es kümmerte Lily nicht im Geringsten, was er für angebracht

und sinnvoll hielt. Was allerdings angebracht und sinnvoll war, war dafür zu sorgen, dass sie das köstliche Mahl auf ihrem Teller schnellstmöglich verputzte.

»Lily?«

Er würde keine Ruhe geben, denn dafür hörte er sich viel zu gern reden. Eine Berufskrankheit wahrscheinlich. Na gut, er wollte es nicht anders. Schmatzend lieferte sie das selbstmitleidige Gejammer ab, mit dem sie Gottlieb vor ein paar Tagen derart gelangweilt hatte, dass er vor ihr in den Wagen dieser Rothaarigen geflüchtet war. »Ich habe so viel Material gesammelt, dass ich Schwierigkeiten habe, alles zu ordnen.« So. Schnell noch eine Gabel nachgeschoben und dann weiter. »Ich habe eine Heidenangst vor dem Augenblick, in dem ich mich hinsetze und den ersten Satz der Einleitung schreibe, den ich für gelungen halte.« Was die Köche da abgeliefert hatten, war absurd lecker. »Weil es ab diesem Augenblick kein Zurück mehr gibt. Aber was, wenn ich nur diesen einen Satz hinkriege und sonst nichts mehr? Oder was, wenn er gar nicht so gelungen ist, wie ich mir das einbilde?«

»Die Materialflut lässt sich leicht eindämmen. Ein Tipp: Machen Sie den Anhang nicht zu lang. Kämmen Sie ihn noch einmal gründlich durch, und streichen Sie alles, worauf Sie sich in der eigentlichen Arbeit nicht in einem eigenständigen Abschnitt beziehen. Ihre Ängste sind übrigens normal, nachvollziehbar und trotzdem unnötig wie ein Kropf.« Boyle lächelte zufrieden, obwohl er ihr dabei aus irgendeinem unerfindlichen Grund nicht ins Gesicht sehen konnte. »Das ist unsere spezielle Form von Lampenfieber. Das vergeht. Sehen Sie Ihre Unsicherheit als eine völlig übliche Reaktion in der entscheidenden Phase eines ambitionierten Projekts. Am besten vergleichen Sie es mit einer Schwangerschaft. Man sorgt sich neun Monate lang, ob alles glattgeht, ob man das alles durchsteht, wie viel Schmerzen einen am Ende erwarten. Aber sobald das Baby erst einmal da ist, ist das alles vergessen, und man fragt sich, wie man je daran zweifeln konnte, dass man nach der Geburt der glücklichste Mensch der Welt ist.« Er lehnte sich zurück. »Eigentlich sollten

Sie das doch kennen. Erinnern Sie sich noch daran, wie Sie mit dem Artikel über den Maschalismos gerungen haben?«

Nein, tat sie augenblicklich nicht. All die hochtrabenden Gedanken, die Lily sich seit Beginn ihres Studiums um Kultur und Riten gemacht hatte, um Gesellschaft und Mythen, um die menschliche Existenz und die Prozesse, die sie formten und bestimmten, erschienen ihr nichtig und klein. Verglichen mit dem berauschenden Gefühl, wie sie Kraft und Sicherheit aus dem einfachen Vorgang des Essens gewann – aus der wohligen Wärme, die sich in ihrem Bauch ausbreitete, aus dem scharfen Geschmack auf ihrer Zunge –, zählten sie nichts. Es war alles so simpel. Angst und Macht. Das waren die beiden Faktoren, auf die sich alles herunterkochen ließ. Die kleinsten gemeinsamen Nenner des Lebens. Angst davor, gefressen und ausgelöscht zu werden, und die Macht, genau das zu verhindern, indem man alles daransetzte, die anderen zu fressen und auszulöschen. Mehr war da nicht – außer Lügen, mit denen man sich vorgaukelte, etwas anderes als ein besonders hochentwickeltes Tier zu sein. Boyle glaubte wohl an diese unzähligen Lügen, und sie ahnte, welche er nun von ihr hören wollte. »Sie haben ja recht. Ich stelle mich an wie ein Kleinkind. Aber Sie haben mir nun einmal etwas voraus. Wenn ich Ihren Erfahrungsschatz hätte, wäre ich auch weitaus weniger nervös. Gott sei Dank sind Sie immer für mich da, damit ich mir bei Ihnen meine Dosis Zuspruch abholen kann. Mir ist völlig klar, dass das keine Selbstverständlichkeit ist.«

»Ich bitte Sie, Lily. Sie brauchen mir nicht zu schmeicheln.« Seine nächste Geste behauptete das Gegenteil: Er strich sich langsam über sein welliges Haar. »Wir schaffen das gemeinsam. Ihre Arbeit wird großartig werden, ungeachtet dessen, wie sehr Sie daran zweifeln mögen. Und entgegen Ihrer Aussage von eben kann Ihnen auch das Wetter gar nicht so schlecht bekommen. Ihrem Appetit hat es schließlich nicht geschadet.«

Das stimmte. Sie leckte sich die Lippen und schaute auf ihren Teller. Verdammt! Nichts mehr übrig außer ein paar kümmerlichen Erbsen, einem Klacks Kartoffelbrei und einem

Knochen, den sie vor Boyle unmöglich abnagen konnte. Oder doch?

»Ich habe es bisher für mich behalten, weil es mich nichts anging«, sagte Boyle. »Aber jetzt, wo Sie dem Vegetariertum anscheinend abgeschworen haben, brauche ich mich nicht mehr zurückzuhalten. Wenn Sie mich fragen, gehört Fleisch einfach zu einer gesunden Ernährung.«

Anhang II

Ein Beleg für das Nachwirken alter Maschalismos-Praktiken im christlichen Mitteleuropa

Eine weitverbreitete Fehleinschätzung ist der Glaube, Maschalismos – also kultisch motivierte Verstümmelungen von Leichnamen, um die Rückkehr der Verstorbenen aus dem Totenreich zu verhindern oder zumindest zu erschweren – wäre in Europa ausschließlich vor der Christianisierung praktiziert worden.

Der untenstehende Text kann als Beleg dafür gedeutet werden, dass vergleichbare Handlungen etwa auf dem damaligen Erstreckungsgebiet des Heiligen Römischen Reiches Deutscher Nation mindestens bis in die Zeit des Bauernkriegs durchgeführt wurden (wenngleich sie nicht zwingend an der Tagesordnung waren). Ein anderes bekanntes Beispiel für Maschalismos nach der Christianisierung Europas stellt die noch um einige Jahrhunderte später in Einzelfällen auf dem gesamten Kontinent nachweisbare Tradition dar, Selbstmörder nachträglich zu enthaupten, ihnen den abgetrennten Kopf zwischen die Beine zu legen sowie den Leichnam mit dem Bauch nach unten zu bestatten.

Bei dem erwähnten Text handelt es sich um ein Lied namens *Wir sind des Todes treuer Haufen,* dessen Übertragung aus dem Frühneuhochdeutschen freundlicherweise von Otto Hundt von der Universität Marburg zur Verfügung gestellt wurde. Höchstwahrscheinlich entstand es als den Gruppenzusammenhalt markierender und stützender Schlachtengesang eines Haufens (d.h. eines Zusammenschlusses von aufständischen Bauern, die gegen ihre Ausbeutung seitens des Adels und des Klerus aufbegehrten).

Wir sind des Todes treuer Haufen
(unbekannter Verfasser, um 1525)

Wir sind des Todes treuer Haufen, die tapfre Schnitterwacht,
und wollen mit dem Täuscher raufen, dem Vater finstrer Nacht.

Bruder im Glanz, hör unser Klagen, Adelphe eleison,
wenn wir die frischen Leichen schlagen, Adelphe eleison.

Stets führt uns ein stolzer Berger an, trotzt mutig Acht und Bann,
Den Rubin trägt er in seiner Fahn', hat Helm und Harnisch an.

Spieße voran, drauf und dran,
mit uns tanzt der Sensenmann!

Wes Leib er schändet, wes Leib er rührt, der Vater finstrer Nacht,
wird von uns heim ins Strahlen geführt, der tapfren Schnitterwacht.

Ob Gräfin, ob Magd, ob Greis, ob Kind, Adelphe eleison,
finden Ruh', wenn sie des Todes sind, Adelphe eleison.

Forsch in die Leiber dringt unser Spieß, damit kein Übel sprießt.
Wen der Täuscher ewig wandeln hieß, dank uns kein Blut vergießt.

Spieße voran, drauf und dran,
mit uns zieht der Sensenmann!

Wer bricht den Wandlern die Schädel auf? Die tapfre Schnitterwacht.
Wen zügelt sie, wen hält sie wohl auf? Den Vater finstrer Nacht.

Bietet die Stirn den armen Sündern, Adelphe eleison,
Mit klammer Haut und rohen Mündern, Adelphe eleison.

Wer nicht von der Lüge lassen kann, die falscher Geist ersann,
fällt unter unseren heiligen Bann – ob Fürst, ob Bauersmann.

Spieße voran, drauf und dran,
mit uns zieht der Sensenmann!

Verwehret uns nicht den Weg zur Gruft, uns tapfrer Schnitterwacht,
dient ihr doch sonst dem größten Schuft, dem Vater finstrer Nacht.

Gedenkt Meielsheim und Langenbrück, Adelphe eleison,
die kein Flehen holt je mehr zurück, Adelphe eleison.

Aber dennoch bleibt die Sense scharf, Ernte einzufahren,
um zu fällen, was nicht stehen darf, noch in tausend Jahren.

Spieße voran, drauf und dran,
mit uns tanzt der Sensenmann!

Mehrere Aspekte des vorliegenden Textes sind von ausreichendem Interesse, um eine nähere Erläuterung zu rechtfertigen. Besonders auffällig ist die wiederkehrende Fürbitte »Adelphe eleison«, in der anstelle des himmlischen Vaters »Kyrie« (im Sinne Gottes) ein Bruder um Hilfe angerufen wird. Ob damit ein Waffenbruder gemeint sein könnte, bleibt letztlich spekulativ. Ebenso unbeantwortet muss die Frage bleiben, welcher »Berger« den Haufen anführt.

Grundsätzlich bemerkenswert ist die als »Täuscher« respektive »Vater finstrer Nacht« bezeichnete Figur, die offenbar mit dem personifizierten Tod in Konkurrenz um die Seelen der Verstorbenen tritt (unter Umständen kann der Täuscher als Teufelsgestalt oder ähnliche dämonische Wesenheit ausgelegt werden, die die Verstorbenen zu ihren untoten Schandtaten antreibt).

Besonders eindrucksvoll gerät die Schilderung des eigentlichen Maschalismos – womöglich unmittelbar nach Ende einer Schlacht an den Gefallenen vorgenommen –, bei der die Leichname mit Lanzen durchbohrt und die Schädel aufgebrochen werden. Hierdurch soll verhindert werden, was einige Zeilen später als warnende Phantasie heraufbeschworen wird: das Erwachen der Toten in Form blutrünstiger Monstren. Unterstrichen wird diese warnende Funktion durch die Nennung zweier Ortschaften – »Meielsheim und Langenbrück« –, in denen der Ritus angeblich nicht vorgenommen wurde, was dem Lied zufolge katastrophale Konsequenzen nach sich zog. Tatsächlich sind Meielsburg und Langenbrück zwei Wüstungen – vor der Neuzeit aufgegebene Siedlungen – in Hessen, deren Bewohner durch die örtlichen Agrarkrisen im 15. Jahrhundert gezwungen waren, ihre Heimat zu verlassen und in größeren Städten Zuflucht zu suchen.

10.09.2009, 8:57

Eine so furchtbare Nacht wie die, die hinter ihr lag, hätte Lily ihrem ärgsten Feind nicht gewünscht. Sie konnte es kaum glauben, dass sie sie überlebt hatte.

Wie lange saß sie jetzt schon reglos in der Küche? Eine Stunde? Eine halbe? Der Tee, den sie sich gekocht hatte, dampfte jedenfalls nicht mehr. Das war schade, weil die aus der Tasse aufsteigenden feinen Schwaden schön anzusehen gewesen waren. Getrunken hatte sie keinen Schluck. Tee war zwar angeblich gut für den Magen, aber sie traute ihrem Magen nicht über den Weg. So matt, wie sie sich fühlte, wäre vielleicht ein Kaffee angebracht gewesen, wenn sie davon nicht unter Garantie gleich wieder hätte kotzen müssen.

Die Tauben draußen auf dem Dach hatten einen besseren Start in den jungen Tag. Ihr ständiges Flattern und Gurren, das gedämpft durch die Fensterscheibe drang, zerrte an Lilys Nerven. Scheißviecher. Sie machten sie unruhig, und ihr fehlte die Kraft, diese Unruhe in eine körperliche Bewegung umzuleiten, was das Ganze natürlich noch schlimmer machte.

Dabei war sie gestern Nachmittag noch davon überzeugt gewesen, dass es ihr besser ging. Sie war nach dem Treffen mit Boyle nach Hause gekommen und hatte zunächst eine Weile darauf verschwendet, sich darüber den Kopf zu zerbrechen, was zum Geier sie dazu verleitet hatte, Fleisch zu essen. Nach Jahren völliger Abstinenz, in denen sie nie irgendetwas auf ihrem Speisezettel schmerzlich vermisst hatte. Sie konnte sehr gut ohne pappige Würstchen, Lamm mit Minzsoße und fettige Cheeseburger leben, vielen Dank. Oder redete sie sich das am Ende nur ein und war sie von ihren Instinkten überrumpelt worden, weil ihr Körper nach dem fiesen Kater und dem Biss nach etwas Handfesterem als Salat, Obst, Gemüse oder Tofu verlangte? Warum sonst hätte ihr das Fleisch schmecken sollen? Es war nur unglaublich verstörend, wie sie offenbar komplett ohne bewussten Entschluss am Ausgabetresen danach gegriffen hatte. Wie sie förmlich darüber hergefallen war, um es rasch in sich hineinzustopfen.

Noch einen Tick verstörender waren allerdings die Dinge gewesen, die ihr beim Essen durch den Kopf geschossen waren. Diese arrogante Selbstgefälligkeit, mit der sie ihren Doktorvater mit einem Mal betrachtet hatte. Er wollte ihr wirklich nur helfen, eine passable Arbeit zu schreiben, und dass er in sich ruhte und das auch zeigte, weil er etwas aus sich gemacht hatte, konnte man ihm nicht ernsthaft vorwerfen. Es sei denn, man war von unausgesprochenem Neid zerfressen. Neid war jedoch alles andere als ein kluger Ratgeber.

Um etwas gegen ihr schlechtes Gewissen zu unternehmen – und um nicht länger über ihre neuen, seltsamen Gelüste zu grübeln –, hatte sich Lily an Boyles Vorschlag gehalten, den Anhang ihrer Arbeit nach Inhalten zu durchforsten, deren Streichung dem Gesamtwerk nur nutzen konnte. Sie scrollte sich durch die Word-Dateien, wobei sie sich vorkam wie eine Mutter, die man gefragt hatte, auf welches ihrer Kinder sie am ehesten verzichten wollte. Was sollte, was konnte rausfliegen? Der Exkurs über die Leichendiebe im 19. Jahrhundert, die aus reinem Profitstreben Anatomen mit frischem Forschungs- und Anschauungsmaterial versorgten und als möglicher Gegenbeleg für die durchgängige Verbreitung einer tiefsitzenden Furcht vor der möglichen Rache respektlos behandelter Verstorbener erachtet werden konnten? Das Lied aus dem Deutschen Bauernkrieg mit den Verweisen auf praktizierten Maschalismos, für das sie eigens mit einem Kollegen vom Kontinent Kontakt aufgenommen hatte? Oder doch der Schlenker über die Entstehung der synkretistischen Glaubensvorstellungen im karibischen Raum? Als sie sich genötigt sah, ihre Schreibtischlampe anzuknipsen, beschloss sie, diese grausame Entscheidung zu vertagen.

Sie hatte sich aufs Bett gelegt, ohne sich auszuziehen, um lieber ein wenig dabei zuzusehen, wie der Wecker auf dem Nachttisch die verstreichenden Minuten zählte. Irgendwann schloss sie die Augen. Schlaf fand sie keinen, da ihr Verstand zu aufgewühlt war, um sie zur Ruhe kommen zu lassen. Er fütterte sie ständig mit neuen Ideen, was sie alles anstellen konnte, anstatt untätig herumzuliegen. Sich wieder an die Arbeit setzen. Fernsehen. Duschen. Den Nick-Hornby-Roman über Teenagerschwangerschaften zu Ende lesen, den sie vor Monaten angefangen hatte.

Der Schüttelfrost hatte von der einen auf die andere Sekunde eingesetzt, ohne Warnung oder Vorbereitungsfrist. Eben war ihr noch heiß gewesen – kein Wunder, denn es kühlte zurzeit ja auch nachts kaum ab –, schon fror sie, als hätte man sie nackt in eine Schneewehe geworfen, und zitterte am ganzen Leib. Sie schaffte es, sich so hin und her zu rollen, dass sie die Bettdecke über sich gezogen bekam. Den Schüttelfrost interessierte das jedoch nicht. In immer schnellerem Stakkato schlugen ihre Zähne aufeinander, wenn sie ein neuer Schub packte.

Lily war sich nicht mehr sicher, ob das Erbrechen vor dem Durchfall eingesetzt hatte oder umgekehrt. Genauso wenig hatte sie eine Ahnung, wie sie die Strecke von ihrem Zimmer bis ins Bad rechtzeitig bewältigt hatte. Ihr Magen war zu leer, als dass sie etwas anderes hätte hochwürgen können als bitteren, sauren Schleim, der ihr in der Kehle brannte wie Feuer. Was sie im Speisesaal des Balliol zu sich genommen hatte, wählte den anderen Ausgang. Es war nicht die Art von Durchfall, für die Grampy Jules die schönen Worte »Damit man im freien Stand aus drei Metern eine Flasche trifft« gefunden hatte. Aus Lilys Hintern quoll ein matschiger Brei, und weil der typische Gestank sich nicht einstellte, mit dem sie gerechnet hatte, fasste sie sich ein Herz, wischte sich ab, zog sich am Waschbecken hoch und betrachtete, was in der Schüssel schwamm: eine grüngelbe, teigige Masse, durchzogen von unverdauten Erbsenschalen. Sie drückte schnell auf die Spülung, ging auf die Knie und beugte sich übers Klo, weil ein Krampf in ihrem Bauch bereits die nächste Brechattacke ankündigte.

Das war im Wesentlichen das Programm, mit dem sie das Schicksal die ganze Nacht über gebeutelt hatte: Auf Schüttelfrost folgte Erbrechen folgte Durchfall. Manchmal wurde die Reihenfolge durchgemischt, und nach dem dritten oder vierten Durchlauf war auch ihr Darm weitestgehend entleert, woraufhin auch dort dieser widerliche Schleim zum Vorschein kam. Ab da brannte ihr auch die Rosette. Es war zum Heulen.

In den kurzen Pausen zwischen den Anfällen – das Zähneputzen nach dem Erbrechen hatte sie zwischenzeitlich aufgegeben, weil ihr vom Geschmack der Zahnpasta noch schlechter wurde – saß sie in zwei Badehandtücher gewickelt auf den Fliesen und zitterte vor sich hin. Was war mit ihr los? War das eine Reaktion auf das Antibiotikum, das ihr Doktor Jenner verschrieben hatte? Hatte sie das überhaupt eingenommen? Oder lag es an der Tetanusspritze? Tränen schossen ihr in die Augen, als sie die schreckliche Möglichkeit in Betracht zog, dass sie dieser fette Typ im Zombielabyrinth vielleicht doch mit irgendeiner Krankheit angesteckt hatte, an der sie jetzt jämmerlich zugrunde gehen musste.

Und alles nur, weil sie sich von Victor und seinen Angeboten, ihr noch nie gesehene Dinge zu zeigen, um den Finger hatte wickeln lassen. Nein, falsch. Weil Gottlieb, dieser Feigling, nie richtig bei ihr in die Offensive gegangen war und sich stattdessen überraschend abgeseilt hatte. Er hatte ihren Zorn verdient, nicht Victor.

Gut, Victor hatte sie in diesen Schlamassel hineingeführt. Allerdings hatte er sie auch vor dem wild gewordenen Schauspieler gerettet. Das würde sie ihm nie vergessen, ganz egal, wie katastrophal ihr erstes Date auch ausgegangen war. Auch nicht seinen Blick, als er in den Raum mit der Badewanne voll gefakter Säure zurückgekehrt war, um ihr aufzuhelfen. Seine Augen hatten kein Entsetzen gezeigt, sondern eine Mischung aus Stolz und Mitleid. Er versteckte seine Gefühle nicht. Die offenkundige Verachtung, die er empfand, während er sich an einem Laken auf dem siffigen Bett im viktorianisch angehauchten Armenzimmer die Hände abgewischt hatte. Die Sorge, mit der er ihr aus dem Becken half – auf sich allein gestellt wäre sie mit der Leiter absolut überfordert gewesen. Die Entschlossenheit, die aus jedem seiner Schritte sprach, als er sie durch die schweigende Zuschauermenge aus dem Schwimmbad zu seinem Wagen führte, den Arm fest um ihre Hüften gelegt, um sie zu stützen. Alles wäre besser, wenn er bei ihr wäre, und sie hatte noch nicht mal eine Telefonnummer von ihm.

Gegen Morgen hatten die Bauchkrämpfe endlich nachgelassen, und nach einer Weile hatte Lily begriffen, was das neue Gefühl in ihrem Magen bedeutete: Perverserweise hatte sie Hunger. Unschlüssig war sie zehn Minuten vor dem offenen Kühlschrank gestanden. Sie glaubte sich zu erinnern, dass man Salz verlor, wenn man von Durchfall geplagt wurde, und dass man diesen Verlust auszugleichen hatte. Im mittleren Fach lag ein Stück Gouda. Salzig war der Käse, doch sie ließ ihn liegen. Er stank. Wie die Paprika im Gemüsefach, die angebrochene Tüte Milch, die Eier … Alles stank. Sie hatte Hannah tausendmal gesagt, dass sie mit Kühlschrankauswischen dran war. Dieses faule Biest.

Wo steckte sie eigentlich? Egal. Wahrscheinlich hatte einer ihrer Kunstgeschichtekumpel sie abgeschleppt, und sie hatte bei ihm übernachtet. Oder sie hatte sich abschleppen lassen, weil sie immer noch beleidigt darüber war, dass Lily ihr eine detaillierte Beschreibung ihrer Behandlung durch Doktor Jenner verweigert hatte. Sei's drum. Es war gut, dass sie nicht nach Hause gekommen war. Lily hatte von ihren Vorwürfen die Schnauze gestrichen voll, und ihr derzeitiger Zustand wäre für Hannah ohnehin nur eine Steilvorlage gewesen, sich über Victor das Maul zu zerreißen.

Das war der Punkt gewesen, an dem Lily auf ein festes Frühstück verzichtet und den Wasserkocher angeschaltet hatte. Während der Tee zog, hatte sie eine neue Theorie entwickelt, woher der Brechdurchfall kam: vom Fleisch. Sie vertrug vielleicht kein Fleisch mehr, nachdem sie so lange keines mehr gegessen hatte. Ja, das musste es sein.

Lily warf einen Blick zum Fenster, vor dem noch immer die Tauben gurrten, als gäbe es kein Morgen mehr. Scheißviecher. Was konnte sie nur tun, um sich nicht mehr so elend zu fühlen?

Ma. Ma wusste auf alles einen Rat. Und sie hatte eine abgebrochene Heilpraktikerausbildung vorzuweisen. Gott sei Dank lag das Telefon vor Lily auf dem Tisch. Wenn es auf der Aufladestation im Flur geparkt gewesen wäre, hätte sie sich kaum dazu aufraffen können, es zu holen.

Sie wählte die erste Nummer, die sie jemals auswendig gelernt hatte. Das Freizeichen schepperte und dröhnte ihr in den Ohren.

»Young.«

»Ma?« Ihre Zunge – dieser schwerfällige Lappen – war viel zu groß für ihren ausgedörrten Mund.

»Nein, ich bin's.«

»Veronica …«, stöhnte Lily.

»Du hörst dich furchtbar an«, stellte ihre ältere Schwester mit dem nüchternen Tonfall fest, mit dem Veronica jegliche Regung in sich, aus der sich kein unmittelbarer Profit im menschlichen Miteinander schlagen ließ, auf sicherer Distanz hielt. Banker …

»Ich bin krank. Ist Ma da?«

»Sie hat dir nicht Bescheid gegeben?«

»Weswegen?«

Veronica machte einen Laut, der bei einer leidenschaftlicheren Person als gequältes Ächzen durchgegangen wäre. »Sie ist seit Montag auf La Gomera.«

Mist. Keine Hoffnung auf einen Genesungstipp. Lily konnte unmöglich auf dem Handy bei Ma anrufen, weil die – ganz Weltuntergangsgläubige – bestimmt denken würde, es wäre etwas Superdramatisches passiert, sobald sie Lilys Nummer auf dem Display sah. »Noch ein Workshop?«

»Bingo. Wir müssen uns damit abfinden: Sie kommt von diesem Trip nicht mehr runter.« Veronica lauerte wohl einen Augenblick auf einen Kommentar von Lily und fuhr fort, als dieser ausblieb. »Neulich hat sie mir allen Ernstes erzählen wollen, die Kanaren hätten ein paar besonders gute Orte, um neue Kraft aus irgendwelchen unterirdischen Energieströmen zu schöpfen. Das hätte schon eines der acht Urvölker gewusst, das sich deshalb auf den Inseln niedergelassen hat. Hörte sich so ähnlich wie Guaven an.«

»Die Guanchen.«

»Genau.« Es klang beinahe so, als ob Veronica lächelte. »Dann ist dein Studium ja mal doch noch zu etwas gut.«

Ein typischer Spruch à la Veronica. Einen Streit mit ihr vom Zaun zu brechen, hätte sich nur gelohnt, wenn Lily im Vollbesitz ihrer verbalen Möglichkeiten gewesen wäre. Da sie davon ungefähr so weit entfernt war wie die Erde von der Sonne, fragte sie: »Und Dad?«

»Sitzt du gut?«

Lily nickte und realisierte erst dann, dass sie etwas sagen musste. »Geht so.«

Das reichte ihrer Schwester schon. »Dad ist mitgeflogen.« War das etwa ehrliche Enttäuschung in ihrer Stimme über den Verrat ihres treuesten Verbündeten innerhalb der Familie? »Er hat zwar mehrfach beteuert, er würde sich aus dem Workshop raushalten. Trotzdem bräuchte er dringend eine Auszeit.«

»Wovon?«

»Du bist echt krank, was? Komisch, ansonsten wirfst du mir doch immer vor, ich wäre immun gegenüber der Gefühlslage anderer Leute. Na ja, was soll's. Dad ist geknickt wegen Grampy. Das hat ihn mehr mitgenommen, als er zugibt. Und deshalb darf ich jetzt auf Victor aufpassen.«

»Victor?« Lilys Finger krallten sich fester um das Telefon. Was machte Victor bei ihrer Schwester in London? Moment, Veronica redete nicht von ihrem Victor. Sie redete von dem anderen, den Lily schon wesentlich länger kannte. Der, der kein Stück so war wie der Mann, der sie in seinen Bann geschlagen hatte.

Veronica hatte Lilys erstaunten Ausruf anscheinend überhört, oder sie hatte schlicht und ergreifend mehr Lust darauf, lieber noch ein bisschen auf ihr herumzuhacken. »Ich muss schon sagen, Schwesterherz, du hast alles richtig gemacht. Mit der Wahl deines Studienorts, meine ich. Nahe genug, um nicht aus der Welt zu sein, aber gleichzeitig weit genug weg, um nicht für bescheuerte familiäre Pflichten herangezogen zu werden. Ich musste mir extra Urlaub nehmen. Das Schönste dabei ist die Rechtfertigung, mit der mir das aufgedrängt wurde. Wenn du endlich eine eigene Familie hättest, würde ich dich nicht damit belästigen. Originalzitat von Ma. Sie hat immer noch nicht kapiert, dass sie von mir keine Enkel zu erwarten hat.«

Ein unangenehm langes Schweigen brach an, bis sich Veronica an die Gebote der Höflichkeit erinnerte. »Was hast du denn eigentlich?«

»Alles. Durchfall, Erbrechen, Fieber …«

»Uh, das volle Paket also. Hört sich für mich nach dieser Magen-Darm-Grippe an, die gerade umgeht. Irgendwas aus Afrika oder Asien.« Es war ein kleines Wunder, dass sie nicht »irgendwo aus Kaffnuckistan« sagte, und mindestens genauso wundersam war ihre nächste Frage. »Kommst du klar, oder soll ich dich abholen?«

»Abholen?« Lily gab ihrer Krankheit und dem ätzenden Taubenlärm die Schuld für ihre lange Leitung.

»Ich weiß ja nicht, ob sich deine kleine Mitbewohnerin anständig um dich kümmert.«

»Hannah ist nicht da.«

»Alle ausgeflogen, hm?«

Wieder so ein langes Schweigen, weil Lily nichts Sinnvolles oder auch nur Sinnloses einfiel, was sie hätte sagen können.

»Also, mein Angebot steht«, meinte Veronica schließlich. »Du könntest gern herkommen. Ich habe ja schon einen Pflegefall am Bein. Du machst den Bock da auch nicht mehr fett. Außerdem langweile ich mich dann unter Umständen und wider Erwarten doch nicht zu Tode. Wir könnten ein paar Filme ausleihen oder spazieren gehen, wenn du dich besser fühlst.«

Lily hätte im Sterben liegen können und diese Uraltstrategie ihrer Schwester trotzdem durchschaut: keine Leistung ohne entsprechende Gegenleistung, Krankenversorgung im Austausch für Unterhaltung. »Das ist nett. Ich steh das lieber allein durch. Am Ende stecke ich dich nur an.« Drei ganze Sätze am Stück.

Das war ein echter Fortschritt. Hatte sie das Gröbste etwa bereits hinter sich?

»Wie du willst. Gute Besserung.«

Und dann hatte Veronica aufgelegt. Ende der Verhandlungen, Vertragsabschluss gescheitert.

Als sie das Telefon vom Ohr nahm, fiel Lily auf, dass der gallige Gestank des Schleims, den sie die letzten Stunden wieder und wieder erbrochen hatte, mittlerweile aus dem Bad in die Küche gezogen war. In Kombination mit der stickigen, verbrauchten Luft war er unerträglich. Sie zwang sich, aufzustehen und sämtliche Fenster der Wohnung aufzureißen, um für Durchzug zu sorgen. Das in ihrem Zimmer gab sich gewohnt störrisch, und als sie den Kampf gegen den verzogenen Rahmen gewonnen hatte, schaute sie auf die Straße hinunter.

Ein großgewachsener, bulliger Mann, der auf der anderen Seite rauchend an der Kühlerhaube eines schwarzen Wagens lehnte, sah zu ihr hoch, schnippte eilig seine Kippe weg und stieg in das Auto ein. Er hatte von seiner hünenhaften Statur Ähnlichkeit mit Victors Chauffeur, auch wenn es keine echte Limousine war, die er fuhr. Eher das, was einem Nachahmer wie BMW oder Mercedes als Limousinen verkaufen wollten. Der Mann – war es wirklich Walt oder nur jemand mit ähnlich breiten Schultern und einem vergleichbar kantigen Gesicht? – startete den Motor nicht, sondern blieb einfach sitzen. Merkwürdig. Sein Arm bewegte sich. Telefonierte er?

Ein lautes Gurren ließ Lily zur Tür herumfahren.

Eine Taube, die mitten im Flur hockte, blinzelte sie aus rotschwarzen Augen an. Lily machte einen Schritt auf das Tier zu. Der Vogel flatterte in die Küche zurück, fand aber entweder den Weg durch das Fenster nicht oder sah keine Veranlassung, seine Erkundung dieser spannenden, neuen Umgebung gleich wieder aufzugeben. Er landete auf dem Küchentisch und pickte die Brotkrümel auf, die reichhaltig vorhanden waren. Logisch, denn Hannah war laut Plan mit der Küche dran, und sie folgte der verqueren Philosophie, dass es sich nicht lohnte, den Tisch abzuwischen, wo man ihn doch sowieso bei jeder Mahlzeit immer wieder schmutzig machte.

Lilys Magen knurrte. Zentimeter für Zentimeter, behutsam einen Fuß vor den anderen setzend, schlich sie durch den Flur. Sie wusste genau, was zu tun war. Die Taube linste nur gelegentlich in ihre Richtung, und das Ding war zu dumm oder zu dreist, um sich an Lilys Vorrücken zu stören.

Alles in allem war es ein schönes Tier. Glänzendes Gefieder, ein schillerndes Band um den sanft geschwungenen Hals, ein kurzer, kräftiger Schnabel mit einem schneeweißen Höcker. Nur einer seiner Zehen war ein hässlicher Knubbel aus blumenkohlartigen Wucherungen, das Resultat einer unfreiwilligen Bekanntschaft mit einem der spitzen Stäbe, die an Mauervorsprüngen, Schildern, Laternen und Regenrinnen angebracht waren, um die fliegenden Schädlinge fernzuhalten. Verstümmelungen wie diese zählten nun einmal zu den unschönen Risiken, mit denen man als »Luftratte« zu rechnen hatte.

Je näher sich Lily an die Taube heranpirschte, desto deutlicher nahm sie das Leben wahr, das in dem winzigen Körper wohnte. Sie hörte den Atem der Taube leise durch die Löcher in ihrem Schnabel pfeifen. Das hektische Wummern des kleinen Herzens, das Blut durch ein feines Netz aus Adern trieb. Das Schaben des Gefieders, wenn das Geschöpf den Kopf hob und senkte. Mit einer Klarheit der Erkenntnis, die Lily allein mit einem Augenblick vergleichen konnte – dem Moment, in dem sie in Grampys Grab hinabgeschaut und verstanden hatte, dass sie ihn nie, nie wiedersehen würde –, begriff Lily etwas Unumstößliches: Das Leben dieses Wesens gehörte ihr, wenn sie nur bereit war, es sich zu nehmen. Sie konnte es zu einem Teil ihrer selbst machen, falls sie schnell und geschickt genug war. Es konnte ihren Hunger stillen.

Mit einem Satz überbrückte Lily die letzten zwei Meter zum Tisch und packte die Taube mit beiden Händen. Das Tier wollte die Flügel ausbreiten, doch sie brachen unter Lilys festem Griff. Lily riss den Mund auf und biss zu. Die Federn schmeckten nach Staub, aber das, was darunterlag, war besser, voller, süßer, würziger als alles, was sie jemals zuvor gekostet hatte. Fast zu schade, um es gierig zu schlucken. Aber nur fast …

Lily hörte nicht, wie sich ein Schlüssel in einem Schloss drehte. Sie nahm nicht wahr, wie ein fröhliches »Ich bin wieder da!« gerufen wurde. Sie spürte nur die prickelnde Wärme, die herrlich langsam, beinahe zaghaft, von ihrem Bauch aus in jede Faser ihres Körpers strömte. Sie wollte mehr davon, und sie hielt noch genug von der Köstlichkeit, die ihr dieses Gefühl bescherte, in den Händen.

Sie hätte gleich ein zweites Mal die Zähne in die Taube geschlagen, doch Hannahs Schrei war zu schrill, zu laut und zu lang, um ihn aus ihrem Kopf zu verdrängen. Lily drehte sich zu dem Quälgeist um.

Die kreidebleichen Wangen, die weit aufgerissenen Augen, die bebenden Lippen: Alles in Hannahs Gesicht verriet Lily, dass ihre Freundin – oder zumindest der Teil ihres Gehirns, der noch aus den Zeiten stammte, in denen die Menschen ebenso häufig zu den Gejagten wie zu den Jägern gehörten – ahnte, was vor sich ging. Hannah stand einer Macht gegenüber, die die Fähigkeit besaß, sie auszulöschen. Einem Hunger, der keine Rücksicht, keine Gnade und keine Reue kannte. Hannah tat das einzig Richtige: Sie ergriff davor die Flucht.

Lily war kurz versucht, die Verfolgung aufzunehmen. Dann leckte sie sich die Lippen und wandte sich wieder der Beute zu, die so leicht zu fangen gewesen war. Es steckte noch ein Rest Leben in ihr, den es zu nehmen galt.

10.09.2009, 9:21

Ungläubig betrachtete Lily das Vogelbein, das sie in der Hand hielt. Dann ließ sie es fallen. Es landete in der Pfütze aus Blut zu ihren Füßen, auf der schon graue und weiße Federn trieben. Sie wollte nicht darüber nachdenken, wo der Rest der Taube abgeblieben war. Sie hatte einen bestürzenden Verdacht, denn ihr Gesicht fühlte sich feucht an und ihr T-Shirt war mit roten Spritzern überzogen.

Sie lief ins Bad und erschrak vor ihrem eigenen Spiegelbild. Bis einen Fingerbreit unter die Augen war ihre gesamte Haut vom Kehlkopf bis zur Nasenspitze mit einer dicken Schicht einer halb getrockneten Flüssigkeit überzogen, die zwar wie Kirschsaft aussah, aber nach rohem Hähnchen roch. Obwohl Lily sich innerlich schon wieder über der Kloschüssel hängen sah, verhielt sich ihr Magen angenehm ruhig, obwohl sie die Taube offensichtlich gefressen hatte.

Während sie sich mit mechanischen Bewegungen wusch, das T-Shirt wechselte – das alte warf sie ohne Umschweife in den Müll – und in eine frische Jeans schlüpfte, versuchte Lily zu rekonstruieren, was in den letzten Minuten vor sich gegangen war. Sie hatte alle Fenster aufgerissen, eine Taube war in die Wohnung geflogen, und sie hatte sie gefressen. Ganz einfach. Ganz einfach verrückt. Und Hannah hatte sie dabei ertappt und das getan, was Lily an ihrer Stelle wahrscheinlich auch gemacht hätte: Sie war schreiend davongerannt.

O Gott, sie konnte unmöglich hierbleiben. Was, wenn Hannah die Bullen holte? Völlig egal, ob es ein Gesetz gegen das Verspeisen von lebendigen Tauben gab – als Tierquälerei ging es allemal durch –, war Lily sicher, dass man jemanden wie sie nicht frei herumlaufen lassen würde. Sie würde in der Klapse landen. Dabei war sie doch nicht krank, zumindest nicht im Kopf. Eine Wahnsinnige hätte unmöglich so schnell einen festen Plan fassen können. Sie schlüpfte in ihre neuen Puma-

Sneaker, nahm ihre Stricktasche von der Garderobe, packte ihr Handy, ihren iPod und ihr Portemonnaie ein und verließ die Wohnung.

Drunten auf der Straße glotzte sie ein Mann, der in einem parkenden Auto saß, dämlich durch die Scheibe an. Richtig, sie hatte ihn vorhin schon von oben aus gesehen und war einen Augenblick lang der Idee aufgesessen, der Typ wäre Victors Fahrer: Walt, der ihre Bisswunde provisorisch versorgt hatte. Auf diese kurze Distanz bestand kein Zweifel daran, dass sie sich geirrt hatte. Walt hatte eine richtige Eierkopfglatze, und die Birne dieses Kerls, der jetzt so tat, als würde er an seinem Radio den Sender wechseln, wies dünne, weißblonde Stoppeln auf. Außerdem hatte sein kantiger Kiefer einen derart ausgeprägten Unterbiss, dass es ihm bestimmt in den Mund regnete, wenn er bei einem Schauer das Kinn nicht schnell genug zur Brust senkte.

Der Mann ließ das Radio Radio sein und stellte den Kragen seiner blauen Windjacke hoch. Lily spürte, wie sich ihr die Nackenhaare sträubten, als sein Blick erneut auf sie fiel. Er hatte die kalten, mitleidlosen Augen eines Schlachters, der dem nächsten Kälbchen aus einer endlosen Reihe von zum Tode verurteiltem Vieh das Bolzenschussgerät auf die Stirn setzte. Lily umklammerte den Bügel ihrer Tasche mit beiden Händen und sah zu, dass sie Land gewann.

Sie ging die graffitiverseuchte Cowley Road hinunter, vorbei am *Aziz* und der Ecke, wo sie Gottlieb zum letzten Mal gesehen hatte, wie er in den Wagen mit der rothaarigen Schnalle auf der Rückbank gestiegen war. Die Erinnerung an diese Demütigung weckte einen Zorn in ihr, der ganz und gar nicht gut für ihren Magen war, in dem sich ein dumpfes Brennen ausbreitete, und von da an ging es wieder bergab mit ihr. Unter normalen Umständen wäre sie umgekehrt, um sich in ihrem Bett zu verkriechen, doch der Gedanke an die Pfütze mit den Federn in der Küche und den unheimlichen Unterbeißer vor ihrem Haus reichten aus, um ihr diese Option zu vergällen. Nein, sie durfte nicht umkehren. Nicht stehen bleiben.

Wie ein Pingpongball wechselte sie mehrfach die Straßenseite, um größeren Gruppen von Passanten auszuweichen. Sie befürchtete, jeder könnte ihr ansehen, was mit ihr los war. Was sie getan hatte. Zum Glück hatte sie daran gedacht, das T-Shirt zu wechseln. Ihr war kalt, obwohl die Sonne selbst so früh am Morgen schon wieder kräftig strahlte. Nur ihre Schulter fühlte sich an, als hätte sie sich mit heißem Wasser verbrüht.

Mit dem Bus wäre sie um einiges schneller am Ziel gewesen, doch die Erinnerung an ihre abgebrochene Fahrt gestern war noch zu frisch. Zu viele Menschen, zu viele Blicke. Nein, sie würde es zu Fuß schaffen müssen. Auch wenn eine leise Stimme versuchte, ihr jede Bank, jeden Stuhl jedes Straßencafés, jeden schmalen Mauervorsprung, jede Treppe zu jedem Hauseingang als Ort schmackhaft zu machen, an dem sie sich niederlassen konnte, um die Augen zu schließen und das zu akzeptieren, was auf sie wartete. Was wäre schlimm daran, sich aufzugeben und ihre Flucht vor dem Unvermeidlichen zu beenden, noch ehe sie richtig begonnen hatte?

Lily konnte nicht einschätzen, wie lange es her war, seit sie zum letzten Mal bewusst auf ihre Umgebung geachtet hatte. Ihr Zickzacklauf hatte sie inzwischen in den ältesten Teil der Stadt geführt, wo ein College neben dem anderen stand und Aberhunderte von großen und kleinen Turmspitzen sich dem strahlend blauen Himmel drohend entgegenreckten. Als wären die ehrwürdigen Gebäude in Wahrheit ein Heer von mittelalterlichen Spießknechten, die ihre Waffen gehoben hatten, um den Angriff eines unsichtbaren, fliegenden Feinds abzuwehren. Lily drehte sich einmal um die eigene Achse, um sich neu zu orientieren. Wo lag das Ziel, auf das sie zusteuern wollte?

Sie verharrte in der Bewegung. An einer Bushaltestelle schräg gegenüber stand ein schwarzer Wagen. Ein massiger BMW mit einem Mann hinter dem Steuer, dessen Überbiss unverwechselbar war. Das konnte kein Zufall sein. Er war ihr gefolgt. Die Idee war an sich komplett abwegig, aber in Lily keimte die furchtbare Gewissheit auf, dass dieser Kerl genau wusste, wer sie war und weshalb sie die Wohnung so fluchtartig verlassen hatte. Er wusste von der Taube.

Offenbar hatte er bemerkt, dass sie in seine Richtung starrte, denn er setzte den Blinker und ordnete sich in den fließenden Verkehr ein. Lily machte sich nichts vor: Das war ein reines Ablenkungsmanöver. Er würde bei nächster Gelegenheit einen U-Turn hinlegen, um auf ihre Seite der Straße zu gelangen. Mit heruntergelassener Scheibe würde er neben ihr halten, eine Waffe auf sie richten und sie zwingen einzusteigen. Wenn er sie nicht gleich erschoss. Sie war gefährlich. Sie war verrückt. Sie fraß Tauben.

Lily presste stöhnend die Hände an die Schläfen. Was jetzt? Sie schaute sich um. Ein kurzes Stück die Straße hinunter half der Fahrer eines Taxis einer betagten Dame in Stützstrümpfen und Gesundheitsschuhen dabei, sich aus dem Innern seines Wagens zu befreien. Das war es. Ein Taxi war besser als ein Bus. Nur ein Mensch, dessen Nähe sie zu ertragen hatte.

Während der Fahrer – ein vierschrötiger Kerl mit grässlichem Oberlippenbart und Kurzarm-Karohemd – sich noch wortreich für sein Trinkgeld bedankte, stapfte Lily an ihm und seiner Kundin vorbei und ließ sich auf die Rückbank des Taxis plumpsen. Sie zog die Tür zu und schloss sich mit dem aufdringlichen Altfrauengeruch ein.

Der Fahrer nahm es ihr nicht übel. »Wo soll's denn hingehen?«, fragte er und stellte das Taxameter auf null.

»Bahnhof«, sagte Lily mit rauer Stimme.

Minuten dehnten sich zu einer Ewigkeit. Der Fahrer war in Plauderlaune, die ihm weder Lilys Einsilbigkeit noch ihre häufigen Blicke durch die Heckscheibe vermieste. Er lobte das großartige Wetter, fluchte über eine seiner Meinung nach unnötige Baustelle, nannte den Namen jeder Sehenswürdigkeit, an der sie vorbeikamen, und ließ sich über seinen Bandscheibenvorfall aus. Lily blieb die Pointe einer Anekdote über einen Fahrgast letzte Woche, der einen Papagei im Käfig dabei hatte, erspart, weil sie vor der entscheidenden Eröffnung an dem für Oxforder Verhältnisse sehr nüchternen, flachen Bau des Bahnhofs ankamen. Anstatt zu erfahren, wo der Papagei sein umfangreiches Repertoire an deutschen Schimpfworten gelernt hatte, zahlte

Lily die vier Pfund, die auf dem Taxameter angezeigt wurden, und stieg aus.

Keine Spur von dem schwarzen Wagen mit dem Unterbeißer. Hatte sie ihn abgehängt? Vielleicht. Vielleicht auch nicht.

Die Bedienung des Fahrscheinautomaten in der Bahnhofshalle war komplizierter, als sie es in Erinnerung hatte. Sie brauchte drei Anläufe, bis das Drecksding endlich ratternd ihr Ticket ausspuckte.

Auf dem Gleis wagte sie es nicht, sich auf eine der Bänke zu setzen. Stattdessen tigerte sie auf und ab, zählte die Sicherheitskameras an den Pfeilern – einundzwanzig, zweiundzwanzig – und ignorierte die anderen Wartenden, bis der Zug mit schrill kreischenden Bremsen einfuhr.

In der Bahn blieb sie trotz der Proteste der hinter ihr einsteigenden Reisenden im Mittelgang des Abteils stehen und lugte hinaus auf den Bahnsteig. Ihre schlimmste Befürchtung war, dass ihr Verfolger im letzten Moment noch in den Zug springen könnte. Sie ächzte glücklich, als die Türen knallend zufielen. Geschafft!

Wie knapp sie entkommen war, zeigte sich, als der Bahnsteig vor ihren Augen nach links zu wandern begann. Sie sah, wie der Unterbeißer einen der Treppenaufgänge nach oben hastete und frustriert mit der Faust auf das Geländer einhieb, nachdem ihm klar wurde, dass er diesen Zug nicht mehr erwischen würde. Seine andere Hand glitt in seine Windjacke, doch Lily konnte nicht mehr erkennen, was er aus der Innentasche hervorholte. Im Grunde war es auch egal. Sie hatte diesen Wettlauf gewonnen.

Ihre Freude war allerdings nur von kurzer Dauer. Die knappe Stunde, in der der Zug sie erst durch das satte Grün von Wiesen und Weiden und danach durch das triste Graubraun verschlafener Trabantenstädte London entgegentrug, wurde zur Tortur. Zu unruhig, um sich auf einen der freien Plätze zu setzen, driftete Lily von Abteil zu Abteil, von Waggon zu Waggon. Das Schütteln und Rütteln wäre gerade noch zu ertragen gewesen, aber die Menschen waren es nicht. Das Lachen und Schreien der Kinder, die zwischen den Sitzen eine regelfreie Mischung aus Fangen und Verstecken spielten. Der tätowierte Idiot im Unterhemd mit den hässlichen Piercings in der Fresse, der an einem Bier nuckelte und sich mit der freien Hand im Schritt kratzte, als schürfte er dort nach Gold. Die in einen Roman vertiefte Mittvierzigerin, deren Bluse viel zu eng war und in der ihre Arme aussahen wie zwei bleiche Würste. Die beiden pakistanischen Jungs, die nichts Besseres zu tun hatten, als sich wechselseitig ihre geilsten Klingeltöne vorzuspielen. Der zahnlose Opa, der eine Dose Ölsardinen aufdrehte, nachdem er zuvor in seniler Akribie ein hart gekochtes Ei gepellt hatte, von dem ihm beim Verspeisen zwei Drittel in den Schoß gefallen waren. Lily hätte jedem Einzelnen von ihnen die Gurgel umdrehen können. Oder die Finger in die Augen bohren. Eines der Blagen packen und seine nichtsnutzige Mutter damit totschlagen. Dem Assi das Metall aus der Visage reißen. Dem alten Knacker mit dem scharfen Rand seiner Dose die Zunge abschneiden. Den Pakis ihre Handys durch die Stirn rammen. Der fetten Schlampe in die speckigen Arme beißen, bis die Soße spritzte.

Lily war bereit, ihrem Zorn freien Lauf zu lassen und ein Blutbad anzurichten, als eine freundliche Durchsage die Passagiere darüber informierte, dass man in wenigen Augenblicken am Bahnhof Paddington ankommen würde. Mit aller Macht rang Lily ihre mörderischen Impulse nieder, wankte zu einer der Waggontüren und drückte die Stirn gegen das kühle Glas der Scheibe.

Nachdem der Zug zum Stehen gekommen war und die Türen sich geöffnet hatten, wollte Lily nur eines: so schnell wie möglich raus, raus auf die Straße. In der Halle mit ihrer Konstruktion aus vernieteten Eisenträgern, die sich zwanzig Meter über ihr zu einem Halbrund spannten, kam sie sich vor, als wäre sie im Brustkorb eines gewaltigen Skeletts gelandet. Die wuselnde Masse, durch die sie sich zum Ausgang kämpfte, waren die Käfer, die das Gebein des Kadavers blank gefressen hatten – unermüdlich, von einem emsigen Hunger getrieben. Sie hätte sich mit den Käfern für zwei Haltestellen bis zum Notting Hill

Gate in eine U-Bahn drängen können, aber dann hätte sie endgültig den Verstand verloren.

Auf der Straße ging es ihr ein bisschen besser, auch wenn sie feststellen musste, dass es unmöglich war, einen so großen Bogen um alle Passanten zu machen, wie es ihr eigentlich lieb gewesen wäre. Wenigstens war es nicht mehr weit. Eine, vielleicht anderthalb Meilen. Jeder Schritt brachte sie näher an vertrautes Terrain, wo sie jeden Baum, jeden Pub, jedes Schild kannte. Da war der Tabakladen, in dem Dad seine Pfeifen kaufte. Da die Metzgerei mit dem lachenden Schweinekopf über der Tür. Sie passierte die Kreuzung, auf der sie sich mit acht mal in die Hosen gemacht hatte, weil sie um ein Haar unter die Räder eines Lieferwagens geraten war. Das italienische Restaurant, wo Gary Greerson sie über einer geteilten Pizza gefragt hatte, ob sie mit ihm gehen wolle. Den kleinen Park, aus dem man Victor mit Gewalt wieder hinauszerren musste, wenn er erst einmal da war.

Es war kindisch und naiv, doch als sie in die Ladbroke Road abbog und die Häuser mit dem Verputz in Pastelltönen und den Ziersäulen an den Fassaden sah, da wusste sie, dass alles gut werden würde. Sie war krank, aber sie war zu Hause. In den schmalen Vorgärten blühten die Blumen, und das Trottoir war sauber gefegt. Hier wohnten keine Wahnsinnigen, die Tauben fraßen – und selbst wenn, dann verziehen es einem die Nachbarn bestimmt, weil keiner die Illusion zerstören wollte, dass die Welt ein heiler Ort war, an dem jeder glücklich werden konnte.

Sie kramte ihren Schlüssel aus der Tasche, rannte beinahe die letzten Meter zur Nummer 18 und verschaffte sich Einlass in das Haus, in dem die Menschen wohnten, die ihr helfen konnten und verstehen würden, was mit ihr los war.

Als ihr »Ich bin da!« unbeantwortet im Flur verhallte, in dem trotz aller Räucherstäbchen, die Ma regelmäßig abfackelte, wie üblich der Geruch von Victor hing, erinnerte sich Lily an ihr Telefonat mit Veronica. Ma und Dad waren weit fort, und weil Victor sie nicht schon längst stürmisch begrüßte, war die einzige Erklärung für die Stille im Haus die, dass Veronica zu einem ausgedehnten Spaziergang mit ihrem Schützling aufgebrochen war.

Enttäuscht schloss Lily die Tür. Eine bleierne Müdigkeit, die sie der Enttäuschung über die Leere zuschrieb, packte sie. War der ganze weite Weg umsonst gewesen? Sie ging die Treppe hinunter ins Souterrain, jenes kleine Reich, über das sie und ihre Schwester fast zwei Jahrzehnte mehr oder minder unangefochten geherrscht hatten. Als sie in ihrem Zimmer stand, fühlte sie sich wie eine erschöpfte Zeitreisende – alles, was nun noch fehlte, war eine Begegnung mit ihrem jüngeren Ich, denn ansonsten war auf diesen zwölf Quadratmetern alles noch so wie vor ihrem Exodus nach Oxford. Über ihrem Bett – oder eher ihrer Bettstatt, denn sie hatte nur in einer Ecke zwei Matratzen übereinander geschichtet – waren noch die Poster von den Chemical Brothers und den White Stripes an die Wand gepinnt. Wenn sie sich umdrehte, würde sie das Regal mit ihrer Schneekugelsammlung sehen, die wahrscheinlich für alle Ewigkeit nicht mehr wachsen und auf dem Stand von 1998 eingefroren bleiben würde. Auf ihrem Schreibtisch lagen die letzten beiden Bücher, die sie aus reinem Spaß an der Freude gelesen hatte: *Trainspotting*, dessen Lektüre ihr Dad in einem Anfall von elterlichem Pflichtbewusstsein hatte verbieten wollen, und *Zähne zeigen*, das ihr insgesamt ein wenig zu abgedreht war und noch dazu ein Ende hatte, das sie total unrealistisch fand. Sie bräuchte nur den Kleiderschrank aufzumachen, um ein Wiedersehen mit Modesünden ihrer Jugend – einer goldenen Bomberjacke, einem Mini-Kilt und anderen Unaussprechlichkeiten – zu feiern.

Mit der Stricktasche noch über der Schulter legte sich Lily auf die Matratze und machte es sich in den Kuhlen bequem, die das Gewicht ihres schlafenden Körpers über ungezählte Nächte hinweg in den Schaumstoff gedrückt hatte. Sie streckte den Kopf nach hinten und schaute nach oben. Es war tatsächlich alles wie früher. Durch das flache, breite Fenster, durch das sie sich so oft gestohlen hatte, um einem zu Unrecht verhängten Hausarrest zu entgehen, konnte sie auf den Bereich direkt vor der Eingangstür sehen. Sie war wirklich zu Hause.

Sie schloss die Augen und horchte in sich hinein. Zum ersten Mal seit diesem grauenhaften Augenblick in der Küche heute Morgen fand sie Ruhe. Ihr Herz schlug langsamer und langsamer, und selbst die Kälte in ihr schien ihr nun angenehm. Alle anderen schwitzten wie die Schweine, während sie ein kleines bisschen fror. Ihre sämtlichen Muskeln entspannten sich in einem leisen Zucken, und sie fühlte, wie ihr rechter Arm von der Matratze rutschte und ihre Hand in der Luft hing.

Sie atmete ein.

Aus den Tiefen ihres Geistes stieg das Gesicht des Fettsacks auf, der sie in die Schulter gebissen hatte. Komisch. Es machte ihr keine Angst.

Sie atmete aus.

Sie stand auf der Cowley Road in Oxford, und die rothaarige Frau aus dem Wagen, in den Gottlieb gestiegen war, zeigte ihr den Mittelfinger. Sollte sie doch. Was nutzte es, sich darüber aufzuregen?

Sie atmete ein.

Sie saß auf der Bank auf dem Friedhof und weinte um Grampy. Wieso? Er war nur dorthin gegangen, wo alle einmal hingehen mussten.

Sie atmete aus.

Sie blätterte durch eine Seminararbeit und regte sich darüber auf, dass ihr Professor Boyle den Ausdruck »krasses Manko« als zu umgangssprachlich rot unterkringelt hatte. War das wichtig?

Sie atmete ein.

Sie hockte über ihr Tagebuch gebeugt und wünschte Veronica die Pest an den Hals, weil sie über ihre Möpse gelacht hatte. Lohnte sich das?

Sie atmete aus.

Sie hatte sich im Schulklo eingeschlossen und kaute auf ihren Nägeln, weil Stephen Gallagher in der großen Pause vor seinen Kumpels damit geprahlt hatte, sie hätte ihm auf der

Klassenfahrt nach Edinburgh einen runtergeholt. Eigentlich kein Grund, sich selbst zu zerfleischen.

Sie atmete ein.

Sie machte Twinky-Winkys leeren Käfig sauber und schluchzte, weil sie nicht verstehen konnte, warum Gott es so eingerichtet hatte, dass Hamster wesentlich kürzer lebten als Menschen. Gab es am Ende vielleicht gar keinen Gott, so wie es keinen Weihnachtsmann gab? Und wenn schon …

Sie atmete aus.

Falls Gott doch existierte, war er ein sadistisches Arschloch.

Sie hätte Stephen Gallagher vor versammelter Mannschaft in die Eier treten sollen.

Veronica hielt besser das Maul und dachte lieber mal darüber nach, was sie für einen Entenarsch durch die Landschaft bewegte.

Es war an der Zeit, dass jemand Boyle seinen Rotstift in den Hintern schob.

Es lag nicht der geringste Trost darin, dass jeder sterben musste.

Die Rothaarige hatte ihr Gottlieb gestohlen, und das konnte sie unmöglich auf sich sitzen lassen.

Wenn Victor das nicht schon übernommen hätte, würde sie losgehen und dem Fettsack aus dem Zombielabyrinth die Scheiße aus dem Hirn prügeln.

Sie schlug die Augen auf. Sie war wohl doch eingeschlafen, denn draußen war inzwischen die Laterne neben ihrem Fenster angegangen, ohne deren kaltes Leuchten Lily in völliger Dunkelheit gelegen hätte. War da nicht eben ein Geräusch gewesen?

O ja. Das schnelle Tapp-Tapp-Tapp von Pfoten auf Holz. Dann kam Victor auch schon in ihr Zimmer gerast und produzierte diesen Zwischenlaut aus Bellen und Jaulen, mit dem die meisten Hunde einem Höchstmaß an freudiger Überraschung Ausdruck verliehen.

Der Cockerspaniel hüpfte mit flatternden Ohren im Kreis vor ihrem Bett herum, jagte vor Begeisterung für zwei Umdrehungen seinen eigenen Schwanz, bis er Lilys Hand bemerkte, die er umgehend intensiv beschnüffelte und beleckte.

Die Lampe an der Decke erwachte flackernd zum Leben. Veronica – die selbst beim Gassigehen nicht ohne tadelloses Make-up und perfekt gebügelte Bluse auftrat – machte große Augen und einen Schritt nach hinten. »Lily!«

»Hi«, wollte Lily sagen, aber es klang mehr nach einem feuchten Röcheln.

»Du siehst echt beschissen aus«, sagte Veronica. »Im ersten Moment dachte ich, du wärst tot.«

Das könnte ihr so passen. Lily schüttelte den Kopf.

»Wie geht es dir? Besser als vorhin?«

Lily nickte.

»Das sieht man dir nicht an, wenn ich ehrlich bin.«

Trotzdem war es die Wahrheit. Den Durchfall hatte Lily offenbar hinter sich, und das leichte Brennen in ihrem Magen war kein Vergleich zu dem Inferno, während sie diesen zähen Schleim ausgekotzt hatte.

»Schön, dass du da bist. Du hättest anrufen können. Ich hätte dich abgeholt. Ehrlich, gar kein Problem.« Veronicas Schock entlud sich in einem Redeschwall. »Ich war mit Victor los. Einkaufen. Ma behauptet zwar immer, das ginge nicht, aber die behandelt ihn ja auch, als wäre er aus Zucker. Er braucht nur eine strenge Hand, dann spurt er. Von wegen auf einem Ohr taub. So alt ist er nun auch wieder nicht. Auf seine Rammelpantoffel springt er nach wie vor gut an, der perverse Köter. Ich habe mir überlegt, ich entsorge die einfach, jetzt wo Ma nichts davon mitbekommt.« Sie bückte sich und setzte Victor zu Lily aufs Bett. »Na, da freut sich aber einer, hm?«

Victor krabbelte vorsichtig auf Lilys Gesicht zu. Veronica hatte unrecht: Er war alt. Sein stumpfes Fell war ihm um die Augen herum ausgefallen, und von seinen vier Fangzähnen hatten sich drei bereits aus seinem Maul verabschiedet. Noch dazu stank er nach ranziger Butter.

Lily schlang die Arme um Victor, was ihn nicht davon abhielt, weiter ein großes Interesse an ihrem Gesicht zu zeigen. Sie wich seiner bohrenden Schnauze und seiner Schlabberzunge aus, indem sie den Kopf in den Nacken legte.

Ein Knurren, das von Victor mit einem unterwürfigen Winseln beantwortet wurde, entfuhr Lily, als sie den Mann bemerkte, der gerade den Vorgarten durchquerte. Blaue Windjacke, weißblonde Stoppelhaare, Unterbiss. Er hatte nicht aufgegeben.

Es klingelte.

Einer alten Unsitte folgend, die ihm Ma nie aberzogen hatte, brach Victor beim ersten Ton in hysterisches Gebell aus. Lily packte ihn fester. Der Unterbeißer würde ihn hören, und wenn er Victor hörte, würde er Lily finden.

»Ich geh schon«, seufzte Veronica genervt.

Lily setzte sich auf und beugte sich weit nach vorn, um den zappelnden Victor zwischen ihren Brüsten, ihrer Tasche und ihren Oberschenkeln einzuquetschen. »Nein«, zischte sie.

»Wie nein?« Veronica blieb in der Tür stehen.

Es klingelte wieder. Lilys Finger ertasteten wie von selbst Victors Hals. »Das ist er!«

»Was soll das heißen? Er?«

Victor scharrte verzweifelt mit den Pfoten, um sich aus Lilys Griff zu befreien. Sie erstickte sein einsetzendes Jaulen, indem sie den Druck auf seinen Hals erhöhte. Warum war er nicht still? »Er weiß, was ich gemacht habe. Die Taube …«

Es knackte, als hätte Lily eine Coladose zerdrückt. Reflexartig riss sie die Arme nach oben, ohne die Hände vom Hals des zuckenden Hundes zu nehmen. Mit dem Geräusch eines nassen Lappens, der in zwei Hälften gerissen wird, löste sich Victors Schädel vom Rest seines Körpers. Warm und heiß schoss ihr sein Blut entgegen.

»Lily!«, brüllte Veronica.

Victors Kopf glitt Lily aus den plötzlich glitschig gewordenen Fingern, fiel vom Bett und rollte direkt vor Veronicas Schuhspitzen. Einen Wimpernschlag lang war alles still – bis auf Veronicas Keuchen und das leise Prasseln von Victors Blut, wie es, von den Schlägen seines sterbenden Herzens getrieben, in schwächer werdenden Schüben gegen die Wand und auf die Matratze regnete. Umso deutlicher war zu hören, wie über ihnen im Erdgeschoss Glas klirrend zersprang.

Lily lief die Zeit davon. Sie schwang zornig die Beine von ihrer Bettstatt und schob Victors kopflose Hälfte von sich herunter. Es war nicht ihre Schuld. Warum hatte die Töle auch kläffen müssen? Wenn er die Schnauze gehalten hätte, wäre das nicht passiert. Es war wie mit der Taube: Wäre das Vieh nicht so dämlich gewesen, in die Wohnung zu fliegen, hätte sie es auch nicht fressen können. Und jetzt war der Unterbeißer im Haus! Wenigstens schrie Veronica nicht. Noch hatten sie eine Chance …

Lily streckte die Hand nach ihrer Schwester aus. »Komm!«

Veronica hatte wohl etwas anderes verstanden, denn sie stieß einen irren Schrei aus und packte das erstbeste Wurfgeschoss, das sie finden konnte, um sich Lily vom Leib zu halten. Lilys teuerste und schönste Schneekugel – ein Weihnachtsgeschenk von Dad mit einem bronzenen Untersatz, in dessen gläserner Kuppel für ein Pärchen singender Engel auf ewig Winter war – verfehlte ihren Kopf und durchschlug das Fenster hinter ihr.

Gut, Veronica wollte es nicht anders. Sie wollte schreien und Sachen nach ihr werfen, anstatt vor der drohenden Gefahr zu fliehen. Sollte der Unterbeißer sie holen, Lily würde er nicht kriegen. Waren das schon seine Schritte auf der Treppe? Sie wandte sich zum Fenster um. Ein Großteil der Scheibe lag als Scherbenhaufen auf ihrem Kissen oder irgendwo draußen. Nur im unteren Rand des Rahmens steckten noch scharfe, spitze Reste. Sie biss die Zähne zusammen und wand sich durch die Öffnung. Sie fühlte Glas durch die Haut und die Muskeln in ihren Unterarmen schneiden, bis es gegen ihre Knochen stieß, aber da war kein Schmerz, sondern nur eine ganz schwache Empfindung – beinahe wie wenn man sich mit dem einen Fingernagel den Dreck unter dem anderen entfernte. Sie bekam eine der Streben des Treppengeländers neben der Haustür zu fassen und zog sich daran hinaus ins Freie. Es war so leicht wie früher.

Während Lily – beflügelt vom betörenden Duft, der von ihrem T-Shirt aufstieg – die Ladbroke Road hinunterhastete, durchbrach ein lauter Schrei kurz das abendliche Idyll der kleinen Häuser von Notting Hill, ehe er jäh erstarb und wieder die Ruhe einkehrte, nach der sich Lily gesehnt hatte und die ihr doch verwehrt geblieben war.

10.09.2009, 23:56

»Verstehst du jetzt, warum ich nicht möchte, dass du dich weiter mit Dingen beschäftigst, die mit dem Tod zu tun haben? Die Schatten, in denen du herumstocherst, sind immer hungrig.« Grampy Jules hatte alles versucht, um sie zu retten.

»Du brauchst dir um mich keine Sorgen zu machen«, hörte Lily ihr jüngeres, unschuldigeres Ich sagen.

»Doch!« Grampy klang so verzweifelt, so ehrlich, aber sie hatte sein flehentliches Drängen damals für eine Ausgeburt seines Altersstarrsinns gehalten.

»Weshalb?« Lily schämte sich für den Spott in ihrer Stimme, der durch die Aufzeichnung nichts von seiner Schärfe verloren hatte.

»Weil du mir meine Geschichte nicht glaubst.« Wie hätte sie ihn damals auch ernst nehmen können, als er von Zombies erzählte?

»Ich glaube, dass du mir erzählt hast, wie es damals für dich gewesen ist.« Inzwischen war Lily bereit einzusehen, dass er nichts als die Wahrheit gesagt hatte.

Sie hörte sich das letzte Gespräch, das sie mit ihm geführt hatte, nun schon zum dritten oder vierten Mal auf ihrem iPod an. Von all den vielen Interviews, die sie für ihre Arbeit geführt hatte, war die haarsträubende Erzählung ihres Großvaters das, in dem sie nun die tiefste Wahrheit erkannte. Warum hätte er sie anlügen sollen? Ihm ging es nicht darum, sich wichtig zu machen oder zu zeigen, wie sehr er in einer bestimmten Materie bewandert war, oder sie von einem vorgefertigten wissenschaftlichen Standpunkt überzeugen zu wollen. Alles, worum es ihm gegangen war, war sie und der Wunsch, sie vor einer Gefahr zu schützen, von der er wusste, dass sie nicht ins Reich der Fabeln und Legenden gehörte.

Ihr Magen knurrte laut und störrisch. Ihr Plan, zu ihrem gewohnten klaren Denken zurückzufinden, indem sie die auf ihrem iPod gespeicherten Interviews abspielte, war gescheitert. Sie wusste zwar, wo sie war – in eine Nische zwischen zwei Mülltonnen gegenüber dem U-Bahnhof Notting Hill Gate gekauert –, doch was sie war, war ihr nach wie vor ein Rätsel. Eine tote Taubenfresserin? Eine lebendige Irre? Irgendetwas dazwischen?

Am Anfang war es noch tröstlich, ihr Denken auf etwas zu lenken, was sie kannte und womit sie sich lange Monate intensiv beschäftigt hatte. Der Trost war zerstoben wie ein Vogelschwarm beim Knallen eines Gewehrschusses, als ihr die Ironie hinter ihrem Treiben offenbar wurde: Das Bekannte, das vermeintlich Sichere und Gewisse, an dem sie sich festzuhalten versuchte, war letzten Endes genau das, wovon sie überhaupt erst auf ihren Weg ins Unbekannte gelockt worden war. So wie Grampy es prophezeit hatte. Nun, er hatte vielleicht nicht das Rascheln der Ratten, die sich hinter Lilys Rücken durch den Abfall in den Tonnen wühlten, vorhergesehen. Und auch nicht, dass sie Victor aus Versehen umbrachte oder ihre Schwester einfach ihrem Schicksal überließ, als ihr mysteriöser Verfolger in ihr Elternhaus eindrang. Aber er hatte zu Recht befürchtet, dass sich Lily zu weit in die langen Schatten vorwagte, die der Tod ins Leben warf, und nun kam es genau so, wie er es gesagt hatte: Sie wurde von den Schatten und dem Hunger, der in ihnen wohnte, verschlungen.

Immerhin hatte sie die Erkenntnis gewonnen, die sie durch ihre Arbeit erlangen wollte. War das Wahnsinn? Vielleicht. Vielleicht auch nicht. Jedenfalls stellte sie sich einer Möglichkeit, die sie bislang immer verdrängt hatte. Es gab eine Erklärung, warum nahezu alle Kulturen rund um die Erde zu allen Zeiten Geschichten über lebende Tote kannten. Eine simple, offensichtliche Erklärung, die kein durch die Biologie, Psychologie, Anthropologie oder sonst eine Logik gewonnenes Wissen brauchte: Lebende Tote waren keine aus irgendwelchen Urängsten oder sozialen Regulierungsmechanismen geborenen Geschöpfe, die nur in der Phantasie der Menschen ihr Unwesen trieben, um Sinn in eine sinnlose Existenz zu bringen. Die Erzählungen über sie waren keine Parabeln oder Allegorien oder andere Vertreter einer Gattung von Texten, die nur indirekte Bezüge zu der Welt außerhalb ihrer Worte herstellten. Es waren handfeste Warnungen, Lehrstücke. So wie man als Kind dazu ermahnt wurde, nicht auf heiße Herdplatten zu fassen oder mit Fremden mitzugehen.

Und sie hatte all diese Warnungen gesammelt, zerstückelt und ausgedeutet, um sie dann doch nur in den Wind zu schlagen. Das, was nun mit ihr geschah, war die Strafe für ihren Hochmut, für ihre Arroganz, die Erfahrungen derer, die vor ihr ins Leben geworfen worden waren, zu belächeln und als Hirngespinste abzutun. Deshalb saß sie im Dunkeln im Müll. Deshalb nagte der Hunger an ihr. Deshalb war sie ausgestoßen und für immer von all jenen getrennt, die ihr am Herzen lagen. Von Hannah, deren Intuition angesichts von Lilys verhängnisvollem Date mehr als bloße Einbildung gewesen war. Von Ma, die sie insgeheim als Spinnerin verlacht hatte, weil sie an mehr glaubte als nur an das, was sie anfassen oder in verständlichen Sätzen ausdrücken konnte. Von Gottlieb, dem sie jetzt niemals würde gestehen können, was er ihr wirklich bedeutete.

Mit einem Mal hatte der grollende Himmel von der Hitze der vergangenen Wochen genug und schickte zornigen Regen, der in dicken Tropfen auf die Erde klatschte und Lily binnen weniger Augenblicke bis auf die müden Knochen durchnässte. Es war, als wollte er die Tränen weinen, die in ihr versiegt waren.

Lily roch den Mann, der sich ihr näherte, bevor sie ihn sah. Sein Duft war stärker als der des feuchten Straßenstaubs, ihres nassen Haars und des faulenden Mülls.

Sie hob den Kopf. Sein Gesicht war ein heller, verwaschener Schemen in der Dunkelheit, aber seine Stimme war kräftig und klar.

»Lily …« Es lag das schmerzhafte Bedauern darin, sie im Stich gelassen zu haben, als sie ihn am meisten brauchte, doch zugleich das Versprechen, dass er sie nie wieder so enttäuschen würde. »Lily …«

Er fasste sie sanft unter den Achseln und zog sie in der zärtlichen, besorgten Weise zu sich hoch wie ein Vater seine kleine Tochter, wenn sie sich das Knie gestoßen hatte. Dankbar schlang sie die Hände um seine Brust, presste ihre Stirn dagegen und sog seinen herrlichen Geruch in sich auf. Er trug die Verheißung in sich, dass ihr unendlicher Hunger doch zu stillen war.

Inkubation

08.09.2009, 10:46

Anselm Berger war kein Mann der großen Gesten gewesen und erst recht niemand, der das Rampenlicht oder den glänzenden Auftritt suchte. Es mochte andere geben, die in einer Position mit vergleichbarem Einfluss und Wohlstand durch Polit-Talkshows getingelt wären oder jede Woche ein neues Interview gegeben hätten, doch Anselm gehörte nie zu ihnen. Warum hätte er dann aus seinem Ableben und den sich daraus ergebenden Konsequenzen für sein Geschäft und seine Familie ein ungebührliches Spektakel machen sollen?

Nein, Gottliebs Vater hatte die Eröffnung seines Testaments mit der nüchternen Disziplin eines erfahrenen Generals geplant, der ein Truppenkontingent von einer Flanke der Frontlinie an die andere verlegte. Es bestand kein Grund, einen besonderen Ort für die Verlesung seines letzten Willens zu wählen, wenn sie ebenso gut in einem der Konferenzsäle der Privatbank stattfinden konnte, die er die letzten drei Jahrzehnte mit ruhiger Hand und klugen Investitionen durch die sicheren Fahrwasser von Aufschwüngen und die Stürme von Rezessionen geführt hatte. Sogar die Notizblöcke mit dem Rubinlogo der Bank und ein roter Kugelschreiber lagen vor jedem Platz bereit, ganz so, als ginge es an diesem Dienstagmorgen nur um eine gewöhnliche Besprechung über Edelmetallfonds, Ratings und absehbare Entwicklungen am Weltmarkt. Einzig die hohe, schmale Kristallvase in der Mitte des Tischs, aus der eine weiße Lilie ragte, wies darauf hin, welches Ereignis die sieben Personen hier zusammengeführt hatte.

Es stand außer Frage, wer für dieses verräterische und doch dezente Detail verantwortlich war: Hedwig Berger hatte die Blume ausgewählt, die Gottlieb unentwegt an eine Frau denken ließ, die den gleichen Namen wie dieses alte Symbol menschlicher Vergänglichkeit trug.

Eigentlich hätte die Trauer um den plötzlichen Tod seines

Vaters den vordersten Platz in Gottliebs Fühlen und Denken einnehmen sollen, aber es war sein schlechtes Gewissen Lily gegenüber, das ihn am meisten plagte. Er hatte sie ohne ein Wort der Erklärung in Oxford zurückgelassen, und er hatte sie belogen, nachdem sie ihn dabei beobachtet hatte, wie er zu Lars und Nicole in den Wagen gestiegen war. Warum zermarterte er sich deswegen das Hirn? Seit er sie kannte, war er nicht ehrlich zu ihr gewesen, und die Lüge, die er ihr bei diesem letzten, kurzen Telefonat aufgetischt hatte, war objektiv betrachtet eine seiner kleineren Unaufrichtigkeiten gewesen. Wahrscheinlich wühlte sie ihn so auf, weil es unter Umständen keine weiteren mehr geben und er Lily nie wiedersehen würde. Das hing davon ab, welche Überraschungen sein Vater noch aus dem Jenseits für ihn parat hatte.

Der Notar – ein pferdegesichtiger Mann im Nadelstreifenanzug – machte ein Brimborium aus dem Öffnen seiner Aktentasche, dem Brechen des Siegels am Umschlag des Testaments und dem Auffalten des Dokuments, das seinem Klienten mit Sicherheit völlig zuwider gewesen wäre. Auch wenn es den Gepflogenheiten entsprach, die mit dem traurigen Anlass einhergingen – der Respekt, der dem Verstorbenen zu zollen war, drückte sich nun einmal in einer höflichen Stille und einem Verlangsamen jeder Handbewegung aus, als wäre die Zeit mit dem Eintreten des grausam Unerklärlichen einen Augenblick stillgestanden und bräuchte eine Weile, um wieder zu ihrem gewohnten Ablauf zu finden.

Während der Notar in ernstem Ton einige einleitende Sätze sprach, die sich von einer knappen Beileidsbekundung leider zu einem ausschweifenden Sermon entwickelten, sinnierte Gottlieb über die letzten vierundzwanzig Stunden. Über die SMS, die er erhalten hatte: »Es hat dem Lichten Bruder gefallen, Anselm Berger in den Glanz heimgehen zu sehen.« Sie hatte nichts in ihm ausgelöst – kein Bedauern, keine Bestürzung, nicht einmal Angst oder Zorn. Was ihn allerdings geärgert hatte, war die Art, wie Nicole von Lily nur als der »Zielperson« gesprochen hatte und wie sie mit Lars umgesprungen war, weil er sich ihrer Meinung nach wie ein Stümper verhalten hatte. Es war Zufall gewesen, dass Lily genau in dem Augenblick aus dem Restaurant kam, als Lars anhielt, um Gottlieb einsteigen zu lassen. Ein blöder Zufall. Trotzdem hatte sich Nicole selbst im Flieger nach Frankfurt noch darüber aufregen können, nachdem sie Lars auf die weitere Überwachung der Zielperson angesetzt hatte und er ihr Gezeter gar nicht mehr hören konnte. Gottlieb hatte ihr an den richtigen Stellen halbherzig beigepflichtet und sich gefragt, was wohl aus dem Mädchen geworden war, in das er sich in einem Sommer vor vielen Jahren bis über beide Ohren verknallt hatte. Hatte es sich nur irgendwo tief in dieser kalten, harten Frau versteckt, oder war es unwiderruflich fort?

Wer zweifelsohne unwiderruflich fort war, war sein Vater. Bei Gottliebs Ankunft im Stadthaus der Familie – der Gründerzeitvilla in der Nähe des Holzhausenparks, in der seine Geschwister und er weniger Tage ihrer Kindheit als in den Internaten verbracht hatten, wo ihnen die nötigen Kenntnisse und Fähigkeiten für ihre Rollen als Erben ihres kleinen Clans vermittelt worden waren – wartete seine Stiefmutter bereits auf ihn.

Es zahlte sich aus, dass zu jenen Holdings der Bergers, die im Jahresabschlussbericht der Bank geschickt verschleiert waren, auch ein Bestattungsunternehmen mit Dutzenden Filialen in ganz Deutschland zählte. Sonst hätte ihm Hedwig nicht mitteilen können, dass sie die Asche ihres Gatten – entgegen geltenden gesetzlichen Regelungen, die es unmöglich gemacht hätten, mit seinen sterblichen Überresten so zu verfahren, wie es seinen Vorstellungen entsprach – schon am Tag zuvor im Garten der Sommerresidenz im Taunus verstreut hatte. Dass weder eine Trauerfeier noch eine inszenierte Beisetzung vorgesehen war, bei der Freunde, Bekannte und Geschäftspartner aus seinem weitgespannten Netz an gesellschaftlichen Kontakten Abschied von ihm nehmen konnten. Dass sie Gottlieb einen passenden Anzug für die Testamentseröffnung gekauft hatte, weil sie um seinen raschen Aufbruch aus Oxford wusste.

Als Gottlieb bemerkte, dass er so sehr in Gedanken versunken war, dass er den Beginn der Testamentsverlesung verpasst hatte, entfuhr ihm ein erschrockenes Keuchen, das er in geübter Manier zur Tarnung seiner Unachtsamkeit in ein leises Räuspern übergehen ließ.

»Meiner Frau Hedwig Berger vermache ich neben einem Betrag aus meinem Vermögen, der sich auf fünfundzwanzig Millionen Euro beläuft, sämtliche Bände meiner Bibliotheken sowie meine gesamte Sammlung zeitgenössischer Kunst.« Hedwigs Finger, die Gottlieb dünn wie Reisig erschienen – sie musste während seiner Zeit in England noch mehr Gewicht verloren haben –, fuhren kurz zu den schwarzen Perlen an der Kette um ihren Hals. Nur ein Kenner seines Fachs hätte bemerkt, dass die silbergraue Strähne, die sich ihr bei dieser Bewegung aus dem Dutt löste, nicht ihr eigenes Haar war. »Des Weiteren soll sie auf Lebenszeit ein Wohnrecht sowohl in meinem Anwesen in Frankfurt als auch in meinem Haus in Königstein beanspruchen dürfen.«

Womöglich lag es daran, dass sie aus dem Mund des Notars kamen, aber Gottlieb hatte Mühe, daran zu glauben, dass auch die nächsten Worte von seinem Vater stammten. »Dies alles ist mein bescheidener Dank für die Jahre, in denen sie klaglos erduldete, was ich ihr aufbürdete. Die Zeit, die wir miteinander verbrachten, war stets knapp bemessen, und ich hoffe, sie verzeiht mir und glaubt mir, wenn ich ihr versichere, dass ich im Herzen immer bei ihr war – ganz gleich, wie weit meine Obligationen mich auch von ihr entfernten.«

Der Notar machte eine seiner inneren Dramaturgie geschuldete Pause von einigen Sekunden, ehe er fortfuhr: »Was meinen Bruder Konrad Berger anbelangt, so soll auch für ihn das meiner Gattin zugestandene Wohnrecht gelten.«

Onkel Konrad interessierte sich nicht für die Vorgänge. Er saß in seinem Rollstuhl – wahrscheinlich mit festgeschnallten Beinen, damit er nicht mitten im Prozedere aufstand und davonwanderte – und sah aus dem Fenster, um den Flug eines Vogels oder das Vorbeiziehen einer Wolke zu studieren. Niemand hätte sagen können, was seine Aufmerksamkeit gerade fesselte. Gottlieb war an diese Teilnahmslosigkeit gewöhnt, die eines der

Symptome des rätselhaften Leidens seines Onkels war. Die körperlichen Auswirkungen dieses Gebrechens, das im Lauf der Jahre immer wieder neu und anders diagnostiziert worden war – von einem angeborenen Hirnschaden über eine genetisch bedingte Form schwerer Depression bis hin zu einer Variante des Asperger-Syndroms –, hatten verhindert, dass Konrad im Alter an Gewicht zugelegt hatte, wie es bei seinem Zwillingsbruder der Fall gewesen war. Während Anselm nach und nach immer mehr wie ein pensionierter Preisboxer gewirkt hatte, hatte Konrad sich die schmächtige Statur seiner Jugend bewahrt.

»Ich vertraue darauf, dass meine Hinterbliebenen sich meines Bruders so annehmen und für sein Wohlergehen sorgen, wie ich es getan habe. Trotz des Schicksals, das es geboten sah, Konrad eine schwere Prüfung aufzuerlegen, ist er mir dennoch stets mehr Stütze als Last gewesen. Männer in meiner Position und mit meiner Aufgabe brauchen sichere Pflichten, die sie erden und ihnen vor Augen führen, dass auch für sie Regeln und Traditionen gelten, die unter keinen Umständen verhandelbar sind.«

Das klang schon deutlicher nach dem Vater, den Gottlieb verloren hatte. Traditionen, die weiter zurückreichten als die Gründung des Bankhauses vor über drei Jahrhunderten, bestimmten das Leben der Bergers, und eine von ihnen hatte Anselm zum Oberhaupt der Familie gemacht – eine Funktion, die eigentlich seinem eine Viertelstunde älteren Bruder zugedacht gewesen wäre, wenn nicht die Natur anderes mit Gottliebs Onkel vorgehabt hätte.

Die nächste, die im Testament bedacht wurde, war Mathilde. Wenn es jemanden am Tisch gab, von dem Gottlieb erwartet hätte, dass er gegen die Etikette verstieß und doch noch in Tränen ausbrach, dann war sie es. Nicht, dass seine Schwester außerordentlich nahe am Wasser gebaut hatte aber sie war Anselms einziger Sprössling, den der harte Hund verhätschelt hatte. Gottlieb vermutete, dass sein Vater in Mathilde seine erste Frau wiedererkannte. Sie hatte die gleichen großen Augen und den gleichen kleinen Mund. »Püppchen« hatte Anselm sie genannt, und Gottlieb konnte sich leider zu gut daran erinnern, dass dies auch der Kosename war, mit dem sein Vater seine Mutter gelegentlich angesprochen hatte.

»Meiner Tochter Mathilde Berger vermache ich einen Betrag aus meinem Vermögen, der sich auf zehn Millionen Euro beläuft.« Mathilde zeigte keine Reaktion. Wozu auch? Schließlich war nichts Unerwartetes passiert. »Eines der Dinge, die mich am meisten beim Verfassen dieser Zeilen betrüben, ist der Umstand, dass es mir nicht vergönnt gewesen ist, die Enkel zu sehen, die sie mir schenken wird.« Das saß. Mathilde schlug die Beine übereinander und senkte den Blick. Püppchen hatte wohl nicht damit gerechnet, dass Anselm ihr posthum noch einen Vorwurf aus der Ankündigung machen würde, die sie anlässlich der Geburt ihres Neffen verlautbart hatte. Was hatte sie gesagt? Richtig, das war es: »Von mir kannst du aber nicht erwarten, Kinder in eine Welt zu setzen, in der Männer wie du ihrer Arbeit nachgehen müssen.« Sie hatte unterschätzt, wie sehr ihn das gekränkt hatte.

»Meinem Neffen Robert Berger vermache ich einen Betrag aus meinem Gesamtvermögen, der sich auf zehn Millionen Euro beläuft und bis zu seiner Volljährigkeit von meiner Schwiegertochter Jana Berger treuhänderisch verwaltet werden soll.«

Mathilde kniff die Lippen zusammen, wohingegen Roberts Eltern den letzten Satz mit entspannter Miene zur Kenntnis nahmen. Es war Gottlieb nach wie vor ein Rätsel, was sein Bruder an Jana fand – sie war hübsch, keine Frage, doch darum konnte es Rochus nicht gegangen sein, denn ein Berger hätte keine Schwierigkeiten gehabt, sich eine noch hübschere Trophäe zu besorgen, um sie auf Partys und Empfängen herumzuzeigen. Gottlieb ließ das ungute Gefühl nicht los, dass Rochus ausgerechnet sie ausgesucht hatte, weil sie ihn regelrecht vergötterte, keine Widerworte gab und in stiller Dankbarkeit und Demut einfach nur funktionierte. Bei allem Unausgesprochenen, das zwischen ihm und seinem Bruder stand, wollte Gottlieb nicht glauben, dass Rochus dieses Gefühl von absoluter Macht über einen anderen Menschen dazu bewogen hatte, sie zu heiraten und mit ihr die nächste Generation des Clans einzuläuten.

»Was meine Söhne betrifft, bin ich nach reiflicher Überlegung zu folgendem Entschluss gelangt.«

Das Vorgeplänkel war vorbei. Nun stand die entscheidende Phase dieser ganzen Angelegenheit an. Gottlieb entging nicht, dass Rochus genau wie er die Schultern straffte und das Kinn hob. Gleich würde Gottlieb wissen, ob er durch seine zahllosen Versuche, sich den Traditionen seiner Familie zu verweigern, seinem Vater gegenüber deutlich genug gezeigt hatte, dass er keine Lust darauf hatte, Anselms Erbe anzutreten. Gleich würde er wissen, ob er frei war.

»Meinen Sohn Rochus Berger bedenke ich mit einem Anteil meines Vermögens in Höhe von zwanzig Millionen Euro. Da ich ihm in der Vergangenheit manches Mal mehr Strenge angedeihen ließ als nötig und seine bisherige Leistungen von meiner Seite aus nicht die ihnen zustehende Würdigung erfahren haben, soll ihm zukünftig die Leitung aller im Familienbesitz befindlichen Unternehmen obliegen.«

Gottlieb atmete auf. Es störte ihn nicht einmal, dass sich Rochus ein Lächeln erlaubte und triumphierend die Faust ballte. Er hatte es geschafft. Er hatte sich aus den Fesseln gewunden, die ihm seine Familie angelegt hatte. Rochus war nun der, der die offenen und verdeckten Geschäfte fortführen würde.

»Einzig«, hob der Notar die Stimme, und Gottlieb lief es kalt den Rücken hinunter, »die Koordinierung sämtlicher Sonderoperationen, die die planmäßige Erfüllung unserer Ziele erfordert, soll unter der Ägide meines Erstgeborenen Gottlieb Berger stehen.«

Nein, das war nicht fair! Das konnte ihm sein Vater nicht antun. Er suchte quer über den Tisch nach Rochus' Blick, aber sein Bruder musterte den Notar durchdringend und rieb sich mit beiden Händen die Wangen, als wollte er einen plötzlichen Krampf in den Kiefermuskeln massieren. Dann ließ er den Kopf hängen wie ein Fußballspieler, der einen Elfmeter in der Nachspielzeit neben das Tor gesetzt hatte.

Gottlieb stand auf und ging zum breiten Panoramafenster an der linken Seite des Raums. Das Atmen fiel ihm schwer, weshalb er seine Krawatte lockerte. Was hatte sein Vater sich bloß gedacht? War das Anselms Strafe für sein Aufbegehren? Ihm die Aufgabe zu übertragen, die er nie gewollt hatte, obwohl es mit Rochus doch noch einen zweiten Sohn gab, der sich danach sehnte, sie zu übernehmen? Oder hatte Anselm die Traditionen der Familie so sehr verinnerlicht, dass er nicht mit ihnen brechen konnte, selbst auf die Gefahr hin, dass sein Festhalten an den alten Regeln den Untergang der Bergers bedeuten konnte? Ja, das musste es gewesen sein. Gottlieb war sein Erstgeborener. Das war der ausschlaggebende Grund. Deshalb hatte er in seinem Testament auch nicht »mein Sohn« geschrieben. Gottlieb war viel mehr als nur Anselms Sohn. Er war vom Schicksal dazu ausersehen, eine Rolle auszufüllen. Warum hätte sein Vater also das Vernünftigste tun und Rochus zu seinem Nachfolger erklären sollen, solange Gottlieb am Leben war? Einen Augenblick dachte Gottlieb darüber nach, wie dick die kühle Scheibe war, gegen die er seine Stirn presste, und ob sie splittern würde, wenn er sich mit voller Wucht dagegenwarf.

Der Notar, der an ihn herantrat, um ihm die Hand zu schütteln und noch einmal sein Beileid auszusprechen, rettete Gottlieb vor einer Verzweiflungstat. Fair oder nicht – er würde sich damit abzufinden haben, dass sein Plan, sich durch seinen passiven Widerstand der Verantwortung zu entziehen, kläglich gescheitert war. Eigentlich hätte er von vornherein erkennen müssen, wie sinnlos seine Strategie gewesen war: Anselm Berger hatte schon wesentlich bedrohlichere Gegner niedergerungen als einen bockigen Jungspund wie ihn, der glaubte, dem Meistertaktiker eins auszuwischen, indem er Soziologie statt VWL studierte.

Nachdem der Notar sich verzogen hatte, brach Hedwig das eisige Schweigen, das sich unter den verbliebenen Bergers ausbreitete. »Ist alles in Ordnung mit dir, Gottlieb? Du wirkst unzufrieden.«

»Unzufrieden? Wieso sollte ich unzufrieden sein? Dein Mann

hat seinen Willen bekommen. Das war und ist doch alles, was zählt«, sagte Gottlieb schärfer, als es in seiner Absicht lag. Zerknirscht fügte er hinzu: »Ich hatte mir nur ehrlich gesagt etwas völlig anderes von diesem albernen Theater erhofft.«

Rochus wäre nicht wesentlich schneller von seinem Stuhl hochgefahren, wenn er auf einer Reißzwecke gesessen hätte. Und er hätte auch nicht lauter gebrüllt. »Wirklich? Du hattest dir etwas anderes erhofft? Das glaubst du doch selbst nicht.«

Jana war gut dressiert. Ihr Höchstmaß an Kritik am jähen Ausbruch ihres Gatten bestand darin, ihm eine Hand auf den Unterarm zu legen und »Reg dich nicht auf, Schatz ...« zu flüstern.

»Ich will mich aber aufregen.« Rochus hatte einen ähnlich verzerrten Gesichtsausdruck wie damals, als Gottlieb ihm beim Spielen am Strand auf Sylt versehentlich die Sandburg zertreten hatte. »Was bildest du dir eigentlich ein? Du gehst Papa jahrelang nur auf die Nerven mit deinem Gejammer, und er belohnt dich auch noch dafür. Und was ist dein Dank dafür? Gejammer! Du bist eine Schande für diese Familie!«

»Es reicht.« Hedwig brauchte die Stimme nicht zu heben, um Rochus zum Verstummen zu bringen. »Euer Vater hat seine Wahl getroffen. Daran lässt sich nichts mehr ändern. Wir haben sie zu respektieren.«

»Das werden wir noch sehen«, zischte Rochus, schickte einen letzten, vernichtenden Blick in Gottliebs Richtung und stürmte aus dem Zimmer. Wie nicht anders zu erwarten, dackelte Jana schweigend und mit gesenktem Kopf hinter ihm her.

Mathilde wartete mit einem Kommentar, bis die Tür ins Schloss gefallen war. »Ich denke, es ist klar, warum Papa dich wollte.« Sie schenkte Gottlieb ein schiefes Lächeln. »Entschuldigung, aber Rochus ist ein echter Penner.«

Seufzend fing Hedwig die Strähne ein, die aus ihrem Dutt entkommen war. »Es ist im Kleinen wie im Großen. Zwei Brüder, die im Wettstreit liegen.«

»Und ich habe da so meine Vermutungen, wer der lichte und wer der dunkle ist«, sagte Mathilde kopfschüttelnd.

Gottlieb machte es wie Onkel Konrad, der wie versteinert weiter aus dem Fenster starrte, und achtete nicht auf die Verweise auf die besondere Weltanschauung, der sich die Bergers verschrieben hatten. »Wenn ich geahnt hätte, dass Rochus so austickt, hätte ich die Klappe gehalten.«

»Ehrlichkeit ist eine Tugend, die nie Rechtfertigung verlangt«, meinte Hedwig.

Einige Sekunden lang fand Gottlieb Trost in ihren Worten. Dann kam ihm Lily in den Sinn, und er fühlte sich noch schlechter als vorher. Er war ein Idiot. Es war ein Fehler gewesen, die Mission in Oxford anzunehmen. Wäre er daheim geblieben, hätte er nun einen schmerzlichen Verlust weniger zu beklagen. Nun, die Zeit würde zeigen, ob er es schaffte, Lily zu vergessen, oder ob die Erinnerung an sie ihn für den Rest seines Lebens begleitete. Mit etwas Glück brauchte er angesichts seiner neuen Pflichten als Lenker der Familiengeschicke nicht allzu lange zu leiden, denn die Bergers starben nur selten friedlich in ihren Betten.

09.09.2009, 4:16

Gottlieb schreckte auf und brauchte einige Sekunden, um zu begreifen, wo er war. Das war nicht seine kleine Bude in Oxford, die tarnungsgerecht über Monate hinweg mehr und mehr in leeren Pizzakartons, kopierten Artikeln aus Soziologiezeitschriften und schmutziger Wäsche versunken war. Die Decke war zu hoch über seinem Kopf, und es roch viel zu gut, viel zu sauber.

Nachdem ihm langsam gedämmert war, dass er daheim in Frankfurt in seinem alten Bett lag, fragte er sich, welches Geräusch ihn aus dem Schlaf gerissen hatte. War es wirklich das Splittern von Glas gewesen, das ihn hatte hochfahren lassen? Falls ja, konnte das nur eines bedeuten: Ärger. Er zog die Nachttischschublade auf und fand seine Pistole am gewohnten Platz – eine Glock 17, die ihm sein Vater zum zwölften Geburtstag geschenkt hatte. Wie jedes Mal, wenn er die kompakte, pechschwarze Waffe in die Hand nahm, um sie zu entsichern, wunderte sich Gottlieb darüber, dass in etwas, das nicht mehr als eine volle Milchtüte wog, so viel Tod und Verderben stecken konnte. Siebzehn 9-mm-Teilmantelgeschosse, die bei einem Treffer »aufpilzten« – wie es im irritierend poetischen Jargon von Feuerwaffenfreunden hieß, um zu beschreiben, wie die Kugel beim Aufprall so deformiert wurde, dass sie besonders große Wundkanäle in den Körper trieb.

Wenn er sich nicht täuschte, war das Geräusch von unten gekommen. Aus dem Erdgeschoss. Er öffnete die Tür zum Flur einen Spalt und lugte hinaus.

Was er im ersten Moment für einen Kopf hielt, entpuppte sich bei näherem Hinsehen als die runde Holzkugel, die den Pfosten des Treppengeländers zierte. Gut, dass er seinen Zeigefinger am Abzug im Zaum gehalten hatte.

Er schlich barfuß in den Flur und ärgerte sich über das helle Schaben, das entstand, weil die Hosenbeine seines Seidenpyjamas aneinanderrieben. Hedwig hatte das gute Stück für ihn besorgt, weil sie einerseits seinen Kleiderschrank nicht hatte durchstöbern wollen und andererseits nicht sicher gewesen war, ob er bei seiner überstürzten Abreise aus Oxford noch Zeit zum Packen gefunden hatte. Er konnte nur hoffen, dass diese Geste der Fürsorglichkeit ihn nun nicht in Gefahr brachte.

Gottlieb pirschte bis zur Treppe und warf einen Blick nach unten. Das Licht in der Küche brannte und riss durch die offen stehende Tür ein breites, helles Rechteck aus der Dunkelheit. Er hörte ein gepresstes Stöhnen, das sich zu einem verärgerten Knurren wandelte. Hatten die Wachmänner im Garten und an der Einfahrt versagt? War es einem Feind der Familie gelungen, in ihren Stammsitz vorzudringen?

Gottlieb huschte die Stufen hinunter, ging hinter einer Kommode in die Hocke und beugte sich gerade so weit aus seiner Deckung, dass er in die Küche schauen konnte. Er atmete auf.

Onkel Konrad bot ein jämmerliches Bild. Er stand vor der Tür zur Speisekammer inmitten einer Sauerei aus Scherben und einer dunkelroten, breiigen Masse, die hinauf bis zu den Hängeschränken gespritzt war. Seine Finger zuckten, und er wiegte seinen hageren Rumpf vor und zurück, unfähig, sich zu entscheiden, ob er sich nach den Scherben bücken wollte oder nicht. Seine bleichen Lippen bebten, während ihm eine einzelne dicke Träne über die Wange rann.

Als Gottlieb die Küche betrat, hatte er wegen des süßen Dufts in der Luft einen Moment den Eindruck, als stünde er in einem Erdbeerfeld. Konrad bemerkte ihn und schlug wimmernd die Hände vors Gesicht. »Ich hatte Hunger«, schluchzte er.

»Das macht nichts«, sagte Gottlieb und bemühte sich, nicht zu sehr zu klingen, als redete er mit einem Kleinkind. »Alles okay. Bleib einfach stehen, ja? Ich bin gleich wieder da.«

Das waren die kleinen Katastrophen, mit denen man sich im Gegenzug dafür abfinden musste, dass Onkel Konrad sich innerhalb des Stadthauses frei bewegen durfte und nicht in seinen Rollstuhl verbannt war. Ausbruchsversuche oder geistesabwesendes Streunen hinaus auf die Straße standen ja nicht zu befürchten, weil die Haustür durchgängig abgeschlossen und jedes Fenster – selbstverständlich kugelsicher – mit einem Schloss im Griff versehen war. So profitierte wenigstens ein Mitglied der Familie von den Vorsichtsmaßnahmen gegen einen Sturmangriff.

Im Schuhschrank neben der Garderobe fand Gottlieb ein Paar Pantoffeln, die seine Sohlen vor den Splittern des Marmeladenglases schützen konnten. Die Hausschuhe waren zwar zwei Nummern zu klein, doch sein Vater hatte sie ausreichend ausgelatscht, dass sie nicht zu unbequem waren.

Wieder in der Küche platzierte Gottlieb die Glock auf der Anrichte – schön außerhalb der Reichweite seines Onkels –, sagte noch einmal: »Bleib bitte einfach ruhig stehen«, und machte sich daran, vorsichtig die größten Scherben aufzulesen. Er arbeitete sich kreisförmig, mit Konrads Füßen als Mittelpunkt seiner Aufräumaktion, über die weißen Fliesen zu den Rändern der Absturzstelle vor.

»Ich hatte Hunger«, wiederholte Konrad einen Hauch gefasster. »Ich hatte Hunger.«

Die erste Fuhre Splitter landete im Abfalleimer unter der Spüle.

»Ich weiß. Das ist nicht schlimm. Jeder hat mal Hunger. Manchmal mehr, manchmal weniger.« Gottlieb hatte früh gelernt, dass es in solchen Fällen half, schnurstracks draufloszuplappern, um Konrad zu beruhigen. »Weißt du, was ich mir am liebsten mache, wenn ich nachts aufwache und mir der Magen knurrt? Ein Schinkenbrot. Es geht nichts über einen leckeren Schinken auf einer schönen Scheibe Schwarzbrot. Das habe ich in England am meisten vermisst. Ordentliches Brot. Was die da zusammenbacken, ist eine Unverschämtheit. Auch wenn meine Freundin dort das anders gesehen hat. Je labbriger der Toast, desto besser. Sie konnte Unmengen davon verdrücken. Einmal hat sie –«

Konrad zupfte Gottlieb am Pyjamakragen.

»Was denn?« Gottlieb schaute zu ihm hoch.

Konrad hatte die Augen weit aufgerissen. »Sie ist kaputt«, flüsterte er.

»Wer? Die Marmelade?« Ab und zu – in den mit den Jahren immer häufiger gewordenen Augenblicken, in denen er nichts und niemandem mehr auf der Welt traute – keimte in Gottlieb der Verdacht auf, dass sein Onkel ein begnadeter Schauspieler war und sein Leiden nur vortäuschte, um sich vor der Verantwortung zu drücken, die ein erstgeborener Berger zu übernehmen hatte. Das war keiner dieser Augenblicke. Sein Onkel war auf eine sehr beneidenswerte Art und Weise jenseits von Gut und Böse, wenn auch nicht unbedingt im Nietzscheschen Sinn.

»Sie ist kaputt.« Konrad stampfte mit dem Fuß auf. »Sie ist kaputt. Sie ist kaputt.« Mit jeder Wiederholung wurde er lauter. »Sie ist kaputt.«

»Es tut mir leid. Ich verstehe nicht, was du meinst.« Gottlieb streckte die Hand aus, um Konrad sanft an der Hüfte zu berühren, doch sein Onkel schlug seine Finger beiseite.

»Sie ist kaputt.«

»Guten Morgen.«

Konrad verstummte sofort, als er die Stimme seiner Schwägerin hörte. Ihr Morgenmantel hing schlaff an Hedwig herab. Spitz stachen ihre Schultern gegen den samtigen Stoff, und wo sie den Gürtel zusammengeknotet hatte, schien ihre Taille schmal genug, dass Gottlieb sie mit nur einer Hand hätte umfassen können. Ihm wurde schlagartig bewusst, wie dezent, aber effektiv sich Hedwig schminkte, denn ohne Make-up wirkte sie um Jahrzehnte gealtert. Dunkle Ringe unter den Augen, die Wangen eingefallen, die Stirn von tiefen Falten zerfurcht. Dennoch trug sie das Kopftuch, unter dem sie verbarg, dass ihr ihre Krankheit das Haar geraubt hatte, wie eine Königin ihre Krone.

»Haben wir dich geweckt?«, wollte Gottlieb wissen.

»Ich schlafe in letzter Zeit nicht sehr fest«, antwortete sie. Sie betrachtete die verschandelten Fliesen und fand darin den Anlass für ein mildes Lächeln. »Du gehst besser wieder ins Bett, Konrad, bevor ich noch auf Marmelade zum Frühstück verzichten muss.«

Sie ging an Gottlieb vorbei, fasste Konrad am Ellbogen und manövrierte den lammfromm gewordenen nächtlichen Störenfried zur Tür. Dann drehte sie sich zu Gottlieb um. »Ich bleibe bei ihm, bis er eingeschlafen ist.« Sie schob die Hand in eine der Seitentaschen ihres Morgenmantels und holte einen Umschlag daraus hervor. »Ich habe noch etwas für dich. Dein Vater wollte, dass du diesen Brief bekommst.«

Wortlos nahm Gottlieb den Umschlag in Empfang. Während Hedwig den nächtlichen Unruhestifter die Treppe hinaufbeförderte, wobei sie sanft und doch bestimmt vor sich hin murmelte, als gelte es ein störrisches Pferd in den bereitstehenden Transportanhänger zu locken, setzte sich Gottlieb an den Küchentisch und öffnete den Brief. Es lohnte nicht, das Lesen aufzuschieben. Falls es etwas Unangenehmes war, was ihm sein Vater hatte mitteilen wollen, erfuhr Gottlieb es lieber gleich als später. Außerdem war er inzwischen hellwach, weil das vermeintliche Eindringen eines Feindes ins Haus eine Menge Adrenalin in ihm freigesetzt hatte.

In seiner unverkennbaren, merkwürdig kantigen Handschrift – selbst die Os hatten etwas von winzigen Quadraten – hatte sein Vater zwei Seiten mit dichtgedrängten Zeilen gefüllt.

Mein Sohn,

auch wenn der Gedanke mich bedrückt, verhält es sich wahrscheinlich so, dass wir uns weiter voneinander entfernt haben, als Vater und Sohn sich je voneinander entfernen sollten. Es ist ein bedauerlicher Umstand, doch ich mache mir nichts vor, was die Gefahr angeht, dass mit dem Tod Deiner Mutter eine Kluft zwischen uns entstanden ist, die sich womöglich nicht wieder überbrücken lässt.

Ungeachtet dessen habe ich den Wunsch, mich Dir gegenüber zu erklären und Dir begreiflich zu machen, was Du für mich bedeutest. Seit einigen Tagen denke ich immer wieder an eine Begebenheit, die sich vor vielen Jahren zugetragen hat, als Du noch sehr, sehr jung warst. Es mag sogar sein, dass Du sie vergessen hast, weil sie für Dich weitaus weniger erinnerungswürdig gewesen ist als für mich.

Du hattest beim Spielen im Garten – ich vermute, es war in Königstein, doch sicher bin ich mir da nicht – einen Vogel gefunden, der sich den Flügel gebrochen hatte. Du hast das verletzte Tier – eine Amsel, wenn ich nicht irre – zu mir gebracht und warst ganz fürchterlich aufgeregt. Was mit dem Vogel los wäre, wolltest Du wissen, und ob ich ihm nicht helfen könne. Ich habe ihn mir angesehen und getan, was getan werden musste. Er hat nicht gelitten, und ich habe damals zum ersten Mal versucht, Dir das Wirken des Widerstreits der beiden Brüder in und auf die Schöpfung zu erklären. Warum alles seine Zeit zum Vergehen hat und warum der Lichte Bruder uns zum Werkzeug seiner Absichten macht, wenn etwas, dessen Zeit gekommen ist und das sich weigert, dies zu erkennen, Hilfe dabei braucht, zurück in den Glanz zu gehen. Du hattest schon damals die Begabung, mir genau jene Fragen zu stellen, deren Antworten mich am meisten schmerzten. »Was ist, wenn ich einmal diese Hilfe brauche? Wirst du dann mit mir machen, was du mit dem Vogel gemacht hast?« Vielleicht wäre es besser gewesen, Dich zu belügen. Ein guter Vater hätte es wahrscheinlich getan.

Nachdem Du meine Antworten gehört hattest, hast Du den Vogel genommen und gesagt, Du wolltest ihn beerdigen. Ich habe Dir angeboten, eine schöne Stelle auszusuchen und das Loch für Dich zu graben, aber Du hast den Kopf geschüttelt und gesagt: »Du hast den Vogel lieb gehabt, und du hast ihm schon genug geholfen. Ich will nicht, dass du traurig sein musst.« Dann hast Du Dich umgedreht und bist losgegangen, um den Vogel allein zu begraben.

Ich habe es Dir nie gesagt, doch ich war in diesem Moment der stolzeste Mensch auf Erden. Du konntest kaum Deinen Namen schreiben oder Dir die Schuhe binden, und trotzdem habe ich in diesem Augenblick erkannt, dass Du all die Aufgaben, zu denen Du ausersehen bist, meistern wirst. Du bist ein echter Berger, sogar noch mehr als ich, denn Du verfügst über zwei Dinge, an denen es mir bisweilen mangelt: eine unschuldige Aufrichtigkeit und ein tiefes Mitgefühl für jedes noch so kleine Leid, das andere empfinden. Es war die Erinnerung an diesen Augenblick, der mir die Kraft geschenkt hat, meine eigenen Wünsche zurückzustellen, als ich vor einer Entscheidung zwischen dem Festhalten an einer schmerzlichen Aufrichtigkeit und dem Nachgeben an eine tröstende Lüge stand. Und dafür danke ich Dir.

Dieser Dank, den ich Dir gegenüber empfinde, ist größer als aller Unmut über Deine kleinen Fehltritte – die, die Du bereits begangen hast, und die, die Du noch begehen wirst. Dein gescheiterter Fluchtversuch aus dem Internat – verziehen. Deine Schwäche bei Deiner Geburtstagsfeier nach dem Tod Deiner Mutter – vergessen. Dein mangelndes Verständnis für Zahlenzusammenhänge – entschuldigt. Weil ich mit absoluter Gewissheit davon überzeugt bin, dass ein Tag kommen wird, an dem Du mich noch einmal so stolz machen wirst wie an jenem Tag, an dem Du den Vogel zu mir brachtest.

Dein Dich liebender Vater
Anselm

Gottlieb nahm die in ihm geweckten Gefühle – einen Hauch von Rührung, ein Anflug von Trauer und etwas, das er für ein leichtes Bedauern hielt – und ballte sie zu einem unentwirrbaren Knäuel zusammen, das er auf die einzige Art behandelte, die ihm sinnvoll und produktiv erschien: Er stopfte es in den großen Sack aus Groll und Ärger, in dem er alle Regungen verstaute, die mit seinem Vater zu tun hatten. Es wurmte ihn ungemein, dass der alte Sturkopf in einem Punkt recht behielt: Gottlieb konnte sich tatsächlich nicht daran erinnern, jemals einen toten Vogel im Garten verscharrt zu haben.

Das Plätschern von Wasser ließ ihn zusammenzucken. Er drehte sich zur Spüle um. Hedwig füllte die Kanne der Kaffeemaschine aus dem Hahn am Becken. »Konrad schläft«, sagte sie. »Ich gehe nicht davon aus, dass einer von uns beiden sich noch ein paar Stunden nutzlos im Bett herumwälzen will.«

Mit dieser Annahme lag sie richtig. Gottlieb steckte den Brief zurück in den Umschlag. »Warum hast du mir das gegeben?«

Sie drehte den Hahn zu. »Weil er es so wollte.«

Gottlieb schaute ihr zu, wie sie das Wasser in die Kaffeemaschine kippte und mit den routinierten Bewegungen einer erfahrenen Hausfrau einen Filter einlegte. »Er wollte, dass ich einen Brief lese, den er vor Jahren geschrieben hat? Als er noch dachte, er könnte mich abrichten, wie es ihm passt?«

Hedwig öffnete den Verschluss einer Metalldose. »Wie kommst du darauf, dass der Brief so alt ist?«

»Er hat ihn mit ›Dein Dich liebender Vater‹ unterzeichnet.«

»Und?«

»Ich kann mir nicht vorstellen, dass er mich noch geliebt hat, nachdem ich ihm zu verstehen gegeben habe, dass ich auf seine Nachfolge verzichten möchte.«

Der Löffel, mit dem Hedwig Kaffee in den Filter beförderte, verharrte eine Sekunde auf halber Strecke zwischen Dose und Maschine. »Du irrst dich ganz gewaltig. Er hat dich immer geliebt. Und den Brief hat er im Krankenhaus geschrieben. Vor der Operation.«

Gottlieb schluckte und drückte das Knäuel tiefer in den Sack hinunter. »Warum hat mir eigentlich niemand Bescheid gesagt, dass es ihm schlecht geht?«

»Er hat es ausdrücklich verboten. Wie starrköpfig er sein konnte, brauche ich dir nicht zu sagen.« Hedwig schaltete die Kaffeemaschine an und setzte sich ihm gegenüber an den Tisch. »Und ich nehme an, er wollte nicht, dass du ihn schwach siehst. Er ist mit der Operation umgegangen, als wäre sie eine alltägliche Sache. Nichts, worum man einen großen Wirbel macht.« Ihr Blick wanderte zu ihren Fingern, und sie begann den Ring an ihrer rechten Hand zu streicheln. »Sein Herz hat einfach aufgehört zu schlagen. Gleich nach dem ersten Schnitt. Die Ärzte sagen, er hätte sich früher an sie wenden müssen.« Sie lächelte, und Gottlieb fiel auf, dass sie vorhin zwar darauf verzichtet hatte, ihre Perücke aufzusetzen, aber trotzdem nicht ohne ihr Gebiss das Schlafzimmer verlassen hatte, um der Ursache des nächtlichen Lärms im Haus auf den Grund zu gehen. »Das mit dem Früher-an-sie-Wenden sagen sie immer.«

Betroffen stellte er ihr eine Frage, die er ihr gestern schon hätte stellen sollen: »Wie geht es dir?«

Sie wusste, dass er sich nicht erkundigte, wie sie den Verlust ihres Gatten verkraftete. »Sie geben mir noch ein halbes Jahr. Wie vor einem halben Jahr auch. Man wird sehen, wie es kommt.«

Die Kaffeemaschine röchelte leise.

Gottlieb nahm den Umschlag und wog ihn auf der flachen Hand, wie ein Berger der früheren Generationen sich von der Qualität seines Arbeitsmaterials überzeugt hätte. Alles wäre leichter, wäre sein Herz nur auch aus kaltem Metall. Dann hätte er sich nicht so schäbig gefühlt, als er rasch zum Ausgangsthema zurückkehrte. »Es kommt mir nur so absurd vor, dass er an mir festgehalten hat. Ich meine, ich habe alles – wirklich alles – getan, damit er mich verstößt. Mich vor seinen besten Freunden absichtlich danebenbenommen. Mich in wichtigen Besprechungen betont gelangweilt. Etwas studiert, was der Familie nichts nützt. Habe mich mit den falschen Leuten herumgetrieben und bin mit den falschen Frauen ins Bett gestiegen. Und habe mich immer geweigert, mit ihm zu jagen.«

»Aber du bist nie gegangen«, würgte Hedwig seine selbstmitleidige Litanei ab.

»Was?«

»Du machst dir etwas vor, Gottlieb«, sagte sie kopfschüttelnd. »Dieses Haus ist kein Gefängnis und du kein Gefangener. Du hättest gehen können. Einfach alle Brücken hinter dir abbrechen. Eine Taktik der verbrannten Erde fahren. Ein einziges Mal aufstehen, ihm die richtigen Vorhaltungen machen, auf die er nur mit einem Zorn reagieren kann, der nie erlischt. Das Schicksal deiner Mutter als Waffe gegen ihn verwenden und ihn so tödlich verletzen, dass er dir nicht verzeihen kann. Aber das hast du nicht getan. Ich will dir auch gerne sagen, wieso.«

Gottlieb wich ihrem Blick aus. Hieß es nicht in einem Abschnitt der Lehren, die ihm eingebläut worden waren, dass einem tugendhaften Menschen, dessen Verschmelzen mit dem Glanz näher rückte, die Augen für die innersten Wirkungsweisen der Schöpfung geöffnet wurden? »Wieso?«

»Weil du trotz all deiner Zweifel, deiner Ängste und deiner Verbitterung den Gedanken nicht ertragen konntest, ihn zu enttäuschen oder ernsthaft zu kränken.« Sie seufzte. »Dein Vater war ein Mann, der gelernt hatte, wie man jemand anderen dazu bringt, ihn als Maß aller Dinge zu betrachten und so zu handeln, dass er einem seine Aufmerksamkeit schenkt. Worauf du gehofft hast, wenn du über die Stränge geschlagen bist, war nicht sein Zorn, sondern seine Vergebung. Darauf, dass er dich eines Tages so annehmen könnte, wie du bist, und nicht so, wie er dich haben will. Auf einen Moment, in dem er zu dir kommt und dir seinen Segen dafür gibt, wie du dein Leben leben möchtest.«

»Du kennst mich gut«, sagte Gottlieb betreten.

»Beileibe nicht so gut, wie ich es gerne täte.« Die Tischplatte als Stütze nutzend, stand sie auf und ging zur Kaffeemaschine. Obwohl sie eben erst einen Mangel an Vertrautheit ihm gegenüber eingestanden hatte, hatte sie nicht vergessen, wie er seinen Kaffee trank – keine Milch, zwei Stück Zucker. »Und jetzt läuft uns die Zeit davon, um das Versäumte nachzuholen. Wir alle machen Fehler. Ich bin da keine Ausnahme, ganz bestimmt nicht. Ich hätte darauf drängen sollen, dass ihr Kinder mich Mutter nennt. Stattdessen meinte ich, es wäre vielleicht besser, wenn ihr Hedwig zu mir sagt. Als wäre ich eine Fremde oder nur eine gute Bekannte.« Sie rührte seinen Kaffee für ihn um und stellte den Becher vor ihm ab. »Aber ich habe gedacht, ich könnte eure Mutter nicht ersetzen. Dabei war das nicht das Problem. Niemand kann einen anderen Menschen völlig ersetzen. Doch man kann es zumindest versuchen. Man muss es versuchen.«

Nun waren die Rollen vertauscht, und es war an Gottlieb, sie auf den Boden der Tatsachen zurückzuholen, bevor sie ins Reich der Selbstzerfleischung entschwebte. »Du bist zu ungerecht zu dir selbst. Keines von uns Kindern kann sich beklagen. Du warst immer gut zu uns.«

Sie zuckte mit den Achseln. »Mag sein, aber ihr standet bei mir am Anfang nicht an erster Stelle. Da war Anselm, um den ich zu kämpfen hatte. Ich bin keine Romantikerin, die glaubt, dass man nur einmal im Leben den Menschen treffen kann, mit dem man glücklich wird. Aber das, was ihn mit deiner Mutter verband, war schon etwas sehr Besonderes. Etwas, das nicht gestorben ist, nur weil der Tod sie holte.« Ihre Fingerspitzen strichen erneut über ihren Ring. »Dein Vater hat sich bis zuletzt für das, was mit ihr passiert ist, schwere Vorwürfe gemacht. Es steht mir nicht zu, darüber zu urteilen, inwiefern sie gerechtfertigt waren. Sie haben jedenfalls ausgereicht, dass er sich in den ersten Jahren unserer Ehe darum bemüht hat, mich aus dem Teil seines Lebens auszuschließen, der ihn Klara gekostet hat.« Vorsichtig nippte sie an ihrem Kaffee. »Er tat das nicht aus bösem Willen. Er wollte mich bloß schützen. Es hat lange gedauert, bis ich ihn so weit hatte, dass er einsah, wie weh er mir damit tat. Dass er mir damit das Gefühl vermittelte, er könnte mir nicht alles anvertrauen, was er deiner Mutter anvertraut hat. Und wie grauenhaft es war, nicht zu wissen, ob er nur zu einer dringenden Besprechung oder auf die Jagd ging, wenn er mich anrief, um mir zu sagen, dass es heute wieder einmal später werden würde und ich nicht mit dem Essen auf ihn warten müsste. Wenn mir jemand aus der Bank ausrichtete, dass der Herr Direktor überraschend nach Belgien oder nach Polen oder nach Kanada gereist sei und es leider nicht geschafft hätte, sich persönlich bei mir zu verabschieden. Das bange Warten darauf, ob er mir ein nettes Geschenk oder eine hässliche Wunde zum Pflegen mit nach Hause bringen würde.« Ihre dürren Finger, an denen jede einzelne Sehne unter der dünnen Haut deutlich zu sehen war, umklammerten nun den Becher in einem festen Griff, als wollte sie das Porzellan zum Zerspringen bringen. »Irgendwann hatte ich ihn endlich lange genug bearbeitet, dass er es mir verriet, wenn er auf die Jagd ging. Es hat allerdings noch wesentlich länger gedauert, bis er ganz und gar ehrlich zu mir war. Bis er mich ins Gehege nach Königstein mitnahm, um mir zu zeigen, dass es dort gar keine Tiere gab, um die man sich kümmern musste. Wenigstens keine, die auf vier Beinen gehen.« Ihre Finger entspannten sich langsam. »Und bis dahin waren zumindest du und Rochus fast erwachsen.«

Da er die Gelegenheit erkannte, einer weiteren seiner Sorgen Luft zu machen, sagte Gottlieb: »Rochus ist ziemlich angefressen, oder?«

Offenbar hatte auch Hedwig für den Augenblick genug davon, alte Narben aufzureißen und im Dreck der Vergangenheit zu wühlen. Schließlich bestand kein Mangel an frischen Wunden, die darauf warteten, dass man Salz in sie streute. »Dein Bruder hat das Gefühl, du hättest ihm etwas weggenommen, wofür er lange und hart gearbeitet hat.«

Gottlieb nahm einen Schluck Kaffee, der bitter wie Asche schmeckte. »Das stand nie in meiner Absicht. Ehrlich, das wollte ich nicht.«

»Das ändert nichts daran, dass es aus seiner Warte betrachtet so ist.« Sie winkte ab. »Zerbrich dir seinetwegen nicht den Kopf. Er hat mit den normalen Familiengeschäften alle Hände voll zu tun. Er wird bald über die unfassbare Enttäuschung hinweg sein, dass nicht jeder seiner Wünsche in Erfüllung gehen kann.«

»Sein Geld sollte ihm dabei helfen, ein paar andere Wünsche wahr werden zu lassen«, murmelte Gottlieb.

Hedwig hob eine Augenbraue. »Stört es dich, dass du in dieser Hinsicht nicht bedacht wurdest?«

»Falls es mich stören würde, würde ich darüber nachdenken, meinen Pflichtteil einzuklagen.«

»Diese Gedanken kannst du dir sparen«, stellte Hedwig nüchtern fest.

»Was meinst du damit?«

Sie richtete ihr Kopftuch. »Weil ich dich als Alleinerben in mein Testament einsetzen werde. Und da mein Mann in seinem wiederum sehr großzügig zu mir war, wartet eine angemessene Summe auf dich, sobald ich nicht mehr bin. Bis dahin wirst du dich mit Rochus arrangieren, wie es dein Vater gewollt hätte. Ich denke, er hat die Konstellation in seinem letzten Willen so angelegt, damit ihr beiden euch zusammenrauft. Ihr werdet euch wohl oder übel versöhnen müssen. Das ist auch gut so. Dieser Bruch zwischen euch, diese ganzen unausgesprochenen Neidereien und Nickligkeiten, die sind nämlich Gift für die Familie. Trotz unseres ganzen Reichtums gibt es eine Sache, die wir Bergers uns auf keinen Fall leisten können: böses Blut untereinander. Das hilft nur unseren Feinden, und die sind auch ohne eine kindische Fehde zwischen Rochus und dir gefährlich genug.«

Ihre letzten Sätze hörte Gottlieb kaum, weil er zu sehr damit beschäftigt war, den Kloß loszuwerden, der sich in seinem Hals gebildet hatte. Sie sprach von ihrem Tod wie von einem planbaren Ereignis, wie von der Ausrichtung einer Feier, für die es wichtige Vorbereitungen zu treffen galt, wenn man die Gäste nicht enttäuschen wollte. »Danke«, sagte er mit belegter Stimme. »Es wäre mir allerdings sehr recht, wenn du noch eine Weile etwas von deinem Erbe hast.«

»Noch bin ich ja da.« Sie wählte den Tonfall, mit dem sie auf Konrad eingeredet hatte. Sie streckte den Arm quer über den Tisch, um seine Hand zu tätscheln. Es war die kaum spürbare Liebkosung von Spinnweben, die einem beim Gang durch einen Keller über die Haut streichelten, so wenig schienen ihre Finger zu wiegen. »Und ich bin froh, dass du hier bist. Es ist ein bisschen, als wäre er auch noch da. Du bist ihm ähnlicher, als du denkst.« Er hatte Mühe, das verschmitzte Lächeln zu deuten, das sich auf ihre Lippen stahl. »Und es wundert mich, dass ich noch nichts von einer Frau gehört habe, der aufgefallen ist, dass er dir seinen Charme vermacht hat.«

Aha, daher wehte also der Wind. Gottlieb prüfte sich kurz, ob es ihm vielleicht zu unangenehm war, mit Hedwig über intime Angelegenheiten zu sprechen. Immerhin war sie seine Stiefmutter. Andererseits war sie eine Frau, die über genügend Lebenserfahrung verfügte, um unter Umständen einen brauchbaren Tipp in Liebesdingen parat zu haben – und den konnte er gerade gut brauchen. Erst stockend, dann mit wachsendem Vertrauen in ihr Verständnis schüttete er ihr sein Herz aus. Es tat so gut, endlich darüber reden zu können, was Lily mit ihm angestellt hatte, und Hedwig hatte offenkundig Spaß daran, ihm dabei zuzusehen, wie er sich diese Last von der Seele plauderte. Sie hörte ihm geduldig zu, wie er ihr sein erstes Treffen mit Lily schilderte, als sie auch für ihn nur eine Zielperson gewesen war – dieses vermeintlich zufällige Annähern in der Bibliothek in der Oxforder Radcliffe Camera an einem extrem regnerischen Tag, nur wenige Wochen nach der tatsächlich zufälligen Begegnung zwischen zwei erfolgreichen Bankern in London, bei der eine verbitterte Bemerkung von Harold Young über das geschmacklose Doktorarbeitsthema seiner Tochter bei Anselm Berger die Alarmglocken hatte schrillen lassen. Hedwig lauschte amüsiert, als Gottlieb in einer deutlich zensierten Fassung davon berichtete, wie Lily und er das erste Mal im Bett gelandet waren – nach einer an und für sich endlos langweiligen und nur mit einer Flasche Rotwein erträglichen Diskussion über die Frage, ob Guy Ritchie nach seiner gescheiterten Ehe mit Madonna noch jemals einen sehenswerten Film abliefern würde. Hedwig nickte wissend, als er darüber erzählte, wie ihn Lily trotzdem weiter auf Distanz hielt, obwohl er sich inzwischen insgeheim mehr von ihrer Beziehung erhoffte als eine lose Option auf körperliche Zweisamkeit und mehr in ihr sah als eine »Zielperson«. Und sie runzelte die Stirn, als er ihr sagte, wie übereilt der Abschied von Lily gewesen war – von Nicoles SMS und der Tatsache, dass Lily ihn in Lars' Wagen hatte sitzen sehen.

»Ich nehme nicht an, dass du ihr gestanden hast, dass ihr euch nicht durch eine glückliche Fügung des Schicksals über den Weg gelaufen seid«, erkundigte sie sich, als Gottlieb fertig war.

»Um Himmels willen, nein.« Gottlieb verschränkte die Arme vor der Brust. »Das hätte die Mission gefährdet. Und wie hätte ich das anstellen sollen? ›Übrigens wollte ich dich noch rasch darauf hinweisen, dass ich dich monatelang angelogen habe. Ich habe dich damals in der Bibliothek nicht angesprochen, weil du genau in dem Buch gelesen hast, das ich eben im Regal nicht finden konnte. Das war Teil meiner Strategie, ein Vertrauensverhältnis für eine intensive Überwachung aufzubauen. Stör dich daran bitte nicht, denn mittlerweile finde ich dich auch so interessant genug, um mich in dich verschossen zu haben.‹ Natürlich habe ich ihr nie gesagt, warum wir wirklich so viel Zeit miteinander verbringen.«

»Dann tätest du gut daran, sie zu vergessen«, stellte Hedwig fest. Genauso gut hätte sie ihm ihren Kaffeelöffel in die Brust bohren können – das hätte Gottlieb mit Sicherheit nicht weniger geschmerzt. »Das klingt grausam und hart, aber es ist die Wahrheit. Natürlich könntest du auch von hier aus wieder Kontakt mit ihr aufnehmen, und eventuell ließe es sich einrichten, dass du ihr ab und an einen kurzen Besuch abstattest. Dann würdest du dich unweigerlich gezwungen sehen, sie noch öfter anzulügen. Viel öfter, als du es jetzt schon getan hast. Irgendwann würde sie das herausfinden, du kämest in Erklärungsnotstände, und die Sache wäre gelaufen.«

Das war nicht der Tipp, auf den Gottlieb seine Hoffnungen gebaut hatte. In seiner Verzweiflung brachte er eine neue, undenkbare Variante ins Spiel. »Aber würde es vielleicht nicht etwas helfen, wenn ich ihr doch noch die Wahrheit sage? Sie ist schlau. Sie würde verstehen, warum ich nicht ehrlich zu ihr sein konnte.«

»Ach, Gottlieb.« Sie sah ihn an, als hätte er sie gerade darum gebeten, ihm glaubhaft zu versichern, dass Elvis irgendwo an derselben Tankstelle wie Janis Joplin, Jimi Hendrix, Jim Morrison und Kurt Cobain arbeitete. »Die meisten Frauen schätzen es nicht, wenn ein Mann sie in den Dingen belügt, die wichtig sind. Wo er herkommt, wer er ist, was er für sie empfindet, warum er sich ausgerechnet für sie entschieden hat. Kleinigkeiten können sie womöglich noch verzeihen, aber in deinem Fall? Deine Eröffnung wäre für Lily ein Albtraum. Sie würde alles infrage stellen, was du ihr je erzählt hast. Von deinen Liebesschwüren über irgendwelche Geschichten aus der Schulzeit bis hin zu deiner Lieblingsfarbe. Verstehst du? Sie könnte dir nie wieder vorbehaltlos vertrauen. Das tut weh. Selbst wenn sie dann bei dir bleiben würde. Tu dir das nicht an. Und vor allem: Tu ihr das nicht an.« Sie straffte ihren Morgenmantel und stand auf. »Genug Trübsal geblasen. Ich mache mich besser an das, worin ich in den letzten zwanzig Jahren Expertin geworden bin.« Sie warf einen kritischen Blick auf die Marmelade am Boden vor der Speisekammertür. »Ich tue mein Bestes, um den Bergers hinterherzuräumen, wenn ihnen ein Missgeschick unterlaufen ist.«

»Soll ich dir helfen?«, fragte Gottlieb schwach. Es war ein Fehler gewesen, sich von Hedwig eine wundersame Lösung für sein Problem mit Lily zu erhoffen. Das Schlimmste war, dass ihre Einschätzung der Lage allem Anschein nach die absolut richtige war. Er hatte es verbockt. Es führte kein Weg zurück nach Oxford, zurück zu Lily. Aber wenn er die Klappe gehalten hätte, hätte er sich womöglich noch eine Zeit lang in seinen schwachen Momenten vorgaukeln können, dass aus ihnen beiden allen Widrigkeiten zum Trotz doch noch etwas wurde. Damit war es jetzt vorbei, und Lily hätte ebenso gut tot sein können.

»Mit Marmelade werde ich noch allein fertig, vielen Dank«, sagte Hedwig, während sie gebückt in den Putzmitteln unter der Spüle stöberte. »An deiner Stelle würde ich damit anfangen, mich in meine neuen Aufgaben einzuarbeiten. Ich würde zuerst die Unterlagen im Zimmer deines Vaters durchgehen. Die Protokolle über seine Jagden sind im Tresor.«

»Ich kenne die Kombination nicht«, sagte Gottlieb. Am Ende hatte sie sein Vater mit ins Grab genommen. Zuzutrauen wäre es ihm gewesen. Ärgerlich schnappte sich Gottlieb den Umschlag mit dem Brief seines Erzeugers und riss ihn in kleine Fetzen. »›Dein Dich liebender Vater‹. Ja, genau.«

»Doch, du kennst die Kombination.« Hedwig richtete sich auf. »Oder willst du mir sagen, du hättest deinen eigenen Geburtstag vergessen?«

12.09.2009, 13:25

Gottlieb tastete blind nach seinem Kaffeebecher, führte ihn zum Mund und stutzte. Schon wieder leer. Widerwillig nahm er den Blick vom Monitor und schaute zur Tür des Arbeitszimmers seines Vaters – nein, es war jetzt sein Arbeitszimmer. Sein Schreibtisch, an dem er in seinem schweren Chefsessel saß. Sein brandneuer Mac – irgendwann angeschafft, als er in Oxford war, und inmitten des dunklen Holzes der antiken Möblierung ein futuristischer Fremdkörper.

Gottlieb brannten die Augen, und das Summen des Rechners kam ihm laut und aggressiv vor. Er brauchte eine Pause, aber er wollte sie sich nicht gönnen. Er hatte die letzten Tage mit dem verbracht, wozu ihm seine Stiefmutter geraten hatte: Er arbeitete sich in seine neuen Pflichten ein. Wie ein Einsiedler, der sich in eine Höhle fernab der nächsten menschlichen Behausung zurückzog, um über das wahre Wesen der Welt grübeln zu können, hatte Gottlieb sich an den Ort verkrochen, der das Allerheiligste seines Vaters gewesen war. Anselm Berger hatte die Tür zu diesem Zimmer mit seinen regalgesäumten Wänden, dem einzelnen hohen Fenster und dem rötlichen, nackten Parkett stets geschlossen gehalten. Eine der ersten Regeln, die Gottlieb als Kind gelernt hatte, lautete: Tritt nur ungebeten ein, wenn Fremde im Haus sind, die du nicht kennst, oder das Dach in Flammen steht. Letzteres war nie, Ersteres nur ein einziges Mal eingetreten. In der Nacht, als seine Mutter gestorben war …

Um sich nicht unnötig mit Erinnerungen an etwas zu quälen, das nicht mehr zu ändern war, erlaubte sich Gottlieb, kurz einige Gedanken daran zu verschwenden, was er statt des Studiums der Unterlagen sonst im sonnigsten Spätsommer, den Frankfurt seit Jahren erlebte, hätte treiben können. Einmal die Zeil hoch- und runterschlendern und sich anschauen, was dort so in den Schaufenstern lag. In einem Eiscafé einen Erdbeerbecher verdrücken und hinter seiner Sonnenbrille nach langen

Beinen in kurzen Röcken spähen, deren Besitzerinnen ihm vielleicht tatkräftig halfen, Lily zu vergessen. Sich irgendwo abends in einer netten Kneipe auf ein Bier – Gottlieb war ein schlechter Hesse, denn er hasste den vergorenen Geschmack von Äppelwoi – mit Freunden verabreden, die er seit Ewigkeiten nicht gesehen hatte. All diese und noch Dutzende anderer interessanter Unternehmungen hätte jemand normalerweise in Angriff nehmen können, der nach einem längeren Aufenthalt aus der Fremde in die gute, alte Heimat zurückkehrte. Leider war Gottlieb nicht irgendjemand. Er war ein Berger, und Bereitschaft zum Verzicht gehörte zu den Familientugenden.

Vorgestern, beim Beginn seiner erzwungenen Studien, hatte Gottlieb noch das Gefühl gehabt, er müsse sich irgendwie an seinem Vater dafür rächen, ihn über den Tod hinaus unter seine Knute gezwungen zu haben. Zu seiner Schande hatte Gottliebs Mut allerdings nur für zwei Akte gereicht, die man nur mit sehr viel Nachsicht als revolutionär bezeichnen konnte. Zum einen hatte er die schweren, schwarzen Vorhänge vor dem Fenster aufgezogen, doch das einfallende Sonnenlicht hatte sich auf dem Monitor gespiegelt, und inzwischen waren sie wieder zu. Zum anderen hatte Gottlieb es nicht ertragen, dass ihm von einer Handvoll gerahmter Fotos auf dem Schreibtisch er selbst, seine Geschwister und seine Mutter entgegenlächelten. Wenn man nicht allzu genau hinsah, sondern nur den Blick darüberschweifen ließ, konnte man sich sogar einbilden, es mit den Aufnahmen glücklicher Menschen zu tun zu haben. Die Fotos waren nun in einem der Regale hinter ihm platziert, weil er es nicht übers Herz gebracht hatte, sie in den Papierkorb zu werfen.

Die größte Überraschung beim Öffnen des Tresors – wenig einfallsreich hinter einem Schlachtengemälde versteckt, auf dem Preußen Franzosen oder umgekehrt massakrierten – hatte darin bestanden, dass Gottlieb sich keinem Berg von Papier gegenübergesehen hatte. Stattdessen fand er nur eine mobile Festplatte – gemäß der eintönigen Designphilosophie von Apple flach, weiß und ohne scharfe Kanten. Auf dieser, wie er rasch herausfand, waren neben Hunderten von Scans älterer Dokumente auch jede Menge Textdateien jüngeren Datums abgespeichert. All diese Schriftstücke existierten noch einmal in Form von harten Kopien, für die unzählige Bäume und – im Fall der pergamentenen Dokumente – zahllose Ziegen ihr Leben gelassen hatten. Nur wurden diese nicht im Stadthaus aufbewahrt, da es sich bei dem Gebäude um ein viel zu leichtes Ziel handelte. Das Archiv war an einen sichereren Ort ausgelagert worden, der unter der Erde lag und dem man von außen nicht ansah, dass es dort etwas zu holen gab. Ein gesundes Misstrauen – manch ein Außenstehender hätte es Paranoia genannt – sog man als Spross der Bergers quasi mit der Muttermilch in sich auf. Gottlieb hatte sich so daran gewöhnt, dass ihm nur ab und an noch einfiel, wie bizarr es war, dass das Geburtsdatum, das in seinem Personalausweis, seinem Reisepass, seiner Geburtsurkunde und allen sonstigen offiziellen Papieren eingetragen war, nicht der Tag war, an dem er das Licht der Welt erblickt hatte. Hätte er dieses Datum als Kombination eingegeben, wäre die stählerne Tür des Tresors für ihn verschlossen geblieben. Anselm Berger war ja keiner von den naiven Idioten gewesen, die als Passwort für die Freischaltung ihres Rechners »Passwort«, »Geheim« oder »Test« verwendeten. Gottliebs echtes Geburtsdatum war ein wohlgehütetes Geheimnis. Diese Vorsichtsmaßnahme sollte jene Feinde der Familie behindern, die auf Zahlenmystik setzten, um den störenden Umtrieben der Bergers ein Ende zu bereiten. Leider hatte Gottlieb das Prinzip hinter dieser Spielart der Schwarzen Künste nie ganz verstanden, denn anders als Rochus oder Mathilde war er ein echter Versager in Mathe, der schon am großen Einmaleins verzweifelt war. Man konnte eben nicht alles können.

Beim Durchgehen der Dateien hatte Gottlieb festgestellt, dass der Großteil der Dokumente aus lang vergangenen Tagen seine Aufmerksamkeit nicht zu fesseln verstand. Es war unter Umständen ein Fehler, sie nur zu überfliegen – die blumigen Schilderungen von isolierten Ausbrüchen beunruhigender Seuchen im Nachgang des Dreißigjährigen Krieges; die langatmigen Abhandlungen über den Einfluss des Dunklen Bruders auf den Ausgang des Wiener Kongresses; das emotionslose Geständnis über den in Hamburg ausgelösten Brand zur Eindämmung einer aus dem Fernen Osten eingeschleppten Bedrohung; die Lageberichte der auf die Schlachtfelder bei Verdun und an der Somme entsandten Sonderbeobachter mit ihren Meldungen über Soldaten, denen Senfgas und Schrapnelle nichts anhaben konnten; die halbgaren Entschuldigungen für die verdächtige Untätigkeit der Familie angesichts der Vernichtungsmaschinerie, die in Gang gesetzt wurde, um »sämtliche Schädlinge aus dem Volkskörper zu entfernen«; die drögen Strategiepapiere zur Aufrechterhaltung wichtiger Kontakte in der DDR trotz Grenzschließung und Mauerbau.

Stattdessen hatte Gottlieb sich auf die jüngere Vergangenheit konzentriert und damit auf die Unterlagen, die sein Vater entweder selbst angefertigt oder gegengezeichnet hatte. So sehr sich Gottlieb auch dagegen wehrte, konnte er nicht anders, als nach und nach einen zähneknirschenden Respekt für die Leistungen Anselms zu entwickeln. Wie sein Erzeuger es nur fertiggebracht hatte, den Überblick über das kleine Heer von Verbündeten zu bewahren, die die Familie in ihrem Kampf unterstützten – manche sogar, ohne zu ahnen, dass es die Bergers nicht in erster Linie auf Profitmaximierung abgesehen hatten. Wie er zielstrebig und dennoch behutsam vorgegangen war, was die Anwerbung neuer Rekruten und Einsatzkräfte anbelangte – solche, die die mehr oder minder offiziellen Geschäfte förderten, und andere, die eher Experten für Sprengfallen und verdeckte Operationen als für kluge Investitionen in Wachstumsmärkte oder die Abwicklung von feindlichen Übernahmen waren. Wie er einsame Entscheidungen gefällt hatte, obwohl nicht zuverlässig einzuschätzen war, welche Konsequenzen sich langfristig daraus ergaben – bei Zugriffen auf Zielpersonen ebenso wie bei Kapitalumschichtungen.

Es war jedoch eine andere Leistung seines Vaters, die Gottlieb am meisten beeindruckte: dass Anselm Berger nicht schlicht und ergreifend irgendwann den Verstand verloren hatte. Sogar für Gottlieb, der sehr genau wusste, dass dort draußen Kreaturen ihr Unwesen trieben, die allem trotzten, wofür ein lächerlich naiver Mensch einst die Bezeichnung »Naturgesetze« geprägt hatte, war viel von dem, was er in den letzten Tagen gelesen hatte, nur schwer zu verdauen. Selbst wenn man die chemische Zusammensetzung eines Giftes, das einem eingeträufelt wurde, bis zum letzten Molekül kannte, schützte das einen schließlich nicht vor seinen Auswirkungen. Oder etwa doch? Anselm Berger war offenbar immun gegenüber den schlimmsten Effekten gewesen, die die Auseinandersetzung mit dem Unbegreiflichen für schwächere Geister nach sich zog. Wie sonst hätte er ein solches Protokoll wie das, das gerade auf dem Monitor vor Gottlieb flimmerte, verfassen und sich anschließend keine Kugel in den Kopf jagen können?

Ort des Kontakts: München-Bogenhausen, Deutschland
Datum des Kontakts: 17.06.1997–29.06.1997
Identifikation: Sichtung der Lokalpresse
Klassifikation: Voll vernunftbegabt
Auslöser: Unklar
Ablauf des Einsatzes:
Nach wiederholten Funden von Haut- und Knorpelresten menschlichen Ursprungs in Parkanlagen im gesamten Stadtteil wurde noch am 17.06. eine Observierung durch zwei Einsatzkräfte eingeleitet. Die erste Sichtung des Ziels – weiblich, äußeres Alter Ende Zwanzig – erfolgte am 19.06. gegen 03:00 Uhr unweit einer Privatklinik für plastische Chirurgie. Das Ziel, das sich unbeobachtet fühlte, zog sich in eine Garageneinfahrt zurück und öffnete eine von ihm mitgeführte Sporttasche. Aus dieser entnahm es mehrere Beutel mit medizinischen Abfällen, deren Inhalt es noch vor Ort und in typisch getriebener Weise verzehrte. Weitere Beobachtungen in den folgenden Nächten ergaben, dass das Ziel einem festen Turnus folgend weitere Kliniken im Viertel aufsuchte, wo es sich von Mitarbeitern gegen Bezahlung Abfälle – überwiegend von noch am selben Tag durchgeführten chirurgischen Eingrif-

fen – aushändigen ließ. (Die Klinikleitungen wurden im Anschluss an die Aktion über die Beteiligung ihrer Angestellten an diesen Verstößen in Kenntnis gesetzt.)

Gemäß des üblichen Vorgehens bei voll vernunftbegabten Zielen bestand die oberste Priorität der Einsatzkräfte zunächst darin, gewissenhaft zu ermitteln, ob und inwiefern das Ziel in Kontakt zu anderen Wandlern steht (Priorität A). Des Weiteren galt es festzustellen, ob das Ziel etwaig anderen Ernährungsmustern folgt oder in der Vergangenheit gefolgt ist, bei denen Unbeteiligte direkt zu Schaden gekommen sind oder immer noch zu Schaden kommen (Priorität B). Hinsichtlich Priorität A konnte nach einigen Tagen eine Verbindung zu organisierten Gruppierungen anderer Wandler ausgeschlossen werden: Das Ziel lebte zurückgezogen, führte keine Telefonate und versendete weder Post noch E-Mails. Nachforschungen bezüglich Priorität B förderten zutage, dass das Ziel möglicherweise für das Verschwinden mehrerer Haustiere sowie eines Jugendlichen im Sommer 1995 verantwortlich war. Am 29.06. wurde die Terminierung des Ziels beschlossen und in dessen Wohnung durch die Einsatzkräfte durchgeführt (einschließlich einer Beseitigung der Überreste).

Anmerkungen: Dieser Fall ist dahingehend bemerkenswert, dass es dem Ziel offenkundig gelang, seinen Zustand ohne fremde Hilfe über einen längeren Zeitraum hinweg stabil zu halten: Es ging einer geregelten Arbeit als freie Mitarbeiterin einer Fachzeitschrift für Agrarwissenschaften nach, was es ihm erlaubte, die Bestechungsgelder für ihre Versorger in den Kliniken zu finanzieren. Hätte es seine Nahrung in seiner Wohnung verzehrt – und nicht in den Parkanlagen –, hätte es wahrscheinlich keine Spuren hinterlassen, die unsere Aufmerksamkeit erregt hätten. Woher diese Nachlässigkeit rührt, bleibt fraglich; naheliegend ist ein aus Selbstekel erwachsenes Bestreben der Restpersönlichkeit, ihre aus dem Wirken des Dunklen Bruders stammenden Bedürfnisse zu verleugnen und sie klar von der gewohnten Situation vor dem Zeitpunkt der Infektion zu trennen.

Gottlieb schloss die Datei und öffnete die nächste. Er fragte sich, ob sein Vater sich absichtlich eines trockenen, bürokratischen Stils bedient hatte, weil es leichter war, über den Verlust von Menschenleben hinwegzusehen, wenn man ihn behandelte wie einen ganz gewöhnlichen Geschäftsvorgang.

Ort des Kontakts: Bergues, Frankreich
Datum des Kontakts: 11.08.2005–15.08.2005
Identifikation: Alarmierung durch das Auge des Lebens
Klassifikation: Instinktgesteuert
Auslöser: Ableben in direkter Nähe einer Nahtstelle in der Schöpfung (gekoppelt mit zielgerichteten Wünschen enger Familienangehöriger)
Ablauf des Einsatzes: In Übereinstimmung mit dem etablierten Protokoll für Alarmierungen durch das Auge des Lebens wurden am 11.08. zunächst drei Einsatzkräfte nach Bergues entsendet, um die Nahtstelle in der Schöpfung auf ihre Belastbarkeit hin zu untersuchen und gegebenenfalls Gegenmaßnahmen einzuleiten, um ein vollständiges Aufreißen zu verhindern. Eingeholte Erkundigungen bei Augenzeugen des Badeunfalls legten nahe, dass das Ziel – männlich, äußeres (und in diesem Fall tatsächliches Alter) vier Jahre – nach seiner Infektion von den Eltern in das nahe liegende Haus der Familie verbracht worden war. Die Infektion wurde scheinbar von Augenzeugen wie vermutlich auch Angehörigen als wundersame Errettung fehlgedeutet. Die Observation des Hauses führte zu der Erkenntnis, dass das Ziel dort inzwischen abgeschottet von der Außenwelt im Keller gehalten wurde. (Mit großer Wahrscheinlichkeit hatten die Angehörigen mittlerweile begriffen, dass die vermeintliche »Errettung« des Ziels nicht zu dessen und ihrem eigenen Besten gewesen ist.) Die Mutter des Ziels wurde des Weiteren beim Einkauf größerer Mengen Fleisch beobachtet, während der Vater und die älteren Geschwister mehrfach Nachbarn den Zutritt zum Haus verweigerten. Nach Rücksprache mit der Einsatzleitung wurde zwecks Verhinderung einer drohenden Ausbreitung der Infek-

tion die Terminierung des Ziels sowie seiner Angehörigen im Haus am 14.08. beschlossen und am 15.08. durchgeführt (einschließlich des Legens eines Brandes im Gebäude, um den Zugriff zu tarnen).

Anmerkungen: Der ursprüngliche Riss in der Schöpfung – im Wehrgraben, in dem das Ziel ertrunken ist – könnte durch die große Opferzahl bei der Belagerung der Stadt im Jahr 1583 entstanden sein. (Es heißt, es wären damals so viele Tote im Graben getrieben, dass ein erwachsener Mann trockenen Fußes bis an die Mauern der Wehranlage gelangen konnte.)

Der Schutzreflex von Angehörigen gegenüber unter den Einfluss des Dunklen Bruders gefallenen Zielen stellt nach wie vor eines der größten Probleme bei der raschen und sauberen Durchführung von Zugriffen dar (insbesondere dann, wenn es sich beim Ziel um ein vermeintliches Kind handelt). Die Entwicklung neuer Strategien zur Minimierung der aus dieser verhängnisvollen Neigung entstehenden Kollateralschäden ist dringend geboten.

Es klopfte an der Tür, kräftig und fordernd. Hatte Gottlieb ein erstes, geduldigeres Klopfen überhört?

Sein »Ja bitte?« kam genau in jenem Moment, als der Besucher draußen sich ein Herz fasste, die Klinke hinunterdrückte und forsch ins Zimmer trat.

»Rochus …«

Sein Bruder – trotz der Hitze selbstredend im Anzug, einem stahlgrauen Zweireiher – machte ein Gesicht, als hätte Gottlieb ihm mit Schwung zwischen die Beine getreten.

»Was kann ich für dich tun?«

Rochus musterte ihn kühl. »Wie ich sehe, hast du dich schon bestens eingelebt.« Er näherte sich dem Schreibtisch, bis er seine Hand auf die Ecke legen konnte, von der Gottlieb die schlimmen, verlogenen Fotos entfernt hatte. »Und du hast nicht lange mit den ersten Aufräumarbeiten gewartet.«

»Man tut, was man kann.« Gottlieb fuhr den Rechner herunter. Er hatte sowieso Kopfschmerzen, und außerdem wollte er

Rochus nicht das Gefühl vermitteln, er schenke ihm nicht genügend Beachtung. Sein Bruder war ein komplizierter Mensch, in dessen Denken Arroganz und Minderwertigkeitskomplexe eine unheilige Allianz eingegangen waren. Es war schwer, sich länger als fünf Minuten mit ihm in einem Raum aufzuhalten, ohne schreiend das Weite suchen zu wollen. »Habe ich eine andere Wahl, als mich möglichst schnell damit abzufinden, wie mein Leben in Zukunft aussehen wird?«

»Das musst du selbst wissen.« Rochus zuckte mit den Achseln. »Ab jetzt machst du hier die wichtigen Ansagen.«

Der Vorwurf war nicht zu überhören. Gottlieb hätte sein linkes Ei darauf verwettet, dass der letzte Satz in Rochus' Kopf noch weiterging, und zwar mit einem »Obwohl du es nicht einmal ansatzweise verdient hast, du faules Schwein«. Das Problem war, dass er damit nicht ganz falschlag, und Gottlieb sah in seinem unerwarteten Auftauchen eine günstige Gelegenheit für ein klärendes Gespräch. Nicht, dass er sich darauf freute. Dafür war er nicht Masochist genug, aber es war wie bei einem Dorn, den man sich eingefangen hatte – irgendwann musste man ihn herausziehen, wenn man nicht in Kauf nehmen wollte, dass sich ein eitriges Geschwür um ihn herum bildete. »Magst du was trinken?«

»Warum nicht?« Rochus setzte sich auf den Besucherstuhl vor dem Schreibtisch und schlug die Beine übereinander, um eine unsichtbare Fluse von seiner Hose zu pflücken. »Falls ich dir damit nicht zu sehr bei der Erfüllung deiner Pflichten ins Gehege komme.«

»Red keinen Stuss.« Gottlieb quälte seine müden Knochen in die Höhe und steuerte auf die offene Tür zu. »Aber hier ist es mir zu muffig.« Er roch unter seinen Armen. Wann hatte er zum letzten Mal geduscht? Gestern oder vorgestern? »Ich stinke wie die Pest. Wir setzen uns am besten raus.«

»Wie der Herr es wünschen …« Rochus inszenierte sein Aufstehen als echtes Martyrium samt Ächzen und Schweißabwischen. »Und ja, du riechst ziemlich streng. Hast du dein Deo in England vergessen?«

Gottlieb ignorierte ihn und machte sich auf den Weg durch

den Flur die Treppen hinunter in die Küche. Rochus war ein Kotzbrocken. Unfassbar, dass aus dem heiteren Jungen, mit dem er im Winter gemeinsam Gruben in den Schnee gegraben hatte, um dem von vornherein zum Scheitern verurteilten Plan nachzugehen, im Taunus Bären zu fangen, ein griesgrämiges, von Neid zerfressenes Ekelpaket geworden war. Wie hatte das passieren können? Früher, als sie noch klein gewesen waren, war ihm Rochus überallhin nachgelaufen wie ein treudoofes Hündchen. Sie hatten aus Stöcken Speere geschnitzt und zu zweit Riesen, Drachen und andere Ungetüme zur Strecke gebracht. Hätte Gottlieb ihm heute einen Speer in die Hand gedrückt, wäre er sich nicht sicher gewesen, ob Rochus ihn ihm nicht mit großer Freude in den Rücken gerammt hätte. Dabei hatte er ihm nie etwas getan. Klar, ab einem gewissen Alter – dem Alter, in dem man als Junge sehr genau darauf achtete, dass man die Klotür hinter sich abschloss, wenn man nicht zum Pinkeln auf die Toilette ging – war ihm Rochus ein bisschen lästig geworden. Aber es gab kein bestimmtes Ereignis, das den Bruch zwischen ihnen ausgelöst hatte – keinen spektakulären Streit, der in einer Prügelei endete, kein wechselseitiges Ausspannen eines Mädchens, rein gar nichts Dramatisches. Es sei denn, es war irgendetwas vorgefallen, woran sich Gottlieb nicht mehr erinnern konnte, obwohl es für Rochus alles andere als beiläufig gewesen sein musste. Ansonsten verhielt es sich wohl einfach so, dass Rochus dazu übergegangen war, ihn zu verabscheuen, als Gottlieb versucht hatte, aus den Zwängen des Bergerschen Familienlebens auszubrechen.

Vor dem Kühlschrank angekommen, realisierte Gottlieb, dass er Rochus nicht gefragt hatte, wonach ihm in Sachen Getränk der Sinn stand. Da es noch ein wenig früh war, die harten Sachen aufzutischen, belud er ein Tablett mit Bier, Riesling, Cola und Wasser und trug seine kleine Auswahl an Erfrischungen ins Obergeschoss.

Auf der Dachterrasse lehnte Rochus zwischen zwei Blumenkästen, in denen Geranien oder Fuchsien oder weiß der Geier was für Kraut blühte, am hüfthohen Geländer und schaute in den Garten hinunter, wo Hedwig am äußersten Ende des Grundstücks in einem Beet herumjätete.

»So, da bin ich«, bemühte sich Gottlieb um einen lockeren Tonfall, stellte das Tablett ab und fläzte sich in einen der gepolsterten Rattanstühle, deren ehedem braunes Geflecht zu einem kränklichen Grauweiß verwittert war.

Rochus drehte sich um und griff zielsicher nach einem Glas und einer Flasche Sprudel, während Gottlieb sein Feuerzeug zückte. Er rauchte nicht, aber es war und blieb ein bombiges Accessoire für den Einstieg in einen gepflegten Aufriss – und es war ein exzellenter Flaschenöffner. Er prostete Rochus zu und nahm einen großen Schluck Bier.

Sein Bruder kehrte an seinen Platz am Geländer zurück, nippte an seinem Wasser und sagte spöttisch: »Bier aus der Flasche. Ganz der Student geblieben.«

Gottlieb deutete mit seinem Bier vage in Rochus' Richtung und gab zurück: »Sprudel aus dem Glas. Ganz der spießige Familienvater. Oder achtest du neuerdings auf deine Figur?«

Es stimmte: Rochus' Hemd warf derart komische Falten um den Bauch, dass sich das Bild von mehreren Ringen Fleischwurst aufdrängte, die er sich um den Oberkörper geschlungen hatte. Vielleicht hatte er ja deshalb seine merkwürdige Frau geheiratet, weil sie so gut kochen konnte.

Rochus' Gesicht versteinerte einen Augenblick. Dann sagte er: »Ich muss dich korrigieren. Der echte Familienvater von uns beiden bist doch nun du. Und ohne was dafür getan zu haben. Ohne lästige Partnersuche in den richtigen Kreisen und ohne neun Monate mit einer Schwangeren klarkommen zu müssen. Meinen herzlichen Glückwunsch zu dieser reifen Leistung.«

Anstatt Rochus an den Hals zu fahren, kratzte Gottlieb lieber am Etikett seiner Bierflasche. »Hör bitte damit auf, mich sinnlos zu provozieren. Ich habe mir nicht ausgesucht, dass die Dinge sind, wie sie sind. Ich sitze in einem Zimmer, in dem ich nie sitzen wollte, und wühle mich durch Unterlagen, die ich nie lesen wollte. Und manchmal weiß ich dabei nicht, ob ich lachen, weinen oder mir die Pulsadern aufschlitzen soll.«

»Mir kommen gleich die Tränen«, meinte Rochus, obwohl es vielmehr danach aussah, als würde ihm jeden Moment die gewaltige Zornesader platzen, die mit einem Mal auf seiner Schläfe pochte. »Unser verzogener Prinz ist unglücklich, weil die Zeiten vorbei sind, in denen er sich die Rosinen aus dem Kuchen picken konnte.«

»Wie soll ich das verstehen?«

»Du tust gerade so, als wäre es eine riesige Überraschung, wie schwer die Aufgabe ist, der sich diese Familie verschrieben hat.« Rochus kippte den Rest seines Wassers in einen der Blumenkübel. »Als hätte Papa das alles im Vorbeigehen erledigt. Wie eine Maschine. So hast du ihn doch gesehen, oder? Der grausame Roboter, der funktioniert. Der eiskalte Feldherr, für den wir alle nur Kanonenfutter sind. Von wegen. Dafür, dass du immer den Schlaumeier raushängen lässt, der angeblich weiß, wie Menschen ticken, kannst du echt beschränkt sein. Glaubst du, sein Herz hätte den Geist aufgegeben, wenn er der Automat gewesen wäre, als den du ihn betrachtet hast?«

»Ich kann mir vorstellen, dass er unter großen Belastungen stand«, räumte Gottlieb ein.

Rochus stellte das Wasserglas hart auf dem Geländer ab, und Gottlieb war erstaunt, dass es auf dem Sandstein nicht zersprang. »So? Wie das denn? Soweit ich mich erinnere, hast du dich doch immer rechtzeitig aus dem Staub gemacht, wenn's drauf ankam. Hast dich jeder seiner Bitten verweigert, wo du nur konntest. Den Schwanz eingekniffen und es dann noch so hingestellt, als müsstest du dafür einen Orden kriegen, weil du so verdammt mutig gewesen bist, ihm zu widersprechen. Ich kann gar nicht so viel fressen, wie ich kotzen könnte, wenn ich dich jetzt da so sitzen sehe, wie du versuchst, bei mir auf die Tränendrüse zu drücken. *Ich kann mir vorstellen, dass er unter großen Belastungen stand.* So was kann nur ein feiges Arschloch wie du sagen. Warst du ein einziges Mal mit ihm auf der Jagd?«

»Du etwa?«, blaffte Gottlieb. Dieser Schleimscheißer hatte gut reden. Anscheinend vergaß er, dass ein bedeutender Unterschied zwischen Verhandlungsschlachten in Konferenzzimmern und solchen Gefechten klaffte, bei denen man sich nicht den Hintern auf einem Sessel platt saß.

»Hier hat sich viel verändert, seit du weg warst«, sagte Rochus verächtlich. »Ich habe inzwischen am eigenen Leib erfahren, wie es ist, wenn man dem Tod ins Auge blickt. Und Achtung, schockierende Neuigkeiten: Es ist nicht gerade schön. Es ist die Hölle. Es macht einen fertig. Ich weiß, wovon ich rede. Glaub also nur nicht, dass du einfach hier hereintanzen und den verlorenen Sohn spielen kannst, dem alle seine Fehler verzeihen, weil sie so froh sind, ihn endlich wiederzuhaben. Von mir aus hättest du in England verrotten können.«

Langsam hatte Gottlieb Rochus genug durchgehen lassen. Er erhob sich drohend aus dem Rattansessel und knurrte: »Ich war nicht zum Spaß in Oxford.«

Rochus zeigte sich unbeeindruckt. »Ach nein? Man könnte es aber glatt meinen. Sonst hast du nur gebockt, wenn Papa etwas von dir wollte, und kaum hält man dir ein Bild von deiner Zielperson dort unter die Nase, schon bist du drüben und sitzt ihr auf dem Schoß. War es sehr anstrengend, die Zeit mit dieser Schnitte totzuschlagen? War es ein großes Opfer für dich, ihr monatelang auf die Titten zu starren?«

Gottlieb ließ die Bierflasche Bierflasche sein, machte einen Schritt auf Rochus zu und bohrte ihm den Finger in die Brust. »Lass Lily aus dem Spiel, ja?«

Rochus begegnete seinem wütenden Blick. »Wieso? Hat dir die Dame das Herz gebrochen?«

»Weil ich es dir sage«, presste Gottlieb zwischen zusammengebissenen Zähnen hervor. Niemand durfte so über Lily reden. Schon gar nicht er.

»Den richtigen Befehlston musst du noch üben, wenn du mir Angst machen willst, großer Bruder.« Ein Grinsen zog sich über Rochus' feistes Gesicht. »Warte mal. Du hast sie tatsächlich gebumst, oder? Sie hat die Beine für dich breitgemacht, als du mit den dicken Scheinen gewedelt hast, richtig?«

Gottliebs Faust klatschte ohne sein Zutun in Rochus' widerliche Fresse. Es war kein sonderlich gezielter Schlag, aber er reichte aus, um seinen gesamten Oberkörper weit über den Rand des Geländers hinauszubefördern und dafür zu sorgen, dass seine Füße den Kontakt zu den Terrassenfliesen verloren. Einen schrecklichen Augenblick lang ruderte er hilflos mit den Armen, um das Gleichgewicht wiederzufinden, stieß das Glas vom Geländer und kippte immer weiter nach hinten.

Als seine Hand vorschnellte, um nach Rochus' Hosenbund zu greifen, befürchtete Gottlieb schon, der Stoff könnte reißen, und er sah seinen Bruder bereits mit verrenkten Gliedern drunten im Garten liegen. Dann hatte er ihn zu sich herangezogen und drückte ihn mit seinem freien Arm fest an sich. Über Rochus' Schulter hinweg bemerkte er Hedwig, die vom Jäten aufschaute und sicher davon überzeugt war, rechtzeitig zu der Versöhnung ihrer Stiefsöhne aufgeblickt zu haben.

»Es tut mir leid. Es tut mir so leid.« Gottlieb spürte Rochus' Wange an seiner brennen, sein Herz an seinem schlagen. »Ich bin ein Idiot. Entschuldige.«

Rochus wand sich aus seiner Umarmung und rieb die Stelle in seinem Gesicht, wo sich Gottliebs Knöchel als kurze, rote Striemen abzeichneten. Für einen Wimpernschlag stand vor Gottlieb der kleine Bruder, den er geliebt und den ihm das Leben auf so unerklärliche, heimtückische Weise geraubt hatte. »Du gibst bei allen den großen Pazifisten, und mich bringst du beinahe um.«

»Ich bin ein Idiot.« Gottliebs Hände zitterten stärker als seine Stimme. Er musste dieses Beinaheunglück unbedingt wiedergutmachen, wenn er sich morgen noch im Spiegel in die Augen sehen wollte. Rochus hätte um ein Haar einen furchtbaren Preis dafür gezahlt, dass sie sich beide nicht unter Kontrolle hatten. Gab es nicht eine verführerisch simple Lösung für das Problem, vor dem sie standen? »Weißt du was? Wenn du möchtest, kannst du alles haben. Das Geld hast du schon, und du kannst gerne auch den Rest kriegen. Dann haue ich heute noch ab, irgendwohin, und ihr hört nie wieder was von mir.«

Rochus schüttelte den Kopf. Täuschte sich Gottlieb, oder war das schweres Mitleid, das die Mundwinkel seines Bruders nach unten zog? »Du bist erbärmlich. So hundserbärmlich. Du würdest nicht mal den allerletzten Wunsch unseres Vaters akzeptieren.«

Gottlieb wusste nicht, was er darauf erwidern sollte. Er hatte Rochus die Hand zur Versöhnung gereicht, um ihm zu zeigen, dass die Dinge zwischen ihnen nicht so zu bleiben hatten, wie sie waren. Und wie hatte Rochus darauf reagiert? Mit noch mehr Hass, noch mehr Verbitterung.

»Soll ich dir sagen, warum er dich und nicht mich zu seinem Nachfolger bestimmt hat?«, fragte Rochus.

»Nur wegen der Traditionen«, antwortete Gottlieb dumpf. »Hätte etwas anderes eine Rolle gespielt, würden wir nicht hier stehen und uns gegenseitig an die Gurgel gehen. Dann wäre ich schon längst wieder weg, und alle wären glücklicher so.« Das war die ganze beschissene Wahrheit, und sie tat verdammt weh.

»Nein«, widersprach ihm Rochus. »Es hat mit Traditionen nicht das Geringste zu tun. Schau dich an. Du bist doch nicht zu viel mehr zu gebrauchen als Onkel Konrad. Und für den haben die Traditionen auch nicht gegolten. Nein, das war nicht der Grund.« Rochus hob die Hand und präsentierte Gottlieb seinen Ehering. »Deshalb hat er mich verschont. Weil ich eine Frau und ein Kind habe. Er wollte nicht, dass Robert ohne Vater aufwachsen muss, falls mir etwas zustößt.«

Gottlieb schluckte und wandte sich ab. »Hat er das gesagt?«

»Das musste er nicht«, hörte er Rochus sagen.

Das war eine Lüge. Eine dreiste, unverschämte Lüge. Gottlieb wünschte sich, er hätte den Brief seines Vaters nicht zerrissen, um ihn Rochus jetzt unter die Nase halten zu können. Darin hatte gestanden, was er seinem Vater bedeutet hatte. Doch dafür war es zu spät. Trotzdem konnte Gottlieb die Sache nicht auf sich beruhen lassen. »Du hast etwas Wichtiges vergessen. Falls ich umkomme – und uns ist hoffentlich klar, dass das nicht unwahrscheinlich ist –, wärst du der Nächste in der Erbfolge.«

Rochus gab sich nur bedingt erschüttert. »Dann sieh besser zu, dass du zumindest bis morgen Nachmittag am Leben bleibst. Ich hasse es nämlich, wenn ich Versprechen nicht halten kann.«

»Was soll das schon wieder heißen?«

Rochus nahm eine Bierflasche vom Tablett auf dem Tisch und presste sie sich gegen die Backe. »Das neue Auge des Lebens rechnet mit deinem Antrittsbesuch.«

Toll. Noch so eine Neuerung, bei der es niemand für nötig erachtet hatte, ihn zu informieren. »Wir haben eine neue Oberste Seherin?«

»Wie gesagt, es hat sich viel geändert.«

»Was ist mit Sandra?«, wollte Gottlieb wissen.

»Die hat jetzt ein schönes Zimmer in Köppern.« Rochus legte den Kopf schief. »Berufsrisiko.«

Es fiel Gottlieb nicht leicht, sich auszumalen, welche Vision für die kräftige, große Frau, die um ihre Begabung immer ein bisschen zu viel Firlefanz gemacht hatte, derart furchtbar gewesen sein musste, dass ihr scharfer, analytischer Verstand daran zerbrochen war. Noch jemand, den er vermissen und aller Voraussicht nach nie wiedersehen würde. Lily, sein Vater, Sandra – das alte Sprichwort war unpräzise, denn nicht nur aller guten Dinge waren drei.

Als Rochus durch die Terrassentür zurück ins Haus ging, rief ihm Gottlieb hinterher: »Wo willst du hin?«

Ohne sich umzudrehen, entgegnete Rochus: »Ich gehe heim zu meiner Familie. Anders als du habe ich nämlich noch eine, die mich liebt.«

13.09.2009, 15:11

»Es ist nett von dir, dass du mich fährst«, sagte Gottlieb, um die eingeschlafene Unterhaltung wieder in Gang zu bringen.

»Wie könnte ich auf einen Ausflug mit unserem neuen, furchtlosen Anführer verzichten?« Nicole nahm die Hand vom Schaltknüppel und tätschelte ihm das Knie. »Mal im Ernst: Du wirst dich daran gewöhnen müssen, ständig einen Anstandswauwau wie mich um dich zu haben, sobald du das Haus verlässt. Wir wollen dich doch dem Feind nicht auf dem Silbertablett präsentieren. Zu viele Wechsel an der Spitze in zu kurzer Zeit wären schlecht fürs Geschäft.«

»Es ist schön zu wissen, wie sehr ich dir am Herzen liege.« Es hätte schlimmer kommen können. Zum Beispiel, wenn Rochus sich dazu herabgelassen hätte, den Chauffeursdienst zu übernehmen. Da saß Gottlieb lieber mit Nicole im Wagen – Schnoddermaul hin, Schnoddermaul her. Sie machte tatsächlich den Eindruck, als ob ein potenzieller Angreifer bei ihr nichts zu lachen hätte: Unter der braungebrannten Haut ihrer Arme spannten sich sehnige Muskeln, und Gottlieb vermutete, dass unter dem olivgrünen Stoff ihrer auf Taille geschnittenen Bluse, die mit ihren Schulterlitzen und ihren Messingknöpfen definitiv etwas von einer Uniform hatte, ein Sixpack verborgen war. Nicole hatte schon immer eine sportliche Figur gehabt – lange Beine, schmale Hüften und straffe Brüste, die perfekt in seine Hände gepasst hatten –, und nach allem, was er über das Training der Einsatzkräfte in Diensten der Familie wusste, musste sie topfit sein. »Denkst du eigentlich manchmal noch an unseren Sommer?«

»Nur wenn mich jemand fragt, ob ich schon mal eine Riesendummheit gemacht habe, die ich bis heute bereue.«

Na herrlich. Es klang zwar wie ein Scherz, doch das hieß nicht, dass nicht ein Körnchen Wahrheit in ihm steckte. Er besaß scheinbar ein besonderes Talent, alle Frauen zu enttäuschen, die er mochte. Egal: Wenn Nicole darüber hinweggekommen war, würde Lily das auch schaffen. In der Rückschau erwies es sich als sehr weise und klug von ihr, ihn auf Distanz zu halten und es bei einer freundschaftlichen Kumpelei mit gelegentlichen Abstechern in die Federn zu belassen. Oder hatte sie womöglich geahnt, dass er sich ihr gegenüber keine Aufrichtigkeitsmedaille verdient hatte?

Um zu verhindern, dass er zum hundertsten Mal sehnsüchtig daran zurückdachte, wie gut Lilys Haar gerochen hatte, wenn er auf ihr lag, schaute er aus dem Fenster. Sämtliche Reihenhäuser in der Neubausiedlung am Ostrand Bergen-Enkheims sahen für ihn gleich aus – zwei Stockwerke, Rauputz, rote Ziegel. Er bewunderte die verzweifelten Versuche ihrer Bewohner, den spießigen städteplanerischen Auflagen einen Hauch von eigener Identität abzuringen. Die einen versuchten es mit Solaranlagen auf den Dächern, die anderen mit niedrigen Mäuerchen anstelle von gedrungenen Zypressen, um den Vorgarten zum Nachbarn abzugrenzen. Manche hatten sich einen Basketballkorb über das Garagentor gehängt oder das blassgelbe Blech bunt mit Disneyfiguren bemalt, während wieder andere sich für einen auffälligen Briefkasten im amerikanischen Stil entschieden hatten. Mehr ließen die Mühlen der Normalität, die hier mahlten und einem die störenden Ecken und Kanten abschliffen, nicht zu. Gottlieb beneidete die Menschen, denen hier das Gespür für das Außergewöhnliche und Unerwartete ausgetrieben wurde.

»Immer, wenn ich hier vorbeikomme, frage ich mich, ob die Leute nicht doch etwas mitkriegen«, sagte er nachdenklich. »Nur ein ganz kleines bisschen. So eine dumpfe Ahnung, verstehst du? Dass sie irgendwann beim Kochen oder Rasenmähen oder Fernsehen stutzen, die Stirn runzeln und sich denken: Irgendetwas stimmt hier nicht.«

»Du machst einen Fehler«, entgegnete Nicole. »Du traust ihnen ein zu großes Interesse an ihrer Umgebung zu. Dass es sie einen Scheiß kümmert, wo sie ihre Häuschen hochgezogen haben, solange Vati genügend Knete heimbringt, um die Raten zu berappen, den Klarinettenunterricht, die Reitstunden, die Fußballschuhe und die Playstation zu finanzieren. Und Mutti im Keller ihre Seidenmalerei betreiben kann, um sich darüber hinwegzutrösten, dass sie ursprünglich mal geplant hat, wieder arbeiten zu gehen, wenn die Kinder groß genug sind. Keiner von denen weiß, was sich hier abgespielt hat.«

»Aber wenn es doch einer weiß?« Diese Erklärung, die Nicole da bemühte, war Gottlieb zu billig. »Und überhaupt? Muss man es wissen, um es zu fühlen?«

Nicole setzte den Blinker und bog an einer Kreuzung mit Schallschutzwänden an beiden Seiten nach rechts auf eine Umgehungsstraße ab. »Okay, weil du es bist, will ich mal so tun, als wüssten die meisten, dass sie sich in ihrer Bausparkassenidylle in unmittelbarer Nähe eines Schlachtfelds eingerichtet haben, auf dem mehr als sechstausend Mann gefallen sind. Und dann? Das ist zweihundertfünfzig Jahre her. Da kannst du denen doch gleich mit Adam und Eva kommen. Das ist Punkt eins. Punkt zwei ist, dass die Auswirkungen in der Regel nicht drastisch genug sind, um sie einzuschüchtern. Vielleicht riecht es ab und zu ein wenig komisch, wenn man den Garten umgräbt. Oder die Milch wird schneller sauer, selbst wenn man sie in den Kühlschrank stellt. Dafür wächst und gedeiht alles prächtig, was man hier pflanzt, und den Männern steht der Schwanz auch mit Siebzig noch wie eine Eins. Der ganze Scheiß, den so eine Nahtstelle eben ausmacht. Aber wieso sollten sie dann nach Erklärungen für diese kaum wahrnehmbaren Phänomene suchen? Noch dazu nach Erklärungen, bei denen es eine Rolle spielt, dass der Boden hier mit Blut getränkt ist? Dazu müsste man entweder eine gewaltige Meise haben. Oder in unserem Team spielen.«

»Schließt das eine das andere aus?«, fragte Gottlieb, während sie einen Hundeübungsplatz passierten, auf dem ein einsamer, zögerlicher Golden Retriever von seinem Herrchen zum Sprung über ein Hindernis angetrieben wurde.

»In deinem Fall offenbar nicht«, erwiderte Nicole grinsend. »Wir sind da.«

Kies knirschte unter den Reifen, als Nicole den Audi vor einem flachen, lang gestreckten Gebäude zum Stehen brachte. Gottlieb stieg aus und sog den angenehmen Duft der Schnittblumen ein, die in grünen Eimern in mehreren Reihen vor dem Schaufenster aufgestellt waren. Hinter der Scheibe lockte eine noch größere Pracht von Blüten in unterschiedlichsten Formen und Schattierungen. Gottlieb erkannte elegante Orchideen und schlichte Tulpen, flammend rote Dahlien und leuchtend gelbe Narzissen. Der Tod liebte alle Farben, nicht nur Schwarz.

Sie durchquerten den Verkaufsraum, wo Gottlieb eine ältere Dame hinter dem Tresen freundlich zulächelte, während sie mit geschickten Fingern eine Schlaufe in das violette Band eines wagenradgroßen Trauerkranzes machte. Gottlieb lächelte ebenso freundlich zurück und folgte Nicole aus dem schwülheißen Laden in ein angebautes Gewächshaus, wo die Luft so drückend war, dass ihm nach zwei Schritten der Schweiß auf der Stirn stand. Er achtete nicht weiter darauf, welche Keime hier in tiefbrauner, fruchtbarer Erde der Sonne ihre Spitzen entgegenreckten. Er wollte nur so schnell wie möglich ins Kühle.

Sein Wunsch wurde ihm bald erfüllt. Sie nahmen am anderen Ende des Gewächshauses eine Treppe nach unten, und Nicole drückte ohne Umschweife einen Knopf neben der schweren Stahltür, vor der die Stufen endeten. Das gedämpfte Schrillen einer Klingel kämpfte sich durch das Metall. Dann klickte und klackte es, als mehrere Schlösser geöffnet wurden, woraufhin ihnen ein junger Mann südländischen Typs – ein Grieche oder Italiener, wie Gottlieb vermutete – Einlass bot, den Arm, in dem er eine Maschinenpistole hielt, locker in die Hüfte gestützt.

»Tag, Dimmy. Ich hab den neuen Chef dabei«, sagte Nicole lapidar.

Dimmy taxierte Gottlieb mit einem neugierigen Blick und verriegelte hinter ihnen die Tür. »Das wird auch Zeit. Sie ist schon ganz aufgekratzt.«

»Vorfreude ist eben doch die schönste Freude«, meinte Nicole und schritt den gemauerten Gang entlang, der um einiges älter wirkte als die Stahltür, mit der er von der Außenwelt abgeschottet war. Die Neonröhren an den Decken kamen Gottlieb furchtbar deplatziert vor. Flackernde Fackeln oder wenigstens nackte Glühbirnen wären stilechter gewesen.

Der Gang mündete nach zwanzig oder dreißig Metern in ein kreisrundes Gewölbe, in dem das Neue noch sehr viel härter auf das Alte prallte. Auf den schwarzen und weißen Steinen eines Mosaiks aus ineinander verschlungenen Linien, die gemeinsam das Abbild einer Rose am Schnittpunkt der beiden Balken eines Kreuzes ergaben, ruhten rings an den Wänden die dünnen, metallenen Beine moderner Bürotische mit grauen Platten. Die Monitore, die auf ihnen standen, waren so ausgerichtet, dass die sonderbaren Relikte, die an feinen Drahtfäden von der Decke hingen, die Oberkanten der Plastikgehäuse beinahe berührten. Hier sah es so aus, als bohre sich die Spitze einer rostigen Schwertklinge jeden Augenblick in einen der Bildschirme; dort drohte ein verwittertes Stück Holz über den Rand des Monitors zu kratzen; und über einem der anderen Tische schien nur ein sachtes Stupsen nötig, damit ein Fallbeil, dem der Rest der Guillotine abhandengekommen war, herabfuhr und der Frau, die an diesem Rechnerplatz arbeitete, die Hände abtrennte. Wie ihr halbes Dutzend Kollegen und Kolleginnen zeigte sie sich von ihrer Umgebung absolut unbeeindruckt, als sie die Maus bewegte, um bei ihrem Streifzug durchs Internet eine neue Seite anzusteuern. Unter den Leuten an den Computern herrschte eine Atmosphäre entspannter Konzentration, wie wenn sie die Belegschaft eines aufstrebenden IT-Unternehmens gewesen wären. Mit dem entscheidenden Unterschied, dass dieser Teil der Dot-Com-Blase von einem wahnsinnigen Superschurken aus einem James-Bond-Film mit einem Faible für mittelalterliches Ambiente und für bizarre Antiquitäten in sein unterirdisches Geheimversteck teleportiert worden war.

Die echten Schmuckstücke dieser Sammlung befanden sich in den von Lichtschächten hervorragend ausgeleuchteten Nischen des Gewölbes: ein hölzerner Globus wie aus einem Herrenzimmer des 19. Jahrhunderts, der an einen Elektromotor samt kompliziertem Gestänge angeschlossen war, um die Miniaturerde in scheinbar zufälligen, ruckartigen Schüben rotieren zu lassen, während aus einem Behälter eine Handbreit über der Achse eine klare, zähe Flüssigkeit auf die eingeritzten Länder und Meere tropfte; ein Kartentisch, über dem ein Pendel schwang, das aus einem großen Knochen gefertigt war, in dessen unteres Ende man eine silberne Halterung für eine Art Griffel aus geronnenem Fett gebohrt hatte; eine wummernde, dampfbetriebene Apparatur, in die ein großer Bogen Papier eingespannt war, gegen den Typenhebel wie bei einer Schreibmaschine hämmerten – nur dass es keine erkennbare Tastatur gab und auch nicht winzige Lettern, sondern die Spitzen angefeilter Zähne ihre Abdrücke in das Papier stanzten.

Aus diesem geordneten Irrsinn oder dieser irrsinnigen Ordnung – Gottlieb hatte sich in dieser Hinsicht nie genau festlegen wollen – spazierte ein merkwürdiges Geschöpf auf den Sohlen seiner ausgetretenen DocMartens auf ihn zu. Es reichte ihm gerade bis zur Brust, trug eine Kombination aus Kapuzenweste und Baggypants und roch nach Nelkenzigaretten, wie sie in den Neunzigern in Gruftikreisen angesagt gewesen waren.

Er musste die Frau, deren Schädel bis auf eine Locke auf der Stirn kahl geschoren war, zu lange wortlos angestarrt haben, denn sie sah nun kurz an sich herunter und wandte sich mit knarrender Stimme an ihn: »Habe ich irgendwo Scheiße an mir kleben?«

»Ich hatte mir dich größer vorgestellt«, gestand Gottlieb. Und mit einem wallenden Tuch mit Glitzerfäden um den Hals. Und weniger verranzt. Und mit einem entrückten Lächeln im Gesicht. Wie die alte Oberste Seherin. Wie Sandra eben.

All diese Nebenbemerkungen sparte er aus, weil er sich noch nicht hundertprozentig sicher war, wie er die Lage einschätzen sollte. Am Ende war das ein Scherz, den Nicole eingefädelt hatte.

»Ich dachte, du wärst fetter«, wurde seine Vorsicht bestraft.

»Sie hat bis jetzt nur Rochus und deinen Vater gesehen«, erklärte Nicole, als ob das den Spruch entschuldigen würde. »Gottlieb Berger, Bille Prawdawik. Bille Prawdawik, Gottlieb Berger.«

Gottlieb war klar, dass Bille eine wichtige Funktion erfüllte, und ihm war bewusst, wie sehr die Familie auf ihre Unterstützung angewiesen war. Er biss in den sauren Apfel, schüttelte ihr artig die Hand und fragte im geschmeidigsten Tonfall, zu dem er nach diesem unglücklichen Einstieg fähig war: »Du wolltest mich treffen?«

»Ich wollte mir ein Bild machen, mit wem ich mich in Zukunft herumärgern darf. Und ich wollte sehen, ob wir auf einer Wellenlänge sind.«

»Und?«

»Das wird sich noch rausstellen.«

»Dann lasse ich euch Turteltäubchen mal allein.« Nicole klopfte Gottlieb auf die Schulter und zwinkerte Bille zu. »Versprich mir, dass ich ihn wohlbehalten zurückkriege.«

»Für Versprechungen bin ich nicht zuständig«, erwiderte Bille.

Gottlieb schaute Nicole nach. Diese feige Kröte. Er hätte sich nicht gegen ein Quäntchen moralischen Beistand von ihrer Seite gesträubt. Er seufzte und wandte sich wieder Bille zu. »Wie finden wir das mit der Wellenlänge am besten heraus?«

»Indem ich die Fragen stelle.« Sie verschränkte die Arme vor der Brust und musterte ihn von oben bis unten. Einmal, zweimal, dreimal – mit völlig eingefrorener Miene.

Beim vierten Mal – inzwischen stellte Gottlieb fest, dass Billes Zuarbeiter an den Bürotischen die Szene aus den Augenwinkeln zu beobachten begannen – konnte er nicht mehr an sich halten. »Wendest du gerade deine Kräfte auf mich an?«

»Sei nicht albern«, grunzte Bille. »So funktioniert das nicht. Dazu bist du noch zu lebendig. Ich wollte bloß abchecken, wie viel Geduld du hast.«

Super. Sie stand auf idiotische Spielchen. Der Troll in Menschengestalt wurde ihm von Sekunde zu Sekunde sympathischer.

»Das ist wichtig, weil ich es ums Verrecken nicht leiden kann, wenn jemand die ganze Zeit hinter mir steht und mich antreibt. Dein Vater war am Anfang so drauf, aber nach einer Gewöhnungsphase hat er geschnallt, dass der Hase bei mir nicht so läuft. Also schreib dir besser Folgendes hinter die Ohren: Das nächste Ziel steht fest, sobald es feststeht, und es steht fest, sobald ich sage, dass es feststeht. Kapiert?«

Er nickte. Für eine Seherin, die angeblich die tiefsten Einblicke in den Verlauf des ewigen, von verdeckten Winkelzügen geprägten Kampfes zwischen dem Lichten und dem Dunklen Bruder hatte, war sie ziemlich direkt.

»Reden wir nicht um den heißen Brei herum«, fuhr sie fort. »Ich bin nicht auf den Kopf gefallen. Wenn die Leute das Wort Seherin hören, rechnen sie sofort mit irgendeinem Esoquark und denken, ich fackle Räucherstäbchen ab und hocke über einer Kristallkugel, bis ich Pickel am Arsch kriege. So ist das bei mir nicht. Ich falle auch nicht plötzlich um und markiere einen epileptischen Anfall, um in Zungen zu sprechen. Mein Wahnsinn hat Methode. Ich kümmere mich um die Apparate, trage Daten zusammen, lege meine Listen an und treffe eine Entscheidung. Basta. So simpel ist das.«

In einer Sache hatte Bille absolut recht: Gottlieb hatte mit einem völlig anderen Gespräch gerechnet. Durchsetzt von kryptischen Verweisen auf die komplexe Lehre, der die Bergers und ihre Verbündeten anhingen und mit der er, Gottlieb, sich nur so weit auseinandergesetzt hatte, wie es zwingend erforderlich gewesen war. Er hatte nie begriffen, warum man das Familiengeschäft mit Metaphysik ummänteln musste. Woher die Wandler kamen, war letzten Endes doch gar nicht mal so wichtig – alles, was zählte, war, dass sie existierten, dass sie gefährlich waren und dass jemand sich um sie zu kümmern hatte. Um es mit Bille zu sagen: Basta. So simpel war das.

Gottlieb vermutete, dass sein Vater und all seine Vorfahren irgendeine Form von Trost oder unter Umständen auch eine Rechtfertigung für ihr Handeln darin gefunden hatten, die Welt im Grunde so anzugehen wie Pippi Langstrumpf: Sie machten sie sich so, wie sie ihnen gefiel. Im Zentrum ihrer Mythologie standen der Lichte und der Dunkle Bruder – zwei Entitäten, denen sie schöpferische Macht zusprachen und die angeblich die

Wirklichkeit, wie Menschen sie für gewöhnlich wahrnahmen, ins Entstehen gerufen hatten. Wenig originell gingen sie davon aus, dass der eine Bruder für alles verantwortlich war, was einem üblicherweise Freude bereitete – angenehme Wärme, erträgliches Wetter, glückliche Geburten, essbare Pflanzen und so weiter. Folgerichtig trug der andere die Schuld an allem, was einem das Dasein verleidete – klirrende Kälte, zerstörerische Stürme, Unfruchtbarkeit, giftiges Getier et cetera. Um die Angelegenheit noch etwas vertrackter zu gestalten, hatten die Brüder die Wirklichkeit ursprünglich gemeinsam und in friedlicher Absprache miteinander geschaffen, um sie ihrer Mutter – der Einen, die alles und nichts ist, die immer war und nie sein wird, die weder Hass noch Liebe kennt – zu schenken. Der Vater – der Eine, der nichts und alles ist, der nie sein wird und immer war, der weder Liebe noch Hass kennt – sollte davon nichts erfahren. Man hatte sich das so vorzustellen, dass diese vier Wesenheiten in einer echten Wirklichkeit jenseits der Grenzen des menschlichen Verstands wohnten, in der Geist und Materie zusammenfielen. Jedenfalls bauten die beiden Brüder in einer groben Anlehnung an ihre eigene Heimat die Wirklichkeit, wie sie sich den Menschen erschloss, wurden von ihrem Vater dabei ertappt und zur Strafe in ihre eigene Schöpfung gesperrt, wo sie sich allerdings niemals stofflich manifestieren, sondern nur ihr Wirken hinter den Kulissen zu erfassen ist. Seitdem stritten sich die beiden, wer von ihnen die größere Schuld an dem Schlamassel trug, und warfen sich im übertragenen Sinn gegenseitig Teile ihres schönen Spielzeugs an den Kopf. Dieser Zwist währte bereits so lange und wurde in kindlichem Zorn derart heftig geführt, dass die Wirklichkeit davon an manchen Orten in Mitleidenschaft gezogen wurde. In den Verschnaufpausen ihres Gefechts flickten sie diese Risse notdürftig. Diese wunden Orte wurden Nahtstellen genannt und zeichneten sich dadurch aus, dass dort die Regeln für die Welt, die die Brüder einmal festgelegt hatten, nicht mehr galten. Dann kam es zu solch unschönen Phänomenen wie dem, dem sich die Bergers entgegenzustellen versuchten – einer verhängnisvollen Unterbrechung oder Blockade im Kreislauf des Werdens und Vergehens. Dazu mussten alte Nahtstellen im Auge behalten und neue möglichst frühzeitig erkannt werden – und diese Aufgabe erledigte die Oberste Seherin.

Basta. So verwirrend war das.

»Wird sich etwas an dem Budget für die Anschaffung von Reliquien ändern, jetzt, wo du den Patriarchen markierst?« Billes Frage hatte einen lauernden Unterton.

»Mit dem Geld bist du bei mir nicht an der richtigen Adresse«, antwortete Gottlieb. »Das wickelt Rochus ab. Denke ich …«

Bille verdrehte die Augen. »Hervorragend. Der Erbsenzähler. Geiziger als dein Vater kann der trotzdem nicht sein. Ich habe mir den Mund fusslig geredet, bis er die Kröten für die Planke da drüben ausgespuckt hat.« Sie zeigte auf das verwitterte Stück Holz über einem der Monitore, das Gottlieb vorhin bereits aufgefallen war. »Dabei stammt es von dem Schiff, das den Schwarzen Tod nach Europa gebracht hat. Einen besseren Fokus kann man sich kaum wünschen. Und mittlerweile habe ich ein Auge auf einen schnuckeligen Sorgenbecher vom Chodynkafeld geworfen.«

»Einen was?«

»Geschichte war nicht dein Lieblingsfach, oder?« Bille spielte an einem Piercing in ihrer Unterlippe. »Zar Nikolai der Zweite sagt dir aber hoffentlich was.«

»War das nicht der letzte?«, wagte Gottlieb einen Schuss ins Blaue.

»Richtig, der Letzte seiner Art. Der, dem das Volk bei der Oktoberrevolution den Arsch aufgerissen hat. Der, dessen Frau sich von Rasputin hat pimpern lassen. Er muss ein Vollidiot gewesen sein. An seiner Stelle hätte ich gleich nach der Krönung wieder abgedankt.«

»Wieso?«

»Okay, pass auf. Man krönt ihn also und richtet anschließend auf dem Chodynkafeld, so einer Art Truppenübungsplatz für seine Soldaten in Moskau, eine mordsmäßige Feier aus. Mit allem Brimborium. Buffetständen, eigens gebauten Kneipen, das ganze Pipapo. Morgens um fünf stehen sich schon eine halbe Million Menschen die Beine in den Bauch, um den nächsten Typen zu sehen, der über ihr Schicksal bestimmen soll und dem sie im Grunde genommen am Arsch vorbeigehen. Weil Nicki gute Stimmung machen wollte, wurden Geschenke an die Untertanen verteilt. Voll großzügig: ein Brötchen, ein Stück Wurst, ein Happen Russischbrot und – schnall dich an bei so viel Freigiebigkeit – ein Porzellanbecher mit dem Zarensiegel drauf. Irgendwann kam dann das Gerücht auf, es würde nicht jeder ein Geschenkpaket abkriegen. Und dann ging alles den Bach runter. Komplette Massenpanik, als wäre Schlussverkauf bei C&A in der Hölle. Mehr als tausend Leute werden totgetrampelt. Wegen eines Bechers. Na ja, die Rechnung hat Nicki ein paar Jahre später serviert bekommen.«

»Du willst so einen Becher kaufen, weil sich in ihm das Wirken des Dunklen Bruders verdichtet hat«, mutmaßte Gottlieb.

»Bingo. Als ein Symbol für falsche Mildtätigkeit und blinde Gier.« Bille nickte zufrieden. »Kostet auch wirklich nicht die Welt.«

»Ich kann bei Rochus vielleicht ein gutes Wort für dich einlegen«, sagte Gottlieb, auch wenn offen war, inwiefern sein Bruder sich davon beeinflussen ließ. »Du brauchst diese Sachen doch, um deine Arbeit zu erledigen.«

Bille trat einen Schritt näher an ihn heran und senkte die Stimme. »Falsch. Ich brauche diese Sachen, damit es mir nicht geht wie meiner Vorgängerin. Die Reliquien helfen einem dabei, die Eindrücke aus den Nahtstellen in Portionen zu erhalten, die einigermaßen zu bewältigen sind. Diese Station liegt mitten in einem Schlachtfeld. Für mich heißt das, dass ich ständig Kanonendonner, Gewehrschüsse und die Schreie sterbender Männer höre. Dass ich ihr Blut rieche, ihre Scheiße, den Pulverdampf. Dass es sich für mich beim Gehen so anfühlt, als würde ich durch knietiefen Schlamm waten und über abgerissene Arme und Beine stolpern. Sobald ich den Fehler mache, zu sehr darauf zu achten, stehe ich plötzlich im Gemetzel. Also muss ich mich auf etwas anderes konzentrieren, auf etwas, das

Ordnung in das Chaos bringt. Um Informationen zu sammeln, die uns weiterbringen, statt mich mit Bildern vollzustopfen, die mich nachts nicht schlafen lassen. Dazu sind die Reliquien da. So hat man es mir beigebracht.« Sie runzelte die Stirn. »Täusche ich mich, oder hast du keine Ahnung, wie man uns ausbildet?« Sie machte eine Geste mit beiden Armen, die ihre Zuarbeiter einschloss.

Gottlieb blickte sich betreten um. Die Köpfe der Seher zuckten zurück in Richtung der Monitore. »Ertappt.«

»Typisch.« Enttäuscht winkte Bille ab.

»Ich würde es gerne hören«, sagte Gottlieb. »Ehrlich.«

»Es gibt da diese Privatschule, ein Internat, das die Bergers vor hundertfünfzig Jahren gegründet haben. Frag mich nicht, wie das früher genau gelaufen ist, aber es kann nicht viel anders gewesen sein. Die Lehrer dieser Schule klappern regelmäßig Waisenhäuser und Kinderheime ab. In ganz Deutschland. Sie zeigen den Kindern Sachen und fragen sie, was für Sachen das sind.«

»Sachen?«

»Bei mir war es ein roter Ball. Aus diesem glatten, billigen Kunststoff, der so abartig stinkt und mit der Zeit feine Risse bekommt wie gealterte Haut. Sie zeigen mir also den Ball und fragen mich, was das ist. Ich fasse das Ding an, und ich weiß sofort, wo er herkommt. Ich höre das Geräusch, wie er auf hartem Asphalt hüpft, dieses harmlose, hohe Boing-Boing-Boing, und dann das Quietschen von Bremsen. Plötzlich falle ich vom Stuhl, kriege keine Luft mehr und pisse mich ein. Und weißt du was? Zwei Wochen später bin ich raus aus dem Heim und drin in dieser Schule am Arsch der Welt. Sechs Jahre. Die Hälfte der Zeit quälen sie uns mit dem üblichen Scheiß – Mathe, Deutsch, wie an jeder anderen Schule auch –, die andere Hälfte halten sie uns Reliquien unter die Nase. Am Anfang keine sonderlich mächtigen. Einen Gürtel, mit dem sich jemand aufgehängt hat. Eine Flasche Abflussfrei, an der ein Kleinkind genippt hat. Operationsbesteck. Solchen Kram. Wir mussten ganz genau beschreiben, was wir wahrgenommen haben. Wo kommt der

Rohrreiniger her? Aha, aus einem Schrank unter der Spüle also. Das reicht nicht. Welche Farbe hat der Küchenschrank? In dem Zimmer steht ein Bett. Und weiter? Ein Doppelbett? Ist es frisch gemacht oder zerwühlt? Was für ein Muster haben die Bezüge? Wer keine Leistung brachte, verschwand. War irgendwann morgens nicht mehr da. Ich hoffe bis heute, dass man die Ausgesiebten einfach dorthin zurückgeschickt hat, wo sie hergekommen waren. Geschrieben hat aber nie einer von denen, nicht mal eine Karte zu Weihnachten.«

Kalte Finger krochen Gottlieb den Nacken hinauf. Er schämte sich, dass er die Zeit, die er in Internaten verbracht hatte, wegen der strengen Regeln und der harten Disziplin immer als grausame Gefangenschaft gesehen hatte. Verglichen mit der Schule, in der Bille zu einem Werkzeug für den Kampf gegen die Wandler geformt worden war, waren seine Internate aber offenbar wahre Tempel der antiautoritären Erziehung gewesen.

»Später haben sie die Daumenschrauben angezogen«, setzte Bille ihre Ausführungen fort. »Keine Kinkerlitzchen mehr. Jetzt wurde man mit den echten Hämmern konfrontiert. Stoffresten aus Massengräbern, Teile von Flugzeugwracks, Zahngold aus Schweizer Bankschließfächern und solche Späße. Da wurde endgültig die Spreu vom Weizen getrennt. Wer das aushielt, war für den Einsatz in einer Station wie der hier bereit. Irgendwo in einer der Filialen, wie dein Vater das genannt hat. Wo man sich dann mit den Maschinen vertraut machen darf, die einem wertvolle Dienste leisten sollen, dem Tod nachzuspüren und Nahtstellen zu entdecken, die kurz vor dem Reißen stehen.« Sie steckte die Hände in die Taschen ihrer Kapuzenweste. »Von den zwölf Jungs und Mädels, die mit mir angefangen haben, sind außer mir noch zwei übrig geblieben. Und nach all dem muss ich mir von den Einsatzkräften im Feld anhören, wie gut ich und meine Leute es haben, weil wir doch nur den ganzen Tag Däumchen drehen. Und ich muss darum betteln, dass man mir so einen beschissenen Becher besorgt. Ist das Leben nicht ungerecht?«

»Das tut mir leid.« Verlegen fuhr sich Gottlieb durch die Haare. »Ich wusste davon nichts.«

»Jetzt weißt du's«, sagte Bille. »Vielleicht ändert das was. Wir werden sehen.« Sie wandte sich von ihm ab, schlurfte zu der bizarren Schreibmaschine in einer der Nischen und spannte einen neuen Bogen Papier ein. Den alten rollte sie zusammen wie ein Stück Pergament, klemmte ihn sich behutsam unter den Arm und verscheuchte mit einem »Mach mal Pause, Jörg!« einen ihrer Untergebenen von seinem Arbeitsplatz.

»Sind wir fertig?«, fragte Gottlieb unsicher.

»Wie sieht's denn aus?«, erwiderte Bille, ohne von dem inzwischen wieder aufgerollten alten Bogen aufzusehen, auf dem sie mit den Fingerspitzen die durch die Zähne eingestanzten Muster entlangstrich. »Keine Angst, du hörst noch früh genug von mir.«

Nicole wartete an der Stahltür auf ihn, wo sie mit Dimmy eine erregte Debatte über die Vorzüge von Infrarotsichtgeräten gegenüber Restlichtverstärkern führte. Das Soldatengeschwätz erstarb, als die beiden Gottlieb durch den Gang kommen sahen.

»Und? Sind das Mannweib und du nun auf einer Wellenlänge?«, erkundigte sich Nicole, während Dimmy ihnen die Tür öffnete.

»Halt die Klappe, ja?«, knurrte Gottlieb.

»Stell dich nicht so an!« Nicole versetzte ihm einen Schubs, und er wäre fast über die erste Stufe der Treppe nach oben ins Gewächshaus gestolpert. »Da warst du so lange in England und hast immer noch keinen Sinn für Humor.«

Dieses Mal war Gottlieb nicht unglücklich darüber, dass auf der Fahrt zurück in die Innenstadt kein ordentliches Gespräch zwischen ihm und Nicole zustande kam. Seine Begegnung mit Bille gab ihm zu denken. Wie egozentrisch konnte er eigentlich sein, davon auszugehen, dass er der Einzige in der gesamten Organisation war, für den seine Rolle kein Zuckerschlecken war? Er nahm sich fest vor, im Lauf der nächsten Woche Sandra in der Klinik in Köppern zu besuchen. Es war das Mindeste, was er für das alte Auge des Lebens tun konnte. Sein zweiter Entschluss bestand darin, sich Geld von seiner Stiefmutter zu leihen, falls Rochus sich bei den Anschaffungskosten für den von Bille gewünschten Zarenbecher querstellte, und die Reliquie quasi aus eigener Tasche zu bezahlen. Hedwig würde bestimmt verstehen, dass er sie nicht anpumpen würde, wenn es nicht wirklich wichtig für ihn wäre.

Das Vibrieren des Handys in seiner Hosentasche schreckte ihn aus seinen Gedanken. Auf dem Display stand eine Nummer, die mit +44 anfing. Seine erste Hoffnung war, dass Lily ihn zu erreichen versuchte, aber das war Unfug, weil das Handy sonst ihren Namen angezeigt hätte. Wer sollte ihn aber sonst aus England anrufen?

»Berger.«

»Mister Berger?« Die Frau am anderen Ende schniefte, und es war nicht zu überhören, dass sie ihre ganze Kraft zusammennahm, um nicht laut loszuheulen. »Wissen Sie, wo Lily ist?«

Gottliebs Herz setzte zwei Schläge aus. »Wer ist da?«

»Martha Young. Wissen Sie, wo Lily ist? Sie würden mir doch sagen, wo sie ist, wenn Sie es wüssten?« Es war schwer, diese flehentliche Stimme mit der Erinnerung an die Frau in Einklang zu bringen, die er auf der Beerdigung von Lilys Großvater kennengelernt hatte.

»Ich bin in Deutschland«, sagte Gottlieb. »Ist etwas passiert?«

»Sie ist weg. Fort. Es war jemand bei uns im Haus.« Mrs. Young sprach schneller und schneller, als könnte sie so einem unfassbaren Grauen Einhalt gebieten. Sie lallte dabei. Entweder sie hatte getrunken, oder sie stand unter Valium. »Veronica ist tot. Erschossen. Victor ist auch tot. Sie sind beide tot. Und keiner weiß, wo Lily ist. Sie haben uns angerufen. Wir sind gleich nach Hause geflogen. Aber wir waren zu spät. Sie ist fort.«

Gottliebs gesamte Welt schrumpfte auf das Handy an seinem Ohr zusammen. »Fort?«

»Ihr Blut war am Fenster, sagt die Polizei. Sie muss im Haus gewesen sein. Aber wieso? Warum war sie nicht in Oxford? Warum war Sie nicht bei Ihnen?«

»Hannah …« Zu mehr fühlte sich Gottlieb nicht in der Lage, weil ihm seine Zunge nicht mehr gehorchte.

»Sie will nicht mit mir reden. Sie hat gesagt, Lily wäre krank und das hätte sie auch der Polizei erzählt. Der Inspektor glaubt ihr aber nicht. Niemand frisst lebendige Tauben. Sie hat doch nie Fleisch gegessen.« Mrs. Young war nicht schnell genug gewesen. Das Grauen holte sie ein, und einen Moment drang nur wildes Schluchzen aus dem Hörer. »Wissen Sie, wo sie ist? Bitte sagen Sie mir, wo sie ist.«

Jemand wand Gottlieb das Handy aus den Fingern. Komisch. Das Auto fuhr gar nicht mehr.

Lily war fort.

»Hallo? Mister Berger kann leider nicht weiterreden«, hörte er Nicole sagen. Ihr Englisch war mies.

Lily war fort.

»Ich muss nach England«, murmelte er leise. »Sofort.«

»Gottlieb?«

»Ich muss nach England.« Es war seine Schuld. Er hatte Lily alleingelassen. Er hatte gewusst, dass ihre Nachforschungen gefährlich waren. Deshalb war er ja vor Ort, um zu verhindern, dass sie zu tief nachbohrte. Nur so weit, wie sie unter Umständen neue Erkenntnisse über Wandler zutage förderte, von denen die Bergers noch nichts wussten. Und jetzt war sie vielleicht tot. Er wollte schreien, aber es war kaum mehr als ein Flüstern. »Ich habe sie umgebracht.«

Ein Gesicht tauchte am Rand seines Blickfelds auf. »Gottlieb? Hör mir gut zu. Es ist zu spät.«

Mühsam wandte er den Kopf und schaute Nicole in die Augen. »Zu spät?«

»Deine Zielperson ist nicht mehr auf unserem Radar. Lars hat es verbockt.« Sie legte eine Hand auf seine Schulter. »Er sollte für dich übernehmen. Er hat nicht gut genug aufgepasst. Sie ist mit einem Mann in einem Club gewesen, und einen Tag später sah alles danach aus, als ob sie infiziert wäre. Sie ist von Oxford zu sich nach Hause gefahren. Lars hat zu lange abgewartet. Sie hatte Kontakt zu ihrer Schwester. Da musste er sich an die Regeln halten. Lars sagt, der Hund sei tot und alles voller Blut gewesen, als er ins Haus kam. Es war nicht klar, ob die Schwester gebissen worden ist oder etwas von dem Blut verschluckt hat. Er hatte keine Wahl. Er hatte nicht genügend Zeit, um beide Leichen zu entsorgen. Also hat er sich für Lily entschieden.«

Erstaunt bemerkte Gottlieb, wie sich die in ihm entstandene Leere zu füllen begann. Es war nur Zorn, aber es war besser als nichts. Er stieß Nicole von sich und brüllte: »Wie lange weißt du das schon?«

Nicole lugte in den Seitenspiegel und klappte sein Handy auf und zu. »Seit vorgestern.«

»Und du hast nichts gesagt? Du kutschierst mich durch die Gegend, machst saudumme Scherze und sagst mir nichts davon, dass sie tot ist?« Er hämmerte mit beiden Fäusten auf das Armaturenbrett. »Warum? Warum hast du nichts gesagt?«

»Weil es nichts geändert hätte.« Sie warf ihm sein Handy zu, griff nach dem Zündschlüssel und startete den Motor. »Tot ist tot.«

13.09.2009, 19:22

Lily schlug die Augen auf. Der Hunger in ihr – reißend, mörderisch und blind – schenkte ihr nicht die Zeit, sich ein klares Bild ihrer Umgebung zu verschaffen. Er zwang sie, die Quelle des Geruchs zu finden, der sie geweckt hatte: ein süßlich-würziger Duft, der sie unkontrolliert schlucken ließ, obwohl noch nichts ihren Mund füllte.

Die Suche währte nicht lange. Lily musste nicht mehr tun, als sich aufzurichten und die Decke zurückzuschlagen, um sich anschließend über das Fleisch herzumachen, das in dünnen Scheiben auf dem Nachttisch auf einer silbernen Platte angerichtet war. Wer immer sich die Mühe gemacht hatte, diesen Anschein von Zivilisation zu bewahren, hätte gut und gern darauf verzichten können. Lilys Hunger kannte nur Verachtung für diese kleine Verbeugung vor den Regeln von Sitte und Anstand. Sie hätte das Fleisch ebenso gut, ebenso gierig und mit ebenso großem Genuss vom Boden gefressen. Saftige Scheibe um saftige Scheibe schlang sie hinunter, stopfte sich die nächste bereits mit den Fingern in den Mund, bevor die vorangegangene überhaupt die kurze Reise in ihren Magen beendet hatte.

Lily hörte sich schmatzen und stöhnen, doch ihr war dabei, als würde sie das schönste Lied singen, das sie je gesungen hatte. Nichts, was sich so gut anfühlte, konnte falsch sein. Die Vorstellung, dass etwas sein Leben gegeben hatte, um sie zu nähren, erfüllte sie mit dem wilden Stolz eines Raubtiers, das gerade Beute erlegt hatte. Sie nahm sich nur das, was ihr ohnehin zustand.

Als ihre tastenden Hände keinen Nachschub mehr fanden, fegte sie mit einem zornigen Knurren die Platte vom Nachttisch. Das helle Scheppern dämpfte ihre Wut, und sie begann ihre Finger abzulecken. Sie durfte nichts von dem, was ihr so viel Kraft schenkte, vergeuden.

Mit wachsender Zufriedenheit bemerkte sie, wie ihr Hunger

sich beruhigte. Er verschwand nicht ganz, aber er schrumpfte auf ein erträgliches Maß zusammen – wie wenn man nach einem langen, arbeitsreichen Tag feststellte, dass man glatt das Essen vergessen hatte. Bizarrerweise fühlte sie zugleich, wie von dem Fleisch, das sie eben noch verschlungen hatte, eine angenehme Wärme ausging, die sich langsam, aber stetig in jede Faser ihres Körpers ausbreitete. Das angenehme Prickeln, mit dem ein guter Whisky seine Wirkung entfaltete, war so etwas wie der kleine, verkrüppelte Bruder dieses Gefühls.

»Ausgezeichnet. Sie sind wach.«

Sie hatte nicht gehört, wie sich die Tür geöffnet hatte. Der Mann im dunklen Livree ging mit regloser Miene auf die Platte zu, die Lily vom Nachttisch geschleudert hatte, bückte sich geschmeidig und hob sie auf. Er machte Anstalten, das Zimmer umgehend wieder zu verlassen, überlegte es sich dann anders, drehte sich noch einmal um und begegnete Lilys starrem Blick. »Ich bin mir sicher, Sie haben viele Fragen«, sagte er mit dem Hauch eines entschuldigenden Lächelns auf den Lippen. »Master Cunningham wird Sie Ihnen alle beantworten. Es steht mir nicht zu, ihm vorzugreifen. Ich gebe ihm sofort Bescheid.«

Er verschwand durch die Tür, die mit einem leisen Klicken ins Schloss fiel.

Lily schaute sich um. Sie erinnerte sich daran, dass sie in Notting Hill hungrig zwischen zwei Mülleimern gesessen und dem Rumoren der Ratten darin gelauscht hatte. Sie ahnte, dass sich davor und danach wichtige Ereignisse abgespielt haben mussten, doch sie fand keine Erinnerung daran in ihrem Gedächtnis, egal, wie sehr sie sich auch anstrengte. Nun saß sie auf einem Bett – einem breiten Ding mit schweren Pfosten, die hoch über die dicke Matratze hinausragten. Eine altmodische Lampe mit einem noch altmodischeren Stoffschirm spendete gedämpftes Licht. Sie machte die Wände eines Zimmers aus, das ihr groß genug erschien, um ihre komplette Wohnung in Oxford darin unterzubringen. Polierte Holzvertäfelungen warfen den Lampenschimmer zurück. In einer Ecke neben einem hohen Fenster mit zugezogenen Vorhängen stand ein klobiges Bücherregal neben einem Ungetüm von Kleiderschrank, während gegenüber auf der Ablage einer Frisierkommode, wie sie vor hundert- oder hundertfünfzig Jahren modern gewesen war, ein reichhaltiges Sortiment an Bürsten und Kämmen ausgebreitet lag.

Lily blickte an sich herunter. Sie trug ein weißes Nachthemd mit Puffärmeln und einer aufwendigen Schnürung über dem Dekolleté. Bis hinunter zu ihrem Bauch war das weiche Leinen mit braunroten Flecken gesprenkelt – manche groß wie ein Pfundstück, andere so winzig wie die Einstichstelle einer Nadel. Sie roch an einem der größeren Flecken und widerstand der Versuchung, daran zu saugen. Wann hatte sie dieses Nachthemd angezogen? Konnte es sein, dass sie es sich gar nicht selbst übergestreift hatte, sondern jemand anders, als sie geschlafen hatte? Ja, so musste es sein.

Vor der Tür erklangen schnelle, forsche Schritte. Rasch raffte Lily die Decke, um die Flecken auf dem Nachthemd darunter zu verbergen.

Erleichtert ließ sie die Schultern sinken, als sie den Mann erkannte, der durch die Tür trat. Es war Victor. Richtig, Victor war zu ihr gekommen, um sie zu retten. Aus dem Müll, vor dem Hunger, vor ihrer Angst. Er hatte sogar den gleichen Gehrock an. Aber wovor hatte sie sich gefürchtet?

Victor blieb vor dem Bett stehen. »Ich wusste, dass du aufwachen würdest. Zach hat mir gesagt, du hast schon gegessen.«

»Wo sind wir hier?«, fragte Lily. Die eigene Stimme klang ihr fremd und hart in den Ohren.

»Bei mir«, antwortete Victor. »In Sicherheit.«

Warum sagte er das? Hatte es mit dem zu tun, wovor sie sich so gefürchtet hatte und warum sie so verzweifelt gewesen war? Vielleicht, vielleicht auch nicht. »Wie lange habe ich geschlafen?«

»Fast zwei Tage. Das ist nicht ungewöhnlich. Manchmal dauert es länger.«

»Was dauert länger?«

Er setzte sich zu ihr aufs Bett und nahm ihre Hand. Sanft, aber bestimmt. Sie schreckte vor seiner Berührung zurück, denn sie hätte schwören können, dass sie sich an den Armen verletzt hatte. Ja, sie hatte sich geschnitten. Oder etwa nicht? Sie konnte keine Wunde oder Narbe sehen. Aber sie hatte sich geschnitten. Definitiv. Richtig böse, bis auf den Knochen hinunter. Als sie aus dem Kellerfenster geklettert war …

»Es kann manchmal länger dauern, bis der Wille erkennt, dass er nicht erloschen ist, und er den Körper wieder in Gang setzt.« Seine Finger streichelten ihr die Haut. »Ich habe nie daran gezweifelt, dass du bald zu mir zurückkehrst.«

Als würde sie aus einem langen Traum erwachen, den sie für ihr wirkliches Leben gehalten hatte, stiegen Stück für Stück Erinnerungen in Lily hoch. An eine Taube. An ein Gespräch mit Professor Boyle über ihre Doktorarbeit. An ein komisches Labyrinth, in dem zwei Monster auf sie lauerten. An einen riesigen Mann mit blondem Haar, der sie verfolgte. Keine dieser Erinnerungen war sonderlich beruhigend. In einem behielt der Livrierte, der die Platte mitgenommen hatte, unbedingt recht. Ihr schwirrte der Kopf vor lauter Fragen, die sie Victor nun ungebremst entgegenspie, damit sie ihr den Schädel nicht sprengten. »Was ist mit mir los? Bin ich krank? Vor ein paar Tagen war meine größte Sorge noch, die richtigen Quellen für meine Arbeit auszuwählen, und jetzt sitze ich hier in einem Jane-Austen-Roman, und du gibst irgendwelches Zeug über Willen und Körper von dir. Wer bist du? Warum interessierst du dich so für mich? Und warum hast du mich hierher und nicht in ein Krankenhaus gebracht? Oder nach Hause?« Sie wollte ihre Hand aus seinem Griff winden, und er ließ es zu ihrer Überraschung geschehen. »Warum hast du mich in diesen Club mitgenommen? Weiß meine Familie, wo ich bin? Was soll das alles?«

»Du bist nicht krank«, sagte Victor ruhig. »Du bist nur dabei, so zu werden wie ich.«

Das half Lily kein bisschen weiter, den Druck aus ihrem Denken zu nehmen. »Und was bist du?«

Er sah ihr in die Augen. »Ich bin etwas, womit du dich in der Theorie bestens auskennst. Ein lebender Toter.«

Darauf gab es nur eine angemessene Reaktion: Lily lachte los.

Das war besser, als Victors Aussage ernst zu nehmen und darüber den Verstand zu verlieren. Solange sie darüber lachen konnte, war sie nicht verrückt. Zugegeben, sie befand sich offenbar in der Gewalt eines Verrückten, der sie unter Drogen gesetzt hatte, um ihren Geist zu benebeln. Deshalb war ihr Gedächtnis auch so durcheinander – und das war schockierend genug. Aber wenigstens war sie nicht verrückt. Je länger und lauter sie lachte, desto mehr Steinchen fielen im Mosaik ihrer Erinnerungen an einen passenden Platz. Hannah, mit der sie sich wegen dieser Taube zerstritten hatte, wenn sich Lily nicht irrte, hatte goldrichtig gelegen. Victor war ein Stalker. Nicht mehr und nicht weniger. Dieser kranke Psychopath hatte sie bei der Beerdigung von Grampy Jules ins Visier genommen, und sie war naiv und emotional instabil genug gewesen, um sich auf ihn einzulassen und sich mit ihm zu unterhalten. Logisch, Typen wie Victor hatten bestimmt einen todsicheren Blick dafür, wie ein vielversprechendes Opfer aussah. Und die zweite Begegnung im Buchladen war hundertprozentig auch kein Zufall gewesen. Von wegen Verwechslung. Victor hatte ausreichend Kohle, um einen vergleichsweise armen Schlucker wie Mister Watford dazu zu bewegen, die Nummer mit den vertauschten Büchern für ihn einzufädeln. Jeder hatte seinen Preis, und der von Mister Watford konnte nicht sehr hoch gewesen sein – vor allem, wenn Victor seinen Charme spielen ließ und etwas von echtem Interesse an Lily daherfaselte. War es Mister Watford vorzuwerfen, dass er mithelfen wollte, eine Szene wie aus einer saudummen romantischen Komödie zu inszenieren? Nein, er hatte wohl gedacht, er täte Lily noch etwas Gutes damit. Fast wie in *Pretty Woman*. In den Hauptrollen: ein stinkreicher Weißer mit großem Herzen und eine schwarze Jungwissenschaftlerin, die sich abstrampelt, um nicht in den Mühlen der akademischen Welt zerrieben zu werden. So musste Watford das gesehen haben. Und danach? Danach war Lily ein zweites Mal auf Victor reingefallen. Hatte sie auf der Fahrt nach London – in den Club, wo dieses perverse Labyrinth aufgebaut war – nicht eine ganze Flasche Schampus in sich reingekippt? O ja. Und

Victor hatte das Zeug nicht angerührt. Natürlich, das war es: Da hatte er sie vergiftet. Ihr Durchfall, ihre Kopfschmerzen, ihr Schüttelfrost, ihre Aggressionen – all das hatte nichts mit dem Biss dieses Fettsacks im Club zu tun. Es war irgendein Kram, den Victor ihr verabreicht hatte. Nein, sie blöde Kuh hatte es sich selbst eingebrockt. Und dann hatte er jemanden bezahlt, um sie unter Beobachtung zu halten, damit er im richtigen Moment den Retter in der Not spielen konnte. Tja, im vorerst letzten Akt dieses irren Dramas hatte er sich nun also als lebender Toter geoutet. Passte ja auch ganz gut zum Thema ihrer Arbeit.

»Du glaubst, du wärst ein Zombie?«, brachte sie hervor, als sie sich einigermaßen wieder unter Kontrolle hatte. »Du bist völlig wahnsinnig.«

Victor zeigte keinerlei Anzeichen, dass er sich beleidigt fühlte. Er lächelte nur verständnisvoll wie ein Mann, der zum wiederholten Mal etwas erklären musste, was außer ihm kaum jemand verstand. So lächelten auf Bildern in Kirchen die Heiligen, denen Gott erschienen war, um sich ihnen zu offenbaren. »Ich kann nachvollziehen, dass das schwer zu glauben ist. Es widerspricht allem, was man dir bisher beigebracht hat. Den in dein Hirn gestanzten Lügen über den vermeintlich wahren Zustand der Welt. Doch ich werde dir drei einfache Fragen stellen, und sobald du sie beantwortet hast, wirst du einsehen, dass die Welt beileibe nicht immer den Regeln und Gesetzen folgt, die das menschliche Denken entwickelt hat, um Ordnung im Chaos zu schaffen. Die erste Frage lautet: Schlägt dein Herz?«

Lily horchte in sich hinein. Sie achtete normalerweise nicht sonderlich auf ihren Herzschlag. Nur ab und zu, meistens vor dem Einschlafen. Dann, wenn sie das leise Pochen in ihrer Brust wach hielt und sie sich als Dämmmaterial ein Kissen zwischen ihren Arm und ihren Rumpf schob. Nun fand sie in sich nur Stille. Sie legte eine Hand auf die Brust. Nichts. Kein heftiges Klopfen, kein sachtes Pulsieren. Einfach nichts. Sie wartete auf ein Entsetzen, das sich nicht einstellen wollte.

»Die zweite Frage heißt: Atmest du?«

Sie sah an sich herunter, um nachzuprüfen, ob sich ihr Busen hob und senkte, während Victor aufstand, um zur Frisierkommode hinüberzugehen. Interessierte er sich nicht für ihre Antworten, oder kannte er sie bereits? Ganz bewusst sog Lily Luft in ihre Lungen. Gleich, wenn ihr Körper registrierte, dass er neuen Sauerstoff brauchte, würde er sie dazu bringen, wieder auszuatmen. Als Kind hatte sie Versuche in der Badewanne angestellt, wie lange sie den Atem anhalten konnte, und völlig egal, wie sie sich auch angestrengt hatte, irgendwann – nach spätestens anderthalb Minuten – war der Punkt gekommen, an dem sie schnaubend und prustend aus dem Wasser hatte hochschießen müssen. Diesmal protestierte nichts in ihr gegen Mangel an Luft. Da gab es keine leichte Beklemmung in ihrem Brustkorb, die sich nach und nach in ein unangenehmes Brennen verwandelte. Schließlich ließ sie die Luft aus sich herausströmen, und auch der gewohnte Impuls, sofort wieder einzuatmen, blieb aus. »Ich …«, setzte sie an und machte eine erstaunte Feststellung. »Ich atme nur, wenn ich sprechen will.«

Victor, der zwischenzeitlich suchend mehrere Schubladen an der Kommode auf- und zugezogen hatte, nickte ihr über die Schulter zu. »Genauso ist es.«

Aber was bedeutete das? Kein Herzschlag, keine Atmung, und trotzdem dachte und fühlte sie. Wenn Descartes mit seinem »Ich denke, also bin ich« nicht total auf der falschen Fährte gewesen war, hieß das, dass Lily noch existierte. Doch sie war ein Mensch mit dazugehörigem Organismus, der wiederum ganz bestimmte Dinge benötigte, um am Leben zu bleiben – das Leben, mit dem ihr Bewusstsein untrennbar verknüpft war, weil es doch nichts anderes darstellte als den Ausdruck eines hochkomplexen, dynamischen Gefüges miteinander verbundener Nervenzellen in ihrem Gehirn. Die Alternative wäre, dass –

Victor riss sie unsanft aus ihren Gedanken.

»Da ist sie ja!«, sagte er zufrieden, stand mit zwei langen Schritten neben dem Bett, packte kurz Lilys Arm – und stieß ihr etwas durch die Hand.

Fassungslos starrte Lily auf die Nagelfeile, die ihr bis zum Plastikgriff in der Handfläche steckte. Sie drehte die Hand um und betrachtete das aufgeraute, spitze Stück Metall, das durch Haut, Fleisch und Knochen gedrungen war. Es war von einem dünnen roten Film überzogen, aber das Blut, das jeden Augenblick aus der Wunde hätte sprudeln müssen, floss nicht.

»Spürst du das?«, fragte Victor. Er fasste nach dem Griff der Feile und zog sie mit einem Ruck wieder aus ihrer Hand heraus. Lily wappnete sich gegen das Losbrechen des Schmerzes, doch es kam nicht.

Trotzdem setzte sich ein hartnäckiger Teil ihres Verstands gegen die Möglichkeit zur Wehr, dass Victor die Wahrheit gesagt hatte. Eine andere Erklärung schien ihr naheliegender und wahrscheinlicher, auch wenn sie Lilys bisherige Einschätzung der Lage ins genaue Gegenteil verkehrte. »Ich bin doch verrückt geworden«, murmelte sie.

»Erzähl bitte nicht so einen Quatsch«, sagte Victor, brachte die Feile zurück zur Kommode, nahm seinen Platz auf dem Bett wieder ein und legte einen Arm um Lilys Schultern. »Wahnsinn ist die letzte Ausrede der Schwachen und Dummen. Du bist weder das eine noch das andere.«

»O Gott.« Lily vergrub das Gesicht in den Händen. »O Gott.«

Victors Stimme nahm einen amüsierten Unterton an. »Es lohnt sich nicht, Gott in diese Sache hineinzuziehen. Nach meinem Wissen hat er mit uns ebenso viel oder ebenso wenig zu schaffen wie mit dem Rest des Universums.« Er strich ihr über den Kopf. »Ich weiß, wie du dich fühlst. Es wird ein Weilchen dauern, bis du dich an die neue Situation gewöhnt hast. Versuch es als Geschenk zu sehen, nicht als Fluch. Für dich wird nichts mehr so sein wie vorher. Das, was du gewonnen hast, wiegt alles auf, was dir verloren ging.«

Lily krallte die Finger in ihr Haar. Konnte das wirklich sein? War sie tot? Und dennoch am Leben? Untot? Ihr entging die grausame Ironie nicht, dass sie womöglich die Lösung für das große Rätsel entdeckt hatte, warum die Menschen zu allen Zeiten und in allen Kulturen Geschichten über lebende Tote ersannen. Nicht aus Furcht vor dem Ende der eigenen Existenz. Nicht als psychologisches Ventil, um die Angst davor abzubauen, manche der Toten, denen man zu Lebzeiten übel mitgespielt hatte, könnten wiederkehren, um Vergeltung zu üben. Nicht als Verkörperung von Traditionen früherer Generationen, die nicht gebrochen werden durften, wenn man nicht Gefahr laufen wollte, für einen solchen Frevel ein schreckliches Ende zu finden. Nein, sondern nur deshalb, weil diese Geschöpfe tatsächlich und wahrhaftig existierten und schon immer existiert hatten. Und nun sollte sie eines davon sein? War das der Grund für ihren Hunger? Gierte sie nach Fleisch, um ihre Existenz fortsetzen zu können? Der Schock über diese Erkenntnis lüftete weitere Schleier über ihrer Erinnerung. Hatte sie aus diesem Grund die Taube gefressen? War Hannah deswegen schreiend vor ihr davongelaufen? Hatte Veronica geahnt, dass das Ding, das sie im alten Kellerzimmer ihrer Schwester vorgefunden hatte, nicht mehr die Lily war, die sie kannte?

»Veronica!« Lily schob Victor von sich. Sie konnte sich später noch den Kopf darüber zerbrechen, was sie war. Irgendwann. Nicht jetzt. Jetzt musste sie daran denken, wie sie Veronica blutbesudelt und kreischend zurückgelassen hatte. »Da war dieser Mann in unserem Haus. Der, vor dem ich geflohen bin. Wir müssen ihr helfen.«

»Dafür ist es zu spät«, sagte Victor ernst. »Veronica ist tot.«

Eine Weile schwieg Lily. Sie versuchte, traurig zu sein, aber es ging nicht. Dann probierte sie es mit Wut, doch das Ergebnis war dasselbe: Sie spürte nicht das, was sie spüren wollte. Vielleicht lag es daran, dass ihre ganze Lage so unwirklich war. Oder es hing damit zusammen, dass ihr Veronicas Tod verglichen mit dem, was ihr selbst zugestoßen war, klein und unbedeutend erschien. Wenn Victor recht hatte, war sie jetzt ein verdammter Zombie. Ein Ungeheuer. Ein Ding, das eigentlich dort sein sollte, wo Veronica inzwischen war. Wo immer das auch sein mochte. Vermutlich ging es ihrer Schwester besser als ihr. Wenn es einen Himmel gab, war Veronica dort gut aufgehoben. Und wenn nicht, dann hatte sie alles hinter sich. Ewige Ruhe. Lily versuchte, ein bisschen neidisch auf Veronica zu sein, aber sogar das misslang ihr. In einer Sache brauchte sie allerdings Gewissheit. »Hast du den Mann auf mich angesetzt? Hast du Veronica umbringen lassen?«

Victor fuhr vom Bett hoch und ballte die Fäuste. »Wie kannst du so etwas denken? Schau mich an. Ich bin kein Monster, Lily.«

Fast hätte Lily erneut laut gelacht. Meinte er das ernst?

»Aber es gibt Menschen, die von uns wissen und die uns für Monster halten«, fuhr Victor fort. »Aus Furcht, aus Ignoranz. Sie haben deine Schwester auf dem Gewissen. Veronica musste sterben, weil diese Leute der Auffassung sind, wir wären Bestien, und jeder, der mit uns in Berührung kommt, hätte den Tod verdient. Als wären wir wie eine ansteckende Krankheit, die ausgemerzt gehört. Als würden wir uns aussuchen, was wir sind.«

Lily tastete nach ihrer Schulter, nach der schorfigen Stelle, wo sie auf ihrem Ausflug nach London gebissen worden war. Diese Wunde trug sie nach wie vor. »Du hast das alles geplant, oder? Das mit mir, meine ich. Dass du mich zu dir holen willst. Es war kein Zufall, dass ich für dieses beschissene Spiel ausgewählt wurde, und auch kein Unfall, dass ich dabei verletzt worden bin.«

»Doch, das war es.« Er schaute zu Boden. »Ich wollte nicht, dass du erfährst, was ich bin. Nicht so früh jedenfalls. Ich wollte dir Zeit geben, mich besser kennenzulernen. Damit du eine eigene Entscheidung hättest treffen können. Es wäre eine Lüge, wenn ich sagte, ich hätte nicht darauf gehofft, dass du eines Tages vielleicht bereit gewesen wärst, mich als das anzunehmen, was ich bin. Und sogar zu erkennen, dass du genauso sein kannst. Ich hätte dich nur besser auf die Umstellung vorbereitet, aber das Schicksal wollte es anders.« Seine Hand wanderte in die Innentasche seines Gehrocks und förderte einen Umschlag zutage. Behutsam legte er ihn in Lilys Schoß. »Ich ertrage es nicht, deinem Misstrauen ins Auge zu sehen. In diesem Brief erfährst du alles, was du wissen musst. Lies ihn, und lass mich wissen, ob du mir verzeihen kannst.«

Er ging zur Tür, langsam und mit hängenden Schultern wie ein alter Mann.

»Warum?«, rief Lily ihm hinterher.

»Warum was?«, fragte er und griff nach der Klinke.

»Warum hast du mich gerettet? Warum hast du mich nicht … sterben lassen?«

»Aus dem einzigen Grund, der jemals zählt. Weil ich dich liebe, Lily«, sagte er und verließ das Zimmer.

Lily,
bitte begreife den Umstand, dass ich mich in dieser Form an Dich wende, um mich zu erklären, weder als Zeichen mangelnden Respekts noch als Zeugnis nicht vorhandenen Mitgefühls. Beides könnte nicht weiter von der Wahrheit entfernt sein. Du genießt meine vollste Hochachtung und bist zugleich Mitte und Ziel all meiner stärksten Regungen.

Warum also habe ich beschlossen, diese Zeilen zu verfassen? Nun, ich bin der festen Überzeugung, dass sie Dir Möglichkeiten bieten, die ein Gespräch – und sei es noch so lange und tiefgreifend – niemals bieten kann. Das gesprochene Wort ist flüchtig und schnell dahingesagt, das geschriebene hingegen hat Bestand und ist wohlüberlegt.

Sei versichert, dass ich mit den Zweifeln, den Ängsten und den Ungewissheiten, mit denen Du zweifelsohne ringst, bestens vertraut bin. Ich habe sie alle selbst erfahren.

Du zweifelst an Deinem Verstand. Tu das nicht, denn es besteht nicht der geringste Anlass dafür. Vertrau auf das, was Du siehst und fühlst.

Du fürchtest Dich vor der Zukunft. Weise diese Furcht in ihre Schranken wie ein Entdecker, der zum ersten Mal den Fuß auf einen neuen Kontinent setzt: Sei stolz, Erfahrungen zu sammeln, wie sie nur den allerwenigsten Menschen vorbehalten sind, und freue Dich auf eine lange, aufregende Reise.

Du bist Dir Deiner selbst ungewiss geworden. Das ist töricht, denn Du selbst, Dein Wille, ist der Auslöser der wunderbaren Verwandlung, die Du durchlaufen hast. Du hast eine Grenze überschritten und Ketten abgestreift.

Du bist tot, und Du bist nicht tot.

Du bist lebendig, und Du bist nicht lebendig.

Deine neue Existenz folgt weitaus weniger Regeln, kennt weitaus weniger Bedürfnisse als Deine alte. Sie ist freier und befreiender zugleich.

Wo Dein Körper zuvor dazu verurteilt war, ausweglos auf ein unausweichliches Ende hin zu siechen, sind die Fesseln der Zeit für ihn nun bedeutungslos geworden. Tritt an den Spiegel in Deinem Zimmer und schau in Dein Gesicht. Das jugendlich strahlende Antlitz, das Dir entgegenblickt, wird für immer Dir gehören. Dein Geist wird weiter wachsen und gedeihen, erblühen und reifen, doch Dein Leib wird nicht den Preis entrichten müssen, der für gewöhnlich mit dieser Weisheit verbunden ist. Innere und äußere Schönheit und Anmut werden sich zu einem ewigen Ganzen vereinen.

Du bist etwas Besonderes, Lily. Geschöpfe wie wir geben unser Geschenk nur selten weiter, weil die Ergebnisse unserer Bemühungen nur allzu oft enttäuschend sind. Kaum ein Mensch besitzt den nötigen Willen, dem Tod zu trotzen, sobald er unseren Biss empfangen hat. Die meisten verlieren sich in dem Hunger, der durch ihn geweckt wird, und büßen dabei alles ein, was unser Dasein überhaupt ausmacht. Eine dieser Kreaturen, die nicht mehr als ein Gefäß für ihre blinde Gier nach Leben sind, hat Deine Verwandlung ausgelöst, was ich zutiefst bedauere. Nicht nur, weil es dir zugestanden hätte, aus freien Stücken zu entscheiden, ob Du Dich mir in der Ewigkeit anschließen möchtest, sondern auch deshalb, weil ich es gerne selbst gewesen wäre, der Dir dieses Angebot unterbreitet. Ich hoffe, du verzeihst mir sowohl meine Unachtsamkeit in London als auch meine Eitelkeit, einen solchen Anspruch auf Dich zu erheben.

Du bist mir gegenüber zu nichts verpflichtet. Ich bin es,

der in Deiner Schuld steht. Um ein Scherflein dieser Schuld abzutragen, will ich Dir nun die beiden Regeln nennen, von denen ich sprach und die fortan Deine Existenz ebenso bestimmen werden wie seit vielen, vielen Jahren mein eigenes Dasein.

Halte Deine Natur geheim!

Die Menschen hassen, was sie nicht verstehen. In Bezug auf uns mag ich ihnen nicht einmal einen Vorwurf daraus machen, da vieles an uns tatsächlich nur schwer zu verstehen ist. Nichtsdestoweniger bedeutet diese Regel für Dich, dass Du Dich Deiner Familie gegenüber am besten so verhältst, als wärst Du durch den Tod aus ihrem Leben geschieden. Ich weiß, das klingt hart, aber es ist die sinnvollste Herangehensweise. Viele von uns haben sich schon dadurch unabsichtlich verraten, dass sie Orte aufsuchten, die ihnen zu ihren früheren Lebzeiten wichtig gewesen sind – einige besonders unvorsichtige oder naive Vertreter unserer Art hängen sogar der Sitte an, zum Datum ihres Übertritts in die Ewigkeit an ihre alten Wirkungsstätten zu reisen. Es ist davon auszugehen, dass sich so manche Spukgeschichte auf solche Unvorsichtigkeiten zurückführen lässt. Vorfälle dieser Art locken unweigerlich Menschen an, die uns schaden wollen. Dir steht die ganze Welt offen, Lily; mach nicht den Fehler, aus fehlgeleiteter Nostalgie an dem kleinen Ausschnitt festhalten zu wollen, an dem Du Dein altes Leben gelebt hast.

Still Deinen Hunger!

Zunächst möchte ich einige Worte zum Hunger selbst verlieren. Sieh ihn nicht als Deinen Feind an. Behandle ihn wie einen treuen Gefährten, der nicht von Deiner Seite weichen will, und er wird viel von seinem Schrecken verlieren. Wie jeder Freund stellt er Ansprüche an Dich. Erfülle sie. Es ist das Stillen des Hungers, das Deinen Körper vor dem Zerfall bewahrt. Fleisch birgt die Kraft in sich, die Du brauchst, um der Ewigkeit die Stirn zu bieten, denn Fleisch ist die physische Repräsentation des Willens, der den

Körper antreibt. Je größer der Wille, der im Fleisch geborgen ist, desto satter macht es uns. Wahrscheinlich scheust Du Dich, jenes Fleisch zu essen, das Dir den meisten Nutzen bringt, doch bedenke Folgendes: Wirfst Du einem Wolf vor, dass er Lämmer reißt? Nein, denn das kannst du nicht. Es liegt in seiner Natur, er folgt nur seinem Instinkt. Wie könnten wir da nicht unserem Hunger folgen? Leben heißt, anderes Leben zu nehmen, und an diesem Gesetz können selbst wir nicht rütteln, denen eine ganz besondere Form des Daseins zu eigen ist.

Ich möchte Dir beistehen, dieses Dasein zu gestalten, auch wenn sich ein Teil des Zorns und der Empörung, die Du empfindest, sicherlich gegen mich richtet. Es stand nie in meiner Absicht, Dich so unvorbereitet in meine Welt hineinzureißen. Was ein langer Weg mit bedachten Schritten hätte sein sollen, ist ohne mein Zutun zu einem jähen Straucheln geworden. Doch ich stehe bereit, Dich aufzufangen. Ich kann nicht anders.

Mit der Bitte um Verzeihung für alles, was Du durch meine Nachlässigkeit erdulden musst,

Victor

15.09.2009, 09:11

Sein Name war Zach, und er arbeitete für Victor. Mehr wusste Lily nicht von dem Mann, der noch nicht bemerkt hatte, dass sie in der Küchentür stand. Er war wohl zu sehr damit beschäftigt, das Wachspapier um das große Stück Fleisch aufzufalten, das er eben aus dem Kühlschrank geholt und vor sich auf der Arbeitsplatte abgelegt hatte. Dünne Fettadern zwischen den roten Muskelfasern verliehen dem Brocken das Aussehen von dunklem Marmor, über den man gerade eben mit einem feuchten Tuch gewischt hatte.

Lilys Magen knurrte, und Zach schaute über die Schulter zu ihr. Er hatte blasse, blaue Augen, die sich deutlich weiteten, als ihr Blick auf Lily fiel, und ihr wurde bewusst, an wen er sie erinnerte – er war eine dickliche, etwas jugendlichere Version von Anthony Hopkins in *Was vom Tage übrig blieb*.

»Oh, Miss Young«, sagte er, und das lange Messer in seiner Hand verharrte über dem rohen Fleisch.

Sie konnte verstehen, dass er überrascht war. Immerhin war es das erste Mal, dass sie ihr Zimmer verließ, wo sie die letzten Tage mit allerlei nutzlosem Tun verbracht hatte. Auf dem Bett sitzen und die Narbe studieren, wo Victor ihr die Nagelfeile durch die Hand gestochen hatte – eine Narbe, die nach und nach verblasste wie ein altes Foto. Sich im Spiegel betrachten und sich das Haar bürsten. Die Vorhänge auf- und zuziehen. Die Kleider anprobieren, die sie im Schrank fand.

Noch nutzloser waren die Gedanken gewesen, denen sie nachgehangen hatte und die mit oder ohne Victors Brief wahrscheinlich dieselben gewesen wären. Sie hatte viel an Veronica gedacht und an das Entsetzen in ihrem Gesicht, als der Hundekopf vor ihre Füße gerollt war. An ihre Eltern und daran, ob die sie nun für tot oder nur für das Opfer einer Entführung hielten. Beides wäre nicht ganz richtig, aber auch nicht ganz falsch. Ab und zu war ihr auch Hannah in den Sinn gekommen, die inzwischen bestimmt von der Polizei verhört worden war. Sie kannte Victors Namen und das Nummernschild an seiner Limousine, mit der er sie abgeholt hatte, um nach London zu fahren.

Kurzzeitig hatte Lily die Hoffnung gehegt, die Bullen müssten jeden Moment vor der Tür stehen und sie befreien. Dann war ihr wegen einer der beiden Regeln im Brief – *Halte Deine Natur geheim* – schlagartig klar geworden, dass Victor nicht so einfach aufzuspüren war. Nummernschild hin, Nummernschild her. Wer wusste schon, auf welchen Namen das Auto gemeldet war? Sie hatte ja nicht mal eine Ahnung, ob Victor wirklich Victor hieß.

Ganz selten hatte Lily sich auch Phantasien darüber hingegeben, was Gottlieb sagen würde, sobald er wieder aus Deutschland zurück war und von ihrem Verschwinden hörte. Falls er überhaupt jemals wieder in Oxford aufkreuzte. All diese Phantasien endeten damit, dass sie für ihn zu einer spannenden Geschichte wurde, die er auf Partys erzählte. »Ich kannte da mal dieses Mädchen, mit dem ich was hatte und das dann einfach spurlos verschwunden ist.« Vielleicht nicht der beste Spruch, um eine neue Flamme anzuquatschen, aber für die Augenblicke, in denen man auf unheimliche Begebenheiten zu sprechen kam, absolut ideal.

Das war allerdings nicht die schmerzhafteste Erkenntnis, die sie gewann. Es tat viel mehr weh, dass sie all diese Menschen – Ma, Dad, Gottlieb, Hannah und Veronica – nie mehr wiedersehen würde. Logisch, Veronica war richtig tot, doch die anderen für sie im Grunde auch. Wie hätte sie es anstellen sollen, Kontakt mit ihnen aufzunehmen? Klar, irgendwann würde sie ein Telefon in die Hände kriegen. Aber was hätte sie ihnen sagen sollen? Eine Lüge wie »Macht euch keine Sorgen um mich«, die das genaue Gegenteil bewirkt hätte? Die Wahrheit? »Ich bin übrigens von einem Zombie gebissen worden und fresse jetzt mit Vorliebe Fleisch«?

Das war noch so eine bittere Wahrheit. Sie war süchtig nach Fleisch. Es tauchte regelmäßig hübsch angerichtet in ihrem Zimmer auf. Immer dann, nachdem sie sich aufs Bett gelegt, die

Augen geschlossen und das getan hatte, was für einen lebenden Toten anscheinend der Ersatz für Schlaf war. Es war ein rasches Hinabgleiten in ein starres Dahindämmern, das wenig mit echter Ermüdung gemeinsam hatte und auch nicht an den Ablauf von Tag und Nacht gebunden war. Es geschah einfach, und zwar meistens dann, wenn sie sich wünschte, nichts mehr zu fühlen und nichts mehr zu denken. Bisher war sie jedes Mal durch den Geruch von Fleisch geweckt worden – wenn man es denn geweckt werden nennen konnte. Jemand – Lily hatte Zach im Verdacht – versorgte sie gewissenhaft damit. Die Portionen fielen kleiner aus als nach ihrem ersten Erwachen in Victors Obhut, was der Gier, die bei seinem Duft über sie kam, jedoch völlig einerlei war. O ja, sie hatte versucht, sich dagegen zu wehren, und es war ihr gegangen wie einem Hund, dem sein Herrchen erst eine Schüssel Futter hinstellt und ihn dann unbeobachtet lässt. Einmal war sie sogar aufgestanden und hatte sich vor den Spiegel gesetzt, um das Fleisch zu ignorieren, aber nach einer Weile fiel ihr auf, dass sie mit dem Stuhl Stück für Stück, Zentimeter für Zentimeter weiter nach hinten rückte, bis sie in Reichweite der Platte auf dem Nachttisch war. Dann hatte sie nachgegeben.

Heute Morgen schließlich hatte sie einen Entschluss gefasst. Sie war nie jemand gewesen, der sich widerstandslos in sein Schicksal fügte oder die Dinge als gegeben hinnahm. Genau genommen hatte sie nichts für Knetmännchen übrig außer Verachtung. Das war der Spitzname, den sie gemeinsam mit Hannah für die Leute ausgeheckt hatte, die sich von den äußeren Umständen willenlos verbiegen und in vorgefertigte Formen pressen ließen. Sie hasste Knetmännchen. Sie war nie eines gewesen, und sie wollte jetzt erst recht nicht zu einem werden. Hatte Victor nicht geschrieben, ihr neues Dasein wäre freier als ihr altes? Gut, also würde sie ihn beim Wort nehmen. Die Tür zu ihrem Zimmer war nicht abgeschlossen gewesen, wie sie festgestellt hatte, nachdem sie in ein Kleid aus dem Schrank geschlüpft war – ein schlichtes beiges Teil aus einem grässlichen Nylonstoff, das ihr bis über die Knie reichte und um die Hüften herum zwei Nummern zu weit war. Vor der Tür lag ziemlich genau das, womit sie gerechnet hatte: ein breiter Gang, wie man ihn im Landhaus eines englischen Adligen erwartete. Auf dem Boden ein sündhaft teurer Läufer über wachsgebohnerten Dielen, an den Wänden links und rechts neben den Türen Nischen wie in einer Kapelle, in denen mal eine Topfpflanze ihre Triebe der Sonne entgegenstreckte, mal eine Büste oder ein anderer Antiquitäten-Schnickschnack Staub fing. Ein Knetmännchen wäre gewiss angemessen beeindruckt von so viel Stil alter Schule gewesen, Lily allerdings fand dieses zur Schau gestellte Quasi-Understatement eher zum Kotzen. Sie ließ ihre Schritte von etwas leiten, das sie fürs Geratewohl hielt – eine Treppe hinunter, um eine Ecke, vorbei an einer offenen Tür, die in einen Salon mit einem herrlichen Wintergarten führte. Wie sie sich nun mit knurrendem Magen in der Küche wiederfand und Zach mit dem Fleisch überraschte, gestand sie sich ein, dass es nicht der Zufall gewesen war, der ihren Weg bestimmt hatte.

Zach säbelte geschickt eine hauchdünne Scheibe ab und reichte sie Lily. Nachdem sie sie verschlungen hatte, zog sich der Hunger ein wenig zurück. Die Selbstverständlichkeit, mit der der Mann auf ihr ungewöhnliches Bedürfnis reagiert hatte, weckte ihre Neugier. »Wissen Sie, was ich bin?«

»Ein Gast von Master Cunningham.« Er zeigte sich von ihrem Interesse unbeirrt und trennte eine Sehne aus dem Fleisch.

»Das meine ich nicht«, sagte Lily. »Ich wollte wissen, ob Sie sich darüber im Klaren sind, was mit mir los ist. Warum ich rohes Fleisch esse.«

»Ja, das ist mir sehr wohl bewusst, Miss Young.« Er klang, als hätte sie sich bei ihm erkundigt, ob er schon mal gehört hatte, dass die Sonne im Osten aufging.

»Stört Sie das nicht?«

»Nein.«

»Wieso? Haben Sie keine Angst vor mir?«

Er nahm einen Wetzstab von einem Haken an der Wand und begann sein Messer nachzuschärfen. »Angst erwächst in der Regel aus Unwissenheit. Meine Familie war bereits für die Dame tätig, die dieses Haus hat errichten lassen, und es stand nie infrage, dass ich diese Tradition fortsetzen werde. Daher bin ich mit Ihren besonderen Wünschen von Kindesbeinen an vertraut, Miss Young, und es ist Teil meiner Pflichten, sie zu erfüllen. Und ganz nebenbei bemerkt ist es mir eine Freude, weil es sich dabei um eine höchst verantwortungsvolle Aufgabe handelt.«

»Eine Freude?« Sie zeigte auf das Fleisch. »Ich würde es verstehen, wenn Sie ein Stück Braten zurechtschneiden oder eine Gans tranchieren. Aber das …« Sie stockte. So kam sie nicht weiter. Möglicherweise war es besser, dieses Gespräch so zu führen wie eines der Interviews für ihre Doktorarbeit, anstatt ihre Gefühle und Unsicherheiten ob ihrer neuen Lage auf Victors Butler zu projizieren. »Haben Sie je darüber nachgedacht, jemandem zu verraten, dass der Mann, für den Sie arbeiten, sich von Menschenfleisch ernährt?«

»Selbstverständlich nicht«, entgegnete Zach pikiert. Er legte Wetzstab und Messer beiseite, wischte sich die Hände an seiner Kochschürze ab und krempelte den rechten Ärmel seines blütenweißen Hemds ein wenig weiter hoch. »Das wäre ein unverzeihlicher Vertrauensbruch gegenüber Master Cunningham.«

»Ich gehe also recht in der Annahme, es kümmert sie nicht, dass Sie sich für ihn zum Mittäter bei Verbrechen machen.«

»Nur nach den Gesetzen, die von Menschen für Menschen erlassen wurden«, entgegnete Zach lapidar, ehe er das Messerschärfen wieder aufnahm.

Lily runzelte die Stirn. Konnte es sein, dass sie bei ihm von falschen Voraussetzungen ausging? Wie alt war er wirklich? Was war er wirklich? Warum zeigte er keine Furcht vor ihr? »Sind Sie kein Mensch?«

»Natürlich bin ich das. Im Gegensatz zu Ihnen und Master Cunningham.« Er richtete die Messerspitze auf sie. »Miss Young, für den hypothetischen Fall, dass ich sie mit dieser Klinge schwer verletzen würde, hätte ich dann zu befürchten, dass sie verbluten?«

»Nein«, gestand Lily zögernd. »Ich glaube nicht.«

»Sagen Sie es ruhig mit mehr Überzeugung. Es ist nichts, wofür Sie sich schämen müssten. Sie würden unter gar keinen Umständen verbluten. Umgekehrt genügt für mich eine kleine Unachtsamkeit mit genau demselben Messer – sagen wir, ich bin in Eile, stolpere damit und ramme es mir unglücklich in den Bauch –, und schon habe ich mein Leben verloren. Was sagt mir das?«

»Dass Sie nicht sind wie ich.«

»Richtig.« Er nickte zufrieden, hängte den Wetzstab zurück an den Haken und wandte sich wieder dem Fleisch zu. »Sie sind viel, viel mehr. Keine falsche Bescheidenheit. Sie sind mir überlegen. Ich bin für Sie potenzielle Beute, und ich erkenne in Ihnen den Jäger. So wie eine Taube weiß, was ein Falke ist, selbst wenn seine Klauen ihr bis jetzt erspart geblieben sind. Und glauben Sie, falls die Tauben dieser Welt urplötzlich auf die Idee kämen, sich in einem Parlament zusammenzufinden, um Gesetze zu beschließen, nach denen sie ihr Leben zu ordnen gedenken … Glauben Sie, dass dies auch nur für einen einzigen Falken von Belang wäre und er sich angehalten fühlte, den Gesetzen der Tauben Folge zu leisten?«

Ihre neuen Instinkte riefen Lily zu, dass dieser Mann recht hatte. Er war unbedeutend und schwach, und er konnte froh darüber sein, dass er ihren Hunger auf andere Art besänftigt hatte, als einen Teil von sich und seiner Kraft an sie abzutreten. Jene Seite von ihr, die noch lange nicht vergessen hatte, wie es war, ein Mensch zu sein, fand Mitleid mit ihm. »Aber es muss Ihnen doch manchmal etwas ausmachen, sich Victor so vollständig zu unterwerfen und ihm ausgeliefert zu sein.«

»Erlauben Sie mir eine Frage, Miss Young: Wie gut kennen Sie Master Cunningham?«

Sie war verblüfft über die ehrliche Entrüstung, die in seinen Worten mitschwang, und entsprechend unzusammenhängend fiel ihre Antwort aus. »Nun … also … lassen Sie mich überlegen. Ich kenne ihn noch nicht sehr lange. Er ist …« Sie schaute suchend zur Decke. »Abgesehen von seinen … besonderen Wünschen … wie Sie es nennen … verfügt er offensichtlich über ein beträchtliches Vermögen. Er sieht gut aus, ist charmant … und …«

Zach lupfte eine Augenbraue. »Sie vergessen, die wichtige Rolle zu erwähnen, die er für sich gewählt hat: die zu schützen, die sonst keinen Beschützer haben.«

»Tut er das?«

»Setzen Sie sich«, bot Zach an und wies auf einen der Stühle am Küchentisch. »Ich will es Ihnen erklären, wie es mir erklärt worden ist.«

Lily setzte sich. »Von wem stammt diese Erklärung? Von Victor?«

»Nein, von meiner Familie.« Er räusperte sich. »Mrs. Heather Cunningham ließ dieses Anwesen vor rund einhundertfünfzig Jahren errichten. Sie war eine von Ihrer Art, Miss Young. Tot und doch nicht tot. Sie kam aus dem Norden, wie ihr Dialekt verriet. London lockte sie aus ihrer Heimat hierher. Das Herz, das Kronjuwel des Britischen Empires. Die größte und aufregendste Stadt der Erde, das Zentrum der zivilisierten Welt. Wo andere sich vom Glanz der Metropole blenden ließen, besaß Mrs. Cunningham einen geschärften Blick dafür, aus welchem Morast des Elends die atemberaubenden Paläste und gigantischen Amtsgebäude sich erhoben. Wessen Blut und Schweiß dem Mörtel beigemischt war, der sie zusammenhielt. Wer nur gab, während andere nur nahmen. Sie ging dorthin, wo sich Angehörige ihres Standes nur in lächerlichen Tarnungen zeigten, um ihren niedersten Gelüsten zu frönen. Dorthin, wo nur das Gesetz des Stärkeren zählte. Wo man wegen ein paar Pennys Kehlen durchschnitt und Schädel einschlug. Wo Kinder ihre Körper feilboten und darüber ihre Seelen verloren. Wo Hoffnung und Gerechtigkeit nur leere Worte waren.« Zach setzte das Messer auf dem Fleisch an. »Anfangs hielt sie sich zurück und beobachtete das grausige Treiben nur. Sie blieb ein Schatten unter Schatten. Über den Grund, weshalb sie schließlich einzugreifen beschloss, ist man sich uneins.« Er zog die Klinge durch. »Mal heißt es, sie hätte gesehen, wie ein Mädchen nachts von einem Fuhrwerk überrollt wurde und einige umstehende

Männer die Gelegenheit nutzten, um das arme Ding, dem beide Beine gebrochen waren, zu vergewaltigen. Mal sagt man, sie wäre auf die Leiche eines alten Bettlers gestoßen, über die sich zwei Besucher aus den feineren Vierteln amüsierten, weil die Hunde auf der Straße sich darum stritten, wer sich zuerst den Bauch mit dem Fleisch des Toten vollschlagen durfte. Vielleicht existierte auch gar kein konkreter Anlass, und es war die Summe aller Gräuel, die sich ihr präsentierten. Jedenfalls entschied sie, dass sie ihren Teil dazu beitragen wollte, die schlimmsten Vergehen nicht ungesühnt zu lassen.« Wieder setzte Zach das Messer an. »Sie trat aus den Schatten und auf die Menschen zu. Fragte, wer die grausamsten Übeltäter waren. Über wen die meisten Flüche ausgestoßen wurden und wer sich für unantastbar hielt. Diese Raubtiere – die Mörder, die Zuhälter, die Wucherer – suchte sie auf und bewies ihnen, dass der Tod vor niemandem haltmacht.« Er schnitt die nächste Scheibe ab. »Nicht einmal vor denen, die ihm die reichste Ernte bringen.«

»Sie hat sie gefressen? Ist das keinem aufgefallen?«, fragte Lily und ertappte sich dabei, wie sie anschließend auf ihrer Unterlippe kaute.

»Nach allem, was ich weiß«, antwortete Zach, »war Mrs. Cunningham sehr gründlich, wenn es um das Verwischen ihrer Spuren ging. Trotzdem war ihr bewusst, dass ihr Unterfangen nur von Dauer sein würde, falls sie sich nicht zu sehr aus der Deckung wagte. Sie benötigte Menschen, die ihr im Vertrauen und insgeheim zutrugen, wer genügend Schuld auf sich geladen hatte, um einen Besuch von ihr zu rechtfertigen.« Zach stellte den Wasserhahn an und spülte die Messerklinge ab. »An diesem Punkt kommt meine Familie ins Spiel. Einer meiner Vorfahren zählte zu den ersten, die von Mrs. Cunninghams selbstlosem Handeln profitierten. Aus Dank überstellte er seine Söhne und Töchter in den Dienst seiner Gönnerin. Seitdem sind manche von uns die Augen und Ohren der Cunninghams gewesen, und einige andere – so wie ich etwa – ihre Hände, wenn Sie so wollen. Master Cunningham und ich sind uns in einem Punkt sehr ähnlich: Wir setzen eine Tradition fort. Eine Tradition, die zweifelsohne sehr viel mehr Menschen hilft, als sie Schaden anrichtet.«

Lily schüttelte langsam den Kopf. Victor jagte also als Zombie-Batman Verbrecher, um seinen Hunger zu stillen. Nahm der Wahnsinn denn kein Ende?

»Ich kann mir vorstellen, was Sie denken, Miss Young.« Zach begann, das Fleisch in das Wachspapier zu wickeln. »Aber Sie können mir ruhig glauben, wenn ich Ihnen sage, dass dieser Mann hier …«, er hob den Brocken kurz mit beiden Händen an, »… dass dieser Mann durchaus verdient hat, was ihm widerfahren ist. Er ist kein Verlust, und niemand wird ihn aufrichtig vermissen.«

»Victor hat mir gegenüber nicht erwähnt, wie er seine … besonderen Wünsche befriedigt«, sagte Lily.

Zach verstaute das Fleisch im Kühlschrank. »Haben Sie Master Cunningham denn danach gefragt?«

Nein, hatte sie nicht. Sie hatte Victor ja auch nicht mehr gesehen, seit er ihr seinen Brief überreicht hatte. Den Brief, der angeblich alles erklären sollte, aber darin gescheitert war, ihr das Gefühl zu geben, sie bräuchte sich keine Sorgen darüber zu machen, was aus ihr geworden war. Die verschwurbelte, pathostriefende Weise, in der Victor über eine Existenz als lebender Toter geschrieben hatte, war für Lily noch verschreckender als die Tatsache, dass ihr Herz nicht mehr schlug und dass sie nicht mehr atmete. Nur der Hunger, der sie nie ganz loszulassen schien, war noch verstörender. »Wo ist Victor?«

»Master Cunningham geht um diese Uhrzeit gern im Garten spazieren«, erklärte Zach. »Er sieht gern dabei zu, wie der Tau auf den Blättern verdunstet.«

Nachdem ihr Zach den Weg beschrieben hatte, durchquerte Lily das, was ihrer Einschätzung nach der Hauptflügel des Herrenhauses sein musste. Durch eine breite, gläserne Flügeltür in einem verschwenderisch, aber altbacken eingerichteten Wohnzimmer – nur ein ultramoderner Flachbildfernseher diente ihr als Rückversicherung, dass sie sich noch im 21. Jahrhundert befand – trat sie in den Garten hinaus.

Mit ihren geharkten Kieswegen, gestutzten Rasenflächen, den zu makellosen Kugeln geschnittenen Hecken und den lang gestreckten Beeten mit farblich perfekt harmonierenden Blumen folgte die Anlage einer strengen Symmetrie. Ganz anders als der Garten hinter ihrem Elternhaus in Notting Hill, den Ma seit einigen Jahren mehr oder weniger wild vor sich hinwuchern ließ. Noch vor wenigen Tagen hätte Lily den Aufbau von Victors Garten wahrscheinlich als sterbenslangweilig empfunden, doch nun stellte sie fest, dass er eine ungemein beruhigende Wirkung auf sie ausübte. Er war der Beweis, dass sämtliche Natur gezähmt und unter den Willen eines starken Geistes gezwungen werden konnte, dass absolute Kontrolle möglich und erstrebenswert war – vor allem für ein Geschöpf wie sie, in dem etwas lauerte, das sich Zwängen jedweder Art nur höchst ungern unterwarf.

Als sie auf nackten Sohlen zwanzig Meter auf einem der Wege zurückgelegt hatte, drehte sie sich zum Haus um und erkannte, dass es nach ähnlich strengen Prinzipien errichtet worden war. Sie verstand nicht viel von Architektur und konnte den Baustil nicht benennen. Wozu auch? Alles, was für sie zählte, war, dass er klare Formen ästhetischen Spielereien vorzog. Wie in einem Spiegel fand jeder Erker, jedes Fenster und jeder Giebel des einen Flügelbaus auf der anderen Seite seine genaue Entsprechung, und Lily bewunderte einen Augenblick das Gleichgewicht in Stein und Glas.

Sie schaute sich nach Victor um, entdeckte jedoch lediglich in einiger Entfernung einen bulligen Mann in einem grünen Overall, der eine Schubkarre mit frischer Erde auf eine der Heckenfiguren zuschob. Er nickte ihr knapp zu, als er die Ladung auf die Wurzeln des Strauchs kippte. Wie viele Leute arbeiteten für Victor? Wussten sie alle, was er war?

Sie folgte dem trudelnden Flug eines Schmetterlings in den hinteren Bereich des Gartens bis zu einem Häuschen, das ihr sofort auffiel. Es schien nur aus Glasscheiben und dünnen Streben als Rahmen zu bestehen, von deren verwittertem Holz die weiße Farbe abblätterte. Der Kitt in den Fugen war rissig, und was sie am meisten wunderte, war der Umstand, dass man nicht ins Innere des sechseckigen Häuschens hineinblicken konnte. Rollos, deren grober, ehemals schwarzer Stoff von der Sonne zu einem hässlichen Grau gebleicht worden war, verhinderten es. Bei einer zweiten Umrundung des seltsamen Baus fand sie den Schmetterling wieder, den sie aus den Augen verloren hatte. Erst dachte sie, er sonnte sich nur auf den Platten, die um das Häuschen ausgelegt waren. Als sie ihn vorsichtig mit der Spitze ihres großen Zehs an einem der Flügel antippte, weil sein grelles Gelb auf dem dunklen Stein nicht richtig aussah und er unbedingt aufflattern sollte, kippte das Insekt auf die Seite und rührte sich nicht. Lily beugte sich zu ihm hinunter und streckte die Finger nach ihm aus. Ein Geräusch aus dem Häuschen ließ sie innehalten. Ein Schwappen wie vom Kaffee in einem Becher, den man angestoßen hatte und im letzten Moment noch zu fassen bekam, ehe sich sein Inhalt über den Tisch ergoss. Lily richtete sich auf, presste das Ohr gegen die Scheibe und lauschte. Nichts. Sie schloss die Augen, um sich besser auf ihr Gehör zu konzentrieren. Da! Da war es noch einmal. Nur viel leiser, wie von einem Fisch in einem Aquarium, der mit dem Maul die Wasseroberfläche durchstieß, weil jemand Futter ins Becken gestreut hatte.

»Schön, dich zu sehen.«

Lily wirbelte herum. Victor stand an eine der Ecken des Häuschens gelehnt und lächelte sie an. Außer einer weiten Pyjamahose aus glänzender blauer Seide trug er nichts am Leib. Ohne den Gehrock wirkten seine Schultern schmal und sein Kopf ein wenig zu groß. Sein Haar war zerzaust und schimmerte feucht, als käme er gerade vom Sport, aber er roch nicht nach Schweiß. Von seiner blassen, glatten Haut ging jener würzige, holzige Duft aus, der Lily schon damals auf dem Friedhof nach der Beerdigung von Grampy Jules angenehm aufgefallen war.

Lilys Magen zog sich zusammen, aber nicht so krampfartig und schmerzhaft, wie wenn der Hunger sie packte. Nur ganz leicht und beinahe behutsam. »Ich habe dich gesucht. Ich wollte mit dir reden.«

»Sehr gern.« Er machte einen Schritt auf sie zu und nahm ihre Hand. »Aber nicht hier! Komm!«

Sie gingen schweigend nebeneinander her, zurück zum Haus, und Lily versuchte, ihre Gedanken zu ordnen. Warum schaffte sie es nicht, zornig auf ihn zu sein? Er trug die Verantwortung für das, was mit ihr geschehen war. Seinetwegen war sie jetzt ein Monster. Aber weshalb fühlte sie sich dann nicht wie eines? Warum kam es ihr so vor, als wäre der Hunger, der sie vor ein paar Tagen noch so in Schrecken versetzt hatte, etwas Gutes? Etwas, das sie stark machte, obwohl Hunger einen doch eigentlich schwächte? Und wie konnte es sein, dass der Teil von ihr, der sich bereits mit dieser Veränderung abgefunden hatte, Victor dankbar dafür war, ihr die Augen dafür geöffnet zu haben, dass die Welt mehr Rätsel und Unerklärliches bot, als sie sich je erträumt hatte?

Victor führte Lily ins Obergeschoss des Westflügels. In dem Zimmer, das er als passenden Ort für ihr Gespräch ausersehen hatte, entdeckte Lily, dass er wenigstens in einem Punkt ehrlich zu ihr gewesen war. Die Titel der Bücher, die sich auf einem Schreibtisch in der Ecke stapelten, drehten sich allesamt um die Themenkomplexe Tod, Vergänglichkeit und Mythen über Wiedergänger, und mehr als eines davon hatte Lily im Zuge ihrer Forschungen sogar selbst gelesen. Man konnte Victor nicht vorwerfen, dass er sich nicht intensiv damit beschäftigt hatte, welche Theorien die Menschen hinsichtlich Kreaturen wie ihm entwickelt hatten.

Mitten im Raum war ein Becken in den Boden eingelassen, über das Lily nur mit einem Sprung hätte hinwegsetzen können. Wie tief es war, war schwer zu beurteilen, denn es war bis unter den Rand mit einer bernsteinfarbenen Flüssigkeit gefüllt, auf der Blätter, Ästchen und getrocknete Blüten trieben. Immerhin wurde Lily nun bewusst, woher der Geruch stammte, den Victor verströmte, denn die Mischung im Becken hatte exakt seinen verführerischen Duft nach einem ausgezeichneten Whisky.

»Reden wir«, sagte Victor, und sie nahmen auf einem bequemen Sofa mit rotem Lederpolster Platz.

Obwohl sie sich dafür interessierte, was es mit dem Becken auf sich hatte, war Lily der Auffassung, dass sie mit dieser Frage noch warten konnte, bis sie Dringenderes geklärt hatte. »Ich habe mich mit Zach unterhalten. Er hat mir erzählt, woher du das Fleisch bekommst, das du brauchst.«

Victor ließ ihre Hand los und verschränkte die Arme vor der Brust. »So, hat er das?«

»Warum hast du mir nichts darüber in deinem Brief geschrieben?«

»Hätte ich das tun sollen?«

»Schon«, sagte Lily. »Ich hatte nämlich gedacht, dass –«

»Was hast du gedacht, hm?«, rief er laut, und die Sehnen in seinem Hals spannten sich wie Drahtseile. »Was? Dass ich Gräber plündere und Leichen fresse? Oder mich auf den Hinterhöfen von Krankenhäusern herumtreibe, um in den Mülleimern zu wühlen? Warte! Sag nichts! Es war noch schlimmer. Du hast dir vorgestellt, wie ich mich nachts in Parks herumdrücke, um unschuldige Großmütter anzufallen. Kinder von Spielplätzen stehle und sie in einem großen Topf in meinem Keller koche. War es das? Hat dir etwas in dieser Richtung vorgeschwebt?«

Sein Ausbruch traf Lily völlig unvorbereitet. Sie krallte die Hand in die Sofalehne und hielt den Mund. Alles, was sie gesagt hätte, hätte ihn nur noch weiter angestachelt – vor allem dann, wenn sie bei der Wahrheit geblieben wäre.

Ihr Schweigen dämpfte seinen Zorn. Er strich sich das Haar glatt, seufzte schwer und streichelte sie an der Schulter. »Tut mir leid, Lily. Es ist meine Schuld, nicht deine. Was hättest du auch anderes von mir denken sollen? Ich hätte dich nie in den Club mitnehmen sollen, ohne dir vorher zu sagen, wer und was ich bin. Dein Besuch dort hat falsche Eindrücke geweckt. Der Club ist nur ein alberner Zeitvertreib von mir. Ich nutze einen natürlichen Trieb der Menschen aus, um mich zu vergewissern, dass ich nicht das bin, was sie in den Kreaturen sehen, die im Labyrinth nach Fleisch gieren.«

»Und sind wir das nicht?«, hauchte Lily.

»Nein«, beharrte Victor. »Diese beiden Geschöpfe, die du

dort gesehen hast, büßen für ihre Sünden. Sie waren einmal wie ich, das ist richtig, aber ihnen ist ihre Macht zu Kopf gestiegen. Sie sind unvorsichtig geworden und haben ungewollte Aufmerksamkeit auf sich gelenkt. Sie haben das getan, was du mir insgeheim vorgeworfen hast. Weißt du, was ihre bevorzugte Beute war? Ausreißer. Misshandelt, missbraucht, manchmal auch einfach nur verzweifelt, weil sie das Gefühl hatten, dass sie dort, wo sie herkommen, keiner versteht. So verwundbar und so schwach. Diese beiden Ungeheuer haben das schamlos ausgenutzt. Oh, sie dachten, sie wären schlau, weil sie nie zweimal direkt hintereinander am gleichen Ort auf die Jagd gegangen sind. Dabei waren sie nur dumm. Dumm und grausam. Ich kannte sie schon eine Weile, ohne zu wissen, wie sie sich ernähren. Darüber spricht man unter unseresgleichen nicht gern. So wie die meisten Menschen nicht darüber reden, wie es um ihre Vorlieben im Bett bestellt ist. Irgendwann haben sie einen Fehler gemacht, und die Leute, die uns alle für Ausgeburten der Hölle halten, sind ihnen auf die Spur gekommen. Da haben sie sich an mich gewandt. Ich sollte ihnen helfen. In gewisser Weise habe ich das auch. Wenn ich nicht eingegriffen hätte, hätten die Jäger sie erwischt.« Er zuckte mit den Schultern. »Wer weiß? Womöglich wäre das die bessere Alternative gewesen, aber daran lässt sich jetzt nichts mehr ändern.« Er fasste Lily unters Kinn, drehte ihr Gesicht zu sich und sah ihr fest in die Augen. »Noch einmal: Wir sind keine Menschen mehr, Lily, aber wir sind auch keine Ungeheuer. Zumindest müssen wir das nicht sein. Verstehst du?«

Lily nickte schwach, gefesselt von dem Flehen in seinem Blick. Seine Hand wanderte zu ihrem Nacken, und er zog sie so dicht an sich, dass sie sein Herz schlagen gespürt hätte, wenn es denn noch geschlagen hätte.

»Weißt du, was das Furchtbarste an unserem Dasein ist?«, raunte er ihr ins Ohr.

»Der Hunger?«, wisperte sie.

»Die Einsamkeit«, flüsterte er zurück. »Immer eine Maske tragen zu müssen, wenn man unter die Menschen geht. Sie fühlen, was wir sind. Sie haben Angst vor uns, und sie ahnen nicht, wie sehr wir uns manchmal vor uns selbst fürchten. Sie können uns nicht verstehen, und sie werden uns nie verstehen. Wir haben nur uns. Niemanden sonst. Ich will nicht mehr einsam sein. Ich habe so lange gesucht. So unvorstellbar lange. Bleib bei mir, Lily. Bitte, bleib bei mir.«

Er küsste ihre Stirn, ihre Augen, ihre Wangen, ihren Hals. Erst zärtlich, dann immer fordernder. Sie schlang die Arme um ihn, zwang sich zum Atmen und sog seinen Duft in sich auf. Als er seine Hand unter ihr Kleid schob, dachte sie an den letzten Mann, der sie so berührt hatte, und schloss die Schenkel. »Victor …«

»Was?«

»Ich will alles über dich wissen. Alles. Keine Lügen.«

»Keine Lügen«, sagte er nur. Er zog die Hand zurück, um sie gleich danach wieder unter ihre Hüften zu schieben. Mit einer Leichtigkeit, die seine schmalen Schultern Lügen strafte, hob er Lily an und stand auf. Ihr Mund suchte seinen, und weil sie die Augen geschlossen hielt, wusste sie nicht, wohin er sie trug. Seine Zunge schmeckte, wie er roch. Für einen winzigen Augenblick vergaß sie sogar den Hunger.

Eine kühle Nässe umfing sie, und als sie ihren Kopf erreichte, flackerte eine alte Furcht in ihr hoch, die keine Bedeutung mehr hatte, die Furcht eines Menschen vorm Ertrinken. Sie brauchte keine Luft zum Atmen mehr. Sie brauchte nur jemanden, an dem sie sich festhalten konnte und der immer für sie da war.

Gemeinsam sanken sie zum Grund des Beckens, wo Lily erfuhr, dass die Toten nicht anders liebten als die Lebenden.

16.09.2009, 16:26

Ben lag bäuchlings im Gras und wartete auf einen toten Vogel. Es war schön, im Gras zu liegen. Vor allem mit Alice neben sich, nah genug, um ihr Haar riechen zu können. Es duftete nach Shampoo. Das war toll, aber Ben hatte nicht ganz verstanden, warum Alice den Vogel so spannend fand. Er fand sie spannend, und es wäre nett gewesen, wenn er sich hätte sicher sein können, dass dieses Gefühl auf Gegenseitigkeit beruhte. Fasziniert beobachtete er, wie der Grashalm vor ihrer Nase bei jedem ihrer Atemzüge wippte.

»Was ist an dem Vogel noch mal so wichtig?«, raunte er.

»Ben Sullivan, du bist echt schwer von Begriff«, wisperte sie, ohne den Blick von dem Stück Weidezaun abzuwenden, den sie schon über eine Stunde im Auge behielten. »Der Vogel ist deshalb so wichtig, weil er in dieser Gegend eigentlich ausgestorben ist.«

Richtig. Das war das Wort gewesen. Nicht tot, sondern ausgestorben. »Und das stand in dem Buch, das dir Mrs. Lumley gegeben hat?«

Alice nickte.

»Wie hieß der Vogel noch mal?«

»Neuntöter.«

»Ach ja.« Cooler Name. Wie hatte er den bloß vergessen können?

»Du hast ein Gedächtnis mit mehr Löchern als ein Paar alter Socken«, feixte Alice. »Ich frag mich, wie du die Prüfungen bestehen willst. Es ist nicht mal mehr eine Woche bis zum Erntefest, und wenn du dich mit den Liedern so anstellst wie mit dem Neuntöter, seh ich schwarz. Father Bain macht bestimmt keine Gefangenen.«

»Die Lieder üb ich doch schon seit einem Jahr«, verteidigte sich Ben. »Und den Namen von dem Vogel hab ich heute zum ersten Mal gehört.«

»Nicht so laut«, schimpfte Alice leise. Wenigstens sah sie ihn dabei an. »Wenn du so schreist, kommt der Neuntöter nie im Leben.«

»Schon gut, schon gut«, murmelte Ben. Er wollte keinen Streit mit ihr wegen diesem bekloppten Vogel riskieren. Er rutschte noch dichter an sie heran, bis seine Schulter gegen ihre Schulter stieß. Sie fühlte sich weich und warm an.

»Was wird das denn, wenn's fertig ist?«

»So seh ich besser.«

»Klar«, meinte sie spöttisch, aber er hatte den Eindruck, als würde sie sich jetzt auch ein winziges bisschen fester an ihn drücken. Das war spitze. Gut, dass er auf dem Bauch lag. Er verbrachte gern Zeit mit ihr, obwohl er nicht wusste, wie lange er es noch aushielt, sich ständig mit ihr herumzutreiben, ohne ihr zu sagen, was er sich ausmalte, wenn er allein war und plötzlich an sie denken musste. Vor ein paar Jahren hatten sie mal auf einem ihrer gemeinsamen Streifzüge gesehen, wie ein Schaf von einem jungen Hammel besprungen wurde. Sie hatten sich beide darüber beömmmelt, wie sich der Hammel abmühte, und Alice hatte gesagt, sie wäre an der Stelle des Schafs einfach davongerannt, anstatt sich so was Ekliges von einem so ungeschickten Kerl gefallen zu lassen. Damals hatte Ben das noch ziemlich lustig gefunden. Inzwischen wurde ihm flau im Magen, wenn er sich an dieses kleine Abenteuer erinnerte. Zum Glück waren auf der Weide vor ihnen weit und breit keine Schafe in Sicht.

»Da ist er!«, flüsterte Alice aufgeregt.

»Wo?«

»Da! Direkt neben dem Pfosten!«

Ben war enttäuscht. Der Vogel, um den Alice so einen Aufstand veranstaltete, hatte zwar eine ganz ansehnliche Färbung – braunrot auf dem Rücken, schiefergrau auf dem Kopf –, aber er war anscheinend gerade einmal so groß wie Bens Hand. Er trug etwas im Schnabel, das nach einer Maus aussah und das er nach seiner Landung mit flinken Bewegungen irgendwie am stacheligen Draht des Weidezauns befestigte.

»Was macht er da?«

»Er legt Vorräte an.« Alice strahlte über ihr ganzes, kreisrundes Gesicht. »Ich hab mich beim letzten Mal nicht verguckt. Es ist tatsächlich ein Neuntöter. Ein Männchen. Weißt du, was das bedeutet?«

»Nee«, sagte Ben gedehnt.

»Das bedeutet, dass die Neuntöter vielleicht zurückkommen und wieder hier brüten. Vorausgesetzt, das Männchen findet ein Weibchen.« Sie kniff frustriert die Lippen zusammen. »Ich dusselige Kuh. Ich hätte meine Kamera mitnehmen sollen.«

»Wieso?«

»Was denkst du denn? Damit ich ein Foto machen kann, du Nase. Sonst glaubt mir doch keiner, dass ich einen Neuntöter gesehen hab.«

»Du hast doch mich als Zeugen«, sagte Ben.

»Manchmal könnte man meinen, du ziehst dir die Hose mit der Kneifzange an. Überleg doch mal. Wir sind zwei Teenager aus einem winzigen Kaff mitten im schottischen Nirgendwo. Alle werden sagen, wir hätten uns das nur ausgedacht. Genauso gut könnten wir behaupten, wir hätten Nessie gesehen. Oder den Yeti.«

»Die Leute aus dem Dorf würden uns aber bestimmt glauben«, verteidigte sich Ben. »Mehr zählt doch nicht.«

Sie schaute ihn einen Moment merkwürdig aus ihren großen, grünen Augen an, und er spürte eine komische Angst in sich aufsteigen. Die völlig abwegige Angst, dies könnte das letzte Mal sein, dass sie mit ihm durch die Gegend zog. Er musste etwas dagegen unternehmen. Er streckte den Kopf vor und legte ihr sanft die Hand in den Nacken. Jetzt oder nie …

Bevor ihre Lippen sich berühren konnten – Ben bemerkte zufrieden und dankbar, dass sie nicht vor ihm zurückgewichen war –, machte ihm der verdammte Vogel einen Strich durch die Rechnung. Der Neuntöter gab ein raues, gepresstes Zwitschern von sich und flog flatternd davon. Alice rollte sich unter Bens Arm weg, stand auf, klopfte sich die Jeans ab und zeigte auf die Stelle, wo eben noch der Neuntöter gesessen hatte.

»Schau mal! Er hat seine Beute dagelassen!«

Und schon joggte sie gemütlich los. Ben ächzte gequält – so nah, so nah – und stemmte sich ebenfalls in die Höhe. Er steckte die Hände in die Hosentaschen, damit Alice nichts von seinem abklingenden Ständer mitbekam, und folgte ihr in einem betont lässigen Schlendergang.

Er hätte sich das Tarnmanöver sparen können, weil sein Schwanz regelrecht in sich zusammenschnurrte, als er sah, was der Neuntöter mit seiner Beute angestellt hatte. Die Maus baumelte schlaff vom obersten Draht des Zauns, durchbohrt von einer der Dutzenden kleiner Spitzen, die eigentlich dazu da waren, dem Vieh auf der Weide einen eindeutigen Hinweis darauf zu geben, dass es am Rand des ihm zugedachten Buffets aus Gräsern und Kräutern ankam.

»Ganz schön grausam«, sagte Ben. Die Maus starrte ihn aus toten Knopfaugen vorwurfsvoll an.

»Magst du Schinken?«, fragte Alice ihn ernst.

»Was?«

»Ob du Schinken magst?«

»Ja, schon.« Worauf wollte sie jetzt schon wieder hinaus?

»Dann beschwer dich nicht über den Neuntöter«, erklärte Alice. »Er tut auch nichts anderes als wir. Er sorgt für magere Zeiten vor. Er macht das, damit er etwas zu fressen hat, falls er morgen nichts findet. Und Grausamkeit brauchst du ihm nicht vorzuwerfen. Natürlich sieht das die Maus vielleicht anders. Aber glaubst du, dass ein Schwein sich freiwillig von uns die Hinterbeine abschneiden lassen würde, damit wir daraus Schinken machen können? Ich meine, wenn wir das Schwein fragen könnten, ob es ihm recht ist.«

»Wahrscheinlich nicht«, gab Ben zu. »Du klingst fast wie Mrs. Lumley.«

»Und?« Alice reckte das Kinn lauernd vor. »Ist das schlimm?«

»Nein, du würdest eine viel hübschere Lehrerin abgeben als sie. So viel steht fest.«

»Ist das so?«

Weshalb fiel es ihm so schwer, etwas richtig Nettes zu Alice zu sagen? Etwas, worüber sie sich freute? Alles, was er schaffte, war, sie mit der vertrockneten alten Pflaume zu vergleichen, die sie Tag für Tag in der Dorfschule quälte. »Danke, dass du mir den Neuntöter gezeigt hast.«

»Nichts zu danken. Wem hätte ich ihn denn sonst vorführen sollen?«

Da hatte sie recht. Er war der einzige Junge in ganz Manger, der ungefähr in ihrem Alter war. Außer ihm gab es neben einer Handvoll Rotzlöffel, die noch kein einziges Haar am Sack hatten, nur noch solche Männer im Dorf, die schon vor einigen Jahren bei einem Erntefest vor die Alten getreten waren, um sich als vollwertige Mitglieder der Gemeinschaft zu beweisen – und für die wiederum war Alice schlicht und ergreifend viel zu jung. Insofern war es kein Wunder, dass sie so viel Zeit mit ihm verbrachte.

Sie gingen dorthin zurück, wo sie das Gras platt gedrückt hatten, setzten sich, und Alice holte aus ihrem Rucksack zwei Dosen Cola. Sie nippten eine Weile schweigend an dem süßen Zeug und schauten den Wolken zu, die der Wind vom Meer her übers Land trieb.

»Hast du Angst vor der Prüfung?«, fragte Alice unvermittelt.

»Du nicht?«

Sie schüttelte den Kopf. »Kein Stück.«

Das war eine Überraschung. Ehrlich gesagt, fand er es dumm oder eher leichtsinnig, keine Angst davor zu haben. Es hing so viel von der Prüfung ab. Er freute sich auf all die Dinge, die ihm erlaubt sein würden, falls er sie bestand. Im Inn am Brunnen mit den Erwachsenen Bier trinken. Fernsehen – was und wann er wollte, anstatt nur unter der strengen Aufsicht seiner Eltern, die manchmal den Kasten urplötzlich ausschalteten, wenn ihnen etwas im Programm nicht passte. Alleine die Zeitung oder ein Magazin im Laden von Mister Hume kaufen und nicht warten zu müssen, bis Mum und Dad alles kontrolliert und »die schlimmen Seiten rausgerissen« hatten, wie sie es nannten. Nach Absprache mit dem Bürgermeister einen Ausflug nach Maybole oder Girvan machen, wenn Dougal Cunningham mit seinem kleinen Laster losfuhr, um die Post und die Bestellungen von Mister Hume abzuholen, mit denen er seine Regale auffüllte. Wer die Prüfung erfolgreich absolvierte, der war mit einem Mal frei – freier als je zuvor in seinem Leben.

»Was ist das Schlimmste, was passieren kann?« Alice zeigte zum Dorf hinunter, dessen Häuser aus dieser Entfernung bis auf das Rathaus, das Haus der Alten, die Kirche und das Inn alle gleich aussahen.

Ben kannte jeden Riss im Putz, jede schiefe Regenrinne, jeden fehlenden Ziegel im Dach von jedem einzelnen der Gebäude. Er wusste, welche Familie wo wohnte und wer wie viele Äcker und Wiesen besaß. Es fühlte sich gut und richtig an, das alles zu kennen und zu wissen. Hier war die Welt geordnet, hier gab es feste Regeln, die einen glücklich machten, wenn man sich an sie hielt – und nach allem, was er von Mum und Dad und von Mrs. Lumley und Father Bain gehört hatte, war das ganz und gar nicht selbstverständlich. In der Welt draußen war das nicht so.

»Man muss von hier fort, wenn man die Prüfung vermasselt«, sagte Ben. »Aber wo geht man dann hin?«

»Dougal hat mir erzählt, man bekommt Geld, um woanders zu leben, aber man darf nie mehr zurückkommen. Weil man dann in Manger nicht mehr willkommen ist, wenn einen die Alten nicht mögen. Deshalb darf man sich auch nicht von den anderen verabschieden.« Alice lächelte ihn aufmunternd an. »Hört sich fies an, aber ich denke, es ist besser so. Würdest du irgendwo bleiben wollen, wo dich keiner mehr haben will? Nicht mal deine Eltern?«

»Das ist aber nicht das Schlimmste, was passieren kann.« Er wich ihrem Blick aus und musterte lieber die Coladose in seiner Hand. Warum hatte er das gesagt? Er wollte nicht an Kenny denken. Und nicht an Mum, wie sie die Strähne von Kennys Haar streichelte, die jetzt eine von vielen Strähnen in dem Album mit dem abgegriffenen Ledereinband war, das sie in ihrem Nachttisch aufbewahrte. »Man kann dabei sterben, wenn man die Alten sieht.«

»Das glaub ich nicht. Die Sache mit deinem Bruder war ein

Unfall. Jeder sagt das.« Sie fasste nach seinem Knie. »Hast du deshalb Schiss vor der Prüfung? Wegen ihm?«

»Es würde meine Mum umbringen, wenn ich das vergeige.« Als Kenny gestorben war, war Ben noch nicht mal in die Schule gegangen, und manchmal schämte er sich dafür, dass er sich kaum an ihn erinnern konnte. Kenny war ihm so groß und stark vorgekommen. Wenn er die Prüfung nicht geschafft hatte, wie sollte Ben sie dann bestehen? »Es war furchtbar genug für sie, ihn zu verlieren. Wenn ich jetzt auch so einen Unfall hab … Scheiße, es reicht doch schon, wenn ich gehen müsste. Das würde sie total fertigmachen.«

»Verstehe. Deshalb könntest du auch nicht einfach fortlaufen.«

»Wie Selma, meinst du?«

»Hör mir bloß auf mit der.« Alice riss ein Büschel Gras aus und warf die Halme in den Wind. »Von wegen beste Freundinnen. Sie hat versprochen, sich bei mir zu melden. Sie wollte mir ihre Kette schicken. Die mit dem Glücksklee dran. Damit ich weiß, dass es ihr gut geht. Und? Hab ich jemals wieder was von ihr gehört? Natürlich nicht.«

Ben hätte ein Felsklotz sein müssen, um nicht zu kapieren, wie schwer beleidigt Alice noch immer darüber war, dass Selma sich letztes Jahr abgesetzt hatte. Aus Furcht vor der Prüfung. Aus Furcht vor den Alten in ihrem großen, stillen Haus am Rand des Dorfes. Dorthin, wo er und Alice nächste Woche gehen würden. Nächste Woche schon …

»Ich könnte nur davonlaufen, wenn du mitkommst«, sagte er. Da war sie wieder, diese merkwürdige Angst von vorhin. Als ob der Wind plötzlich stark genug werden könnte, um sie von ihm wegzureißen und mit sich zu nehmen wie die Grashalme, die sie ausgerupft hatte. »Und du, du würdest mir doch Bescheid sagen, wenn du vorhättest, dich aus dem Staub zu machen, oder? Wenn du zu viel Schiss vor den Alten hättest?«

Sie lachte. Laut und lange. Und obwohl ihm nicht zum Lachen zumute war, lachte er mit ihr. Das war jedes Mal so. Er konnte nicht anders. Vielleicht war das der Grund, warum er wollte, dass sie für immer in Manger blieb. Bei ihm. Und vielleicht war es auch der Grund, warum er die Dinge, die es in der Welt draußen gab, nicht wirklich vermisste. Keines der Dinge konnte so schön sein wie ihr Lachen. Oder wie die Art, wie sich ihr T-Shirt über ihren Brüsten spannte, wenn sie sich reckte. Wie ihre Zunge aus ihrem Mundwinkel hervorspitzte, wenn sie sich voll und ganz auf eine Sache konzentrierte. Wie ihr Haar duftete.

»Noch mal zum Mitschreiben, Ben.« Sie schnappte nach Luft, weil sie ihr Gelächter ganz außer Atem gebracht hatte. »Vor den Alten braucht sich niemand zu fürchten. Sie sind nur ein Märchen. Die Prüfung gibt es, aber die Alten gibt es nicht.«

»Woher willst du das wissen?«

»Weil ich eines von Mrs. Lumleys Büchern aus ihrem Schrank gestohlen hab, als sie mal vergessen hat, ihn abzuschließen«, sagte Alice mit einem listigen Funkeln in den Augen. »Ich glaub, sie hat nicht mal gemerkt, dass es fehlt. Nun schau nicht so schockiert. Es ist ja nicht so, als ob ich ein Baby gefressen hätte. Und du hast bestimmt auch schon mal was mitgehen lassen, wenn sich die Gelegenheit bot. Zum Beispiel, wenn Mister Hume mal wieder auf seinem Stuhl hinter der Kasse eingeschlafen ist.«

»Das macht doch jeder.«

»Siehst du? Das mit dem Buch ist auch nicht anders. Die Lumley hätte besser aufpassen sollen, dann hätte ich es auch nie bekommen.«

Da war was dran. »Aber warum erzählst du mir erst jetzt was davon?«

»Eine Frau braucht ihre Geheimnisse, sonst wird sie langweilig«, schnurrte sie ihm ins Ohr.

Es war, als rieselten ihre Worte ihm heiß und kalt vom Ohr den Bauch hinunter bis in die Eier. Um nicht schon wieder einen Ständer vor ihr verstecken zu müssen, fragte er schnell: »Und in dem gemopsten Buch steht, dass es die Alten gar nicht gibt?«

»Nicht direkt.« Sie lehnte sich zurück, stützte sich auf ihrem Ellbogen ab und streckte die Beine aus. »Das Buch ist schon uralt. Hundertachtzig Jahre oder so. Da drin geht es um Bräuche hier in der Gegend. Wir sind nicht das einzige Dorf, wo man Prüfungen abhält, um junge Leute als Erwachsene in die Gemeinschaft einzuführen. Und es wird überall ein Riesenbrimborium darum gemacht. Zumindest damals, als das Buch geschrieben wurde. Im einen Dorf muss man über ein großes Feuer springen, im nächsten irgendeinen widerlichen Kram essen. Wer das nicht packt, muss gehen oder bis zum nächsten Jahr warten. Bei uns ist man da eben nach wie vor besonders streng. Man zieht das alte Ritual durch, und wer dabei ins Klo greift, wird rausgeschmissen.«

»Was hat das mit den Alten zu tun?« Ben sah keine Verbindung zwischen dem, was Alice gerade erzählt hatte, und den Geschichten, die man den Kindern im Dorf über die Alten beibrachte. Dass sie unvorstellbar mächtig waren. Dass sie seit der Zeit der Ersten Mutter dafür sorgten, dass das Vieh wuchs und gedieh und die Äcker reiche Ernte brachten. Dass sie im Gegenzug Dankbarkeit, Respekt und Opfer erwarteten. »Dich sollen die Alten holen« – wie oft hatte er diese Drohung schon gehört, wenn sich zwei Leute im Dorf stritten?

»Ich sag dir, was uns nächste Woche wahrscheinlich bevorsteht: Sie bringen uns ins Haus der Alten. Dann ziehen sie sich Roben an, setzen sich alberne Blumengebinde auf den Kopf, stellen sich im Kreis um dich auf und fragen dir ein Loch in den Bauch.« Alice verstellte die Stimme zu einem dumpfen Dröhnen. »Wer bist du, Kind? Woher kommst du? Kennst du die Lieder, die die Alten gerne hören?« Sie zuckte mit den Schultern. »Wahrscheinlich sind auch die Alten da.«

»Ich dachte, die gibt's nicht.« Ben verstand gar nichts mehr.

»O Mann, du kannst so doof sein, echt jetzt. Ich denke, die Alten sind ein paar Statuen mit Hörnern dran oder so. Und vielleicht fuchtelt auch jemand mit einer Fackel oder einem Schwert herum. Nur um uns einzuschüchtern.« Sie warf die Hände in die Luft. »Glaubst du, unsere Eltern würden zulassen, dass uns etwas zustößt?«

Einen Augenblick lang schwieg Ben bestürzt. Dann zerdrückte er die leere Coladose zwischen seinen Fingern. »Kenny ist aber etwas zugestoßen, du Klugscheißerin. Oder denkst du, er hat sich nur vor ein paar Statuen zu Tode erschreckt? Denkst du das?«

Sie musste unrecht haben. Kenny war bestimmt nicht feige gewesen. Wenn die gesamte Prüfung nur irgendein Mummenschanz war, wie hatte er dann dabei sterben können? Und warum hätte man aus dem Dorf verbannt werden sollen, wenn alles nur halb so wild war? Sie redete sich etwas ein. Sie sah das unheimliche Haus der Alten doch jeden Tag. Die hohe Mauer um den riesigen Garten dahinter. Die kruden Fratzen mit den weit aufgerissenen Mäulern, die über der Tür in die Fassade gemeißelt waren. Würden die Erwachsenen dem Haus regelmäßig Besuche abstatten, wenn dort niemand wohnte? Wozu? Um sich zu besaufen? Das konnten sie auch im Inn tun. Um darüber zu beratschlagen, welche Einkäufe Dougal von seiner nächsten Fahrt mitbringen sollte? Dafür gab es das Zimmer im Rathaus, wo die Liste lag, in die man eintragen konnte, was man von draußen brauchte. Und würden sie sich die Mühe machen, sich ab und zu nachts ins Haus der Alten zu schleichen, um dann hinter den dicken Mauern laut zu schreien und zu stöhnen, nur damit ihre Kinder daheim in den Betten aufwachten und sich vor den unheimlichen Lauten fürchteten?

Alice stand auf und schnappte sich ihren Rucksack. »Kenny hatte einen Unfall. Das sagen alle«, wiederholte sie ihr früheres Argument. »Und ich sag nicht, dass mir das nicht furchtbar leidtut, Ben. Aber du stellst dich bloß so an, weil du die Hosen gestrichen voll hast.«

Er sprang auf die Beine und ballte hilflos die Fäuste. Er wollte nicht zornig auf sie sein. »Und du regst mich auf, weil du so tust, als wäre dir die Prüfung völlig egal. Als würde es dich nicht interessieren, was passiert, wenn du sie nicht schaffst. Als kümmerte es dich einen Scheiß, was dann aus mir wird. Dabei hast du genauso viel Bammel vor dem Erntefest wie ich.«

»Hab ich eben nun mal nicht«, knurrte sie.

»Hast du wohl!«

»Nein, und ich werde es dir beweisen.« Sie stapfte mit wütenden, abgehackten Schritten los.

»Aha! Und wie?«, rief er ihr hinterher.

»Wie wohl? Ich breche in dieses verdammte Haus ein und schau mir an, was da drin ist.«

»Das ist nicht dein Ernst! Das kannst du nicht bringen!« Ben musste plötzlich dringend pinkeln. Wenn man sie erwischte, dann ... ja, was dann? Würde man sie dann nicht aus dem Dorf schmeißen? Das konnte er nicht zulassen.

Sie blieb stehen, drehte sich zu ihm um und stemmte die Arme in die Hüften. »Und wie ich das bringen kann. Morgen Abend. Morgen Abend um Mitternacht. Du kannst ja mitkommen, wenn du kein Schlappschwanz bist, Ben Sullivan!«

17.09.2009, 14:54

Die Schrottpresse von Onkel Roy war mit Abstand das coolste Teil in ganz Manger. Nicht, weil die stählerne Wanne so groß und so schwer war, dass Dougal vor einigen Jahren extra einen Schwertransporter hatte mieten müssen, um sie ins Dorf zu transportieren. Nicht, weil der Greifer des Krans, der an einer Seite des Ungetüms angebracht war, Ben an die Klauen eines gewaltigen Adlers erinnerte. Und auch nicht, weil die Hydraulikhebel, die ächzten und zischten, wenn sie die Presswände in Bewegung setzten, dick wie junge Baumstämme waren. Nein, sie war so cool, weil sie binnen ein paar Minuten – weniger als einer halben Zigarettenlänge – ein Auto in einen handlichen Würfel aus zerquetschtem Metall und Plastik verwandelte, der sich bequem auf einem Hubwagen durch die Gegend schieben ließ. Dann verschwand der Würfel in einem Loch, das Onkel Roy vorher mit seinem Bagger irgendwo auf dem weitläufigen Grundstück ausgehoben hatte. Anschließend wurde das Loch wieder zugeschüttet, und sobald die Ketten des Baggers zwei-, dreimal über die lockere Erde gewalzt waren, hätte niemand mehr sagen können, wohin der Autoklotz verschwunden war. Das war cool. Zauberei. Magie. Nur viel beeindruckender als die Kartentricks, die Onkel Roy ab und zu im Inn vorführte, wenn ihn einer seiner Kumpel darum bat. Leider gab es nicht jeden Tag ein Auto zu verschrotten.

Heute zum Beispiel mal wieder nicht. Stattdessen schraubten sie an einem Traktor herum, was so aussah, dass Ben Onkel Roy auf Zuruf das Werkzeug reichte, das er gerade brauchte. Da blieb viel Zeit zum Nachdenken darüber, wie der Tag bisher gelaufen war. Ben hatte schlecht geschlafen, weil er sich mit Alice gestritten hatte. Ob sie das wirklich ernst gemeint hatte, dass sie in das Haus der Alten einsteigen wollte? Zuzutrauen war es ihr. Das Fiese war, dass er mit niemandem darüber reden konnte. Damit hätte er Alice nur Ärger eingebrockt.

Also hatte er etwas von Bauchschmerzen und Blähungen gemurmelt, als Mum ihn beim Wecken gefragt hatte, warum er so ein Gesicht machte. Sie hatte ihm geglaubt. Sie hatte ja selbst ständig Bauchschmerzen, schon seit Monaten. Wenn er zu Hause war, rannte sie alle halbe Stunde aufs Klo, und sie bestand nur noch aus Haut und Knochen, weil alles, was sie oben in sich reinfüllte, quasi sofort unten wieder rauskam.

Dad war davon zu Tode genervt. Heute Morgen auch wieder. Ben hatte gesehen, wie Dad die Augen verdreht hatte, als Mum losgerannt war. Um ein Haar wäre das Rührei angebrannt, wenn Dad die Pfanne nicht selbst vom Herd genommen hätte. In seiner haarigen Pranke hatte der Stiel der Pfanne so winzig ausgesehen, als hätte er sich in eine Puppenküche verirrt. Onkel Roy behauptete immer, Dad könnte mit einem Schlag einen Bullen k.o. hauen. Das war gut, weil manche der Bullen im Stall ab und zu aufmüpfig wurden und was auf die Nase verdient hatten. »Sie ist wegen dir so nervös«, hatte Dad zwischen zwei Gabelladungen Ei gebrummt. »Wegen der Prüfung. Und weil die Alten mit dem Kleinen von Lizzie Cullen nicht zufrieden waren. Ich hab deiner Mutter gesagt, sie soll sich da raushalten, aber sie ist trotzdem zu Lizzie rüber, und seitdem ist es noch schlimmer mit ihr. Lizzie hat Rotz und Wasser geheult, und da sind bei ihr auch gleich alle Hähne aufgegangen.« Ben konnte Lizzie verstehen. Es war bestimmt nicht schön, sein Baby zu verlieren. Aber was sollte man machen? Es kam nun mal vor, dass Babys zu schwach waren. Mit Lämmern und Kälbern war es ja auch nicht anders.

Schule war wie immer gewesen – öde, staubtrocken und viel zu lang. Während die Jüngeren Bilder für das Erntefest malen durften – von Kornähren, Äpfeln und mit Bändern geschmückten Sensen –, quälte Mrs. Lumley ihn und die etwas älteren Schüler mit einer komplizierten Rechenaufgabe. Irgendwas mit der jährlich benötigten Futtermenge für das Mästen einer gewissen Anzahl von Vieh, wobei sie so dämliche Sachen wie Verluste durch falsche Lagerung oder Sturmschäden an den Silos zu berücksichtigen hatten. Pure Folter, und was er am Ende als

Ergebnis herausbekommen hatte, konnte im Leben nicht stimmen. Scheiß drauf. Die Rechnerei war egal.

Was nicht egal war, war, dass Alice sich geweigert hatte, auch nur ein Wort mit ihm zu wechseln. Immer wenn er sie hatte ansprechen wollen, hatte sie nur auf ihre Armbanduhr getippt und aus dem Fenster in Richtung des Hauses der Alten gezeigt. Bei seinem dritten und letzten Versuch, nach der Pause mit ihr Kontakt aufzunehmen, hatte Mrs. Leary seinen Zettel, den er Alice hatte zuschieben wollen, abgefangen und ihn darauf hingewiesen, dass man »bitte« nach wie vor mit zwei Ts schrieb.

»Zweiunddreißiger Nuss«, sagte Onkel Roy hochkonzentriert und wedelte ungeduldig mit der Ratsche. »Träumst du, oder was?«

Ben suchte eilig den angeforderten Aufsatz aus dem passenden Kasten und drückte ihn in die ölverschmierte Hand seines Onkels.

»Na also, geht doch.« Roy lag halb unter dem Traktor und machte sich an der Achse des aufgebockten Gefährts zu schaffen. »Wie heißt sie denn?«

»Wer?«

»Das Mädchen, das dir den Kopf verdreht. Wenn ein Junge in deinem Alter Löcher in die Luft guckt, dann doch wegen einem Mädchen, hm?«

Onkel Roy war nicht doof. »Alice.«

»Alice? Alice Owen?« Onkel Roys Bauch hüpfte unter seinem Blaumann auf und ab. »Gute Wahl, mein Freund. Vorausgesetzt, du hast einen Plan, wie du sie ordentlich an die Kandare nimmst. Die hat Feuer im Arsch, das sag ich dir, und wenn man nicht genau aufpasst, verbrennt man sich da dran die Pfoten. Soll ich dir ein Paar Handschuhe leihen?«

Ben grinste. »Vielleicht.«

Roy kroch unter dem Traktor hervor und schaute Ben ernst an. »Oder ist es wegen der Prüfung? Hast du Schiss?«

»Kann schon sein«, gab Ben zu, dem die plötzliche Frage das Grinsen umgehend wieder aus dem Gesicht wischte. »Wie war das damals bei dir? Hattest du Schiss?«

Jetzt grinste Roy, der niemals hätte verleugnen können, dass er Mums Bruder war, weil er die gleichen schiefen Schneidezähne im Oberkiefer hatte wie sie. »Machst du Witze? Selbst wenn ich einen Korken gefunden hätte, der in meine Rosette passt, hätte ich ihn rausgeblasen wie eine Kanonenkugel. Schiss gehört dazu, wenn man vor die Alten tritt.«

Ben nahm all seinen Mut zusammen, denn wenn es jemanden in Manger gab, von dem er eine ehrliche Antwort kriegen würde, dann war es Onkel Roy. »Gibt es die Alten wirklich?«, flüsterte er und warf einen raschen Blick zum Werkstatttor, um nachzusehen, ob da nicht schon eines der Geschöpfe stand, an deren Existenz Alice so hartnäckig zweifelte.

»Natürlich«, sagte Roy wie aus der Pistole geschossen.

»Echt?«

Roy nutzte eine Rille im Reifenprofil des Traktors als Handgriff, um sich daran in die Höhe zu ziehen. »Was ist das überhaupt für eine Frage? Fragst du mich als Nächstes, ob es die Sonne gibt? Oder den Mond? Oder dich und mich?«

»Wer sind sie?«, wollte Ben wissen.

»Die, die das Vieh wachsen und gedeihen lassen. Die, die reiche Ernte auf die Äcker bringen.« Roy runzelte die Stirn und stieß Ben anklagend die Ratsche gegen die Brust. »Sag mir bitte nicht, du hast noch keinen Strich für die Prüfung gelernt.«

»Aua! Doch, hab ich. Klar.« Ben machte einen Schritt zurück und rieb sich die Stelle, wo ihn die Ratsche getroffen hatte. Das würde ein hübscher blauer Fleck werden … »Ich kapier aber bloß die Hälfte von dem, was ich lernen soll. Frucht meiner Frucht, Samen meines Samens. Gib uns von dir, damit wir uns von dir nehmen. Das ist doch nur sinnloses Zeug. Die Geschichte von der ersten Alten, deren Vater und Brüder für uns alle starben. Die Sache mit den Fernen Verwandten, die uns im Tod näher sind.« Er wollte nicht losheulen, aber es war so verdammt schwer, die Tränen zurückzuhalten. »Das ist mir alles zu hoch. Das ist mir alles zu viel.«

»Ho, Brauner …« Roy legte Ben einen seiner schweren Arme um die Schultern. Er stank nach Schweiß und Motoröl, nach

Schmierfett und Zigaretten, doch für Ben war es der Geruch von Geborgenheit. Sein Vater nahm ihn nie in den Arm, und wenn seine Mutter es tat, hatte er immer das Gefühl, sie wolle sich etwas Gutes tun und nicht ihm. Als müsste sie sich an ihm festhalten, damit sie nicht von einem Sturm mitgerissen wurde, der schon seit Jahren in ihr tobte. Seit Kenny fort war …

»Ganz ruhig, Junge. Du kriegst das schon hin. Ich hab's doch auch geschafft, und ich bin so hell wie sieben Gläser dunkles Bier. Okay, wo fangen wir an? Am besten mit was Leichtem. Hör zu: Die Fernen Verwandten sind Alte, die in die Welt hinausgegangen sind, um Manger zu schützen. Über sie erfahren wir, was draußen vor sich geht und wie sich die Welt verändert. Sie machen den anderen Alten Vorschläge, auf welche Veränderungen wir hier reagieren müssen, damit wir weiter so leben können, wie wir es immer getan haben. Deshalb sind sie uns nah, obwohl sie so weit weg sind. Sie kommen nur noch ganz, ganz selten zurück, und nur, wenn es unbedingt sein muss.« Roy drückte Ben fester an sich. »Siehst du? So einfach ist das. Und Samen meines Samens, zum Beispiel, heißt –«

Roy brach mitten im Satz ab und schaute zum Hof hinaus, wo gerade ein silbergraues Auto in die Einfahrt von der Straße abbog. Eines dieser neumodischen Modelle, die Ben aus Roys Magazinen kannte und die sich nicht entscheiden konnten, ob sie eine Limousine, ein Jeep oder vielleicht doch lieber ein kleiner Lieferwagen sein wollten. Es war nicht zu übersehen, dass das Auto mit dem Glasgower Kennzeichen ernste Probleme hatte, denn es zog eine Spur von dichtem weißem Qualm hinter sich her. Der Fahrer – ein schlanker Mann mit Haut in einem Ton, der Ben an das dunkle Beige eines Zigarettenfilters erinnerte – würgte den klopfenden Motor ab und stieg aus. Zwei weitere Türen schwangen auf. Die eine spie eine halblaut vor sich hinzeternde Frau aus, die andere einen mürrisch dreinblickenden, pummeligen Kerl, dessen Hose nur aus einem Dutzend ausgebeulter Taschen zu bestehen schien, die auf den Stoff aufgenäht waren.

Als Roy und Ben aus der kühlen Werkstatt auf den Hof

hinaustraten, auf den die Sonne seit Stunden erbarmungslos hinunterknallte, versetzte die Frau einem der Vorderreifen des Autos einen Tritt und keifte: »Scheißkarre!« Danach verlagerte sich ihr Zorn auf den dunkelhäutigen Mann, vor dem sie sich drohend aufzubauen versuchte, was allerdings nicht sehr imposant war, da sie gute zweieinhalb Köpfe kleiner war als er. »Das geht auf deine Kappe, Kev! *Den kann man im zweiten Gang locker bis achtzig ziehen.* So ein Schwachsinn. Reife Leistung. Jetzt haben wir den Salat.«

»Dann fahr das nächste Mal doch selbst!«, giftete Kev zurück.

»Würde ich ja, wenn ich die passenden Schuhe dabeihätte.« Die kleinen Füße der Frau steckten in etwas, was Ben für Badelatschen hielt. Waren das Touristen, die ans Meer wollten?

In dem Augenblick, in dem die Frau Roy und Ben bemerkte, vollzog sich eine erstaunliche Verwandlung. Aus einer zornigen Fratze wurde ein freundliches Gesicht mit einem strahlenden Bilderbuchlächeln. Zielsicher streckte sie Roy die Hand entgegen. »Sheila Shearer, BBC Scotland. Sind Sie Automechaniker?«

»Das steht zumindest auf dem Schild da drüben«, entgegnete Roy.

»Der Mann, der unseren Wagen auf dem Gewissen hat, ist Kevin Hamilton, und der stattliche junge Herr hier hört auf den schönen Namen Frank Ball. Und Sie sind …?«

»Roy Douglas.« Onkel Roy hatte die ernste Miene aufgesetzt, mit der er üblicherweise die Knöpfe an der Schrottpresse drückte. »Sie machen am besten gleich mal die Motorhaube auf.«

Während Kev dieser Aufforderung nachkam und Roy anschließend das freigelegte Innenleben des Wagens studierte, ging Ben einmal um das Auto herum und linste vorsichtig hinein. Er sah halb volle Plastikflaschen mit stillem Wasser, die eine oder andere platt gesessene Schokoriegelverpackung und anderes langweiliges Zeug. Was im Stauraum des Wagens untergebracht war, war da schon wesentlich interessanter: drei Reisetaschen, mehrere Koffer aus Metall mit Schnallenverschlüssen, ein fluffiges, pelziges Ding, das ein bisschen aussah wie ein zusammengerollter Badezimmervorleger, und drei armlange schwarze Stangen, bei denen er an eine Angelrute zum Zusammenstecken denken musste.

»Neugierig?« Sheilas Gesicht tauchte plötzlich als Spiegelbild neben seinem eigenen in der getönten Scheibe des Kofferraumdeckels auf. Selbst in der Reflektion war zu erkennen, wie viel Schminke sie trug – so viel, dass man glatt hätte meinen können, sie hätte sich eine zweite, langsam vor sich hin blätternde Haut über den vorderen Teil ihres Schädels gespannt. Keine der Frauen aus dem Dorf ging derart großzügig mit Make-up um.

»Drehen Sie einen Film?«, fragte Ben.

Sie lachte schrill auf, wobei sie so tat, als müsste sie irgendetwas zwischen ihren Brüsten festhalten. »Wie putzig. Ein Film. Schön wär's. So ein schottisches *Blair Witch Project*, oder was?«

Ben hatte keine Ahnung, wovon die komische Tante redete, weshalb er nur mit den Schultern zuckte.

»Nein, wir machen eine kurze Reportage. Ein Feature für *Landmark*. Hast du doch bestimmt schon mal gesehen, oder? Obwohl ... wahrscheinlich eher nicht. Du schaltest da sicher sofort um. Stehst mehr auf MTV oder gehst gleich zu YouTube, wie jeder gesunde Bursche in deinem Alter.«

MTV. Davon hatte Ben gehört – es war einer der Sender, den seine Eltern bei ihren ohnehin seltenen Fernsehabenden komplett ignorierten –, aber was sollte dieses YouTube sein? Er nickte nur schnell, damit Sheila keinen Verdacht schöpfte.

Die hatte offensichtlich großen Gefallen am Klang ihrer eigenen Stimme, denn sie plapperte munter weiter. »Jedenfalls sollen wir dieses Feature machen. Über altes Brauchtum. Mich ödet diese ganze Nationalismuswelle, unter uns gesagt, tierisch an, aber die Zuschauer können nicht genug davon kriegen. Also kriegen sie von uns, was sie verlangen. Sie zahlen ja auch brav ihre Gebühren. Und man beißt nicht die Hand, die einen füttert, verstehst du? Es wäre halt nur toll, wenn meine Chefs mich nicht dauernd ins letzte Kaff schicken würden, um – Oh, Verzeihung. Das war nicht so gemeint, wie es vielleicht rüberkam.« Sie legte eine winzige Pause ein, ehe sie fragte: »Sag mal, ihr habt hier bei euch im Dorf nicht zufällig irgendwelche Sitten oder Feiern oder so einen Kram, auf die die Omas und Opas abfahren?«

»Nächste Woche haben wir Erntefest«, antwortete Ben.

»So lange werden die Herrschaften nicht bleiben«, rief Onkel Roy und knallte schwungvoll die Motorhaube zu.

»Oh, dann ist es also nichts Ernstes?«, erkundigte sich Sheila mit deutlicher Erleichterung in der Stimme. »Nur eine Kleinigkeit, die Sie gleich reparieren können?« Sie warf Kev einen finsteren Blick zu. »Glück gehabt, mein Bester.«

»Ich muss sie enttäuschen, Miss«, warf Roy ein. »Heute wird das nichts mehr. Die Zylinderkopfdichtung ist hinüber.«

Kev und Frank machten es wie die meisten Männer, wenn sie mit Diagnosen eines Automechanikers konfrontiert wurden: Sie versuchten, möglichst schlau auszusehen, und nickten wissend.

»Das ist kein Spaß«, fuhr Roy fort. »Wenn wir die nicht austauschen, krepiert Ihnen der Motor.«

»Dann tauschen Sie sie doch aus«, schlug Sheila vor.

»Kann ich machen, aber ich muss das Teil erst bestellen. Und es dauert mindestens bis morgen oder übermorgen, bis die Dichtung da ist.« Roy hob entschuldigend die Hände. »Sie sind hier eben nicht in der Großstadt.«

»Was Sie nicht sagen ...«, murmelte Sheila. Sie drehte sich trotzdem einmal um die eigene Achse, beinahe so, als müsste sie sich vergewissern, dass Roy sie nicht anschwindelte. »Na ja, es hätte schlimmer kommen können. Was meint ihr, Jungs? Das ist doch ein nettes, kleines Dorf. Wir haben sowieso noch nicht genügend Atmokram im Kasten, oder?«

»Eine Kirche mehr kann definitiv nicht schaden«, sagte Kev. »Und mehr Schafe. Schafe kommen immer gut.«

Frank verdrehte die Augen. »Wem sagst du das ... Und hier sind sie wenigstens ordentlich eingezäunt. Nicht wie im Rest der Gegend.« Er wandte sich an Roy. »Warum eigentlich?«

»Weil sie sonst weglaufen würden. Unsere Schafe sind ziemlich eigen.«

»Und weil wir darauf achten, was uns gehört«, fügte Ben hinzu. Das war eine der Regeln für das Leben in Manger, die er hatte auswendig lernen müssen, und er freute sich, seinem Onkel zeigen zu können, dass es ihm mit der bevorstehenden Prüfung wirklich ernst war.

»Reizend«, sagte Sheila. »Was wir noch bräuchten, wäre ein Friedhof. Einen, wo die Grabsteine richtig verwittert sind und von Moos überwuchert. Das wäre ideal. Ist er bei Ihnen da drüben an der Kirche?«

»Wir haben keinen Friedhof in Manger«, antwortete Roy knapp. »Aber ein Inn. Sie wollen ja wohl nicht zu dritt im Wagen schlafen, nehme ich an.«

»Mit den beiden Gestalten? Gott bewahre!« Wieder sah sich Sheila veranlasst, scheinbar ihre Brüste festzuhalten, damit sie ihr nicht aus dem Ausschnitt des T-Shirts sprangen. »Gut zu hören, dass für eine angemessene Unterbringung gesorgt ist. Übermorgen ist dieses Zylinderdings da, richtig?«

»Wenn alles glattgeht, ja.«

»Schön.« Sie holte eine Handtasche aus dem Wagen und wühlte daraus eines von den Telefonen hervor, mit denen man von überall aus bei jemandem anrufen konnte. Ben folgerte daraus, dass Sheila in Glasgow eine wichtige Frau sein musste, denn bei ihm im Dorf hatten nur Dougal Cunningham und der Bürgermeister so ein Teil. Sie hatten sie angeschafft, um sich im Dorf melden zu können, wenn sie irgendwo draußen unterwegs waren und es eine dringende Frage zu klären gab.

Sheilas Gesicht verzog sich frustriert. »Logisch. Kein Empfang. Mein Chef reißt mir die Rübe ab, wenn er nicht Bescheid bekommt, wo wir sind.«

»Machen Sie sich darum mal keine Sorgen«, sagte Roy. »Kommen Sie mit rein in mein Büro. Ich schreib seine Nummer auf, und dann ruf ich nachher für Sie bei ihm an. Ich erklär ihm alles. Schaffen Sie erst mal Ihre Sachen ins Inn.«

»Würden Sie das tun? Ich habe echt keine Lust, mir das Donnerwetter vom alten Diktator anzuhören.« Sie warf Roy eine Kusshand zu. »Die Leute vom Land. Da meint man immer, hier wären die Gummistiefel noch aus Holz, und dabei sind in Wahrheit alle so wunderbar praktisch veranlagt und gerissen.«

»Ja, das sind wir«, gab Roy zurück und entführte Sheila kurz ins Haus, um den Plan in die Tat umzusetzen.

In der Zwischenzeit half Ben den beiden anderen Fremden dabei, die Reisetaschen auszuladen. Er versicherte ihnen, dass sie den Rest ihres Gepäcks – die ganzen Sachen, die sie benötigten, um ihre Reportage zu drehen – ruhig im Wagen lassen konnten und Abschließen definitiv völlig überflüssig war. In Manger kannte jeder jeden, und es war noch nie etwas weggekommen. Das war natürlich ein bisschen geflunkert – zum Beispiel hatte Alice ja schon mal ein Buch von Mrs. Lumley mitgehen lassen, aber Alice war weit und breit nicht in Sicht –, und außerdem wäre es dumm gewesen, den Fremden Angst einzujagen.

Onkel Roy trug ihm danach auf, die drei Menschen von draußen zum Inn zu führen – eine Aufgabe, die Ben gern übernahm, weil er so selten Fremde zu sehen bekam. Kev – der Mann mit der Zigarettenfilterhaut – sprach nicht viel, aber dafür löcherten ihn Sheila und der dicke Frank mit Fragen, während sie die gewundene Hauptstraße hinuntergingen, die Manger in zwei Hälften teilte.

Frank wollte wissen, wie alt Ben war, und Ben antwortete ihm wahrheitsgemäß: »Fünfzehn, fast sechzehn.« Er sah auch keinen Grund für Ausflüchte, als Frank sich mit einer Mischung aus Mitleid und Verachtung bei ihm erkundigte, ob er sich im Dorf denn nicht zu Tode langweile als Junge in diesem ganz besonderen Alter. »Ich bin doch nichts anderes gewohnt als das hier.«

Sheila hakte noch mal wegen des Erntefestes nach – »Hat es was mit der Tagundnachtgleiche nächsten Dienstag zu tun?« –, doch weil Ben nach dem Verhalten seines Onkels den Eindruck hatte, dass er besser nicht zu sehr ins Detail ging, grunzte er nur ein »Kann sein«.

Einigermaßen beeindruckt zeigten sich die Fremden vom großen Dorfplatz, an dessen Rand das Inn, das Rathaus und die Kirche genau so angeordnet waren, dass sie die Spitzen eines gleichseitigen Dreiecks bildeten. Ben wusste, dass es ein gleichseitiges Dreieck war, weil Mrs. Lumley sie einmal genötigt hatte, die Strecken zwischen den Eingängen der Gebäude zu vermessen, und in einem nächsten Schritt hatten sie ermittelt, dass der Brunnen mit dem Standbild der Ersten Mutter exakt im Schnittpunkt der Winkelhalbierenden lag. Geometrie war Bens Lieblingsfach. Geometrie brachte Ordnung in die Welt.

Die drei Fremden ließen sich nicht davon abhalten, erst die Kirche und den Brunnen näher zu inspizieren, anstatt gleich ihr Gepäck im Inn abzuladen. Sheila bat Kev, sie unbedingt daran zu erinnern, dass sie bei Gelegenheit die Inschrift über dem Kirchenportal – *Tut eure Brandopfer und anderen Opfer zuhauf und esset Fleisch* – aufnahmen, weil sie angeblich etwas »Gotisches« hatte, wie sie behauptete. Frank hingegen zeigte sich eher vom Brunnen begeistert, weil das Standbild »ordentliche Glocken« aufwies. Zum Glück horchte er nicht bei Ben nach, was die runden Löcher an ihren steinernen Hüften und Oberschenkeln zu bedeuten hatten. Höchstwahrscheinlich hielt er sie für natürliche Zerfallserscheinungen, vermutete Ben, und nicht für ein Zeugnis dafür, wie viel die Alten von sich gaben, um das Wohlergehen der Bewohner von Manger zu sichern.

Nach einer Weile gelang es Ben dann endlich, seine kleine Herde zum Inn zu treiben, hinein in den Schankraum. Unter der niedrigen Decke mit ihren wuchtigen Stützbalken staute sich die unverwechselbare Mischung aus Kohlsuppenduft, Zigarettenrauch und den biersauren Ausdünstungen der Gäste von gestern. Am Tresen hing Aidan Cullen bedrohlich schief auf einem der Barhocker und starrte dumpf in ein halb leeres Pintglas. Er war wohl traurig wegen seinem Baby und kam lieber hierher, anstatt das kaputte Dach seiner Scheune zu reparieren, bevor der Herbst seine Regenstürme schickte.

»Die Leute brauchen Zimmer«, sagte Ben zu Colleen Pollard, die hinter dem Tresen lustlos die Whiskyflaschen auf den Regalen abstaubte. Colleen rümpfte kurz die breite, von roten und blauen Äderchen durchzogene Nase, ehe sie ihren Lappen beiseitelegte und sich um die Fremden kümmerte.

Ben stellte die drei kurz vor und entschied sich dafür, noch einen Augenblick zu bleiben, bis er sicher sein konnte, dass Colleen keine Fragen an ihn hatte. Die hatte sie nicht, aber Sheila schon. »Wo komme ich hier ins Internet?«

Colleen sprang für Ben ein. »Nur im Rathaus. Bürgermeister Bain hat einen von diesen Kästen, die man ans Telefon anschließt.«

»Ein Analogmodem?« Frank klang so, als hätte Colleen zugegeben, dass der Bürgermeister einen Dinosaurier in seinem Büro hielt.

»Was weiß ich, wie das heißt«, sagte Colleen, deren Blick die ganze Zeit über wie gebannt an Kev hing. »Ich weiß nur, dass er damit in dieses Netz geht.«

Frank schüttelte den Kopf und murmelte: »Hier möchte man wirklich nicht tot überm Zaun hängen.«

»Wo möchte man das schon«, sagte Sheila entschuldigend. Sie hatte wieder dieses künstliche Lächeln, das ihre Schminke abblättern ließ.

»Jedenfalls definitiv nicht hier«, meinte Frank.

»Ich bin dann mal weg, Colleen.« Ben öffnete die Tür. »Onkel Roy wartet bestimmt schon auf mich.«

»In Ordnung, mein Junge«, rief ihm Colleen nach. »Sag ihm, ich regele hier alles.«

Ben winkte noch einmal freundlich, schlüpfte hinaus auf die Straße und rannte los. Er konnte es kaum abwarten, die Schrottpresse in Aktion zu sehen.

17.09.2009, 20:11

Der Anzug wog noch mehr, als Gottlieb in Erinnerung hatte. Beim Vornüberbeugen, um seine schweren Stiefel zu schnüren, musste er die Füße nacheinander auf eine Holzbank aufstützen, wobei die winzigen, ineinander verflochtenen Metallringe des Anzugs leise, fast unschuldig klirrten. Trotz des engen langärmeligen T-Shirts und der langen Unterhose, die er unter dem Kettenpanzer trug, saugte ihm das Metall die Wärme aus dem Leib. Er überprüfte noch einmal, ob er den mit festem Neopren von den Ringen abgesetzten Reißverschluss ganz nach oben bis unter seinen Adamsapfel zugezogen hatte, ehe er sich die breite, auf der Innenseite notdürftig gepolsterte Halskrause aus Hartplastik umschnallte. Sie scheuerte im Nacken, doch damit konnte er leben, solange sie ihren Zweck erfüllte.

Mist. Er hätte zuerst die Kapuze, die seinen Kopf schützen sollte, überstreifen müssen, bevor er die Krause anlegte. Der Fehler war ihm früher auch oft passiert. Er korrigierte ihn missmutig und ärgerte sich über sich selbst.

Warum machte er diesen ganzen Scheiß überhaupt mit? Wieso stand er in dieser Baracke mit den alten Spinden, in der es nach Schweiß und Stahl roch, und hüllte sich in einen Schutzanzug, wie ihn sogar der ängstlichste Haitaucher für maßlos übertrieben gehalten hätte? Er setzte den Zwitter aus Eishockey- und Atemmaske auf, die nur seine Augen unbedeckt und ihn endgültig wie einen Statisten aus *Mad Max* aussehen ließ. Handschuhe aus dickem Leder komplettierten seine bizarre Montur. Schönen guten Tag, mein Name ist Gottlieb Berger, und ich bin Zombiejäger. Keine Angst, ich gehöre zu den Guten. Er roch seinen eigenen feuchten Atem.

Warum machte er das noch mal? Richtig, weil seine neuen Untergebenen, zu denen er wider Willen gekommen war, lieber einen Captain Kirk als einen Captain Picard an ihrer Spitze wollten – jemanden, der ungeachtet aller Gefahren für Leib und

Leben jeden Landungstrupp höchstpersönlich anführte, wenn es sich irgendwie einrichten ließ, anstatt auf der sicheren Brücke die Beine hochzulegen und kluge, altersweise Kommentare auf die Planetenoberfläche zu schicken. Da konnte keine Rücksicht darauf genommen werden, dass der Chef sich eigentlich im letzten Loch verkriechen wollte, um irgendeiner Zielperson aus Oxford nachzutrauern, die leider auf der Strecke geblieben war.

»Fertig?« Nicole stand in der Tür, im gleichen lächerlichen Aufzug wie er. Nur die Maske hatte sie noch unter den Arm geklemmt.

Gottlieb nickte. Der brennende Zorn, den er auf sie gehegt hatte, weil sie nicht sofort mit den katastrophalen Neuigkeiten aus England zu ihm gekommen war, war entgegen all seinen redlichen Bemühungen zu einem handwarmen Groll verglimmt. Es lohnte sich nicht, sie mit Vorwürfen zu überschütten. Lars hatte Mist gebaut, aber danach strikt die Regeln für die Situation befolgt, die er Lily eingebrockt hatte. Regeln, die nicht von ihm stammten und die – wenn man sie ohne störende Emotionen wie Sympathie, Zuneigung oder Liebe betrachtete – absolut sinnvoll waren. Nicole war schlau genug gewesen, sofort zu erkennen, dass bei Gottlieb allerdings genau diese unschönen Faktoren im Spiel waren, und deshalb hatte sie im Grunde bloß vernünftig gehandelt, ihm die Vorgänge um seine ehemalige Zielperson zu verschweigen. Nur mit dem Anruf von Lilys Mutter hatte sie nicht gerechnet, und um ihrem Boss weitere Auseinandersetzungen mit verzweifelten Hinterbliebenen zu ersparen, hatte sie ihm inzwischen auch eine neue Handynummer besorgt.

Dass Gottlieb Nicole halbwegs verziehen hatte, bedeutete jedoch nicht, dass es nicht verdammt wehtat, wenn er an Lily dachte – so weh, dass er sich in den letzten Tagen manchmal kräftig auf die Zunge biss, um nicht einfach loszuschreien. Wer war der Kerl gewesen, mit dem sie nach London gefahren war? So weh, dass er einen Kugelschreiber oder einen Bleistift in der Mitte auseinanderbrach, um nicht aufzuspringen und das Haus in Brand zu stecken. Warum hatte Lars nicht besser auf sie aufgepasst? So weh, dass er jeden Abend die Cognacvorräte seines toten Vaters plünderte, um sich bettschwer zu saufen. Wie sollte er mit dem Wissen leben, dass sein Verschwinden aus Oxford das Todesurteil für Lily gewesen war? Vielleicht machte er diesen ganzen Zirkus mit dieser dämlichen Bewährungsprobe gar nicht mit, um seinen Einsatzkräften zu zeigen, was für ein harter Kerl er war und dass er trotz anderslautender Gerüchte das Zeug dazu hatte, ein paar Wandler zu erledigen, wenn es sein musste. Vielleicht hatte er nur die Hoffnung, bei diesem albernen Blödsinn draufzugehen, damit er endlich seine Ruhe hatte – vor den überzogenen Ansprüchen, die man an ihn stellte, vor den nicht enden wollenden Anfragen um angeblich hochwichtige Entscheidungen, mit denen man ihn belästigte, und vor den bohrenden Schuldgefühlen, die ihn quälten. Bedauerlicherweise gab es keine Garantie dafür, dass er beim anstehenden Test so grundlegend versagte, dass Rochus schon mal die Champagnerkorken knallen lassen konnte.

»Such dir einen aus, wenn du so weit bist.« Nicole zeigte auf die Wand neben der Tür, wo in stählernen Halterungen rund ein Dutzend Exemplare der Waffe hingen, mit der die Bergers seit jeher Wandlern dabei halfen, ihre das Gewebe der Wirklichkeit bedrohende Existenz zu beenden.

»Ich habe nie verstanden, warum die Dinger Hammer heißen«, murmelte Gottlieb, während er wahllos nach einem der Mordwerkzeuge griff.

»Was?«

»Schon gut.« Er schwang die Waffe zweimal durch die Luft. Im Gegensatz zu einem Hammer endete der Kopf am Ende des Stiels nicht in einer Schlagfläche auf der einen und einer keilförmig zulaufenden Finne auf der anderen Seite. Stattdessen verfügte er links und rechts über zwei fingerlange Dornen und wuchs sich auch nach oben zu einer solchen Spitze aus, die sich hervorragend dazu eignete, um sie in einen Schädel zu rammen. »Der hier wird gehen. Liegt gut in der Hand.«

Das war die Wahrheit. Es war wie beim Fahrradfahren. Man verlernte es nie, wenn man einmal begriffen hatte, wie der Hammer optimal zu führen war. Dazu bedurfte es einiger Übung, aber die hatte Gottlieb, und die ersten Erfahrungen hatte er bei lustigen Spielen mit seinem Vater und seinem Bruder im Garten des Sommerhauses gesammelt. In den anfänglichen Durchläufen hatten er und Rochus auf leicht zu treffende Ziele einschlagen dürfen. Meistens große Wassermelonen, um die ihr Vater einen Strick gebunden hatte, damit die Ersatzköpfe am Querbalken einer Schaukel baumeln konnten. Es hatte immer eine Riesensauerei gegeben und einmal einen ganzen Wespenschwarm angelockt, vor dem Rochus und er quiekend ins Haus geflüchtet waren. Doch es hatte Spaß gemacht, wenn die Melonen unter ihren Hieben zerplatzten. Bei den Kokosnüssen wurde es schon schwieriger, und wenn Anselm Berger anfing, ihnen Trauben zuzuwerfen, die sie in der Luft treffen mussten – »Stellt euch vor, es sind die Augen eines Panthers, der euch reißen will«, hatte er da gerne gesagt und die einzelnen Würfe mit einem wilden Fauchen untermalt –, dauerte es zu Beginn ihrer Ausbildung am Hammer meist nicht sehr lange, bis sie ihre Versuche frustriert einstellten. Ein paar Sommer später konnten sie es dann kaum noch abwarten, dass ihr Vater die Trauben holte, weil sie bis dahin treffsicher genug waren, um den angreifenden Raubkatzen reihenweise die Augen auszustechen. Danach hatten sie auf die gleiche Weise schießen gelernt.

Nicole setzte ihre Maske auf, durchquerte die Baracke und öffnete die Tür auf der gegenüberliegenden Seite des Raumes – ein Ungetüm aus Stahl wie in der Station unter der Gärtnerei, nur dass dieses Monstrum gleich mit drei Schlössern und einem die gesamte Breite der Tür abdeckenden Riegel gesichert war, der wahrscheinlich auch einem Rammbock standgehalten hätte. »Kommst du?«

Mit schlurfenden Schritten – ob wegen des Restalkohols oder des ungewohnten Gewichts des Anzugs, da war sich Gottlieb selbst nicht so sicher – folgte er ihr hinaus ins Freie. In das Areal, das sein Vater in der Regel als das Gehege bezeichnet hatte.

Im bläulichen Zwielicht der Abenddämmerung gingen sie gemeinsam über einen Trampelpfad durch das dichte Unterholz des Mischwaldes, der sich zu beiden Seiten ihres Weges den sanften Hang hinunter erstreckte. Gottlieb hätte sich fast der Illusion hingeben können, auf einem etwas verwahrlosten und hier und da von Farnen und Gräsern zurückeroberten Waldlehrpfad einen beschaulichen Spaziergang zu einer vergessenen Lichtung zu unternehmen. An den Stellen, an denen vor Kurzem noch die Sonne durch das Blätterdach geschienen hatte, tanzten schwirrend die Mücken, und hätte er seine Maske abgesetzt und die Kapuze zurückgeschlagen, hätte er auch bestimmt das heitere Gluckern eines Bächleins und das emsige Hämmern eines Spechts an einem Baumstamm gehört. Der Wald ließ sich nicht anmerken, dass der Tod in ihm hauste.

»Sobald du bei den Häusern bist, geht es los.« Nicoles Stimme klang so unberührt-neutral wie die eines Quizshowmoderators, der seinem neuesten Kandidaten noch einmal die hinlänglich bekannten Spielregeln erläuterte. »Sie treiben sich normalerweise immer in der Nähe der Häuser herum und kommen nur an den Zaun, wenn es Fresschen gibt. Sie mögen die Häuser. Wahrscheinlich, weil ihnen ihr Hunger sagt, dass man in Häusern Menschen findet. Zur Sicherheit haben wir noch Köder ausgelegt, damit sie schneller auftauchen. Aber wenn sie dich erst einmal gesehen haben, werden sie sich dafür nicht mehr interessieren. Drei Stück sollten reichen.«

Gottlieb wollte schlucken, doch sein Mund war zu trocken. Er, der es bislang vermieden hatte, auch nur einen einzigen Wandler von seinem jämmerlichen Dasein zu erlösen, durfte es jetzt mit gleich drei dieser Kreaturen aufnehmen. Na herzlichen Dank. Am Ende standen die Chancen eventuell doch nicht so schlecht, dass Lily und er zumindest im Tode bald vereint sein würden.

Auf der Fahrt von Frankfurt hierher in den Taunus hatte Nicole das Thema Lily tatsächlich noch einmal angeschnitten. Selbstverständlich hatte sie den Namen nicht in den Mund genommen, sondern nur von »deiner letzten Zielperson« gesprochen. Es war eine nette Geste gewesen, die Gottlieb trotzdem abgeblockt hatte. Was hätte es ihm geholfen, Nicole sein Innenleben zu entblößen? Sie hatte Lily nicht einmal gekannt, und halbgare, stereotype Beileidsbekundungen konnte er zu Genüge in der Trauerpost für seinen Vater nachlesen, die nach wie vor bei ihm eintrudelte. Nein, er musste das mit sich allein ausmachen. So war er bisher immer am besten klargekommen. Anstatt sich auf ein für ihn viel zu schmerzhaftes Gespräch über Lily einzulassen, hatte er es vorgezogen, sich bei Nicole über Einzelheiten zu informieren, die das Gehege betrafen.

Er hatte erfahren, nach welchen Kriterien die Wandler ausgesucht wurden, die man zu Trainingszwecken hier verwahrte. Es handelte sich nur um solche, die ohne Aufsehen aus ihrem jeweiligen Jagdrevier entfernt werden konnten, und auf keinen Fall rückten »Einsteins« – wie Nicole die Wandler nannte, deren Restpersönlichkeit nach der Infektion nur wenig Schaden genommen hatte – in die engere Auswahl. Nur »Hinterbänkler« – die Wandler, die zu instinktgesteuerten Fressmaschinen geworden waren – kamen infrage.

Was die Ernährung der Wandler anbelangte, ging man mit einem erschütternden Pragmatismus vor: Man kaufte Schlachtabfälle ein, die man an »Futterplätzen« über den Elektrozaun des Geheges warf. Dieses Fressen barg gerade genügend Leben in sich, dass die Hinterbänkler nur sehr, sehr langsam vor sich hin faulten. »Ein Arm pro Jahr«, hatte Nicole gescherzt und sogleich mit einer neuen Eröffnung aufgewartet. »Manche frieren wir in Kühltruhen ein und tauen sie auf, wenn wir sie brauchen.«

Schönen guten Tag, mein Name ist Gottlieb Berger, und ich bin Zombiejäger. Keine Angst, ich gehöre zu den Guten.

Er blieb unter einem großen Ahornbaum stehen. »Ist das alles wirklich nötig?«

Nicole, die einige Schritte weitergegangen war, drehte sich zu ihm um. »Schiss?«

»Nein«, log er. »Aber das kommt mir so unglaublich bescheuert vor, was ich hier machen soll.«

Ihre Augen waren hart und ausdruckslos wie die einer Schaufensterpuppe, die ein quasi-provokanter Boutiquenbesitzer wie eine postapokalyptische Rockerbraut angezogen hatte. »Die meisten Traditionen sind bescheuert, wenn man sie mal genauer unter die Lupe nimmt. Das ändert nichts daran, dass sie für Ruhe im Karton sorgen, verstehst du? Und überhaupt: Willst du abdanken und deinem Bruder das Feld überlassen? Dann schlägst du mir am besten sofort deinen Hammer in den Kopf. Dann hab ich's hinter mir. Oder geh los und hau ihn um, bevor du verduftest. Mit Mathilde sind wir alle vielleicht am besten bedient.«

Sie lief weiter, überlegte es sich anscheinend mit einem Mal anders und wandte sich erneut in seine Richtung um. »Es gibt da etwas, das dir gegen dein Lampenfieber helfen könnte.«

»So?«, rief er halblaut. Er schwitzte wie ein Schwein unter dieser Maske, und sein Schweiß roch scharf und beißend. Dieser verfluchte Cognac …

»Einer von den verfaulten Wichsern, die wir ausgesucht haben, hat deine Mutter auf dem Gewissen«, sagte Nicole.

Plötzlich war Gottlieb froh, dass er die Maske aufhatte. »Was?«

»Du kannst ihn nicht verwechseln«, erklärte Nicole. »Es ist der, dem das eine Auge fehlt. Dein Vater hat ihn für dich aufgehoben. Einer von den Eingefrorenen. Der Alte hat ihn sich oft angesehen. Stand einfach nur da vor der Kühltruhe, mit einer Hand am Deckel, und hat reingeguckt. Ich hab ihn mal gefragt, warum er das macht. Weißt du, was er gesagt hat?«

Gottlieb schüttelte den Kopf. Das war so krank, so absolut und ohne jede Frage völlig krank, aber er spürte dennoch, wie in ihm etwas erwachte, das lange Jahre geschlafen hatte. Konnte sein, dass es sich schon bei der Nachricht über Lilys Schicksal kurz geregt hatte, doch jetzt war es auf einen Schlag hellwach und zerrte an seinen Ketten.

»Er hat gesagt, er schaut ihn sich an, weil er sich daran erinnern will, was passiert, wenn er zu nachlässig wird und er einen Fehler macht.« Sie deutete mit der Spitze ihres Hammers auf ihn, als wäre die Waffe ein anklagender Finger. »Er wollte, dass du ihn erledigst, sobald er ihn nicht mehr braucht.«

Gottlieb senkte den Kopf und stapfte los, getrieben von der in ihm aufflammenden Wut. In Teilen richtete sie sich gegen seinen Vater, weil der – wie scheinbar jeder um ihn herum – etwas vor ihm zu verbergen gehabt hatte. Allerdings wurde diese zornige Enttäuschung von einem anderen, heftigeren Impuls verdrängt: Irgendwo dort unten wartete das Ding, das ihm die Mutter genommen hatte.

Schweigend gingen sie nebeneinander noch ein Stück gemeinsam den Hang hinunter, ehe Nicole sich nach links in die Büsche schlug. Das Signal war unmissverständlich. Jetzt war er auf sich gestellt, allein mit dem brodelnden Hass in seiner Brust.

Die Häuser, die Nicole erwähnt hatte, lagen an einem Ort, an dem der Wald vor Jahrzehnten auf einer Fläche von ungefähr einem halben Fußballfeld einmal sorgsam gerodet worden war. Kies knirschte unter Gottliebs Stiefeln, als er auf sie zuschritt.

Zwei der Gebäude waren wohl Schuppen gewesen, in denen man Werkzeug, Vorräte oder Brennholz gelagert hatte. Halb in sich zusammengefallen, flankierten sie das dritte, das wesentlich größer und höher war und dessen Dachstuhl nur noch aus Gebälkresten bestand. Sie erinnerten Gottlieb an schwarze, gebrochene Knochen, die aus dem zerschmetterten Kadaver eines riesigen Tieres ragten. Um den Eingang herum hatten Brennnesseln und Disteln verrottete Tische und Bänke beinahe vollständig überwuchert. Aus dem morschen Holz sprossen schwammige Pilze wie Eiterbläschen aus dem Schorf auf einer entzündeten Wunde. Über dem Eingang, hinter dem eine bedrohliche Düsternis lauerte, prangte an einer Stelle, von der der Verputz noch nicht abgeblättert war, das präparierte Geweih eines Hirschs.

Was hatte er hier vor sich? Ein aufgegebenes Forsthaus? Ein vergessenes Ausflugslokal, das geschlossen worden war, nachdem seine Familie das Waldstück nach dem Krieg billig erworben hatte?

Als er sich den Ruinen näherte, stiegen von einem unförmigen Klumpen auf dem Boden dicke Fliegen auf – schwirrende dunkle Punkte im Zwielicht. Das musste einer der Köder sein. Er stellte sich direkt neben das ausgelegte Fleisch und wartete.

Das Rascheln von etwas Großem, das sich unbeholfen durch den Wald bewegte, kündigte das Erscheinen von Gottliebs erstem Gegner an. Er versuchte noch zu orten, aus welcher Richtung das Geräusch stammte, als der Wandler hinter einem der Schuppen hervorwankte.

Nachdem die Kreatur Gottlieb bemerkt hatte, stöhnte sie und streckte die Arme aus wie ein Ertrinkender, der nach dem rettenden Seil haschte. Soweit Gottlieb es erkennen konnte, war der Wandler zu Lebzeiten ein kräftiger Mann mittleren Alters gewesen. Graues Haar, in dem sich Laub und Zweige verfangen hatten, klebte feucht an seinem hageren Schädel, und die Fetzen einer Strickweste – ein hässliches Teil mit braunem Rautenmuster, wie es einer von Gottliebs ehemaligen Soziologieprofessoren hätte tragen können – hingen ihm am ausgezehrten Körper. Von der Hüfte an abwärts war der Wandler nackt. Aus einer klaffenden Wunde im Rumpf waren seine Gedärme nach außen gequollen und von der Schwerkraft weiter und weiter nach unten gezogen worden. Nun schleppte er mit jedem Schritt die Organe, die keinen Zweck mehr erfüllten, wie eine makabre Schärpe aus Tentakeln auf dem Waldboden hinter sich her.

Obwohl Gottlieb seit langer Zeit wusste, dass diese Geschöpfe existierten, war er nicht völlig darauf vorbereitet, einem leibhaftigen Wandler zum ersten Mal von Angesicht zu Angesicht gegenüberzustehen. Schlagartig entwickelte er ein Verständnis für den Unterschied zwischen Wissen und Gewissheit. So musste sich ein Fallschirmspringer vor dem ersten Sprung fühlen: Ganz egal, wie oft man das Prozedere im Kopf durchgegangen war und wie leicht durchführbar einem alles erschien – in dem Augenblick, in dem man aus dem Flugzeug ins Nichts trat, packte einen das Grauen und machte alle vorangegangenen schlauen Überlegungen zunichte.

Die Hälfte von Gottliebs Verstand, die ob des Wandlers in heillose Panik geriet, riet ihm kreischend, die Beine in die Hand zu nehmen. Die andere Hälfte, in der die Lehren der Bergers tiefer verwurzelt waren, zwang ihn, seinen Hammer zu heben. Flucht war keine Option. Er hatte seinen Mut unter Beweis zu stellen – die unerschütterliche Tugend, die Generationen seiner Familie in ihren Mitgliedern auf Gedeih und Verderb heranzuzüchten versucht hatten. Er musste diesem armen, gequälten Geschöpf Erlösung bringen. Durfte sich nicht fragen, was geschah, falls es dem Wandler doch irgendwie gelang, den Panzer, mit dem er sich gewappnet hatte, mit seinen Zähnen zu durchdringen. Durfte keinen Gedanken darauf verschwenden, was dieser Mann vor seiner Verwandlung gewesen war. Mitleid war zwar verständlich, aber nicht angebracht. Der Mann war bereits tot. Gottlieb würde nur dafür sorgen, dass auch seine Leiche zu dieser Erkenntnis gelangte.

Gottlieb stürmte auf den Wandler zu. Der Anzug – eben noch so schwer und hinderlich – war plötzlich federleicht. Adrenalin war wirklich eine feine Sache. Gottlieb wich den Armen des Untoten aus, schwang den Hammer und landete einen platzierten Treffer an der Schläfe des Wandlers. Der Dorn bohrte sich tief ins Hirn, das hinter dem Knochen lag und in dem der letzte Rest an Trieben und Steuerungsmechanismen saß, der dem Wandler geblieben war. Von der Wucht des Schlags getragen, taumelte der Untote zur Seite, stolperte über das Gedärm zwischen seinen Beinen und ging zu Boden. Bei seinem zweiten Hieb musste Gottlieb an die Melonen denken, auf die er als Kind eingeprügelt hatte. Ein krampfartiges Zucken ging durch den Körper des Wandlers, dann lag er still.

Der widerlich saure, stechende Gestank, der von der Leiche aufstieg und vor dem selbst der Filter in seiner Maske Gottlieb nicht verschonen konnte, löste eine wahre Flut von Bildern in ihm aus. Erinnerungen, Zurechtgereimtes, verblassende Abbilder von Albträumen. Er war wieder acht Jahre. Nein, fast neun. Er ging die Treppe aus dem Obergeschoss der Stadtvilla hinunter. Es war heiß. Er hatte nur seine Unterhose an. Im Haus war alles still, aber er war von Geräuschen aufgewacht, die von draußen, aus dem Garten, kamen. Das Knacken von Zweigen, ein Klirren, als ob einer der großen Töpfe umgefallen wäre, in die Mama Blumen pflanzte. Er hatte bloß nachsehen wollen, ob die bösen Leute da waren, von denen Papa immer erzählte. Die,

die durch die Gegend liefen und Menschen anfielen. Er hatte keine Angst, denn er war ja schon groß. Wenn die bösen Leute da waren, würde er Papa helfen, sie zu besiegen. Das war seine Aufgabe, für die er übte. Im Wohnzimmer brannte Licht. Im Aschenbecher auf dem Tisch vor der Couch lag eine Zigarette – eine lange, dünne von der Sorte, die Mama rauchte. Sie war noch an. Er starrte auf die Glut, hypnotisiert von dem roten Glühen, das sich langsam durch Papier und Tabak fraß. Er erschrak, als er Schritte auf der Veranda hörte. Mama kam durch die offene Tür, und im ersten Moment dachte er, sie wäre ein Geist, wie sie da in ihrem Nachthemd plötzlich aus der Schwärze auftauchte. Etwas war nicht in Ordnung. Mama hatte sich verletzt. Sie blutete am Bauch, und das Blut tropfte zwischen ihren Fingern auf den Teppich. »Lauf weg, Gottlieb! Bitte, lauf weg!«, sagte sie, und sie hörte sich dabei noch strenger an als damals, als er auf die hohe Eiche in Königstein geklettert war und sie wollte, dass er da sofort wieder runterkam …

Ein Ächzen ganz in seiner Nähe holte Gottlieb in die Gegenwart zurück. Verdammt! Da war der zweite Wandler. Ein totes und doch nicht totes Mädchen, das im verfallenen Haus auf ihn gewartet haben musste und jetzt die günstige Gelegenheit genutzt hatte, auf ihn zuzuhasten. Sie war vielleicht einmal hübsch gewesen – volle Lippen, hohe Wangenknochen, eine schmale Hüfte –, aber davon war nicht mehr viel übrig. Ihr Hals sah aus, als hätte sich jemand mit einer Kettensäge daran zu schaffen gemacht, und wo ihre linke Brust hätte sein sollen, war nur ein fleischiger Krater. Ihr linker Arm, der im kurzen Ärmel eines blutbesudelten Sommerkleidchens steckte, endete unterhalb der Ellenbeuge in einem ausgefransten Stummel. Obwohl einer ihrer Knöchel gebrochen war und sie auf dem abgeknickten Gelenk ging, war sie deutlich schneller als der Wandler, den Gottlieb gerade erlöst hatte. Zu schnell, als dass er ihr noch hätte ausweichen können.

Sie prallte gegen ihn, und er tappte einen Schritt nach hinten. Etwas Rutschiges unter seiner Stiefelsohle – wie Hundekacke, aber Gottlieb vermutete, dass es ein Stück Darm oder ein anderer Teil der Eingeweide seines ersten Gegners war – brachte ihn rücklings zu Fall. Sie landete auf ihm und schlug die Zähne in seine Halskrause wie ein Hund, der sich in ein Steak verbiss. Dabei verdrehte sie die Augen, und Furcht mischte sich mit Ekel, als Gottlieb die Horden winziger Maden erkannte, die mit ihren Mäulern emsig Löcher in die geschwollenen Lider des Mädchens gruben.

Wenn ihr der Arm nicht gefehlt hätte, wäre er hilflos gewesen. So jedoch – erstaunt darüber, wie selbstverständlich sein Hirn eine brauchbare Strategie abrief, um sich zu befreien – führte er drei ungelenke, seitliche Schläge mit dem Hammer. Der erste erwischte sie hoch oben am Haaransatz, der zweite hinter dem Ohr. Sie stellte ihr Nagen an der Halskrause bereits nach dem zweiten ein und wurde stocksteif, aber da hatte er schon zum dritten Mal ausgeholt, konnte den Hieb nicht mehr bremsen und traf sie mitten ins Gesicht. Er wälzte sie von sich herunter, wobei er feststellen musste, dass sich die Spitze des Hammers leider irgendwie unter ihrem zertrümmerten Jochbein verkantet hatte und sich nicht so recht lösen ließ.

Um nicht gleich wieder zum Ziel eines Überraschungsangriffs zu werden, rappelte er sich auf und schaute sich um. Er konnte nicht sagen, ob die Gestalt, die aus dem Schatten eines der Schuppen auf ihn zusteuerte, ursprünglich ein Mann oder eine Frau gewesen war. Der Wandler, aus dessen Schädel ein einzelnes Auge leer in die Welt starrte, in die dieses Geschöpf eigentlich nicht mehr gehörte, war offenkundig bereits stark verwest gewesen, als Gottliebs Vater beschlossen hatte, den Untoten einzufrieren und aus masochistischen Gründen aufzubewahren. Was spielte es auch für eine Rolle, ob das Ding einen Schwanz oder eine Möse hatte? Was zählte, war, dass Gottlieb endlich Rache üben konnte. Der maßlose, verzweifelte Zorn, den Nicoles Eröffnung in ihm geweckt hatte, brach sich Bahn, und Gottlieb ließ gerne zu, dass er die Kontrolle über ihn übernahm. Scheiß auf den Hammer, der immer noch im Gesicht des Mädchens verhakt war. Er brauchte ihn nicht.

Die Ohnmacht, die sich über Jahre hinweg in ihm aufgestaut und nach und nach eine so wundersame Verwandlung erfahren hatte, entlud sich in einem wilden Brüllen. Mit zwei Sätzen hatte er die Distanz zu dem einäugigen Monster überbrückt. Er wischte seine Arme beiseite, stieß es an den Schultern zu Boden und kniete sich mit vollem Gewicht auf seinen Oberkörper. Der Untote wand sich unter ihm und krallte die Finger in Gottliebs durch den Kettenpanzer geschützten Rücken, beinahe als wären sie ein Liebespaar.

Wie von selbst fanden Gottliebs suchende Hände einen Stein, der halb aus dem Waldboden ragte. Er riss seine neue Waffe frei und ließ sie auf das Gesicht des Wandlers niederfahren, mitten hinein in sein weit aufgerissenes Maul. Zähne splitterten, und Gottlieb spürte den Kiefer des Wandlers brechen. Nichts hatte sich je besser angefühlt seit damals.

Seit Papa mit der Pistole in der Hand dazukam – auch er nur in seiner Unterhose, weißer Feinripp mit Eingriff – und Mama anfing zu heulen, als sie ihm erklärte, was draußen passiert war.

Gottlieb hob den Stein und schlug zu.

»Er war im Garten. Er hat mich gebissen«, sagte Mama. »Ich habe ihn umgerissen, aber er hat mich trotzdem erwischt, Anselm. Hier in den Bauch. Hilf mir. Bitte. Hilf mir.«

Mit jedem Hieb wurde der Stein in Gottliebs Faust glitschiger.

Er war erst acht, fast neun, aber er verstand, dass die Blicke, die seine Eltern wechselten, die Vorbereitung auf etwas unvorstellbar Grausames waren. »Geh in den Keller«, sagte Papa. »Hinter die Stahltür. Schließ sie ab. Da bleibst du, bis ich dich hole.« Gottlieb rührte sich nicht. »Was ist mit Rochus und Mathilde?«, fragte Mama. Sie schaute nur noch auf die Pistole in Papas Hand. »Hast du nicht gehört, Gottlieb?«, schrie Papa. »Ab in den Keller mit dir!« Und er rannte los. Ein Sohn hatte seinem Vater zu gehorchen. So waren die Regeln.

Der Stein klatschte wieder und wieder in den matschigen Klumpen aus Blut, Hirn, Haar und Knochen, zu dem der Kopf des Wandlers geworden war.

Auf der Kellertreppe hörte er den Schuss. Es dauerte lange, bis Papa ihn aus dem sicheren Zimmer holte.

»Du kannst aufhören, glaube ich.«

Gottlieb achtete nicht auf Nicole. Er wollte nicht aufhören. Wieso sollte er auch? Wenn er aufhörte, würde der Schmerz zurückkommen. Er war nicht verrückt. Er wusste, dass das, was er da gerade tat, niemanden wieder lebendig machte. Doch es war besser, als nichts zu tun. Viel besser.

Erst als Nicole ihm in den Arm fiel, gab er nach. Er zog sich an ihr in die Höhe und schleuderte den Stein so weit von sich, wie er nur konnte.

»Bei der Einarmigen dachte ich schon, ich müsste eingreifen«, sagte eine laute Männerstimme gut gelaunt. Auf einem dicken Ast an einem der Bäume am Rande der ehemaligen Rodung bewegte sich das Laub, und es sah so aus, als klettere ein Haufen Blätter in menschlicher Gestalt behände den Stamm hinunter. Der vermeintliche Waldgeist stellte sich als ein Mann in Tarnkleidung heraus, über dessen Schulter der lange Lauf eines Gewehrs zum Himmel zeigte.

»Ich habe dir gesagt, du kommst heute nicht zum Schuss, Dimmy.« Nicole lachte gehässig. »Du schuldest mir einen Fuffi.«

Gottliebs Zorn wehrte sich beharrlich dagegen, in seine alten Schranken verwiesen zu werden. Er zerrte Nicole unsanft zu sich herum. »Der war die ganze Zeit über da? Ich war nie ernsthaft in Gefahr?«

»Darum geht es hier doch überhaupt nicht«, verteidigte sich Nicole zischend. »Es ging nur um den Gedanken. Darum, dass du dich beweist. Und darum, dass du dich rächen kannst. Denkst du, wir schauen zu, wie diese Wichser dich fressen? Wir sind doch keine Unmenschen.«

Gottlieb nahm die Maske ab und schlug die Kapuze zurück. Nicole sollte sein Gesicht sehen, wenn er ihr sagte, was er sagen musste. Sie sollte sehen, was er von ihr hielt und dass es für ihn jemanden gab, der noch lange nicht gerächt war. »Rache also. Keine Unmenschen, ja?« Er spuckte aus. »Erzähl das meiner Mutter. Erzähl das Lily Young.«

17.09.2009, 23:51

Als sich der schlanke Schemen aus dem Schatten der Mauer löste, hätte Ben sich um ein Haar umgedreht und wäre schreiend davongelaufen – zurück in sein sicheres Bett, quer durch das Haferfeld, durch das er sich in weitem Bogen an das Haus der Alten herangestohlen hatte. Doch da der Schemen ihn sofort ansprach und er dessen Stimme unter Tausenden anderer wiedererkannt hätte, kniff er die Arschbacken zusammen und blieb stehen.

»Ich muss sagen, ich bin schwer überrascht«, sagte Alice halblaut. Im schwachen Licht des Mondes, der in den letzten Nächten zu einer schmalen Sichel geschrumpft war, war ihr Gesicht nur ein milchig-weißer Fleck in der Dunkelheit. »Ich hätte gedacht, du ziehst den Schwanz ein.«

»Ach was! Ich ...« Tja, was konnte er zu seiner Verteidigung vorbringen? Er ahnte, dass es ihr nicht gefallen würde, wenn er ihr gestand, dass er sie und ihren verrückten Plan bei all dem Trubel um die Ankunft der drei Fremden beinahe vergessen hätte. »Mein Onkel hat mich eingespannt, um ihm an der Schrottpresse zu helfen. Da war ich so erschöpft, dass ich glatt eingeschlafen bin. Hast du dir die Fremden auch angeschaut?«

»Nein. Ich bin zwar vorhin im Inn gewesen, aber sie waren gerade auf ihren Zimmern. Macht ja nichts. Morgen sind sie auch noch da.« Sie kam einen Schritt auf ihn zu. »Bist du dir absolut sicher, dass dich keiner gesehen hat? Ich hab keine Lust drauf, dass uns wer erwischt. Das gibt bloß unnötigen Ärger.«

»Ich hab gewartet, bis Mum und Dad im Bett waren«, erklärte Ben. »Dad hat schon geschnarcht, dass die Wände wackeln, als ich los bin. Die haben mich definitiv nicht gehört. Und ich hab extra meine schwarze Jacke angezogen.«

»Clever«, lobte Alice. »Manchmal bist du für eine echte Überraschung gut.« Sie drehte sich zur Mauer um.

Er fasste nach ihrer Schulter. »Warte mal. Wollen wir das tatsächlich durchziehen?«

»Ich schon«, erwiderte Alice. Sie hatte einen Tonfall, der keinen Zweifel daran ließ, dass ihre Entscheidung gefallen war. Genauso gut hätte Ben versuchen können, ein Schaf davon abzuhalten, Gras zu fressen.

Seufzend nahm Ben die Mauer näher in Augenschein. Er fuhr tastend über die kühlen Steine und stellte fest, dass es neben Moos und Flechten ausreichend Lücken zwischen den einzelnen Blöcken gab, die sich als Griffe eigneten. Nach einer heftigen Diskussion aus gezischten und gewisperten Argumenten und Gegenargumenten kamen Alice und er zu dem Schluss, dass das Ding am leichtesten zu überwinden war, wenn sie ihm die Räuberleiter machte. Er wog vielleicht zehn, höchstens fünfzehn Kilo mehr als sie, und wenn er sich streckte, sobald sie ihn stützte, bekam er mit Sicherheit den Rand zu fassen, an dem er sich dann nach oben ziehen konnte.

Gesagt, getan. Er hatte sich bei der Höhe der Mauer nicht verschätzt. Trotzdem schrammte er unsanft mit der Wange über einen zu weit herausragenden Stein und quetschte sich die Nüsse, als er sich rittlings auf die Kante setzte. Ächzend beugte er sich nach vorn, presste den Oberkörper fest auf den Mauerrand und streckte die Hand nach unten zu Alice aus. Ihre Finger waren heiß und schwitzig. Ja, ja, von wegen keine Angst. Aber es war schön, ihre Haut auf seiner zu spüren. Er hielt ihre Hand vielleicht ein bisschen länger fest, als es nötig gewesen wäre, denn Alice hatte ebenfalls schon die Schenkel um den Rand der Mauer geschlossen wie um ein steinernes Pony.

Das war die letzte Gelegenheit, doch noch umzukehren und bis nächste Woche zu warten, um herauszufinden, was es mit den Alten auf sich hatte. Noch waren sie weder richtig drinnen noch richtig draußen. Die Tatsache, dass es so leicht gewesen war, auf die Mauer zu klettern, war alles andere als beruhigend. Ben beschlich das ungute Gefühl, dass sie nicht dazu da war, die Bewohner des Hauses vor Eindringlingen zu schützen. Ganz im Gegenteil. Was, wenn sie nur gebaut worden war, damit jemand von drinnen nicht zufällig jemandem von draußen begegnete? War es nicht doch besser, die Sache auf sich beruhen zu lassen? Konnte er Alice nicht einfach sagen, dass sie recht hatte und er jetzt auch glaubte, die Alten wären bloß etwas, was sich die Erwachsenen ausgedacht hatten, damit ihnen ihre Kinder besser gehorchten?

Er würde nie erfahren, ob Alice dadurch umgestimmt worden wäre, denn sie warf nun einen kurzen Blick in den verwilderten Garten, schwang beide Beine über die Mauer und sprang hinunter. Das Rascheln, mit dem sie landete, kam Ben lauter vor als das Krachen eines Böllers zu Silvester.

Danach war einen Moment alles still.

»Bist du da oben festgewachsen? Mach, dass du hier runterkommst, du Trottel.«

Nein, er konnte sie nicht allein gehen lassen. Wenn man sie schnappte und aus dem Dorf verbannte, wäre das schlimmer, als mit ihr zusammen aus der Gemeinschaft ausgeschlossen zu werden. Er hielt den Atem an und sprang.

Der Boden war weich und federte spürbar nach. Instinktiv machte er sich so klein wie nur irgend möglich und verharrte mucksmäuschenstill in einer geduckten Haltung. Erst einen Sekundenbruchteil später erinnerte er sich daran, dass dieses Verhalten keinem Hasen auf dem Feld etwas nutzte, wenn der Mähdrescher donnernd auf ihn zurollte. »Alice?«

»Buh!«, machte sie leise direkt neben seinem Ohr, und er biss sich gerade noch rechtzeitig fest auf die Unterlippe, um den Schrei zu unterdrücken, der aus seiner Kehle aufstieg. Der Geschmack von Blut – so metallisch, als ob er an einem Nagel lutschte – breitete sich in seinem Mund aus.

»Du blöde Kuh!«, raunte er.

»Was stellst du dich so an? Hier gibt es nur ein paar Büsche. Los, zum Haus.«

Ben schätzte, dass ein, wenn nicht sogar zwei Fußballfelder locker Platz im Garten der Alten gefunden hätten. Auf der gesamten Fläche wucherten Büsche und Sträucher. Hier und da erhob sich ein Baum in den Nachthimmel, dessen Stamm und

Äste dick genug waren, um den Verdacht nahezulegen, dass er schon gepflanzt worden war, als Bens Vorfahren den Alten ein Heim errichtet hatten. Womöglich schlängelten sich Pfade durch dieses Areal, aber wenn dem so war, hätte man ihren Verlauf kennen müssen, um ihnen folgen zu können. So blieb ihnen nichts anderes übrig, als sich geradeaus durch das Dickicht zu schlagen. Mit jedem Blatt, das ihm übers Gesicht strich, und mit jedem Ast, der über seinen Jackenärmel streifte, wuchs Bens Furcht. Was sie taten, war falsch. Falsch und gefährlich. Einmal war er fest davon überzeugt, sie wären von einer unheimlichen, bleichen Gestalt entdeckt worden, die sich inmitten einer Hecke versteckt hielt. Auf den zweiten Blick entpuppte sie sich als die von Efeuranken überwucherte Statue eines weinenden Mädchens, das über ein kleines Becken wachte. Darin war kein Wasser mehr, sondern nur etwas Laub moderte dort vor sich hin. Zum Glück hatte er nicht vor Schreck laut aufgeschrien.

Als sie am Haus ankamen, wusste er nicht, was furchtbarer war: die Aussicht, dass in dem alten Gemäuer mit den hohen Fenstern die Alten auf sie lauerten, oder die Gewissheit, dass Alice und er nach ihrem Besuch den Garten unweigerlich ein zweites Mal zu durchqueren hatten.

»Was jetzt?«, flüsterte er Alice zu.

»Jetzt suchen wir die Hintertür«, gab sie zurück. »Irgendwie muss man ja durch das Haus in den Garten kommen, oder?«

Sie huschte nach links, und Ben folgte ihr. Wenig später gingen sie nicht mehr über weichen Erdboden, sondern über die harten Platten einer kleinen Terrasse. Alice entdeckte zwischen zwei Fenstern, hinter denen nur tiefe Schwärze zu liegen schien, eine Tür. Bens Hoffnung, dass sie verschlossen sein könnte, war umsonst.

Mit einem sachten Quietschen der Angeln schwang die Tür auf, als Alice die Klinke hinunterdrückte. Ihnen wehte ein Geruch entgegen, der in Ben die Erinnerung daran weckte, wie Mum beim Ausräumen des Kühlschranks einmal im untersten Fach auf eine vergessene Schüssel mit Eintopf von vor vier Wochen gestoßen war.

»Igitt«, wisperte er.

»Weichei«, flüsterte Alice.

»Da drin stinkt es. Und es ist stockdunkel.«

»Nicht mehr lang.«

Es ratschte ein paarmal, und Funken sprühten von Alice' Fingern. Dann loderte ein winziges Flämmchen auf der Spitze des Feuerzeugs in ihrer Hand, und Ben kniff die Augen zusammen, weil ihm die kleine Lichtinsel, die nun entstand, viel zu grell vorkam.

»Rauchst du?« Ben fragte sich, wie gut er Alice eigentlich wirklich kannte.

»Quatsch. Das hab ich meinem Vater geklaut.«

Aha. Erst das Buch von Mrs. Lumley, jetzt das Feuerzeug. Egal, wie sehr er sie auch mochte: Er nahm sich vor, in Zukunft gut auf seine Sachen zu achten, wenn Alice in der Nähe war. Sie war anscheinend schlimmer als jede Elster.

Der Gang hinter der Tür war überraschend breit, denn die Flamme des Feuerzeugs reichte nicht aus, um ihn von einer Wand zur anderen ganz auszuleuchten. Bis auf das Knarren der Dielen unter ihren Füßen, ihr eigenes Atmen und das ferne Ticken einer großen Standuhr, lag vollkommene Stille über dem Haus. Vorsichtig schlichen sie den Gang hinunter, wobei sie von einer Seite zur anderen pendelten, weil es so viel zu erkunden und mal mit Ekel, mal mit Ehrfurcht zu bestaunen gab. Gemälde in verschnörkelten Rahmen, auf denen Fliegen um kunstvoll auf Tischen drapiertes verfaultes Obst schwirrten. Eine gerade einmal handtellergroße Schnitzerei von drei nebeneinander aufgereihten Skeletten, deren leeren Augenhöhlen durch das Flackern der Flamme ein beklemmender Anschein von Leben eingehaucht wurde. Der ausgestopfte Kopf eines Widders, dessen Gehörn blutrot lackiert war. Die tönerne Figur eines fetten Mannes, aus dessen Bauch heraus sich Maden mit menschlichen Gesichtern fraßen.

Alice hielt sich dicht an Ben, und ohne dass sie es hätten absprechen müssen, ignorierten sie die fünf oder sechs Türen, die vom Gang abgingen. Ben vermutete, dass Alice nun doch nicht mehr ganz so genau wissen wollte, was es mit den Alten auf sich hatte.

Als könnte er ihre Gedanken lesen, blieb sie stehen und flüsterte: »Siehst du? Hier wohnt keiner. Hier finden wir nur Dinge, die man absichtlich aufgestellt hat, um uns bei der Prüfung Angst einzujagen. Autsch!«

Schlagartig versank der Gang in Finsternis.

»Alice! Alles okay?« Auch wenn er gern laut gerufen hätte, wagte es Ben nicht, seine Stimme zu erheben.

»Ja. Das Feuerzeug ist nur scheißheiß. Hier, nimm du mal!«

Sie drückte ihm die erloschene Lichtquelle in die Hand. Er verbrannte sich die Fingerspitzen daran, aber es war ihm völlig schnuppe. Ein paar Brandblasen waren besser, als mit all den gruseligen Dingen im Dunkeln gefangen zu sein. Hatte sich da eben nicht etwas bewegt? Endlich brannte das Feuerzeug wieder. Nein, da war nichts. Nur Alice, in deren großen Augen sich die Flamme spiegelte.

»Wir verschwinden wieder, ja?«

Das war der erste vernünftige Satz, den er seit Langem von ihr gehört hatte. Er griff nach ihrer Hand und zog sie hinter sich her. Alles in ihm drängte ihn dazu, Hals über Kopf loszurennen, doch er befürchtete, etwas umzustoßen – oder mit etwas zusammenzuprallen, das in den Sekunden, in denen Schwärze im Gang geherrscht hatte, ungesehen an sie herangepirscht war.

Er bildete sich ein, am Rande des Lichtscheins, der vom Feuerzeug in seiner Hand ausging, bereits wieder die Umrisse der Tür hinaus in den Garten auszumachen, als Alice fragte: »War die eben auch schon da?«

Alice meinte offenbar die verblüffend lebensechte Wachspuppe rechts von ihnen. Die Nachbildung einer alten Frau in einem langen Kleid, das dieselbe graue Farbe hatte wie ihr zu einem Dutt geflochtenes Haar. Sie hatte eine spitze Nase, und auf ihrer Oberlippe wuchs ein weißer Flaum. Ihre Augen – bewegten sich!

»Wer bin ich?«, drang es rau und kratzend aus dem Schlund der Alten.

Dreimal hatte Ben in dieser Nacht einen Schrei unterdrückt. Beim vierten Mal gelang es ihm nicht. Ein heftiges Zittern fuhr ihm durch den Körper, und das Feuerzeug glitt ihm aus den Fingern.

»Wer bin ich?«, wiederholte das Monster brüllend.

»Lauf!«, kreischte Alice. »Lauf!«

Sie prallte von hinten gegen ihn. Er verlor das Gleichgewicht, wollte sich irgendwie an ihr festhalten und riss sie dabei mit sich um. Er landete hart auf den Dielen. Einen winzigen Moment spürte er ihr Gewicht auf seinem Rücken lasten, dann wurde es sofort wieder angehoben, und er kroch wie eine aufgescheuchte Eidechse nach vorn.

»Nein!«

Er hatte Alice noch nie so schreien gehört.

»Nein!«

Er hatte noch nie jemanden so schreien gehört.

Es plätscherte kurz, wie wenn man eine Tasse umstieß und der Tee darin über den Rand des Tischs schwappte, um in einem kleinen Schwall auf den Boden zu klatschen. Das Monster knurrte ungehalten, als wäre es ein Hund, den man streichelte, während er an seinem Napf zugange war.

Es brachte Alice um! Das war die Strafe dafür, dass sie unerlaubt ins Haus der Alten eingedrungen waren.

Ben rappelte sich hoch. Die rettende Tür war nicht mehr weit. Nein, er konnte sie nicht zurücklassen. Mitgegangen, mitgefangen. Er streckte die Arme aus wie ein Blinder, wankte zur nächsten Wand und schnappte sich das Erstbeste, was ihm zwischen die Finger kam. Es war schwer und aus Metall. Gut!

Er schlug wild damit um sich und taumelte zurück in die Richtung, wo er eben gestürzt war und aus der nun ein widerliches Reißen und Schmatzen erklang. Fast wie von einem dicken Stoß Papier, der in der Mitte auseinandergerissen wurde. Nur … nasser, als hätte das Papier im Wasser gelegen.

Zunächst trafen seine verzweifelten Hiebe nichts als Luft. Dann jagte ihm eine Erschütterung die Arme bis in die Schultern hinauf. Begleitet wurde der Treffer, dessen Wucht ihm die improvisierte Waffe raubte, von einem lauten, feuchten Knacken, als hätte Ben einen ganzen Karton Eier auf einmal zerschlagen.

Das Monster stieß einen irren Schrei aus – hoch und lang gezogen –, Stoff raschelte, und Klauen scharrten auf Holz.

Auch auf die Gefahr hin, selbst angefallen zu werden, ging Ben auf die Knie und fasste dorthin, wo er Alice vermutete. Er rief ihren Namen, aber sie gab keine Antwort.

Das Scharren wurde heftiger. Der Schrei ging in ein stöhnendes Wimmern über.

Als er etwas erhaschte, das sich wie ihre Schulter anfühlte – ihre weiche, warme Schulter, auf die er manchmal, wenn sie richtig gute Laune hatte, seinen Kopf legen durfte –, rüttelte er daran. Ja, das musste sie sein. Doch sie zeigte keinerlei Reaktion.

»Komm schon! Steh auf!«

Nichts.

Er packte sie unter beiden Achseln und zerrte an ihr. Plötzlich roch alles so, wie vorhin sein Mund geschmeckt hatte, als das Blut aus seiner Unterlippe gequollen war. Logisch, das Monster hatte sie gebissen. Er schleppte sie in Richtung der Tür nach draußen. Sie mussten raus hier. Wenn er sie erst einmal im Garten hatte, würde alles besser werden. Er versuchte, nicht daran zu denken, wie er Alice über die Mauer kriegen sollte, falls sie nicht wieder zu sich kam. Falls sie jemals wieder zu sich kam. War sie am Ende tot?

»Nein! Nein! Nein!« Er stellte fest, dass er heulte. Sonst schämte er sich dafür, wenn es mal passierte. Jetzt gerade nicht.

Sein Herz setzte für einen Schlag aus, als er mit dem Hintern gegen etwas Weiches stieß. Wie konnte das sein? Hinter ihm war doch die Tür, und links und rechts gab es nur die Wände des Gangs.

Zwei kalte Hände mit der Kraft von Onkel Roys großen Schraubzwingen legten sich ihm in den Nacken.

»Wer bin ich?«, fragte eine tiefe Stimme.

Ben fühlte, wie sich eine heiße Nässe in seinem Schritt ausbreitete und ihm das Hosenbein hinunterlief. Auch dafür schämte er sich nicht. Er wusste, wer der Mann hinter ihm war. Nicht, dass er ihn je gesehen hätte, aber trotzdem bestand kein Zweifel daran, wer er war. Oder zumindest, was.

»Wer bin ich?«

»Einer von denen …« Ben schluchzte und rang um die Worte, die er auswendig gelernt hatte. »Die das Vieh wachsen und gedeihen lassen. Die reiche Ernte auf die Äcker bringen.«

»Wer bist du?«

»Ben Sullivan. Frucht deiner Frucht … nein, halt! Samen deines Samens! Samen deines Samens!«

»Ben Sullivan«, wiederholte der Alte. Er klang beinahe amüsiert, als er nach einer langen Pause fortfuhr. »Ich kann mich nicht daran erinnern, dir die Prüfung abgenommen zu haben. Nichtsdestotrotz bin ich schon sehr gespannt, ob du so gut schmeckst wie dein Bruder.«

18.09.2009, 08:06

Wenn irgendwo über Ben die Alten beisammensaßen, um sich eine Strafe für ihn auszudenken, konnten sie sich die Mühe sparen. Das Warten hier in diesem klammen Kellerraum, aus dessen Wänden feine Tropfen quollen wie kalter Schweiß, war schlimm genug. Er war von dem Alten, der ihn gestern Nacht erwischt hatte, hierher verfrachtet worden. Der Alte hatte ihm befohlen, Alice' schlaffen Leib loszulassen, und ihn dann in den Bauch des unheimlichen Hauses geführt, ohne den kräftigen Griff seiner Hände zu lockern, mit denen er Bens Nacken umklammert hielt. Er hatte ihm gehorchen müssen. Widerstand wäre zwecklos gewesen: Diese Hände waren sicher stark genug, um ihm das Genick zu brechen, wenn er aufgemuckt hätte.

Nun hockte er seit unendlich langer Zeit im Dunkeln auf dem Boden. Bis auf drei Begleiter, auf die er gern verzichtet hätte, war er allein: seine Angst davor, was ihm bevorstand, die quälende Sorge um Alice – sie hatte so furchtbar geblutet, nachdem die Alte über sie hergefallen war – und der Gestank seiner eigenen Pisse. Zumindest war seine Hose inzwischen wieder einigermaßen trocken.

Wenn er doch wenigstens eine dieser neumodischen Armbanduhren gehabt hätte, wo man nur auf einen Knopf drücken musste, damit das Ziffernblatt von innen beleuchtet wurde. Dann hätte er erstens Licht gehabt und zweitens die Gewissheit, wie viel Zeit tatsächlich verstrichen war.

Er zuckte zusammen, und ein fieses Ziehen machte sich in seinem Bauch breit, als er erst Schritte von draußen hörte und dann einen Schlüssel, der ins Türschloss gesteckt wurde. Mühsam rappelte er sich auf. Ein gleißender Lichtkegel fiel in die kleine Kammer, und er sah sich gezwungen, sein Gesicht abzuwenden.

»Komm mit, Ben!«

Er kannte diese Stimme und den Befehlston nur zu gut – er

hatte sie seit Jahren beinahe jeden Tag zu hören bekommen. »Mrs. Lumley?«

»Komm mit! Man wartet auf dich.«

Ja, das war sie. Aber was machte sie hier? Sollte sie nicht in der Schule sein? Egal. Er war froh, dass sie ihn holte und nicht einer der Alten. Mit ihr konnte er reden. Er blinzelte gegen das Licht der Taschenlampe an. »Mrs. Lumley, ich … ich hab mir in die Hosen –«

»Man riecht's«, fuhr sie ihm in gewohnter Strenge über den Mund. »Aber das ist nur das Geringste, wofür du dich schämen solltest. Du steckst tief in der Tinte. Und jetzt raus da mit dir. Ich sage es nicht noch einmal.«

Üble Scherze über Mrs. Lumley zu machen, wenn sie gerade nicht da war, war eine Sache. Sich ihr zu widersetzen, wenn sie einen herumkommandierte, hingegen eine vollkommen andere. Bens Beine reagierten beinahe von allein auf den Befehl, als gehorchten sie ihr besser als ihm selbst. Wie zwei gute Hütehunde, die auf einen scharfen Pfiff ihres Herrn hin genau das taten, was er von ihnen erwartete, weil sie gar nicht anders konnten.

Mrs. Lumley führte Ben einen schmalen, von weiteren Türen gesäumten Gang entlang zu einer Treppe ins Erdgeschoss. Irgendwo da oben, jenseits der hölzernen Stufen, waren die Alten. Und er hatte es gewagt, ihren Zorn zu wecken …

Am Ende der Treppe stand eine Tür offen, und als er durch sie hindurchtrat, fand sich Ben an dem Ort wieder, wo Alice und er von der Alten ertappt worden waren. Er stellte fest, dass draußen tatsächlich die Sonne schon wieder am Himmel stand, denn ihr Licht fiel in zwei Bahnen, in denen träge aufgewirbelter Staub tanzte, durch zwei schmale Fenster links und rechts der imposanten Eingangstür. Er dachte über einen Fluchtversuch nach, doch wohin hätte er fliehen sollen? Außerdem hätte er vor seinen Erinnerungen an letzte Nacht so oder so nicht davonlaufen können. Er würde sie bis zum Ende seines Lebens mit sich herumtragen, und er begann zu zittern, als ihm bewusst wurde, dass dieser Moment vielleicht gar nicht allzu fern in der Zukunft lag. Die unheimlichen Sachen, mit denen die

Alten den Gang geschmückt hatten und die er jetzt um einiges besser erkennen konnte, taten ein Übriges, ihm einen Schauer nach dem anderen über den Rücken zu jagen. Er glaubte, das Summen der Fliegen auf den Gemälden zu hören und das faule Obst zu riechen, um das die Insekten schwirrten. Hatte sich der ausgestopfte Widderkopf eben nicht ein winziges Stück bewegt, um Ben mit dem Blick aus seinen toten Augen zu verfolgen? Sahen die drei Skelette der Schnitzerei nicht so aus, als wollten sie ihn mit dem ewigen Grinsen ihrer Schädel verhöhnen?

Vor ihm machte Mrs. Lumley – wie an einem ganz gewöhnlichen Tag trug sie eines ihrer kratzigen Wollkleider, in denen sie große Ähnlichkeit mit einem Sack Kartoffeln hatte – einen langen Schritt über eine Stelle am Boden, wo das Holz der Dielen deutlich dunkler schien als im Rest des Gangs.

»Wo ist Alice?«, platzte eine Frage aus Ben heraus, die er sich in seinem feuchten Kerker wieder und wieder gestellt hatte.

»An deiner Stelle würde ich mir um sie keine Sorgen mehr machen«, antwortete Mrs. Lumley. »Du hast auch allein genug Ärger, das kannst du mir glauben.« Sie blieb abrupt vor einer Tür stehen, drehte sich zu ihm um und sagte kühl: »Von jetzt an redest du nur noch, wenn du etwas gefragt wirst. Wie in der Schule, verstanden?«

Ben nickte. Das Ziehen in seinem Bauch meldete sich zurück, und er befürchtete, seinen Schließmuskel nicht unter Kontrolle halten zu können. Diese Befürchtung wuchs, als er sah, wer in dem Zimmer hinter der Tür alles versammelt war. Auf einer schwarzen Ledercouch saß das einflussreichste Brüderpaar von ganz Manger eintrachtig nebeneinander: Ian und Connel Bain. Obwohl sie Zwillinge waren, hätte sie nur ein Blinder verwechseln können. Father Ian ging nämlich nur in seiner Tracht aus dem Haus – dieser oben eng anliegenden Robe mit der langen Knopfleiste bis ganz hinunter, wo seine Schuhe unter dem Saum hervorlugten –, während Connel Bain dafür bekannt war, dass er von seinen Reisen nach draußen nicht ohne einen neuen, teuren Anzug zurückkehrte. Westen hatten es ihm besonders angetan, und heute warf eine aus glänzender, purpurfarbener

Seide Falten über seinem Bauch. Wie die meisten Männer in Manger hatten auch die beiden Bains eine so kompakte Statur, als hätte man einen Findling vom Feld notdürftig in menschliche Form gehauen.

Bens Eltern hatten auf schlichten Stühlen vor dem Kamin Platz nehmen müssen. Dads Gesicht sah noch viel mehr wie das einer Bulldogge aus, die nur darauf wartete, von der Kette gelassen zu werden. Mum hatte die Augen geschlossen und schluchzte leise in sich hinein.

Mit Abstand am unangenehmsten war Ben jedoch die Anwesenheit eines vierten Mannes, der vor einem Fenster mit Vorhängen aus rotem Samt stand. Eine seiner Hände – breit wie das Blatt einer Schaufel – fuhr langsam und prüfend über den Stoff, mit der anderen strich sich der Mann über den sauber gestutzten Backenbart, der sein kantiges Gesicht einrahmte. Seine Haut hatte die Farbe, die die Seiten eines Buches annahmen, wenn es aufgeschlagen zu lange in der Sonne lag. Er drehte sich nicht sofort zu Ben um, sondern fuhr noch einen Moment mit dem Prüfen des Samts und dem Streicheln seines Barts fort, als wäre er durch und durch fasziniert von den unterschiedlichen Eindrücken, die ihm sein Tastsinn lieferte. »Ah, der kleine Eindringling«, sagte er schließlich, und Ben begriff, mit wem er es zu tun hatte. Die dunkle Stimme, die Ben gestern Nacht so in Schrecken versetzt hatte, ließ keinen Zweifel zu. Er stand einem Alten gegenüber, und Ben spürte, wie ihm die Beine zu schlottern anfingen.

»Was hast du dir dabei gedacht?« Das war Dad, der nicht halb so zornig klang, wie Ben vermutet hatte, aber dafür umso enttäuschter. Wie wenn er über eine Kuh redete, die nicht ordentlich kalben wollte.

»Ich hatte Angst.« Bens Mund war furchtbar trocken, und es fiel ihm schwer, die Lippen auseinanderzubekommen, die sich schrecklich rissig anfühlten.

»Angst? Wovor?«

»Vor der Prüfung.«

Mums Schluchzen wurde lauter.

Father Bain räusperte sich verhalten und sagte dann: »Aber du hattest keine Angst davor, dir Zutritt zu diesem Haus zu verschaffen und damit gegen die Regeln zu verstoßen, die in unserem Dorf gelten? Das kann ich nicht so recht glauben, mein Sohn.«

Ben senkte den Blick und taxierte seine Schuhspitzen. »Sie hat gesagt, es wäre dumm von mir, Angst vor den Alten zu haben.«

»Sie?«, fragte ihn der Bürgermeister. »Meinst du Alice Owen?«

Ben biss die Zähne zusammen und blieb still. Warum hatte er das auch gesagt? Er war wirklich ein Feigling. Alice hätte ihn nie verraten.

»Dann war es also ihre Idee, hier einzubrechen?«, hakte Mrs. Lumley nach. »Du kannst es ruhig zugeben. Ich weiß, wie neugierig sie ist.«

Ben schüttelte den Kopf. »Wir haben es uns gemeinsam ausgedacht.«

Mum stöhnte gequält auf, und Dad murmelte: »Diese verfluchte Owen-Bande. Nichts als Ärger mit denen. Schon immer.«

»Haben deine Eltern gewusst, was ihr vorhabt?«, wollte Bürgermeister Bain wissen.

Dad sprang auf und ballte die Fäuste. »Soll ich dich aus deinem beschissenen Anzug prügeln, oder was, Connel? Hasst du mich so sehr, dass du mir das in die Schuhe schieben willst?«

»Mach es nicht noch schlimmer, Lorne«, flehte Mum.

»Wir haben niemandem was verraten«, sagte Ben hastig.

»Ruhe!«, rügte ihn Mrs. Lumley scharf. »Das gilt auch für dich, Lorne. Connel stellt bloß die Fragen, die er stellen muss. Es ist nichts Persönliches. Was hier zur Debatte steht, hat mit Sympathien oder Abneigungen nichts zu tun. Es ist unsere Ordnung und ihre Einhaltung, die heute verhandelt wird.«

»Exakt«, warf Father Bain ein. »Und den Regeln muss Genüge getan werden.« Er breitete die Arme aus wie in einer seiner Predigten. »Lorne und Rona Sullivan, seid ihr bereit, im Beisein eines Alten zu schwören, dass euer Sohn ohne euer Wissen gehandelt hat?«

»Ich schwöre es.« Mum fiel auf die Knie und drehte ihren Kopf zum bärtigen Mann am Fenster, der bis dahin schweigend alles verfolgt hatte. »Lewis, ich bitte dich. Zeig Milde. Bestraf ihn nicht. Ich habe schon einen Sohn gegeben. Nehmt mir Ben nicht auch noch weg.«

Während Ben die Tränen in die Augen schossen, als er sah, wie seine Mutter sich erniedrigte, bestand die einzige Regung, die Lewis zeigte, darin, dass er Mum eingehend musterte wie ein Bauer, der durch seinen Stall ging, um zu sehen, welches Stück Vieh als Nächstes reif für das Schlachtermesser war.

»Was ist mit dir, Lorne?«, fragte Father Bain.

»Ich schwöre es«, presste Dad hervor. »Wenn ich auch nur geahnt hätte, was für Flausen er im Kopf hat, hätte ich sie ihm ausgetrieben.«

»Nun gut.« Father Bain stemmte sich an der Armlehne des Sofas in die Höhe und wies zur Tür. »Ihr könnt gehen. Wir informieren euch, sobald das Urteil gesprochen ist.«

Dad half Mum auf und zog sie zur Tür. »Bitte, Lewis, bitte«, sagte Mum noch einmal leise, dann war Ben mit dem Alten und dem Rest des Tribunals allein. Er machte sich nichts vor: Er war zwar nicht der Schlaueste, aber er ahnte, dass seine Chancen, unbeschadet aus dieser Sache herauszukommen, nicht gerade gut standen. Man würde ihn definitiv aus dem Dorf verbannen. Einen Augenblick hasste er Alice dafür, dass sie ihm diese ganze Kacke eingebrockt hatte. Für ihr Gerede, die Alten wären nur ein paar Statuen. Lewis war alles, aber bestimmt kein Standbild aus Stein oder Metall. Er war aus Fleisch und Blut. Ben hätte auf Onkel Roy hören sollen. Der hatte ihm doch noch versichert, dass die Alten existierten. Als ihm wieder einfiel, welchen Preis Alice anscheinend für ihren Frevel bezahlt hatte, kam er sich zum zweiten Mal binnen weniger Minuten wie ein feiger Verräter vor. Wenn er nur nicht so grauenhafte Angst gehabt hätte – vor Lewis und vor dem Urteil, das der Alte über ihn fällen würde …

Mrs. Lumley setzte sich auf einen der frei gewordenen Stühle. »Machen wir weiter, meine Herren.«

Connel Bain wandte sich an seinen Bruder. »Was schlägst du vor, Ian?«

Father Bain zupfte eine Fluse von seiner Robe. »Ben Sullivan hat die Regeln gebrochen. Er hat dem Dorf eine Alte geraubt. Meiner Meinung nach liegt die Strafe auf der Hand. Auch wenn es tragisch ist, dass die Sullivans schon einen Sohn verloren haben, gibt es –«

»Nicht so eilig, mein Freund«, brach Lewis sein Schweigen, und Father Bain verstummte so plötzlich, als hätte ihm jemand die Zunge herausgerissen. Der Alte verließ seinen Platz am Fenster und schlenderte gelassen in Bens Richtung. In seiner fleckigen Jeans und seinem Rollkragenpullover sah Lewis eigentlich überhaupt nicht aus, wie Ben sich ein übermenschliches Wesen vorstellte, das mächtig genug war, um über Wohl und Wehe eines ganzen Dorfes zu entscheiden. »Unser junger Freund hat einen Fehler gemacht. Selbstverständlich. Andererseits muss ich leider sagen, dass Helen wohl sehr voreilig gehandelt hat, als sie die beiden Eindringlinge bemerkte. Mir jedenfalls hat sich Ben immerhin mehr oder minder korrekt zu erkennen gegeben. Meine Schwester in der Ewigkeit hat Ben und Alice offenbar nicht die Möglichkeit gegeben, ihr zu beweisen, dass sie aus Manger kommen.« Er stand nun direkt vor Ben, verschränkte die Arme vor der Brust und schaute ihn auffordernd an. »War es nicht so?«

»Es ging alles so schnell«, beteuerte Ben. Wie hätte er diesen Mann belügen können? »Wir waren schon wieder auf dem Weg zurück, ganz ehrlich. Wir haben nichts angefasst oder so. Da hat Alice bemerkt, dass da noch jemand mit uns im Gang war. Sie dachte, es wäre eine Puppe, aber dann hat diese Frau angefangen zu reden. Wir haben uns so erschrocken, dass wir nur schreien konnten. Gleich danach …« Ben zog die Nase hoch und wischte sich mit dem Jackenärmel über die Augen. »Danach hat sie uns angegriffen … und … Alice …«

»Seht ihr?« Lewis zuckte mit den Schultern. »Wie ich es vermutet hab. Helen ist ihr Temperament zum Verhängnis geworden. Sie war die letzten Tage unruhig. Das Fest. Es ist jedes Jahr das Gleiche. Sie hadert mit ihrem Hunger und wird reizbar. Wir haben ihr den größten Anteil vom kleinen Cullen überlassen – verdammt, wir waren bei diesem Baby strenger als sonst, weil uns bewusst war, dass sie möglichst frische Nahrung brauchte –, aber das hat das Loch in ihr nicht gestopft. Es war nur eine Frage der Zeit, bis es zu einem so bedauernswerten Unfall kommen musste.«

»Lewis, bei allem gebotenen Respekt«, warf Bürgermeister Bain vorsichtig ein. »Wir sollten nicht vergessen, dass niemand uns Helen mehr zurückgeben kann. Und dafür trägt Ben die alleinige Verantwortung.«

»Ich wollte das alles nicht«, flüsterte Ben. Lag er falsch, oder zeigte der Alte so etwas wie Verständnis für seinen Fehler?

Lewis ignorierte ihn. Stattdessen antwortete er auf den Einwurf des Bürgermeisters. »Vielleicht habe ich mich nicht deutlich genug ausgedrückt, Connel.« Eine schneidende Schärfe lag in seinen Worten. »Helen stand kurz davor, den Verstand zu verlieren. Je länger der Hunger brennt, desto stärker wird er. Sie ist zu einer Gefahr für uns alle geworden.«

»Sie ist deine Schwester in der Ewigkeit.« Father Bain wurde so blass wie das Beffchen an seinem Hals. »Bedeutet sie dir nichts?«

Lewis fuhr zu Father Bain herum. »Ich habe sie schon gekannt, als du und dein Bruder nur ein Anflug von Geilheit im Schritt deines Vaters gewesen seid, Ian. Also erzähl mir nichts davon, was Helen und ich einander bedeuten oder auch nicht. Du bist keiner von uns Alten. Du bist ein Kind, das davon träumt, ein Alter zu werden. Mehr nicht. Und vergiss nicht, dass ich mit darüber entscheide, ob sich dieser Traum je erfüllt. Ich weiß, was für ein Spiel du spielst. Dir geht es nicht um Helen, oder? Dir geht es darum, dass du hoffst, ihren Platz einzunehmen. Schade, mein Bester, denn meinen Biss wirst du nicht kriegen.«

Ben hatte noch nie jemanden so mit Father Bain reden gehört. Lewis behandelte ihn, als wäre der Priester deutlich jünger als er, und dabei sah Lewis nicht viel älter aus als Dad.

Father Bain senkte betreten den Kopf, doch das reichte nicht aus, damit sich Lewis beruhigte. »Meinst du, mein Herz hätte Freudensprünge gemacht, als ich sie gefunden hab? Mit dem Fuß eines Kerzenständers im Schädel? Sie ist in eine Ecke gekrochen wie ein waidwundes Tier. Wollte sich das Ding aus dem Kopf ziehen und hat damit ihr Hirn noch mehr zerquetscht. Ich hab ihr ins Gesicht gesehen, Ian. Ich hab gesehen, wie ihr langsam dämmerte, dass sie dabei war, alles zu verlieren, was sie überhaupt zu Helen machte. Dabei, nur noch eine Hülle für den Hunger zu werden. Sie hat geheult und geschrien, weil zu wenig von ihr unversehrt war, um noch Worte zu bilden. Ich musste hilflos mit ansehen, wie ihre Seele erlischt. Denkst du, ich hätte nichts empfunden? Keinen Zorn, keine Trauer? Denkst du das?«

Father Bain schwieg. Lewis ging zurück ans Fenster und starrte in den Garten hinaus, als würde er darauf hoffen, dass die Bäume und Büsche ihm auf seine Frage antworteten. Der Bürgermeister und Mrs. Lumley tauschten besorgte Blicke, und Ben hatte das Gefühl, unsichtbar geworden zu sein, so wenig Beachtung wurde ihm geschenkt.

»Und trotzdem …« Lewis legte kurz den Kopf in den Nacken, drehte sich um, und Ben musste feststellen, dass ihn sein Gefühl getrogen hatte. »Und trotzdem hat dieser Junge Helen nicht absichtlich vernichten wollen. Er hat nur jemanden beschützt, den er liebt. Wer von uns hätte an seiner Stelle anders gehandelt? Ich nicht.« Ein leises Lächeln zog Lewis' Mundwinkel nach oben. »Es war ein Glückstreffer. Aus seiner Warte, versteht sich. Helen würde das höchstwahrscheinlich anders beurteilen, wenn sie noch dazu in der Lage wäre. Sie würde mir vorwerfen, ich wäre zu weich. Kann durchaus sein.« Sein Lächeln wurde breiter. »Aber diese Angelegenheit hat auch etwas von ausgleichender Gerechtigkeit. Irre ich mich, oder war es nicht Helen, die Bens Bruder damals zu tief geschnitten hat? Es war so viel Leben in ihm, und sie hat es einfach vergeudet in ihrer Gier. Wie hieß er gleich?«

»Kenny«, sagten Ben und Mrs. Lumley gleichzeitig.

»Ah ja. Kenny …«

Mrs. Lumley funkelte Ben verärgert an, legte die Stirn in Falten und einen Finger an die Lippen. »Du irrst dich nicht. Es war Helen, die das Messer führte. Wir konnten nichts mehr für ihn tun.«

Ben schluckte. In einem hatte Alice also recht gehabt: Kennys Tod war ein Unfall gewesen. Zumindest, wenn Ben das richtig deutete, was gerade gesagt worden war. Doch was nutzte das? Und was nutzte es, dass Lewis diesen Unfall bedauerte? Es machte seinen Bruder auch nicht wieder lebendig. Ebenso wenig wie Alice.

»Na also.« Lewis nickte zufrieden. »Was Ben Helen angetan hat, war ein Versehen. Wir Alten sind keine Götter. Wir trotzen der Zeit und dem Tod, aber nicht dem Schicksal.«

Bürgermeister Bain hob zögernd die Hand.

»Ja, Connel?«, erteilte ihm Lewis die Erlaubnis, sich zu äußern.

»Die Verletzung Helens ist allerdings nur ein Teil der Verfehlung«, setzte Bain behutsam an, wobei er jede einzelne Silbe überbetonte wie die Sprecher, die Ben ab und an im Fernsehen zu Gesicht bekam. »Auch wenn ich deine Einschätzung teile, dass es nicht in Bens Absicht stand, Helen anzugreifen, ist dennoch nicht daran zu rütteln, dass er und das Mädchen unerlaubt in euer Haus eingedrungen sind.«

Ben sah den Bürgermeister fassungslos an. Warum versuchte er, Lewis anzustacheln?

»Und weiter?«, wischte Lewis den Einwurf beiseite. »Nächste Woche hätte er sich uns doch ohnehin vorgestellt. Und er ist Samen von meinem Samen, oder?«

»Über eine Seitenlinie, ja«, bestätigte Mrs. Lumley.

»Bestens.« Lewis rieb sich die Hände und richtete seine Aufmerksamkeit auf Father Bain, der noch immer bleich wie Kreide war. »Ian, wärst du so freundlich, Marion zu unserem Gespräch hinzuzuholen? Und es wäre in deinem Interesse, es irgendwie zu schaffen, höflich zu ihr zu sein. Sie verzeiht nicht so leicht wie ich.«

Father Bain verließ wortlos das Zimmer, und kaum war die Tür hinter ihm ins Schloss gefallen, fragte Mrs. Lumley: »Du willst ihn annehmen? Jetzt gleich?«

»Falls Marion meine Entscheidung unterstützt«, sagte Lewis. »Spricht etwas dagegen?«

»Keineswegs.« Mrs. Lumley stand auf und sagte zu Ben: »Zieh dich aus.«

»Was?« Hatte Ben sich verhört? Ausziehen sollte er sich? Hier? Vor ihr? Vor dem Alten und dem Bürgermeister?

»Zieh dich aus«, wiederholte Mrs. Lumley so selbstverständlich, als würde sie ihn in der Schule nach vorne an die Tafel rufen, um eine Rechenaufgabe zu lösen. Sie meinte das tatsächlich ernst!

»Ganz?«

Mrs. Lumley seufzte. »Ben Sullivan, du hast wahrscheinlich nichts an dir, was einer der Anwesenden nicht schon einmal gesehen hätte. Und falls doch …« Sie schürzte die Lippen. »Falls doch, würden wir es uns gerne anschauen. Los, los. Keine falsche Scham.« Sie klatschte zweimal in die Hände.

Ben fing mit den Schuhen und den Socken an, weil ihn das am wenigsten Überwindung kostete. Dann streifte er seine Jacke ab, hängte sie über die Lehne eines der Stühle, um Zeit zu gewinnen, und schälte sich aus seinem T-Shirt. Die neugierigen Blicke seiner Zuschauer brannten ihm auf der Haut wie Feuer.

»Eine Heldenbrust ist das aber nicht«, murmelte der Bürgermeister.

»Ach, Connel. Als ob ich mir bei dir damals große Hoffnungen gemacht hätte«, raunzte ihn Lewis an. »Aber wer weiß? Gib dem Jungen ein paar Jahrzehnte Zeit, und er hat ein Paar so hübsche, haarige Titten wie du.«

Ben hielt die Luft an und zog sich Hosen und Boxershorts auf einmal herunter. Er wusste nicht, was peinlicher war: dass ihm da unten alles zusammenschrumpelte, als sein Schwanz und seine Eier aus ihrem warmen Nest an die Luft geholt wurden, oder dass der Geruch von getrockneter Pisse, der von ihm ausging, nun noch intensiver wurde.

»Sieht normal aus«, kommentierte Mrs. Lumley den Anblick, den Ben bot.

»Nichts, was die Sonne verdunkelt, aber auch kein Kümmerling.« Lewis nickte zufrieden. »Dreh dich mal um, Junge.«

Ben befolgte die Anweisung und präsentierte sich so unfreiwillig der jungen Frau in einem Trägerkleidchen, die in diesem Moment zur Tür hereinkam. Auf den ersten Blick war sie hübsch – sanft gewelltes, blondes Haar, ein schlanker Hals, üppige Hüften –, doch alles, was man von ihrer Haut sehen konnte – das Gesicht, die Schultern, die Arme und die Schienbeine –, war von einem feuchtglänzenden Ausschlag aus roten Quaddeln überzogen. Als wäre sie nackt in ein Gestrüpp mit Brennnesseln gefallen und ihr daraufhin am gesamten Körper der Schweiß ausgebrochen.

Ben spürte seine Wangen prickeln. Sein Kopf verwandelte sich sicher gerade in eine Tomate. Die Frau schenkte ihm jedoch nur einen flüchtigen Blick, ging an ihm vorbei und feuerte eine Salve Fragen an Lewis ab. »Warum hat sich Ian eben von mir verabschiedet wie ein geprügelter Hund? Hast du schon ohne mich angefangen? Gesungen hat er aber hoffentlich noch nicht?« Sie rümpfte die Nase. »Und warum stinkt es hier so erbärmlich?«

»Der Junge hat sich vollgepisst, als ich ihn gestern am Schlafittchen hatte«, erklärte Lewis nüchtern. »Wir haben ihn uns bis jetzt nur angesehen. Missbildungen konnten wir keine feststellen. Selbstverständlich käme es mir nie in den Sinn, dir den Spaß zu verderben und ihn singen zu lassen, ohne dass du dabei wärst. Was Ian angeht …« Er winkte ab. »Der brauchte nur mal wieder einen Dämpfer, damit er nicht vergisst, wo oben und wo unten ist. Das Übliche eben. Du weißt, wie er ist, Marion. So. Darf ich dir im Gegenzug auch eine Frage stellen?«

»Gleich.« Marion riss das Fenster auf, durch das ein erstaunlich kühler Wind ins Zimmer wehte. »Viel besser. Was willst du wissen?«

»Wie es Helen geht.«

»Unverändert. Wir könnten sie stopfen wie eine Gans, und

sie würde sich trotzdem nicht erholen.« Marion kratzte mit den Fingern beider Hände an ihrer rechten Schulter herum. Der Ausschlag musste jucken wie verrückt. »Da ist nichts mehr zu retten. Sie ist so gut wie fort. Finden wir uns damit ab.«

Aufgrund der Art und Weise, wie die Frau mit Lewis umsprang – ohne die kleinste Spur von Zurückhaltung oder Ehrfurcht –, dämmerte Ben, dass sie eine Alte war. Wie konnte das sein? Sie war doch höchstens fünf oder sechs Jahre älter als er selbst. Ihre Augen allerdings, deren Blick sich nun auf ihn richtete, waren kalt und hart wie zwei von Frost bedeckte Steine. »Sing, Bursche. Sing, wenn dir dein Leben lieb ist.«

»Singen? Was soll ich singen? Ein Lied für die Prüfung?«, fragte Ben leise.

»Natürlich ein Lied für die Prüfung«, herrschte ihn Mrs. Lumley an. »Was denkst du denn sonst, was das ist, was wir gerade hier machen? Sing!«

Das war also der Augenblick, vor dem Ben sich seit Monaten gefürchtet hatte und der nun jäh über ihn hereinbrach. Seltsam … Jetzt, wo er da war, breitete sich eine sonderbare Ruhe in ihm aus. Er dachte an die Maus, die der Neuntöter auf den Stacheldraht an der Weide gespießt hatte. Ob sie sich auch so gefühlt hatte, als ihr Fell von den Klauen des kleinen Raubvogels durchbohrt worden war und sie begriffen hatte, dass es kein Entrinnen geben würde? Fühlte es sich vielleicht so an, wenn man starb?

Er holte tief Luft und sang das Lied, das er als Erstes für die Prüfung auswendig gelernt hatte:

»In einer Höhle, wo die See rauscht und wogt,
kam unsre Mutter in die Welt.
Am Ort, an den das Licht nie fällt,
an dem ein rasender Hunger endlos tobt.

Mutter, nimm, damit du geben kannst!
Mutter, gib, damit du nehmen kannst!

Dem Vater war sie stets das treueste Kind,
auch wenn er schroff und grausam war.
Fleisch raubte er sich, Jahr für Jahr,
von denen, die voll von warmem Leben sind.

Mutter, nimm, damit du geben kannst!
Mutter, gib, damit du nehmen kannst!

Dann kamen die Frevler und holten ihn fort,
und unsre Mutter war allein.
Forsch schritt sie in die See hinein
und lauschte lange der weisen Wogen Wort.

Mutter, nimm, damit du geben kannst!
Mutter, gib, damit du nehmen kannst!

Die Lungen voll Wasser machte sie sich auf,
uns Heil und Segen zu bringen.
Sie lehrte uns neu zu singen
Und zu preisen der großen Gestirne Lauf.

Mutter, nimm, damit du geben kannst!
Mutter, gib, damit du nehmen kannst!

Seitdem geben wir gern, denn sie zwingt uns nicht,
hat abgeschwor'n des Vaters Raub.
Für kein Flehen ist sie je taub,
in einem ewigen Bund, der niemals bricht.

Mutter, nimm, damit du geben kannst!
Mutter, gib, damit du nehmen kannst!«

Marion brach als Erste die Stille, die kurz einkehrte, nachdem Bens letzter Ton verklungen war. »Ein besoffener Ochse hält den Takt besser. Und das war übel genäselt.«

»Ben hat vorhin ein wenig geweint«, gab Mrs. Lumley zu bedenken.

»Die Textschwäche hängt aber nicht mit dem Rotz in der Nase zusammen«, konterte Marion spitz. »Es ist ein wütender Hunger, kein rasender. Und die Mutter geht kühn in die See, nicht forsch.«

»Ja, das hab ich auch gehört«, untermauerte der verbliebene Bain-Bruder die Kritik.

»Mir reicht es. Ich nehme ihn an«, sagte Lewis knapp, und Ben spürte, wie das fiese Ziehen in seinem Unterleib, das sich nach seiner Vorstellung zurückgemeldet hatte, schlagartig nachließ. Lewis war auf seiner Seite. »Was ist mit dir, Marion? Wenn du meine Entscheidung mitträgst, brauchen wir Stuart nicht unnötig zu belästigen. Zwei Stimmen sind genug. Helen wird sich zu dieser Sache ja nicht mehr äußern können, wenn du mit deiner Einschätzung richtigliegst.«

Anstatt sofort zu antworten, spannte Marion alle auf die Folter und drückte auf einer der Quaddeln an ihrem Unterarm herum. Ben hätte schwören können, dass er sah, wie einer ihrer langen Fingernägel bis zur Kuppe in die Haut eindrang. »Man kann dir nicht vorwerfen, dass du günstige Gelegenheiten ungenutzt verstreichen lässt, Bruder in der Ewigkeit. Das schätze ich sehr. Es zeigt, dass du nichts von deinem Eifer verloren hast. Dir dürfte aber nicht entgangen sein, dass der Hunger an mir nagt. Dieser Samen deines Samens könnte also für mich von Nutzen sein. Noch dazu hat er sich bisher weder bewiesen, noch hat er von sich gegeben.«

»Beides lässt sich ändern, meine Liebe«, sagte Lewis. »Und zwar so, dass auch dein Hunger noch vor dem Erntefest gestillt werden kann.« Er trat auf Ben zu und legte ihm die Hände auf die Schultern. »Bist du bereit, dich zu beweisen?«

Ben nickte. Er würde alles tun, was der Alte von ihm verlangte, wenn es nur bedeutete, dass er im Dorf bleiben konnte. Er fühlte sich, als hätte sich ein Riss in seiner Brust aufgetan, der an den Rändern weiter und weiter ausfaserte – genau dort, wo sonst seine Zuneigung für Alice gesessen hatte. Es war schlicht unvorstellbar, dass dieser Riss sich je wieder schließen würde, falls die Alten ihn aus Manger fortschickten. Hinaus in die Welt dort draußen, die ihm so unbekannt war wie ein fremder Planet.

In den nächsten Minuten wurde seine Hoffnung, nicht aus seiner gewohnten Heimat verstoßen zu werden, weiter genährt. Der erste Hinweis war eine Bitte von Lewis an Marion, sie solle nachsehen, ob Stuart nicht ein Paar alte Hosen hätte, die Ben passten. Die verpinkelten Sachen nahm die so verdammt jung wirkende Alte mit und kündigte an, sie im Ofen im Keller zu verbrennen. Während er darauf wartete, endlich nicht mehr nackt herumstehen zu müssen, klärte ihn Lewis darüber auf, wie Ben unter Beweis stellen konnte, dass er in der Lage war, sich als nützliches und vollwertiges Mitglied in die Dorfgemeinschaft einzufügen. Die frische Hose, die Marion Ben brachte, war ein altmodisches Teil aus braunem Cord, das ihm nur bis knapp über die Knöchel reichte. Für Ben war es in jenem Moment die beste Hose, die er je bekommen hatte. In der Zeit, die er brauchte, um seine Kronjuwelen zu verstauen, schickte Lewis Bürgermeister Bain los, um die entsprechenden Vorbereitungen für den anstehenden Treuetest zu treffen. Bain bekam eine halbe Stunde Vorsprung, in der sich Mrs. Lumley und die beiden Alten noch dreimal von Ben in allen Einzelheiten erklären ließen, was seine Aufgabe war. Dabei war das, was sie von ihm verlangten, nicht annähernd so kompliziert wie die bescheuerte Futterverbrauchsrechnung, die er gestern in der Schule hatte anstellen müssen. Ein Kleinkind hätte das geschafft, solange es nur ansatzweise verständlich sprechen konnte.

Mrs. Lumley begleitete ihn schließlich zur Eingangstür des Hauses, und Ben fiel ein, dass er das Gebäude nun auf völlig anderem Weg verlassen würde, als er und Alice es geplant hatten. Dass Mrs. Lumley ihn mit einem knurrigen »Typisch Ben Sullivan. Mehr Glück als Verstand« verabschiedete, half ihm auch nicht unbedingt dabei, Alice aus seinen Gedanken zu verbannen. Er hatte jetzt eine Aufgabe, auf die es sich zu konzentrieren galt. Er konnte später um Alice trauern. Für heute hatte er genug geheult.

Bürgermeister Bain hatte gute Vorarbeit geleistet, denn Manger wirkte verlassen. Niemand nutzte den strahlenden Sonnenschein, um die Straße zu fegen, neue Blumen vor sein Haus zu pflanzen, eine Hecke im Garten zu schneiden oder auf dem Hof an einer alten Maschine herumzuschrauben. Die Leute hatten sogar ihre Hunde hereingeholt, und in der Tür von Mister Humes kleinem Laden baumelte das handgeschriebene Schild »Geschlossen«.

Als Ben im Inn ankam, schaute Colleen, die an einem der Tische direkt an der Bar saß, von ihrem Stickbild für das Erntefest auf und sagte nur: »Sie sind oben.«

Ben sprang die Treppe hinauf, klopfte an die Tür eines der beiden Gästezimmer und rang sich ein fröhliches Lächeln ab. Er durfte Lewis nicht enttäuschen.

Ben hatte das Zimmer von Sheila erwischt. Sie war nicht geschminkt und hatte dunkle Ringe unter den Augen. »Oh, du bist es. Ben, richtig?«

»Ja.«

»Was kann ich für dich tun?«

»Mein Onkel schickt mich.« Ben hatte kein schlechtes Gewissen. Sheila war eine Fremde. »Ihr Auto ist repariert.«

»Jetzt schon?« Sheila fuhr sich durch ihr verstrubbeltes Haar. »Ich dachte, es wird frühestens morgen fertig.«

»Onkel Roy meinte, Sie würden bestimmt so schnell wie möglich von hier wegwollen. Deshalb ist er gestern Abend noch extra losgefahren, um die Zylinderkopfdichtung zu besorgen.« Er reihte die Lügen aneinander wie Perlen auf einer Schnur. »Er hat gesagt, Sie würden sich freuen.«

»Klar freue ich mich. Nur wenn ich das gewusst hätte, hätte ich mir mit meinen beiden Halbaffen nicht alle Lichter ausgeschossen. Ich weck die Kerle eben. Gib uns ein paar Minuten, ja?«

Er ging zurück in den Schankraum und gab ihnen ein paar Minuten. Schweigend schaute er Colleen beim Sticken zu. Den vielen gelben Fäden nach zu urteilen, arbeitete sie an einem Haferfeld.

Die drei Fremden taperten stöhnend und ächzend die Stufen

hinunter. Ben fragte sich plötzlich, wann er das nächste Mal einen Mann mit so dunkler Haut sehen würde, wie Kev sie hatte. Vielleicht nie.

Auf dem Weg zu Onkel Roys Werkstatt waren die Fremden verdächtig still – bis auf Sheilas Gejammer wegen der grellen Sonne, die gar nicht gut für ihre Kopfschmerzen wäre, und einem abfälligen Kommentar des fetten Frank über Bens zu kurze Hose. Erst hatte Ben Bammel, dass sie den Braten gerochen haben könnten, aber dann beruhigte er sich mit dem Gedanken daran, dass die drei einfach bloß einen Kater hatten, wie ihn selbst ein dorfbekannter Säufer wie Dudley Stevenson nicht besser hinbekommen hätte.

Sie zeigten sich allerdings aufrichtig verwundert, als sie auf den Hof trotteten und ihr Auto nirgends zu sehen war.

»Wo ist der Wagen?«, brachte Kev gequält hervor.

»In der Halle. Wir mussten ihn doch reparieren«, sagte Ben ganz beiläufig. Anschließend rief er laut: »Onkel Roy, wir sind da!«

Ben gelangte zu der Überzeugung, dass die Welt dort draußen die Menschen dumm machte. Die Schafe in Manger waren schlauer als diese Leute. Wenn er seinem Vater beim Schlachten half, gaben sich die Biester jedes Mal von Anfang an bockig. So, als wüssten sie genau, dass ihnen gleich ein scharfes Messer über die Kehle gezogen werden würde, und zwar selbst dann, wenn an einem Schlachttag noch kein Blut geflossen war.

Das Rolltor zur Werkstatt war nur einen schmalen Spalt geöffnet. Ben ließ die Fremden vorangehen, und beinahe hätte Frank nicht durch die Öffnung gepasst. Mit einigen unwürdigen Verrenkungen schaffte er es schließlich doch. Ben schlüpfte hinterher und schob das Tor zu.

»Was soll das denn werden?« Kev reagierte am schnellsten auf die Männer, die sich vor der Hebebühne aufgereiht hatten. Neben Onkel Roy erkannte Ben das sommersprossige Gesicht von Dougal Cunningham, die hängenden Schultern von Mister Hume und den Rauschebart von Aidan Cullen. Alle vier hatten Flinten in den Händen, mit denen sie auf die Fremden zielten.

Ben war bisher noch nie aufgefallen, wie groß so eine Mündung aussah, wenn man direkt in sie hineinblickte.

»Wir können das auf die einfache oder auf die harte Tour abwickeln«, sagte Roy ruhig, aber bestimmt. »Wir machen zusammen einen kleinen Spaziergang.«

»Was haben Sie vor, Mister Sullivan?« Wahrscheinlich wollte Sheila selbstbewusst klingen, aber dafür zitterte ihre Stimme viel zu sehr. »Uns irgendwo hinter einer Scheune abknallen? Das ist doch Wahnsinn. Wir haben Ihnen nichts getan. Das ist ein Scherz, richtig? So ein Brauch, mit dem man Fremde erschreckt?«

»Ich fürchte, nein.«

Ben ging an den Fremden vorbei, um sich zu den Männern aus dem Dorf zu gesellen. Er staunte, wie gelassen Onkel Roy die Sache anging. Andererseits machte er so was nicht zum ersten Mal.

Sheila gab noch nicht auf, obwohl ihre Argumente sich mehr und mehr wie ein verzweifeltes Flehen anhörten. »Sie können uns nicht spurlos verschwinden lassen. Man wird nach uns suchen. Sie haben doch selbst meinen Chef angerufen!«

»Waren Sie dabei?«

Sheila wurde noch blasser als Father Bain vorhin bei der Rüge von Lewis, während Kev langsam die Hände hob.

»Leckt mich am Arsch, ihr Scheißhinterwäldler«, blaffte Frank und machte mit erhobener Faust einen Schritt auf die Hebebühne zu. Ein Schuss krachte, und der vordere Teil seines linken Fußes schien in einer roten Wolke auseinanderzuplatzen. Er brüllte, fiel zu Boden und umklammerte seinen Knöchel. Von seinem großen Zeh war nur noch ein blutiger Stummel übrig.

Sheila rührte sich nicht von der Stelle und begann zu schreien. Sie hörte erst auf, als ihr Dougal den Kolben seiner Flinte in die Fresse drosch. Danach kauerte sie sich in der Hocke zusammen und brachte nicht mehr zustande als ein schwaches Wimmern, das über zersplitterte Zähne hinweg aus ihrer Kehle kroch.

Kev hatte sich offenbar in sein Schicksal gefügt, fixierte mit glasigem Blick einen Punkt im Nirgendwo und murmelte etwas von einem Vater im Himmel, dessen Name geheiligt werden solle.

Ben atmete auf und lehnte sich an Onkel Roy. Ihm war ein bisschen schlecht, aber er hatte sich bewiesen. Roy tätschelte ihm den Nacken und sagte: »Gut gemacht, Junge. Lewis kann stolz auf dich sein. Jetzt bist du beinahe schon ein richtiger Mann.«

19.09.2009, 22:48

Lily fand die ruhige, selbstverständliche Art, in der Zach mit ihr umging, obwohl er doch nur zu genau wusste, was sie und Victor waren, absolut faszinierend. Sie hatte sich mehrfach gefragt, wodurch sich dieser untersetzte Mann überhaupt erschüttern ließ. Unter Umständen davon, dass sie ihn unvermittelt anspringen würde – eine Idee, die ihrem Hunger gar nicht so schlecht gefiel –, aber sie hätte nicht darauf gewettet, dass Zach nicht doch mit teilnahmsloser Miene über sich hätte ergehen lassen, wie sie ihm die Zähne in seine rosigen, runden Backen schlug. Ihr aktuelles Outfit jedenfalls hatte bei ihm nicht einmal ein Stirnrunzeln, ein Zucken der Mundwinkel oder ein leichtes Anheben der Augenbrauen ausgelöst, als sie bei ihm in der Küche aufgetaucht war, um auf Victor zu warten. Zach hatte sie mit einem freundlichen Nicken gegrüßt und dabei weiter die Spülmaschine ausgeräumt.

Dabei kam sie sich vor, als wäre sie auf eine Kostümparty mit einem besonders dämlichen Motto eingeladen worden. So etwas wie »Arm ist sexy« oder »Gut fürs Ghetto«. Victor hatte die Sachen für sie ausgesucht. Den Kappa-Jogginganzug in einem grellen Pink, der ihr zwei Nummern zu klein war, weshalb eine Handbreit ihres Bauchs zwischen dem Hosenbund und dem Saum der Jacke freilag. Hinten blitzte der String des Tangas über die Wölbungen ihres Pos, und vorne fielen ihr fast die Möpse aus dem tiefen Ausschnitt eines weißen Stretch-Shirts, wenn sie sich bückte. Ihre Füße steckten in klobigen Turnschuhen, deren aufgeplusterte Zungen mit Silberpailletten bestickt waren. Um den Hals baumelte ihr eine billige Kette aus Plastikgold, an den Ohren zwei große Kreolen von der Art, die Ma immer als Papageienschaukeln bezeichnet hatte. Ihr Haar hatte sich Lily zu einem Pferdeschwanz zusammengebunden, der ihr dank des Einsatzes einer halben Dose Haarspray starr vom Hinterkopf abstand. Sie war ein wandelndes Klischee, und vor ihrer Verwandlung hätte sie sich empört über die Vorstellung gezeigt, sie könnte sich jemals so stylen, wie es der dumpfe, weiße Normalobrite von einer Schokobraunen aus den verlorenen Vierteln erwartete. Mittlerweile störte sie das nicht mehr. Das waren kleinliche Dinge, über die sich ein Mensch aufgeregt hätte, und sie war nun einmal kein Mensch mehr. Victor hatte es ihr erklärt: Diese Verkleidung war nur eine der vielen Rollen, in die sie schlüpfen konnte, nur Teil einer von vielen möglichen Jagdstrategien, wie man sich seiner Beute näherte, ohne Verdacht zu erregen. Eine Spinne schämte sich doch auch nicht für das Netz, das sie spannte.

Als Victor auftauchte, sah er so aus, wie sie ihn zum ersten Mal auf dem Friedhof gesehen hatte. Er hatte nur diesen einen Gehrock, aber wozu brauchte er mehr? Lebende Tote schwitzten nicht, und dieses Modell stand ihm ganz ausgezeichnet. Was lebende Tote taten, wie Victor ihr eindrücklich versichert hatte, war, dass sie zu verwesen begannen, wenn sie ihren Hunger nicht stillten. Zunächst langsam, dann immer schneller. Insofern blieb ihnen keine andere Wahl, als zu fressen. Lily schrieb es dem Hunger und seinen Einflüsterungen zu, dass sie sich so rasch mit dieser Tatsache abgefunden hatte. Was wäre schließlich die Alternative gewesen? Sich selbst aufzugeben und verrotten zu lassen? Dafür war Lily auch zu ihren Lebzeiten schlicht und ergreifend nicht der Typ gewesen.

Victor lächelte zufrieden. »Du bist schon fertig. Gut. Du siehst genau so aus, wie ich es mir vorgestellt habe.«

Er trat an sie heran und hauchte ihr einen flüchtigen Kuss auf die Wange. Wie immer roch er nach der Mischung aus Alkohol und Kräutern aus dem Becken in seinem Zimmer. Seinen Beteuerungen zufolge handelte es sich bei seiner Gewohnheit, am Grund des Beckens zu schlafen, um eine harmlose Marotte, die er pflegte. Er glaubte angeblich nicht an eine konservierende Wirkung der Mixtur, sondern betrachtete sein Bad darin lediglich als ein probates Mittel, um sich Abend für Abend in Erinnerung zu rufen, was er war. Lily konnte nicht nachvollziehen, warum das nötig war, aber sie spottete ja auch nicht schon so lange wie er allen sogenannten »Naturgesetzen«.

Er tippte einen ihrer Ohrringe an, lachte verhalten, als sie in gespieltem Zorn nach ihm schlug, und wandte sich an Zach. »Ich komme gerade aus dem Gartenhäuschen. Sie sind heute Nacht sehr unruhig. Schau bitte noch einmal nach ihnen, ja?«

»Gern«, sagte Zach, klappte die Spülmaschine zu und fing an, sich gründlich die Hände zu waschen.

»Ich bin gleich wieder zurück. Es wird Zeit für mich, in mein Kostüm zu schlüpfen«, kündigte Victor an.

Lily horchte ihm nach, bis seine Schritte auf der Treppe ins Obergeschoss verklungen waren, bevor sie Zach fragte: »Nach wem sollen Sie in dem Häuschen sehen?« Sie dachte an die schwappenden Geräusche, die sie bei ihrem ersten Ausflug in den Garten aus dem kleinen Gebäude gehört hatte. »Hat Victor dort Aquarien stehen?«

Zach schaute kurz von dem Fleischbrocken auf, den er aus dem Kühlschrank geholt hatte. Es war derselbe wie vor zwei Tagen, aber zwischenzeitlich war er mächtig geschrumpft, und Zach machte sich daran, weitere Scheiben von ihm abzuschneiden. »Darüber erkundigen Sie sich am besten bei Master Cunningham selbst.«

Einen Augenblick fühlte sich Lily, als wäre sie in einer Zeitschleife gefangen. Ungeachtet dessen würde sie Zach diesmal nicht so leicht davonkommen lassen. »Wieso können Sie mir das nicht sagen?«

»Weil es Fragen gibt, die ich Gästen nicht beantworten darf«, entgegnete Zach mit kühler Höflichkeit, die bei seinen nächsten Worten von einem warmen, ehrlichen Interesse abgelöst wurde: »Miss Young, vertrauen Sie Master Cunningham etwa nicht?«

»Doch«, sagte Lily reflexartig. Victor war ihr Anker in einer Welt, die quasi über Nacht aus den Fugen geraten war. Dass er zugleich der Auslöser dieser Erschütterung war, trat hinter der Hingabe zurück, mit der er sich nun um sie sorgte. Hätte er sie vor ihren Verfolgern und ihrer Verzweiflung gerettet, wenn es nicht so gewesen wäre, wie er sagte? Dass er sie liebte und dass er sie brauchte, um nicht länger einsam zu sein? Und hätte sie seinem Drängen nachgegeben und sich von ihm in sein Becken tragen lassen, um sich ihm ganz zu öffnen, wenn sie nicht bereit gewesen wäre, diese Hingabe und diese Liebe zu erwidern? »Ich vertraue ihm.«

»Sehen Sie«, sagte Zach. Er zog eine Schublade auf, aus der er einen chromglänzenden Fleischwolf holte, den er an der Arbeitsplatte festzuschrauben begann. »Und weil das so ist, würde es Master Cunningham sehr verwundern, falls er erfahren sollte, dass Sie sich dazu gedrängt sahen, mir Fragen zu stellen, die er Ihnen wahrscheinlich lieber selbst beantwortet hätte.«

Lily schaute zu, wie Zach den Trichter der Maschine füllte und mit gleichmäßigen Bewegungen an der Kurbel drehte, die von großer Erfahrung mit dem Küchenutensil zeugten. Als das Gerät die erste Ladung Gehacktes ausgespuckt hatte, leckte sich Lily die Lippen, weil ihr die Kanapees einfielen, die Victor auf der Fahrt in den Club gegessen hatte. »Wird das unsere Reiseverpflegung?«, sprach der Hunger aus ihr. Der dahinwelkende, kümmerliche Rest ihrer Menschlichkeit rang sich ein schwaches Unbehagen ab wegen dieser flapsigen Formulierung, mit der sie über das redete, was vor nicht allzu langer Zeit einmal ein Mensch gewesen war.

»Sie brauchen keinen Proviant, Miss Young.« Zach rüttelte leicht an der Schüssel unter dem Ausgabestutzen des Fleischwolfs, damit sich das Gehackte besser in dem Behältnis verteilte. »Ich freue mich ungemein für Sie, dass Master Cunningham Sie auf die Jagd mitnimmt und Sie sich bereit erklärt haben, ihn dabei zu unterstützen. Sie werden mit eigenen Augen sehen, dass er das Richtige tut. Das wird ihn sehr, sehr glücklich machen.«

»Wenn Sie meinen …« Lily zuckte mit den Schultern. »Alles, was ich versuche, ist, mich in meiner neuen Situation zurechtzufinden. Ich habe viel zu lernen, und ich habe das Gefühl, dass Victor ein guter Lehrer ist. Abgesehen davon, dass ich sonst niemanden kenne wie ihn, der mir weiterhelfen könnte.«

Schweigend strich Zach das Gehackte in der Schüssel glatt, bevor er sich zu Lily umdrehte und mit ernster Miene sagte: »Tun Sie ihm nicht weh, Miss Young.«

»Was meinen Sie?«

»Master Cunningham ist in der Vergangenheit oft verletzt worden«, erklärte Zach, und er klang dabei, als teilte er den Schmerz seines Herrn über frühere Kränkungen. »Er hat viele Enttäuschungen erleiden müssen. Oh, ich weiß, man merkt es ihm nicht an. Er versteckt es ausgezeichnet, aber er ist wesentlich empfindsamer, als Sie vielleicht denken. Er gehört zu den Persönlichkeiten, die an ihr eigenes Handeln ebenso strenge Maßstäbe anlegen wie an das anderer, und jeder Fehler, den er oder jemand aus seinem direkten Umfeld begeht, ist für ihn ein katastrophales Ereignis, das ihn bis ins Mark trifft. Ich will Ihnen ein Beispiel geben: Die Auswahl der Menschen, die er für ihre Vergehen bestraft, fällt ihm nicht leicht. Er ist nicht blind für die Tatsache, dass er sich zu Richter und Henker in einer Person aufschwingt und dass mit dieser Aufgabe erhebliche moralische Probleme einhergehen. Trotz aller Erkundigungen, die er über eines seiner Opfer einholen lässt, besteht ein Restrisiko, dass er jemanden tötet, der dies unter Umständen doch nicht verdient hat. Das ist die eine Bürde, die Master Cunningham zu tragen hat. Die andere sind die Zweifel angesichts seiner Berufung. Ob er die Schwachen, die er eigentlich schützen möchte, nicht noch weiter schwächt, indem er ihnen das Gefühl verleiht, sie könnten ihre Hoffnungen auf Gerechtigkeit auf das Eingreifen einer höheren Gewalt verlagern. Ob es nicht sinnvoller wäre, ihnen beizubringen, dass letztlich nur sie selbst es sind, die eine nötige Veränderung der Verhältnisse herbeiführen können, um Master Cunninghams Vergeltungsaktionen überflüssig zu machen. Er ist ehrlich genug, um sich mit der Frage zu quälen, ob er mit seiner Jagd auf die widerlichsten Vertreter meiner Spezies am Ende lediglich eine Selbsttäuschung betreibt, um sein eigenes grausames Wesen zu kaschieren. Wenn ich irgendwie könnte, würde ich ihm diese Zweifel alle von der Seele nehmen, doch dafür scheinen Sie um einiges geeigneter, Miss Young.«

Zachs Erläuterungen über Victor und die Art, wie er sich angeblich selbst sah, gingen Lily nicht mehr aus dem Kopf. Noch eine halbe Stunde später, als sie bereits neben Victor auf der Rückbank eines alten, roten Mitsubishi Colts saß, beschäftigte sie sich intensiv mit ihnen.

»So ruhig kenne ich dich gar nicht«, sagte Victor, als Walt, der seine Chauffeursuniform gegen Pulli und Jeans eingetauscht hatte, den Wagen auf einen Motorway-Zubringer lenkte. »Nervös?«

Lily schüttelte den Kopf, schaute aus dem Fenster und fand in der nächtlichen Landschaft von Hertfordshire nichts, woran es sich den Blick länger festzumachen lohnte. Cunningham Manor stand anscheinend irgendwo am Rande des Speckgürtels von London. Dort, wo sich Felder und Wiesen mit kleineren Ortschaften abwechselten, die Menschen anzogen, die von der Hektik der Metropole genug hatten und es sich leisten konnten, ihr den Rücken zu kehren. Ihr Dad hatte immer davon geträumt, nach seiner Pensionierung hier seinen Lebensabend zu verbringen. Das spießige Landhaus, das ihm als Alterssitz vorschwebte, würde Lily jetzt nie zu sehen bekommen.

»Lily?« Victor griff nach ihrer Hand. »Ist alles in Ordnung?«

Sie musterte ihn eingehend. In seiner schwarzen Hose und dem schwarzen, eng anliegenden Longsleeve mit Rollkragen verschmolz er beinahe völlig mit den dunklen Bezügen der Rückbank. Nur sein Gesicht und seine Hände waren deutlich zu sehen, was nicht zuletzt daran lag, dass seine Haut so blass war. Er erinnerte Lily an einen Pantomimen, und sie musste lächeln. Auch wenn seine Vorstellung nicht stumm ablief, so ahmte Victor trotzdem etwas täuschend echt nach: ein Leben, das kein Leben war. Zumindest nicht nach der Definition, die Lily im Biologie-Unterricht gelernt hatte. »Tut mir leid, ich war in Gedanken gerade ganz woanders«, sagte sie.

»Und wo?«

»Ich habe mich darüber gewundert, wie leicht ich alles akzeptiere, was mit mir geschieht.« Sie spürte, wie ihr das Lächeln auf dem Gesicht gefror. »Ich fahre mit dir los, um jemanden zu töten, als wäre es die normalste Sache der Welt. Ich esse Fleisch, obwohl mir dabei vor zwei Wochen noch alles hochgekommen wäre. Ich werde höchstwahrscheinlich niemandem, den ich aus meinem alten Leben kenne, noch mal begegnen, aber wenn ich darüber nachdenke, habe ich den Eindruck, als wäre das kein Verlust. Meine Schwester ist tot, und siehst du? Ich kann diesen Satz sagen, ohne etwas dabei zu empfinden. Als würde ich sagen: ›Schönes Wetter heute‹ oder ›Der Himmel ist blau‹. Wie kann das sein, Victor? Wie kann ich mich so schnell daran gewöhnen, dass jetzt alles anders ist?«

»Reiner Selbsterhaltungstrieb, genährt von deinem unbeugsamen Willen«, sagte Victor leise, sodass seine Stimme über dem Röhren des Motors gerade noch zu hören war. »Obwohl es dir selbst noch nicht vollends bewusst ist, hat dein Verstand begriffen, dass die Verwandlung, die du durchlaufen hast, unumkehrbar ist. Es wäre nutzlos, sich an dem festzuhalten, was vorher war, weil du nicht mehr dorthin zurück kannst. Sobald ein Vogel fliegen gelernt hat, fliegt er. Aber lass dich nicht täuschen. Der Vogel kann nicht ewig fliegen. Ab und zu muss er zurück auf den Boden, ob er will oder nicht. Es werden Momente kommen – dann, wenn du am allerwenigsten damit rechnest –, in denen der Schmerz über den Verlust des Vergangenen sich an dich heranpirscht und gnadenlos zuschlägt.«

Irgendjemand hatte irgendwann etwas ganz Ähnliches schon einmal zu ihr gesagt, aber Lily konnte sich nicht erinnern, wer und wann das gewesen war. Sie ließ diese ungeformte Erinnerung hinter sich zurück wie eines der vielen Schilder am Rand des Motorway.

»In diesen Augenblicken«, fuhr Victor fort, »wirst du dich mehr hassen, als du es dir jetzt vorstellen kannst, weil der Hunger sich mit all seiner Macht den Wurzeln dieser Schwäche entgegenwirft und versucht, die Teile deines Gedächtnisses aufzufressen, die dir Schmerz bereiten. Dagegen musst du dich wappnen, wenn du dich nicht selbst verlieren willst. Und dagegen, dass es dir nicht immer gelingen wird, über den Hunger zu triumphieren.«

»Was für Momente waren das für dich?«, fragte Lily. »Zach

hat gesagt, du wärst schon oft verletzt worden. Meinte er diese Augenblicke, von denen du gerade redest?«

Es zeigte sich, dass sein Untod nichts daran geändert hatte, dass Victor in mancherlei Hinsicht ein typischer Mann war. Wie die meisten Angehörigen seines Geschlechts hätte er sich wohl eher die Zunge abgebissen, als vor einem Zeugen intime Details über sein Gefühlsleben preiszugeben. Lily entging nicht, wie Victor rasch auf Walts Stiernacken schielte, ehe er ihre Hand tätschelte und sagte: »Darüber unterhalten wir uns bei einer passenderen Gelegenheit, wenn du nichts dagegen hast, mein Schatz. Jetzt sollten wir dir lieber endlich verraten, für wen die letzte Nacht seines vergeudeten Lebens angebrochen ist. Der Kerl heißt … Walt, magst du mir auf die Sprünge helfen?«

»Seth Bennet.« Gewissenhaft verringerte Walt das Tempo, mit dem sie die ersten Außenbezirke Londons passierten, als ihn sein Arbeitgeber ins Gespräch holte. »Vierunddreißig Jahre, einssechsundachtzig, neunzig Kilo. Braunes Haar, braune Augen, keine besonderen Kennzeichen.«

»Was hat er getan?«, fragte Lily.

»Er ist ein Serienvergewaltiger, Miss Young, spezialisiert auf junge Frauen mit Migrationshintergrund.« Walt zeigte ungefähr so viel Gefühl wie die Computeransage einer vollautomatisierten Hotline. »In den letzten sechs Monaten hat er fünfmal zugeschlagen.«

»Das kann der Polizei unmöglich entgangen sein«, sagte Lily.

»Bennet ist gerissen. Er nötigt seine Opfer unter Gewaltandrohung zum Sex, trägt dabei aber immer ein Kondom, um kein potenziell belastendes Genmaterial zu hinterlassen. Die Ermittlungen laufen schleppend, was unter anderem darauf zurückzuführen ist, dass Sergeant Bennet die Untersuchungen eigenhändig behindert.«

»Er ist ein Bulle?«

»Korrekt«, schnarrte Walt.

»Woher wissen wir, dass Bennet ein Vergewaltiger ist?«

»Eines seiner ersten Opfer hat ihn an der Stimme wiedererkannt. Da sie als Prostituierte arbeitet, wurde ihrer Aussage kein Glauben geschenkt. Man ging davon aus, dass sie sich an Bennet rächen wollte, weil es bei einer zurückliegenden Konfrontation zwischen ihr und dem Sergeant zu einem Vorfall kam, bei dem sie stürzte und sich den Kiefer brach.« Walt machte eine kurze Pause. »Ich kenne diese Prostituierte, und sie ist als Zeugin in dieser Sache absolut glaubwürdig. Bennet ist ohne jeden Zweifel ein Schwein, das aus dem Verkehr gezogen werden muss, wenn Sie mir diese kleine Entgleisung erlauben.«

»Die Wahrheit braucht keine Entschuldigung«, sagte Victor. Er drückte Lilys Hand. »Und? Teilst du diese Meinung? Hat Bennet genug Unheil gestiftet, um sein Leben verwirkt zu haben?«

Die Lily, deren Herz geschlagen und die geatmet hatte, war weder eine Freundin von Selbstjustiz noch eine Befürworterin der Todesstrafe gewesen, und ihr schwacher Nachhall in der neuen Lily machte sich als Wispern im Grollen des Hungers bemerkbar. »Dass dieser Mann bestraft werden muss, sehe ich ein. Ich bin mir nur nicht sicher, ob das, was er getan hat, rechtfertigt, dass wir ihn umbringen.«

»Walt«, wandte sich Victor an den Hünen auf dem Fahrersitz. »Miss Young benötigt offenbar einige weitere Details, um zu einem endgültigen Urteil zu gelangen.«

»Bennet fügt seinen Opfern Verstümmelungen zu, in der Regel Schnittverletzungen am Oberkörper und im Gesicht. Eine der Frauen, sein letztes Opfer, misshandelte er allerdings im Genitalbereich mit einem abgebrochenen Flaschenhals«, erläuterte Walt nüchtern. »Wenn ihm kein Einhalt geboten wird, ist es nur eine Frage der Zeit, bis er zum ersten Mal tötet.«

Lily schluckte trocken. Sie hoffte, dass es nicht ihr Hunger war, der sie sagen ließ: »Dann retten wir also ein Leben, indem wir ein anderes beenden.«

»Wer weiß, wie viele Leben wir retten?« Nun war es Victor, der das Gesicht zum Fenster wandte. »Wer weiß, wie lange es dauern würde, bis Bennet gefasst wird, wenn wir nichts gegen ihn unternehmen? Oder ob er überhaupt je für seine Taten zur

Rechenschaft gezogen werden würde … Wir tun nur, was getan werden muss.«

Eine Weile herrschte bis auf Walts tiefe Atemzüge Stille im Wagen. Es war beschlossene Sache: Lily würde helfen, einen Menschen zu töten. Schönes Wetter heute. Der Himmel ist blau. Das Letzte war eine Lüge: Der Himmel war pechschwarz. »Wie können wir sicher sein, dass Bennet sich ausgerechnet heute Nacht auf die Suche nach einem neuen Opfer macht?«

»Er hat heute eingekauft«, sagte Walt. »Einen Messerblock und eine Packung Kondome.«

»Er steht unter eurer Beobachtung?«

»Bereits seit einigen Wochen. Ich treffe keine vorschnellen Entschlüsse«, räumte Victor ein. »Andererseits neige ich auch nicht dazu, meine einmal getroffenen Entscheidungen zu revidieren. Mein erster Eindruck hat mich nicht getäuscht: Bennet ist eine verschlagene Bestie, und die Welt wird ein besserer Ort sein, wenn wir ihn zur Strecke gebracht haben.« Er streckte den Arm aus, zog Lily an sich und flüsterte: »Es macht mich unvorstellbar stolz, dass du meine Einschätzung teilst.«

In diesem Augenblick hätte Lily nicht sagen können, ob sie oder ihr Hunger es war, der Victor aufrichtig liebte. Vielleicht spielte es auch keine Rolle, weil diese schmale Grenze in ihrem Innern immer durchlässiger wurde.

Das Ziel ihrer Reise lag in einem Viertel, das dem, in dem sie den Zombie-Club in dem geschlossenen Schwimmbad besucht hatten, zum Verwechseln ähnlich sah. Das war kein großer Zufall, weil alle Viertel mit Sozialwohnungen einander ähnelten: Scheinbar achtlos in die Gegend geworfene Ansammlungen von zweistöckigen Reihenhäusern mit flachen Dächern verfielen im Schatten trister, vielgeschossiger Plattenbauten mit bröckelnden Fassaden. Wenig vertrauenerweckende Fußgängerbrücken, die aussahen, als ob man sie mit einem einzigen beherzten Hüpfer zum Einsturz bringen konnte, spannten sich über die finsteren Schluchten zwischen den Wohnblocks.

Walt parkte den Mitsubishi vor einem Durchgang, der ins unterste Geschoss eines der Blöcke getrieben worden war und in etwa so einladend wirkte wie der Eingang zu einer stillgelegten Mine.

»Da sind wir«, sagte Victor. »Mitten in Bennets Revier. Hast du den Plan noch auf dem Kasten, oder sollen wir ihn noch mal durchgehen?«

Lily schüttelte den Kopf. »Sonderlich kompliziert ist er ja nun wirklich nicht.« Sie küsste ihn auf die kühlen Lippen. »Wir sehen uns gleich.«

Sie stieg aus und machte sich auf den Weg zu dem Durchgang, Das schwankende, schlurfende Torkeln einer Betrunkenen fiel ihr überraschend leicht. Im flackernden Licht einer mit einem engmaschigen Gitter geschützten Neonröhre ließ sie ihren Kopf hin und her rollen und erhaschte die modernen Malereien, mit denen sich die Bewohner dieses Reichs aus zerschlagenen Träumen an den Fliesen verewigt hatten. Gesprühte Gangtags, die schwerer zu entziffern waren als Hieroglyphen. Mit Edding hingekritzelte Sprüche, die einem verrieten, dass Garth Kirkman »Schwänze lutschte« und Meena Karib eine »billige Paki-Fotze« war. Der nach Pisse stinkende Gang mündete in einen Innenhof, in dem aus vereinzelten Aussparungen zwischen den Bodenplatten verkrüppelte Bäume wuchsen. Aus einem geöffneten Fenster im siebten oder achten Stock schepperte aus billigen Lautsprechern ein alter Eurobeat-Track, in den das kurze Aufheulen einer Polizeisirene in der Ferne einstimmte. Woanders kläffte ein Hund und wurde offenbar mit einem Tritt zur Räson gebracht, weil das Gebell urplötzlich in ein Jaulen umschlug. Ein brüllender Mann warf einer Frau namens Debbie vor, sie Schlampe hätte ihm einen Fünfer aus der Hosentasche geklaut. Debbie hielt schrill dagegen, Mick wäre ein Schlappschwanz ohne Eier, bis ein sattes Klatschen und das Klirren von Glas ihre Tirade unterbrach. Ein ganz gewöhnlicher Samstagabend in einer Trabantenstadt voller Untoter einer etwas anderen Art als der, der Lily nun angehörte.

Sie steuerte in Schlangenlinien auf ein Areal in einer Ecke des Hofs zu, das an zwei Seiten von Büschen begrenzt wurde. Dort angekommen, blieb Lily unschlüssig neben einem Sandkasten stehen, der dem Geruch nach zu urteilen in jüngster Zeit auch mehrfach als Katzenklo hatte herhalten müssen. Sie hatte die Wahl zwischen zwei Bänken: eine, aus deren Rückenlehne die oberste Querstrebe herausgebrochen worden war, und eine zweite, an der bislang noch niemand seinen Frust ausgelassen hatte. Sie entschied sich trotzdem für die mit der kaputten Lehne. Zum einen lag sie näher am Gebüsch, zum anderen außerhalb der Insel aus diffusem orangegelbem Licht, das eine einsame Laterne spendete.

Lily machte sich auf der Bank lang und starrte in den Himmel. Jetzt hieß es warten, und ihrem Hunger schmeckte diese Geduldsprobe überhaupt nicht. Sie stellte fest, dass er sich etwas zahmer zeigte, wenn sie die Augen schloss.

Sie wusste nicht, wie viel Zeit verstrichen war, als sie das Rascheln von Blättern und das Schaben von Zweigen auf Stoff hörte. Obwohl ihr Hunger sie antreiben wollte, aufzuspringen und sich auf das zu stürzen, was sich ihr da näherte, verharrte Lily regungslos. Dann zwang sie sich zum Atmen, um die Illusion noch perfekter zu machen – in tiefen Zügen, bei denen sich ihre Brust kräftig hob und senkte, ganz so wie früher. Sie roch zimtig-schweres Aftershave, wie Gottlieb es immer getragen hatte, und scharfen Schweiß.

Ein dünner Streifen Kälte presste sich gegen ihre Kehle. Sie gab dem Drängen des Hungers nach und öffnete die Augen, um endlich ihre Beute zu sehen. Ein vom schwarzen Stoff einer Sturmhaube umrahmtes fremdes Augenpaar blickte ihr entgegen. Der Mann, der hinter ihrem Kopf kniete, schnaubte und murmelte halb knurrend: »Halt still, du Nutte! Sonst mach ich dich erst kalt und fick dich dann. Scheiß Negernutte! Hast du Angst, du Drecksfotze?« Ein Reißverschluss wurde geöffnet, und mit seiner freien Hand schob der Mann die Sturmhaube nach oben, bis sein Mund freilag. Sein Atem stank nach Fisch.

Lilys Hände klammerten sich links und rechts an die Kanten der Bank. Der Hunger in ihr tobte und schrie, unbeeindruckt von dem Messer an ihrem Hals. Wie schmeckten diese kalten, glitschigen Augen wohl? Würde der Mann schreien, wenn sie

sie ihm aus dem Schädel drückte? Würden sie ihr dabei in den Fingern zerplatzen?

»Zieh die Hosen runter! Los!«, keuchte er. Sie konnte seine schiefen Zähne sehen, als er sich etwas dazwischenschob, von dem er eine Ecke abbiss. Der unverkennbare Duft von Gummi und Banane stieg ihr in die Nase. »Hosen runter, du –«

Der Befehl endete in einem überraschten Gurgeln. Der Kopf des Mannes verschwand blitzschnell aus Lilys Blickfeld, die Kühle von ihrem Hals. Es knackte, als bräche jemand einen Stock über seinem Knie durch.

Lily setzte sich auf und schwang die Beine von der Bank.

»Gut gemacht«, lobte sie Victor zischend. Er hielt Bennet fast so, wie man als Helfer in der Not einen Menschen nach einem Unfall aus dem Wrack seines Autos schleifte – nur dass man dabei wohl eher unter die Achseln fasste und nicht um den Hals desjenigen, den man retten wollte. Bennets schlaffe Arme und Beine zuckten schwach. Ein kleines, hartes Stück Fleisch ragte aus seinem Schritt. Victor zog Bennet ein wenig in die Höhe, beugte den Oberkörper seiner Beute nach vorne und kniete sich dann auf ihren Rücken. »Gut gemacht!«

Er zog Bennet die Sturmhaube vom Kopf. Bennet war noch nicht tot, sondern gab ein feuchtes Wimmern von sich. Seine Augen huschten in den Höhlen hin und her, als suchte er verzweifelt nach etwas. Sie kamen erst zur Ruhe, als Victor ihm die Daumen durch die Schädeldecke bohrte. Das Geräusch, mit dem der Knochen barst, ließ Lily an das Knacken einer Hummerschale denken, wenn man versuchte, an die weiße, saftige Köstlichkeit unter dem Panzer zu kommen. Die untere Hälfte von Victors Gesicht tauchte in den geöffneten Schädel ein. Ein schmatzendes, saugendes Schlürfen stachelte Lilys Hunger weiter an. Sie wankte einen Schritt auf die Beute zu. Über den blutigen Rand des Kraters hinweg, aus dem Victor das fraß, was das Ungeheuer Seth Bennet ausgemacht hatte, fiel sein Blick auf sie. Lily zögerte, wartete auf ein Zwinkern, einen Wink, ein Nicken, irgendetwas, um ihr zu zeigen, dass Victor sie wahrnahm und ihr gestattete, an diesem Mahl teilzuhaben. Doch der Victor

Cunningham, den sie kannte, war fort, das listige Funkeln in seinen Augen erloschen und ersetzt von einer zielstrebigen Gefühllosigkeit. Es war der reine, unverfälschte Hunger, der ihr entgegenstierte, ein Tier mit tausend Schlünden, ohne Verstand, ohne Sinn. Wer war dieses Geschöpf? Wozu hatte es sie gemacht?

Der fast vergessene Hauch der alten Lily, der noch durch ihre Seele wehte, nutzte das Zaudern ihrer neuen Inkarnation, um die Kontrolle über den Leib zu ergreifen, in dem beide gefangen waren. Lily drehte sich um und rannte los, so schnell sie nur konnte. Victor hatte gelogen. Er war ein Monster. Ebenso wie sie.

20.09.2009, 12:22

Die straffen Leinen, die quer über die Hauptstraße von Manger gespannt waren, waren noch ungeschmückt. Bald würde sich das ändern, und dann würden sie unter der Last von Hafergarben, Äpfeln, Birnen, Zweigen von Holundersträuchern und all den anderen Beweisen der Fruchtbarkeit durchhängen, die die Alten dem Dorf schenkten. Wenn Ben als Kind unter den behängten Leinen gestanden hatte, war es ihm oft so vorgekommen, als ließen die Alten in ihrer unendlichen Gnade Nahrung auf ihre Schützlinge herabregnen. Doch er war kein Kind mehr. Er war jetzt ein Mann, und er ahnte, dass diese Gaben ihren Preis hatten.

Als er am Kirschbaum im Garten der Cunninghams vorbeiging, dessen Blätter im sanften Wind flüsterten, musste er an Alice denken. Daran, wie sie früher bis hinauf in die Krone geklettert waren, um sich die Bäuche mit den prallsten, saftigsten Früchten vollzuschlagen – ein Auge immer auf das Haus gerichtet, um rechtzeitig vom Baum zu kommen, falls Dougal oder sein Vater sie bemerkten. Das waren schöne Zeiten gewesen, und er bildete sich ein, Alice' Lachen zu hören. Hell und unbekümmert. Er konzentrierte sich auf das Schwappen der Suppe in der Kanne, die er trug, um die Erinnerung zurückzudrängen. Alice war fort. Punkt. Vielleicht hatte sie ein Stück von ihm mitgenommen, aber er konnte es sich nicht erlauben, um sie zu trauern. Zumindest nicht allzu sehr. Ihm waren wichtige Aufgaben anvertraut worden, und zum Glück halfen ihm diese Pflichten, seinen Schmerz über den erlittenen Verlust zu lindern. Eine dieser Pflichten bestand darin, die Fremden mit Essen zu versorgen.

Der Hof von Onkel Roys Werkstatt lag einsam und verlassen da, denn Roy saß um diese Uhrzeit gern im Inn, »um sich den Ölgeschmack aus dem Mund zu spülen«, wie er es nannte. Das war nicht schlimm. Ben kam auch allein zurecht. Er wusste, in welcher Kiste in seiner Werkstatt Roy den Schlüssel für den Verschlag im hinteren Teil der Halle aufbewahrte.

Als er die Tür zu der engen, dunklen Kammer öffnete, in der die Fremden gefangen gehalten wurden, sprang ihn ein widerlicher Gestank an. Die Fremden durften nicht aufs Klo, und inzwischen hatten sich alle drei mehrfach in die Hosen gemacht. Das war aber nur ein Grund für den Gestank. Unter der Schärfe von getrockneter Pisse – Kacke roch gar nicht mehr so schlimm, wenn sie nicht mehr richtig feucht war, wie Ben fand – lauerte ein noch üblerer Dunst. Wie von altem, gammeligem Käse. Daran war der Fuß des fetten Frank schuld. Oder eher das, was davon noch übrig war. Nachdem er Frank in die Kammer geschleift hatte, hatte Roy ihm den Schuh ausgezogen und den Fuß über dem Knöchel mit einem Strick abgebunden. Mittlerweile war er auf das Doppelte seiner ursprünglichen Größe angeschwollen, und die Zehen sahen aus wie kleine Würstchen mit der Farbe überreifer Pflaumen. Der Käsegeruch ging von dem schorfigen Krater aus, wo vorher der große Zeh gewesen war.

»Mama? Bist du das, Mama?«, lallte Frank, als Ben das Licht – eine nackte Glühbirne – anmachte. »Mama, ich glaube, ich habe Fieber. Ich kann nicht in die Schule.« Gestern hatte der Fremde auch so etwas Ähnliches gesagt. Das hieß wahrscheinlich, dass er nicht mehr lange zu leben hatte.

Die Hände und Füße der Fremden waren sorgsam mit schwarzem Klebeband verschnürt, und Roy hatte sie zusätzlich an eines der beiden Metallregale gekettet, in denen er kaputtes Werkzeug, manche Innereien aus ausgeschlachteten Autos und anderen Krimskrams verstaute. »Wenn sie irgendeinen Scheiß versuchen, reißen sie das Regal um und werden unter einer halben Tonne Schrott begraben«, hatte Onkel Roy erklärt. Ben fand das richtig clever.

Nachdem er die Kanne abgestellt hatte, verscheuchte Ben eine Fliege, die von Franks Fuß aufgestiegen war, um ihm um den Kopf zu schwirren. Diese Scheißviecher hatten wirklich ein untrügliches Gespür dafür, wo sie etwas fanden, in das sie ihre Eier legen konnten.

Er ging in die Hocke, um den Deckel der Kanne abzuschrauben. Die Suppe roch lecker. Logisch, Mum hatte sie gekocht, aus einem guten Stück Rindfleisch. Die Fremden mussten bei Kräften bleiben, bis sie geholt wurden.

»Lass uns gehen, Ben«, krächzte Sheila. Sie hatte sich den ersten Tag über heiser geschrien, und jetzt hörte sich ihre Stimme an, als hätte sie mit Rasiermessern gegurgelt. »Bitte. Du musst uns helfen. Bitte, Ben. Bitte.«

Sie probierte das bei jedem seiner Besuche. Ben musterte sie im kalten Licht der Glühbirne. Ihre Oberlippe war vom Kolbenhieb, den sie sich eingefangen hatte, noch immer grün und blau, aber immerhin sah sie nicht mehr aus wie ein aufgedunsener Ballon aus Haut.

»Hilf uns, Ben«, flehte sie weiter.

Er überlegte, ob er ihr erzählen sollte, was beim letzten Mal passiert war, als er versucht hatte, einem Wesen zu helfen, das schon so gut wie tot war. Es war in dem heißen Sommer gewesen, in dem er dreimal hintereinander Sonnenbrand gehabt und Alice ihn mit Spitznamen wie »gekochte Krabbe« oder »Lepra-Ben« aufgezogen hatte. Damals war er sieben gewesen. Oder doch schon acht? Jedenfalls hatte er irgendwann morgens – an einem Tag, an dem Mum mit Dad auf die Weide gefahren war, um die Schlecksteine für die Rinder auszutauschen – im Hinterhof ein Kätzchen entdeckt. Er hatte keine Ahnung, wie es da hingekommen war. Es spielte auch eigentlich keine Rolle. Das Kätzchen lag auf der Seite, mitten in der prallen Sonne, und maunzte jämmerlich. Als es Bens Schatten bemerkt hatte, hatte es das Köpfchen nur ein paar Millimeter angehoben und schwach mit den Hinterbeinen gezuckt. Sein Fell war ganz schlammverkrustet gewesen.

»Das hat keinen Sinn, Sheila«, meldete sich Kev zu Wort. Er lächelte, und weil seine Haut so dunkel war, wirkten seine Zähne weiß wie Perlen. Ben war aufgefallen, dass Kev immer lächelte, wenn er etwas sagte, und manchmal fing er an, laut loszulachen, ohne dass Ben auch nur ansatzweise hätte nachvollziehen können, was der Fremde gerade so unglaublich lustig fand. »Der Junge ist genauso verrückt wie der Rest.«

Ben zog den Löffel aus seiner Arschtasche und begann Sheila zu füttern. Es war ein wenig kompliziert, die Suppe aus der Kanne zu löffeln. Am Anfang hatte er sich noch richtig doof angestellt und die Hälfte verschüttet. Dann hatte er den Dreh raus: Wenn man die Kanne mit der einen Hand leicht kippte, war es viel einfacher.

Trotz ihrer Bettelei – und obwohl die heiße Suppe bestimmt furchtbar an den Resten ihrer abgebrochenen Schneidezähne brannte – schlürfte Sheila sie gierig in sich hinein. Ihre Angst war anscheinend nicht so groß wie ihr Hunger. Während er Sheila ihren Anteil an der Ration verabreichte, dachte Ben darüber nach, was Kev eben gemeint hatte. Wie kam der Fremde darauf, dass Ben verrückt sein könnte? War es verrückt, sich an die Regeln zu halten? Das zu tun, was die Alten und die Erwachsenen ihm sagten? Zum Glück hatte Onkel Roy ihn davor gewarnt, dass die Fremden alles tun würden, um ihn zu verwirren. Dass sie behaupten würden, er wäre verrückt. Dabei war es genau umgekehrt. Dort, wo sie herkamen, wohnten die echten Verrückten. Dort, wo ein Mann mit einem Mann oder eine Frau mit einer Frau zusammenleben durfte, obwohl sie doch keine Kinder in die Welt setzen konnten. Dort, wo die eine Hälfte der Leute dabei zusah, wie die andere Hälfte verhungerte, obwohl es genug zu essen für alle gab. Das war verrückt. Gut, heute würde Ben vielleicht zugeben, dass das, was er mit dem Kätzchen gemacht hatte, auch verrückt war. Aber er war damals nur ein Kind gewesen und das Kätzchen so schmutzig – so schmutzig, dass schon kleine Würmer durch sein Fell krabbelten. Also hatte er es gewaschen – sehr, sehr vorsichtig. Mit dem Wasser aus dem Schlauch.

Sheila nutzte die Pause zwischen zwei Löffeln Suppe für eine Frage, die sie Ben wieder und wieder stellte, wenn er da war. »Warum macht ihr das?«

Da. Das war so eines der Dinge, die Kev anscheinend komisch fand. Er lachte – wie das schrille Meckern einer Ziege –, und als er sich wieder eingekriegt hatte, sagte er: »Wie dumm bist du eigentlich, Sheila? Ich kann dir verraten, warum die das machen. Ich hab's dir doch eben schon gesteckt. Die sind alle komplett wahnsinnig.«

Diese Lüge brachte Sheila immerhin lange genug zum Verstummen, dass Ben sie zu Ende füttern konnte. Eine Weile faselte nur Frank vor sich hin, der immer noch nicht in die Schule gehen wollte und beteuerte, dass es keine faule Ausrede sei, sondern er wirklich Fieber habe. Erst als Ben mit der Kanne zu Kev wechselte, hatte Sheila ausreichend Mut oder Kraft oder Verzweiflung gesammelt, um Ben erneut anzusprechen. »Hast du kein Mitleid mit uns?«

Ben zuckte zusammen. Auch diese Frage stellte sie ihm nicht zum ersten Mal. Bisher hatte er ihr keine Antwort gegeben, aber weil er sich darüber ärgerte, gerade etwas Suppe verkleckert zu haben, die nicht in Kevs Mund, sondern auf seinen Hosen gelandet war, zischte er Sheila eine Erklärung entgegen. »Wir machen das, damit alles so bleibt, wie es ist.« Nun lohnte es sich, dass er sich auf die Prüfung vorbereitet hatte, die ihm vorzeitig abgenommen worden war. »Wir machen das wegen euch, wegen der Menschen draußen. Ihr wärt eifersüchtig und neidisch, wenn ihr erfahren würdet, warum es uns in Manger so gut geht. Warum unsere Ernten so gut ausfallen. Warum unser Vieh so schnell wächst. Ihr hasst die Alten, und die Alten hassen euch. Ihr würdet hierherkommen und uns die Alten wegnehmen. Ihr würdet die umbringen, die der Zeit und dem Tod trotzen, weil ihr nicht begreifen könnt, warum es sie geben muss.« Er spürte einen winzigen Gewissensbiss, weil er streng genommen eine Tat begangen hatte, von der es immer hieß, nur Fremde wären zu ihr fähig. Andererseits hatte Lewis ja erklärt, dass die Sache mit der Alten, die Ben erschlagen hatte, nur ein Versehen gewesen war. Und wenn Lewis das nicht glauben würde, hätte er Ben nie angenommen. Trotzdem wurmte es Ben, dass er dem Dorf Schaden zugefügt hatte. Und dass Alice weniger Glück gehabt hatte als er. Wenn jemand Mitleid verdient hatte, dann doch wohl ihre armen Eltern. Was bildete sich diese Fremde eigentlich ein? »Mitleid? Komm mir nicht mit Mitleid. Eure Leute kannten doch auch keins für die Familie der ersten Alten.

Unsere Erste Mutter hat meinen Vorfahren erzählt, wie es war. Wie eure Vorfahren in die Höhle am Meer gekommen sind und wie sie alle fortgebracht haben. Männer, Frauen und Kinder, um sie in Stücke zu schneiden und sie zu verbrennen. Wo war da das Mitleid?«

Sheila wurde von einem heftigen Zittern geschüttelt. Ihre Ketten klirrten, und das Regal, an das sie gefesselt war, wackelte bedrohlich. »Die Alten?«, wimmerte sie. »Welche Alten? Wovon redest du da? Ben, bitte, ich habe keine Ahnung, wer diese Alten sind. Warum sollte sie irgendjemand von uns dreien umbringen wollen?«

Ben warf einen Blick in die Kanne. Noch vier oder fünf Löffel für Kev. Der Rest war für Frank. Auch wenn er sich dagegen wehrte, sah er ein, dass an Sheilas letzter Behauptung etwas dran sein konnte. Immerhin hatte er selbst bis vor Kurzem auch nicht so genau gewusst, wer die Alten waren. Nein, er durfte diesen Gedanken gar nicht erst weiterverfolgen. Onkel Roy hatte recht. Die Fremden waren gerissen. Sheila log.

»Was habt ihr mit uns vor?«, fragte sie leise.

Kev drehte den Kopf zur Seite, sodass Ben mit dem Löffel den Mund verfehlte und stattdessen nur sein Ohr traf. »Was wohl? Die bringen uns um!«

Ben klemmte sich den Löffelstiel zwischen die Lippen und packte Kev am Kinn, um seinen Kopf wieder nach vorn zu drücken.

»Aber wenn das so wäre, dann würden sie uns hier doch einfach verrecken lassen«, sagte Sheila, als Ben den Löffel gerade wieder aus Kevs Mund zog.

Kev prustete los. Die ganze gute Suppe verteilte sich in dicken Tropfen über Bens Finger und sein T-Shirt. Okay, das reichte. Er ließ Kev lachen und wandte sich Frank zu. Der machte nicht den geringsten Aufstand, als Ben ihm den Rand der Kanne an die Lippen setzte und ihm seine Portion Schlückchen für Schlückchen einflößte. Zugegeben, ab und an ging etwas daneben, doch das war im Fall von Frank nicht mehr so wichtig. Frank war am ehesten wie das Kätzchen im Hof. Nachdem er es gewaschen hatte, war Ben damals zu der Überzeugung gekommen, dass das kleine Geschöpf so schwach war, weil es zu wenig gefressen hatte. Also war er losgerannt, um im Haus nach etwas Futter zu suchen. Bei seiner Rückkehr mit kaltem Hackbraten war das Kätzchen nicht mehr zu sehen. Nur eine Spur aus dunklen Flecken auf der staubigen Erde, der Ben gefolgt war und die ihn in den Schatten an der Hauswand geführt hatte. Dort hatte er das Kätzchen gefunden. Es hatte sich nicht mehr bewegt. All seine Hilfe war umsonst gewesen. Als Mum und Dad von der Weide zurückkamen, hatte Ben geheult wie ein Schlosshund, bis Dad ihm erklärt hatte, dass es nicht schlimm war, wenn Dinge starben. Dass das Kätzchen etwas von sich gegeben hatte, damit die Würmer, die in seinem Fell herumkrochen, leben konnten. So war das mit allem. Das eine starb, damit das andere leben konnte. Das konnten die Fremden natürlich nicht verstehen, denn dort, wo sie wohnten, gab es Leute, die nicht mal mehr Fleisch, sondern nur noch Obst und Gemüse essen wollten, weil sie dachten, sie täten den Tieren damit einen Gefallen. Dabei war es den Tieren bestimmt, gegessen zu werden. Und überhaupt – glaubten diese Leute, die Pflanzen wären weniger wert als die Tiere, nur weil sie keine Augen hatten, aus denen sie einen traurig ansehen konnten, wenn es ans Sterben ging? Das war verrückt. Die Alten, die Menschen, die Tiere und die Pflanzen waren doch alle Teil ein und desselben Kreislaufs aus Geben und Nehmen.

Ben hatte umsonst darauf gehofft, dass Sheila ihn jetzt endlich in Ruhe lassen würde. Kaum hatten ihre Ketten aufgehört zu klirren, fing sie wieder an, ihn zu nerven. Diesmal bemühte sie sich um einen gefassten Tonfall, doch Ben überhörte nicht, dass er nicht mehr als eine schlechte Tarnung für ihre Furcht war. »Hör mal, Ben. Du kannst nichts dafür, dass du in einer Sekte groß geworden bist. Niemand sucht sich seine Eltern aus. Wenn du uns gehen lässt, würden wir sagen, du wärst auch ein Opfer. Dass du nur gehirngewaschen bist, indoktriniert. Das ist gut, weil dich dann kein Gericht der Welt ins Gefängnis stecken würde. Du brauchst keine Angst davor zu haben, was geschieht, wenn wir hier rauskommen.«

Kev kicherte. »Ach, Sheila. Spar dir das. Hast du nie *Kinder des Zorns* gesehen? Am Ende führt der kleine Kerl die ganze Bande an.«

Sheila zeigte sich von diesem rätselhaften Einwurf unbeirrt. »Du sagst es, Kev, Ben ist ein Kind. Minderjährig. Dann bekommt er erst recht mildernde Umstände.«

Ben hatte die Schnauze gestrichen voll von ihrem wirren Gerede. Er schraubte die Kanne zu, richtete sich auf und sagte stolz: »Ich bin kein Kind mehr. Ich bin ein Mann.«

Während Sheila daraufhin in Schluchzen ausbrach, ging er, begleitet von einem neuen Lachanfall Kevs und einem »Danke, Mama, danke!« von Frank, hinaus, machte die Tür zu und sicherte den Riegel wieder mit dem großen Vorhängeschloss. Er war froh, bis morgen früh von den Fremden und ihren Lügen verschont zu bleiben.

Nachdem er den Schlüssel für das Schloss zurück in die richtige Kiste gebracht hatte, lief er nach Hause. Wenn er Gas gab, war er noch rechtzeitig zum Abendessen wieder daheim. Die frische Luft war nach der stickigen, stinkenden Hitze eine echte Erlösung. Er schwang die Kanne an ihrem Henkel über seinem Kopf, um das komische Gerede der Fremden aus seinen Gedanken zu vertreiben. Es klappte hervorragend.

Im Flur begrüßte ihn der Duft von Blätterteig.

»Ich bin wieder da!«, rief er.

In der Küche war der Tisch bereits gedeckt. Er quetschte sich an Mum vorbei, die ein Blech Pasteten aus dem Backofen holte, und stellte die Kanne in der Spüle ab. Eigentlich waren es noch gar keine echten Pasteten, sondern nur die Teighüllen, die auf ihre besondere Füllung warteten, aber er schnupperte trotzdem daran. Köstlich. Er konnte es kaum fassen, dass er beim Erntefest zum ersten Mal in seinem Leben erfahren würde, wie die Füllung schmeckte, die im Haus der Alten vorbereitet wurde. Nur die Erwachsenen durften davon essen. Jeder drei Pasteten.

»Häng die Nase da nicht so dicht ran!«, knurrte Dad.

»Schon gut«, gab Ben zurück, setzte sich und stopfte sich einen Streifen gebratenen Speck in den Mund.

»Wir müssen reden«, verkündete Dad.

Ben schluckte. Das letzte Gespräch mit seinen Eltern vorgestern war ihm noch in bester Erinnerung. Dad hatte ihm eine gescheuert, dass ihm die Backe noch Stunden später brannte, aber hatte er nicht versprochen, das wäre die letzte Ohrfeige, die er ihm verpassen würde? Verdient hatte er sie sich. Mum war völlig in Tränen aufgelöst gewesen, als er nach der Festsetzung der Fremden unversehrt wieder zu Hause aufgetaucht war. Er hatte seinen Eltern nicht solche Sorgen bereiten wollen, und wenn er die Zeit hätte zurückdrehen können, hätte er Alice davon abgehalten, ins Haus der Alten einzusteigen. Das war nun, da er sie gesehen hatte und an ihrer Existenz nicht mehr zweifeln konnte, natürlich leicht gesagt, doch es war die Wahrheit.

»Ich habe dir schon gesagt«, hob Dad an, »dass wir stolz darauf sind, dass dich Lewis angenommen hat. Nicht unbedingt auf die Art und Weise, wie es dazu gekommen ist, aber jedes Wort dazu wäre eines zu viel.«

»Und wir erwarten übrigens, dass du beim Erntefest zu den Owens gehst und dich bei ihnen entschuldigst.« Mum hängte ihre Backhandschuhe an einen der Haken über der Anrichte. »Dein Vater und ihr Vater sind nicht die besten Freunde, aber wir sind anständige Leute, und anständige Leute sind höflich zueinander.«

Ben nickte stumm. Warum mussten sie über Alice reden?

»Du hast dich bewiesen«, fuhr Dad fort, »und nach allem, was ich von Roy gehört habe, kommst du deinen neuen Pflichten erstklassig nach. Allerdings …« Er runzelte die Stirn auf so merkwürdige Art wie damals, als er Ben eröffnet hatte, was ein Mann und eine Frau zu tun hatten, um ein Kind zu machen. »Deine Prüfung ist noch nicht abgeschlossen.«

Ben spürte, wie sich seine Nackenhaare aufrichteten, und plötzlich wurde es ihm in der Küche trotz des warmen Ofens empfindlich kühl.

»Der wichtigste Teil steht dir noch bevor, mein Sohn.« Dad stand auf und zog sich Hemd und Unterhemd auf einmal aus der Hose. Dann drehte er sich um, krempelte den Stoff hoch und zeigte eine runde Stelle über seinem Hosenbund, eine Handbreit neben seinem Rückgrat, wo die Haut zu einer erhabenen Schicht aus blassem Narbengewebe verwachsen war. »Kennst du die noch?«

»Ja.« Ben sah seine Eltern selten nackt, aber vor ungefähr zwei Jahren, als er über Wochen einen schlimmen Durchfall gehabt hatte, hatte er einmal auf der Schüssel gesessen, während Dad unter der Dusche stand. Damals war ihm die Narbe aufgefallen und er hatte wissen wollen, woher Dad sie hatte.

»Die hast du dir geholt«, antwortete er jetzt, »als du Onkel Roy in der Werkstatt geholfen hast. An einem Rohr mit scharfen Rändern, gegen das du gestolpert bist.«

»Zeig ihm deine, Rona«, forderte Dad Mum auf. Sie löste den Knoten ihrer Kochschürze und raffte ihre Bluse, bis ihr Bauchnabel freilag. Anschließend wandte auch sie Ben den Rücken zu. Erschrocken hielt Ben den Atem an. Sie hatte auch so eine Narbe. Fast an der gleichen Stelle, nur ein Stückchen kleiner. Ben glaubte nicht, dass sie gegen das gleiche Rohr gestolpert war wie Dad.

»Du hast gesagt, du hättest für Lewis das Lied von der Ersten Mutter gesungen.« Dad brachte seine Klamotten wieder in Ordnung. »Gib, damit du nehmen kannst. Nimm, damit du geben kannst. Das gilt für uns genauso wie für die Alten. Nur, dass wir etwas von uns nehmen, um es ihnen zu geben. Das ist nur gerecht.«

»Und es ist ein Versprechen, dass wir bereit sind, den Alten auch das letzte Opfer zu bringen, wenn es so weit ist«, erläuterte Mum. Sie lächelte, aber es sah nicht sonderlich fröhlich aus. »Dass wir unseren Leib in ihr Haus bringen lassen, wenn unsere Seele erloschen ist, damit sie sich an uns nähren können.«

Die Besorgnis in ihrer Stimme gefiel Ben ganz und gar nicht. »Warum machst du so ein Gesicht, Mum?«

»Weil wir dich nicht belügen wollen, Ben.« Dad beugte sich über den Tisch, und Ben hatte schon Bedenken, dass sein Vater das Versprechen in Sachen Ohrfeigen nicht einhalten würde. Sein Kopf ruckte nach hinten, aber der erwartete Schlag kam nicht. Statt ihm eine zu zimmern, streichelte ihm Dad mit den Fingerknöcheln sanft über die Wange. »Das Schneiden wird wehtun. Keine Liebe ohne Schmerz, kein Schmerz ohne Liebe.«

Das war aus einem anderen Lied, das Ben für die Prüfung gelernt hatte, ohne zu verstehen, was es zu bedeuten hatte. Nun war er schlauer.

Mum stellte sich hinter ihn und strich ihm übers Haar. »Du musst ganz still liegen bleiben, wenn sie dich schneiden, hörst du? Auch wenn es wehtut. Kannst du das?«

Ben legte den Kopf in den Nacken. Es tat gut, sie so nah bei sich zu spüren. »Ich versuch's.«

Sie küsste ihn auf die Stirn und wisperte: »Kenny hat das nicht geschafft.«

Ben blinzelte verwirrt. Mum und Dad hatten etwas zustande gebracht, was den Fremden nicht gelungen war. Er wusste nicht mehr, was richtig und was falsch war. Hatte Lewis nicht erwähnt, dass Kenny die Prüfung nicht überlebt hatte, weil die Alte, die von Bens verzweifeltem Hieb mit dem Kerzenständer erschlagen worden war, seinen Bruder zu tief geschnitten hatte? Hatte er deshalb nicht von so etwas wie ausgleichender Gerechtigkeit gesprochen? Oder hatte Ben ihn missverstanden? Ja, das musste es sein. Es war völlig undenkbar, dass die Alten ihre Schützlinge belogen. Sie liebten sie doch. So sehr, dass es wehtat. Ein bisschen so, wie Ben Alice geliebt hatte. Und wen man liebte, dem sagte man auch immer die Wahrheit. Oder nicht?

So oder so hatte Ben fest vor, beim Schneiden tapfer zu sein. Er wollte auf keinen Fall als Strähne in dem Album aus Mums Nachttisch enden.

20.09.2009, 14:06

Als er vor Bille stand, fragte sich Gottlieb unwillkürlich, ob die Oberste Seherin jemals schlief. Den Ringen unter ihren Augen nach zu urteilen nicht, und der Sonntag war ihr ebenfalls wenig heilig. Er sah ein, dass es wichtig war, die Station unter der Gärtnerei rund um die Uhr besetzt zu halten, aber er bezweifelte, dass Billes ständige Anwesenheit zwingend erforderlich war. Vielmehr wurde er den Verdacht nicht los, dass Bille bei allem auf Rebellin getrimmtem Äußeren im Grunde ihres Herzens einfach ein schlimmer Kontrollfreak war. Komisch, dass sie sich mit seinem Vater nicht verstanden hatte. »Du wolltest mich dringend sehen«, sagte Gottlieb.

Die einzige Antwort, die er sofort bekam, war das Klickern und Klacken der skurrilen Gerätschaften in den Nischen des Gewölbes, das Schaben von Mäusen auf Mauspads, das Summen der Rechner und Monitore und das hektische Tippen auf Tastaturen. Es hatte etwas Beruhigendes, dass hier in der Station alles seinen gewohnten Gang ging. Es hatte ihn einige Überwindung gekostet, auf Billes Nachricht zu reagieren. Nach seinem letzten Besuch am Arbeitsplatz des Auges des Lebens hatte er von Lilys Tod erfahren. Er konnte nur hoffen, dass das kein schlechtes Omen für sein heutiges Erscheinen war. Vorsorglich hatte er Nicole daheim gelassen und war selbst gefahren.

»Hast du mich gehört?«, erkundigte er sich bei Bille.

Sie hatte die Lippen zusammengekniffen und fixierte einen Punkt irgendwo über ihm an der Decke. »Hab ich. Ich bin nicht taub. Nur hundemüde.«

»Das tut mir leid. Wenn es gerade nicht passt, schau ich später noch mal rein.«

»Red keinen Scheiß.« Die Seherin massierte sich die kahl rasierten Schläfen. »Ich hab dich herbestellt, also kann ich dich schlecht wieder wegschicken. So was lassen wir gar nicht erst einreißen. Außerdem hab ich was für dich zu tun.«

»Schön.« Gottlieb meinte es ernst. Alles, was ihn davon ablenken konnte, in seinem neuen Arbeitszimmer herumzusitzen, in den Unterlagen seines Vaters zu stöbern und Rachephantasien, die kindisch und kontraproduktiv waren, nachzuhängen, war ihm nur allzu recht. Der Wandler, der Lily infiziert hatte, trieb sich wahrscheinlich irgendwo in London herum, und ihn ohne nähere Hinweise auf sein Versteck in einer Stadt aufzuspüren, in der mehr als zehnmal so viele Menschen wie in Frankfurt lebten, war ein hoffnungsloses Unterfangen. Das war keine Nadel im Heuhaufen, sondern ein ganz bestimmtes Sandkorn in der Sahara. Nein, er musste darauf hoffen, dass der Wandler irgendwann irgendeinen Fehler beging und als besonders heller Punkt auf dem mystischen Radar einer der Überwachungsstationen seiner Familie auftauchte.

Bille führte ihn zu einer der Nischen. Es war die mit dem komischen, altmodischen Globus, auf den eine Flüssigkeit tropfte. Zumindest dann, wenn der Apparat in Betrieb war, denn momentan rührte er sich nicht. Als er unmittelbar davorstand, bemerkte Gottlieb einen strengen Geruch nach ranzigem Fett und altem Maschinenöl, wie in einer Autowerkstatt, in der jemand eine Friteuse aus einem versifften Imbiss ausgeleert hatte.

»Siehst du diese Verhärtung?« Bille sprach von einer Stelle auf dem Globus, wo das Zeug, das ansonsten aus dem Kolben triefte und sich in dünnen Bahnen über die eingeritzten Kontinente und Meere ergoss, zu einem hässlichen Knubbel geronnen war, der Ähnlichkeit mit der Spitze eines eitrigen Pickels hatte.

»Ich bin nicht blind. Nur kein Experte für Requisiten aus einer *Frankenstein*-Verfilmung«, sagte Gottlieb, um Bille zu beweisen, dass er genauso gut austeilen konnte wie sie. »Was ist das überhaupt für ein Kram, den ihr da drüberkippt?«

Sie hob den Kopf und funkelte ihn grimmig an. »Ganz sicher, dass du das wissen willst?«

»Ich stelle nur Fragen über Sachen, die mich wirklich interessieren.«

»Deine Entscheidung, Bohnenstange.« Sie seufzte gequält. »Sag hinterher bitte nicht, ich hätte dich nicht gewarnt.«

»Genug Melodramatik für heute, Mutter Beimer.«

»Wie du willst. Ich versuche, es so simpel zu erklären, wie es eigentlich nicht ist, okay? Stell dir vor, Wandler funktionieren wie Schwämme. Sie entstehen an Nahtstellen und saugen die Energien des Dunklen Bruders, die dort austreten, in sich auf. Deshalb laufen sie auch noch durch die Gegend, obwohl sie tot sein müssten. Warum nur manche Leute, die in der Nähe einer Nahtstelle sterben, zu Wandlern werden und andere hübsch brav vor sich hin gammeln, ohne irgendwelche Spirenzchen zu machen, weiß keiner mit absoluter Gewissheit. Es sind da ein paar Theorien im Schwange von wegen genetische Prädisposition oder seltene Sternenkonstellationen oder einer speziellen Affinität bei den Menschen, die durch ihr Verhalten besonders empfänglich für die Energien werden. Früher nannte man das noch Sünder. Egal. So weit alles klar?«

Gottlieb spielte ernsthaft mit dem Gedanken, die Hacken zusammenzuknallen, zu salutieren und »Jawohl, Frau Oberst!« zu rufen, beließ es dann aber doch bei einem knappen Nicken. Es war alles in allem nicht unsympathisch, wie Bille die manchmal schwer verkopfte Metaphysik, die als Erklärungsmodell für die Existenz der Wandler und anderer außergewöhnlicher Phänomene herhalten musste, auf ein verträgliches Maß herunterkochte.

»Gut. Dann also weiter im Text. Vieles deutet darauf hin, dass die Energien, die die Wandler antreiben, aus einer gemeinsamen Quelle stammen und dass sie deshalb alle in gewisser Weise miteinander in Verbindung stehen. Wie bringe ich dir das bei?« Sie runzelte einen Moment die Stirn. »Stell dir einen Wassertropfen vor, der in einem Fluss aus den Bergen bis hinunter ins nächste Meer gereist ist. Man kann es vielleicht nicht mehr sehen, aber der Tropfen kann nichts daran ändern, dass er mal Teil des Flusses war. Er bleibt mit ihm verbunden. Schon mal was von Verschränkung gehört?«

»Nur von Beschränkung«, räumte Gottlieb ein.

»Quantenmechanik ist nicht deine Stärke, hm?« Sie grinste unverschämt. »Keine Angst, ich bin ein ausgezeichneter Telefonjoker. Das Prinzip ist relativ unkompliziert. Sobald zwei Systeme miteinander in einer Wechselwirkung gestanden haben, muss man sie als ein Gesamtsystem betrachten. Der Zustand dieses übergeordneten Systems lässt sich als Zusammensetzung der Zustände der beiden Teilsysteme beschreiben. Die zwei ursprünglichen Systeme sind – Trommelwirbel – verschränkt. Jetzt kommt die spannende Ergänzung: Sie bleiben auch dann verschränkt, wenn der Zeitpunkt der Wechselwirkung sehr lange zurückliegt und die beiden Systeme inzwischen räumlich weit voneinander entfernt sind. So, wie wenn man nach einer Scheidung noch Unterhalt zahlen muss, obwohl man nichts mehr miteinander zu tun haben will. Die Systeme beeinflussen sich einfach weiter.« Sie musterte Gottlieb einen Augenblick forschend. »Ja, so ein Gesicht wie du hat auch der gute Einstein gemacht. Weil dieses Prinzip der Beeinflussung ein winzig kleines bisschen nicht zu unserer gängigen Vorstellung von Wirklichkeit passen will.« Mit Daumen und Zeigefinger markierte sie den vermeintlich lächerlichen Grad der Erschütterung, die dieser erstaunliche Sachverhalt im Denken eines Menschen auslösen konnte. »Für uns ist es jedoch Gold wert.«

»Jetzt weiß ich immer noch nicht, was das für ein Kram in dem Kolben ist«, warf Gottlieb ein.

»Oh, richtig. Kommen wir zurück zu unserer Metapher von Wandlern als Schwämme.« Sie hielt ihm die Hand unter die Nase und ballte die Finger langsam zur Faust. »Was sie aufgesaugt haben, kann man auch wieder aus ihnen herausquetschen. Es darf nur nicht zu viel Zeit zwischen ihrem endgültigen Ableben und dem Auspressen liegen. Die Energien verflüchtigen sich rasch. Wie billiges Parfum. Ist man schnell genug, kann man die Überreste der Wandler quasi abkochen und den Sud auf eine Essenz reduzieren.«

»Gut, dass ich nichts zu Mittag gegessen habe«, sagte Gottlieb. »Das zähe Zeug ist quasi so was wie Schnaps aus Leichen?«

»Eher eine Art Fonds oder Gelee aus ihrem Fleisch und ihren Knochen.«

»Wo kriegen wir die Wandler her?« Gottlieb begann zu erahnen, was es mit einer merkwürdigen Formulierung auf sich hatte, die ihm bei einigen Einsatzprotokollen aufgefallen war: *Es bot sich eine Möglichkeit zur Überstellung der Überreste für eine spätere Verwendung.*

»Ihr beliefert uns damit. Teilweise schafft ihr totes Rohmaterial heran, teilweise fangt ihr Wandler, tja, ich sag mal ›lebend‹ ein. Wenn ihr die aus der zweiten Gruppe nicht mehr braucht, kriegen wir sie.«

Gottlieb schaute zum Kolben über dem Globus. Es löste alles andere als tiefe Zufriedenheit in ihm aus, als er realisierte, dass die drei Wandler, die er im Gehege in Königstein erlöst hatte, unter Umständen bereits weiterverarbeitet worden waren.

»Ich weiß, was du denkst«, erklärte Bille. »Du findest es grausam und menschenverachtend. Wir machen das nicht aus Spaß. Wir machen das, um Menschen zu retten. Die Essenz hat genügend gebündelte Energien in sich, um uns ab und an zu verraten, wo gerade ein neuer Wandler entstanden ist. Wenn wir sie nicht hätten, müssten wir noch mehr herumraten und im Dunkel herumstochern, als wir es ohnehin schon tun. Ich tüftele übrigens gerade an einer tragbaren Variante dieses Apparats. Mir schwebt da eine Größe vor, die sich bequem in einem Koffer oder einer Reisetasche transportieren lässt. Da bin ich leider noch in der frühen Testphase.« Sie zeigte auf den kleinen Hügel aus geronnener Wandleressenz. »Zu dieser Verhärtung kam es schon am Donnerstag, aber ich wollte auf Nummer sicher gehen. Außerdem warst du da gerade nicht greifbar. Nach allem, was mir die Vögelchen gezwitschert haben, hast du dich erstklassig geschlagen. Respekt.«

»Danke.« Wunderbar. Wenn sich die Nachricht von seiner Heldentat so schnell verbreitete und seine Leute ihn nun nicht als Totalversager betrachteten, hatte die Aktion am Ende doch noch etwas gebracht – außer dass er jetzt Bescheid darüber wusste, wie es sich anfühlte, völlig die Kontrolle über sich zu verlieren und einem Wandler mit einem Stein den Schädel zu Brei zu schlagen.

»Während du dich von deinen schlimmen Strapazen erholt hast«, fuhr Bille mit spöttischem Unterton fort, »kam mein nächstes Signal.«

»Signal?«

»Ich saß gerade auf dem Topf und hatte plötzlich brutale Kopfschmerzen.« Wenn es für Bille eine Hemmschwelle für Details aus ihrer Intimsphäre gab, war dieser Punkt offenbar noch lange nicht erreicht. »Und wenn ich brutal sage, meine ich auch brutal. Ich kann von Glück reden, dass ich nicht von der Schüssel gerutscht bin. Als ob mir einer einen glühenden Holzscheit durchs Auge in die Birne drückt. Ich hab wirklich gedacht, ich werde ohnmächtig. War dann aber doch nicht so.« Sie schob den Ärmel ihrer Kapuzenweste hoch. »Als ich wieder einigermaßen bei mir war, hab ich das hier gefunden.«

Sie hielt Gottlieb den Arm hin, damit er den Bluterguss besser sehen konnte, der in allen Farben des Regenbogens auf dem sehnigen Muskelstrang unter ihrem Ellbogen prangte. Er besaß eine ungewöhnliche Form, denn er beschrieb einen Ring mit unregelmäßigen, leicht gezackten Rändern um ein Areal von der Größe einer Backpflaume herum, wo die Haut unbeschadet geblieben war.

»Ist das das, wonach es aussieht?«, fragte Gottlieb.

»Der Nachhall eines Bisses, den sich irgendeine arme Sau abgeholt hat«, antwortete Bille.

»Wie geht das?«

Gottlieb rechnete mit einer weiteren Verquickung von Quantentheorie und Wandlerkunde, doch Bille meinte bloß: »Es hat seine Risiken, für gewisse Schwingungen empfänglich zu sein. Das Leben als Seherin ist kein Urlaub auf dem Ponyhof.«

»Verstehe.«

»Ich erspar dir die anderen auf meinem Rücken.« Bille bedeckte das Abbild einer Verletzung, die sich eine andere Person an einem gänzlich anderen Ort zugezogen hatte, wieder und widmete ihre Aufmerksamkeit erneut dem Knubbel auf der Weltkugel. »Es kam von dort.«

Gottlieb beugte sich über den Globus und fühlte eine schwache Hoffnung ihr kränkliches Haupt heben, als er feststellte, auf welchem Teil der Miniaturerde sich der Hügel gebildet hatte. »Ist das England?«

Bille schüttelte den Kopf. »Nein, Schottland. Deine Rache wird warten müssen.«

Gottlieb schürzte die Lippen. Sein bestandener Test war offenbar nicht die einzige Information, die von seinen Leuten untereinander weitergegeben wurde. »Schottland, ja? Wie genau könnt ihr das orten?«

Bille deutete mit dem Daumen über ihre Schulter zu einem Apparat in einer anderen Nische. »So genau, wie der Stanzer da es uns ermöglicht. Er spuckt ständig Koordinaten von Nahtstellen aus, und je tiefer die Abdrücke im Papier sind, desto heftiger ist die Aktivität vor Ort.«

Der Stanzer war das an eine Schreibmaschine erinnernde Gerät, an dessen klackernden Hebeln spitze Zähne saßen und das Gottlieb schon bei seinem letzten Aufenthalt ins Auge gesprungen war. Dank Billes Ausführungen über die Verbindung zwischen den Energien des Dunklen Bruders und den Wandlern hatte er nun eine vielversprechende Hypothese, aus welchen Kiefern die Zähne gebrochen worden waren.

»Es passt alles«, stellte Bille fest. »Da liegt mit an Sicherheit grenzender Wahrscheinlichkeit eine alte Nahtstelle, die kurz vorm Aufreißen steht. Und falls das passieren sollte, dann heißt es: ›Gute Nacht, schöne Gegend!‹. Wie beim letzten Mal.«

»Und wann war das, dieses letzte Mal?«

»Läuten beim Namen Sawney Bean bei dir die Glocken?«

»Fehlanzeige.«

»Anfänger.« Bille verdrehte die Augen. »Da muss Frau Prawdawik wieder die Geschichtslehrerin spielen. Vor rund fünfhundert Jahren sind im Südwesten Schottlands immer wieder Reisende verschwunden. Nicht nur so eine Handvoll, sondern im Lauf der Zeit ganze Massen. Nach ein paar Jahrzehnten ist ein Typ davongekommen und hat erzählt, er und seine Liebste wären von verwilderten Gestalten angegriffen worden. Seine Herzensdame hätte es leider nicht geschafft und wäre vor seinen Augen vom Pferd gerissen und regelrecht ausgeweidet worden. Kennen wir ja zur Genüge, solche Geschichten. Jedenfalls hatte der örtliche König die Schnauze voll und schickte endlich einen Suchtrupp los, um die Vermisstenfälle aufzuklären. Und was finden die tapferen Ritter? Eine Höhle in der Nähe des Meers, in der eine Sippe haust, die Menschen frisst. Komplett mit Räucherhaken an der Decke und Fässern mit Essig und Salz, in denen man sich die schmackhaftesten Stücke für schlechte Zeiten haltbar gemacht hat. Die Männer des Königs haben die ganze Bande eingesammelt und öffentlich hingerichtet. Den Kerlen haben sie die Arme und Beine abgeschlagen, um sie verbluten zu lassen. Die Weiber mussten dabei zusehen, bevor man sie auf dem Scheiterhaufen verbrannt hat. Der Kopf dieses sympathischen Clans, der angeblich so um die tausend Unschuldige verspeist hat, hörte auf den Namen Sawney Bean. Ende der Lektion. Für die richtige Interpretation muss man kein Genie sein.«

»Ein Wandler mit ausreichender Restpersönlichkeit, um eine Gruppe anderer Untoter um sich zu scharen«, versuchte es Gottlieb. »Die Höhle, in die sie sich verkrochen haben, ist die Nahtstelle, die wir suchen.«

»Nicht schlecht. Eine Zwei plus, würde ich sagen.« Bille stellte sich auf die Zehenspitzen und klopfte ihm in spielerischer Anerkennung auf die Schulter. »Leider ist die Quellenlage echt beschissen, und das stellt uns vor ein Problem. Kein Mensch weiß mehr, wo die Höhle genau lag, und jedes zweite Dorf in der Ecke behauptet, seine Höhle wäre die richtige, um Touristen an den Arsch der Heide zu locken. Die Höhle von Sawney Bean lag am Meer, das war aber nur der Eingang zu einem weitläufigeren System, und irgendwo weiter landeinwärts, in der Heide, gab es einen weiteren Eingang, einen Spalt im Boden. Wenn es stimmt, was man sich erzählt. Ihr werdet keine andere Wahl haben, als die Ortschaften einzeln abzuklappern.

Ich habe dir eine Akte mit den wichtigsten Fakten und Hinweisen zusammengestellt.«

»Womit ist an der Nahtstelle deiner Einschätzung nach zu rechnen?«, wollte Gottlieb wissen. Er wehrte sich dagegen, doch der lange unterdrückte Zorn in seinem Innern, der sich im Gehege anscheinend nur bedingt ausgetobt hatte, freute sich schon auf die Reise.

»Womit man da rechnen muss? Mit dem Schlimmsten.« Bille rieb sich den Arm und sah Gottlieb merkwürdig an – ein bisschen wie eine Mutter, deren Sohn stolz davon berichtete, wie er sich freiwillig für einen Einsatz in Afghanistan gemeldet hatte. »Du willst selbst da hin, richtig? Ich will dir nicht die Stimmung verhageln, aber drei tote Wandler machen noch nicht den Terminator aus dir.«

»Schon klar. Ich habe allerdings auch nicht vor, da als Ein-Mann-Armee einzufallen.« Er grinste. »Wozu habe ich denn meine erfahrenen Leute? Und du glaubst nicht im Ernst, dass Nicole mich so ein Ding allein durchziehen lassen würde.«

»Chef?«, fragte Bille leise und fand mit einem Mal etwas höchst Interessantes unter ihren Fingernägeln.

»Ja?«

»Das mag sich jetzt komisch anhören, wenn man bedenkt, was wir so treiben, aber es gibt da einen alten Spruch unter uns Sehern, an dem echt was dran ist.« Sie atmete tief durch. »Wer den Tod sucht, findet ihn auch. Egal, wie viele Wandler du in Schottland erledigst, bringt dir das deine Freundin auch nicht wieder zurück.«

»Hast du mit Nicole geredet?« Gottlieb hatte sich noch nicht entschieden, ob er wütend oder gerührt sein sollte.

»Mach in Schottland keinen Fehler«, wich Bille aus. »Ich mag dich, auch wenn ich eine seltsame Art habe, es zu zeigen. Ich stehe auf die aufmüpfigen Jungs, und ich habe mir sagen lassen, dass du immer versucht hast, deinem Alten ordentlich auf die Nüsse zu gehen. Außerdem habe ich keinen Bock, mich schon wieder auf einen neuen Boss einzustellen, und schon gar nicht auf so einen Schleimscheißer wie deinen Bruder.«

»Musst du nicht.« Er senkte seine Stimme, damit ihn die anderen Seher in der Station nicht hören konnten. »Du hast recht. Es bringt mir Lily nicht zurück. Aber es macht es mir leichter, sie zu vergessen. Bis zu dem Tag, an dem du mir mit deinen Maschinen sagst, wo ich den Wandler finde, der sie auf dem Gewissen hat. Dann werde ich den Tod suchen und ihm zeigen, dass sogar er sterben kann.«

20.09.2009, 15:23

»Lass uns über das reden, was bei der Jagd vorgefallen ist.«

Der Augenblick, vor dem Lily sich seit ihrem kleinen Aussetzer in London fürchtete, war gekommen. Der Korbstuhl unter ihr knarrte protestierend, als sie sich zurücklehnte und den Blick von den Büschen im Garten zu Victor wandern ließ. Er saß mit locker übereinandergeschlagenen Beinen da, doch die Art, wie er mit unruhigen Fingern an der Knopfleiste seines Hemds spielte, verriet Lily, dass auch ihm das Thema nicht gerade angenehm war.

»Du hast sehr erschüttert gewirkt, nachdem wir Bennet gestellt haben«, sagte Victor. Er lächelte verhalten. »Walt hat sich schreckliche Sorgen gemacht, als wir kreuz und quer durch die Gegend gefahren sind, um nach dir zu suchen.«

»Wegen der Leiche im Kofferraum?«

Sein Lächeln wurde breiter. »Unfug. Er hatte Angst, wir würden dich vielleicht nicht mehr wiederfinden. Was war da los, Lily?«

Sie kniff die Lippen zusammen und blinzelte gegen die Nachmittagssonne an. Lohnte es sich, ihm die ganze Wahrheit zu verraten? Dass sie beim Anblick, wie er seinem Opfer das Hirn aus dem Schädel fraß, schlagartig von der Angst gepackt worden war, seine gesamte Persönlichkeit könnte nur eine Fassade sein, hinter der eine Bestie lauerte? Und dass es bei ihr vielleicht am Ende genauso war? »Ich hatte gedacht, ich würde wissen, worauf ich mich einlasse. Nachdem ihr mir erzählt habt, was Bennet auf dem Gewissen hat, meine ich. Ich lag falsch. Das, was wir mit ihm gemacht haben, war grausam.«

»Grausam, ja.« Victor nickte. »Aber trotzdem nötig. Ich hoffe, das hat keine Auswirkungen auf uns beide. Darauf, wie du mich siehst.«

»Nein, hat es nicht.« Auch hier sah die Wahrheit ein wenig anders aus, doch wie hätte Lily ihm beschreiben sollen, was es mit ihr angestellt hatte, ihn so hemmungslos und blutrünstig wie ein wildes Tier zu sehen? Dass sie sich mit dem Gedanken daran quälte, was wohl geschehen würde, wenn sie jemals seinen Zorn erregte und diese Seite an ihm – dieses Bestialische, das weder Freund noch Feind, sondern nur die Befriedigung einer unmenschlichen Gier kannte – sich gegen sie wandte? Und trotzdem war sie noch davon überzeugt, dass das, was sie für ihn empfand, Liebe war. Sie wollte verstehen, warum er tat, was er tat. Wenn sie lernte, ihn zu verstehen, lernte sie womöglich, sich selbst zu verstehen. »Wie bist du zu dem geworden, was du bist?«

»Reich und unwiderstehlich?«, versuchte er es mit einem Scherz, doch sie konnte in seinen Augen sehen, dass er verstanden hatte, worauf ihre Frage abzielte. Er wand sich wie ein Wurm am Angelhaken und schirmte die Augen mit der Handfläche ab, um in eine der hinteren Ecken des Gartens zu spähen. Danach rieb er sich die Stirn, als müsste er einen heftigen Kopfschmerz vertreiben. »Lily, ich bin unter Umständen aufgewachsen, die dir fremd und exotisch erscheinen werden.«

»Ich war dabei, mir meinen Doktor in Anthropologie zu verdienen. Schon vergessen?«

»Richtig. Na gut, wenn ich es dir nicht unbefangen erzählen könnte, wem dann?« Er straffte die Schultern. »Ich bin in einem kleinen schottischen Dorf geboren, mitten in der Provinz. Sehr klein, sehr abgeschieden.« Diesen Teil seiner Vergangenheit kannte sie bereits, viel mehr aber auch nicht. »Die Bewohner dieses Dorfes leben in so etwas wie einer Symbiose mit Geschöpfen wie uns. Sie versorgen uns mit Nahrung, wir beschützen sie im Gegenzug vor Fremden und anderen Gefahren. Das hört sich primitiv und alles andere als zeitgemäß an, aber es funktioniert bereits seit Jahrhunderten, und beide Seiten profitieren davon. In meinem Dorf war ich ein Mann wie viele andere. Na ja, vielleicht war ich ein wenig rebellischer als andere. Ich wollte immer wissen, wie die Welt jenseits des Dorfes ist. Also bin ich abends immer bis an den Dorfrand gegangen, dorthin, wo unsere Felder aufhören, und habe einen Fuß über die

Grenze auf fremdes Terrain gesetzt. Das war mein Akt des Aufbegehrens. Ja, wundere dich nicht, das galt unter uns schon als rebellisch. Dabei hat sie mich erwischt.«

»Sie?«

»Heather.«

»Die Frau, die dieses Anwesen hat bauen lassen, oder?«

»Du bist hervorragend informiert«, stellte er fest.

»Zach«, sagte sie bloß.

»Zach.« Er nickte amüsiert. »Er war schon als Knabe ein Plappermaul. Egal. Versuch es dir bitte vorzustellen, Lily: Da stehe ich, dieser nicht mehr richtig junge Mann, der sich für unglaublich mutig hält, weil er gegen ein strenges Gesetz verstoßen hat, und dann taucht unvermittelt eine derjenigen hinter mir auf, die diese Gesetze erlassen haben. Ich war mir sicher, dass sie mich umbringt. In meiner Heimat ist die Auswahl an möglichen Strafen für Vergehen nicht sehr groß, musst du wissen. Und was macht sie? Heather lacht und kommt auf mich zu. Sie war keine besonders schöne Frau, zumindest nicht in der Form, wie man heute schön definiert. Zu groß, zu kräftig, ein Gesicht wie ein schroffer Fels. Sie nahm mich in die Arme, und ich zitterte wie eine Maus, auf die der Schatten eines Raubvogels fällt. ›Du bist wie ich, aber du musst Geduld lernen, bevor ich dich befreien kann.‹ Das waren ihre Worte. Ich habe lange Zeit nicht verstanden, was sie mir damit sagen wollte. Sie hat mich in die Ewigkeit geholt und dann … dann ist sie fortgegangen.«

»Hierher?«, fragte Lily. Sie hatte ihn noch nie so niedergeschlagen gesehen.

»Ja, hierher. Die Jahrzehnte vergingen, und ich war nach wie vor ein Gefangener meines Dorfes, wenn man so will. Aber ich habe mich angepasst. Habe alte Menschen sterben sehen, mit denen ich als Kind gemeinsam auf Bäume geklettert bin und in Scheunen herumgetobt habe. Das war nicht schlimm, weil neue Kinder geboren wurden, die fast genau so aussahen wie die, die mir verloren gegangen waren. Nur manchmal habe ich an Heather gedacht und daran, ob ich nun schon genug Geduld gelernt hatte oder ob Geschöpfe wie wir überhaupt jemals genug Geduld lernen können. Die Zeit wird für uns nicht langsamer. Im Gegenteil. Es ist, als ob man auf einem Karussell sitzt: Die Welt rast an einem vorbei, und wenn man in den bunten, huschenden Schemen etwas mit einem Blick erhascht, das einem gefällt, ist es in der nächsten Runde auch schon zu Staub zerfallen.«

»Wann ist Heather zurückgekommen?«, wollte Lily wissen.

»Gar nicht«, antwortete Victor knapp. »Eines Tages tauchte ein Fremder im Dorf auf, und die Leute hatten bereits die Hacken geschnappt, um ihm zu zeigen, wie man bei uns mit Fremden so umspringt. Was ihn gerettet hat, war, dass er die richtigen Sätze kannte, mit denen man bei mir und meinesgleichen um eine Audienz bat. Er sagte, Heather habe ihn geschickt, um mich zu holen. Ich bin sofort losgereist. Als ich hier draußen vor der Tür stand, hatte ich mir jede Menge schöner Worte zurechtgelegt, mit denen ich ihr danken wollte. Dafür, dass sie mich nicht vergessen und mir meinen größten Wunsch erfüllt hatte. Die Welt draußen zu sehen.« Er schloss die Augen. »Das hätte ich mir sparen können. Sie war nicht mehr dieselbe. Eine ihrer Jagden war schiefgegangen, und aus der Jägerin war eine Gejagte geworden. Man hatte sie mit Phosphor übergossen, und sie war lichterloh brennend in einen Kanal gestürzt, wo sie sich im Schlamm vergrub, bis die Flammen erstickt waren. Obwohl sie es irgendwie geschafft hatte, ihre geschundene Hülle zurück in dieses Haus zu schleppen, war nichts mehr daran zu ändern, dass ihr Wille erlöschen würde.« Er senkte seine Stimme zu einem gequälten Flüstern. »Das Feuer hatte ihren Leib geschrumpft. Sie war kaum größer als eine Puppe, mit Haut wie brüchiger Kohle. Sie winkte mich an ihr Bett heran ... Lily, ihre Finger ...« Schweigend schüttelte er den Kopf, um nach einer kurzen Pause fortzufahren. »Ihre Lippen waren weggesengt, aber Heather versuchte zu sprechen. Ich beugte mich zu ihr hinunter, ganz dicht mit dem Ohr an ihre frei liegenden Zähne. Es klang, als wollte sie ›Befrei mich‹ sagen, also habe ich sie befreit. Sie hat alles von sich gegeben, damit ich es mir nehmen kann«, beendete Victor seine Ausführungen. Sein letzter Satz war wie ein erleichtertes Amen nach einem langen Gebet.

Die anschließende Stille, in der sich Lily beinahe dafür schämte, altem Schmerz neue Kraft geschenkt zu haben, währte nur kurz. Victor stieß einen tiefen Seufzer aus und sagte: »Es ist immer noch viel zu heiß für diese Jahreszeit.«

»O ja«, stimmte Lily ihm zu. Sie wollte nicht, dass er noch mehr von sich erzählte. Eine traurige Episode aus seiner Vergangenheit schien ihr genug für heute. Sie hatte noch alle Zeit der Welt, um herauszufinden, wie es möglich war, dass in ein und demselben Wesen so viel kühle Härte und so viel weiche Empfindsamkeit nebeneinander existieren konnten. Sie musste sich einfach irren. Er musste mehr als eine wandelnde Fassade sein. »Es ist komisch.«

»Was?«

»Dass es die kleinen Dinge sind, die mich daran erinnern, was ich jetzt bin. Die unbedeutenden Sachen.« Sie hob die Arme. »Ich sollte schwitzen, aber ich tue es nicht.« Ihre Hand strich über den niedrigen Beistelltisch zwischen den Korbstühlen. »Und hier, hier sollte etwas zu trinken stehen, wenn man sich bei so einer Affenhitze auf die Veranda setzt, oder?«

Davon zeigte sich Victor ausgesprochen belustigt. »Was schlägst du vor, mein Schatz? Eine Kanne Eistee etwa? Das wäre aber die reinste Verschwendung, weil das Zeug einfach durch uns durchlaufen würde.«

»Können wir Blut trinken?«

»Blut?« Victor grinste. »Ich glaube, du verwechselst uns mit Vampiren. Und die bräuchten hier draußen übrigens einen Sonnenschirm.«

Lily runzelte die Stirn. Hatte Victor eben beiläufig eine weitere Eröffnung über die wahre Verfassung der Welt vom Stapel gelassen?

»Was guckst du so ernst?«

»Gibt es Vampire?« Das kam Lily gar nicht so abwegig vor, wenn sie bedachte, dass sie im Grunde ein Zombie war. Und wenn Zombies – in allen möglichen Spielarten, mit und ohne

Verstand – existierten, was sprach dann dagegen, dass auch Vampire die Nächte unsicher machten?

»Lily …« Victor räusperte sich. »Ich bin noch keinem Vampir begegnet. Wovon ich allerdings gehört habe, sind Vertreter unserer Art, die sich für Vampire halten. Überall auf der Welt werden Menschen in die Ewigkeit geholt, und manchmal färben die Erwartungen an diese Veränderung das Verhalten der Betreffenden. Nehmen wir den Fall, dass jemand auf dem Balkan von einem lebenden Toten in den Hals gebissen wird. Er durchläuft die anschließende Verwandlung allein, ohne einen Mentor, der ihm erklären könnte, was mit ihm vor sich geht. Sein Wille ist stark genug, damit der Großteil seiner Erinnerungen und seiner Persönlichkeit erhalten bleibt. Was würde dieser Jemand denken, wenn er bemerkt, dass er nicht mehr atmet, dass er nicht mehr blutet, aber dafür die Menschen um ihn herum hauptsächlich als potenzielle Nahrungsquellen wahrnimmt? Nun, wahrscheinlich kennt er genügend Geschichten über Vampire, die ihm jetzt alle wieder einfallen, und von da aus ist es nur ein kleiner Sprung hin zu der Überzeugung, er könnte eine solche Kreatur der Nacht sein, die das Blut Lebender trinkt, um ihre Existenz fortzusetzen. Also fällt er ein erstes Opfer an und saugt ihm das Blut aus. Es kräftigt ihn, besänftigt den Hunger für eine kurze Zeit und bewahrt seinen Körper vor dem Zerfall. Daher macht er es ab jetzt immer so. Und schon hast du deinen Quasi-Vampir.« Er zuckte mit den Schultern und begann erneut, an seiner Knopfleiste herumzunesteln. »Andererseits will ich nicht kategorisch ausschließen, dass –«

»Entschuldigen Sie die Unterbrechung, Master Cunningham.« Unvermittelt war Zach hinter ihnen aus dem Boden gewachsen wie ein versehentlich herbeigerufener dienstbarer Geist.

»Ungern«, sagte Victor im typischen Tonfall eines Mannes, der es nicht gewohnt war, dass man ihm ins Wort fiel. »Was ist denn so dringend?«

»Sie haben Besuch.« Zach hielt den Kopf leicht gebeugt und wrang die Hände. »Ein Mann, der sich mir als Dougal Cunningham vorgestellt hat. Er behauptet, er käme im Auftrag der Alten.«

Victor spritzte aus seinem Stuhl hoch. Mit einer Haltung, als rechnete er mit einem Fausthieb seitens seines Herrn, flüchtete Zach sich durch die Terrassentür.

»Wo ist er?«, bellte Victor.

»Im blauen Salon.«

»Beschäftige ihn.« Die Anweisung wäre auch auf einem russischen Kasernenhof nicht schnarrender und schärfer ausgefallen. »Besorg ihm etwas zu trinken. Sieh zu, dass er etwas Alkoholisches nimmt. Ich will eine lockere Zunge hören. Und richte uns einen kleinen Happen an. Ich bin hungrig.«

Zach trollte sich, und Victor sah ihm mit nachdenklicher Miene hinterher.

»Ärger?«, fragte Lily.

»Nein, wahrscheinlich nicht. Eher Nachrichten aus meiner Heimat.« Sein Lächeln wirkte gequält, denn Victor zeigte kaum etwas von seinen Zähnen. »Tust du mir einen Gefallen?«

»Was denn?«

»Geh nach oben und zieh dir was Hübsches an. Ich will ein bisschen mit dir angeben.« Er faltete bittend die Hände. »Selbstverständlich nur, wenn es dir recht ist.«

Es war ihr recht. Als sie ein paar Minuten später in Unterwäsche vor dem Kleiderschrank in ihrem Zimmer stand, versuchte Lily, das Gefühl einzuordnen, das in ihr aufbrodelte. Eine Mischung aus Spannung, Angst und Vorfreude, für die kein eigener Begriff existierte, der diese Regung kurz und bündig zusammengefasst hätte. Sie nahm nacheinander eine gute Handvoll Kleider, hielt sie prüfend am Haken vor sich und schmiss sie aufs Bett. Kurz keimte die Frage in ihr auf, wann Victor diese umfangreiche Garderobe für sie besorgt hatte – bereits nach ihrem ersten Treffen oder später, als sie schon auf halbem Weg in ihr Zombiedasein war. So oder so hatte er für alle Gelegenheiten vorgesorgt: Sie ignorierte das halbe Dutzend Abendkleider in Variationen von klassisch-dezent bis gewagt-verrucht, weil ihr keines davon für diesen Anlass passend erschien. Aber was war das überhaupt für ein Anlass? Sie hätte nachhorchen sollen, ob dieser Dougal – war es Dougal oder Douglas gewesen? – auch ein lebender Toter war. Das hätte Victors merkwürdige Nervosität eventuell erklärt.

Lily entschied sich, mit einer bewährten »Ich bin ein Ausbund an Seriosität und doch eine moderne Frau«-Kombination aus weiter Steghose und einem auf Taille geschnittenen Blazer zu punkten. Damit konnte sie nichts falsch machen, ganz egal, ob Dougals oder Douglas' Herz nun noch schlug oder nicht.

Als Victor klopfte, um sie abzuholen, stellte sie fest, dass er sich in Sachen angemessene Kleidung mit weit weniger Sorgen herumschlug als sie. Er trug – was für eine Überraschung – seinen dunklen Gehrock und darunter ein violettes Hemd nebst Weste. Das war am Ende gar keine so schlechte Wahl, denn immerhin hatte er sie in diesem Aufzug ja auch von Anfang an schwer beeindruckt.

Der Mann, der sich ihr im blauen Salon – das Zimmer mit dem Riesenfernseher – schließlich als Dougal Cunningham vorstellte, war eine kleine Enttäuschung. Nicht nur, weil er mit seinen schmalen Schultern und dem sommersprossenübersäten Wieselgesicht optisch nicht gerade ein Leckerbissen war, sondern auch und vor allem, da er den schlaffsten Putenschnitzelhändedruck der Welt hatte und es nicht schaffte, ihr bei seinem halb gemurmelten »Freut mich sehr …« in die Augen zu schauen. Ohne Zweifel hatte sie es bei ihm mit einem lebenden Menschen zu tun, und einem eingeschüchterten noch dazu.

Ihr aufkeimender Groll wurde von ihrem Hunger überspielt, der sie angesichts der Platte mit frisch aufgeschnittenen Scheiben vom Fleisch Seth Bennets – von Zach mitten auf einer festlich gedeckten Tafel platziert – zu einem kurzen, munteren Knurren verlockte. So köstlich roch also das frische Aas eines Serienvergewaltigers. Interessant. Ihre Skrupel bei der Jagd verzogen sich in eine dunkle Ecke. Bennet war tot, und daran würde sich auch nichts mehr ändern. Wieso sollte sie sich also noch den Kopf darüber zerbrechen, ob es richtig war, sein

Fleisch zu fressen? Es stand nicht zu befürchten, dass Bennet noch etwas dagegen haben könnte …

Sie nahmen Platz – Victor und Lily an einer der langen Seiten des Tisches, Dougal ihnen gegenüber an der anderen. Victor spießte zwei Scheiben auf einer Serviergabel auf und beförderte sie so schwungvoll und geschickt auf Lilys Teller, dass kein Tropfen Saft das Tischtuch besudelte.

»Du auch?«, fragte er Dougal.

Der schüttelte den Kopf und sagte: »Ich habe schon auf der Fahrt gegessen.«

Während Victor die Serviette über seinem Schoß ausbreitete, war Lily bereits dabei, das Fleisch in mundgerechte Stücke zu schneiden.

»Stammst du eigentlich aus meiner Linie?«, erkundigte sich Victor ganz als der gute Gastgeber, der sich um Konversation bemühte.

»Nicht direkt, nein«, antwortete Dougal. Wo Victors R nur noch ab und an sanft dahinrollte und seine schottische Herkunft verriet, klang es bei Dougal geradezu krachend und rau. »Aber wir sind verwandt. Ich habe extra bei Greer Lumley nachgehört, bevor ich losgefahren bin. Du bist mein Ururgroßonkel. Deine direkte Linie ist verkümmert.«

Lily ließ ihre Gabel sinken und schluckte hastig den ersten Fetzen von Seth Bennet, ohne sich an dem kräftigen Geschmack erfreuen zu können. »Du hast Kinder?«

»Hatte ich«, sagte Victor beiläufig. »Sie sind lange tot. Nichts, worüber man viele Worte verlieren müsste.« Er richtete den Blick zurück auf Dougal. »Und was ist nun der Grund deines Besuchs, mein lieber Neffe? Reine Höflichkeit, oder sorgt man sich daheim ernsthaft um mich?«

Dougal nippte langsam und mit gespitzten Lippen an dem Whisky, mit dem Zach ihn anscheinend versorgt hatte, wie es ihm von Victor aufgetragen worden war. »Helen ist dabei, den Weg zu gehen, auf dem die Erste Mutter ihr voranschritt.«

»Oh.« Victor senkte in jäher Betretenheit das Kinn auf die Brust und schob seinen Teller von sich, als wäre ihm der Appetit vergangen. Danach seufzte er, zog den Teller wieder zu sich heran und aß schweigend eine halbe Scheibe Fleisch. Das Kratzen der Messerschneide auf dem feinen Porzellan, Victors feuchtes Kauen, das unbeirrte Ticken der Standuhr in der Ecke und Dougals Atem waren eine Weile die einzigen Geräusche, die gegen eine bedrückende Stille aufbegehrten. Sie führten ihren aussichtslosen Kampf, bis Victor sich den Mund mit der Serviette abtupfte und fragte: »Wie ist es passiert?«

»Ich kann dir nur das erzählen, was man mir erzählt hat.« Dougal holte tief Luft. »Es war nachts. Zwei Jugendliche aus dem Dorf sind in das Haus eingedrungen. Ein Junge und ein Mädchen. Nicht in böser Absicht, wie es heißt. Angeblich wollten sie nur sehen, ob es die Alten wirklich gibt.« Er hastete durch seine Geschichte wie ein Kind, das man nötigte, zu Weihnachten ein Gedicht aufzusagen. »Helen hat sie erwischt. Sie hat das Mädchen angegriffen, und der Junge wollte es retten. Dabei hat er Helen den Schädel zertrümmert.«

Lily verzog das Gesicht. Vor der Jagd auf Seth Bennet hatte ihr Victor eingebläut, dass sie nur auf eine einzige Sache achtgeben musste, falls es zu einem Kampf kam: Sie hatte unbedingt ihren Kopf zu schützen, denn wenn ihr Gehirn Schaden nahm, war der durch kein Fleisch der Welt wieder zu beheben. Diese Helen hätte offenbar gut daran getan, sich an diesen Ratschlag zu erinnern.

»Das ist sehr bedauerlich«, sagte Victor leise.

Lily überlegte, ob sie unter dem Tisch nach Victors Knie greifen sollte, um ihm ihr Mitgefühl zu beweisen. Sie verzichtete darauf, denn sie war nicht traurig. Sie hatte gerade ihren Hunger gestillt, und diese Helen war für sie eine Fremde. Sie konnte ja nicht einmal um Veronica richtig trauern, und die war ihre Schwester gewesen.

»Es muss geklärt werden, was mit ihrem Leib geschieht.« Dougals kleine Geschichte war offenbar noch nicht zu Ende. »Und es muss darüber beraten werden, wer ihre Nachfolge antritt. Du bist eingeladen, nach Manger zu kommen, um mit den anderen eine Lösung für diese offenen Fragen zu finden.«

Erneut breitete sich eine quälende Stille im Raum aus. Lily bemerkte, dass Victor zwar in Dougals Richtung schaute, aber nichts in seinen Augen darauf hindeutete, dass er den Besucher überhaupt noch registrierte. Victor saß steif und regungslos da und blickte durch Dougal hindurch in eine unergründliche Ferne. Dougal stürzte den Rest Whisky auf einen Zug hinunter und stellte das Glas vorsichtig vor sich ab. Ebenso behutsam rückte er mit dem Stuhl nach hinten, als befürchtete er, ein zu lautes Scharren oder Knarren der Stuhlbeine auf dem Parkett könnte Victor aus seiner Starre wecken.

»Ich gehe besser«, wisperte er Lily zu.

Sie nickte.

Dougal stützte die Hände bereits flach auf der Tischplatte ab, um sich so möglichst geräuschlos erheben zu können, da sagte Victor ruhig, ohne dass sich dabei etwas an dem sonderbaren Ausdruck in seinen Augen veränderte: »Daheim steht das Erntefest an, nicht wahr?«

»In zwei Tagen ist es so weit«, sagte Dougal und verharrte in seiner eigentümlichen, leicht vornüber gebeugten Haltung.

»Wolltest du deswegen nichts essen? Um dich reinzuhalten für den einen Tag im Jahr, an dem es dir zusteht, zu nehmen anstatt zu geben?«

»Ich hatte keinen Hunger«, verteidigte sich Dougal schwach. »Und ich mag den Geschmack nicht.«

»Was du nicht sagst ...« Der stumpfe Glanz in Victors Augen wich einem listigen Funkeln. »Dass ich so etwas auf meine alten Tage noch zu hören bekomme. Er mag den Geschmack nicht.«

»Ich wollte dich nicht beleidigen.« Auf Dougals Gesicht, das inzwischen so weiß wie das Tischtuch war, wirkten seine Sommersprossen wie Aberhunderte getrockneter Blutspritzer. »Ich bitte um Entschuldigung, Victor.«

»Geschenkt.« Als könnte er seine merkwürdige Lethargie dadurch endgültig vertreiben, klatschte Victor laut in die Hände. »Sag den Alten in Manger, wir werden da sein.«

Zentimeter für Zentimeter richtete sich Dougal auf. »Du kommst also in Begleitung, ja?«

Victor streckte den Arm aus, um Lilys Nacken zu massieren. »Lily wird mit mir reisen. Nicht wahr, mein Schatz?«

Lily fiel ein, was die Finger, die nun so zärtlich über ihre Haut fuhren, mit dem Schädel Bennets angerichtet hatten. Wie viel Kraft es Victor wohl kosten würde, ihr den Hals zu brechen oder den Kopf von den Schultern zu reißen, wenn sie ihm widersprach? Warum fragte sie sich das? Hasste sie es etwa insgeheim, ihm ausgeliefert zu sein, oder war genau dieses Ausgeliefertsein womöglich der wichtigste Teil der Anziehung, die er auf sie ausübte und die sie für ein Zeichen ihrer Liebe hielt? »Gern«, sagte sie. »Ich war nur einmal in Schottland.«

Sie musterte Dougal. Die Art, wie man von seiner Miene ablesen konnte, dass er um Worte rang, war amüsant und enervierend zugleich. Sein Gesicht war kein offenes Buch, sondern eine ganze Romanreihe.

»Ist das ein Problem, dass ich nicht allein komme?«, wollte Victor von ihm wissen.

»Nein, nein«, beeilte sich Dougal zu sagen. »Es ist nur so … weißt du … Stuart hat mir einen anderen Namen für deine Begleiterin genannt.«

Victors Finger in Lilys Nacken erstarrten in der Bewegung. »Entgegen anderslautenden Gerüchten im Dorf ist Stuart nicht allwissend. Auch er kann sich täuschen, verstehst du?«

Dougal nickte hastig.

»Sonst noch etwas?«

Dougal ließ sich mit einer Antwort Zeit. Er öffnete mehrfach den Mund, um ihn sofort wieder zu schließen, wobei er mit dem ganzen Oberkörper vor- und zurückwippte, und mit einem Mal hatte er mehr Ähnlichkeit mit einem Karpfen als mit einem Wiesel. Er bot einen derart komischen Anblick, dass Lily beinahe vergaß, welche Eröffnung Victors den armen Wicht ursprünglich aus der Bahn geworfen hatte. Sie musste unbedingt daran denken, Victor über diesen Stuart und diese Alten auszuquetschen, sobald sie wieder unter sich waren.

»Jetzt rück schon raus mit der Sprache, anstatt hier herumzudrucksen, als hättest du mir zu gestehen, dass du in mich verliebt bist«, drängte Victor. »Falls es das sein sollte, muss ich dich übrigens enttäuschen.« Seine Finger nahmen das Massieren wieder auf. »Meine einzige und wahre Liebe sitzt bereits neben mir.«

»Ich habe nach Fiona und Mirren gesucht, aber unter der Adresse, die mir Stuart gegeben hat, habe ich sie nicht gefunden, und jetzt weiß ich nicht, wo ich nach ihnen suchen soll, und ich kann nicht zurück ins Dorf, bis ich ihnen die Einladung überbracht habe«, brach es in einem einzigen, gehetzten Satz aus Dougal heraus.

»Ach so, das ist es.« Victor machte eine wegwerfende Geste mit seiner freien Hand. »Sag das doch gleich!«

»Weißt du, wo sie sind?« Dougal fasste Hoffnung.

»Sicher.« Victor nickte. »Sie leben seit einiger Zeit sehr zurückgezogen. Wirklich sehr zurückgezogen. Es gab da einen bedauerlichen Vorfall, dessen Konsequenzen sie zum Untertauchen zwangen. Mach dir keine Sorgen, Dougal. Fahr nach Manger zurück. Ich setze mich mit den beiden in Verbindung und überbringe ihnen die Einladung.«

»Das würdest du tun?« Dougal hätte wahrscheinlich nicht überraschter geklungen, wenn Victor ihm angeboten hätte, für ihn den Goldtopf am Ende des Regenbogens auszugraben. »Ganz ehrlich?«

»Ich kann natürlich nicht versprechen, dass sie kommen – ich persönlich vermute, dass sie sich lieber nicht blicken lassen –, aber das wird man dann ja sehen.«

»Das ist wirklich sehr freundlich von dir«, bedankte sich Dougal, und das Wippen seines Oberkörpers wurde zu einer Serie tiefer Verbeugungen. »Sehr freundlich.«

»Möglich, dass man das wegen meiner langen Abwesenheit im Dorf mittlerweile vergessen hat, doch ich war dort immer freundlich zu allen.« Victor zuckte mit den Achseln. »So bin ich eben.«

Damit war das Gespräch, für das Lily sich unnötigerweise in Schale geworfen hatte, im Wesentlichen vorbei. Dougal entfuhren noch die einen oder anderen Dankbarkeitsbekundungen, bis Victor ihn an Zach überstellte, dem die Aufgabe zufiel, den Gast zu seinem Wagen zu begleiten.

Den Rest des Tages verbrachten Lily und Victor mit Reisevorbereitungen. Victor hatte vor, sich bereits am nächsten Tag auf den Weg nach Manger zu machen, und als Lily fragte, wie lange sie dort bleiben würden, erhielt sie ein lapidares »So lange es dauert« zur Antwort. In anderen Bereichen zeigte sich Victor auskunftsbereiter: Er klärte Lily darüber auf, wem sie in Manger begegnen würde, und wenn sie seinen Tonfall, in dem er über die Alten sprach, richtig deutete, freute er sich nur bedingt auf ein Wiedersehen mit ihnen. Er sprach von den lebenden Toten dort wie von der buckligen Verwandtschaft, die man zwangsläufig zu Gesicht bekam, wenn in der Familie ein runder Geburtstag oder eine Hochzeit zu feiern war. Oder eben, wenn jemand das Zeitliche gesegnet hatte. Helen bedachte er mit einem gewissen Bedauern, wohingegen er diesen Stuart, den auch Dougal erwähnt hatte, nur als »Korinthenkacker« bezeichnete. Es gab noch einen Lewis – alias »der blöde Bauer« – und eine Marion, die gewiss begeistert gewesen wäre, wenn sie gewusst hätte, dass Victor ihr den merkwürdigen Titel »die Königin der Krätze« verliehen hatte. Seine Lästerei barg etwas Beruhigendes in sich, auch oder gerade weil sie ihr so gewöhnlich, so menschlich erschien.

Als sie gemeinsam in sein Becken stiegen, um zu ruhen, versicherte Victor ihr zum vierten oder fünften Mal, sie solle sich auf gar keinen Fall den hübschen, klugen Kopf darüber zerbrechen, was sie in seiner alten Heimat erwartete. Er würde sie vor Anfeindungen schon zu beschützen wissen, und seine Verwandten – wie er sie nun tatsächlich nannte – wären ausreichend gesittet, um sie anständig zu behandeln. Dann sanken sie auf den Grund des Beckens, wo er den Arm um sie legte und sich fest an ihren Rücken presste. Im Gegensatz zu den vorangegangenen Nächten blieb sein Schwanz ein schlaffer Druck auf ihrem Steiß. Nach einer Weile wollte sie nicht mehr darüber brüten, ob es einen tieferen, metaphysischen Sinn hatte, dass lebende Tote überhaupt noch Dinge wie Geilheit und Erregung spüren konnten, oder ob dies nur ein im Grunde völlig nutzloser Auswuchs ihres Selbsterhaltungstriebs war, den selbst der Untod nicht im Zaum zu halten vermochte. Und sie wollte nicht mehr grübeln, inwiefern dieser Hang, übereinander herzufallen, letztlich nur ein weiteres Zeichen jener zügellosen Gier war, die sie gestern in Victors Augen gesehen hatte und von der sie so schwer erschüttert worden war. Sie zwang sich, gar nichts mehr zu denken, und dämmerte in ein taubes, blindes Vergessen.

Das Vergessen hob sich von ihr, und wie immer war für Lily nicht einzuschätzen, wie viel Zeit verstrichen war, in der jeder Betrachter ihren Körper vermutlich für die Leiche einer jungen Frau gehalten hätte. Sie wälzte sich auf die Seite und rechnete damit, Victor zu spüren, doch da war nichts, das ihr Widerstand bot. Sie stieß sich vom Grund des Beckens ab und schwebte mit träumerischer Leichtigkeit durch den Alkohol, bis ihre Fingerspitzen die Seitenwand berührten. Merkwürdig. Victor war tatsächlich nicht hier. Sonst hatte er sich doch immer mit ihr erhoben. Sie zog die Oberschenkel an, brachte sich mit zwei kräftigen Zügen ihrer Arme in eine hockende Position und drückte ihre Beine durch. Der Schwung trieb sie mühelos zur Oberfläche. Ihr Haar hing ihr nass und duftend in die Stirn, als sie sich aus dem Becken stemmte. Zielsicher griff sie nach einem der bereitliegenden Handtücher. Es gab keinen Grund, alles vollzutropfen. Sie trocknete sich gründlich ab, entfernte ein schwach nach Kamille duftendes Etwas, das sich hinter ihrem Ohr verfangen hatte, und sah sich unschlüssig um.

Wo steckte Victor? Hinter seinem Schreibtisch saß er jedenfalls schon mal nicht. Es wäre auch zu dunkel zum Lesen gewesen, denn die Sonne war untergegangen und nur schwach-silbriges Mondlicht fiel durch die zwei hohen Fenster des Zimmers. Lily tappte zu dem, das auf den Garten hinauswies, weil sie hoffte, sein nächtlicher Anblick könnte eine tröstende Wirkung auf sie ausüben. Es war nicht gut, dass Victor fort war. Was, wenn er nicht zurückkam? Dann wäre sie allein. Allein und tot und doch lebendig. Allein mit dem Monstrum in ihr.

Etwas im Garten war anders, doch Lily brauchte einen Moment, bis sie erkannte, was es war. Die Tür zu dem sechseckigen Gartenhäuschen stand offen – das Häuschen, zu dem sie den gelben Schmetterling verfolgt hatte, der dann eingegangen war. Das Häuschen, wo sie von außen die gluckernden, schwappenden Geräusche gehört hatte und wo sie – wer immer »sie« auch waren – in der Nacht ihres Jagdausflugs mit Victor so große Unruhe gezeigt hatten. Aus der geöffneten Tür fiel ein warmer, goldgelber Schein.

Es störte sie nicht, dass sie nackt war. Nein, denn es fühlte sich gut an, nackt durch die dunklen Gänge des schlafenden Hauses zu schleichen, und noch besser fühlte es sich an, wie die kühle Nachtluft sie umfing, als sie in den Garten hinaustrat. Es musste geregnet haben, denn es roch nach feuchter Erde und sie spürte bei ihrem Weg quer über ein langes Stück Rasen eine kalte Nässe unter den Sohlen und zwischen den Zehen.

Ein leiser Singsang drang aus dem Häuschen wie das zärtliche Murmeln eines Bachs. Sie musste lächeln. Sie kannte die Stimme nur zu gut. Ob Victor mit »ihnen« sprach?

Sie glaubte, ihren Namen zu hören, und kurz darauf, während sie weiter auf das Licht zuging, in dem prächtige Falter, die nur nachts ausschwärmten, auf ihren zerbrechlichen Schwingen umherflirrten, war sie nahe genug heran, um zu verstehen, was Victor sagte.

»Ihr würdet sie mögen, glaubt mir. Und die anderen werden sie auch mögen. Nun schaut nicht so beleidigt. Ihr werdet sehen, dass ihr gar nicht merkt, wie lange ich fort bin. Zach wird sich um euch kümmern. Ihr kennt doch Zach. Er würde euch nie verhungern lassen.«

Es gluckste leise, wie wenn man einen kleinen Kiesel in eine Pfütze warf. »Nicht so gierig«, mahnte Victor. »Es ist genug für alle da. Mein Neffe wollte nichts essen.«

Fische. Es mussten Fische sein, mit denen Victor redete. Oder irgendetwas anderes, das im Wasser lebte. Schildkröten vielleicht oder anderes Viehzeug mit Schuppen.

Lily ging schneller. Die diebische Freude, dass sie ihn nun einmal überraschen konnte und nicht umgekehrt, trieb sie an.

Sollte sie einen fiesen Scherz darüber machen, dass er mit seinen Haustieren redete wie eine verrückte alte Frau mit ihren Katzen?

Für das, was sie zu sehen bekam, lag der richtige Scherz weit jenseits ihrer Vorstellungskraft. Victor stand mitten im Häuschen – wie sie ohne einen einzigen Faden am Leib –, einen Plastikeimer in der einen Hand und eine große Zange, mit der andere Leute beim Grillen die Steaks wendeten, in der anderen. Was er fütterte, waren weder Fische noch Schildkröten, obwohl sich Lily wünschte, ihre Augen würden ihr nur einen grausamen Streich spielen. Rings um die sechs Wände des Häuschens zog sich ein Regal, und auf dem Regal standen sechs runde Behälter aus Glas. Sie waren gerade groß genug, dass die Köpfe, die in ihnen trieben, nicht gegen den Rand stießen. Im Licht einer Laterne, die von einem Haken von der Decke hing, schimmerte eine Flüssigkeit mit exakt der gleichen Farbe wie die Mischung, in der sie und Victor schliefen. Die konservierende Wirkung der Mixtur war offenbar nicht sehr ausgeprägt, weil die Haut über den Schädeln mit ihren klaffenden Mäulern aufgedunsen und rissig war. Einem sprossen nur noch eine Handvoll Strähnen von den Schläfen wie bizarre, zerfaserte Schlingpflanzen, während bei einem anderen die Augäpfel so tief in die Höhlen gesunken waren, dass es aussah, als starrten Lily nur zwei finstere Löcher entgegen.

Victor, der ihr den Rücken zugewandt hatte, fischte mit der Zange einen saftigen Brocken aus dem Eimer. Als er sich mit dem Futter einem der Gläser näherte, zuckte seine Bewohnerin mit dem Halsstumpf, sodass ihre Stirn einen Fingerbreit über den Rand des Behälters aufstieg und der Alkohol, in dem sie eingelegt war, platschend überschwappte.

»Na, na, na«, rügte Victor den Kopf. »Sei vorsichtig, sonst kippst du um, und dann geht es dir wie Cecilia. Das wollen wir doch nicht, oder?«

Er steckte die Zange in das Glas hinein und führte das Fleisch direkt zwischen die Zähne der Kreatur. Sie biss zu und begann zu kauen.

Hatten lebende Tote Albträume? Vielleicht. Vielleicht auch nicht. Das hier war jedenfalls real. Das holzige Aroma der Mixtur. Das Glitschen, als Victor den nächsten Fleischbrocken aus dem Eimer holte, das Lilys Hunger in Lauerstellung brachte. Der Nachtfalter, der ihr um die Knie tanzte, als ob er sie mit seinen Flügelschlägen drängen wollte, endlich das Häuschen zu betreten und sich der Wahrheit zu stellen. Wie immer die Wahrheit auch aussehen mochte.

»Victor.« Sie konnte nicht mehr Luft in ihre toten Lungen saugen als für ein Wispern.

Er fuhr herum, die Zähne in einem wilden Knurren gebleckt. Der Eimer polterte zu Boden. Etwas, das verdächtige Ähnlichkeit mit einer halben Niere hatte, flog aus ihm heraus und landete, als ob die Schwerkraft einen grotesken Sinn für Humor hätte, so, dass es nicht umkippte, sondern auf seiner Schnittfläche stehen blieb. Lily unterdrückte zwei Impulse – den, sich auf das Organ zu stürzen, um es zu verschlingen, und den weitaus stärkeren, vor Victor die Flucht zu ergreifen.

Ein, zwei Sekunden hielt sich der Zorn über die unbotmäßige Störung auf seinen verzerrten Zügen, dann entspannten sie sich. »Lily.«

Sie sagte nichts, weil es nichts Sinnvolles zu sagen gab.

Victor ließ die Zange aus seinen Fingern gleiten. »Was machst du hier?« Da war kein Vorwurf, nur echte Verwunderung.

»Ich bin … aufgewacht. Du warst fort. Ich habe das Licht gesehen. Ich wollte nur zu dir.«

»Ich hätte es dir sagen müssen.« Er machte eine unbeholfene Geste, die das gesamte Innere des Häuschens einschloss. »Aber ich habe es nicht gewagt. Ich hatte Angst, dass du es nicht verstehst.«

»Wer sind sie?« Sie wagte weder den Finger zu heben, um auf eines der Gläser zu zeigen, noch den Blick von seinem Gesicht zu nehmen.

»Erinnerst du dich noch daran, wie ich gesagt habe, dass die Einsamkeit das Schlimmste an unserem Dasein ist?«, fragte er.

Sie nickte.

»Ich wollte nicht allein sein. Ich kann es nicht.« Es war eine tiefe Verzweiflung, die da aus ihm sprach. Ein bodenloser Abgrund aus Worten. »Ich dachte jedes Mal, ich hätte jemanden gefunden, der stark genug ist, um nicht an der Ewigkeit zu zerbrechen. Der sich selbst nicht an den Hunger verliert. Und jedes Mal lag ich falsch. Bis du kamst.«

»Wenn ich nicht stark genug gewesen wäre, wäre ich dann auch in so einem Glas?«

»Ich kann nicht allein sein«, wiederholte er. Er streckte die Hand nach ihr aus. »Ich liebe dich.«

»Nein«, sagte sie ruhig. »Du liebst nur das, was du aus mir gemacht hast. Du liebst nur eine Lüge.«

Sie drehte sich um. Bei der Beantwortung ihrer quälenden Frage, ob das, was sie gestern gesehen hatte, vielleicht der richtige Victor war, hatte sie eine Möglichkeit übersehen. Die, dass er am Schluss gar keine Maske trug. Dass es keine Fassade und kein Dahinter gab. Dass die Kreatur mit den kalten Augen, die keine Gnade kannte, und der charmante, großzügige Plauderer, der sie so fasziniert hatte, tatsächlich ein und dasselbe Wesen waren. Für alle Ewigkeit untrennbar miteinander verbunden. Das Herz einer Lebenden wäre an dieser Erkenntnis zerbrochen, doch zum Glück war Lily nicht mehr am Leben. Es war so leicht, nichts mehr zu fühlen.

»Gehst du fort?«

Sie wandte sich nicht zu ihm um. »Nein.« Wohin hätte sie auch gehen sollen? Sie gehörte ihm, weil es niemand anderen gab, der ein Geschöpf wie sie hätte lieben können, wie er es tat.

20.09.2009, 19:36

Die raue Steinplatte unter ihm saugte die Wärme aus Bens Körper, und der schwere, süße Rauch, der aus Bronzebecken zur niedrigen Decke der Kammer aufstieg, machte ihn müde. Ben lag auf dem Bauch, und die Aufforderung, sich auszuziehen, bevor er sich auf der Platte ausstreckte, hatte ihn diesmal nicht mehr ganz so erschüttert.

Unter anderem fielen seine Hemmungen deshalb geringer aus, weil ihn drei der vier anderen Anwesenden ohnehin schon nackt gesehen hatten. Einer von ihnen – Doc Lumley – sogar zu vielen Gelegenheiten und nicht nur wie Lewis und Marion beim allerersten Teil seiner Prüfung.

Doc Lumley war es auch gewesen, der ihn vorhin zu Hause abgeholt hatte, um ihn zu den Alten zu bringen. Ben war dankbar, dass die Alten den Doktor geschickt hatten anstatt dessen Frau. Ben ging nicht sonderlich gern zur Schule, und während ein Erscheinen Mrs. Lumleys unweigerlich neue Beklemmungen in ihm ausgelöst hätte, verband er mit ihrem Gatten hauptsächlich angenehme Erinnerungen. Kein Wunder, denn er war Arzt, und ein Arzt half einem, wenn man krank war. Es war für Ben seit Langem ein Rätsel, wie es dieser ausgezehrte Mann, der immer mit ruhiger, sanfter Stimme sprach, mit diesem keifenden Ungetüm von einem Weib aushielt. Wie war das? Keine Liebe ohne Schmerz, kein Schmerz ohne Liebe. So lehrten es die Alten.

Der einzige Teilnehmer am bevorstehenden Schneiden, vor dem sich Ben heute zum ersten Mal nackt zu präsentieren hatte, war gleichzeitig der einzige Alte, der rein von seinem Aussehen her Bens Vorstellung von einem Wesen mit diesem Namen entsprach. Stuarts Rücken krümmte sich unter der Last der Jahre auf seinen schmalen Schultern. Ben hatte irgendwo gehört, dass Gefangene in der Welt draußen für jeden Tag, den sie in einer Zelle verbringen mussten, einen Strich in die Wand ihres Ker-

kers kratzten. Stuarts Gesicht hatte so viele Falten wie ein Zellentrakt, in dem ganze Generationen von Schwerverbrechern eingesessen hatten, Striche an den Wänden aufwies. Seine Haare waren ihm alle ausgegangen, und seine Ohren standen ihm dick und fleischig vom Kopf ab, als hätte er sich links und rechts einen Fledermausflügel an die Schläfen geklebt.

Die drei Alten standen um ein Podest herum, auf dem ein langer Dolch auf einem Samtkissen ruhte. Die Klinge war nicht aus Metall, es sei denn, es gab ein gelbliches Metall, das Ben nicht kannte und das schimmerte wie ein von der Sonne gebleichter und anschließend blankpolierter Knochen. Ein Gewirr verschlungener Linien war in die Schneide geritzt, das sich im Schein der flackernden Fackeln weiter und weiter ineinander zu verstricken schien. Tausend winzige Schlingen, die sich um die unsichtbaren Hälse von Geistern zuzogen.

»Es ist dringlich geboten, dass wir zu einer Entscheidung gelangen.« Stuarts Stimme war wie von der Zeit brüchig gemachte Buchseiten, die gegeneinander rieben. »Es ist ungebührlich, diesen Knaben wie einen Mann zu behandeln, ohne dass er die Narbe trägt, die ihn als solchen ausweist.«

Lewis hob beschwichtigend die Hände. »Ich bedaure es sehr, falls du es als Kränkung empfindest, dass ich deine Meinung nicht eingeholt habe, bevor ich diesen Jungen annahm.«

»Das sagtest du bereits«, erwiderte Stuart. »Doch was getan ist, ist getan.«

»Exakt«, pflichtete ihm Lewis bei. »Und du hast völlig recht: Er muss schnell geschnitten werden. Aber ich kann die Klinge nicht führen. Immerhin bin ich sein Fürsprecher. Selbst wenn ihr darauf vertraut, dass ich keine falsche Zurückhaltung zeige – und ihr wisst, dass es so ist –, könnten mir die, die nach euch kommen, so etwas unterstellen.«

»Ich falle ebenfalls aus.« Marion kratzte sich ausgiebig hinter dem Ohr und betrachtete danach mit interessierter Miene das Ergebnis ihrer Bemühungen unter ihrem Fingernagel. »Ich bin nicht in der Verfassung, um mit einem Messer zu hantieren. Ich will nicht riskieren, den gleichen Fehler zu begehen wie Helen.

Nicht, weil mir so viel an diesem Jungen liegt.« Sie säuberte sich den Fingernagel mit einem ihrer Eckzähne, um anschließend den entschuldigenden Tonfall nachzuahmen, den Lewis für seine letzte Anmerkung gewählt hatte. »Doch ich könnte den Gedanken nicht ertragen, meinem Bruder in der Ewigkeit aus einer Unachtsamkeit heraus das Objekt seiner jüngsten Begierden zu rauben.«

»Somit fällt es wohl mir zu, uns zu nehmen, was uns zusteht«, sagte Stuart zufrieden. »Eine Pflicht, der ich gern nachkommen will.« Seine Finger – krumme, dürre Stecken aus Haut und Knochen – schlossen sich um den Griff des Dolches. »Lumley, ist der Knabe gewappnet?«

Der Doktor tätschelte Bens Arm. »Das ist er.«

Die Alten nahmen Aufstellung um die Steinplatte: Marion auf der einen, Stuart auf der anderen Längsseite des hüfthohen Quaders. Lewis trat an die kurze Seite, zu der Bens Kopf zeigte.

»Gib mir deine Hände, Junge«, raunte Lewis. »So ist es leichter.«

Ben nahm die Arme nach vorn und drückte sein Kinn fest gegen die Platte. Seine Hände waren schwitzig und feucht, Lewis' kräftige Pranken trocken und beinahe so kühl wie der Stein, auf dem er lag. Sein Herz schlug ihm bis zum Hals, und er kämpfte gegen ein Würgen in seiner Kehle an. Gleich war es so weit. Er durfte sich nicht bewegen. Sonst würde es ihm gehen wie Kenny. Dabei war Kenny so groß und stark gewesen. Was, wenn Ben den Schmerz nicht aushielt? Er spürte Stuarts Hand auf seinem Rücken, knapp oberhalb seiner Arschbacken. Er rang den Drang nieder, der Berührung auszuweichen, und ein absurder Gedanke zuckte ihm durch den Schädel: Wann hatte er sich an der Stelle das letzte Mal richtig gewaschen?

»Mutter, als du gingst, ließest du uns deinen Leib«, stimmte Stuart einen leisen Singsang an. »Wir ehrten ihn, wie du es uns auftrugst, auf dass du mit uns von denen kosten kannst, denen dein Erbe Heil bringt.«

»Gepriesen sei die Mutter«, antworteten ihm Marion und Lewis wie aus einem Mund.

»Dieses Kind gibt sein Fleisch, auf dass es kein Kind mehr sei und doch immer dein Kind bleibe.«

Am Anfang war da nur ein kaum merklicher Druck, als würde ihm jemand mit dem Finger ein halbes O auf den Rücken malen. Dann folgte ein Brennen, als Bens Nerven ihm verrieten, dass ihm die Spitze der Dolchklinge tief in die Haut gedrungen war. Er sog Luft durch seine zusammengebissenen Zähne und wünschte sich nichts sehnlicher, als mit dem Stein unter sich zu verschmelzen. Dad hatte die Wahrheit gesagt. Es tat weh. Verdammt weh.

»Dieses Kind gibt sein Fleisch, auf dass es eingehe in deinen Bund und dein Bund in ihm Erfüllung findet.«

Der zweite Schnitt vollendete den Kreis. Ben stöhnte auf und krallte seine Finger in Lewis' Handflächen. Wenn Lewis nicht dagewesen wäre, wäre Ben bestimmt aufgesprungen und hätte sich den Dolch dadurch selbst in den Rücken gerammt. So, wie es Kenny damals passiert sein musste. Tränen lösten sich zögerlich aus seinen Augenwinkeln und rannen ihm über die verzerrten Wangen, aber er rührte sich nicht.

»Dieses Fleisch löst sich vom Leib, auf dass es dein Gedenken nähre und deiner Nahrung gedenkt.«

Das, was nun kam, war mit nichts zu vergleichen, was Ben je widerfahren war. Nicht mal mit dem dicken Nagel, den er sich so doll in die Sohle getreten hatte, dass die Spitze auf der anderen Seite als winziger dunkler Fleck unter seiner straff gewölbten Haut zu erkennen gewesen war. Nicht annähernd mit dem dumpfen Schmerz in seiner Hand, als Onkel Roy mit einem Schraubenschlüssel abgerutscht war und ihm alle fünf Finger auf einmal blau gequetscht hatte. Nicht auch nur ansatzweise mit dem riesigen Pickel auf seiner Schulter, aus dem mehr Eiter gespritzt war, um damit ein Schnapsglas randvoll zu machen. Ben verfluchte sich selbst dafür, nicht dumm genug zu sein, um falsch zu deuten, was er spürte: Stuart fuhr mit der Klinge des Dolches flach in die Wunde, um mit zügigen Bewegungen das umrandete Stück Haut aus Bens Körper zu schneiden. Ben schrie und schlug das Kinn gegen die Steinplatte, in der Hoffnung, dieser neue Schmerz könnte den alten überlagern. Er konnte es nicht. Sein ganzer unterer Rücken fühlte sich feucht und heiß an, als wäre er mit brennendem Öl übergossen worden.

Lewis wand seine Finger aus Bens Griff.

»Nein! Nein!«, keuchte Ben.

»Ruhig«, flüsterte Lewis. »Es ist vorbei.«

»Er hat gegeben«, rief Stuart laut.

»Gepriesen sei die Mutter«, kam die Antwort von Marion und Lewis.

Doktor Lumley huschte heran. Ben glaubte, weißen Stoff in seinen Händen zu erkennen. Eine Sekunde später wurde etwas Weiches auf die Wunde in seinem Rücken gedrückt, während der Doktor ein mitfühlendes Brummen von sich gab. »Halb so schlimm, halb so schlimm.«

Ben realisierte nur am Rande, wie Doktor Lumley ihn verarztete, denn er war zu sehr davon gebannt, was die Alten trieben. Einen Moment war er überzeugt, dass es nur der Schmerz war, der ihm den grauenhaften Anblick vorgaukelte.

Stuart und Marion waren neben Lewis aufgetaucht. Stuart hielt Lewis das Stück von Ben hin, das er eben aus ihm herausgeschnitten hatte. Es sah aus wie ein Fetzen blutverschmierter Schweineschwarte.

»Gepriesen sei die Mutter«, murmelte Lewis ehrfürchtig, schloss die Augen und biss so zärtlich hinein, wie Dad immer von Mums Rinderfilet probierte. Lewis kaute lange und genüsslich, bevor er schluckte.

Ben riss die Augen auf. Sie fraßen ihn. Die Alten fraßen ihn. Jetzt war Marion an der Reihe. Mit einem wilden Funkeln im Blick schlug sie die Zähne in das, was Lewis übrig gelassen hatte.

»Halb so schlimm, halb so schlimm«, brummte Doktor Lumley noch einmal.

Der letzte Rest dessen, was Ben gegeben hatte, um auch vor den Augen der Alten zum Mann zu werden, verschwand zwischen Stuarts bleichen Lippen. »Eine hervorragende Wahl«, raunte er mit vollem Mund. »Es ist viel Leben in ihm.«

Marion nickte. »Er schmeckt gut.«

»Deshalb habe ich ihn angenommen«, meinte Lewis. War das Stolz in seinen Worten?

Ben schluchzte. Bisher hatte er nicht gewusst, dass man zur selben Zeit froh und erschüttert sein konnte.

Lewis beugte sich zu ihm herunter und küsste ihn aufs Haar. »Samen von meinem Samen.«

Dann verschwanden die Alten aus seinem Blickfeld. Er legte die Stirn auf die Steinplatte. Nun fühlte sich die Kälte plötzlich gut an. Eine Weile konzentrierte er sich ganz auf den langsam verebbenden Schmerz. Das war besser, als darüber nachzudenken, was er gerade gesehen hatte. Die Alten hatten ihn gegessen. Zumindest ein kleines Stück von ihm. War er am Ende für sie so, wie Vieh für ihn war? Nein, sie liebten ihn. Sonst hätte Lewis ihn nicht angenommen und hätte eben nicht seinen Kopf geküsst. Wenn man jemanden küsste, hieß das doch, dass man für ihn mehr war als ein Tier. Andererseits hatte er auch schon mal eine Katze oder einen Hund auf den Kopf geküsst, weil Tiere manchmal einfach so niedlich waren. Ben wusste nicht mehr, was er denken sollte. Am besten gar nichts. Er machte die Augen zu und atmete tief ein und aus. Einmal, zweimal, dreimal …

»Du kannst jetzt gehen, Bran«, hörte er Marion sagen, als Ben wieder zu sich kam. Er war nur aufgeschreckt, weil Doktor Lumleys Vorname seinem so ähnlich war.

»Lass es ein paar Tage ruhig angehen, ja?«, bat ihn der Arzt zur Verabschiedung. »Keine Kletterpartien über irgendwelche Mauern, in Ordnung? Ich weiß, du freust dich auf das Erntefest, aber übertreib es mir nicht, hm?«

Nach Doktor Lumleys Abmarsch wälzte sich Ben auf die Seite, ächzte, weil sein Rücken ihm weismachen wollte, auf voller Länge aufgerissen zu sein, und schwang die Beine über den Rand der Steinplatte. Die Kohlebecken und die Fackeln waren gelöscht. Statt von ihrem warmen Schein wurde der Raum nun von einer grellen Neonröhre erhellt. Das Kissen auf dem Podest fehlte samt Dolch.

Marion brachte ihm seine Klamotten und sah ihm beim Anziehen zu. Sie bewegte keinen Finger, obwohl er insbesondere beim Überstreifen seines T-Shirts gut Hilfe hätte brauchen können. Lewis wäre bestimmt nicht so stocksteif dagestanden, aber Lewis war nicht mehr hier. Schade.

Als er sich die Schuhe zugebunden hatte, wagte es Ben, Marion anzusehen. Sie sah ein bisschen anders aus als vorhin. Aber wieso? Ach, das war es. Die derben Quaddeln auf ihrer Gesichtshaut waren nicht mehr knallrot, sondern nur noch rosa. Milch nahm ungefähr diese Farbe an, wenn man das Erdbeerpulver reinschüttete, das Mister Hume ab und zu verkaufte.

»Soll ich auch gehen?«, fragte er vorsichtig.

»Ja, und zwar mit mir.« Sie leckte sich die Lippen und lächelte verstohlen. »Komm.«

Sie trug noch das gleiche Kleid wie vor zwei Tagen, und als sie sich umdrehte, um die Tür zu öffnen, stellte Ben fest, dass die Quaddeln zwischen ihren Schulterblättern keine wundersame Heilung erfahren hatten. Sie waren noch immer rote, feuchte Knubbel. Wie Nacktschnecken, die sich zu einem kleinen Muskelball zusammenzogen, sobald man sie mit einem Stöckchen antippte. Irgendwie empfand er das als fair, denn so war er nicht der Einzige, dessen Rücken verunstaltet war.

Während er ihr durch das düstere Labyrinth im Innern des Hauses der Alten folgte – wie viele Zimmer sich hier wohl hinter wie vielen Türen verbargen? –, fand sie offenbar Lust daran, mit ihm zu plaudern, beinahe wie ein gewöhnliches Mädchen in ihrem Alter. »Hast du den Schock gut verdaut?«

»Welchen Schock?«

»Dass dir ein Teil von dir abhandengekommen ist.« Sie rieb sich den flachen Bauch. »Und wo er gelandet ist.«

»Es fühlt sich komisch an«, gestand er. »Als ob man mir einen Zahn gezogen hätte.«

»Du hast Zähne über dem Hintern?«

»Nein«, sagte er, bevor ihm auffiel, dass die Frage nicht ernst gemeint sein konnte. Sie hatte seinen blanken Hintern sicher noch in Erinnerung. Die Alten vergaßen nie etwas, hieß es doch im Dorf. »Aber es fühlt sich eben ein bisschen so an. Nicht, als ob ich Zähne über dem Hintern hätte, sondern –«

»Ich weiß, was du meinst«, schnitt sie ihm das Wort ab. »Ich war nicht immer eine Alte.«

»Oh.« Das war ihm neu. »Was warst du vorher?«

»So wie du. Nicht das schärfste Messer in der Lade, aber ich hatte inzwischen genug Zeit, mich selbst zu wetzen.« Sie verlangsamte das Tempo, als sie bemerkte, dass er Schwierigkeiten beim Hinaufsteigen der Treppe hatte, zu der sie ihn gelotst hatte. »Und was das richtige Essen angeht … du kommst schon noch auf den Geschmack. Spätestens beim Erntefest. Ich hingegen darf mir den Bauch etwas früher vollschlagen. Einer der vielen Vorzüge, die man hat, wenn man eine Alte ist. Wer weiß, vielleicht würde es dir gefallen?«

Ben stützte sich am Treppenpfosten ab und tastete nach seinem Rücken. Der Verband, den ihm Doktor Lumley angelegt hatte, war ganz schön dick. Die Wunde darunter pochte im Takt seines Herzens. »Wohin gehen wir überhaupt?«

»Ich will dir etwas zeigen«, sagte Marion. »Du hast es dir verdient.«

Vor einer der zahlreichen Türen, die auch von diesem Flur im Obergeschoss abgingen, blieb Marion unvermittelt stehen, klopfte an und öffnete sie, ohne auf ein »Herein!« oder »Ja?« zu warten.

Ben zögerte, die Schwelle zu überschreiten. Das Zimmer dahinter war bis auf das schwache Leuchten, das eine funzlige Nachttischlampe aussandte, fest in der Hand der einsetzenden Dämmerung. Dann erkannte er, wer da in einem langen, altmodischen Nachthemd auf dem Bett saß, und es gab für ihn kein Halten mehr.

»Alice!«

Für einen kurzen Moment gab sich der Schmerz seiner Freude geschlagen, als er auf sie zulief. Er schloss sie fest in die Arme, atmete den Duft ihres Haars, schmiegte seine Wange an ihre. Ja, das war sie! Die schreckliche Erinnerung daran, wie er sie verloren hatte, stieg in ihm auf, und am liebsten hätte er sie nie wieder losgelassen. Er brauchte einen Augenblick, um zu erkennen, dass sie seine stürmische Begrüßung nicht erwiderte.

Sie hielt ihre Arme schlaff an der Seite und versuchte, den Oberkörper nach hinten, von ihm weg, zu beugen. Natürlich. Er war ein Idiot. Er tat ihr weh. Die Alte hatte ihr doch den Rücken zerfleischt. Egal. Sie lebte!

Marion, die keine Anstalten machte, das Zimmer zu betreten, sagte amüsiert: »Ich lasse euch beiden Turteltäubchen besser allein. Ihr habt euch sicher eine Menge zu erzählen.«

Ben hatte sich getäuscht. Marion war mindestens genauso nett wie Lewis. Sie hatte ihm Alice zurückgegeben.

Alice, die ihm immer vorwarf, er sei maulfaul. Die sollte ihr blaues Wunder erleben. Die Fragen sprudelten förmlich aus ihm heraus. »Geht es dir gut? Haben sie dich auch geschnitten? Musstest du singen? Siehst du ein, dass ich recht hatte? Dass es die Alten gibt? Kannst du dir vorstellen, wie froh ich bin, dass du nicht tot bist?«

Alice sah ihn traurig an und schüttelte den Kopf. »Ach, Ben.«

»Was denn? ›Ach, Ben …‹ Ist das alles?« Er lachte. Vielleicht würde sie sich diesmal ausnahmsweise von seinem Lachen anstecken lassen. Nein, tat sie nicht.

Stattdessen seufzte sie, und die Luft aus ihrem Mund wehte ihm ins Gesicht. Er roch wie der große Bottich in der Scheune, in den Dad nach dem Schlachten die Abfälle warf. »Ich bin tot, Ben.«

»Was?«

Die Antwort, die sie ihm gab, bestand darin, dass sie sich schwerfällig vom Bett erhob und begann, sich ihr Nachthemd von den Schultern zu streifen.

Ben hatte oft davon geträumt, dass so etwas passierte, und meistens war er danach mit nasser Unterhose aufgewacht. Aber in seinem Traum war alles anders. In seinem Traum lächelte Alice. In seinem Traum waren sie in seinem Zimmer daheim. In seinem Traum klafften kein Dutzend tiefer Löcher im Fleisch ihres Rückens.

Er wich einen Schritt vor ihr zurück und schämte sich sofort entsetzlich dafür. Das war Alice. Seine Alice. Was hatte die Alte ihr angetan?

»Siehst du?«, fragte sie.

»Du bist nicht tot. Du redest doch mit mir. Du bist nur schwach, weil die Alte dich so zugerichtet hat.«

»Fass mich an«, verlangte sie. Sie deutete mit dem Kinn auf eine ihrer Wunden.

»Nein, Alice. Das kann ich nicht. Dann kommt doch Dreck rein. Meine Hände sind nicht sauber.« Warum trug sie keinen Verband? Hatte Doktor Lumley etwa nach ihr nicht gesehen?

»Fass mich an, sag ich!« Ihr fauchender Zorn brach über ihn herein wie ein Gewitter. »Fass mich an!«

Er tat, wozu sie ihn drängte. Die Haut unter seinen Fingerspitzen war trocken und kühl. Lewis' Hände hatten sich so angefühlt.

»Glaubst du mir jetzt endlich mal was? Ich bin tot. Und gefährlich.«

»Quatsch«, murmelte Ben. »Du bist Alice.«

Nun lächelte sie, aber es war das Lächeln, das man aufsetzte, wenn jemand etwas Dummes oder Unverschämtes zu einem sagte und man sich nicht anmerken lassen wollte, dass man sich darüber ärgerte. »Nicht mehr lange. Sie haben es mir erklärt. Ich kann froh sein, dass ich noch so viel über mich weiß, sagen sie. Bei anderen wäre das nicht so. Was für ein Scheißdreck. Ich kann mich nicht mal daran erinnern, was du mir zu meinem letzten Geburtstag geschenkt hast. Ob der Neuntöter, den wir gesehen haben, ein Männchen oder ein Weibchen war. Und es wird immer weniger. Wie wenn der Wind die Blätter von einem Baum weht. Ich fühle es.«

Ben suchte nach etwas, das er sagen konnte. Warum wusste er nie, was er zu ihr sagen sollte, damit sie sich besser fühlte? Früher nicht und jetzt erst recht nicht.

»Ich sehe dich vor mir stehen«, fuhr sie fort, »und eine ganz leise Stimme in mir meint: ›Küss ihn. Er liebt dich. Schon lange. Er wartet darauf.‹ Aber das Ding in meinem Bauch, es gibt keine Ruhe, und es schreit viel lauter: ›Nimm ihn dir. Nimm dir alles von ihm. Friss ihn auf. Er kann machen, dass der Hunger weg ist.‹ Sie sagen, man würde sich mit der Zeit daran gewöhnen.

Man würde verstehen, wer gefressen werden kann und wer nicht. Es wäre nur eine Frage der Übung. Sie lügen. Der Hunger hört nie auf.«

»Aber die Alten sind gut zu uns.« Er wollte nicht glauben, was er da hörte. Es spielte keine Rolle, dass Alice es sagte. Sie musste sich irren. Hatte Lewis nicht eben noch seine Hände gehalten, damit er das Schneiden überstand? Hatte er ihm nicht verziehen, dass er die Alte erschlagen hatte? »Sie lügen uns nicht an. Sie beschützen uns.«

Alice zog die Schublade an ihrem Nachttisch auf. »Sie lügen. Sie können nicht anders.« Sie griff in die Schublade hinein und nahm etwas heraus, das sie ihm zuwarf und das mit einem sachten Klirren vor seinen Füßen landete.

Er ging in die Hocke, stöhnte, weil sein Rücken das überhaupt nicht gut fand, hob das Kettchen auf und betrachtete den Anhänger daran. Es war ein vierblättriges Kleeblatt. »Selma ...«

»Deshalb hat sie nie geschrieben, nachdem sie abgehauen ist, obwohl sie es mir versprochen hat«, sagte Alice. Ihr lauter Zorn war einer leisen Traurigkeit gewichen, aber für Ben war das eine mindestens ebenso furchtbar wie das andere.

»Wo hast du das her?«

»Marion hat mir eine Kiste mit Schmuck gebracht«, antwortete Alice. »Sie war voll bis oben hin. Ich dürfe alles nehmen, was mir gefällt, hat Marion gesagt. Erst habe ich mich gefühlt wie eine Prinzessin. Dann habe ich die Kette gefunden und kapiert, was sie mit Selma gemacht haben. Keiner kommt lebend aus diesem Dorf. Sie haben sie gefressen.« Sie drehte sich zum Fenster und schaute hinaus. Die letzten Strahlen der Sonne schlitzten den Wolkenbergen am Horizont die Bäuche auf. »Weißt du, was das Schlimmste ist? Dass ich morgen früh vielleicht diese Kette im Nachttisch finde und mir denke: ›Die ist hübsch. Die zieh ich gleich an.‹ Weil ich vergessen habe, wer Selma ist und dass es sie überhaupt jemals gegeben hat.« Sie senkte den Kopf und setzte sich zurück aufs Bett. »Sie lügen, Ben. Sie sind böse und grausam.« Ihre Stimme war nur noch ein Wispern. »Ich will nicht so sein wie sie. Hilf mir.«

Ben wollte sich neben sie setzen und tröstend einen Arm um sie legen, aber sein Körper gehorchte ihm nicht. Wieso? Es konnte doch nicht sein, dass er Angst vor ihr hatte, oder? »Wie soll ich dir helfen?«

»Töte mich«, hauchte sie. »Für immer.«

Er fiel aus der Hocke auf die Knie. »Nein …« Wie konnte sie ihn um so etwas bitten? Er liebte sie. Er wollte, dass sie bei ihm war. »Nein …« Was, wenn die Alten die Wahrheit gesagt hatten? Wenn sie sich daran gewöhnte, dass sie jetzt anders war? »Nein …«

»Bitte, Ben. Ich kann es nicht. Du hast es schon einmal geschafft.« Sie streckte ihm beide Arme mit den Handflächen nach oben entgegen. Die Ärmel ihres Nachthemds rutschten nach oben. »Ich habe es versucht. Es geht nicht. Der Hunger lässt mich nicht.«

Ihre Schlagadern lagen frei, zerfetzt und zerbissen wie von einem wilden Tier. Es hätte Blut aus ihnen hervorschießen müssen, doch da war kein Blut. »Töte mich.«

Ben wehrte sich nicht gegen das Grauen, das von ihm Besitz ergriff. Zu lange hatte er gegen immer neue Ängste gekämpft – die Angst, Alice könnte aus Manger fortgehen. Die Angst vor der Prüfung. Die Angst, Mum und Dad zu enttäuschen. Die Angst vor den Alten. Die Angst vor dem Schneiden. Er hatte nicht mehr die Kraft, gegen die Angst anzukämpfen, etwas ein zweites Mal zu verlieren, das ihm mehr bedeutete als alles in der Welt. Also ließ er zu, dass das Grauen ihn übermannte, auch wenn er wusste, wohin es ihn als schreiendes Bündel aus nackter Panik führen würde. Raus aus diesem verfluchten Haus. Fort von einer Bitte, die er nicht erfüllen konnte. Weg von dem Ding, das Alice gewesen war und das für einen Teil von ihm nie aufhören würde, Alice zu sein.

21.09.2009, 18:43

Ben hätte wissen sollen, dass es Dinge gab, vor denen man nicht davonlaufen konnte. Sosehr er sich auch wünschte, nie wieder auch nur einen Fuß in das Haus der Alten setzen zu müssen, ahnte er, dass das ein Wunsch war, der nicht in Erfüllung gehen würde. Er hatte nun begriffen, was Manger war: Das Dorf funktionierte wie ein Ameisenhaufen. Auf den ersten Blick konnte einem das Gewusel der einzelnen Krabbelviecher vielleicht chaotisch und zufällig erscheinen. Dann erkannte man nach einer Weile Muster – zum Beispiel, dass die meisten Ameisen festen Wegen über den Haufen folgten und dass manche von ihnen für ganz bestimmte Aufgaben zuständig waren. Futter zu suchen oder die Gemeinschaft zu verteidigen oder neues Baumaterial herbeizuschaffen. Sobald man das bemerkt hatte, stellte man sich unweigerlich die Frage, woher die einzelnen Ameisen wussten, was sie zu tun hatten. Der Ort, von dem sie ihre Befehle erhielten, konnte nur im Innern des Baus liegen – unsichtbar und gut geschützt. Manchmal wurden von dort Späher ausgeschickt, um die Umgebung zu erkunden, und Ben war sicher, dass die schwarze Limousine mit den verdunkelten Scheiben, die heute Morgen ins Dorf gerollt war, einen solchen Späher nach Hause brachte. Einen Fernen Verwandten, wie die Alten es nannten, den sie in die Welt draußen entsandt hatten, damit er sie auf dem Laufenden darüber hielt, was jenseits der Grenzen des Baus vor sich ging. Wären es Fremde gewesen, die in dem eleganten Wagen saßen, hätten sie entweder das Dorf nur durchquert – und damit noch einmal Glück gehabt –, oder sie hätten am großen Platz in der Dorfmitte gehalten, um sich die Kirche anzusehen oder dem Inn einen Besuch abzustatten. In diesem Fall wäre Ben schon bald mit seinem Onkel an der Schrottpresse gestanden und hätte beeindruckt gelauscht, wie die Maschine die Karosserie des Autos zum Kreischen brachte, während sie es mit unvorstellbarer Kraft zermalmte.

So jedoch, weil die Limousine schnurstracks bis zum Haus der Alten gefahren war, erwachte in Ben die Furcht, unter Umständen früher dorthin gerufen zu werden, als es ihm lieb war. Dorthin, wo Alice war – tot und doch nicht tot. Vielleicht war es feige von ihm gewesen, vor ihr wegzurennen, aber wenn ein Feigling zu sein bedeutete, dass man nicht das umbringen wollte, was einem das Wichtigste überhaupt war, dann war er gern ein Feigling. Er tat alles, um sich einzureden, dass die Situation, wie sie sich momentan darstellte, am Ende gar nicht so schrecklich war – Alice war immerhin nicht fort, er wusste, wo sie war, und wenn er all seinen Mut zusammennahm, würde er es womöglich sogar irgendwann schaffen, ihr unter die Augen zu treten. Sie würde ihn nicht vergessen haben. Das war absolut unmöglich, so viel Zeit wie sie miteinander verbracht hatten. Wahrscheinlich war alles so, wie Marion gesagt hatte: Alice brauchte nur eine Weile, um sich daran zu gewöhnen, was sie jetzt war. Bei ihm war das ja auch nicht anders.

Die Welt hatte sich für ihn verändert. Beim Frühstück hatten Mum und Dad erneut wortreich bekräftigt, wie stolz sie auf ihn waren, und sie hatten ihn genötigt, noch einmal seine Wunde vorzuführen. Mum meinte, sie würde gut verheilen, und dabei hatte sie glücklicher gelächelt als jemals zuvor. Das hatte ihn so froh gemacht, dass er nichts von Alice erzählte, er wollte die heitere Stimmung schließlich nicht verderben. Es wäre ungerecht von ihm gewesen, seine Eltern mit seinen Sorgen zu belasten. Er war nun ein Mann, und ein Mann behielt seine Sorgen für sich.

Was einen echten Mann außerdem auszeichnete, war, dass er seine Pflichten nie vernachlässigte. Im Grunde war es keine schlechte Sache, wie eine Ameise zu sein, die Befehle befolgte. Schließlich wäre alles anders – und hundertprozentig viel, viel besser – gekommen, wenn Alice und er sich an die Regeln gehalten hätten, anstatt sie zu brechen. So einfach war das. Denn wirkte nicht jede Regel auf einen albern und unnötig, falls man zu lange über sie nachdachte? Und was wäre die Alternative gewesen? Ganz auf Regeln zu verzichten? Er kam zu dem Schluss, dass er wohl schlicht und ergreifend nicht schlau genug war, um den genauen Sinn von Regeln im Allgemeinen zu verstehen, aber gleichzeitig nicht so dumm, an den Regeln zu zweifeln, die die Alten für das Dorf aufgestellt hatten. Selma war so dumm gewesen, und die Alten hatten sie zur Strafe gefressen. Jetzt war nichts mehr von ihr übrig als die Kette mit dem Glücksklee-anhänger in Alice' Nachttisch.

Als er seiner Pflicht nachkam, den Fremden in Onkel Roys Werkstatt etwas Suppe zu bringen, stellte er fest, dass es auch hier eine entscheidende Veränderung gegeben hatte: Der Dicke fehlte. Das hatte den Vorteil, dass es nicht mehr ganz so entsetzlich stank, aber den Nachteil, dass Sheila ihre Suppe nicht essen wollte, weil sie lieber ständig »Wo ist Frank? Wo ist Frank?« schrie. Er ignorierte sie. Er hatte einen Verdacht, wo Frank war, aber Sheila hätte ihn sicher nicht gerne gehört.

Wieder daheim begrüßte Mum ihn mit einem noch strahlenderen Lächeln, und selbst Dad hatte beste Laune. Sie merkten auch nicht, dass ihre begeistert vorgetragene Eröffnung Bens große Befürchtung wahr werden ließ: Lewis hatte ihn ins Haus der Alten eingeladen. Zum Essen, wie Mum weiter erklärte. Father Bain, der in Lewis' Auftrag die frohe Botschaft verkündet hatte, war so freundlich gewesen, darauf hinzuweisen, dass Ben sich dafür angemessen fein machen sollte. Immerhin waren wichtige Gäste da. Also zwang ihn Mum in den dunkelgrauen Anzug – ein Erbstück von Kenny, das an den Schultern zu weit und dafür im Schritt zu eng war.

So saß Ben wenig später an einer langen Tafel und wurde Zeuge, wie die Alten speisten. Es war nicht zu übersehen, dass die Beschützer des Dorfes der Anwesenheit des Fernen Verwandten und seiner Begleitung viel Bedeutung beimaßen: Lewis' struppiges Haar war sauber zu einem strengen Scheitel gekämmt, und Marion trug lange Handschuhe, die ihr bis zur Mitte der Oberarme reichten und die schlimmsten Quaddeln verdeckten, während Stuart sich trotz seines krummen Rückens durchgängig um eine möglichst aufrechte Haltung bemühte.

Ben versuchte das auch, weil er nicht mit der Wunde gegen die Stuhllehne kommen wollte. Er hatte unglaubliche Angst, irgendeinen peinlichen Fehler zu begehen und damit den Zorn der Alten auf sich zu ziehen. Was, wenn er die schneeweiße Tischdecke vollkleckerte? Oder ihm seine Gabel unglücklich aus der Hand rutschte, gegen den Rand seines Tellers fiel und einen Sprung im feinen Porzellan hinterließ? Oder wenn er einen der Kerzenhalter umstieß, heißes Wachs verspritzte oder am Ende sogar einen Brand auslöste?

Beim Anblick der Speisen vergingen ihm diese Gedanken: Auf einer riesigen Platte lag ein großes Stück durchwachsenes, rohes Fleisch, von dem sich die Alten Scheibe um Scheibe abschnitten. Daneben stand graurosa Püree, das sie sich in kleinen Portionen auf die Teller häuften, um jeden Happen Fleisch damit zu bestreichen, ehe er in ihren Mündern verschwand. Bevor er sich den Kopf darüber zerbrechen konnte, ob die Alten beleidigt wären, wenn er diese Kost zurückwies – denn ganz sicher bekäme er davon keinen Bissen herunter –, servierte Stuart ihm ein eigenes Gericht: einen dampfenden Eintopf mit dem unverwechselbar würzigen Geruch von Hammel.

»Es stünde uns nicht gut zu Gesicht, mit sämtlichen Traditionen auf einmal zu brechen«, hatte der Alte ernst gesagt. »Bis morgen solltest du dich noch gedulden können, oder?«

Ben hatte bloß stumm genickt. Abgesehen davon, dass er auf das rohe Fleisch verzichten konnte, gab es noch eine andere Sache, für die er zutiefst dankbar war: Alice nahm an dieser Veranstaltung offenbar nicht teil. Es wäre ihm unangenehm gewesen, und zwar nicht zuletzt deshalb, weil er kaum seine Blicke von der Begleiterin des Fernen Verwandten nehmen konnte. Der Ferne Verwandte selbst, der ihm von Lewis als Victor Cunningham vorgestellt worden war, war erstaunlich unspannend. Der Mann mit dem schwarzen Haar und den blauen Augen sah eigentlich auch nicht viel anders aus als jemand, der sein ganzes Leben in Manger verbracht hatte.

Das konnte man von der Frau, die neben ihm Platz genommen hatte, nicht gerade behaupten. Ihre Haut war beinahe so dunkel wie die von Kev, was durch ihr helles, schulterfreies Kleid noch deutlicher zur Geltung kam. Sie hatte ein kluges, anmutiges Gesicht mit vollen Lippen, das von wallendem, lockigem Haar umrahmt wurde. Hoffentlich fiel ihr nicht auf, dass Ben sie einfach anstarren musste. Mehr und mehr spürte er, wie sich in ihm ein leiser Neid auf den Fernen Verwandten regte. Vielleicht war in der Welt draußen doch nicht alles schlecht, wenn es dort solche Schätze zu rauben gab wie diese Frau. Lily. Lily Young. Sogar ihr Name klang in Bens Ohren wie ein Lied aus einem weit, weit entfernten Land, das man nur ein einziges Mal hörte und nie wieder vergaß.

Die Alten hingegen schienen sich mehr für Victor zu interessieren, denn sie stellten ihm Frage um Frage.

»Hattest du in letzter Zeit Kontakt mit Mirren und Fiona?«, erkundigte sich Stuart mit einem breiten Grinsen, das seine schartigen, teegegerbten Altmännerzähne in aller Pracht zum Vorschein brachte.

»Ja, hatte ich.« Victor tupfte sich mit einer Serviette den Mundwinkel sauber. »Es gab offenbar eine Phase, in der es für sie nicht so glattging, wie man es sich wünschen würde. Inzwischen ist diese Zeit der Unsicherheit jedoch überstanden.«

Marion stützte die Ellbogen auf den Tisch und beugte sich gespannt nach vorn, die runden Brüste nur Zentimeter über der jüngsten Scheibe Fleisch, die sie auf ihrem Teller deponiert hatte. »Ärger im Paradies?«

»Nein, nein. Sie sind ausgesprochen zufrieden miteinander«, sagte Victor. »Sie hatten nur nicht verstanden, dass es andere gibt wie uns, die Anspruch auf die Orte erheben, an denen der Hunger seinen Weg in die Welt findet. Ein Umstand, den man leicht vergisst, wenn man lange wohlbehütet in Manger ohne jegliche Konkurrenz existiert hat.«

»Höre ich da ein gewisses Bedauern, dass du von hier fortgegangen bist?«, wollte Lewis wissen.

»Ja und nein«, antwortete Victor. »Am Anfang war es schwer, Heathers Erbe anzutreten. Doch es musste sich jemand um ihre Hinterlassenschaften kümmern. Und außerdem: Wo wäre Manger heute, wenn niemand von uns die Fühler nach draußen ausgestreckt hätte? Heather war die Erste, die sich in so weite

Ferne gewagt hat, und es war mir eine Ehre, ihre Nachfolge anzutreten. Ich habe inzwischen viel gelernt, und wenn ich damals auf meinen Verstand anstatt auf mein Herz gehört hätte und in Manger geblieben wäre, hätte ich niemals meine wahre Liebe gefunden.« Er lächelte Lily an, doch die schaute nur auf das Fleisch auf ihrem Teller, als wäre sie in Gedanken noch irgendwo in der Welt draußen. »Also muss ich wohl sagen, dass ich damals die richtige Wahl getroffen habe.«

So ging dieses Tischgespräch noch eine Weile weiter, bis Bens Eintopf schon kalt geworden war: Ben und Lily schwiegen, während die Alten ihren Fernen Verwandten mit Fragen löcherten. Ihrem Appetit schadete das in keiner Weise. Von den ungewöhnlichen Speisen, die sie für sich aufgetischt hatten, blieb kein Fetzen Fleisch und kein Klacks Püree übrig. Marion wischte sogar die letzten Reste auf ihrem Teller mit den Fingern auf, um sie anschließend genüsslich abzulecken.

Irgendwann, als die Kerzen in ihren Haltern sich bereits in gedrungene Stummel verwandelt hatten, faltete Victor sorgfältig seine Serviette zusammen und musterte Ben intensiv. Ben wich dem Blick aus, indem er Victors Finger fixierte – lang, schmal und bleich. Wie die Beine einer weißen Spinne, die in einer finsteren Höhle hauste. Er glaubte schon, er müsse sich womöglich schon wieder ausziehen, um sich oder seine Wunde zu präsentieren, doch es kam anders.

»Genug Geplänkel«, sagte Victor. »Können wir vor dem Jungen offen reden, oder war er nur als Garnitur gedacht?«

»Er ist Samen von meinem Samen«, erwiderte Lewis, während er den Knoten seiner Krawatte lockerte. »Und ich verspreche mir von ihm noch eine Menge. Er ist außerordentlich folgsam, und noch dazu weiß er, wann er den Mund zu halten hat. Ist es nicht so, Ben?«

Ben nickte stumm. Ja, es war gar nicht so schlimm, eine Ameise zu sein.

»Sehr schön.« Victor rieb sich die Hände. »Dann würde ich vorschlagen, dass wir endlich einige Dinge ansprechen, die noch vor morgen geklärt werden sollten.«

»In der Tat.« Stuart richtete sich noch ein bisschen gerader auf. »Die Lücke, die durch Helens … Unfall in unseren Reihen entstanden ist, muss schnellstmöglich geschlossen werden. So schreiben es die Traditionen vor, die uns die Erste Mutter gelehrt hat.«

»Was haltet ihr von Alice?«, warf Marion, deren Quaddeln im Gesicht nach dem Essen beinahe vollkommen verschwunden waren, im Plauderton in die Runde. »So könnten wir zwei Fliegen mit einer Klappe schlagen. Ihr weiteres Schicksal wäre geklärt und unsere Reihen wieder geschlossen.«

Ben hielt den Atem an und unterdrückte so im letzten Moment ein saures Rülpsen, das ihm aus seinem Magen in die Kehle stieg. Warum redeten die Alten plötzlich über Alice? Und was war das mit ihrem Schicksal, das noch geklärt werden musste? Hatte sie nicht schon genug gelitten?

»Ich habe sie mir angesehen.« Victor schürzte die Lippen. »Sie ist ein prächtiges Geschöpf, keine Frage. Allerdings muss ich anmerken, dass sie auf mich keinen sehr glücklichen Eindruck macht.«

»Das liegt nur an der Umstellung auf ihre neue Lage«, entgegnete Marion rasch. »Sie wurde von den Ereignissen noch mehr überrumpelt als wir. Sie wird sich über kurz oder lang an alles gewöhnen.« Marion drehte sich zu Ben. »Du kennst sie besser und länger als wir alle. Du hast sie auch besucht. Was sagst du? Wie geht es ihr?«

Anscheinend gab es Momente, in denen eine Ameise nicht einfach nur einem Befehl folgen konnte. Ben spürte eine jähe Kälte, die ihm die Beine hinaufkroch. Was erwartete Marion? Sie war eine Alte, und er wagte nicht, sie zu belügen. »Sie ist ziemlich traurig.«

Marion runzelte die Stirn und funkelte Ben zornig an. »So?«, zischte sie.

»Lass den Jungen in Ruhe«, warnte sie Victor. »Er hat nur die Wahrheit gesagt. Lass ihn nicht dafür büßen, dass du so sehr an deinem neuen Spielzeug hängst.«

»Mein neues Spielzeug?« Marion zeigte mit dem Finger auf

Lily. Wenn Ben sich nicht gewaltig irrte, ging es der jungen Frau so wie ihm: Sie wurde in einen Streit hineingezogen, bei dem sie kaum eine Vorstellung davon hatte, worum er sich drehte und warum er mit derart harten Bandagen geführt wurde. Warum sonst hätte sie nervös an ihrem Kleid zupfen und den Blick die ganze Zeit gesenkt halten sollen? »Was ist mit deinem neuen Spielzeug, Victor?«

Victor lächelte, und die kriechende Kälte in Ben erreichte seine Eier. »Treib es nicht zu weit, Schwester. Lily ist kein Spielzeug. Uns verbindet etwas, von dem du noch nie etwas verstanden hast: Liebe. Noch dazu steht es mir als Fernem Verwandten frei, die Gefährtin für die Ewigkeit zu wählen, von der ich glaube, dass sie mir am besten hilft, die Zeiten zu überdauern. Das ist ihre einzige Verpflichtung. Für euch in Manger ist das anders. Die Alten übernehmen Pflichten, von deren zuverlässiger Erfüllung das Wohl des gesamten Dorfes abhängt. Das weißt du doch. Oder ist es dir entfallen, und du brauchst jemanden, der dir die Regeln mit etwas mehr Nachdruck erläutert, als es mein geschätzter Bruder Stuart für gewöhnlich tut?«

»Nein, Victor.« Marion ließ langsam die Hand sinken. »Ich wollte dich nicht verletzen. Verzeih mir, wenn ich mich so für das Mädchen einsetze, aber du darfst nicht abstreiten, dass nicht jeder das verdammte Glück hat, so gut auf den Weg in die Ewigkeit vorbereitet zu werden, wie es bei deiner neuen Gefährtin sicher der Fall gewesen ist.«

Alle an der Tafel zuckten zusammen, als Lily laut auflachte. Die Hände in die Tischdecke gekrallt, schüttelte sie den Kopf und grollte: »Gut vorbereitet? Du hast ja keine Ahnung, was du da erzählst … Schwester.«

»Lily! Wir sind Gäste in diesem Haus«, rügte sie Victor scharf. Wenn Dad daheim so klang, hatte früher die nächste Ohrfeige nicht lange auf sich warten lassen. »Ich halte eine Entschuldigung für angebracht.«

»Tut mir leid, Victor.« Lily verschränkte die Arme vor der Brust, schenkte Marion ein Zähneblecken und ahmte den Tonfall nach, den die Alte wenige Augenblicke vorher für ihre eigene

Entschuldigung gewählt hatte. »Ich wollte dich nicht verletzen, Marion. Verzeih mir, dass ich mich nicht dafür einsetze, dieses arme Mädchen noch unglücklicher zu machen.«

Lewis schlug amüsiert mit der Faust auf den Tisch, dass die Teller schepperten. »Oho. Nicht schlecht, Victor. Sie hat Mut. Ich nehme an, den braucht man, wenn man es dort draußen zu was bringen will.«

Marion öffnete den Mund, aber auf ein heftiges Räuspern Stuarts hin, das seine Fledermausflügelohren zum Zittern brachte, schloss sie ihn wieder. »So kommen wir nicht weiter. Wenn wir einmal anfangen, mit Unrat um uns zu werfen, sind wir am Ende alle braun, ohne dass wir einen Ersatz für Helen gefunden hätten. Ich halte also fest, Marion, dass du Alice Owen für eine geeignete Kandidatin hältst, um Helens Platz unter uns einzunehmen.«

»So ist es.« Sie nickte entschlossen. »Ich fände das absolut fair. Helen hat Alice zu dem gemacht, was sie ist.«

»Wenngleich nicht absichtlich«, schränkte Stuart ein. »Darüber hinaus spricht ein weiterer Umstand gegen das Mädchen. Sie hat nie ein Kind geboren, und es besteht die Gefahr, dass sie dieser verpassten Erfahrung nachtrauert, sobald sie begreift, dass ihr Schoß unfruchtbar ist.«

Während Ben noch Lilys Reaktion auf diese Aussage verfolgte – sie nahm behutsam ihr Messer und betrachtete ihr Spiegelbild in der Klinge –, zog er ein zweites Mal Marions Aufmerksamkeit auf sich. »Mag sein, dass dem so ist. Ich dachte aber, es hilft ihr, wenn sie Ben möglichst oft um sich hat. So wie ich die Lage beurteile, standen er und Alice sich sehr nah. Er würde alles tun, damit es ihr besser geht, nicht wahr, Ben?«

Ben wurde von Lewis davor gerettet, eine Antwort geben zu müssen. Der Alte mit dem Backenbart hob die Hand und ergriff das Wort. »Ich rate dazu, dass wir nichts überstürzen. Selbstverständlich muss Ersatz für Helen gefunden werden. Daran gibt es nichts zu rütteln. Aber ob Alice da die Richtige ist …« Er zuckte mit den Schultern. »Vielleicht wäre es am besten, mit der Entscheidung noch ein paar Wochen zu warten. Dann wüssten wir auch endgültig, wie sehr sie dem Zerfall ausgesetzt ist.«

»Auch da könnte Ben ihr Anker sein«, beharrte Marion und begann, sich durch ihren Handschuh in der Ellenbeuge zu kratzen.

»Augenblick!« Victor lehnte sich weit in seinem Stuhl zurück. »Heißt das, ihr vermutet, Alice' Wille ist unter Umständen nicht stark genug, damit sie ohne fremde Hilfe der Zeit trotzen kann?«

»Sie vergisst viele Dinge«, räumte Lewis ein. »Stimmt es nicht, Ben?«

Warum ließen ihn die Alten nicht in Ruhe? Warum taten sie so, als ob es überhaupt eine Rolle spielte, was er zu dieser Diskussion beizutragen hatte? Er war keiner von ihnen, und sein Wort zählte doch höchstens so viel wie ein Furz im Sturm. »Doch«, sagte er leise.

»Das ist schade.« Victor seufzte und bedeutete Lily mit einem Wink, das Messer wieder wegzulegen. »Es ist aber nun einmal so, dass nicht jedem so ein starker Wille gegeben ist, den Hunger im Zaum zu halten. Im Gegenteil: Ich brauche euch nicht zu sagen, was mit den allermeisten passiert, die mit dem Hunger in Berührung kommen.«

»Faules Fleisch ohne Geist«, murmelte Stuart.

Lilys Messer fiel scheppernd auf ihren Teller.

»Auch dagegen ließe sich etwas tun«, sagte Marion. »Der Zerfall kann aufgehalten werden. In Helens Fleisch steckt viel Macht. Vor allem im Sitz ihres Willens.«

Lewis verzog das Gesicht, als er mit einer seiner haarigen Pranken nach der nächstbesten Püreeschale griff und feststellte, dass sie leer war. »Vom Sitz ihres Willens ist nicht mehr viel übrig.«

»Da wäre ich mir nicht so sicher.« Ben glaubte, nicht richtig zu hören, als ausgerechnet Victor Marion mit einem Mal zur Seite zu springen schien. »Als ich vorhin bei ihr war, hatte ich durchaus das Gefühl, dass Helen mich wiedererkannt hat. Sie hat den Arm ein Stück gehoben und nach mir ausgestreckt, und zwar nicht so, als ob der Hunger sie dazu getrieben hätte.«

Die eisige Kälte in Ben, die so langsam an ihm emporgekrochen war, machte nun einen plötzlichen Satz in sein Herz, und er spürte genau, wie es um ein Haar stehenblieb. War Helen nicht die Alte, die er erschlagen hatte? Sie war doch tot, oder? Also noch toter, als die Alten es so oder so schon waren. Wie konnte Victor dann sagen, Helen hätte ihn wiedererkannt?

»Ihr Wille ist noch nicht vollständig zersetzt«, fuhr Victor fort. »Unrettbar verloren, das ja. Aber eben immer noch zu einem kleinen, aber mächtigen Teil erhalten.«

»Seht ihr?«, triumphierte Marion und stellte ihr Kratzen ein. »Das könnte Alice helfen.«

»Ja, könnte es.« Victor rückte seinen Stuhl von der Tafel und stand auf. »Aber merkt denn keiner von euch, dass wir hier zwei Dinge in einen Topf werfen?« Er deutete auf den freien Platz an der Längsseite der Tafel, wo ein komplettes Gedeck ungenutzt geblieben war. »Den passenden Ersatz für Helen zu finden, das ist die eine Sache. Die andere ist die Frage, wer den Sitz ihres Willens in sich aufnimmt. Zwei völlig unterschiedliche Probleme, zwei voneinander getrennte Entscheidungen. So beurteile ich das. Und in der einen Sache kann ich nicht anders, als euch allen – auch dir, Marion – ins Gedächtnis zu rufen, dass es das falsche Signal an die Menschen im Dorf aussenden könnte, ausgerechnet ein Mädchen, das sich nicht an die Regeln hielt, in unsere Mitte zu holen. Insbesondere dann, wenn es im Dorf so viele Menschen gibt, die uns über Jahrzehnte hinweg treu gedient haben. Die Bain-Brüder zum Beispiel. Oder die Lumleys. Verglichen mit ihnen ist Alice ersetzbar.«

Als Ben nach und nach kapierte, dass Victors Argumentation anscheinend eine Gefahr für Alice darstellte, fühlte er sich, als wäre alles an und in ihm aus Eis. Er wollte nichts mehr denken, nichts mehr fühlen. War es vielleicht das, was ihn von einem glücklichen Dasein als Ameise abhielt? Dass er zu viel dachte und zu viel fühlte, um sich ganz in die Abläufe im Bau zu fügen?

»Und was die andere Sache anbelangt – Helens Sitz des Willens und wie wir damit verfahren wollen –, wird es euch nicht überraschen, dass ich meine eigene Gefährtin dafür vorschlage, sich diesen Teil Helens anzueignen«, beschloss Victor seine Ausführungen, stellte sich hinter Lilys Stuhl und legte ihr die Hände auf die Schultern.

Ben sah Lily schlucken. Dann legte sie den Kopf in den Nacken und flüsterte: »Du meinst ihr Gehirn, oder? Ich soll ihr Gehirn fressen?«

Victor beugte sich näher heran, um die Arme um sie schlingen zu können. »Ganz recht. Hab keine Angst. Du wärst dann wie ich, Liebes – stark, frei. Erinnerst du dich an das, was ich mit dem Mann getan habe, den wir gemeinsam zur Strecke gebracht haben? Das könntest du dann auch. Wünschst du dir das denn nicht?«

Ben bekam Lilys Antwort nicht mit, da Stuart mit erstaunlich lauter Stimme sagte: »Bei allem gebotenen Respekt, Bruder, aber diese Frau ist eine Fremde.«

»Und?« Victor gab Lily frei und machte einen Schritt auf Stuart zu, um sich in einer lässigen Haltung – ein Bein ausgestreckt, das andere leicht angewinkelt – direkt vor dem Alten auf die Tischkante zu setzen. »Ich habe sie ausgewählt, wie es mein gutes Recht ist. Natürlich ist sie eine Fremde. Was wäre die Alternative gewesen? Dass ich hierherkomme und mir meine Gefährtin aus den Frauen im Dorf aussuche? Und was dann? Dann entführe ich dieses arme Geschöpf in eine unbekannte Welt, in der völlig andere Gesetze gelten als die, mit denen es aufgewachsen ist? Könntest du dir etwas Grausameres ausmalen? Etwas, das einem Willen mehr Schaden zufügt? Ich nicht. Deshalb war ich bereit, auf das Schicksal zu vertrauen, und es hat mich nicht enttäuscht. Diese Fremde, wie du sie nennst, ist mir näher, als du es dir je vorstellen könntest.«

Einen Augenblick taxierten Victor und Stuart einander, und die Angriffslust, die in der Luft lag, reichte aus, um selbst Bens Eispanzer zu durchdringen. Dann tätschelte Stuart dem jüngeren Alten glucksend das Knie. »Schau uns an! Wie die Hammel auf der Weide, bevor es ans Lämmermachen geht! Wir und unsere Dickköpfe! Ach, Victor, ich bin überzeugt, dass du mit Lily eine ausgezeichnete Wahl getroffen hast. Schönheit, Mut, Verstand – die drei Dinge, die einem die Ewigkeit kurz erscheinen lassen, wenn man sie um sich weiß! Es würde Helen gefallen, Lily den Sitz ihres Willens zu überlassen.«

»Was ist mit euch anderen?«, fragte Victor in die Runde.

»Meine Position kennst du«, sagte Marion spitz. »Lewis?«

Nachdem er sich einen quälend langen Moment mit beiden Händen den Bart gerieben hatte, antwortete der grobschlächtige Alte: »Ich kann deinen Vorschlag nicht unterstützen, Victor. Tut mir leid. Ich schulde Marion etwas.« Sein Blick wanderte zu Ben. Dann feuchtete er Daumen und Zeigefinger seiner rechten Hand an und löschte eine der Kerzen vor sich auf dem Tisch. Er sah dem dünnen Rauchfaden nach, der sich zur Decke kräuselte. »Aber was ist mit Fiona und Mirren? Ihre Stimmen müssen auch gehört werden.«

»Müssen sie nicht.« Victor kehrte an seinen alten Platz an der Tafel zurück. »Sie werden sich enthalten.«

Marion hob eine Augenbraue. »Woher willst du das wissen?«

Victor schaute sich in gespielter Überraschung um. »Bin ich blind? Oder siehst du sie hier irgendwo?« Er lachte über seinen eigenen Scherz, um anschließend halblaut »Mirren? Fiona? Kommt raus, kommt raus, wo immer ihr seid …« zu rufen.

Marion nahm ihr hektisches Kratzen wieder auf. »Bist du fertig mit deiner kleinen Nummer?«

»Fast«, erwiderte Victor. »Die eigentliche Pointe fehlt noch. Sie werden sich enthalten, weil sie gar nicht erst kommen.«

»Ach? Wie kannst du dir da so sicher sein?«, schnappte Marion.

»Nun, die beiden schulden mir sozusagen etwas.« Victor zwinkerte Lewis zu. »Die Vorbereitung auf die Welt draußen, die ihr neuen Fernen Verwandten angedeihen lasst, ist bisweilen etwas lückenhaft, um es einmal vorsichtig auszudrücken. Die beiden haben ein Interesse von ungewollter Seite auf sich gelenkt und sich an mich gewandt, damit ich ihnen helfe, es wieder loszuwerden. Das habe ich selbstverständlich gern getan. Aber alles hat seinen Preis. Ich bin nicht so ein skrupelloser Wucherer, sie dazu zu zwingen, eigens hierherzukommen, um gegen euch zu stimmen. Das sorgt nur für böses Blut. Mir hat es schon genügt, dass sie gar nicht erst erscheinen. Ich fechte meine Kämpfe lieber allein aus.«

»Dann wären wir bei einem Unentschieden«, raunte Stuart.

Marion seufzte laut und stützte den Kopf in beide Hände. »Victor, Alice braucht Helens restliche Macht. Sie ist nicht so stark wie deine Gefährtin.« Sie sprach leiser und leiser, bis sie nur noch wisperte. »Versetz dich in ihre Lage. Sie spürt, dass der Hunger sie von innen heraus zerfrisst. Sie ahnt, dass nichts von ihr bleiben wird als der Drang, zu töten und zu fressen. Sie kämpft dagegen an, aber ihre Erinnerungen verfaulen und verrotten. Sie ist ihr eigenes Grab.«

Jedes von Marions gehauchten Worten holte Ben mehr aus seiner eisigen Lähmung. Obwohl die Aufforderung an Victor gerichtet gewesen war, unternahm er den Versuch, die Welt so zu sehen, wie sie nun für Alice war. Eine Welt, in der all die Dinge um sie herum eines nach dem anderen ihre Namen und ihren Sinn verloren. Weil er so häufig selbst vieles vergaß, was er eigentlich wissen sollte, kannte er die furchtbare Unsicherheit, die von einem Besitz ergriff, wenn man etwas sagen wollte, aber ums Verrecken nicht darauf kam, was das passende Wort dafür war. Wie hieß das noch mal? Ja, auf der Zunge liegen. So hieß das. War es so für Alice? Schaute sie sich jetzt gerade oben in ihrem Zimmer im Spiegel an und fragte sich, was das passende Wort für das Ding war, in dem sie sich selbst betrachten konnte? Oder schlimmer noch: Fragte sie sich vielleicht schon, was der Name für das war, was ihr aus dem Spiegel entgegenblickte?

»Ich will niemandem etwas wegnehmen«, sagte Lily leise, und Ben wäre beinahe aufgesprungen, um zu ihr hinzulaufen und ihr vor Dankbarkeit die Füße zu küssen. »Ich will das –«

»Still jetzt, Schatz«, brachte Victor sie zum Schweigen. Er faltete die Hände wie zum Gebet. »Marion, dein herzzerreißendes Plädoyer für das Mädchen in allen Ehren, aber es ist doch so:

Kannst du ernsthaft von mir verlangen, der Frau, die ich liebe, etwas vorzuenthalten, was ihr Dasein erleichtert? Eher überredest du einen Fisch, auf seine Kiemen zu verzichten.«

Ben war gar nicht in einem Ameisenbau. Nein, er war ins Netz einer Spinne geraten, die ihre Fäden so klug gesponnen hatte, dass es kein Entrinnen für ihre zappelnde Beute gab. Und den anderen Alten war es wohl nicht anders ergangen, oder?

»Warum lassen wir Helen nicht selbst entscheiden?«, schlug Stuart vor.

Die Spinne zeigte sich ehrlich überrascht über dieses Aufbegehren. »Wie bitte?«, fragte Victor verdutzt. »Helen? Wie soll das funktionieren?«

»Du selbst hast eben gesagt, ihr Wille wäre noch nicht vollständig zerrüttet und dass sie dich sehr wohl erkannt hätte«, erläuterte Stuart, über dessen spröde Lippen der Geist eines Lächelns huschte. »Vorausgesetzt, deine Erschütterung bei ihrem Anblick hat deinen Sinnen keinen Streich gespielt, besteht die Möglichkeit, dass dieser letzte Splitter ihres Verstands ausreicht, um uns verständlich zu machen, wem sie den Sitz ihres Willens übereignen möchte. Darüber hinaus verfügen wir über ein Mittel, ihren noch vorhandenen Willen für einen kurzen Zeitraum zu kräftigen: Wir könnten sie zur Kirche bringen, zur Spalte in der ehemaligen Heimstatt der Ersten Mutter. Die Macht, die aus der Spalte sickert, könnte Helen befähigen, eine eigene Wahl zu treffen.«

»Vielleicht.« Hörte Ben tatsächlich Besorgnis in Victors Stimme? »Oder dieser Plan könnte einen Hunger entfesseln, den keiner von uns kontrollieren kann.«

»Dagegen gibt es Vorkehrungen, die uns die Erste Mutter in ihrer unendlichen Gnade gelehrt hat.« Stuart tippte mit dem Finger gegen den Rand der Porzellanplatte, auf der zuvor das rohe Stück Fleisch gelegen hatte, bis es die Alten verschlungen hatten. »Davon gibt es noch mehr. Ich könnte Ian Bain auftragen, alles zum Ritual herzurichten, damit wir morgen schon zur Tat schreiten können. Die großen Gestirne stehen zum Erntefest stets günstig.«

»Bist du so versessen darauf, der Kirche einen Besuch abzustatten, Stuart?« Nun lächelte auch Victor, aber es wirkte auf Ben gezwungen. Wie wenn man beim Hinabsteigen in einen finsteren, unheimlichen Keller eine fröhliche Melodie vor sich hin pfiff. »Sehnst du dich nach der Krypta, Bruder? Sag mir nicht, du vermisst den Moder und die Kälte.«

»Ich war immer dagegen, nicht dort zu bleiben, von wo aus unsere Erste Mutter über das Dorf wachte«, sagte Stuart. »Was gut genug für sie gewesen ist, ist gut genug für uns.«

Victor verdrehte die Augen. »Gepriesen sei die Mutter, aber vergiss nicht, wo sie aufgewachsen ist. In einer Höhle. Man kann also kaum von ihr erwarten, dass sie auch nur das geringste Gespür für die Bedürfnisse von Leuten hatte, deren Kinderstube nicht so zugig war.«

»Kein Streit über vergossene Milch.« Lewis klopfte entschlossen auf den Tisch. »Es war ohne jeden Zweifel die richtige Entscheidung, dieses Haus zu bauen. Es ist alles andere als ein übertriebener Luxus. Es ist ein Gebot der Vernunft. Die Kirche bietet ein zu offenes Ziel. Jeder unserer Feinde von draußen, der von unserer Existenz weiß, würde dort als erstes nach uns suchen. Jetzt fänden sie nur noch die Spalte dort und nicht mehr uns.«

»Was ist das für eine Spalte?«, fragte Lily in die Stille, die Lewis' Schlichtungsversuch folgte.

»Was hast du ihr über den Hunger erzählt?«, wollte Marion von Victor wissen.

»Nicht mehr, als bisher nötig war«, gab der Ferne Verwandte zurück und wandte sich mit sanftem Ton an seine Gefährtin. »Schau, Lily, der Hunger, der in uns ist, kann nicht an jedem Ort in die Welt geholt werden. Nur an solchen, an die er angelockt wurde, weil viele Menschen dort gestorben sind. Diese Spalte im Boden der Krypta, über die wir hier reden, ist etwa so lang und so breit wie der Tisch, an dem wir sitzen. Wie tief sie ist, nun, man sagt, sie führe ins finsterste Herz der Erde selbst. Früher, noch bevor dieses Dorf Manger hieß oder sonst einen Namen hatte, an den sich noch jemand erinnert, haben die Leute hier diejenigen aus ihrer Mitte, die sich gegen die Gemeinschaft versündigt haben, in die Spalte geworfen. Über Jahrhunderte, vielleicht sogar Jahrtausende hinweg.«

»Das hat den Hunger geködert«, sagte Lily.

»Kluges Kind«, lobte sie Stuart.

»Nicht nur den Hunger«, setzte Victor seine Ausführungen fort, bei denen Ben zunehmend den Eindruck gewann, dass sie den Raum mehr verdüsterten als Lewis' Löschen der Kerze. »Auch die Erste Mutter wurde von der Spalte angezogen. Sie ist von einem anderen Ort nicht weit von hier am Meer vertrieben worden, an dem der Hunger spürbar ist, und hat in Manger eine neue Heimat gefunden. Sie war alt und mächtig. Ihr Wille widerstand selbst den verführerischsten Einflüsterungen aus der Spalte, doch wir sind beileibe nicht mit der Ersten Mutter zu vergleichen. Wenn wir der Spalte zu nahe kommen und zu lange ihrem Flüstern lauschen, bricht sich der Hunger ungezügelt Bahn. Im schlimmsten Fall unterwirft er sich in einem weiten Umkreis jeden, der je mit ihm in Berührung gekommen ist.«

»Du stellst es gefährlicher dar, als es ist.« Stuart schüttelte den Kopf. »Man kann Vorkehrungen treffen, um solche Ausbrüche zu verhindern. Man kann eine Grenze ziehen, die er nicht überschreitet, und man muss ihm etwas darreichen, das er verzehren kann. Das ihn so lange beschäftigt, bis Helen genug von seiner Macht gekostet hat, um ihre Entscheidung zu treffen.«

»Was ist mit einem der Fremden, um die er sich gekümmert hat?« Lewis wies mit dem stoppeligen Kinn in Bens Richtung. »Um die wäre es nicht schade, falls doch etwas schiefgeht.«

Auch wenn Stuart behauptet hatte, der Ferne Verwandte würde es mit seiner Sorge übertreiben, fühlte sich Ben durch Lewis' Bemerkung verunsichert. Er hatte diese Spalte in der Kirche noch nie gesehen, aber er bezweifelte nicht, dass sie da war. Alles klang danach, dass man sterben konnte, wenn man sie sah – sogar die Alten, obwohl die schon einmal gestorben waren. Und da wollten sie nun hin? Mit Alice, die sich bestimmt nicht gegen diesen Beschluss wehren konnte. Außerdem schwante ihm Übles, falls diese Helen – die nun doch toter als die anderen Alten, aber eben nicht so tot war, wie wenn man richtig, endgültig und für immer starb – sich für Lily und gegen ihr letztes Opfer entschied. Er fühlte sich elend, weil er Alice irgendwie beistehen wollte. Aber er war doch nur ein Mensch – schwach und hilflos verglichen mit den Kreaturen, die ihn zu sich gerufen hatten. Wie sollte er Alice helfen können, wenn diese Geschöpfe ihr Leben – oder wie auch immer man das nun nennen sollte, was Alice noch hatte – aufs Spiel setzten?

»Ich werde einen der Fremden brauchen, um die Grenze zu ziehen«, sagte Stuart. »Ob der andere allein dann genug Ablenkung für den Hunger ist ...« Die Zahl der Falten auf seiner Stirn wuchs sprunghaft an. »Man wird sehen.«

Ben holte tief Luft. Da war sie, seine Gelegenheit. Ihm war, als würde er mutig schreien, aber wahrscheinlich hörte er sich leise und feige an. Ameisen hatten eben keine lauten Stimmen, selbst wenn sie im Netz einer Spinne zappelten. »Würde es Alice helfen, wenn ich dabei bin, wenn ihr an die Spalte geht?«

Eruption

22.09.2009, 19:29

Manger war das dritte Dorf, das sie aus sicherer Entfernung an diesem Tag in Augenschein nahmen, und, wenn Gottlieb sich nicht verzählt hatte, insgesamt bereits das achte auf dieser bislang unergiebigen Reise nach Schottland. Schon bei Dorf fünf oder sechs hatte er begonnen, sich zu überlegen, ob und wie er Bille rundmachen konnte, falls die Seherin mit ihren Ahnungen einer aufreißenden Nahtstelle danebenliegen sollte und diese ganze Tour ein Rohrkrepierer war. Er hatte daheim genug zu tun und hätte gern darauf verzichten können, sich auf einem Hügel in der Einöde die Beine in den Bauch zu stehen. Noch dazu fühlte er sich wie eine Presswurst, weil er über dem Anzug aus Kettenringen, der ihn vor Untotenbissen schützen sollte, aus Gründen der Tarnung ein hellgrünes Hemd und Cargohosen in der gleichen Farbe trug.

Seine Begleiter allerdings schienen mit dem eintönigen Programm, das die Tage seit ihrer Ankunft in Glasgow bestimmt hatte, einigermaßen zufrieden, obwohl sie doch nur die Käffer der Gegend, in der die Katastrophe angeblich bevorstand, eines nach dem anderen in einem schicken, froschgrünen Van abklapperten. Dimmy lehnte an der Motorhaube des Wagens, den sie hinter einem Gebüsch geparkt hatten, und drehte eine Kippe nach der anderen, das bisschen Stirn zwischen seinen buschigen Augenbrauen und seinem niedrigen Haaransatz zu tiefen Konzentrationsfalten zerrunzelt, als wäre jedes tabakgefüllte Papierröllchen ein Kunstwerk für die Ewigkeit.

Nicole saß ein paar Meter abseits im Schneidersitz im Gras, ein kleines Fernglas vor den Augen, das leicht genug gewesen wäre, um es nur mit einer Hand zu halten, doch sie benutzte beide dafür. Sie drehte ihren gesamten Oberkörper in der Hüfte langsam hin und her und ließ das Dorf wieder und wieder vom einen zum anderen Ende vorübergleiten. So hatte sie es bisher mit jeder zu untersuchenden Siedlung gehalten, wie eine lebende Überwachungskamera, die sich emotionslos von Ort zu Ort versetzen ließ.

Lars erwies sich als begeisterter Freund der schottischen Küche. Er hatte sie bei der Fahrt hierher genötigt, an einem Imbiss haltzumachen, um sich eine der örtlichen Spezialitäten zu kaufen – ein Snickers, das in einen zähen Teig getaucht und anschließend in die Friteuse geschmissen worden war. Mit einem leisen Knuspern verschwand das Ding, das noch fettiger glänzte als die Kopfhaut unter seinem weißblonden Bürstenschnitt, nun Bissen für Bissen zwischen seinen wulstigen Lippen.

Gottlieb versuchte zwar, es sich nicht anmerken zu lassen, aber er hasste Lars. Sein Neandertalergesicht, seinen stumpfen Blick, seinen Bierbauchansatz. Lars hatte Lily umgebracht. Nicole konnte noch so oft beteuern, er hätte nur nach Vorschrift gehandelt – es änderte nichts daran, dass Gottliebs Verbitterung über Lilys Tod sich in eine unterschwellige Aggression verwandelt hatte, als sie sich mit Lars am Flughafen getroffen hatten. Inzwischen hätte Gottlieb den Kerl am liebsten mit dem Stacheldraht des nächsten Weidezauns erwürgt. Ein Wandler mochte die Hauptschuld daran tragen, dass Lily nicht mehr lebte, aber es war trotzdem Lars, der sie umgebracht hatte.

Bei ihrer Ankunft auf diesem Hügel, auf den sie ein staubiger Feldweg geführt hatte, hatten sie etwas Bizarres entdeckt, und Gottlieb war nicht entgangen, wie bei diesem Anblick Lars' Mundwinkel gezuckt hatten. Beinahe so, als käme ihm gleich das Grinsen. Es war schwer einzuschätzen, wie lange die Maus schon auf einen Dorn des Stacheldrahts aufgespießt gewesen war. Mit ziemlicher Sicherheit bereits ein paar Tage, denn ihre Augen waren von Maden zerfressen, und im Pelz ihres aufgedunsenen Bäuchleins wuselte ebenfalls frisch geschlüpftes Leben. Zwei Schritte entfernt lag eine Handvoll blutiger brauner Federn im Gras und ein dürres Ding, das erst wie ein winziger Ast ausgesehen, sich bei näherer Untersuchung jedoch als vertrocknetes Vogelbein herausgestellt hatte.

Manger selbst hatte ebenfalls Ungewöhnliches zu bieten, und Gottlieb war inzwischen für jede Abwechslung dankbar. Die

Dörfler hatten Leinen über die Hauptstraße gespannt, an denen Ährenbündel, Obst und grüne Zweige hingen. Auf einem großen Platz, an dessen Rand sich eine alte Kirche mit bloßem Mauerwerk duckte, war neben einem Brunnen ein von einem Schafskopf gekrönter Mast aufgestellt worden, von dem breite, bunte Bänder herabbaumelten.

»Was geht da unten vor sich?«, fragte Gottlieb halblaut in die Dämmerung hinein, die nach und nach alles in ein trauriges blaues Licht tauchte.

»Irgendein Fest«, antwortete Nicole nüchtern. »Was Traditionelles, würde ich tippen. Heute ist Tagundnachtgleiche.«

»Echt? Hast du einen ewigen Kalender gefressen?«, schmatzte Lars. »Na ja, ich kann den Leuten nicht verübeln, dass sie jede Gelegenheit nutzen, sich die Birne volllaufen zu lassen. An ihrer Stelle würde ich es genauso machen, wenn ich hier gestrandet wäre. Das ist ja noch schlimmer als in der Eifel. Total tote Hose.«

Gottlieb ignorierte ihn. »Was machen die Frauen?«

»Die Frauen?«

»Die, die mit Töpfen in dieses große Haus am Dorfrand gehen.«

Er konnte Nicoles Achselzucken quasi hören. »Von der Größe her könnte das ein Gemeindehaus oder so was sein. Vielleicht kochen sie zusammen oder liefern etwas ab, was sie gekocht haben, weil da drin heute Abend gefeiert wird.«

»Würden sie dann die Töpfe wieder mit rausnehmen? Ich meine, wenn sie ...« Gottlieb brach ab. Drunten im Dorf öffnete sich die Tür dieses Gemeindehauses, doch diesmal war es keine Topfträgerin, die es verließ. Es war ein alter Mann mit Glatze, gefolgt von einer Handvoll jüngerer Personen, darunter zwei, die eine Bahre schleppten. Was darauf lag, war mit einem weißen Tuch verhüllt, das über den Boden schleifte. Die Umrisse, die sich darunter abzeichneten, weckten Gottliebs Aufmerksamkeit. »Ist das ein Mensch auf der Bahre?«

»Wo?«, wollte Nicole wissen.

»Da, an dem Gemeindehaus. Da, wo ...« Erneut brachte

Gottlieb seinen angefangenen Satz nicht zu Ende. Das konnte nicht sein! Er musste sich irren! Sie war tot! Diese Frau, die neben einem Typen im Anzug auf die Kirche zuging und sich mit ihm unterhielt und gestikulierte, hatte nur zufällig eine gewisse Grundähnlichkeit mit dem Menschen, dessen Verlust ihn mehr beschäftigte als das Ableben seines Vaters. Schwarze Locken, dunkle Haut, große Augen in einem klugen Gesicht. Das reichte schon aus, damit sein Gehirn ihm etwas Unmögliches vorgaukelte. Sie war tot.

»Das ist ein Mensch auf der Bahre«, sagte Nicole, aber es interessierte Gottlieb nicht mehr so brennend, was die Dörfler da durch die Gegend schleppten.

»Lass mal sehen«, hörte er Lars grunzen, doch er nahm es kaum wahr.

Sie war tot. Und sie war bei Bewusstsein, redete und gestikulierte, hatte sich ihren Verstand bewahrt.

Oder?

»Leck mich am Arsch!«, rief Lars. »Das ist die Schnecke aus London.«

Zum ersten Mal in den vielen, vielen Jahren, in denen er sich Geschichten über das Wirken metaphysischer Kräfte hatte anhören müssen, war Gottlieb versucht, all das Gerede über den Lichten und den Dunklen Bruder, die in immerwährendem Streit miteinander lagen und für die die ganze Welt der Austragungsort ihrer erbitterten Fehde war, für bare Münze zu nehmen. Er konnte nicht sicher sein, ob seine nächste Aktion auch nur ein Schachzug in diesem lächerlichen Spiel war oder ob den Brüdern vielleicht erstaunt die Augen übergingen, als eine ihrer Figuren sich plötzlich von allein bewegte, aber es war ihm auch egal. Er ließ sein Fernglas fallen, überbrückte die Entfernung zu Lars mit drei schnellen Schritten, holte im Laufen weit aus und schlug ihm die Faust seitlich in die Fresse.

Gottliebs Knöchel fühlten sich an, als ob er gegen eine Wand gedroschen hätte, und Lars war massig genug, damit ihn der Hieb nicht zu Boden zwang. Das ließ sich ändern.

»Spinnst du?« Nicole fiel Gottlieb in den Arm und stellte sich schützend vor den Angegriffenen.

»Da unten ist Lily!«, zischte Gottlieb. »Verstehst du? Lily! Die Lily, die dieser Idiot da angeblich getötet hat!«

»Was?«, quetschte Lars unter der Pranke hervor, mit der er sich die Wange rieb.

»Du hast dich nicht verhört, du Drecksack!«

»Was läuft denn bei dem Chef für ein Film ab?«, fragte Dimmy vom Wagen aus.

»Das würde der Chef gern selbst wissen«, blaffte Gottlieb zurück. Lily lebte. Er bildete sich das nicht ein. Lars hatte sie auch wiedererkannt. Lars, der behauptet hatte, sie sei tot.

Nicole packte den Arm fester. »Lars hat damit nichts zu tun!«

»Ach?« Gottlieb schüttelte den Kopf, in dem ihm dumpf das Pochen seines Herzens dröhnte. »Du hast mir doch gesagt, dass er die Frau ganz nach Vorschrift in London terminiert hat.«

»Hat er aber nicht.« Mit der freien Hand strich sich Nicole eine Strähne ihres roten Haars aus dem Gesicht. »Das war die Schwester der Zielperson.«

»Er hat Veronica getötet?« Gottlieb entfuhr ein kurzes, ungläubiges Lachen. Er reckte den Hals und giftete Lars über Nicoles Scheitel hinweg an. »Wie ist das denn passiert, hä? Wolltest du nur so jemanden umlegen? Oder sehen für dich Vollidiot alle Schwarzen gleich aus? Na los, ich bin gespannt.«

Lars schaute ihn verständnislos an.

»Er hat nach dem Einsatz korrekt Meldung gemacht«, sagte Nicole, und Gottlieb spürte durch die Ketten des Schutzanzugs, wie sich ihre Finger noch fester um seinen Arm schlossen. »Er hat Veronica Young terminiert.«

Verhalten sickerte eine Erkenntnis in Gottliebs Denken. Zuerst befürchtete er, sein Zorn fände neue Nahrung, doch er stellte fest, dass es eher eine beklemmende Enttäuschung war, die von ihm Besitz ergriff. »Das warst du«, ächzte er schließlich. »Du hast mich angelogen.«

Nicole begegnete dem Vorwurf mit der ausdruckslosen Mimik einer Schaufensterpuppe. »Es musste sein.«

Gottlieb ließ den Arm sinken.

»Es war das Beste für alle Beteiligten«, fuhr Nicole fort. »Wir hatten keine Ahnung, wo deine Zielperson abgeblieben war, und es hätte niemandem etwas genutzt, wenn du nach London gegangen wärst, um sie zu suchen. Du wärst mit den Gedanken nicht bei der Sache gewesen.«

»Der Sache?« Gottlieb schüttelte sich von ihr los, wandte sich ab und stapfte zur Seitentür des Wagens. Sollte Nicole reden, was sie wollte. Er wusste, was er als Nächstes zu tun hatte.

»Scheiße, Mann, wir brauchten nach dem Tod deines Vaters Kontinuität, Führung, die Gewissheit, dass sich nichts ändern würde.«

Gottlieb nahm seinen Rucksack von der Rückbank, zog den Reißverschluss daran auf und tastete nach dem kühlen, beruhigenden Gewicht seiner Glock. Da war es. Er zog die Waffe hervor und lud sie durch.

»Es ging mir nie darum, dich zu verletzen, Gottlieb. Woher hätte ich wissen sollen, dass uns dein Ziel so schnell wieder über den Weg läuft? Ich bin keine Seherin.«

Gottlieb beugte sich tiefer in den Wagen und öffnete eine der Metallkisten im Fußraum vor der hintersten Rückbank. Als er den Hammer in der Hand hielt, wusste er, dass er das Richtige tat.

»Was hast du vor?«

Zufrieden registrierte Gottlieb, dass es ihm doch gelungen war, Nicole eine Regung zu entlocken, auch wenn es nur die war, mit der er gerechnet hatte: eine leise, verärgerte Bestürzung, die sich in nicht mehr äußerte als einem Zittern in ihrer Stimme. Er war gespannt darauf, wie sie reagieren würde, sobald sie erkannte, dass er vorhatte, auf Kapuze, Nackenschutz, Maske und Handschuhe zu verzichten.

Er stapfte an ihr vorbei und den Weidezaun entlang auf das Dorf am Fuß des Hügels zu, wo die kleine Prozession mit der Bahre – winzige Miniaturen wie aus einer Modelleisenbahnlandschaft – auf den Platz mit dem Brunnen und der Kirche zusteuerte.

»Was hast du vor?«, fragte sie noch einmal.

»Wonach sieht's denn aus?« Plötzlich kam ihm der Anzug, dessen Last er verflucht hatte, federleicht vor. Erstaunlich, welche Kräfte es in einem freisetzte, wenn man seinem Schicksal entschlossen entgegenschritt, anstatt davor davonzulaufen.

»Das ist nicht der Plan«, rief Nicole ihm nach. War da ein Hauch Entsetzen zu hören? Gut, sehr gut. Sie wollte Führung? Die konnte sie gerne haben. Der Plan, auf den sie sich berief, sah anderes als einen einsamen Sturmangriff vor. Eigentlich war angedacht, Verstärkung aus Glasgow zu holen, nachdem sie das fragliche Dorf mit der Nahtstelle ausfindig gemacht hatten. Rochus und Nicole hatten die Familienkontakte spielen lassen: Es waren harte Männer, die das Töten gewohnt waren, schweigen konnten und irgendwo in der unendlich fernen Zivilisation auf ihren Einsatzbefehl warteten.

»Scheiß auf den verdammten Plan«, murmelte Gottlieb. Er hatte etwas gutzumachen. Als er sich zum letzten Mal an die Regeln seiner Familie gehalten hatte, hatte er anschließend mit der Lüge leben müssen, dass Lily dafür mit dem Leben bezahlt hatte. Es war Zeit, diese Regeln ein für alle Mal zu brechen.

22.09.2009, 19:42

Mit der Distanz, mit der man einen absurden Traum verfolgte, nachdem man begriffen hatte, in einem solchen gefangen zu sein, nahm Lily das Geschehen in sich auf, das sich um sie herum abspielte. Das Gute an dieser Haltung war, dass nichts mehr Verwunderung oder gar Schrecken in ihr auslösen konnte. Alle Träume – die guten, von denen man anderen nach dem Erwachen gern erzählt, wie die bösen, deren Inhalt man lieber für sich behielt, weil er womöglich zu viel über das eigene Innenleben verriet – folgten einem verspielten Rhythmus und einer versponnenen Dramaturgie, auf die man als Träumer ohnehin keinen Einfluss hatte. Sie stellte sich keine Fragen mehr, sondern nahm nur noch hin. Das war besser so, weil es mit weniger Sorge und weniger Leid verbunden war.

Nach der Enthüllung im Gartenhäuschen, als ihr aufgegangen war, dass Victor sie zwar nicht liebte, aber die Fäden ihres Schicksals dennoch in der Hand hielt und sie als seine Marionette zu tanzen hatte, wie es ihm gefiel, störte sie es nicht mehr, dass sich scheinbar das ganze Dorf zum Erntefest in der Kirche versammelt hatte, um sie zu begaffen wie eine exotische Königin aus einem fernen Land. Sie war es gewohnt, dass man sie beäugte, weil sie anders war – mal mit beinahe unschuldiger Neugierde, mal mit fast überwältigendem Argwohn, mal mit verstohlener Lust. Hier in Manger hatte das Interesse an ihr wahrscheinlich ebenso viel mit den besonderen Qualitäten ihrer neuen Existenz wie mit der Farbe ihrer Haut zu tun. Diese Leute, die sie anstarrten, hatten viele lebende Tote gesehen, aber wohl noch keine, die nicht aus ihrer Mitte stammte. Sie war das wahrhaftig Ungewöhnliche in einer besonderen Spielart des Gewöhnlichen, die allen anderen Menschen, die nicht an diesem einsamen Ort mit seinen bizarren Traditionen geboren worden waren, höchst befremdlich vorgekommen wäre. Ein vollkommenes Paradoxon.

Wie es sich für eine Königin gehörte, strafte Lily ihre Bewunderer mit Missachtung. Es gab schließlich Interessanteres zu betrachten als das kleine Meer von Gesichtern, deren Züge sich alle ähnelten, weil diese Herde schon lange nicht mehr mit neuem Blut aufgefrischt worden war.

Da war die Spalte, in deren Schwärze sie mit Blicken eintauchen konnte, wenn sie den Hals ein wenig reckte und nach unten schielte. Lily hatte erwartet, dass sie mit den Alten in die Krypta hinabsteigen würde, um diesen klaffenden Riss im felsigen Grund zu sehen, auf dem die Kirche ruhte. Diese Erwartung hatte sich nicht erfüllt. Stattdessen hatten Victor und Lewis den Altar angehoben, als wäre er aus Pappe, um ihn beiseitezuschieben und darunter eine Steinplatte mit vier darin eingelassenen Eisenringen freizulegen. Auch deren tonnenschweres Gewicht hatten die beiden lebenden Toten mühelos bewegt, und das, was danach aus der Tiefe der Krypta, wo die Spalte lauerte, hervorgekrochen war, war halb Geruch, halb Gefühl gewesen. Moder und Fäulnis, Furcht und Hunger. Die greifbare Ahnung eines Übels, für das Zeit und Verstand bedeutungslos waren.

Verglichen damit war der nächste Schritt der Vorbereitungen auf das Ritual der Alten geradezu banal. Über den gesamten Boden der Kirche erstreckte sich ein in den Fels gefrästes, verschlungenes Muster aus Rillen – gerade einmal so breit wie ein Finger –, das die hölzernen Sitzbänke, auf denen die Dörfler hockten, ebenso umschloss wie den Bereich im Chor, der für Lily und die anderen ihrer Art reserviert war. Stuart füllte die Rillen sorgsam mit einer feuchten Masse, die ihm Marion in leicht zu verarbeitenden Portionen aus einem bauchigen Bronzekessel reichte. Der Brei glänzte im Licht der Dutzenden von Kerzen, die überall im kühlen Gemäuer entzündet worden waren, und sein Geruch wies ihn für Lilys Hunger unmissverständlich als Fleisch aus, das viel Kraft in sich barg.

Gewiss mehr Kraft, als noch in der Frau steckte, die von Walt und einem anderen breitschultrigen Mann vor das Loch neben Lily geschleppt worden war. Sie stank erbärmlich nach ihren eigenen Exkrementen, die ihr die Hose verkrusteten, und war an Händen und Füßen mit Gaffertape gefesselt. Ihr Mund war eine Ruine aus zersplitterten Zähnen, aus der ein ständiges Wimmern wehte, in das sich ab und an ein schluchzendes »Kev, Kev…« mischte. Zwischendurch hatte sie angefangen, ihre Stirn wieder und wieder gegen den steinernen Boden zu schlagen, bis die Haut aufgesprungen war. Dann hatte Lewis ihrem verzweifelten Treiben mit einem heftigen Tritt ein Ende bereitet und sie an den Haaren auf den Rücken gedreht.

Mit am interessantesten für Lily war der Junge im schlecht sitzenden Anzug, der schon beim Essen mit den Alten dabei gewesen war und sich freiwillig gemeldet hatte, um als potenzielles Opfer zu dienen, falls einer der lebenden Toten seinen durch die Ausdünstungen der Spalte gesteigerten Hunger nicht zu bändigen vermochte. Er besaß jene merkwürdige Form der Niedlichkeit, die manche Jungs aufwiesen, denen sofort anzusehen war, dass sie beim Verteilen von Schläue und Gerissenheit vergessen hatten, laut und deutlich »Hier!« zu rufen. Was auch sofort zu sehen war, war die Tatsache, dass er hoffnungslos in das Mädchen auf dem Stuhl neben ihm verknallt war. Zwar schaute er ab und zu auf einen der Alten oder zu Lily, und einmal winkte er verhalten einem Pärchen in einer der vorderen Reihen im Kirchenschiff zu – ohne jeden Zweifel seine Eltern, denn der Junge hatte die Statur seines Vaters geerbt –, doch es war das Mädchen, zu dem seine Blicke immer wieder zurückfanden. Dessen Aufmerksamkeit galt jedoch voll und ganz der Spalte, und Lily hätte es nicht sonderlich gewundert, wenn die Kleine aufgestanden wäre, um erst ihr viel zu langes blaues Kleid zu raffen und sich anschließend kopfüber in die Finsternis zu stürzen.

Victor hätte von einer solchen Tat bestimmt kaum Notiz genommen. Er kniete am einen Ende der Bahre, auf der Helen aus dem Haus der Alten hierher transportiert und die wie eine behelfsmäßige Brücke quer über das Loch im Boden gelegt worden war. Offenbar studierte Victor die Falten, die das weiße Tuch über dem halb zertrümmerten Schädel der Alten warf.

Helens linke Hand zuckte in unregelmäßigen Abständen hoch wie der Kopf einer Schlange, die sich unter das Tuch verirrt hatte und nun nach einem unsichtbaren Feind schnappte.

»Und?«, fragte Lewis und kratzte sich dabei den Bart.

»Bis jetzt spricht sie noch nicht«, antwortete Victor enttäuscht.

»Ich hoffe, das ändert sich, sobald das Mahl beginnt.« Lewis drehte sich zu Lily. »Nervös?«

Sie achtete nicht auf ihn, sondern beobachtete, wie Stuart einen Batzen Fleischbrei von Marion einforderte, ehe er sie mit dem Kessel zur vordersten Sitzreihe schickte. Die Frau, die den Kessel entgegennahm, hatte die teigige Haut und die von geplatzten Adern überzogene Nase einer passionierten Säuferin. Mit drei Fingern – so, wie man eine Prise Salz aufklaubt – griff sie hastig in den Kessel, stopfte sich die winzige Menge Brei in den Mund und gab das Gefäß rasch weiter. »Ich muss nach den Kindern sehen«, sagte sie entschuldigend zu Marion, stand auf und eilte davon.

Der Kessel nahm seine Wanderung durch die Reihen der Dörfler auf. Marion gesellte sich zu Lewis und Victor an die Bahre. Der Hunger flammte in Lily auf, und sie musste sich beherrschen, um nicht auf die Knie zu fallen und das Fleisch aus der Rille zu kratzen, die rings um den Bereich verlief, in dem die Stühle für die Hauptakteure dieses Schauspiels aufgestellt waren. Sie lenkte sich damit ab, dass sie das Muster zu durchschauen versuchte, indem sie sich an den dünnen, glänzenden Bahnen auf dem Kirchenboden orientierte. Bei aller Verworrenheit war es nicht wahllos. Falls sie sich nicht gewaltig irrte, waren die Grenzen dieses riesigen Siegels so gezogen, dass es zwar den gesamten Chor sowie die beiden Blöcke aus Sitzbänken umfasste, aber zugleich einen schmalen Pfad zwischen ihnen vom Portal bis zur Vierung unberührt ließ. Durch diese Schneise, deren Sinn und Zweck wohl nur der Alte selbst kannte, schritt nun Stuart auf die versammelten lebenden Toten zu. Er wählte ein feierliches Tempo, wie ein Vater, der seine Tochter zum Traualtar führte, um sie an ihren Bräutigam zu übergeben.

Unmittelbar vor den zwei flachen Stufen, durch die die Vierung markiert war, hielt er kurz inne, drehte sich um, bückte sich und schmierte einen letzten Rest Brei, den er in der Hand behalten hatte, in die Rille zu seinen Füßen.

Erneut zerrte und riss der Hunger in ihr an den Ketten, die Lily ihm angelegt hatte, und sie hätte schwören können, ein Grollen und Knurren aus der Spalte zu hören.

»Zügelt euch!«, rief Stuart laut in Richtung des gähnenden Lochs. »Noch ist es nicht so weit. Das Band ist erst geknüpft, wenn alle von der Gnade der Ersten Mutter gekostet haben.«

»Sie sollen schneller machen! Ist ihnen der Kessel zu schwer?«, giftete Marion und wollte an Stuart vorbeigehen. Er packte sie an den Schultern und zerrte sie zurück an ihren Platz.

»Bist du wahnsinnig?«, brüllte er. »Wenn einer jetzt noch die Schwellen überschreitet, wird der Hunger in jedem Fall entfesselt, anstatt ganz in Helen einzufahren!«

Marion funkelte den Alten zornig an und formte die Hände zu Krallen, als wollte sie ihm im nächsten Wimpernschlag damit die Augen aus dem Kopf kratzen. Lily erfuhr jedoch nie, ob sich Marions Wut auf so ungebremste Weise entladen hätte.

»Lily!«, rief jemand über das Raunen der Dörfler hinweg. Im Portal der Kirche stand ein Mann, der Lilys selbst auferlegte Entrücktheit auf einen Schlag zunichtemachte und selbst ihren Hunger für einen Moment zum Schweigen brachte. Ein Wiedergänger aus ihrem alten Leben. Sein verschwitztes Haar hing ihm in die Stirn, und er atmete laut und keuchend. Grobschlächtiger wirkte er, als sie ihn in Erinnerung hatte, obwohl ihr sein kantiges Gesicht gleichzeitig ausgemergelter vorkam. Er riss den rechten Arm hoch und schwenkte eine Pistole drohend von einer Seite des Kirchenschiffs zur anderen. In der linken Hand hielt er ein Ding mit drei Spitzen an einem kurzen Stiel, das ein wenig wie ein Hammer aussah. »Sitzen bleiben! Wir können das alles schön friedlich über die Bühne bringen!«

Walt, dem ein Ehrenplatz in der ersten Reihe eingeräumt worden war, fasste blitzschnell in sein Jackett. Ein alter, weißhaariger Mann in einer Soutane, der auf der gleichen Bank saß, sprang auf und kreischte: »Sie sind hier! Die Fremden sind hier!«

»Halt dein Maul und setz dich wieder auf deinen fetten Arsch, Ian!«, befahl ihm Lewis. »Keiner rührt sich, bis wir es sagen!«

Walts Hand blieb unter dem Jackett. Der Priester befolgte nur den ersten Teil der Anordnung und sah sich nach Unterstützung unter den Dörflern um, die nicht kam, weil die anderen Leute aus Manger zu beschäftigt damit waren, den Eindringling fassungslos anzustarren. Dass er so unvermittelt aufgetaucht war, noch dazu im Zentrum der Macht der Alten, entsprach für sie wohl einem eindeutigen Zeichen einer bevorstehenden Apokalypse.

»Was willst du?«, rief Stuart Gottlieb zu. Gottlieb – Gottlieb war hier. Hatte er nach ihr gesucht? Offensichtlich. Aber wie hatte er sie gefunden, mitten im Nirgendwo? Sie glaubte fast, ihr Herz schlagen zu spüren.

»Ich will diese Frau!« Er zeigte mit einer Spitze des Dings in seiner Hand auf Lily.

»Vergiss es! Sie gehört mir«, fauchte Victor.

»Weißt du, was wir sind?«, fragte Stuart lauernd.

Gottlieb nickte. »O ja. Ich weiß es. Und ich weiß, dass ich euch in den Kopf schießen müsste, um euch loszuwerden. Schon mal den Namen Berger gehört?«

»Nein«, sagte Stuart langsam. »Sollte ich?«

»Nicht unbedingt. Das heißt nur, dass wir gute Arbeit machen.«

»Er ist ein Jäger«, spekulierte Marion verblüfft.

Blödsinn. Gottlieb studierte Soziologie in Oxford, war in sie verschossen und hatte nebenher noch etwas mit einer Rothaarigen aus Deutschland am Laufen.

»So könnte man es nennen«, sagte Gottlieb. »Aber ich bin zu Verhandlungen bereit. Rückt Lily raus, und ich verschwinde.«

»Verstehe ich dich richtig?« Lewis faltete seine riesigen, haarigen Pranken wie zum Gebet. »Wenn wir sie dir mitgeben, ziehst du ab? Einfach so?«

»Was erwartest du von mir? Ein beschissenes Pfadfinderehrenwort?«

»Du kannst sie nicht haben.« Victor schlich langsam um das Loch herum auf Lily zu. »Sie gehört mir. Für immer.«

»Sieht sie das genauso?«, stichelte Marion. Lily wusste, warum. Es hatte nichts mit Sympathien oder dem Glauben an freie Entscheidungen zu tun. Wenn sie mit Gottlieb wegging, würde das Mädchen, für das sich Marion einsetzte, das Hirn der Alten auf der Bahre zu fressen bekommen.

»Ich bin nicht mehr die Lily, die du kennst«, sagte sie. Auch wenn er sie anscheinend nicht weniger belogen hatte, wie sie auch von Victor belogen worden war, der Liebe mit Besitz verwechselte, musste sie ehrlich zu ihm sein. Es war befreiend, gegenüber jemandem aus ihrem alten Leben einzugestehen, was aus ihr geworden war – noch dazu jemandem, an den sie auch nach ihrer Verwandlung so oft hatte denken müssen. »Ich bin jetzt anders.«

»Da hast du es«, leistete Victor seine eigene Interpretation ihrer Äußerung. »Sie will nicht mit dir gehen. Sie will bei mir bleiben, wo sie jetzt hingehört.«

Sie stand auf. Etwas in ihr zog sie zu Gottlieb, doch sie befürchtete, dass es nur ihr Hunger war, der bei seinem Anblick an Macht zu gewinnen schien. Wie mochte der Schweiß auf Gottliebs Haut schmecken? Verlieh er seinem Fleisch ein besonders vollmundiges Aroma?

»Lily, es ist mir völlig egal, was du jetzt bist. Es tut mir leid, dass ich dich im Stich gelassen habe. Ich hätte nie weggehen dürfen.« Sein Blick blieb einen langen Moment fest auf Lily fixiert. »Ich hätte dir von Anfang an sagen sollen, wer ich bin.«

»Hörst du das?« Ein Flehen stahl sich in Victors Worte. »Hörst du das? Er hat dich belogen, Lily. Vom ersten Tag an.«

»Und du nicht?«, hielt ihm Lily entgegen, wobei sie sich der nächsten Rille des Siegels näherte. »Du bist immer ehrlich zu mir gewesen?«

Marion, auf deren Gesicht grellrote Quaddeln zu erblühen begannen, lachte irr.

»Lily, das ist ein Trick!« Beschwörend hob Victor die Hände. »Er wird uns alle umbringen. Das ist es, was diese Leute nun mal tun. Sie hassen uns. Sie wollen uns ausmerzen.«

»Ja! Ja! Bring sie alle um«, kreischte die gefesselte Frau auf dem Boden unvermittelt und wand sich in verkrampften Zuckungen, als wäre sie ein Wurm auf einer heißen Herdplatte. »Bring sie um!«

Lily sah Gottlieb einen Schritt nach hinten wanken, und die feste Entschlossenheit auf seinen Zügen schmolz dahin.

Das Gezeter der Gefesselten brach in einem Würgen ab, als Lewis ihr die Sohle seines Stiefels auf die Kehle setzte.

Mit einer barschen Handbewegung unterband Stuart das einsetzende Raunen der ersten Dörfler, die ihren Schock über Gottliebs Erscheinen halbwegs verwunden hatten. »Es spielt keine Rolle, ob es dir mit deiner Forderung ernst ist oder nicht, Fremder. Diese Frau kann unseren Kreis nicht mehr verlassen. Der Kessel geht schon durch die Reihen, und –« Er stutzte, spähte zum hinteren Teil der Bänke auf der rechten Seite und grollte: »Warum gebt ihr den Kessel nicht weiter? Esst! Erfahrt die Gnade der ersten Mutter!« Dann wandte er sich wieder an Gottlieb, sein faltiges Gesicht zu einer Maske aus Hass verzerrt. »Du mischst dich in Dinge ein, die du nicht begreifst!«

»Das ist sein Job!«, rief eine tiefe Frauenstimme spöttisch.

Zwei Gestalten in klirrender schwarzer Kleidung schritten durch das Portal. Masken mit schrägen Atemschlitzen vor dem Mund und breite, starre Krausen um die Hälse verliehen ihnen etwas Unmenschliches, das Lily an die Abgesandten einer außerirdischen, insektenartigen Spezies denken ließ. Die eine schwang locker zwei der merkwürdigen Waffen von der Art, wie sie auch Gottlieb mit sich führte. Um ihre Hüften spannte sich ein Gürtel mit einem halben Dutzend größerer und kleinerer Taschen, wie ihn Handwerker oft zum griffbereiten Verstauen ihrer Werkzeuge nutzten. Der andere, der seine Begleiterin um mehr als zwei Köpfe überragte, hatte eine Flinte im Anschlag, die ganz aus stumpfem Metall gefertigt schien und deren gewaltige Mündung das schummerige Kerzenlicht anzuziehen und zu verschlingen schien wie ein schwarzes Loch.

Der weißhaarige Mann in der Priesterkluft, der bereits auf Gottliebs Störung des Rituals mit lautstarkem Entsetzen reagiert hatte, brüllte: »Es ist eine Falle! Sie kommen mit einer Armee! Schlagt sie zurück! Im Namen der Mutter!« Er stellte einen Fuß auf die Sitzbank und duckte sich zum Sprung.

Sein wilder Schrei ging im Krachen eines Schusses unter. Die gesamte rechte Hälfte seines Halses explodierte in einer blutigen Wolke. Sein Kopf klappte zur getroffenen Seite weg, während er mit den Armen ruderte und nach hinten kippte.

»Nein!«, schrie Stuart.

Zu spät. Begleitet von den panischen Schreien seiner Sitznachbarn schlug der Priester jenseits der Siegelgrenze auf, die sich unmittelbar vor den Bänken über den Boden schlängelte.

Die pulsierende Wunde, aus der helles Blut in hohem Bogen auf sie zuschoss, war zu verlockend, als dass Lily der Versuchung hätte widerstehen können – ungeachtet dessen, wie Gottlieb wohl darauf reagieren würde und ob er dann immer noch so fest entschlossen wäre, sie zu retten. Mit gefletschten Zähnen huschte sie auf den Priester zu. Sie stand genau auf der Linie, die die in der Spalte schlummernde form- und körperlose Bestie im Zaum halten sollte, als ein Hunger von ihr Besitz ergriff, gegen den alles, was sie bisher in sich hatte toben fühlen, nur ein schwacher Schatten gewesen war. In ihr öffneten sich Tausende Schlünde, deren zahnbewehrte Leere danach heulte und kreischte, endlich gefüllt zu werden.

22.09.2009, 19:53

Es ging alles sehr, sehr schnell.

Alice stöhnte knurrend und warf sich auf Ben. Sein Stuhl geriet ins Wanken, als sie mit ihrem vollen Gewicht gegen ihn prallte und er mit der Schläfe auf den Steinboden knallte. Er hatte keine Zeit, um Angst zu haben oder auf die weiß glühenden, flirrenden Schemen zu achten, die ihm vor den Augen tanzten.

Es gelang ihm, sich unter ihr zur Seite zu drehen und die Fingerspitzen seiner rechten Hand in eine Fuge zwischen den Bodenplatten zu zwängen, um sich daran ein Stück unter Alice hervorzuziehen. Sie zerrte und riss an den Schößen seines Jacketts, und er hörte den Stoff reißen, der ihrer Kraft nicht mehr standhielt.

Er kroch weiter, und ihre Zähne klackten hart aufeinander. Dann verbiss sie sich in seine Ferse, doch das Leder des Schuhs war zu zäh, als dass sie es hätte durchdringen können. Über Alice' Schulter hinweg sah er, wie Helen sich auf der Bahre aufrichtete. Das Tuch, mit dem sie bedeckt gewesen war, rutschte ihr in den Schoß hinunter und enthüllte den Blick auf ihre nackten Brüste, schlaff und faltig wie in der Sonne vertrocknete Raupen. Das rechte obere Viertel ihres Schädels war eingedellt wie manche der Stoßstangen der fremden Autos, die er mit Onkel Roy entsorgt hatte, doch die eigentliche Wunde, die er ihr zugefügt hatte, war mit einer groben Kordel vernäht.

Er versuchte, aus seinem Schuh zu schlüpfen, doch der war zu fest geschnürt, und Alice schüttelte den Kopf wie ein Terrier, der einer Ratte das Genick brechen wollte. Es war passiert, obwohl er ihr hatte helfen wollen. Es war nichts mehr von ihr da.

Helen versuchte aufzustehen, und einen Moment wirkte es, als würde sie in die Spalte hinabstürzen, weil die Bahre unter ihr hin und her schwankte, aber Bens Hoffnung erfüllte sich nicht. Dabei war das so ungerecht. Diese Furie mit dem spinnwebendünnen grauen Haar und den stahlkalten Augen eines Hais war an allem schuld. Wenn sie nicht Alice angegriffen hätte, wäre Alice noch so wie vorher.

Als wollte Helen Bens stummen Vorwurf bestätigen, fiel sie nun ein zweites Mal über Alice her. Hohl ächzend packte sie Alice im Nacken, hob sie an und grub ihre langen, schartigen Zähne in den Muskelstrang zwischen Hals und Schulter. Bevor sie ein Stück herausbeißen konnte, fegte ein massiger Schatten heran, der mit Alice und Helen zu einem unübersichtlichen Knäuel aus Armen, Beinen und Köpfen mit aufgerissenen Mäulern verschmolz. Lewis' Angriff befreite Ben endgültig, der einige Sekunden nichts anderes zustande brachte, als gebannt zu beobachten, wie sich die drei Kämpfenden über den Boden wälzten. Erst gerieten sie dem Loch, aus dem es so furchtbar stank, gefährlich nahe, um danach auf Sheila zuzurollen. Die Fremde schrie wie am Spieß – hoch, schrill, quälend –, bis aus den ineinander verkeilten Leibern der Alten eine behaarte Hand hervorzuckte. Der Daumen fuhr in Sheilas Mund, die Finger in ihre Augen. Einen Wimpernschlag später löste sich der obere Teil ihres Gesichts schmatzend und knackend vom Rest ihres Schädels.

Ben lehnte sich zur Seite. Bittere Galle brannte in seiner Kehle und schwappte in einem heißen Schwall aus seinem offenen Mund. Als er wieder Luft bekam, glaubte er, Sheilas Kreischen noch immer nachhallen zu hören, bis er erkannte, dass es nicht einer, sondern viele Schreie waren, die von den Kirchenwänden zurückgeworfen wurden. Er gewann das Duell gegen seine schlotternden Knie, wuchtete sich auf die Beine und drehte sich um.

Inmitten eines heillosen Durcheinanders aus umgestürzten, zerschmetterten Bänken zerfleischte die eine Hälfte der Menschen, die er sein Leben lang gekannt hatte, die andere. Da war die fette Mrs. Lumley, die auf Mr. Humes dürren Beinchen saß und beide Arme bis zu den Ellenbogen in seinen Bauch gesteckt hatte. Da war Onkel Roy, sein rundliches Gesicht bis über beide Ohren rot verschmiert, der an einem Bein nagte, das er Dougal

Cunningham ausgerissen hatte. Dougal selbst kroch noch ein paar Meter weiter, eine Spur aus Blut hinter sich herziehend wie eine Schnecke, bis Gillian Waterly, Mums beste Freundin, ihn bemerkte. Sie beugte sich zu ihm hinunter, hielt ihn am Hosenbund fest und begann, durch den Stoff hindurch nach seinen Hinterbacken zu schnappen. Da waren Aiden und Lizzie Cullen, die Spencer Worthington gemeinsam gegen einen Pfeiler drängten und ihm dort den Kopf am Stein zerschlugen, bis das Hirn hervorquoll, über das sich beide hermachten wie zwei Verhungernde auf einer einsamen Insel, die ein Möwenei gefunden hatten.

Und da waren noch viele, viele mehr, die fraßen und gefressen wurden.

Ben wankte seitwärts, bis er gegen die Wand stieß. Er verstand nicht, was vor sich ging, aber er verstand, dass er diesem Wahnsinn vielleicht entkommen konnte, wenn er sich nicht mehr rührte. Bei Hunden war es doch genauso. Wenn man nicht vor ihnen davonlief, hetzten sie auch nicht hinter einem her, um zuzubeißen. Er würde einfach still stehen bleiben und nicht mehr hinsehen. Er schaffte es, den ersten Teil seines simplen Plans umzusetzen, doch der zweite wollte ihm nicht gelingen. Sein Blick sprang von einem Gräuel zum nächsten.

Das Knäuel aus Lewis, Helen und Alice hatte sich noch immer nicht entwirrt, aber Ben konnte erkennen, dass der nackten Alten ein Auge fast bis zum Maul aus der Höhle baumelte. Ein Großteil von Alice' so wunderbar duftendem Haar lag rings um die Bestien verstreut, weil Lewis es ihr büschelweise ausriss.

Obwohl es an Beute für sie nicht gemangelt hätte, stand Marion kerzengerade einen halben Meter neben dem unheimlichen Loch. Nur den Kopf hatte sie schiefgelegt, als lauschte sie in die Finsternis hinein. Dann führte sie jäh die Finger beider Hände zum Mund und biss in rascher Folge einen nach dem anderen ab. Manche fielen zu Boden, andere schlang sie nach energischem, mahlendem Kauen hinunter.

Wie ein unbeholfenes Tanzpärchen hielten sich Victor und Stuart umklammert, und wenn der Ferne Verwandte nicht genau in jenem Moment, als sie Bens Aufmerksamkeit auf sich zogen, dem Alten mit wütenden Bissen die Kehle zerfetzt hätte, hätte ihr Ringen irgendwie einen komischen Eindruck erweckt.

Lily, die schöne Frau mit der dunklen Haut, die Victor nach Manger gebracht hatte, kniete neben Father Bain und war dabei, mit Klauen und Zähnen das zu vollenden, was der Treffer des Fremden mit der Flinte begonnen hatte, nämlich ihrem Opfer den Kopf ganz von den Schultern zu trennen. Der Fremde, der zuerst gekommen war, zielte mit seiner Pistole auf sie. Dann ließ er die Waffe sinken, stieg über Father Bains Leiche und ging neben Lily in die Hocke. Ihr Kopf zuckte herum, den Mund weit aufgerissen. Der Mann schob ihr den Unterarm zwischen die Kiefer, als wäre es ihm egal, ob sie ihn biss oder nicht.

Ben erkannte Mum zuerst nicht, als sie mit ausgestreckten Armen auf ihn zugewankt kam. Fingernägel hatten tiefe Risse in ihre vollen Wangen gegraben, aus denen widerwillig das Blut sickerte. Wer immer auch ihr letztes, wehrhaftes Opfer gewesen war, hatte an ihrer Unterlippe gerissen, die nun als fleischiger, loser Lappen vom Mundwinkel herabhing. Er bildete sich ein, irgendwo in dem lang gezogenen Stöhnen, das Mum ausstieß, seinen Namen zu hören. Ben war sicher kein Genie, doch das musste er auch nicht sein, um zu begreifen, dass in diesem Ungeheuer mit der blutigen, zerfurchten Fratze nicht mehr sehr viel von dem steckte, was einmal seine Mum gewesen war. Er hätte darüber in Tränen ausbrechen sollen, doch er tat es nicht. Er wollte nicht weinen, wenn sie ihn ein letztes Mal in die Arme schloss.

Sie war nah genug heran, dass er das Blut an ihr riechen konnte, als der bullige Fremde, der Father Bain erschossen hatte, den Kolben seiner Flinte wie eine Keule schwang und Mum mit einem Hieb gegen den Hinterkopf niederschlug. Er stellte sich breitbeinig über sie, um mit der mechanischen Gleichgültigkeit, mit der man mit einer Hacke einen harten Acker umpflügte, auf ihren Schädel einzudreschen. In dem Augenblick, da sich der Kopf seiner Mutter in einen verschmierten Fleck auf dem steinernen Boden der Kirche verwandelte, reifte in Ben eine Erkenntnis: Sein Leben in Manger war vorbei. Nein, es war sogar mit Manger selbst vorbei. Nichts würde dafür sorgen können, dass es jemals wieder so wie früher wurde. Nicht einmal, dass Dad – oder eher das Ungeheuer, das in seine Haut gefahren war – an den auf Mum einschlagenden Fremden heranschwankte, um ihm mit einem Ruck seiner kräftigen Arme den Kopf so zu verdrehen, dass sein maskiertes Gesicht nicht mehr nach vorne, sondern nach hinten wies. Der Mann brach über Mum zusammen und begrub ihren Körper unter seinem.

Einen Moment beobachtete Ben, wie Dad mit einer lächerlich wirkenden Unbeholfenheit versuchte, Stücke aus dem Fremden herauszubeißen. Dad büßte mehrere Zähne an den Metallringen der Panzerung des Toten ein, bis er dazu überging, an der komischen Halskrause des Fremden zu scharren. Es hatte etwas von einem Hund, der einen Knochen ausgraben wollte.

Ein bestialisches Brüllen – durchdringender als die Schmerzensschreie der Leute, die von ihren Freunden und Nachbarn abgeschlachtet wurden – ließ Ben zu Victor und Stuart herumfahren: Der Tanz zwischen dem Fernen Verwandten und dem Alten aus dem Dorf stand kurz vor seinem Ende. Es war Victor, der da brüllte, weil er seinen Gegner bezwungen hatte. Er hob den viel kleineren Stuart, dessen Kehle völlig zerfetzt war, triumphierend über seinen Kopf und schleuderte ihn in das finstere Loch hinein.

Ben rechnete damit, dass Victor sich umgehend auf neue Beute stürzen würde. Der Ferne Verwandte drehte sich tatsächlich einmal schnell und halb geduckt um die eigene Achse, um dann jedoch mitten in der Bewegung zu verharren.

Sämtliche Dörfler, die eben noch ihre so plötzlich über sie gekommene Gier nach Fleisch gestillt hatten, taten es ihm gleich. Noch während die wenigen Überlebenden des Gemetzels, die dazu noch fähig waren, aus der Kirche rannten oder humpelten, zeigten einige der Verwandelten bereits wieder erste Regungen, die dennoch kaum etwas Lebendiges hatten. Bürgermeister Bain strich sich mit beiden Händen seine rot triefende Seidenweste glatt. Doc Lumley beugte sich über einen kopflosen Rumpf und presste zwei Finger in die Seite des Halsstumpfs, als ob er nach einem Puls fühlte. Lumleys Frau setzte ihre Brille auf und ab, auf und ab, wie sie es immer machte, wenn sie bei einer Klassenarbeit vor den Bänken hin- und hertigerte. Der riesige Kerl, der bei der Ankunft des Fernen Verwandten Victors Limousine gefahren hatte, zog einen Revolver aus einem Schulterholster unter seinem zerrissenen Jackett, ließ die Trommel hervorschnappen und schüttelte sämtliche Patronen heraus, obwohl er doch keinen einzigen Schuss abgefeuert hatte.

Mit schlagbereiten Waffen, deren Dornen mit Blut überzogen waren, hastete die verbliebene maskierte Fremde auf die Stelle zu, wo der Fremde ohne Maske, der zuerst aufgetaucht war, hinter Lily kauerte. Er hielt sie in einem Klammergriff, der es ihr unmöglich machte, die Arme zu bewegen. In einer Sprache, die Ben nicht kannte, herrschte die Fremde ihren Kameraden an. Er schien nicht auf sie zu achten. Stattdessen sagte er laut auf Englisch: »Steh auf, Lily. Wir müssen hier raus.«

Lily blinzelte, und Ben sah, wie sich ihre blutigen Lippen bewegten.

»Ja, genau«, sagte der Fremde. »Ich bin da. Ich nehme dich mit. Alles wird gut.« Er stand auf, wobei er sie mit sich in die Höhe zog.

Die Fremde mit den Waffen schrie einen zornigen Satz, auf den sie eine ebenso zornige Antwort erhielt. Ben brauchte kein Wort zu verstehen, um zu kapieren, dass der Fremde sich nicht von seinem Vorhaben abbringen lassen würde.

»Ben?«, fragte eine leise Stimme rechts von ihm. »Ben? Bist du da, Ben?«

Ben schaute sich um. War es möglich, dass aus all dem Unheil, das er mit hatte ansehen müssen, etwas Gutes erwachsen war? Alice hörte sich fast wie früher an – etwas müde und verschlafen zwar, aber das war nichts Neues. So hatte sie auch geklungen, wenn er manchmal morgens viel zu früh bei ihr hereingeschneit war und sie noch in der Küche beim Frühstückstee gesessen hatte.

Er stapfte zu dem Leiberhaufen und ahnte, dass der große Abstand zwischen einer von Helens Händen, die bleich aus dem Gewirr hervorragte, und den Füßen der Alten, die in seine Richtung zeigten, nur eines bedeuten konnte. Sein Verdacht bestätigte sich, als sich Alice unter einem Nest aus trockenem Gedärm hervorwühlte: Helen war in dem wahnsinnigen Kampf in mindestens zwei Teile gerissen worden. Ben machte Lewis dafür verantwortlich, nachdem er erkannte, dass der Alte, der sich so für ihn eingesetzt hatte, verhalten an einer spitz aus Helens Brustkorb hervorstechenden Rippe lutschte.

Ben half Alice auf die Beine. Blanker Knochen schimmerte, wo Lewis ihr das Haar ausgerissen hatte, und ihr fehlte ein Ohr. In die blutleere Wunde an der Schulter, die Helen ihr ganz zu Beginn beigebracht hatte, hätte ohne Weiteres Bens Faust hineingepasst.

»Ben. Ich hatte solchen Hunger, Ben«, wisperte Alice vor sich hin, während er sie zu den beiden Stufen zum Hauptschiff führte. Ihre kleine Hand war kalt. Aber immerhin hatte sie noch eine, nicht so wie Marion, die nach wie vor neben diesem verdammten Loch stand und sich die eigenen Hände bis hinunter zu den Handgelenken weggefressen hatte. »Ben. Hast du mich gerettet, Ben?«

Nein, noch nicht. Aber er wusste, wie sie zu retten war. Wie so oft hatten die Alten gelogen. Nicht alle Fremden waren böse. Sie hassten die Alten nicht. Einer der Fremden war doch hierhergekommen, um diese Lily zu sich zurückzuholen, die ihm anscheinend von Victor weggenommen worden war. So wie die Alten ihm Alice weggenommen hatten.

Die Fremde mit der Maske holte zu einem Doppelschlag mit ihren Waffen aus, als sie bemerkte, dass Ben und Alice auf sie zukamen. Der andere bellte in seiner harten, klickenden und krachenden Sprache etwas, das nur ein Befehl sein konnte und den Angriff verhinderte. Da er wusste, dass der Fremde Englisch verstand, sagte Ben: »Meine Freundin ist wie deine Freundin. Nimmst du uns bitte mit? Wir können nicht hierbleiben, und wir wollten sowieso gemeinsam weglaufen.«

Das Letzte war eigentlich eine Lüge, aber andererseits auch wieder nicht: Wenn er früher nur mutig genug gewesen wäre, wäre es vielleicht wirklich so gekommen, dass er und Alice gemeinsam das Dorf verlassen hätten. Aber damals gab es doch so unglaublich viel außer Alice, ohne das er sich ein Leben nicht hätte vorstellen konnte. Mum. Dad. Onkel Roy. Die Regeln, die Ordnung schufen. Von alldem war nichts mehr übrig, bis auf den traurigen Rest von Alice, den er an der Hand hielt und der bereitwillig hinter ihm herschlurfte.

Der Fremde nickte. »Gut. Ihr kommt mit.«

Den Arm um Lily gelegt, setzte er sich in Bewegung. Die Augen seiner Begleiterin funkelten zornig über ihrer Maske, aber sie fügte sich in die neue Situation.

Auf dem Weg zum Portal versuchte Ben, sich ganz auf das wunderbare Gefühl zu konzentrieren, Alice' Hand in seiner zu spüren. Es machte es ihm leichter, über die Leichen zu steigen, die ausdruckslosen Gesichter der Verwandelten nicht den Menschen zuzuordnen, die sie noch vor Kurzem gewesen waren, und das Schmatzen unter seinen Sohlen zu ignorieren, das jeder seiner Schritte auslöste.

Sie hatten nur noch wenige Meter zum Portal zurückzulegen, als ein verzweifelter Schrei durch die Kirche gellte. »Lily! Geh nicht! Bleib bei mir!«

Die Maskierte wirbelte sofort herum, wohingegen es Ben große Überwindung kostete, sich noch einmal umzudrehen. Victor war aus seiner Lähmung erwacht und rannte hinter ihnen her. Er kam allerdings nicht sonderlich weit, weil die Starre auch von Lewis abgefallen war. Ben hätte nie gedacht, dass jemand mit einer so massigen Statur wie Lewis so schnell sein konnte.

»Du!« Mit einem gewaltigen Satz sprang er Victor an und brachte ihn zu Fall. »Du hast sie hierher gebracht!« Lewis packte Victor am Schopf und riss ihm den Kopf weit in den Nacken. »Du hast die Fremden geholt! Du! Du! Du!« Mit jedem Du klatschte Victors Gesicht auf den Boden.

Ben wandte sich ab. Es war ihm egal, wie dieser Zweikampf

ausging. Das sollten die Alten unter sich ausmachen. Er war nicht mehr ihr Sklave. Der Ameisenbau war zerstört. Er wollte nur noch fort und für immer bei Alice sein.

22.09.2009, 19:59

Unglaublich. Gottlieb schüttelte den Kopf. Es hatte funktioniert. Das war Lily, die neben ihm durch das Kirchenportal ging. In einem bodenlangen, weißen Kleid, das vom Ausschnitt bis zum Saum mit Blut bespritzt war. War er verrückt? Sie war der Feind, eine Wandlerin, eine lebende Tote, eine Wiedergängerin, ein Zombie. Und sie war die Frau, die er liebte. Angesichts dieser Tatsache und des Massakers, das er hinter sich hatte, verloren die hübschen Begriffe, mit denen seine Familie danach strebte, das Unbegreifliche begreiflich zu machen, sämtliche Daseinsberechtigung. Voll vernunftbegabt. Instinktgesteuert. Zielperson. Terminierung. Nahtstelle. War es falsch, was er tat? Wenn ja, wieso? Seine Leute fingen regelmäßig Hinterbänkler ein, um an ihnen zu trainieren. Lily gehörte definitiv nicht zu diesen Wandlern, in denen kein Funke Verstand mehr glimmte. Sie war ein Einstein. Sie war logischen Argumenten zugänglich. Kontrollierbar. Sie würden einen Weg finden, miteinander umzugehen. Ganz sicher.

Er trat hinaus in eine letztlich unergründliche Welt, in der die Sonne ihr Rückzugsgefecht gegen die Nacht bestritt. Letzte feurige Zungen leckten über die runden Wänste der Wolken am samtblauen Horizont.

»Scheiße!« Nicole, die ihre Waffen unter die Achseln geklemmt hatte, blieb stehen und fummelte an ihrem Gürtel herum. »Scheiße!«

»Was?«

»Halt!«, sagte sie energisch. »Eines von den Drecksviechern hat mir das Funkgerät weggerissen. Rührt euch nicht von der Stelle!«

Sie hob die Hände, als würde sie mit einer Pistole bedroht, ging die Stufen hinunter, die vom Eingang der Kirche zum weiten Dorfplatz führten, und wandte sich in Richtung des Hügels, von wo aus sie Manger ausgekundschaftet hatten.

»Was macht sie da? Wir müssen weiter«, flüsterte der Junge, der offenbar ein ähnliches Schicksal wie Gottlieb teilte, über das zornige, geistlose Gebrüll der beiden Wandler hinweg, die in der Kirche übereinander hergefallen waren.

»Sie sorgt dafür, dass uns nicht die Rübe weggeballert wird«, antwortete Gottlieb. Er sah Dimmy förmlich vor sich, wie er da draußen hockte, eine seiner selbst gedrehten Kippen im Mundwinkel, das Auge am Zielfernrohr seines Scharfschützengewehrs, den Finger am Abzug.

Nicole kreuzte erst die Arme über ihrem Kopf zu einem großen X, um anschließend eine Geste zu vollführen, bei der Gottlieb an die Männer dachte, die auf Flughäfen mit lächerlich winzigen Leuchtstäben gigantische Jets über das Rollfeld dirigierten.

»Wie lange wird Dimmy brauchen?«, fragte Gottlieb, Lily und dem Jungen zuliebe auf Englisch.

»Maximal fünf Minuten, schätze ich.«

»Wir warten am Brunnen auf ihn«, beschloss Gottlieb. Vor der Kirche herumzulungern, war zu riskant, und der Brunnen bot ihnen für den Fall, dass in den nächsten Augenblicken die Lähmung von allen Wandlern in der Kirche abfiel, wenigstens ein bisschen Deckung. Er machte sich weniger Gedanken um die überlebenden Dörfler, die aus der Kirche geflohen waren. Sie hatten ihre Lektion wahrscheinlich gelernt.

»Wohin gehen wir, Ben?«, murmelte das Mädchen mit dem fehlenden Ohr, während sie im Gänsemarsch über das Kopfsteinpflaster hasteten. »Gehen wir nach Hause?«

»Gottlieb?«, fragte Lily.

Er konnte es immer noch nicht ganz glauben, ihre Stimme zu hören. »Ja?«

»Ich bin tot.«

»Bist du nicht.«

»Du weißt, was ich meine.«

Er drückte ihre Hand fester. Es gab so viel, was er ihr zu erklären hatte. Sie würde ihn verstehen, und er würde sie verstehen lernen. »Wir schaffen das schon.«

Wind und Wetter hatten dem Stein der Statue, die den Brunnen zierte, übel zugesetzt. Die herausgebrochenen Stellen erweckten in Gottlieb den Eindruck, als hätte die Natur Bisswunden nachahmen wollen.

Ein leises, vielstimmiges Wimmern ließ ihn aufhorchen. Das Wehklagen kam aus einem hell erleuchteten Haus am Rand des Platzes – ein Gasthof, wenn er sich richtig an seine Erkenntnisse aus der Spähaktion erinnerte.

»Sie singen«, sagte das untote Mädchen. »Sie singen für uns. Sie sind traurig, weil wir fortgehen, oder?«

»Wer singt?«, wollte Nicole wissen.

»Die Kinder«, sagte der Junge. »Sie sind immer im Inn, wenn die Erwachsenen zum Erntefest in die Kirche gehen.«

»Kacke«, knurrte Nicole und rannte los.

Gottlieb zog die Glock, die er sich in den Hosenbund gesteckt hatte, und folgte ihr, Lily und die beiden Teenager im Schlepptau. Sie hatten den Abstand zur vorpreschenden Nicole kaum verringert, als Lily sich stöhnend krümmte und ins Straucheln geriet. Ihre Fingernägel gruben sich schmerzhaft in Gottliebs Handfläche.

»Der Hunger«, keuchte sie. »Der Hunger kommt zurück.«

»Wir schaffen das schon.« Gottlieb hatte ein Mantra gefunden, das sich zu wiederholen lohnte. »Wir schaffen das schon.«

»Mister!«

Im ersten Augenblick vermutete Gottlieb, der Junge wollte ihn in seiner Panik nur darauf hinweisen, dass es seiner Freundin so erging wie Lily. Sie hielt ihre freie Hand gegen den Bauch gedrückt und mahlte mit den Kiefern. Dann realisierte Gottlieb, dass der Junge – Ben, er hieß Ben, so nannte ihn das Mädchen doch ständig – quer über den Platz zurück zur Kirche zeigte.

Gottliebs Eier zogen sich zusammen, als wollten sie Schutz in seinen Leisten suchen. Ein kleiner Strom von schwankenden, ächzenden Schatten ergoss sich aus dem Portal die Treppe hinunter. Die Schonzeit war vorbei, die Jagdsaison eröffnet.

»Lily!«, heulte einer der Schemen, der hinter den anderen zurückfiel, weil eines seiner Beine bei jedem Schritt unter ihm nachzugeben drohte und sich in einem bizarren Winkel nach außen durchbog.

Wo blieb Dimmy?

Das Geräusch von splitterndem Glas und ein erschrockenes »Nein!« von Ben lenkte Gottliebs Blick zurück zum Gasthof. Aus einem zerbrochenen Fenster kletterte eine Frau, die sich nicht daran störte, dass sich ihr eine im Rahmen verkantete Scherbe in die Seite bohrte.

»Los! Weiter!«

Sie hetzten auf den Gasthof zu. Ein Wandler war besser als Dutzende, und Gottlieb war sicher, dass Nicole im Handumdrehen kurzen Prozess mit der Wiedergängerin machen würde.

Dem war auch so: Eine Hammerspitze bohrte sich von links, die andere von rechts in den Kopf der Untoten, und Nicole wartete, bis sie auf die Knie gesunken war, um die Sporne in einer geübten Bewegung aus dem Ziel zu lösen, deren Hebelwirkung die Schädeldecke der Kreatur aufplatzen ließ. Als er jedoch den Lichtschein erreichte, der aus dem Gasthof fiel, erkannte Gottlieb, dass ihm womöglich ein tödlicher Fehler unterlaufen war. Geschickt und wendig wie Affen kletterten weitere Wandler aus dem Haus. Blutige, grellbunte T-Shirts; große, stumpfe Augen; geflochtene Zöpfe; Kinderhände, gekrümmt wie die Klauen von Greifvögeln; Bärchenaufnäher auf den Knien von Latzhosen; weit geöffnete Mündchen mit breiten Lücken in den Zahnreihen. Mit der Klarheit jenes blitzschnellen Denkens, wie es einem nur Adrenalin verschaffte, setzte Gottlieb die Teile des grausigen Puzzles zusammen. Sie waren zu spät. Die Kinder waren mit einer Frau eingeschlossen gewesen, die sich in eine Wandlerin verwandelt hatte, als das Ritual in der Kirche außer Kontrolle geraten war. Sie war wahllos über ihre Schützlinge hergefallen – die Bissverletzungen an den Armen und in den Gesichtern der Kleinen sprachen Bände –, und deren eigene Verwandlung in Wiedergänger war im Zeitraffer vor sich gegangen. Vielleicht beschleunigt durch die aus der Nahtstelle freigesetzten Kräfte, vielleicht auch keiner inneren Logik folgend. Das Resultat war das Gleiche: Sie sahen sich unvermittelt einer Rotte aus Monstren in Kindesgestalt gegenüber, deren erste Vorhut bereits auf Nicole zustürmte.

Gottlieb riss die Glock hoch und feuerte. Zwischen dem Krachen der Schüsse hoffte er darauf, dass das Heulen eines auf Hochtouren gepeitschten Motors, das er zu hören glaubte, kein Produkt seines Wunschdenkens war. Er versuchte, sich in die Zeit im Garten in Königstein zurückzuversetzen, als er auf Geheiß seines Vaters auf Melonen, Kokosnüsse und Trauben gezielt hatte, obwohl die Kinderschädel einen gänzlich anderen Anblick boten als das Obst, wenn ein Teilmantelgeschoss in ihnen aufpilzte. Terminierung war tatsächlich ein Wort, das dieses Grauen nur sehr begrenzt einfing.

Irgendwann klickte die Glock in seiner Hand nur noch, was den Vorteil mit sich brachte, dass Gottlieb nun sichergehen konnte, dass das Motorgeräusch keine Einbildung war. Es wurde lauter. Dimmy musste schon auf der Hauptstraße sein! Sie würden in den Wagen steigen und dieses verfluchte Dorf hinter sich lassen.

Nicole schüttelte sich fluchend ein Kind vom Bein, das sich selbst nach seinem zweiten Tod weiter an ihrem Oberschenkel festklammerte. Ein Treffer von Gottlieb musste den Kopf des kleinen Wandlers glatt durchschlagen haben, weil gleich aus zwei Löchern Blut spritzte.

Lily knurrte leise neben Gottlieb, und der Blick, mit dem sie die in kleinen Klumpen auf dem Pflaster verstreute Hirnmasse anstierte, jagte ihm einen Schauer über den Rücken. Er würde sie verstehen lernen, ja, aber es würde nicht leicht werden, o nein.

Ben schrie auf Alice ein, sie solle etwas fallen lassen, doch ein schlürfendes Schmatzen verriet Gottlieb, dass es dazu mehr Überredungskunst gebraucht hätte, als der Junge besaß.

»Geh nicht fort, Lily!«, flehte der Wandler mit dem gebrochenen Bein laut, der aufgrund seiner Behinderung etwas hinter den Rest der Untoten zurückgefallen war. »Lass mich nicht allein!«

Zwei gleißende Kugeln, die größer und größer wurden, rasten um die Kurve in der Hauptstraße, an der der Dorfplatz lag. Der Van selbst war nur ein großer, schwarzer Kasten mit schemenhaften Umrissen, aber Gottlieb hatte in seinem ganzen Leben noch nichts Schöneres gesehen. Gleich waren sie alle gerettet.

Er unterschätzte die Entschlossenheit der geistlosen Wandler, Beute zu machen. Als wären sie nur zufällig voneinander getrennte Zellen ein und desselben räuberischen Organismus, zeigte die gesamte Rotte der Dörfler ein Verhalten, wie es einem Lebenden nie in den Sinn gekommen wäre. Anstatt vor dem Van zurückzuweichen, der quer zwischen der Kirche und dem Brunnen über das Kopfsteinpflaster holperte, rannten sie los, um ihm den Weg abzuschneiden. Körper wurden umhergeschleudert – manche zur Seite, einige in hohem Bogen über das Dach hinweg –, als der Wagen eine breite Schneise in die Menge pflügte. Die Scheinwerfer hüpften auf und nieder, Bremsen quietschten, der Van geriet ins Schlingern und neigte sich bedrohlich zu einer Seite. Dann krachte er frontal gegen den Brunnenrand.

Gottlieb konnte nicht erkennen, ob Dimmy den Aufprall überlebt hatte. Er war so oder so verloren. Das Rudel der Wandler fiel über den Wagen her wie ein Schwarm Möwen über einen gestrandeten Wal. Drei oder vier versuchten sich gleichzeitig durch die aufgesprungene Beifahrertür zu quetschen, während sich aus dem hinteren Teil der Menge Untote aus dem Verband lösten, um durch den Brunnen auf das Wrack zuzuwaten. Weiter vorne hämmerten andere wie irr auf die Windschutzscheibe ein.

»Wir brauchen ein neues Auto«, stellte Nicole beiläufig fest, als würde sie nicht gerade Zeugin, wie einer ihrer Kameraden von den Kreaturen verschlungen wurde. Sie rieb sich den Oberschenkel und spähte die Hauptstraße hinunter. »Kuhkaff!«, fluchte sie auf Deutsch und wechselte dann zu Englisch, um Ben anzuraunzen. »Gibt's in eurem Scheißdorf keine Autos?«

»Doch, es gibt eins«, sagte Ben hastig. »Dougals Lieferwagen.«

»Wie? Eins? Willst du mich verarschen?«

»Sonst haben wir nur Traktoren«, erklärte der Junge. »Wir brauchen keine Autos.«

»Wo steht es?«

»An der Werkstatt.«

»Du gehst vor!«, befahl sie Ben. Sie wandte sich an Gottlieb. Ihre Augen waren schwarz und kalt wie Obsidian. »Dimmy wird uns keinen allzu großen Vorsprung bringen, aber wir sollten das Beste daraus machen.«

Gottlieb nickte stumm und setzte sich in Bewegung. Er bemerkte, dass Lily einen Blick zurück auf das Wrack warf, an dem sich die Wandler austobten.

»Victor«, wisperte sie. Konnte sie in dem Getümmel um den Brunnen wirklich den einen Untoten erkennen, der ihr das alles angetan hatte?

Gottlieb drehte sich um, aber er sah nur eine wimmelnde Horde fresswütiger, namenloser Monster.

22.09.2009, 20:13

Als sie an dem staubigen Schotterplatz vor der Werkstatt ankamen, hatte Lily aufgehört, sich alle drei, vier Meter umzudrehen. So dankbar sie dem Schicksal oder wem auch immer dafür war, dass er, sie oder es Gottlieb hierher geführt hatte, so wenig konnte sie daran glauben, dass es eine echte Rettung für sie gab. Zwar hatte sich ihr Hunger immer weiter beruhigt, je größer die Entfernung zur Kirche geworden war, doch sie bezweifelte, dass sie so einfach vor sich selbst davonlaufen konnte. Ganz zu schweigen von Victor. Trotzdem war es schön gewesen, sich von Gottlieb mitreißen zu lassen. Sie hatte nicht einmal erwähnt, dass es außer dem Wagen, von dem Ben wusste, noch ein Fahrzeug gab, das sie aus Manger hätte wegbringen können. Schließlich parkte Victors Limousine neben dem Haus der Alten. Doch dorthin zurückzugehen, hätte bedeutet, die Kirche zu passieren. Und mehr noch: Es wäre ihr vorgekommen wie ein Schritt in die falsche Richtung. In Richtung all dessen, wovon Gottlieb anscheinend dachte, dass es irgendwie zu besiegen war. In Richtung des Monsters, das sie selbst zu einem Monster gemacht hatte.

Sie waren beileibe nicht so schnell vorangekommen, wie Lily es sich gewünscht hätte. Die Frau mit der Maske humpelte, aber das war nicht der alleinige Grund gewesen, weshalb sie immer weiter zurückgefallen war. In den kurzen Momenten, in denen Lily beim Umdrehen Blicke auf sie erhascht hatte, hatte die Frau erst etwas aus einer der Taschen an ihrem Gürtel geholt, das ungefähr die Größe einer halben Milchpackung und in etwa auch die gleiche Form aufwies. Was sie als zweites hervorgekramt hatte, war viel kleiner und flacher. Offensichtlich ließen sich die beiden Gegenstände zu einem größeren Objekt zusammenfügen, denn beim dritten Blick hatte die Frau das flache Ding in das klobigere hineingedrückt. Es hatte ein wenig so ausgesehen, wie wenn man das abnehmbare Bedienteil eines Autoradios einsetzte. Was sollte das? Die Gute konnte von Glück reden, dass die Zombies aus der Kirche gerade dabei waren, im gesamten Dorf auszuschwärmen, gelenkt vom verführerischen Duft nach Blut und Angstschweiß, der überall in der Luft lag, und Jagd machten auf die Überlebenden des gescheiterten Rituals. Wäre sie die einzige Überlebende gewesen, hätte sich die Frau den Luxus, mit den Sachen von ihrem Gürtel Lego zu spielen, niemals leisten können. Die lebenden Toten hätten sie gehetzt wie ein Stück Wild. Lilys Hunger fand großen Gefallen an diesem Gedanken.

»Siehst du? Da ist auch der Wagen«, sagte Gottlieb und klopfte gegen die lädierte Karosserie. Sie verzieh ihm gern, dass er mit ihr redete wie mit einem Kleinkind. Wahrscheinlich machte er sich nur Sorgen um sie. Nicht ganz zu Unrecht. Aber sie hatte sich nichts vorzuwerfen. Sie hatte ihm gesagt, was mit ihr los war.

In einem der Märchen, wie sie ihr Grampy Jules vor unendlich langer Zeit vorgelesen hatte, wäre die Prinzessin am Ende der Geschichte in eine weiße Kutsche gestiegen, um gemeinsam mit dem Prinzen einem Ort entgegenzufahren, wo sie bis zu ihrem Lebensende glücklich miteinander wären. Aus diesem Dorf sollte sie wohl in einem verbeulten Lieferwagen entkommen. Immerhin war er weiß, obwohl das bei Weitem nicht aufwog, dass Lily ihr Lebensende schon hinter sich gebracht hatte.

»Wo ist der Schlüssel?«, fragte die Frau mit der Maske.

»Drüben im Haus«, antwortete Ben.

»Dann geh und hol ihn!«

Lily lehnte den Kopf gegen Gottliebs Schulter und sah Ben und Alice nach. Vorhin, als Alice ein Stück Hirn vom Boden geklaubt hatte, war Lily kurz neidisch auf sie gewesen, wenn auch nur für einen winzigen Moment. Denn entgegen seinen Beteuerungen, es wäre ihm egal, was sie war, hätte es Gottlieb bestimmt nicht gefallen, wenn sie es Alice nachgemacht hätte.

»Weißt du, wie die Scheinwerfer angehen?«, rief die Maskierte Ben nach.

»Klar!«

»Dann schalt sie ein. Sie mögen kein Licht.«

Lily schaute skeptisch zu einem der beiden Masten hinauf. Die Frau war von der Sorte, wie sie sie noch nie hatte leiden können. Großmäulig und selbstsicher, aber dabei nicht sehr schlau. Als ob auch nur einer der Zombies sich davon abschrecken lassen würde, seine Beute zu stellen, nur weil hier ein paar Funzeln brannten. Wofür hielt diese Frau Geschöpfe wie Lily? Für Vampire? Victor wäre darüber aus dem Lachen nicht mehr herausgekommen.

Als hätte der bloße Gedanke an ihn ausgereicht, um ihn anzulocken, um ihn herbeizubeschwören wie einen bösen Geist, schallte Victors Stimme durch die Nacht. »Lily! Komm zurück zu mir, Lily!«

Da stand er, einen Steinwurf entfernt, in der Einfahrt zum Hof der Werkstatt. Trotz der Dunkelheit war nicht zu übersehen, dass Victor alles Elegante, alles Anziehende verloren gegangen war. Die Art, wie sein Bein nach außen wegknickte, verlieh ihm den Anschein eines Mannes, der sich nach einem Erdbeben oder einem Terroranschlag schwer verletzt aus den Trümmern eines eingestürzten Hauses gewühlt hatte.

»Hammer!«, sagte Gottlieb zu Nicole im gleichen Tonfall, mit dem ein Chirurg bei einer Operation nach einem »Skalpell!« verlangte.

»Soll ich?«, bot die Maskierte an.

»Keine Diskussionen, Nicole. Du bleibst bei Lily, was immer auch passiert!« Er streckte die Hand aus, winkte ungeduldig mit den Fingern und nahm die Waffe in Empfang. Wofür er allerdings Zeit fand, war ein Kuss, den er Lily auf die Stirn drückte. Seine Lippen waren trocken und glühend heiß. Da war so viel Leben in ihm. »Versteckt euch!«

Nicole, die einen unerwartet leckeren Geruch verströmte, packte Lily am Ellbogen und zog sie von Gottlieb fort. Sie fanden Schutz hinter einer gewaltigen Maschine, bei deren Anblick Lily an den stählernen Sarkophag eines Riesen denken musste, dessen Deckel von Grabräubern geöffnet worden war.

»Ihr werdet sie mir nicht wegnehmen«, hörte sie Victor schreien.

»Was will der Wichser eigentlich von dir?« Nicoles Maske vermochte nicht zu verbergen, dass die Frau durch zusammengebissene Zähne atmete.

»Er glaubt, dass er mich liebt«, sagte Lily und bemühte sich, Angst um Gottlieb zu spüren, als sie um die Ecke der Maschine herumlugte und sah, wie er Victor mit erhobener Waffe entgegentrat.

Der Schlag, zu dem Gottlieb ausholte, hätte wohl Victors Kopf treffen sollen, aber er ging daneben, weil Victor sein Gewicht genau im richtigen Moment auf sein gesundes Bein verlagerte und den Rumpf pfeilschnell zur Seite beugte.

»Kacke!«, zischte Nicole.

Eine der Spitzen des Hammers fuhr Victor seitlich in die Brust. Der Treffer, der einem Lebenden einen Lungenflügel durchstochen hätte, ließ ihn völlig unbeeindruckt. Er schnappte den Stiel der Waffe und zog Gottlieb daran zu sich heran, ohne Rücksicht darauf, dass er sich den Sporn nur noch tiefer in den Leib rammte. Einen Wimpernschlag glaubte Lily, Victor würde Gottlieb ins Gesicht beißen – ein flüchtiger Gedanke, der sie dennoch zugleich abstieß und erregte –, aber stattdessen nutzte Victor den Schwung seiner Bewegung, um seinen Gegner gegen die Seitenwand des Lieferwagens zu schmettern. Ehe sich Gottlieb aufrappeln konnte, zerrte ihn Victor auch schon wieder hoch. Er nahm ihn im Nacken wie ein Kaninchen, das auf die Schlachtbank sollte, und hieb ihm den Kopf mit solcher Wucht gegen den Außenspiegel des Vans, dass die dünnen Stützstreben brachen.

»Er muss nicht sterben, Lily«, schrie Victor, wobei er Gottliebs schlaffen Körper schüttelte wie eine Lumpenpuppe. »Wenn du zurückkommst, dann lass ich ihn laufen! Ich verspreche es! Habe ich dich je belogen?«

Lily fühlte jäh etwas Hartes, Spitzes an ihrem Hinterkopf.

»Komm ja nicht auf dumme Gedanken!«, knurrte Nicole. »Ich lass nicht zu, dass der Chef umsonst den Löffel abgibt.«

22.09.2009, 20:15

Onkel Roys Büro war ein einziges Chaos. Auseinandergeschraubte Ersatzteile für Landmaschinen blockierten den Weg zum Schreibtisch, auf dem sich in drei Aschenbechern Berge von Zigarettenkippen auftürmten. Die Schubladen gingen nicht mehr zu, weil sie mit Zeitschriften über Autos, die die Menschen in der Welt draußen fuhren oder vor zehn Jahren gefahren hatten, vollgestopft waren. Im kleinen Waschbecken in der Ecke, vor dem Ben Alice abgestellt hatte, stapelten sich ungespülte Teetassen.

Wo war der Schlüssel? Dougal war doch erst vorgestern von seiner Reise in den Süden zurückgekommen, also konnte der Schlüssel nicht allzu tief im Durcheinander vergraben sein. Oder doch? Ben stöhnte verzweifelt auf. Er machte den Spind auf, in dem Onkel Roy seine Kittel und Blaumänner aufbewahrte – selbstverständlich in einem großen Haufen auf dem Boden des Schranks. Von der Innenseite der Tür gierte ihn auf einem aus einem Magazin ausgerissenen Bild eine Blondine an, die mit der einen Hand ihre schweren, runden Brüste massierte, während die andere bis zu den Knöcheln in dem feuchten, nackten Schlitz zwischen ihren Beinen steckte. Zornig fetzte er das Bild ab und widmete sich dem obersten Kittel, der nach Öl, Schweiß und Zigarettenqualm roch. Nach Onkel Roy. Als er die beiden Außentaschen des Kittels abtastete, wurde Ben klar, dass er nach heute Nacht nie wieder den Geruch von Onkel Roy riechen würde. Nass und heiß rann ihm eine Träne aus dem Auge, die er nicht rechtzeitig zurückblinzeln konnte.

Er hörte draußen jemanden schreien. Einen der Fremden? Eines der Ungeheuer, zu denen die Hälfte der Leute aus dem Dorf geworden war? Egal. Da war der Schlüssel. Jetzt musste er nur noch raus in den Gang zum Schalter für die Stromzufuhr des Hofs. Bürgermeister Bain hatte sich nicht lumpen lassen, als es vorletzten Sommer um den Scheinwerferkauf gegangen war.

Onkel Roy hatte auf supergrellem Flutlicht bestanden. »Was, wenn der Junge und ich mal nachts ranmüssen, wenn einer der Fremden hier aufkreuzt?«, hatte Roy gesagt, und das Argument hatte gezogen.

»Komm, Alice!«

Sie reagierte nicht, sondern schaute sich weiter schweigend im Spiegel über dem Waschbecken an. Sie kämmte sich ihr verbliebenes Haar mit den Fingern und versuchte es so zu legen, dass es die kahlen Stellen, unter denen ihr Schädel aufblitzte, verdeckte.

Ben blinzelte erneut zu spät, um eine Träne aufzuhalten. »Alice! Los jetzt!«, drängte er.

Auf dem Hof splitterte Glas, und der Schreihals krakeelte wieder. War es schon zu spät? Waren die Monster hier, oder schlugen sie sich noch woanders die Bäuche voll?

Er wollte nach Alice greifen, aber sie schlug seine Hand beiseite. Seitdem sie am Inn ein Stück von Wendy Cooks Hirn gefressen hatte, bevor er es ihr hatte wegnehmen können, hatte sie nicht mehr viel mit ihm geredet.

»Wir müssen weg!« Er wedelte mit dem Schlüssel. »Alles wird gut, wenn wir weg sind!«

Sie schüttelte traurig den Kopf und sah ihn an. »Nichts wird mehr gut. Nie wieder.«

Er fasste sie um die Hüften – wie weich und glatt ihr ramponiertes Kleid war! –, um sie so in Richtung Gang und Schalter zu manövrieren. Sie machte winzig kleine Schritte, als wollte er sie zwingen, von einer Klippe zu springen.

22.09.2009, 20:17

Von einer Sekunde auf die andere wurde es taghell, weil zwei tief hängende blauweiße Sonnen über Manger zu erstrahlen schienen.

Lily kniff die Augen zusammen. Durch die schmalen Schlitze sah sie, wie Victor Gottlieb fallen ließ, um sich schützend einen Unterarm vors Gesicht zu halten. Nachdem er offenbar erkannt hatte, dass ihm keine unmittelbare Gefahr drohte, nahm er den Arm wieder herunter und schaute sich um.

Das war der Moment, in dem der kalte, harte Druck auf Lilys Hinterkopf verschwand und sie nach hinten gerissen wurde.

»Warst du das, Lily?«, brüllte Victor. »Willst du mir in die Augen sehen können, wenn du mich um Verzeihung bittest? Oder willst du nur besser sehen, wie ich diesen Hund massakriere?«

Die Maschine, hinter der sie sich mit Nicole geflüchtet hatte und die sich nun als Schrottpresse mit Greifarm entpuppte, war so hoch, dass sie beide aufrecht dahinter stehen konnten, ohne befürchten zu müssen, dass Victor sie sofort entdeckte. Das Licht der Scheinwerfer enthüllte Lily jedes Detail an Nicole: die Blutlache, die sich um ihren Armeestiefel bildete, gespeist von einem dünnen Rinnsal aus einem unschuldig kleinen Loch in ihrem Kettenanzug knapp oberhalb des Knies. Das Päckchen in ihrer Hand, wie gelbbraune Knete, die in Frischhaltefolie gewickelt war. Das dunkle Plastikpanel mit einer LCD-Anzeige und einer Handvoll Drucktasten, das auf einer der schmalen Seiten des Päckchens angebracht war.

Erst vermutete Lily, dass das laute Summen, das sie hörte, nur in ihrem Kopf war. Dann folgte sie einem Blick von Nicole, der auf ein rotes Lämpchen am vorderen Drittel der Schrottpresse gerichtet war, dort, wo vier gummiüberzogene, von einer Blechleiste geschützte Knöpfe aus der Steuerkonsole der Maschine hervorstanden.

»Lily!« Victors Stimme bebte vor Zorn. »Komm raus! Das hat doch keinen Zweck!« Ein dumpfer Schlag ertönte, als etwas hart gegen die Seitenwand des Vans prallte. »Er hält das nicht mehr lange durch!«

Nicole straffte die Schultern. »Liebst du ihn?«

Darüber brauchte Lily nicht nachzudenken. Nicole konnte unmöglich Victor meinen. Sie meinte den Mann, der es verdient hatte, dass Lily sich endlich eingestand, wofür sie zu Lebzeiten zu feige gewesen war. Dass sie endgültig der Wahrheit den Vorzug gegenüber der Lüge gab. »Ja.«

»Würdest du alles für ihn tun?«

Noch ein dumpfer Schlag. »Ja.«

»Gut. Das wollte ich hören.«

Nicoles Hammer fiel in die Blutlache neben ihrem Stiefel. Sie drückte einen der Knöpfe auf dem Panel an dem Päckchen. Giftgrüne, eckige Ziffern leuchteten auf dem Display auf. 00:00. Nicole drückte einen anderen Knopf in der Leiste in rascher Folge, bis das Display 25:00 anzeigte. Ihr Daumen ruhte zwei, drei Sekunden auf einem dritten, etwas breiteren Knopf. Als sie ihn losließ, zählte der Timer rückwärts. 24:59. 24:58. Dann legte Nicole das Päckchen auf den Boden. »Das ist für nachher, für Gottlieb. Er wird wissen, was er damit anzustellen hat.«

»Ich mache das nur, weil ich ohne dich nicht leben kann, Lily!«, brüllte Victor. Seltsam. Dabei war er doch bereits so lange tot.

Nicole hob den Hammer auf. Sie entledigte sich mit einem routinierten Griff ihrer Maske und zog sich mit einem leisen Klimpern der Kettenringe die Kapuze ihres Anzugs ab. Rotes Haar pappte ihr schweißnass am Kopf, und ihr Gesicht kam Lily irgendwie bekannt vor, aber sie konnte sich beim besten Willen nicht mehr daran erinnern, wo sie dieser Frau schon einmal begegnet sein könnte.

Nicole hielt Lily den Hammer hin. »Es gibt eine Sache, auf die ihr alle scharf seid, und genau damit kriegen wir dieses Arschloch.«

In knappen, kalten Sätzen erklärte Nicole, was sie vorhatte.

Der Plan war ebenso simpel und effizient wie grausam und unmenschlich.

Lily nahm den Hammer. Er war leichter, als sie gedacht hätte.

»Du tust mir einen Gefallen.« Nicole zeigte auf die Wunde an ihrem Bein. »Ich bin eh hinüber. Das ist vorhin passiert, bei den Kindern. Die Kugel ist quer durch den Kopf von dem Drecksbalg und mir ins Bein.«

Lily wusste, was Nicole ihr damit sagen wollte. Sie war infiziert.

»Typisch.« Grinsend bleckte Nicole die Zähne. »Da will der neue Chef einmal was richtig machen, und selbst das vermasselt er. Sieh nur zu, dass du es auf einen Schlag hinkriegst, ja?« Sie schloss die Augen.

War es das Monster oder der Mensch, der die Entscheidung traf? Lily wollte sich darüber kein Urteil erlauben, und sie schaffte es auch nicht mit dem ersten Schlag, aber beim zweiten war es vollbracht. Nicoles Blut an der Seitenwand, in dem Haare und Knochensplitter klebten, sorgte bei Lilys Magen für Vorfreude auf ein baldiges Mahl. Sie zwang den Hunger zurück. Jetzt musste es schnell gehen, wenn Nicole sich nicht umsonst für Gottlieb geopfert haben sollte. Sie wuchtete die Leiche auf den Teil der Schrottpresse, in dem der Motor summte, nutzte den Stecker für das Starkstromkabel, das die Maschine mit Energie versorgte, als Fußstütze und kletterte hinauf. Schon bei ihrem Aufstieg rief sie Victors Namen.

Oben angekommen, ahmte sie den Griff nach, mit dem Victor Gottlieb gegen den Außenspiegel geschmettert hatte, und präsentierte ihre Beute. Ein Brocken von Nicoles Hirn glitt aus dem klaffenden Krater, der bis eben noch ihre linke Schädelhälfte gewesen war, und tropfte klatschend auf Metall. »Es tut mir so leid, Victor.«

Auf der Seitenwand des Vans prangten vier große, runde Blutflecken, aber das Stöhnen, das von Gottlieb kam, als Victor ihn beinahe zärtlich zu Boden sinken ließ, verriet Lily, dass er noch am Leben war.

Victors Kampf mit Stuart hatte schreckliche Spuren hinterlassen. Sein ansonsten so ausdrucksstarkes Gesicht wirkte flach, weil seine Nase nur noch ein platter Fladen war. Eines seiner Jochbeine war zertrümmert und hatte sich wie ein schartiges Messer so in seine Augenhöhle geschoben, dass das Weiße darin geplatzt war und ihm nun wie wässriger Eiter über die Wange lief. Als er die Lippen zu einem glücklichen Lächeln verzog, stieg in Lily die Erinnerung an die vielen Reiseberichte hoch, die sie während ihres Studiums gelesen hatte und in denen von Kannibalenstämmen mit spitz zugefeilten Zähnen berichtet worden war.

»Ich wusste, dass du zu mir zurückkommst«, sagte er und wankte in seinem absurden Gang auf sie zu. »Du liebst mich.«

»Natürlich.« Lily reckte Nicoles Leiche noch ein bisschen höher. Das betörende Aroma nach unbändiger Kraft – gebündelt in Fleisch, Blut und Hirn – brachte sie schier um den Verstand. »Hätte ich sonst das hier für dich getan? Einen von denen getötet, die uns ausmerzen wollen?«

Sie legte Nicole unmittelbar am Rand der Wanne aus Stahl ab, bückte sich zu Victor hinunter und reichte ihm die Hand, weil er aufgrund seines zerschundenen Beins nicht zu ihr auf die Schrottpresse hätte klettern können. Zu ihrem Entsetzen stürzte er sich nicht umgehend auf die bereitliegende Nahrung, sondern fasste ihr Gesicht in beide Hände und küsste sie. Seine Zunge war ein vertrocknetes Stück Leder.

Er löste sich von ihr, wisperte »Danke!«, und dann nahmen seine Augen jenen völlig seelenlosen Ausdruck an, der sie nach der Jagd auf Seth Bennet so sehr in Panik versetzt hatte. Diesmal blieb sie seltsam ruhig, weil sogar ihr Hunger unbändigen Gefallen daran fand, was sich als Nächstes ereignen sollte.

Victor ging auf die Knie und presste sein Gesicht in Nicoles geöffneten Schädel. Lilys Tritt in den Rücken traf ihn völlig unerwartet, und er stürzte kopfüber in die Schrottpresse. Doch selbst dabei ließ er die Leiche der Frau nicht los, sondern riss sie mit sich in die Tiefe. Lily sprang von der Maschine und drückte den Knopf, der die Hydraulik in Gang setzte. Es hatte etwas

Sinnliches, wie die vor Schmierfett glänzenden Zylinder sich in ihre Röhren hineinschoben. Der Deckel der Presse begann sich zu schließen. Lily nahm den Hammer, mit dem sie Nicole getötet hatte, und kletterte zurück an den Platz, an dem sie Victor in sein Verderben gelockt hatte. Ein Scharnier sorgte dafür, dass sich der Deckel langsam in eine Art Baggerschaufel verwandelte, die sich auf Victor herabsenkte. Er bettelte nicht. Wahrscheinlich, weil er ahnte, dass es umsonst gewesen wäre. Er unternahm nur einen einzigen Versuch, nach dem Rand der Wanne zu greifen, den sie mit einem Hieb mit der flachen Seite des Hammers auf seine Finger zunichtemachte.

Zwei Minuten später war die Kreatur, die Lilys Leben geraubt hatte, ein Brei aus zermalmtem Fleisch und Knochen, der den holzigen Geruch eines guten Whiskys verströmte.

22.09.2009, 20:22

Der Kampf war vorbei. Ben hörte kein Rufen und Schreien mehr, und auch die Schrottpresse, deren sonst so vertrautes Scharren und Kratzen ihm einen kalten Schauer über den Rücken gejagt hatte, war wieder ruhig. Er nahm Alice an die Hand und atmete tief durch. Er konnte die Tür jetzt aufmachen. Ganz bestimmt.

Sein erster Blick galt dem Wagen. Die Seite war blutverschmiert, und der Außenspiegel war abgebrochen, aber er sah noch genauso fahrtüchtig aus wie vorher. Gut. Das war das Wichtigste. Abgesehen davon, dass ihn nicht sofort Onkel Roy, Dad oder Mrs. Lumley anfiel, um ihm die Kehle aufzureißen.

Lily kniete neben dem Fremden, der an den Vorderreifen gelehnt auf dem Schotter saß. Sein Gesicht sah aus, als wäre ein Traktor darübergerollt, und er hielt sich die Schulter, als hätte er Angst, ihm könnte der Arm abfallen.

Vorsichtig ging er näher, Alice hinter sich herziehend. »Ich habe den Schlüssel«, rief er leise.

Lily schaute ihn nur kurz an und dann wieder auf ein Paket Knete, das sie in der Hand hielt. Wo war überhaupt die andere Frau? Die Fremde?

»Was ist das?«, hörte er den Mann sagen.

»Von Nicole. Sie hat gemeint, du wüsstest, was du damit anzustellen hast. Sie ist tot.«

Oh, da war sie also hin. Aber Ben sah niemanden, der sie umgebracht haben könnte. Das spielte im Moment keine Rolle. Danach würde er fragen, sobald sie im Wagen saßen. Seine Knie fingen an zu zittern. Er würde das erste Mal die Welt draußen sehen. Was, wenn sie am Ende doch so schlimm war, wie die Alten behauptet hatten? War es möglich, dass so etwas wie das, was heute im Dorf passiert war, dort jeden Tag passierte?

»Es muss in die Kirche.« Der Fremde scharrte unruhig mit den Füßen. »Zu dem Loch.« Aus dem Auge, das nicht komplett zugeschwollen war, schaute er zu Ben auf. »Hast du den Schlüssel?«

Hatte er das nicht eben schon gesagt? Ben nickte.

»Gut«, ächzte der Fremde. »Ihr haut mit dem Wagen ab. Ich übernehme die Bombe.«

»Du brauchst einen Arzt«, stellte Lily fest. »Du kannst keine zehn Schritte gehen. Und ich kann die Karre nicht fahren.«

»Wieso?«

»Schon vergessen? Kein Führerschein.«

Der Fremde lachte, obwohl das nicht komisch war.

»Ich kann fahren«, sagte Ben. »Onkel Roy hat mir gezeigt, wie es geht.«

»Na also.« Der Fremde nickte zufrieden. »Hilf mir hoch.«

Lily schüttelte den Kopf. »Du gehst nicht. Lieber gehe ich selbst.«

Alice ließ Bens Hand los und sagte: »Ich mache das mit der Bombe.«

»Nein!« Einen Moment dachte Ben, er wäre federleicht und würde gleich zum Himmel hinaufschweben, weil es nichts mehr gab, das ihn noch hätte am Boden halten können. »Was redest du da für einen Quatsch? Wir gehen zusammen weg von hier und bleiben für immer beieinander. Ich brauch dich doch da draußen.«

»Schau mich an.« Alice fasste sich an die Stelle, wo ihr Ohr gewesen war. »Ich falle auseinander. So wie ich in meinem Kopf auseinanderfalle. Ich will nicht, dass du das siehst.«

»Es macht mir nichts aus!«

»Wer von uns beiden redet jetzt gerade Quatsch?« Sie nahm Lily das Päckchen ab.

»Was, wenn die anderen dich angreifen?«

»Das werden sie nicht«, mischte sich Lily ein. »Alice und ich, wir sind schon tot. So wie sie.«

»Ja, eben.« Das durfte alles nicht wahr sein. »Du könntest doch gehen.«

»Falls dir wirklich jemals etwas an mir gelegen hat, Ben Sullivan, dann hältst du mich jetzt nicht auf.« Alice schaute auf die

Bombe. »Weißt du noch, wie ich dich das letzte Mal um etwas gebeten habe?«

Er nickte. Es war im Haus der Alten gewesen.

»Diese Bitte hast du mir nie erfüllt«, sagte sie leise. »Und jetzt bitte ich dich darum, mich gehen zu lassen.« Sie wandte sich von ihm ab und schritt langsam auf die Einfahrt zu.

In Ben war alles einsam und leer. Er war eigentlich kein Blitzmerker, aber er kapierte, dass alles genau umgekehrt gekommen war, wie er immer befürchtet hatte. Es war nicht sie, die Manger verlassen würde, um niemals wiederzukehren.

Alice drehte sich noch einmal um. »Erzählst du den Leuten draußen von dem Vogel, den wir gesehen haben?«

»Ja.« Er wollte ihr nicht sagen, dass er vergessen hatte, wie der Vogel hieß.

22.09.2009, 20:38

Über dem Röhren des Motors war die Explosion nur ein sanftes Donnergrollen. Ben krallte die Hände fester um das Lenkrad und verfluchte sich selbst, wie er bloß so ein Idiot sein konnte. Würde er nicht andauernd den Wagen abwürgen, wären sie eventuell schon so weit gekommen, dass er gar nichts davon gehört hätte.

Bis jetzt wirkte die Welt draußen ziemlich genauso wie Manger, doch er befürchtete, dass sich das jeden Moment ändern könnte. Gut, dass es den Fremden und Lily gab. Sie würden ihm hundertprozentig alles erklären, was er wissen musste. Zum Beispiel, was man tun konnte, damit die Wunde in seinem Rücken aufhörte zu bluten. Sie war wahrscheinlich aufgeplatzt, als Alice ihn in der Kirche vom Stuhl gerissen hatte, aber er hatte es nicht einmal gemerkt. Jetzt brannte sie wie Feuer, als ob ihm eben erst ein Stück seines Fleisches aus dem Leib geschnitten worden wäre.

Er schaute auf die Straße, die schwarz und ungerührt in die Zukunft führte. Fort von Manger. Fort von Alice. Fort von dem Jungen, der seinen Namen trug und heute Nacht gestorben war.

22.09.2009, 20:38

Gottlieb hoffte, dass das Gewitter, das sich durch ein fernes, verhaltenes Donnern ankündigte, an ihnen vorüberziehen würde. Ben fuhr auch so bereits beschissen, und er wollte sich nicht vorstellen, wie der Junge auf eine regennasse Fahrbahn reagieren würde.

Jedes Mal, wenn Ben den Motor abwürgte, spürte Gottlieb, wie unter dem plötzlichen Abbremsen irgendetwas tief in seinem Bauch – etwas, das so dünn und anfällig wie Zellophan war – einen Riss davontrug.

Es war ihm gleichgültig, und es war ihm auch schnuppe, was für einen Tanz Rochus wegen des Ablaufs dieses Einsatzes aufführen würde, sobald er wieder zu Hause war. Er war einfach nur glücklich, Lily im Arm zu halten. Es musste Lily sein. Dieses Geschöpf redete wie Lily, fühlte sich an wie Lily, roch wie Lily. Am Ende fand er unter Umständen sogar die Kraft, es genauso zu lieben wie Lily. Wenn er es sich nicht selbst schuldig war, so zumindest den Leuten, die für ihn und sie gestorben waren.

22.09.2009, 20:38

Lilys Hunger bäumte sich unvermittelt auf, wand sich, wollte sich in rasendem Irrsinn selbst verzehren und fand doch keine Nahrung. Dann war der Anfall so schnell wieder vorüber, wie er über sie hereingebrochen war.

Gottlieb hatte nichts davon bemerkt. Ob er entsetzt darüber gewesen wäre, dass sie sich wieder und wieder ausmalte, wie es wäre, von seinem Fleisch zu kosten? Von den zartesten Stellen, die sie noch aus der Zeit kannte, als ihre Begierde eine unschuldigere gewesen war? Obwohl und gerade weil sie erkannt hatte, wie sehr sie ihn brauchte?

Es war nicht so, dass nun alles anders war. O nein, ganz und gar nicht. Die Verluste, die ihre menschliche Seite erlitten hatte, würden nicht auszugleichen sein. Sie würde weder ihre Eltern noch Hannah je wiedersehen. Nie wieder atmen. Nie wieder satt sein.

Die Frage, die sie am meisten beschäftigte, lautete: Würde es ihr gelingen, den Hunger zu bändigen, bis sie an einen Ort kamen, wo sie ihn an einem Tier stillen konnte – einer Taube, einer Ratte, irgendetwas, das nicht lange um sein Leben bettelte –, anstatt der Versuchung nachzugeben herauszufinden, wie Gottlieb schmeckte? Vielleicht. Vielleicht auch nicht …

26.09.2009

Sektenselbstmord, Seuchenausbruch, Terrorakt? Manger-Massaker bleibt weiter rätselhaft

Auch drei Tage nach dem sogenannten Massaker von Manger in Schottland sind die Hintergründe der grauenhaften Ereignisse in dem kleinen Zweihundert-Seelen-Dorf weiterhin völlig unklar. Ebenso unklar bleibt bislang, warum die Gegend um Manger von Polizei und Militär großräumig abgesperrt wurde. Allein die Tatsache, dass keiner der Einwohner noch am Leben ist, wurde von den örtlichen Behörden bisher bestätigt.

»Sie werden sicherlich verstehen, dass ich zu einem laufenden Einsatz nicht mehr sagen kann, als den offiziellen Presseerklärungen zu entnehmen ist«, äußerte sich heute Nachmittag General Frederick Wade, der die ungewöhnlichen Maßnahmen vor Ort hauptverantwortlich leitet und koordiniert. Er ergänzte allerdings: »Sämtliche Gerüchte über eine Invasion von Außerirdischen gehören ins Reich der Fabel.«

Als wahrscheinlichste Ursache für das Massaker gilt nach Ansicht unabhängiger Experten ein kollektiver Suizid von Sektenangehörigen, wie er sich in ähnlicher Weise in den vergangenen Jahren bereits mehrfach in der Schweiz oder in den USA ereignet hat. Gegen diese Annahme spricht jedoch der Umstand, dass der Internationalen Seuchenbehörde in Paris eine Eilanfrage vorliegt, in der die britische Regierung um die Entsendung von Epidemiologen mit umfangreicher Erfahrung bei Ausbrüchen von hämorrhagischen Fiebern bittet. mehr …
[Forum]

Manger-Massaker: Behörden schließen islamistischen Giftgasanschlag nicht aus
Manger-Massaker: Gefälschte Videoaufnahmen in Umlauf
Manger-Massaker: Armee verhängt Überflugsverbot
Schottland: Fast 200 Tote bei mysteriösem Massensterben

Schlusswort

Satt, liebe Leserinnen und Leser? Falls ja, haben Sie damit vielen der Figuren aus dem Roman, den Sie gerade hinter sich gebracht haben, einiges voraus. Sehen Sie zu, dass es so bleibt …

Woher rührt meine tiefe Besorgnis um Ihr Wohlbefinden? Nun, in erster Linie aus der Recherchearbeit zu *Die Zombies.* Genau wie die wissenshungrige Lily Young musste ich feststellen, dass die Vorstellung, die Toten könnten sich aus ihren Gräbern erheben, um Jagd auf die Lebenden zu machen, rund um den Erdball verbreitet ist. Man findet kaum eine Kultur, die nicht ihre eigenen Wiedergänger kennt. Ein etwas beunruhigender Gedanke, finden Sie nicht?

Gehen wir jedoch zunächst einen kleinen Schritt zurück zur Motivation für meinen treuen Co-Autor Ole Johan Christiansen und mich, dieses Buch in Angriff zu nehmen. Ole und ich sind seit vielen Jahren begeisterte Fans der wandelnden Toten – und zwar in all ihren Spielarten. In dieser Hinsicht sind wir unverhältnismäßig tolerant: Wir schätzen die langsamen Schlurfer ebenso wie die schnellen Sprinter, die tumben Hirnlosen gleichermaßen wie die gerissenen Genies. Wir bewerten unsere fauligen Freunde nicht nach solch vernachlässigbaren Kriterien wie Entstehungsbedingungen – ein Chemieunfall in den USA ist uns genauso recht wie ein Seuchenausbruch in Großbritannien, eine Nuklearexplosion in Russland, ein unheiliges Ritual auf Tahiti oder ein Kometeneinschlag in Japan. Genauso wenig schert es uns, ob ihre Existenz nun rein mit den Methoden der modernen Wissenschaft oder allein durch Metaphysik bzw. den Rückzug ins Übernatürliche zu erklären ist. Insofern steht im Kern von *Die Zombies* der lang gehegte Wunsch, sich einmal in Romanform mit diesen zwar nicht durchgängig sympathischen, aber stets faszinierenden Karnivoren auseinanderzusetzen und zugleich möglichst viele Zweige und Äste ihres Stammbaums zu berücksichtigen.

Zu Anfang wurden von unserer Seite noch zahlreiche Überlegungen angestellt, die in die Richtung einer klassischen Zombieapokalypse gingen. Es wurden Überlebenshandbücher gewälzt, Bunkeranlagen besichtigt und Massenschlachten zwischen Untoten und diversen Armee-Einheiten konzipiert. Auf sonderbare Weise ereignete sich jedoch ein unheimlicher, schleichender Zersetzungsprozess, dem unsere ersten Entwürfe zum Opfer fielen. Ihre Reste verwandelten sich schließlich in *Die Zombies*, wie Sie es nun in Händen halten. Einige der ursprünglichen Zutaten sind indes nach wie vor enthalten – das Finale in Manger beispielsweise trägt noch deutliche Züge einer apokalyptischen Grundhaltung. Warum? Weil sich ein wenig Verbreitung von Weltuntergangsstimmung einfach gehört, wenn Zombies im Spiel sind. Neu hinzu kam das Eintauchen in die (Rest-)Psyche der lebenden Toten, das sein ganz eigenes Grauen in sich birgt. Wäre Ihr Wille stark genug, um sich nach der Infektion in ein Geschöpf wie Lily oder Victor zu verwandeln, das sich seines alten Selbst noch bewusst ist? Und wäre dies tatsächlich der Transformation in eine Fressmaschine vorzuziehen, die in ihrem seelenlosen Wüten zugleich von der gesamten Bürde befreit ist, ihr neues Dasein mit den Erfahrungen ihrer vorangegangenen Existenz in Einklang bringen zu müssen?

Nichtsdestoweniger hoffen wir, dem Zombiegenre mit all seinem Schrecken und seinem Grusel treu geblieben zu sein. Immerhin ist alles da, was man wohl erwartet, wenn der Begriff »Zombie« fällt: das Fressen und Gefressenwerden; verwestes Fleisch; liebe Menschen, die scheinbar von einem Moment zum anderen zu reißenden Bestien werden; in rauen Mengen verspritzte und verschlungene Hirnmasse …

Wo wir gerade von Hirnmasse und lieben Menschen sprechen: Den Weg zu diesem Buch sind wir im Übrigen nicht allein mit offenen Mündern und ausgestreckten Armen gewankt. Stattdessen hatten wir unsere eigene Rotte zielstrebiger Helfer im Rücken: Zunächst wären da unsere Eltern, die uns seit Jahren mit Wort und Tat unterstützen, auch wenn sie womöglich nicht immer genau wussten, in welchen phantastischen Welten wir uns gerade herumtrieben. Bei der bisweilen schmerzhaften Geburt unserer Projekte standen uns unsere Lektoren bei *Piper* zur Seite, Carsten Polzin und Michelle Gyo, die uns auf ganzer Linie unterstützt und zu immer neuen Höchstleistungen angespornt haben und dies wohl auch in Zukunft tun werden – es gibt momentan keinen Verlag, bei dem wir lieber wären. Im Laufe der Jahre sind auch aus einigen unserer Autorenkollegen gute Freunde im eher einsamen Geschäft des Schreibens geworden – Freunde, die stets ein offenes Ohr für Probleme und einen guten Ratschlag parat haben, wenn man ihn am dringendsten braucht. Sie werden wahrscheinlich am besten wissen, wer sie sind, und sie wissen sicherlich auch, dass sie einen ganz besonderen Platz in unseren Herzen einnehmen. Dort ist es zugegebenermaßen recht eng, weil unsere gute Fee Lilo es sich da so schön bequem gemacht hat, die unsere Schrullen und Launen tapfer erduldet und uns nebenbei auf die Finger schaut, um unsere Tippexzesse in für den Leser nachvollziehbaren Bahnen zu halten. Darüber hinaus wollen wir uns noch vor zwei weiteren exzellenten Lektoren verneigen: Kerstin Claussen und Ralf Reiter waren unter anderem daran beteiligt, die *Zerrissenen Reiche* aus der Taufe zu heben – und diese Reihe ist aufgrund des Durchschnittsgewichts eines Zwergenbabys ein verdammt schwerer Brocken –, aber viel mehr noch als für ihre Arbeit möchten wir ihnen für ihre Freundschaft danken.

So, wahrscheinlich haben wir wieder reihenweise Leute vergessen – beispielsweise haben wir kein Wort über die Scharen von Menschen verloren, die nichts mit unserer Schreiberei am Hut haben, aber ohne die unser Leben öd, wüst und leer wäre. Auch ohne sie wäre *Die Zombies* nicht das, was es geworden ist. Und was wäre dieses Buch, was wären wir, ohne Sie, liebe Leserinnen und Leser, die es uns überhaupt erst erlauben, uns an der Tastatur auszutoben.

Das war er nun also – unser erster gemeinsamer Ausflug in die Welt der »Wandler«. Ist es auch der letzte gewesen? Vielleicht. Vielleicht auch nicht …

Hamburg im August 2009
Thomas Plischke (mit Ole Johan Christiansen im Sinn)

PS: Wenn Sie übrigens Appetit auf einen kleinen Happen Plischke zwischendurch haben, kosten Sie doch einmal von unserer Web-Seite (www.im-plischke.de), unserem Blog (plischke.blogspot.com) oder von unseren Seiten bei Piper-Fantasy (www.piper-fantasy.de). Guten Hunger!